대 산 세 계 문 학 총 서 **0 3 5**

가르강튀아 | 팡타그뤼엘

Gargantua | Pantagruel

François Rabelais

가르강튀아 | 팡타그뤼엘

프랑수아 라블레 지음

유석호 옮김

문학과지성사

2004

대산세계문학총서 035_소설

가르강튀아 | 팡타그뤼엘

지은이 프랑수아 라블레
옮긴이 유석호
펴낸이 이광호
펴낸곳 ㈜**문학과지성사**
등록번호 제1993-000098호
주소 04034 서울 마포구 잔다리로7길 18(서교동 377-20)
전화 02) 338-7224
팩스 02) 323-4180(편집) 02) 338-7221(영업)
전자우편 moonji@moonji.com
홈페이지 www.moonji.com

제1판 1쇄 2004년 9월 13일
제1판 13쇄 2024년 3월 8일

ISBN 89-320-1535-X
ISBN 89-320-1246-6(세트)

이 책은 대산문화재단의 외국문학 번역지원사업을 통해 발간되었습니다.
대산문화재단은 大山 愼鏞虎 선생의 뜻에 따라 교보생명의 출연으로 창립되어
우리 문학의 창달과 세계화를 위해 다양한 공익문화사업을 펼치고 있습니다.

차례

가르강튀아

팡타그뤼엘

일러두기

1. 이 책에 사용된 외래어 표기는 '교육인적자원부 외래어 표기법'에 따랐다. 단, 이미 굳어진 인명과 지명 등 몇 가지 외래어에 한해서는 예외로 했다.

2. 이 책의 원본은 각각 1534년과 1532년에 나온 『가르강튀아』와 『팡타그뤼엘』의 초판이 아니라, 작가의 수정·보완 작업을 거쳐 1542년 리옹의 출판업자 프랑수아 쥐스트François Juste의 인쇄소에서 간행된 결정본Edition définitive이다.

   번역에 사용한 기본 텍스트는 *Gargantua*(M.A. Screech 편, Droz, 1970)와 *Pantagruel*(V.L. Saulnier 편, Droz, 1965)이고, 판본 비교와 주석을 위해서 *Œuvres complètes*(Mireille Huchon 편, Gallimard, Pléiade 총서, 1994), *Œuvres complètes*(Guy Demerson 편, Le Seuil, 1973), *Gargantua/Pantagruel*(Pierre Michel 편, Le Livre de poche, 1972), *Gargantua/Pantagruel*(Françoise Joukovsky 편, GF-Flammarion, 1993) 등을 참고했다. 영역판으로는 *The Complete Works of François Rabelais*(Donald M. Frame 역, University of California Press, 1991), *Gargantua and Pantagruel*(Burton Raffel 역, Norton, 1990), 일역판으로는 『ガルガンチュワ物語』『パンタグリユエル物語』(渡辺一夫 역, 岩派書店, 1979, 1978) 등을 참고했다.

3. 본문 속의 각주는 모두 옮긴이의 것이다.

4. 원서에서 프랑스어 외의 라틴어를 비롯한 외국어 표기는 이탤릭체로 구분했다.

가르강튀아

Gargantua

『가르강튀아』 1537년판 속표지 그림

팡타그뤼엘의 아버지 위대한 가르강튀아의 경이로운 생애

제5원소의 추출자 알코프리바스[1] 선생이 과거에 집필한 팡타그뤼엘리슴[2]으로 충만한 책

---

1 1532년의 『팡타그뤼엘』과 1534년의 『가르강튀아』는 본명 대신 아랍인의 이름을 연상시키는 알코프리바스 또는 알코프리바스 나지에Alcofribas Nasier라는 필명으로 발표되었다. 이 필명은 프랑수아 라블레François Rabelais의 철자 순서를 바꾸어놓은 것이다. 작가의 직업을 연금술사로 소개한 것도 실제 신분을 감추고 환상적인 연대기에 어울리는 신비한 분위기를 제공하려는 의도로 볼 수 있다. 1546년에 발표된 『제3서』 이후에는 의학박사 라블레가 쓴 것으로 본인의 신분을 밝히게 된다.

2 주인공 팡타그뤼엘의 사상, 생활방식, 인생관 정도로 번역할 수 있겠는데, 팡타그뤼엘리슴pantagruélisme은 초기에는 "평화로이 즐겁고 건강하게 언제나 좋은 음식을 먹으며 사는 것"(『팡타그뤼엘』)이라는 정의대로 육체적 만족을 통하여 삶을 즐기려는 태도를 가리켰다. 그러나 후기의 작품에서는 "우연한 사물에 대한 무관심에 젖어 있는 일종의 정신적 쾌활함"(『제4서』)이라고 새롭게 정의되는데, 이는 성년이 된 이후 팡타그뤼엘이 현자로 변모함에 따라 그의 사상이 일체의 본능적 성향에 좌우되지 않고 초월적 위치에서 세상사를 관조하는 지혜를 담게 되기 때문이다.

독자에게

이 책을 읽는 친애하는 독자들이여,
모든 정념을 떨쳐버리시오.
그리고 이 책을 읽으며 성내지 마시기를.
악하거나 추한 것은 없다 해도,
웃음에 관한 것 외에 완벽함은 거의 찾기 힘들 테지만,
당신들 마음을 상하게 하고 괴롭히는 큰 슬픔을 보면,
다른 이야깃거리가 내 마음을 끌 수 없음을
여러분은 이해할 것이오.
눈물보다는 웃음에 관하여 쓰는 편이 나은 법이라오.
웃음이 인간의 본성일지니.

작가 서문

고명한 술꾼, 그리고 고귀한 매독 환자 여러분, (내 글은 다른 사람들이 아니라 바로 당신들에게 바치는 것이다) 알키비아데스[1]는 플라톤의 『향연』에 나오는 대화편에서, 다른 이야기를 하던 중에, 이론의 여지없이 철학의 왕자인 그의 스승 소크라테스를 가리켜 실레노스[2]와 비슷하다고 말한 바 있다. 예전에 실레노스는 우리가 지금 약제사들의 가게에서 볼 수 있는 것과 같은 상자를 가리키는 말이었다. 이 상자 겉에는 하르피아,[3] 사티로스,[4] 날개를 묶은 거위, 뿔 달린 토끼, 길마를 지운 오리, 날아다니는 염소, 끌채에 매인 사슴 등과 같이, 바쿠스 신의 스승이었던 실레노스의 모습을 본따서 사람들을 웃기기 위하여 재미로 상상해 낸 우습고 하찮은 그림들이 그려져 있다. 그러나 그 상자 속에는 수지, 용연향, 생강과의 방향제, 사향, 사향고양이의 향, 보석이나 다른 귀한

---

1 소크라테스의 제자였던 아테네의 장군, 정치가.
2 이 단어(silène)에는 두 가지 뜻이 있다. 보통명사로는 약재로 쓰이는 끈끈이대나물이라는 뜻인데, 여기서는 약재를 담는 상자를 의미한다. 다른 뜻으로는 그리스 신화에 나오는 사티로스 족을 가리키는데, 뒤에 나오는 실레노스는 사티로스 족의 일원으로 디오니소스를 키운 양부로 알려진 인물이다.
3 그리스 신화에 나오는, 여자의 얼굴에 새의 몸을 가진 괴물.
4 그리스 신화에 나오는 허리 윗부분은 사람이고 그 밑부분은 말의 모양을 한 산야의 정령. 그들을 통칭해서 실레노스라고 하기도 한다.

재료들과 같은 고급 약재들을 넣어 보관한다. 소크라테스가 바로 이런 사람이라는 것이다. 겉모습만으로 보아서는 양파 껍질 한 쪽도 주려 하지 않을 정도로, 그의 육신은 추하고 몸가짐은 우스꽝스러웠다. 뾰족한 코에 눈은 황소눈이고, 미친 사람 같은 얼굴에 행동거지는 어수룩하고, 또 촌스런 옷차림에다 돈하고는 인연이 멀고 여복도 없으며, 국가의 어떤 직무에도 맞지 않았지만, 언제나 웃고 다니면서 누구에게나 옳다고 맞장구치며 같이 술잔을 기울였고, 항상 비웃어댔지만 신과 같은 지혜를 감추고 있었던 것이다. 그러나 일단 이 상자를 열어보게 되면, 그 안에서 여러분은 인간의 능력 이상의 지혜와 놀라운 덕성, 꺾을 수 없는 용기, 비할 데 없는 절제, 확실한 평정, 완벽한 자신감, 또는 사람들이 그토록 불철주야로 쫓아다니며, 일하고, 항해하고, 전투를 벌이면서 얻으려는 것에 대한 믿을 수 없는 초연함과 같이 깊이를 헤아릴 수 없는 천상의 약을 발견하게 될 것이다.

  여러분은 서두를 이렇게 시작하는 것이 무슨 의도라고 생각하는가? 나의 충실한 제자들인 여러분과 여가를 즐기는 사람들도 『가르강튀아』[5]나 『팡타그뤼엘』『술고래』『바지 앞주머니의 권위』『주석이 달린 비계를 섞은 완두콩 요리』 등과 같이 우리가 만든 책과 같은 종류의 책들에 대해서 겉에 인쇄된 재미있는 제목만 보고는 하찮은 것, 농담으로 받아들이고 더 이상 알아보려고 하지도 않은 채 그 내용이 즐거운 조롱이나 익살, 거짓말뿐일 거라고 쉽사리 판단한다. 그러나 그러한 경박함은 사람들의 작품을 평가하는 데 적합하지 않다. 여러분들 자신도 의복

---

5 이 책은 라블레의 작품 『가르강튀아』가 아니고, 1532년 리옹의 여름 시장에서 인기를 끌었던 작자미상의 대중소설 『가르강튀아 대연대기』를 가리킨다. 라블레는 『팡타그뤼엘』의 서문에서 이 작품에 관해서 언급하는데, 『가르강튀아 대연대기』의 유행이 그로 하여금 『팡타그뤼엘』을 쓰게 만들었다고 주장한다.

이 수도사를 만드는 것은 아니라고 말하듯이, 수도사의 옷을 입은 사람이 속은 전혀 그렇지 않은 경우가 많기 때문이다. 그리고 에스파냐 식 망토를 걸치고서도 에스파냐 사람다운 용기를 보이지 못하기도 한다. 그러므로 책을 펼치고 세심하게 그 속에서 추론해낼 수 있는 것을 검토해야 한다. 그러면 그 속에 담긴 약이 상자가 예고한 것과 매우 다른 가치를 지닌 것임을 알게 될 것이다. 다시 말해서 여기에 다루어진 주제들은 겉의 제목이 주장하는 것만큼 익살스러운 것만은 아니다.

그리고 문자 그대로의 의미로는 재미있는 것이고 제목과 내용이 일치한다고 생각되는 경우에도 세이렌[6]의 노래를 들은 것처럼 거기에 머무르지 말고, 혹시 경박한 기분으로 이야기했다고 여겨지는 것이라도 보다 심오한 의미로 해석해야 한다.

술병 마개를 뽑아본 적이 있는가? 빌어먹을! 그 속에 담긴 것만 기억하라. 어쨌든 여러분은 골수가 든 뼈를 찾은 개를 본 적이 있는가? 개는 플라톤이 『국가』 2권에서 말한 바와 같이 세상에서 가장 철학적인 짐승이다. 본 적이 있다면, 당신은 그 개가 얼마나 경건하게 그것을 살피고, 정성 들여 간직하고, 열성적으로 물고 다니고, 신중하게 깨물고, 애정을 담아 깨뜨리고, 열심히 빨아먹는지 주목할 수 있었을 것이다. 누가 개에게 이렇게 하도록 부추기는가? 무슨 희망이 그토록 애쓰게 만드는가? 개는 어떤 이득을 기대할 수 있는가? 약간의 골수 외에는 아무것도 없다. 갈레노스[7]가 『자연의 기능』 3권과 『인체의 부위별 용도』 11권에서 말한 바와 같이, 골수는 자연이 만들어놓은 완벽한 음식물이기 때

---

6 영어로는 사이렌. 호메로스의 『오디세이아』에서 오디세우스Ulysse를 노래로 유혹했던, 상반신은 여자이고 하반신은 새 모양인 바다의 요정.

7 히포크라테스 이전의 대표적 그리스 의학자. 그의 체질론은 중세 의학에 큰 영향을 미쳤다.

문에 다른 모든 것보다 훨씬 맛이 있는 것은 사실이다.

개의 예를 따라 여러분도 추적에는 민첩하게, 대결에는 과감하게 이 기름지고 멋진 책들을 느끼고 평가하는 것이 현명한 일이다. 그리고 주의를 기울여 읽고 자주 사색하며, 신중하고 과감하게 독서에 임한다는 자신을 가지고, 피타고라스 파의 상징을 사용해서 말하자면, 뼈를 깨뜨리고 본질적인 골수를 빨아먹어야 한다. 왜냐하면 이러한 독서에서 당신은 전에 보던 것과는 매우 다른 성향과 숨겨진 사상을 발견할 것이고, 그것이 당신에게 우리의 종교에 관한 것만큼이나 정치상황과 가정생활에 관해서도 지고의 신비와 무시무시한 비밀을 밝혀줄 것이기 때문이다.

여러분은 진정으로 과거에 호메로스가 『일리아스』와 『오디세이아』를 썼을 때 플루타르코스[8]와 헤라클리데스 폰티쿠스, 에우스타티우스, 코르누투스[9]가 그것에 관해서 잔뜩 주석을 달았고, 이들로부터 폴리지아노[10]가 도용한 알레고리들을 생각했다고 믿는가? 그렇게 믿는다면, 여러분은 내 의견의 발치에도 미치지 못한 것이다. 나는 진짜 식충이인 뤼뱅 신부[11]라는 자가 (속담에 있듯이) 솥에 맞는 뚜껑이라고, 혹시 자신처럼 미친 놈을 만날 수 있을까 해서 증명하려고 애썼던 복음의 성사에 관해서 오비디우스가 『변신』에서 생각하지 않았던 것만큼이나 호메로스도 이 알레고리들을 생각해본 적이 없었다고 단언하는 바이다.

만일 믿지 않는다면, 이 재미있고 새로운 연대기에 대해서 그렇게 하지 못할 이유가 무엇인가? 이 글을 쓰며 여러분보다 더 많이 생각했던 것은 아니지만, 혹시 여러분도 나처럼 술을 마셨다면 말이다. 이 장

---

8 『플루타르코스 영웅전』의 저자. 플루타르코스가 「호메로스의 생애와 시」라는 글을 썼다는 설이 있다.

9 이 세 사람은 호메로스의 작품에 관한 주석을 썼던 그리스 학자들이다.

10 15세기의 인문주의자로, 이전 학자들의 글을 많이 표절한 것으로 알려져 있다.

11 뤼뱅 신부는 당시에 무식하고 멍청한 수도사의 전형이었다.

엄한 책을 쓰는 데 나는 내 육신의 회복, 즉 먹고 마시는 시간 이외의 시간은 허비하거나 사용하지 않았기 때문이다. 모든 문헌학자들의 모범인 호메로스와 호라티우스[12]가 증언한 바에 따르면 라틴 시인들의 아버지인 에니우스[13]가 훌륭히 행했듯이, 사실 이러한 때가 이 고상한 주제와 깊은 학문을 담은 책을 쓰는 데 적당한 시간이다. 한 멍청이가 그의 시에서는 술보다는 기름[14] 냄새가 더 난다고 말했지만 말이다.

내 책에 대해서도 한 거지 같은 놈이 그렇게 말했다. 똥이나 처먹어라. 술 냄새가 기름 냄새보다 얼마나 감미롭고, 즐거우며, 간절하고, 신성하고 달콤한 것인가! 데모스테네스[15]는 자신에 대해서 술보다 기름을 더 많이 소비한다고 말했을 때 영광으로 생각했지만, 내게는 기름보다 술을 더 많이 소비했다고 말해주었으면 좋겠다. 나로서는 사람들이 낙천적인 좋은 친구, 동료라고 사람들이 말하고 인정해주면 명예요, 영광이겠다. 그리고 이 이름으로 나는 팡타그뤼엘리슴을 신봉하는 모든 무리들에게서 환영받는다. 어떤 우울한 인물이 데모스테네스의 『웅변』에 관해서 기름 장수의 불결하고 더러운 걸레처럼 냄새가 난다고 비난한 적이 있다. 그렇지만 나의 모든 행동과 말을 가장 완벽한 쪽으로 해석하라. 이 멋지고 무의미한 말들을 여러분에게 양식으로 제공하는 이 치즈 덩어리 모양의 머리[16]에 존경심을 갖고, 능력이 닿는 한 언제나 나를 즐겁게 해주기 바란다.

---

12 로마의 시인. 그의 『시법』은 아리스토텔레스의 『시학』과 함께 서양 고전주의 문학의 이론적 토대가 된다.
13 헬레니즘을 로마에 소개한 시인. 호라티우스에 따르면 그는 술을 마신 다음에야 시를 썼다고 한다.
14 기름은 시인의 끈기 있는 노력에 의한 작업을 상징한다.
15 기원전 4세기 아테네의 웅변가, 정치가.
16 당시 사람들은 치즈를 미친 사람들의 음식이라고 생각했다.

사랑하는 그대들이여, 즐겨라. 그리고 허리에 좋게 몸을 편안히 하고 즐겁게 남은 부분을 읽도록 하라. 그리고 너희들, 당나귀 좆 같은 놈들아, 다리에 종양이 생겨 절름발이나 되어버려라! 그리고 기회가 있을 때 나를 위하여 건배하는 것을 잊지 말라. 나도 즉석에서 축배를 들어 답례하겠다.

제1장 가르강튀아의 계보와 기원에 관해서

　가르강튀아가 이 세상에 태어나기까지의 계보와 기원에 관해서 알려면 『팡타그뤼엘 대연대기』를 참조할 것을 여러분에게 권하는 바이다. 그 책에서 여러분은 어떻게 거인들이 이 세상에 태어났으며, 그들의 직계 후손으로 팡타그뤼엘의 아버지인 가르강튀아가 어떻게 태어났는지를 더 자세히 알 수 있을 것이다. 이런 일은 많이 상기시킬수록 귀한 독자 제위를 즐겁게 하겠지만, 지금 내가 설명을 하지 않는다고 해서 화를 내지는 말기 바란다. 여러분이 플라톤의 『필레보스』와 『고르기아스』와 플라쿠스[1]의 권위를 내세울 수 있듯이, 이런 것들은 자주 되풀이해서 말할수록 더욱 기분 좋은 일이기는 하다.

　각자가 노아의 방주로부터 이 시대에 이르기까지 자신의 족보를 확실히 알 수 있었으면 좋겠다! 나는 오늘날 지상에서 황제, 왕, 공작, 왕자, 교황인 사람들이 성물을 가지고 다니던 떠돌이 수도사나 짐꾼들의 자손이라고 생각한다. 반대로 왕국과 제국의 놀랄 만한 변천을 고려하면, 보호소의 거지와 병자들, 가련한 천민들 중 많은 수가 핏줄과 계보로는 위대한 왕과 황제들의 후손이다.

---

1 호라티우스의 성(姓). Horatius Flaccus가 그의 온전한 이름이다.

아시리아인들로부터 메디아인들로,

메디아인들로부터 페르시아인들로,

페르시아인들로부터 마케도니아인들로,

마케도니아인들로부터 로마인들로,

로마인들로부터 그리스인들로,

그리스인들로부터 프랑스인들로.[2]

    이야기를 들려주는 나 자신에 관해서 말하자면, 나는 과거의 부유한 왕이나 왕자의 후손이라고 생각한다. 왜냐하면 나처럼 좋은 음식을 먹고, 일 안 하고 근심걱정 없이 지내며 친구들과 선량하고 학식 있는 사람들에게 풍족하게 베풀어주기 위하여 왕이나 부자가 되기를 열망하는 사람을 여러분은 본 적이 없을 것이기 때문이다. 그래도 위안이 되는 것은 저 세상에서는 지금 소원할 수 있는 것보다 더 크게 그렇게 될 수 있으리라는 것이다. 여러분도 이런 식의 생각이나 아니면 좀더 좋은 방식으로 생각해서 불행에 대한 위안으로 삼고, 할 수만 있으면 시원하게 해서 포도주를 마시도록 하라.

    우리 이야기로 되돌아오면, 하늘의 은사로 구세주의 계보를 제외한 그 어느 것보다 온전히 가르강튀아의 기원과 계보가 우리에게 남겨졌다. 구세주의 계보에 관해서는 언급하지 않겠다. 그것은 내 소관이 아니고, 또 악마들(그들은 험담꾼과 위선자들이다)이 반대하기 때문이다. 그 문서는 나르세로 가는 도중의 올리브 마을 아래 갈로 아르소 근처에 있는 장 오도의 밭에서 발견되었다. 그는 도랑을 파게 했는데 인부들의

---

2 샤를마뉴 대제 이후 프랑스의 왕들은 자신들을 트로이의 맹장 헥토르의 아들인 프랑쿠스의 후손이라고 주장하기도 했다.

곡괭이가 길이를 측정할 수 없는, 청동으로 된 거대한 무덤에 닿았던 것이다. 그 무덤은 비엔 강 수문 속으로 뻗어 있어, 그후에도 그 끝을 찾을 수 없었다. 술잔에 표시된 장소를 팠더니 그 주변에는 에트루리아 문자[3]로 "여기서 마시도다HIC BIBUTUR"라고 씌어 있었다. 무덤을 열자 가스코뉴 지방의 구주희(九柱戱)[4]용 핀처럼 배열된 아홉 개의 술병이 발견되었는데, 그 가운데 있던 술병은 통통하고, 기름지고, 크고 작고, 회색의 예쁜 젖은 책 한 권을 가리고 있었다. 그 책에서는 장미 향기보다 더 강하고 좋은 냄새가 났다.

그 작은 책에서 로마 교황청 상서국에서 쓰는 글씨체[5]로 종이나 양피지, 밀랍 대신에 어린 느릅나무 껍질에 씌어진 문제의 계보가 발견되었다. 하지만 그것은 오랜 세월로 인하여 다 해져서 세 글자를 연속으로 알아보기 힘들 정도였다.

(자격은 없지만) 내가 그곳에 불려가서 안경의 도움을 많이 받으며 아리스토텔레스가 가르쳐준 대로, 잘 보이지 않는 글자를 읽는 비법을 동원하여 그 글을 번역했다. 여러분은 팡타그뤼엘리슴을 실천하면서, 다시 말해서 마음껏 마시며 팡타그뤼엘의 무시무시한 행적을 읽으면서, 그 글을 볼 수 있게 될 것이다.

그 책의 끝머리에는 『해독 처리된 잡동사니 문서』라는 짧은 글이 실려 있었다. 쥐, 바퀴벌레 또는 (거짓말을 하지 않으려고 하는 말인데) 다른 고약한 짐승들이 첫부분을 갉아먹어버렸다. 그 나머지 부분은 옛 것을 존중하는 뜻에서 내가 아래에 첨부해두었다.

---

3 에트루리아인들은 토스카나 지방을 중심으로 기원전 4세기 초까지 정치·문화적으로 지도적 위치에 있었던 민족인데, 그 언어는 아직도 대부분 해독되지 않고 있다.
4 볼링처럼 공을 굴려 아홉 개의 핀을 쓰러뜨리는 프랑스의 민속놀이.
5 교황청 상서국의 문서는 해독하기가 매우 어려웠다고 한다.

제2장 옛 유적에서 발견한 해독 처리된 잡동사니 문서[6]

　　□□□킴브리 족[7]을 정복한 위대한 자가

　　□□□이슬이 두려워 공중을 날아 왔도다.

　　□□그가 오자 사람들은 소나기처럼 쏟아진

　　□□신선한 버터로 물통을 채웠다.

　　□그 세례를 받은 한 노파가

　　큰 소리로 외쳤다. "나리, 제발 그를 건져주세요.

　　그의 수염이 거의 전부 쇠똥으로 덮였어요.

---

6 이 시는 15세기에 유행하던 수수께끼 시의 형식으로, 의미를 파악하기 힘든 횡설수설로 이루어진 것이다. 평범한 주제를 다루면서 일관성 없는 이질적 이미지들을 사용하고, 의미의 연결 대신 시의 운을 맞추기 위한 엉뚱한 단어들의 자유로운 결합이 이루어지는 데 그 특징이 있다. 그리고 시의 첫 다섯 행에서는 문서의 앞부분을 쥐와 바퀴벌레가 갉아먹어 각 행 첫 단어의 끝 한두 글자만 남아 있는 것으로 되어 있으므로 해석에 논란의 여지가 있지만, 이 부분은 르프랑A. Lefranc의 가설에 따라 번역했다. 이 시는 전공자들 사이에서도 정확한 해석이 불가능한 것으로 간주되는데, 전체적으로는 당시의 프랑스 왕 프랑수아 1세와 적대관계에 있던 교황과 신성로마제국의 카를 5세에 대한 풍자를 담고 있는 것으로 볼 수 있다.

7 지중해 지방을 침범했던 게르만 족의 일파로, 기원전 101년 로마의 장군 마리우스가 베르세유에서 격퇴했다.

아니면 사다리라도 건네주세요."

어떤 이들은 그의 실내화를 핥는 편이
면죄부를 사는 것보다 낫다고 했다.[8]
그러나 한 수완 좋은 건달이
잉어를 낚는 구덩이에서 빠져나와 말했다.
"여러분, 제발 그러지 맙시다.
뱀장어들이 그곳에 틀어박혀 숨어 있어요.
(자세히 보면) 그의 털 달린 성직자용 두건 속에서
커다란 흠집을 볼 수 있을 거요."

이 장(章)을 읽을 때
송아지 뿔밖에는 찾을 수 없었다.
(그는 말하기를) "내 승모 안쪽이
너무 차가워서 머리에 감기가 걸리겠구나."
사람들은 무 향기로 그를 덮혀주었다.
그러자 그는 격노한 사람들 모두를 다시 묶어놓은 것이
만족스러워 아궁이 곁에 남아 있었다.

그들은 성(聖) 파트릭의 구멍[9]과 지브랄타르 구멍,[10]
그리고 수많은 다른 구멍에 관해서 이야기했다.

---

8 교황을 알현할 때 복종의 표시로 그의 실내화에 입을 맞추는 것을 암시한 것이다.
9 아일랜드의 더그 호수의 섬에 있는 구멍. 연옥으로 통하는 입구로 알려져 순례지
가 되기도 했다.
10 무녀 Sibylle의 구멍으로 불리기도 했다.

그것들을 흔적만 남게 만들어

그 방법으로 기침을 멈추게 할 수만 있다면,

누구나 바람만 불면 하품하는 꼴을 보는 것은

적절치 못한 일이니까.

혹시 그들을 단번에 입을 다물게 한다면,

볼모로 그들을 내줄 수도 있을 텐데.

이 판결로 리비아에서 돌아온 헤라클레스에 의하여

까마귀의 껍질이 벗겨졌다.

미노스 왕[11]이 말하기를, "아니, 왜 나는 부르지 않았는가?

나를 빼고는 모두 초대했으면서,

그러고도 굴과 개구리를 그들에게 제공하는 것을

시기하지 않기를 바라다니!

그들이 물레의 토리개를 파는 일에 내 평생 자비를 보인다면

스스로 악마를 섬기겠다."

그들을 진압하러 절름발이 Q. B.가 나타났다.

찌르레기 사제들은 통행증을 제시하고.

거인 키클롭스[12]의 체질하는 사촌이

그들을 학살했다. 각자 코를 풀어라.

무두질하기 위한 방아[13] 위에서 놀림거리가 되지 않은

남색가들은 이 휴한지에서 별로 생산되지 않았다.

---

11 크레타의 왕으로, 속설에 따르면 지옥의 심판관이 된다.

12 그리스 신화에 나오는 외눈박이 거인족.

13 무두질을 하는 데 쓰는 참나무 껍질을 빻는 절구를 가리킨다.

모두 그곳에 달려가서 경종을 울려라.

전보다 더 많이 얻을 수 있으리라.

잠시 후 유피테르의 새[14]가

최악의 내기를 결심하지만,

그들이 심히 분개하는 것을 보자

제국을 파괴하고, 짓밟고, 무너뜨리고 파국으로 몰아갈까 두려워

그들이 전복하려는 평온한 분위기를

유대 성경학자들의 율법에 예속시키는 대신,

절인 청어를 파는 헌금함에서

천상계의 불을 훔치기로 했다.

왜가리처럼 말라빠진 넓적다리를 가진 아테[15]가

만년에 물냉이 장수로 오인받은 펜테실레이아[16]를 보며

거기 앉아 있는데도,

모든 것은 날카로운 칼끝으로 결정되었다.

사람들이 외쳐댔다. "천한 석탄 장수년 같으니,

왜 길거리에 나와 있는 거야?

양피지로 멋지게 만든

로마의 깃발을 빼앗은 주제에!"

---

14 신화의 주신(主神) 유피테르Jupiter를 상징하는 새는 독수리이다. 여기서는 신성로
마제국의 황제 카를 5세(1500~1558)의 독수리 문장을 암시하는 것으로 읽을 수도
있다.

15 그리스 신화에 나오는 불화의 여신.

16 트로이 전쟁에서 아킬레우스가 죽인 아마존의 여왕으로, 용기를 상징한다.

천상의 무지개 아래

수리부엉이로 새사냥 하는 유노[17]가 없었더라면

사람들이 그녀에게 고약한 짓거리를 해대서

전신이 걸레처럼 되었으리라.

합의에 따라 그녀는

먹거리로 프로세르피나[18]의 알 두 개를 받고,

만일 언젠가 감기에 걸리면

산사나무산에 묶어놓기로 했다.

일곱 달 뒤 (22일을 빼고)

예전에 카르타고를 멸망시킨 자[19]가

공손하게 그들 가운데 나타나

서류를 작성했던 상놈들에게

약간의 국물을 나눠주며,

법에 따라 자신의 상속분을 주거나

아니면 저울로 공정하게 달아 자기 몫을 배정해달라고 요구했다.

그러나 터키의 활과

다섯 개의 방추, 세 개의 솥바닥으로 표시된 해가 오리라.

그때 은자의 옷을 입은 지나치게 불손한 왕의 등에

---

17 영어로는 주노. 로마 신화에서 유피테르의 아내로 여성과 결혼의 여신이며 그리스 신화의 헤라에 해당한다.

18 지옥의 여왕. 그리스 신화의 페르세포네에 해당한다.

19 카르타고는 원래 기원전 202년에 로마의 장군 스키피오에 의하여 정복되었는데, 1535년 카를 5세는 카르타고의 수도 튀니스를 점령한 바르브루스라는 해적을 소탕했다.

살충제가 뿌려지리라.[20]

저런, 불쌍하기도 해라! 아첨꾼을 위하여

많은 땅이 삼켜지도록 내버려둘 것인가?

그만두라, 그만둬! 아무도 이 가면을 흉내내지 말고,

뱀의 형제 곁으로 물러가라.

이 해가 지나면 존재하는 자[21]가

평화롭게 그의 선한 친구들과 지배하리라.

도발이나 모욕은 힘을 잃고,

선한 의지는 화해를 얻게 되리라.

하늘나라의 사람들에게 예전에 약속된 즐거움은

망루에 찾아오고.

그때 피폐한 종마 사육장은

왕의 의장마들로 위풍당당해지리라.

마르스[22]가 사슬에 묶일 때까지

속임수의 시대는 계속되리라.

그리고 모든 것을 능가하는,

비할 데 없이 달콤하고, 즐겁고, 아름다운 시대가 오리라.

마음을 높이고, 이 식사를 기다리도록 하라.

나의 모든 신자들이여, 죽은 자들은 이 행복을 맛보려

다시 돌아오지 못할 것이고,

---

20 매를 맞거나 성병에 걸린다는 뜻이다.

21 여호와를 가리킨다.

22 로마 신화의 전쟁의 신. 그리스 신화의 아레스에 해당한다.

지난 세월을 아쉬워하리라.

마침내 밀랍으로 만들어진 자가
패종시계의 종치는 인형 사이에 거처를 정하고.
탕관을 든 돌팔이를
"나리, 나리" 하고 부르지 않게 될 것이로다.
아! 그의 단검을 잡을 수 있다면,
쓸데없는 걱정거리를 깨끗이 쓸어버릴 것이고,
밧줄을 꼬는 실로써
모든 악습의 소굴을 묶을 수 있으리라.

제3장 가르강튀아는 어떻게 어머니 뱃속에서 열한 달 동안 있었는가

그랑구지에는 한창때에 그 당시의 어느 누구 못지않게 술잔을 단숨에 비우고 짜게 먹는 것을 즐기는 호남아였다. 그러기 위하여 그는 보통 메양스와 바욘 산(産) 햄과 많은 훈제한 소 혓바닥, 계절에 따라서는 뱀장어를, 그리고 겨자를 곁들여 절인 쇠고기와 많은 양의 알 절임, 볼로냐산 대신 (롬바르디아의 독이 든 음식을 겁냈기 때문에) 비고르, 롱고네, 라 브렌, 루르그 산의 소시지를 잔뜩 비축해두고 있었다.

혈기왕성하던 시절에 그는 피피요 족[23]의 공주였던 늘씬하고 대식가인 가르가멜과 결혼하여, 자주 등이 둘 달린 짐승 놀이를 함께 하며 즐겁게 살덩이를 비벼대는 바람에 그녀는 잘생긴 아들을 임신해서 열한 달 동안 배고 있었다.

특히 자연의 걸작품으로서 자기 시대에 위대한 공적을 세울 인물인 경우에는 여성들이 그만큼 오랫동안, 그리고 그 이상으로도 아이를 배고 있을 수 있는 것이다. 그래서 호메로스는 넵투누스[24]가 요정에게 임신시킨 아이는 만 일 년, 그러니까 열두 달 만에 태어났다고 말했던 것

---

23 나비족이라는 뜻으로, 기독교 신앙에 적대적이었던 전설상의 야만족.
24 영어로는 넵튠. 로마 신화의 바다의 신으로서 그리스 신화의 포세이돈에 해당한다.

이다. (아울루스 겔리우스[25] 3권에서 말하듯이) 아이가 그동안 완벽하게 만들어지기 위해서는 이 오랜 기간이 넵투누스의 위대함에 합당한 것이기 때문이다. 같은 이유로 유피테르는 알크메네[26]와 동침할 때 밤이 사십팔 시간 동안 지속되게 했는데, 이보다 짧은 시간으로는 이 세상에서 괴물과 폭군들을 소탕할 헤라클레스를 만들 수 없었기 때문이다.

고대의 팡타그뤼엘 사상가들은 내가 말한 것을 입증했고 남편이 죽은 지 열한 달 뒤에 아이가 태어나는 것은 가능할 뿐 아니라 합법적이라고 선언했다.

히포크라테스, 『영양론』,

플리니우스,[27] 7권 5장,

플라우투스,[28] 『보석상자』,

마르쿠스 바로, 이 주제에 관해서 아리스토텔레스의 권위에 의거한 『유언집』이라는 풍자시,

켄소리누스,[29] 『출생일에 관해서』,

아리스토텔레스, 『동물의 본성』 7권 3장과 4장,

겔리우스, 3권 16장,

세르비우스, 『전원시』에서 베르길리우스의 "어머니가 열 달 후에……"라는 시구를 인용하며,

그리고 수많은 다른 미친 자들이 있는데, 그 수는 법률학자들로 인

---

25 로마의 문법학자. 그의 『아티카의 밤』은 고대문학과 문명에 관한 자세한 정보를 제공한다.

26 암피트리온의 아내. 그녀를 연모한 제우스는 원정을 떠난 그녀 남편의 모습으로 변신해서 그녀와 동침하는데, 이때 제우스는 태양신 헬리오스에게 명하여 사흘 동안 태양이 하늘에 떠오르지 못하게 했다.

27 로마의 박물학자. 서른일곱 권으로 된 『박물지』를 썼다.

28 로마의 희극작가. 그의 작품 중 『암피트리온』이 유명하다.

29 로마의 문법학자.

해 더 늘어났다. 『유스티니아누스 법전』의 '사유재산에 관한 조항,' 「유언을 남기지 않고 사망한 경우의 법률」의 '정당한 상속자에 관한 조항,' 「적출성에 관한 법률」의 '권리회복과 남편 사후 십일 개월 만에 출산한 처에 관한 조항'을 보라. 그들은 『유스티니아누스 법전』의 갈루스 법 '자식과 사후 상속자에 관한 조항'과 7조 '인간의 신분에 관한 조항'을 비계 갉아먹듯 조잡하게 왕창 울궈먹은 것이다. 다른 자들에 대해서는 지금은 감히 말 못 하겠다. 이런 법률들 덕분에 과부가 된 여자는 남편이 사망한 지 두 달 뒤에도 거리낌없이 원하는 만큼 위험을 감수하며 엉덩이 조이기 놀이를 할 수 있는 것이다.

내 선량한 동료들이여, 바지 앞주머니를 열 만한 가치가 있는 여자들을 만나면 올라타고, 제발 내게 데려다주기를 당부한다. 만일 그녀들이 석 달 만에 임신을 하면, 그 자식은 고인의 상속자가 될 것이고, 임신한 사실을 알게 되면 배가 채워졌으니 용감하게 항해를 계속할 수 있을 것이다. 이런 식으로 아우구스투스 황제의 딸 율리아[30]는 배가 널빤지 틈을 메우고 짐을 실은 다음에만 선원을 태우듯이, 임신한 사실을 알았을 때만 북치기에게 몸을 맡겼다. 만일 누군가가 짐승은 새끼를 배고 나면 절대로 수컷 노릇을 하는 수놈을 태우지 않는다는 점을 들어 여자들이 임신하고서도 몸을 내맡기는 것을 비난한다면, 그것들은 짐승에 불과하지만, 마크로비우스의 『사투르누스제(祭)』 2권의 증언에 따르면 포풀리아라는 여자가 전에 그런 식으로 대답했다고 하듯이, 자기들은 중복수정의 멋지고 즐거운 작은 권리를 누리려는 여성들이라고 대답할 것이다.

---

30 로마의 아우구스투스 황제의 딸인 율리아는 음탕한 행실로 유명한데, 아버지에 의하여 판다테리아 섬으로 추방되었다. 마크로비우스의 『사투르누스제』 2권에 이 사실이 기록되어 있다.

악마가 여자들의 임신을 원하지 않는다면, 통 마개를 비틀어 입구를 막아야 할 것이다.[31]

31 법률의 맹점을 넘쳐흐르게 내버려둔 술통에 비유하여, 사람의 힘으로는 어쩔 수 없는 것이므로 악마만이 과부들의 음행을 막을 수 있으리라는 뜻이다.

제4장 가르가멜이 어떻게 가르강튀아를 임신한 상태에서 많은 양의 내장요리를 먹었는가

가르가멜이 아이를 낳은 상황과 방식은 다음과 같으니, 혹시 믿지 못한다면 여러분의 항문이 빠져버리기를!

가르가멜의 항문이 2월의 셋째 날 오후 고드비요를 너무 많이 먹어서 빠져버렸다. 고드비요는 쿠아로의 기름진 창자를 말한다. 쿠아로는 여물통과 프레 기모에서 살찌운 소이고, 프레 기모는 일 년에 두 번 목초를 생산하는 풀밭을 가리키는 말이다. 그들은 참회의 화요일[32]에 소금에 잔뜩 절여 두었다가 봄에 제철이 되면 식사를 시작할 때 절인 고기를 축도하고 술을 더 잘 마실 수 있도록 그 소들 중에서 36만7천14 마리를 잡았다.

소 창자는 여러분도 알다시피 푸짐하고 매우 맛있어서 누구나 손가락을 핥을 정도였다. 그런데 배우가 넷 등장하는 악마극처럼 골치 아픈 일은 쉽사리 상해서 오래 보관할 수가 없다는 점이었다. 그것은 있을 수 없는 일이었다. 그래서 남김없이 먹어치우기로 결론이 내려졌다. 그러기 위해서 그들은 시네, 쇠이예, 라 로슈 클레르모, 보고드리, 그리고

---

32 금욕과 절제의 기간인 사순절(참회의 화요일부터 부활절까지 46일간) 직전 사육제의 마지막 날.

쿠드레 몽팡시에, 베드 여울[33]과 다른 이웃마을도 빼지 않고 모든 주민들을 초대했는데, 그들은 모두 대단한 술꾼에 좋은 친구들이고 구주희 놀이를 잘 하는 선수들[34]이었다.

사람 좋은 그랑구지에는 매우 즐거워하며 모든 것을 사발로 넉넉히 대접할 것을 명했다. 그렇지만 그의 아내에게는 산월이 가까웠고 내장 요리가 그리 권할 만한 음식이 아니기 때문에 되도록 적게 먹으라고 말했다. "똥 껍데기를 먹으면 (그가 말했다) 똥이 먹고 싶어진다오." 이런 충고에도 불구하고, 그녀는 큰 통으로 열여섯 통,[35] 중간 크기의 두 통하고 여섯 항아리 분량을 먹어치웠다. 얼마나 멋진 대변이 그녀 몸속에서 들끓었겠는가!

식사 후에는 모두 뒤섞여 버드나무가 우거진 들판으로 갔다. 그곳의 무성한 풀 위에서 흥겨운 피리와 감미로운 백파이프 소리에 맞춰 신나게 춤을 추었다. 그들이 이렇게 재미있게 노는 것을 보는 일은 천상의 즐거움이었다.

---

33 개울을 걸어서 건널 수 있는 곳. 여기에 나오는 모든 지명은 라블레의 고향집이 있던 쉬농과 라 드비니에르 근처에 있는 마을이나 성의 이름이다.

34 '아가씨에게 구주희 놀이를 하다faire la quille à la fille'라는 표현이 있듯이, 성적 암시가 내포된 표현이다.

35 큰 통muid은 약 270리터, 중간 크기의 통bussard은 큰 통의 4분의 3 정도의 분량이다.

제5장 술 취한 사람들의 대화[36]

그러고는 그곳에서 간식을 먹기로 했다. 술병이 오가고, 햄이 바삐 돌아다니고, 술잔이 날아다니고, 꼬치가 부딪쳐 소리를 냈다.

"술을 뽑아라!

—달라니까!

—돌려라!

—물을 섞어주게!

—물 없이 따라주게. 그래, 이 친구야.

—신나게 단숨에 들이켜라구.

—빛이 연한 적포도주를 잔이 철철 넘치도록 내게 제출하라.

—갈증이 멈추기를.

—고약한 열병아, 사라지지 못하겠느냐?

—정말이지, 대모님, 술을 못 마시겠어요.

—기다리다 지쳤어, 당신?

—과연 그렇군요.

---

36 술꾼들의 대화는 한껏 취흥에 젖은 술자리의 분위기를 생생하게 재현하는데, 이름
이 밝혀지지 않은 많은 사람들의 두서없는 대화 속에서 성직자, 군인, 법률가, 대
모, 독일인, 바스크인 등 인물들의 직업, 신분, 출신 등을 식별할 수 있다.

—성 크네의 배를 두고 말인데, 술 이야기를 하자구.

—난 교황의 암노새[37]처럼 기분 내키는 때만 마신다구.

—난 수도원장[38]처럼 성무일과서를 보면 술을 마시게 되지.

—갈증과 술 마시기 중에 어느 것이 먼저일까?

—갈증이지, 왜냐하면 죄 없던 시절에 누가 갈증 없이 술을 마셨겠나?

—술 마시기가 먼저지. 왜냐하면 결핍은 소유를 전제로 하니까. 그렇게 보면 난 성직자라고 할 수 있지. *채워진 술잔이 웅변가로 만들지 못한 자가 어디 있겠는가?*

—우리 죄 없는 사람들은 갈증 없이도 너무 마셔댄다네.

—난 아니야. 죄인이니 나는 지금 갈증이 나도 마시지 않고, 미래의 갈증에 대비한다네. 알겠나? 앞으로 올 갈증을 위해 마신다는 거지. 나는 영원히 마시지. 내게는 술 마시는 것이 영원이고, 영원이 바로 술 마시는 거라네.

—노래부르고, 술 마시고, 통을 엽시다!

—내 술통이 어디 있지?

—뭐라고! 내가 대리로만 술을 마신다고!

—몸을 말리기 위해 적시느냐, 아니면 적시기 위해 몸을 말리느냐?

—난 신학은 이해하지 못하지만, 실천은 약간 도움이 된다네.

—서두르게.

—나는 적시고, 축이고, 죽는 것이 두려워 모두 마신다네.

—계속 마시게, 그러면 절대로 죽지 않을 거야.

---

37 철자와 발음이 같은 실내화와 암노새mule라는 두 단어를 이용한 말장난. 민간속담에서는 흔히 교황의 실내화를 변덕스러운 암노새에 비유했다고 한다.

38 프란체스코 수도회의 수도원장을 가리키는데, 라블레는 수도사 시절 자유롭게 고전을 연구하기 위하여 교황의 허가를 얻어서 프란체스코 수도회를 떠나 베네딕트 수도회로 적을 옮겼다.

—만일 마시지 않으면 말라버리고, 그러면 죽는 거요. 내 영혼은 개구리가 사는 늪지로 달아나버릴 거요. 영혼은 메마른 곳에 머무르지 않으니까.

—포도주 담당자들이여, 오, 새로운 형태의 창조자여, 술 못 마시던 나를 술꾼으로 바꾸어달라.

—민감하고 메마른 창자를 영속적으로 적셔주기를!

—술맛을 느끼지 못하는 자는 마셔도 소용이 없소.

—이 술은 혈관 속에 들어가 오줌으로는 한 방울도 나오지 않을 거야.

—내가 오늘 아침에 준비한 송아지 창자를 기꺼이 씻을 텐데.

—위가 가득 찼어.

—내 채무증서 종이가 나처럼 잘 마신다면, 빚쟁이들은 서류를 내보이려다가 술을 마시게 될 텐데.[39]

—팔을 들다가 잘못하면 코를 다치게 될 거요.

—이 사람이 나가기 전에 얼마나 많은 다른 사람들이 들어올 것인가!

—얕은 개울가에서 마시다가 목을 삘 수도 있어.[40]

—이게 술단지를 부르는 미끼라는 거야.

—술병과 술단지의 차이는 무엇이지?

—큰 차이가 있지. 술병은 마개로 막고 술단지는 나사[41]를 돌려서 막기 때문이지.

—그거 멋진데!

—우리 조상들은 잘 마셔댔고 술단지를 비웠지.

---

39 술을 마시는 것처럼 채무증서가 잉크를 빨아들인다면, 종이가 다 마셔버려 아무것도 남지 않을 테니 빚쟁이들이 골탕을 먹을 것이라는 뜻이다.
40 마구를 갖춘 말이 너무 얕은 곳에서 물을 마시려고 고개를 숙이다가 목을 다친다는 표현은 거의 빈 술잔을 두고 한탄하는 술꾼의 처지를 비유한 것이다.
41 남성 성기를 가리키는 말.

—멋지게 말 잘했어. 마시자구!

—이 사람은 창자를 씻으러 강에 가는데,[42] 뭐 부탁할 거 없소?

—난 해면보다 더 많이 진탕 마시지.

—난 템플 기사처럼 마구 마시지.[43]

—난 남편처럼 마신다구.[44]

—난 물 없는 대지처럼 마신다네.

—그건 햄과 같은 말인가?

—그건 음주를 강요하는 행위라오. 지하 술창고 담당자의 사다리와도 같은 것이지. 그 사다리로 포도주를 지하창고에 내려가게 하고, 햄으로 포도주를 위 속으로 내려가게 하니까 말이야.

—자, 그런데, 이걸 마시게 해줘. 내 위는 가득 차지 않았어. 누구에게 따르는 것인지 보라니까. 두 사람 몫을 부어라. 마셨다 대신 마신다라고 해야지. 난 과거형을 쓰긴 싫단 말이야.

—내가 마셔대는 것만큼 잘 올라간다면 오래전에 하늘 높이 올라갔을 거야.

—자크 쾨르[45]는 그렇게 부자가 됐지.

—황무지의 나무들은 그렇게 자라지.

—바쿠스는 인도를 그렇게 정복했지.

—과학은 멜린다[46]를 그렇게 정복했지.

—이슬비에 큰바람이 멎듯이, 오랫동안 마시면 천둥도 잠잠해진

---

42 소 창자는 보통 강에 가서 씻었는데, 여기서는 술꾼이 술로 창자를 씻는다는 뜻이다.

43 성지 수호를 위하여 1119년 예루살렘에서 창설된 기사단. 템플 기사처럼 마신다는 표현은 폭음한다는 뜻이다.

44 '남편처럼tanquam sponsus'이라는 라틴어 표현은 '해면처럼 진탕 마신다'는 표현에서 해면spongia을 남편sponsus으로 대체해서 만든 말장난이다.

45 샤를 7세의 재무관.

다네.

—그런데, 만일 내 고추가 그런 오줌을 싼다면 당신은 빨아먹겠소?

—다음 차례에 하지요.

—시동아, 부어라. 내가 마실 차례를 위해 인명록에 기록하라.

—마시게, 기요. 술항아리가 아직도 하나 있어.

—갈증의 선고가 부당한 것으로 이의를 제기하겠다. 시동아, 형식을 갖춰 내 항소를 시행해라.

—이 찌꺼기를 보소!

—난 전에는 모두 마시는 버릇이 있었고, 지금은 아무것도 남기지 않는다네.

—서두르지 말고 모두 끝장냅시다.

—이 내장과 검은 줄무늬가 있는 갈색 고드비요는 내기를 걸고 더 올릴 만도 하겠는데. 제기랄, 깨끗하게 글겅이로 긁읍시다!

—마셔요, 아니면 당신에게……

—싫어요, 싫다니까!

—마셔요, 부탁이니.

—참새는 누군가 꼬리를 두들겨야만 먹고, 나는 비위를 맞춰줘야만 마시지.

—*마시게, 친구.* 흰 족제비가 토끼를 몰듯이 술이 갈증을 뒤쫓지 못하는 땅굴은 내 몸속 어디에도 없다네.

—이 술이 갈증에 채찍질을 가하는구나.

—이 술이 내게서 갈증을 완전히 몰아내는구나.

—갈증에서 벗어난 사람이 다시 갈증을 찾지 않도록 여기서 술단

---

46 멜린다는 바스코 다 가마의 첫번째 기항지로, 남아프리카 공화국의 잠비지 강 하구에 있다.

지와 술병으로 피리를 불자. 우린 이제 술을 많이 마셔서 몸속을 깨끗이 비워냈다네.

　—위대한 조물주는 천체를 만들고 우리는 접시를 깨끗이 비우지.[47]

　—내 하느님의 말씀을 입에 담고 있으니, *내가 목마르다.*[48]

　—석면이라는 돌은 우리 신부님의 갈증만큼이나 타서 없어지지 않는다네.

　—식욕은 음식을 먹을 때 생긴다고 르 망의 앙제스트 주교는 말했지. 반면에 갈증은 술을 마시면 사라지거든.

　—갈증에 대한 치료법은?

　—개에게 물리지 않는 방법과는 반대지. 개 뒤를 쫓아다녀라. 그러면 물리지 않을 것이다. 갈증이 나기 전에 마셔라. 그러면 결코 갈증이 생기지 않을 것이다.

　—조는 것을 보면 당신을 깨울 것이오. 영원한 포도주 담당관이여, 잠에서 우리를 지키소서. 아르고스[49]가 지키기 위해 1백 개의 눈을 가졌듯이, 포도주 담당관이 피곤하지 않게 술을 따르려면 브리아레스[50]처럼 백 개의 손이 필요할 거야.

　—목을 축입시다. 이봐, 몸을 말리는 것은 기분 좋은 일이지!

　—백포도주를! 모두 부어라. 제기랄, 부으라니까! 여기 가득 부어. 혀가 까졌네.

---

47 같은 발음의 천체planète와 깨끗한 접시plats nets를 이용한 말장난.

48 『신약』「요한복음」 19장 28절. 당시에는 성경의 구절을 세속적인 상황에서 인용하는 일이 흔히 있었다.

49 헤라는 제우스가 사랑한 이오를 암소로 만들어 수많은 눈을 가진 아르고스에게 지키게 했는데, 제우스의 명을 받은 헤르메스가 그를 죽이고 이오를 구출한다. 헤라는 그를 불멸의 존재로 만들기 위하여 그의 눈을 공작의 깃털에 옮겨 달았다고 한다.

50 50개의 머리와 100개의 팔을 가진 하늘과 대지의 아들.

—친구들, 건배!

　—자네를 위하여, 내 친구여. 기쁜 마음으로, 기꺼이!

　—라. 라. 라. 이게 바로 실컷 마신다는 거야!

　—오, *그리스도의 눈물이여!*[51]

　—이 피노 포도주[52]는 라 드비니에르산인데.

　—오, 좋은 백포도주로구나!

　—내 명예를 걸고 단언하지만, 이건 그야말로 타프타 천처럼 부드러운 맛이라구!

　—아하, 이건 잘 재단한 고급 양모처럼 귀 하나 짜리[53]로군.

　—친구, 기운을 내라니까!

　—이 판에서 내가 센 패를 냈으니까 몽땅 따먹지는 못할 거야.

　—*이곳에서 저곳*으로. 자네들 모두 보았듯이 속임수는 없어. 이 분야에서는 내가 고수로 통하지.

　—흠, 흠, 나는 마세 사제[54]일세.

　—오, 술꾼들이여! 오, 목마른 자들이여!

　—시동아, 애야, 여기 가장자리까지 가득 채워주려무나.

　—추기경식으로![55]

---

51 베수비오 산 기슭의 몬테피아스코네 수도원에서 나는 유명한 사향 포도주. 이 수도원에 그리스도의 눈물이 보관되어 있었다고 해서 이 지방 포도주에 이와 같은 이름이 붙여졌다.

52 루아르 강 유역에서 나는 알과 송이가 작은 포도로 만든 포도주. 라 드비니에르는 라블레의 고향마을이다.

53 포도주나 천을 감별할 때 귀 하나를 붙인 것은 검사관이 품질을 인정한 것이고, 귀가 둘인 것은 불량품을 가리킨다.

54 앞의 문장에 나오는 '고수로 통하다maistre passé'와 여기 나오는 '마세 사제 prebstre Macé'는 철자 m과 p를 바꾸어 만든 말장난이다.

55 잔을 가득 채워 추기경의 관처럼 붉은색으로 보이게 한다는 뜻이다.

—자연은 진공을 싫어한다.[56]

—파리가 거기서 마실 것을 찾을 수 있었을까?.

—브르타뉴 식으로![57]

—깨끗이, 이 포도주를 깨끗이 비우자.

—꿀꺽 마시게, 이건 약초 같은 거야."

---

56 고대 물리학의 공리.
57 브르타뉴 사람들은 단맛이 적은 포도주를 즐겨 마셨다고 한다.

제6장 가르강튀아는 어떻게 기이한 방식으로 태어났는가

그들이 이런 술자리의 잡다한 대화를 나누고 있을 때, 가르가멜은 아랫배가 아프기 시작했다. 그러자 그랑구지에는 풀밭에서 일어나 그것이 해산의 통증이라고 생각하고 다정하게 그녀를 격려했다. 그는 그녀에게 라 소세 들판의 풀밭에 누웠으니 간단히 말해서 말처럼 새 발굽을 얻게 될 것이고,[58] 그러니까 아기의 새로운 출현을 위하여 용기를 내어야 하고, 고통이 약간은 괴롭겠지만 오래 계속되지 않을 것이며, 그다음에 오는 기쁨이 모든 괴로움을 없애줄 것이므로 결국에는 그 기억도 남지 않게 될 것이라고 말해주었다.

"암양처럼 용기를 가져요. (그가 말했다) 이 애를 얼른 낳아버리고 곧 다른 아이를 만듭시다.

─아, (그녀가 말했다) 좋으실 대로 말씀하세요. 당신들 남자들이란! 그래요, 정말이지, 당신이 원하니 있는 힘을 다하겠어요. 하지만 당신이 그걸 잘라버렸더라면 좋았을 것을!

─뭐라고? 그랑구지에가 말했다.

---

58 풀밭에서 새끼를 낳는 암말에게 새 발굽이 돋는다는 데서 유래한 표현으로, 곧 아이를 낳게 되리라는 뜻이다.

—아! (그녀가 말했다) 당신 참 대단한 사람이군요! 무슨 말인지 잘 아시면서.

—내 물건 말이요? (그가 말했다) 이럴 수가! 원한다면 칼을 가져오게 하시오.

—아! 그러지 마세요. (그녀가 말했다) 하느님께서 저를 용서해주시기를! 진심으로 한 말은 아니에요. 제 말을 새겨듣지 마세요. 그렇지만 모두 당신 물건 때문에, 하느님이 도와주시지 않으면 저는 오늘 힘든 일을 겪게 될 거예요. 그런데도 당신은 느긋하군요.

—기운을 내요, 기운을 내! (그가 말했다) 다른 일일랑 걱정 말고 앞의 네 마리 소가 하는 대로 내맡겨봐요,[59] 난 몇 잔 더 마시러 갈 테니. 그 사이에 통증이 오면 곧 오리다. 두 손을 입에 대고 소리를 지르기만 하면 당신에게로 달려오겠소."

그러고 나서 얼마 지나지 않아 그녀는 한숨을 내쉬고 괴로워하며 비명을 지르기 시작했다. 즉시 사방에서 많은 산파들이 달려와서 밑을 만져보고, 나쁜 냄새가 나는 살덩어리를 발견하고는 그것이 아이라고 생각했다. 그러나 그것은 우리가 앞에서 밝힌 바와 같이 내장요리를 너무 많이 먹은 탓으로 (여러분이 항문에 붙은 창자라고 부르는) 직장이 늘어나며 그녀에게서 빠져버린 항문이었다.

그때 일행 중에 생 주누 근처의 브리즈파유 마을에서 온, 육십 년 이상 의술에 종사하며 솜씨를 인정받았던 더러운 차림새의 노파가 강력한 수렴제를 투여했다. 그러자 모든 괄약근이 수축해서 닫혀버려 이로 물어 벌리기도 몹시 힘이 드는, 생각하기도 끔찍한 상황이 벌어졌다. 이런 식으로 악마는 생 마르탱의 미사에서 두 골 족 여인들[60]의 수다를 기

---

59 가장 힘든 일은 끝냈다는 뜻. 수레에 짐을 싣는 일이 힘들지 그다음에 수레에 짐승을 매어 끄는 일은 수월하기 때문이다.

록하려고 양피지를 이로 물어 늘렸던 것이다.

이 사고로 자궁 태반의 엽(葉)이 이완되자 아이는 위쪽으로 솟아올라 공정맥으로 들어가서는 횡격막을 지나 (그 정맥이 둘로 나뉘어지는) 어깨 위까지 기어올라간 다음 왼쪽 길을 따라 왼쪽 귀로 나왔다.

그는 태어나자마자 다른 아이들처럼 "응애, 응애" 하고 울지 않고, 모든 사람들에게 술을 마시도록 권하려는 것처럼 "마실 것! 마실 것! 마실 것!" 하고 큰 소리로 외쳐대서, 그 소리가 뵈스와 비바레에서도 들렸다.

나는 여러분이 이 기이한 출생을 분명 믿지 않으리라 생각한다. 만일 믿지 않는다 해도, 나는 개의치 않겠다. 그러나 선량한 사람, 양식 있는 사람은 누가 말해주거나 글로 씌어진 것을 보면 언제나 믿는 법이다. 이것이 우리의 법이나, 신앙, 이성, 그리고 성경에 위배되는 것인가? 나로서는 성경에서 이와 반대되는 것은 하나도 찾지 못했다. 그러나 만일 하느님의 뜻이 그러하다면, 여러분은 그분께서 그렇게 하시지 못하리라고 말하겠는가? 제발, 이런 헛된 생각에 정신을 혼란시키지 말기 바란다. 아무것도 불가능한 것이 없는 하느님께서 원하신다면, 여자들이 앞으로는 귀를 통하여 아이를 낳을 수 있을 것이라고 나는 여러분에게 장담하는 바이다.

바쿠스는 유피테르의 넓적다리에 잉태되지 않았던가?

로크타유는 어머니의 발꿈치에서 태어나지 않았던가?

크로크무슈는 유모의 실내화에서 태어나지 않았던가?[61]

---

60 현재 프랑스 지역의 원주민은 켈트 족 계통의 골 족이다. 그들은 기원전 52년 율리우스 카이사르에 의하여 정복되었고 영토는 로마제국에 편입되었다. 프랑스 문학에서 골 족의 정신esprit gaulois은 쾌활하고 노골적인 풍자, 외설, 해학 등의 현실적인 서민정신을 대표하는 것으로 정의된다.

61 로크타유와 크로크무슈에 관한 전설은 확인되지 않는데, 우스꽝스러운 이름으로

아도니스는 미르라 나무에서 태어나지 않았던가?[62]

카스토르와 폴룩스는 레다가 낳고 품었던 알 껍질에서 태어나지 않았던가?[63]

그런데 자연에 반한 기이한 출생에 관한 플리니우스의 책 한 장(章) 전체를 여기 소개하면 여러분들은 더욱 놀라고 경악을 금치 못하리라. 그래도 나는 그처럼 뻔뻔한 거짓말쟁이는 아니다. 그의 『박물지』 7권 3장을 읽어보고 내 귀를 더 이상 괴롭히지 말기 바란다.

미루어보아 당시 대중소설에 등장하던 가공의 희극적 인물로 여겨진다.

62 미르라는 아버지인 티아스 왕과 관계해서 아도니스를 잉태하는데, 근친상간이 발각되자 나무로 변신했고, 아도니스는 나중에 이 나무가 쪼개지며 세상에 태어났다. 그녀의 이름을 따서 이 나무에 미르라라는 이름이 붙여졌다.

63 레다는 백조로 변신한 유피테르와 관계를 맺은 다음 알 두 개를 낳았는데, 그중 하나에서 남편의 자식인 카스토르와 클리타임네스트라가 태어나고, 다른 알에서 유피테르의 자식인 헬레네와 폴룩스가 태어났다.

제7장 가르강튀아라는 이름은 어떻게 지어졌는가, 그리고 그는 술을 어떻게 마셨는가

사람 좋은 그랑구지에는 다른 사람들과 함께 마시며 즐기다가 자기 아들이 이 세상의 빛을 처음 보고 "마실 것! 마실 것! 마실 것!"을 요구하며 외치는 무시무시한 고함소리를 들었다. 그래서 그는 "너 참 크구나!"[64](목청이란 말을 덧붙일 것)라고 말했다. 이 말을 듣고 같이 있던 사람들은 고대 유대인들의 예를 좇아, 아들의 출생시에 아버지가 처음 한 말이 이와 같으니 아이는 가르강튀아라는 이름을 가져야 한다고 말했다. 아버지는 이에 동의했고, 어머니도 몹시 마음에 들어했다. 그리고 아이를 달래기 위하여 실컷 마실 것을 주고 나서 세례반에 올려놓고 선한 기독교인들의 풍습에 따라 세례를 주었다.

그리고 아이에게 정상적으로 젖을 먹이기 위해서 퐁티유와 브레에몽의 암소 1만7천9백13 마리가 징발되었다. 왜냐하면 아이에게 먹이는 데 필요한 많은 양의 젖을 고려할 때 전국에서 합당한 유모를 찾는 것은 불가능했기 때문이다. 그렇지만 어떤 스코투스 학파의 박사

---

64 "너 참 크구나!Que grand tu as!"라는 말에서 가르강튀아의 이름이 유래했다는 재미있는 설명이다. 그러나 가르강튀아는 라블레 작품 이전에 이미 민간에 널리 알려져 있던 전설적인 거인의 이름이다.

들[65]은 그의 어머니가 매번 젖통에서 1천4백2 통[66]과 아홉 단지 분량의 젖을 짜낼 수 있었기 때문에 아이에게 젖을 먹였다고 주장했다. 그러나 이는 진실임직하지 못하고, 젖통적으로[67] 추잡스럽고, 경건한 귀에 모욕적이며, 멀리까지 이단의 냄새를 풍기는 주장이라는 판결이 내려졌다.

이러한 상태로 그는 일 년 하고 열한 달을 보냈다. 그후부터는 의사들의 충고에 따라 아이를 장 드니요가 발명한 소가 끄는 멋진 수레에 태우고 다니기 시작했다. 수레에 태워 아이를 즐겁게 여기저기 데리고 다녔는데, 참 보기가 좋았다. 왜냐하면 아이는 혈색이 좋았고 턱이 거의 열여덟 겹이나 되었기 때문이다. 그리고 고함도 별로 지르지 않았다. 그렇지만 어느 때나 엉덩이에 똥칠을 했는데, 그것은 타고난 체질 탓이기도 했지만, 아이가 9월에 나는 포도즙[68]을 너무 많이 마신 탓에 후천적으로 생긴 성향에 의하여 엉덩이가 놀라우리만큼 점액질[69]이 되었기 때문이다. 그런데 그는 이유 없이는 한 방울도 마시지 않았다. 단지 그가 골내고 성을 내고, 불쾌해하거나 슬퍼할 때, 또는 발을 구르고 울며 소리지를 때 마실 것을 갖다주면 되었다. 그러면 아이는 곧 조용하게 진정이 되어 기분이 좋아지곤 했다.

그의 시녀들 중의 하나가 내게 신앙을 걸고 단언하기를 아이가 이러한 습관에 젖어 있는 탓에 술단지나 항아리 소리만 들어도 천국의 기쁨을 맛보는 것처럼 황홀경에 빠진다는 것이었다. 그런 연유로 그녀들

---

65 13세기 영국의 프란체스코 수도회 소속 철학자였던 던스 스코투스의 추종자들. 라블레는 이들을 형식주의에 빠진 스콜라 철학의 무조건적인 신봉자들로 간주한다.
66 400리터 정도 들어가는 큰 통pipe.
67 라블레가 만들어낸 단어. mammallement.
68 포도주를 가리키는 표현으로 라블레 작품에 자주 등장하는 표현이다.
69 고대 서양의학에서 말하는 네 가지 체질 중의 하나로, 감각이 둔하고 성격이 느긋하며 비만형인 사람들이 이에 해당한다.

은 이 신성한 기질을 고려해서 아이를 즐겁게 하기 위하여 아침에 칼을 술잔에 부딪쳐 소리를 내거나 술항아리 마개 따는 소리나 술단지 뚜껑 여는 소리를 내곤 했다. 그 소리를 들으면 그는 즐거워하며, 몸을 떨고, 혼자 머리를 까딱이며 몸을 흔들고, 손가락으로는 일현금 소리를 내고 엉덩이로는 바리톤 소리를 내는 것이었다.

제8장 가르강튀아에게 어떻게 옷을 입혔는가

어느 정도 나이가 들자 부왕은 흰색과 푸른색을 그의 색으로 정하여 옷을 지어 입히라고 명했다. 그래서 사람들은 그 당시의 유행에 맞게 재단과 바느질을 해서 옷을 만들었다. 몽소로의 기록 보관소에 있는 고문서에서 나는 그가 다음과 같이 옷을 입었다는 사실을 알아냈다.

셔츠를 만드는 데는 샤텔로산(産) 천 1천9백 온느,[70] 사각형으로 겨드랑이 아래쪽을 대는 데 2백 온느가 사용되었다. 주름 잡는 법이 아직 발명되기 전이어서 셔츠에는 주름이 없었다. 주름은 속옷 짓는 여자들이 바늘끝이 부러졌을 때 뭉툭한 쪽[71]으로 작업을 하기 시작한 후에 만들어진 것이다.

윗저고리를 만드는 데는 흰 공단 1천8백13 온느, 어깨끈에는 1천5백9 마리 반의 개가죽이 사용되었다. 당시 사람들은 윗저고리에 반바지를 연결하는 대신에 반바지를 윗저고리에 연결하기 시작했던 것이다. 이유인즉, 오캄[72]이 오트쇼사드 선생의 『주석집』에 주석을 달면서 장황하게

---

70 길이의 단위. 1,188미터에 해당한다.
71 이 단어(cul)는 바늘의 뭉툭한 부분과 엉덩이라는 이중의 뜻이 있다. 속옷 짓는 여자들은 행실이 문란하다는 평판이 있었으므로, "엉덩이로 작업하다"라는 뜻으로 해석할 수도 있다.

설명한 것과 같이 이는 자연의 이치를 거스르는 것이기 때문이다.

반바지를 만드는 데는 1천1백5 온느와 3분의 1의 흰 모직물이 사용되었다. 그리고 허리에 땀이 배지 않도록 뒤쪽을 줄무늬의 골이 진 기둥 모양으로 갈라놓았다. 그리고 갈라진 틈 안쪽에는 필요한 만큼의 푸른 다마 천이 대어져 있었다. 그가 신체의 다른 부위에 비례해서 매우 멋진 다리를 가졌다는 점에 유의해야 한다.

바지 앞주머니[73]를 만드는 데는 16 하고 4분의 1 온느의 같은 천이 사용되었다. 그 부분에는 마치 반아치형의 걸침 벽처럼 두 개의 근사한 금고리를 멋지게 달았는데, 금고리는 오렌지만 한 크기의 커다란 에메랄드가 박힌 두 개의 칠보 갈고리에 걸려 있었다. (오르페우스가 『보석론』에서, 그리고 플리니우스가 『박물지』 마지막 권에서 말했듯이) 에메랄드는 성기를 발기시키고 강하게 만드는 효능이 있기 때문이었다.

바지 앞주머니의 앞부분은 지팡이만 한 길이[74]였고, 앞에서 말한 반바지처럼 갈라져 헐렁한 푸른 다마 천이 대어져 있었다. 그런데 여러분이 그 금실로 놓은 아름다운 나선형의 자수와 정교한 다이아몬드와 루비, 터키석, 에메랄드와 페르시아 만의 진주들로 장식된 재미있는 모티프의 금세공을 보게 된다면, 아마 그것을 고대의 유적에서나 볼 수 있음직한, 레아가 유피테르의 유모였던 두 요정 아드라스테와 이다에게 주었던 것과 같은 풍요의 뿔[75]에 비유할 것이다. 풍요의 뿔은 언제나 우아

---

72 14세기 영국의 프란체스코 수도회 소속의 신학자로서, 원래 이름은 오캄의 윌리엄이다. 오트쇼사드는 반바지haut-de-chausse를 의인화한 가공의 인물이다.

73 바지 앞주머니braguette는 바지 앞쪽에 삼각형의 주머니 모양으로 붙인 일종의 성기 가리개를 가리킨다.

74 지팡이canne 길이는 1.8미터 정도이다.

75 로마 신화에서 레아는 사투르누스의 아내이고 유피테르의 어머니이다. 자식에게 왕위를 빼앗기리라는 신탁 때문에 남편이 태어나는 대로 자식들을 잡아먹자, 그녀

하고, 풍부하고, 즙이 많으며, 또 언제나 푸르고, 언제나 꽃이 피고, 언제나 과일이 풍성하게 열리며, 액체, 꽃, 과일과 모든 즐거움으로 가득차 있다. 정말이지, 하느님께서는 얼마나 보기 좋게 만드셨는지! 이에 관해서는 내가 쓴 『바지 앞주머니의 권위』라는 책에서 더 길게 설명할 것이다. 어쨌든 바지 앞주머니가 매우 길고 넉넉했다 해도 그 속은 잘 채워지고 갖추어져 있었다는 점을 여러분에게 지적하고자 한다. 그것은 여성들이 대단히 애석해하듯이 바람만 가득 찬 수많은 멋쟁이들의 위선적인 바지 앞주머니와는 전혀 닮지 않았다.

그의 신을 만드는 데는 짙은 푸른색의 비로드 천 4백6 온느가 사용되었다. 그 가장자리 양쪽에는 나란히 같은 모양으로 둥글게 터진 틈을 보기 좋게 내놓았다. 밑창은 대구 꼬리 모양으로 만들었는데 1천1백 마리분의 갈색 암소가죽이 사용되었다.

그의 긴 겉옷을 만드는 데는 짙게 물들인 푸른 비로드 천 1천8백 온느가 사용되었는데, 주위에 아름다운 포도잎 모양을 수놓았고, 복판에는 은실로 나선형으로 수놓은 항아리들에 많은 진주들이 달린 금고리가 둘러져 있었다. 이는 그가 당대의 대단한 술꾼이 될 것임을 예고하는 것이었다.

그의 혁대를 만드는 데는 도드라지게 짠 비단 3백 하고 반 온느가 사용되었는데, (내가 잘못 알지 않았다면) 절반은 흰색이고 절반은 푸른색이었다.

그의 장검은 발랑스산이 아니었고, 그의 단도도 사라고스산이 아니었다. 왜냐하면 그의 아버지는 개종한 악마 같은 유대인들과 피가 섞인 주정뱅이 에스파냐 귀족들을 싫어했기 때문이다. 그 대신 그는 누구나

_____

는 유피테르를 보호하기 위하여 이다와 아드라스테 두 요정에게 그를 맡긴다.

가지고 싶어할 만큼 아름답게 채색하고 금박을 입힌 나무로 만든 훌륭한 칼과 가죽을 삶아 만든 단도를 가지고 있었다.

그의 주머니는 리비아의 총독이었던 혜르 프라콩탈이 선사한 코끼리 불알로 만들어졌다.

그의 긴 겉옷을 만드는 데는 앞에서처럼 푸른 비로드 천 9천6백 빼기 3분의 2 온느가 사용되었는데, 대각선으로 금실이 넣어져 짜여 있어서 어떤 각도에서 보면 멧비둘기의 목에서 볼 수 있는 것처럼 말로 표현할 수 없는 묘한 색조가 나타나 보는 사람들의 눈을 황홀하게 만들었다.

그의 모자를 만드는 데는 3백2 온느와 4분의 1의 흰 비로드 천이 사용되었다. 모자는 머리 크기에 맞게 넓고 둥근 형태였는데, 이는 그의 아버지가 파이 껍질처럼 만들어진 무어인[76] 식의 모자는 머리를 짧게 깎은 사람들에게 언젠가 불행을 가져다줄 것이라고 말했기 때문이다.

깃털 장식으로는 야만적인 히르카니 지방[77]의 펠리컨의 크고 아름다운 것을 꽂았는데, 귀엽게 오른쪽 귀 위에 늘어져 있었다.

그의 모자 장식[78]은 무게가 육십팔 마르크[79]에 이르는 황금판 위에 그만한 크기의 칠보 형상이 붙은 것이었는데, 거기에는 플라톤이 『심포지엄』에서 신화에 나오는 태초의 인간의 본성이었다고 말한 바와 같이 서로 마주 보고 있는 두 개의 머리와 네 개의 팔, 네 개의 다리, 두 개의 엉덩이를 가진 사람의 몸이 그려져 있고 주위에는 이오니아 문자로 "사랑은 유익을 구하지 아니하고ΑΓΑΠΗ ΟΥ ΖΗΤΕΙ ΤΑ ΕΑΥΤΗΣ"[80]라고

---

76 중세에 에스파냐를 정복한 회교도들. 대개 머리를 짧게 깎았다.

77 중앙 아시아의 지방 이름. 야만적인 곳을 상징했다고 한다.

78 모자에 달고 다녔던 칠보 같은 보석으로, 경구나 소유자의 성격에 맞는 문장이 새겨져 있었다.

79 무게의 단위. 244그램에 해당한다.

80 『신약』 「고린도 전서」 13장.

씌어 있었다.

　목에는 2만5천63 마르크의 금줄에 용을 새기고 깎은 커다란 벽옥이 박힌 목걸이를 두르고 있었는데, 전체가 빛과 광채로 둘러싸여 있었다. 이는 예전에 네셉소스 왕[81]이 하던 목걸이와 같은 것이었는데, 그는 일생 동안 배 위쪽의 구멍[82]까지 내려오는 이 목걸이의 효험을 본 것으로 그리스 의사들 사이에 알려져 있었다.

　그의 장갑을 만들기 위해서는 작은 요정 가죽 열여섯 장, 가장자리 장식에 늑대인간 가죽 세 장이 사용되었다. 장갑은 생 루앙의 신비주의 해석자들[83]의 지시에 의하여 이러한 재료로 만들어졌다.

　그의 아버지가 고대식으로 고귀한 신분의 표시를 재현하기 위하여 그에게 반지를 끼도록 해서, 그는 왼손 집게손가락에 타조알만 한 크기의 석류석을 순금에 멋지게 박은 반지를 끼었다. 그리고 넷째 손가락에는 네 가지 금속으로 된 반지를 끼었는데, 그것은 일찍이 본 적이 없는 신기한 방법으로 철이 금을 상하게 하지 않고, 은이 구리를 변질시키지 않게 만들어진 것이었다. 이 모든 것은 샤퓌 선장과 그의 측근인 알코프리바스[84]에 의하여 제작되었다. 오른손 넷째 손가락에 낀 나선형으로 만든 반지에는 순도 높은 홍옥과 뾰족하게 깎은 다이아몬드와 피손 강[85]에서 나는 에메랄드가 박혀 있었는데 값을 매길 수가 없을 정도였다. 멜린다 왕국의 보석세공인 한스 카르벨은 이 보석들이 금화[86] 6천9백8십

---

[81] 기원전 7세기 이집트의 파라오로, 마술사로 알려져 있다.
[82] 식도를 가리킨다.
[83] 라블레의 고향인 쉬농 근처의 마을 생 루앙의 베네딕트 수도회 수도사들을 가리키는 것으로 보인다.
[84] 라블레 이름의 철자 순서를 바꾸어 만든 별명. 그가 책의 제목에서 밝힌 저자의 이름이기도 하다.
[85] 지상의 낙원에 흐르는 강으로, 근처의 땅에서 금과 보석이 난다고 한다.

9만4천18 닢의 가치가 있다고 평가했고, 아우그스부르크의 푸거 가(家)[87]에서도 같은 값을 매겼다.

---

86 털이 긴 양이 새겨진 금화. 신의 어린 양agnus dei을 나타낸다.
87 16세기 신성로마제국의 유명한 은행가 집안.

제9장 가르강튀아의 의복과 색

여러분이 앞에서 읽을 수 있었듯이, 가르강튀아의 색은 흰색과 푸른색이었다. 이 색을 통하여 그의 아버지는 아들이 자신에게 천상의 기쁨을 가져다주었다는 사실을 사람들에게 알리고자 했던 것이다. 왜냐하면 흰색은 기쁨, 쾌락, 환희와 즐거움을 의미하고, 푸른색은 천상의 것들을 의미하기 때문이다.

여러분이 이 글을 읽고서 이 늙은 술꾼을 비웃으며 색에 대한 설명이 너무 부당하고 상식에 어긋난다고 판단하리라는 것을 나는 잘 알고 있다. 여러분들은 흰색은 신앙을 의미하고 푸른색은 굳은 의지를 의미하는 것이라고 말할 것이다.[88] 그러나 여러분을 흥분시키거나 성나게 하거나 열받게 하거나 목마르게 하려는 것이 아니니 (위험한 계절이니까), 좋을 대로 대답해보라. 여러분에게나 어느 누구에게도 다른 강요는 하지는 않겠다. 단지 술병의 말 한마디만 하겠다.

누가 당신들을 부추기는가? 누가 당신들을 자극하는가? 누가 당신들에게 흰색은 신앙을, 푸른색은 굳은 의지를 의미한다고 말하는가? 당신들은 떠돌이 행상과 봇짐장수들이 팔러 다니는 『색채의 문장학』이라

---

88 실제로 문장학(紋章學)에서는 흰색과 푸른색에 이러한 의미를 부여하고 있다.

는 제목의 엉터리 책을 들먹일 것이다. 누가 그 책을 썼는가? 그가 누구이든지 간에 이름을 밝히지 않은 것은 신중한 처사였다. 그렇지만 그 나머지에 대해서는 그의 오만함과 어리석음 중 무엇에 대해서 먼저 감탄해야 좋을지 모르겠다. 그는 아무런 이유나 원인, 근거도 없이 순전히 개인적인 권위로써 이 색깔들이 무엇을 상징하는지를 감히 규정했는데, 이것은 자의적 판단이 이성을 대신하기를 바라는 폭군들의 관행이지 명백한 이성에 의해서 독자들을 만족시키려는 현자와 학자들의 관행은 아니다. 그가 저지른 어리석음은 그 어떤 증명이나 추론 없이 세상 사람들이 그의 어리석은 제안대로 자신들의 경구를 정하리라고 생각한 데 있다.

(속담에 "설사하는 엉덩이에 똥이 가득하다"고 하듯이) 실제로 그는 높은 모자를 쓰던 시절[89]로부터 여지껏 살아남은 몇몇 멍청이들을 찾아 냈다. 이들은 그의 책을 믿고서 그 책에 따라 격언과 말을 만들어 지껄여대고, 노새에게 보호장구를 달고, 시종들에게 옷을 해서 입히고, 반바지에 문장을 달고, 장갑에 수를 놓고, 침대를 자수로 장식하고, 깃발을 그리게 하고, 노래를 짓고, 더 고약한 것은 정숙한 부인네들에게 사기를 치며 은밀히 비열한 계략을 써먹었던 것이다.

궁정의 허풍쟁이들과 애매한 말을 꾸며내는 자들은 이처럼 암흑 속에 빠져 있기 때문에, 희망(espoir)을 뜻하기 위해서는 공 모양(sphere)[90]을, 고통(poines)에는 새의 깃털(pennes)을, 우울(melancolie)에는 매발톱꽃(ancholie)을, 번창한 삶(vivre en croissant)에는 양끝이 뾰족한 달

---

89 높은 모자가 유행했던 이전 시대를 가리키는 표현으로, 사라져버린 과거를 의미한다.

90 espoir와 sphère는 esper와 espere로 비슷하게 발음되었다고 한다. 계속 이어지는 단어의 쌍은 어떤 특별한 의미관계에 의하여 유추된 것이 아니라 단지 발음상의 유사성에 근거한 것이다.

(la lune bicorne)을, 파산(bancque roupte)에는 부서진 벤치(banc rompu)를, 거칠지 않은 옷(non durhabit)을 위해서는 부정의 농(non)과 갑옷(alcret)[91]를, 학사(licentié)에는 닫집 없는 침대(lict sans ciel)를 문장에 그려넣게 했던 것이다. 이처럼 비슷한 소리의 말들은 너무 부적절하고, 멋없고, 상스럽고 야만적이어서 프랑스에서 고전이 복원된 이후[92]에도 이런 말을 쓰려는 자들에게는 여우 꼬리를 목에 매달아주고 쇠똥으로 얼굴에 덧칠을 해주어야 할 것이다.

만일 이를 두고 망상이 아니라 정당한 이유라고 부를 수 있다면, 같은 이유로 수고롭게 하다(pener)를 의미하기 위하여 바구니(penier)를, 몹시 기다리는(moult tarde) 마음에는 겨자 단지(pot à moustarde)를, 종교재판소 관리(official)[93]에는 요강(pot à pisser)을, 내 반바지의 엉덩이 부분(fond de mes chausses)에는 상선(vaisseau de petz)[94]을, 바지 앞주머니(braguette)에는 재판 기록보관소(greffe des arrestz)[95]를, 내 애인의 사랑이 담겨 있는 집안의 기둥(tronc de ceans)[96]에는 개똥(estront de chien)을 그리게 할 수 있을 것이다.

예전에 이집트의 현자들이 상형문자라고 부르는 글자로 글을 쓸 때는 전혀 다른 방식을 취했었다. 이 글자가 나타내는 사물들의 효과나 속성 또는 본질을 알지 못하면 전혀 이해할 수 없었지만, 일단 알기만 하

---

91 non durabit는 라틴어로 계속되지 않는다는 뜻이 있으므로 이중의 말장난으로 볼 수 있다.

92 문예부흥이 일어난 르네상스 시대를 가리킨다.

93 이 단어에는 종교재판소 관리와 요강이라는 두 가지 뜻이 있다.

94 이 표현은 상선vaisseau de paix과 똥누는 요강vase de petz이라는 두 가지 의미로 읽을 수 있다.

95 이 표현은 발기한 남성 성기greffe dressé라는 뜻으로 읽을 수 있다.

96 앞의 표현과 같이 남성 성기를 가리킨다.

면 이해할 수 있었던 것이다. 이에 관해서는 오루스 아폴론[97]이 그리스어로 두 권의 책을 썼고, 폴리필루스가 『사랑의 꿈』[98]에서 더 자세히 설명한 바 있다. 프랑스에서는 제독님의 경구[99]에서 단편적인 예를 볼 수 있는데, 그것은 옥타비아누스 아우구스투스[100]가 처음 썼던 것이다.

하지만 더 이상 위험한 심연과 항로 사이로 내 작은 배를 몰아 항해하지는 않겠다. 출발했던 항구에 정박하러 되돌아가련다. 자연 속에 어떤 색들이 있는지, 또 얼마나 많은 색들이 있는지, 그리고 각각의 색은 무엇을 의미하는지에 관해서 언젠가 더 자세히 쓸 수 있고, 고대로부터 물려받고 인정된 권위만큼이나 철학적 추론에 의하여 이를 증명할 수 있으리라는 희망을 나는 가지고 있다. 만일 우리 할머니께서 술항아리라고 말씀하시곤 했던 모자의 틀[101]을 하느님께서 보존하도록 해주신다면 말이다.

---

97 문법학자인 아폴론의 『상형문자』가 15세기 이후 보급되어 우의적인 문장학의 유행을 가져왔다.

98 프란체스코 콜로나가 쓴 우의적인 소설로, 상형문자가 씌어진 기념물에 관한 묘사가 들어 있다.

99 프랑스의 제독이었던 기욤 드 보니베가 썼던 '천천히 서둘러라Festina lente'라는 경구인데, 그의 묘비에 새겨져 있었다고 한다.

100 로마의 초대 황제.

101 머리를 가리킨다.

제10장 흰색과 푸른색의 의미에 관해서

그러니까 흰색은 부당하지 않게 정당한 권리와 자격으로 기쁨, 위안과 환희를 의미하는 것이다. 여러분이 편견을 버리고 내가 지금부터 설명하는 것을 이해하려고 한다면 이 사실을 확인할 수 있을 것이다.

아리스토텔레스는 선과 악, 미덕과 악덕, 차가움과 뜨거움, 흰색과 검은색, 쾌락과 고통, 기쁨과 슬픔 등 같은 범주에서 대립되는 두 사물을 가정하고, 한 범주에서 대립되는 것이 논리적으로 다른 범주에서 대립되는 것과 연결되도록 짝을 지으면, 결과적으로 하나의 대립개념이 남은 다른 범주의 대립개념과 통하게 된다고 말했다. 예를 들어 미덕과 악덕은 같은 범주에서 대립되고, 선과 악도 마찬가지이다. 만일 미덕과 선처럼 첫번째 범주의 대립개념 중 하나가 두번째 범주의 대립개념과 통한다면, (왜냐하면 미덕은 좋은 것이라고 알려져 있으니까), 남은 두 개념인 악덕과 악도 서로 통하게 될 것이다. 악덕은 나쁜 것이니까 말이다.

이 논리적 규칙을 이해한다면, 속성상 대립되는 것이므로, 기쁨과 슬픔 그리고 흰색과 검은색이라는 두 대립쌍을 취하도록 하라. 검은색이 슬픔을 의미한다면 당연히 흰색은 기쁨을 의미하게 될 것이다.

이러한 의미는 자의적으로 정해진 것이 아니라 철학자들이 전인법(全人法)이라고 이름 붙인, 어느 곳에서나 유효한 보편적 법칙에 의해서 모든 사람들의 합의로 받아들여진 것이다.

여러분도 잘 알고 있듯이, 비뚤어진 심성을 가졌던 고대 시라큐스인과 아르고스인들을 제외하고,[102] 모든 국가와 모든 민족들이 쓰는 언어에 상관없이 외부로 그들의 슬픔을 나타내기 위해서는 검은 옷을 입고, 상복은 검은색으로 만들어진다. 누구에게서 배우지 않더라도 단번에 저절로 이해할 수 있는 논거나 이유를 자연이 제공해주지 않고서는 이러한 보편적 동의는 이루어지지 않는다. 이것이 우리가 자연법이라고 부르는 것이다.

이와 같은 자연적인 이유로 모든 사람들은 흰색이 기쁨, 환희, 위안, 즐거움과 희열을 뜻한다는 것을 알고 있다.

과거에 트라키아인과 크레타인들은 운 좋고 기쁜 날을 흰 돌로, 슬프고 불행한 날을 검은 돌로 표시했었다.

밤은 음산하고, 쓸쓸하고, 우울함을 느끼게 하지 않는가? 그 결핍으로 인해서 밤은 어둡고 암울한 것이다. 빛은 모든 자연을 즐겁게 하지 않는가? 빛은 다른 어느 것보다 더 희기 때문이다. 이를 증명하기 위해서는 바르톨루스를 비판했던 로렌조 발라[103]의 책을 참고할 수도 있겠지만, 복음서만으로도 여러분을 충분히 만족시킬 수 있을 것이다. 「마태복음」 17장에 구세주의 변신에 관해서 "옷이 빛과 같이 희어졌더라"는 말이 나온다. 그분의 옷이 빛과 같이 희어진 것은 이를 통하여 세 사도들에게 영원한 기쁨이란 무엇이며 어떤 모습인가를 보여주기 위함이었다. 이가 다 빠진 노파도 "빛은 좋은 것"이라고 말하듯이, 사람들은 누구나 빛에 의하여 즐거움을 얻기 때문이다. 「토비아서」[104](5장)에서 시력

---

102 플루타르코스에 따르면 이들은 흰 상복을 입었다고 한다.

103 인문주의자 로렌조 발라는 14세기의 저명한 법률학자였던 바르톨루스가 가장 고상한 색은 흰색이 아니라 금색이라고 주장했던 것을 비판하는 글을 썼다.

104 『구약』의 외경(外經).

을 잃은 자에게 라파엘 대천사가 인사를 하자 "하늘의 빛을 볼 수 없는 내게 무슨 기쁨이 있으리요?"라고 대답했다. 천사들은 구세주의 부활(「요한복음」 20장)과 승천(「사도행전」 1장)을 맞은 온 세상의 기쁨을 흰색으로 증거했다. 복음서의 성 요한은 행복한 천국의 예루살렘 신도들이 같은 복장을 하고 있는 것을 보았던 것이다(「계시록」 4장과 7장).

그리스인과 로마인들의 고대사를 읽어보라. 로마의 최초의 모델이었던 알바 시는 흰 암퇘지의 발견에 따라 세워지고 이름이 붙여졌던 것이다.[105]

적에게서 대승을 거두고 로마에 개선하는 자는 흰 말들이 끄는 수레를 타고 입성하도록 정해져 있었다고 한다. 개선 축하[106]를 받으러 입성하는 자도 마찬가지였다. 이는 그들의 입성에 대한 기쁨을 흰색보다 더 확실히 표현할 수 있는 표지나 색이 없었기 때문이다.

아테네의 장군 페리클레스는 흰 잠두콩으로 추첨을 해서 그의 병사들 중 일부는 놀고 즐기며 휴식을 취하도록 하고, 다른 쪽 병사들은 전투에 나가도록 했다고 한다. 이 문제에 대해서 다른 수많은 예들과 문구를 제시할 수 있지만, 적당한 계제가 아닌 것 같다.

이러한 이해를 바탕으로 여러분들은 아프로디시아스 사람 알렉산드로스[107]가 해결 불가능하다고 선언했던 문제를 풀 수 있을 것이다. 그것은 "왜 고함소리와 포효만으로도 모든 짐승들을 떨게 만드는 사자가

---

105 베르길리우스의 『아이네이스』 3장 388행에 나오는 이야기로 트로이의 왕자 아이네이아스의 아들 아스카니우스가 흰 암퇘지를 보고 그곳에 알바 시를 세웠다고 한다. 알바는 라틴어로 흰옷이라는 뜻이다.

106 5천 명 이상의 적을 죽인 대승을 거둔 개선triomphe과 그보다 못한 개선ovation의 경우 축하 행사의 규모와 절차가 엄격히 구별되어 있었다고 한다.

107 아리스토텔레스의 주석자로서 해결 불가능한 문제의 목록을 만들었던 것으로 전해진다. 그런데 사자가 닭을 두려워한다고는 했지만 닭의 색에 대해서는 언급하지 않았다.

흰 닭만은 두려워하고 받드는가?" 하는 것이었다. (프로클루스[108]가『제물과 마법』이라는 책에서 말했듯이) 이는 지상과 우주의 모든 빛이 모여 있는 천체인 태양의 효과가 그 색만큼이나 특수한 속성과 성질 때문에 사자보다는 흰 닭에 더 상징적이고 위력적으로 존재하기 때문이다. 그는 또 사자의 모습을 한 악마가 흰 닭 앞에서 갑자기 사라져버리는 것을 자주 볼 수 있었다고 말했다.

이 때문에 골 족Galli[109](프랑스인들이 이렇게 불리는데, 왜냐하면 그리스인들이 갈라gala 라고 이름 붙인 대로 그들은 천성적으로 우유처럼 피부가 희었기 때문이다)은 모자에 즐겨 흰 깃털을 꼽고 다녔다. 그들은 기질적으로 쾌활하고, 순진하고, 우아하고 호감을 사는 민족이라서 다른 어느 꽃보다 흰 백합을 그들의 표지, 상징으로 삼는다.

만일 여러분이 내게 어떻게 자연은 우리에게 흰색이 기쁨과 환희를 뜻하는 것으로 이해하게 하는가를 묻는다면, 그것은 유사성과 동질성에 의해서라고 답하겠다. 흰색은 시력을 교란하고 분산시키는데, 이는『문제집』에 나오는 아리스토텔레스의 견해와 이에 관한 시각론자들의 해석에 따르면, (크세노폰[110]이 자기 부하들에게 일어난 일이라고 말한 바 있고, 갈레노스가『인체의 부위별 용도』10권에서도 자세히 설명한 바 있으며, 여러분도 눈 덮인 산을 지나갈 때 잘 볼 수가 없다고 불평했던 경험에서 알 수 있듯이) 흰색이 시각적 정기[111]를 와해시키기 때문이다. 이와 같은 이치로, 심장이 특별한 기쁨을 느끼면 그 영향으로 신체 내부에서 용해

---

108 5세기의 플라톤주의 철학자.
109 프랑스의 원주민인 골Gaule 족을 라틴어 복수로 Galli라고 하는데, 이 이름이 그리스어의 우유gala에서 유래했다는 설명이다.
110 소크라테스의 제자였던 그리스의 철학자, 정치가.
111 아리스토텔레스가 말하는 동물적 정기의 하나로, 시각적 정기가 빠져나와 사물을 지각하게 만든다고 생각했다.

되어 생명의 정기[112]가 분산되는 명백한 현상이 나타난다. 이 현상이 심해지면 심장은 기능을 유지시키는 정기가 결핍되어 그 결과로 극도의 기쁨으로 인하여 생명이 꺼져버릴 수도 있다. 이는 갈레노스가『방법론』12권과『질병의 부위』5권,『증상의 원인』2권에서 언급하고 있다. 마르쿠스 툴리우스[113]의『투스쿨룸의 논의』,[114] 베리우스,[115] 아리스토텔레스, 칸네 전투[116] 이후에 있었던 일을 기록한 티투스 리비우스,[117] 플리니우스 7권 32장과 53장, 아울루스 겔리우스 3권, 15권과 다른 책들에서 실제로 있었던 일로 증언하는 바에 따르면, 로데스 사람 디아고라스, 킬로, 소포클레스, 시칠리아의 폭군 디오니시우스, 필리피데스, 필레몬, 폴리크라타, 필리스티온, 마르쿠스 유벤투스를 비롯한 여러 사람들이 기뻐하다 죽었다고 한다. 아비세나[118]는『규범』2권과『심장의 영향』에서 이 문제에 관해서 사프란[119]을 지나치게 많이 섭취하면, 심장을 극도로 흥분하게 만들어 과도한 용해와 분산으로 생명을 잃게 된다고 했다. 이에 관해서는 아프로디시아스 사람 알렉산드로스의『문제집』1권 19장을 참조하라. 이 주제에 대한 답변은 이로써 종결짓겠다.

그런데 이것 참! 처음에 의도했던 것보다 이 문제에 더 깊이 들어

---

112 심장 속에 들어 있는 생명의 정기는 신체 기관의 기능을 관장한다. 격렬한 동작을 하면 열이 이 정기를 팽창시켜 흩어지게 만든다.

113 로마의 철학자 키케로를 가리킨다.

114 키케로가 그의 별장이 있었던 투스쿨룸에서 집필한 다섯 권으로 된 철학서.

115 로마의 문법학자.

116 기원전 216년에 일어났던 2차 포에니 전쟁. 카르타고의 영웅 한니발이 로마군을 격퇴했다.

117『로마의 역사』를 쓴 역사가.

118 이란의 의학자, 철학자. 그의『의학의 규범』과 아리스토텔레스에 대한 주석은 17세기까지 유럽에 상당한 영향을 미쳤다.

119 꽃에 상처를 내어 노란 염료와 향료를 얻는 식물.

가버리다니. 그러니 여기서 돛을 내리고 나머지는 전적으로 이 주제를 다룬 책을 위하여 남겨두겠다. 그리고 흰색이 기쁨과 즐거움을 상징하는 것과 같이 상징에 의하여 푸른색은 분명히 하늘과 천상의 사물을 뜻한다는 말 한마디만 해두겠다.

제11장 가르강튀아의 어린 시절에 관해서

가르강튀아는 세 살부터 다섯 살까지 아버지의 지시에 따라 양육되고 필요한 모든 교육을 받았다. 그리고 이 시기를 그 나라의 모든 아이들처럼 보냈다. 마시고, 먹고, 자고, 그리고 먹고, 자고, 마시고, 그리고 자고, 먹고, 마시고 하면서 말이다.

그는 언제나 진흙탕 속을 뒹굴고, 코에 검댕이칠을 하고, 얼굴을 더럽히고, 신발 뒤꿈치를 찌그러뜨리고, 파리를 보며 하품하고, 그의 아버지가 지배하던 나비들을 쫓아다니곤 했다.[120] 그는 신발에 오줌 싸고, 셔츠에 똥 싸고, 옷소매에 코 풀고, 국물에 콧물 빠뜨리고, 어느 곳이나 질펀거리며 다니고, 실내화로 술 마시고, 늘상 배를 바구니로 문지르곤 했다. 이는 나막신으로 갈고, 손은 국물에 씻고, 머리는 술잔으로 빗고, 엉덩이를 땅에 붙이고 두 안장 사이에 앉고, 젖은 부대를 뒤집어쓰고, 국물을 마시면서 술 마시고, 빵 없이 비스킷 먹고, 웃으면서 물고, 물면서 웃고, 헌금함에 자주 침 뱉고, 기름지게 방귀 뀌고, 해를 보고 오줌 싸고, 비를 피하기 위하여 물속에 숨고,[121] 식었을 때 두드리고, 공상에

---

120 제3장에서 가르강튀아의 아버지 그랑구지에는 나비족의 공주 가르가멜과 결혼한 것으로 되어 있다.

121 쇠는 달구어졌을 때 두드려야 한다는 속담을 거꾸로 한 표현이다.

잠기고, 알랑거리고, 여우 껍질을 벗기고,[122] 원숭이의 주기도문을 외우고,[123] 하던 이야기로 늘 되돌아가고, 암퇘지가 건초더미를 돌게 만들고,[124] 사자 앞에서 개 패고,[125] 소 앞에 수레 매고, 가렵지 않은 곳을 긁고, 코에서 벌레를 끄집어내고, 너무 많은 것을 안으려다가 제대로 껴안지도 못하고,[126] 즐거운 일부터 먼저 하고, 매미에게 편자 박고,[127] 자신을 웃기려고 간지르고, 멋지게 부엌으로 돌진하고, 신에게 짚 바치고,[128] 아침 기도에 성모 마리아 송가를 부르게 하고는 잘됐다고 생각하고,[129] 양배추를 먹고 근대를 싸고, 우유에서 파리를 골라내고, 파리 다리를 떼어내고, 종이를 긁어대고, 양피지에 괴발개발 쓰고, 줄랑줄랑 놓고, 염소가죽 부대에 든 술을 짜 마시고, 주인을 빼고 사람 수 세고, 새 새끼는 잡지 않은 채 덤불숲을 두드리고, 구름을 청동 냄비로, 오줌통을 등불로 잘못 알고, 계략에 능하고, 목적을 달성하기 위하여 바보짓 하고, 주먹으로 망치 삼고, 날아오르는 두루미를 붙잡고, 쇠사슬 갑옷을 한 코 한 코 뜨도록 하고, 말을 주면 언제나 입 안을 살펴보고, 닭에서 당나귀로 뛰어오르고,[130] 설익은 과일들 사이에 익은 것을 놓아두고, 고랑에 흙을 메우고, 늑대들로부터 달을 지키고, 하늘이 무너지면 종달새를 잡을 수 있으리라 기대하고, 힘든 일을 자진해서 하고, 빵으로 수프를 만들고, 빡빡머리나 짧은 머리에 개의치 않고, 아침마다 여우 껍질을 벗기곤 했

---

122 토한다는 뜻.
123 불분명하게 중얼거린다는 뜻.
124 모든 것이 거꾸로 돌아간다는 뜻.
125 강한 자에게 교훈을 주기 위하여 그가 보는 앞에서 약한 자를 질책한다는 뜻.
126 두 마리 토끼를 쫓다가 한 마리도 못 잡는다는 뜻.
127 불가능한 일을 한다는 뜻.
128 곡식 대신 짚을 바쳐 신을 속인다는 뜻.
129 성모 마리아 송가Magnificat는 저녁 기도에서 부르는 것으로 되어 있었다.
130 횡설수설한다는 뜻.

다. 그의 아버지의 작은 개들이 그의 밥사발에서 밥을 먹었고, 그도 마찬가지로 개들과 함께 먹었다. 그는 개들의 귀를 물어뜯고, 개들은 그의 코를 할퀴곤 했다. 그가 개들 엉덩이에 바람을 불어넣으면 개들은 그의 입술을 핥았다.

그런데 친구들, 자네들이 뭘 안다는 건가? 술통으로 생긴 병이 여러분들을 비틀거리게 만들기를![131] 이 호색적인 꼬마 녀석은 언제나 시녀들의 위, 아래, 앞, 뒤를 더듬었고 —이랴, 당나귀야[132]—, 벌써부터 바지 앞주머니를 사용하기 시작했다. 시녀들은 그것을 매일 아름다운 꽃다발과 리본, 꽃, 장식용 술로 치장하고 마치 고약 반죽하는 막대처럼 손 사이로 왔다갔다하게 하며 시간을 보냈는데, 그런 장난이 재미있다는 듯이 바지 앞주머니가 귀를 쳐들면 웃음보를 터뜨리곤 했다.

한 시녀가 그것을 나의 작은 통 마개라고 불렀고, 다른 시녀는 나의 가시, 또 다른 시녀는 나의 산호 가지, 또 다른 시녀들은 나의 꼭지, 마개, 나사 송곳, 피스톤, 드릴, 도래송곳, 늘어뜨린 보석, 아래로 세게 치는 딱딱한 막대기,[133] 곧추 선 찬장, 작은 빨간 순대, 성과 없는 작은 불알이라고 불렀다.

"이건 내 거예요, 한 시녀가 말했다.

—내 거라고요. 다른 시녀가 대꾸했다.

—나는 (다른 시녀가 말했다) 아무것도 갖지 못한다고? 그러면 맹세코 잘라버리겠어요.

—아니, 자르다니요! (다른 시녀가 말했다.) 애를 아프게 할 텐데요, 부인. 애 거시기를 잘라버리다니요? 그애는 꼬리 없는 신사가 될 거

---

131 원문은 가스코뉴 방언으로 되어 있다.
132 당시 유행하던 노래의 후렴.
133 라블레가 앞에서 비난했던 비슷한 소리rude esbat roidde et bas를 이용한 말장난.

예요."

그리고 그 고장의 다른 아이들처럼 재미있게 놀도록, 시녀들은 미르보의 풍차 날개로 그에게 멋진 바람개비를 만들어주었다.

제12장 가르강튀아의 장난감 말에 관해서

그러고는 아이가 평생 동안 말을 잘 타도록 그에게 나무로 된, 멋지고 큰 말을 만들어주었다. 그는 그 말이 깡충깡충 뛰고, 뛰어넘고, 원을 그리며 돌고, 뒷발질하다가 동시에 춤추게 했고, 평보, 속보, 부정측대보(不整側対步), 구보, 측대보,[134] 삼본속보(三本速步),[135] 고르지 않은 빠른 걸음, 낙타 걸음, 야생 당나귀 걸음을 걷게 했다. 그리고 (수도사들이 축제에 따라 제의를 갈아 입듯이) 짙은 밤색, 밤색, 회색과 흰색의 얼룩점이 있는 털, 쥐색, 사슴색, 흑 · 백 · 갈색이 섞인 털, 암소색, 검은 얼룩이 있는 털, 얼룩덜룩한 털, 작은 반점이 있는 털, 흰 바탕에 검은색, 흰색 털로 말의 색을 바꾸게 했다.

그리고 운반용 수레로 사냥용 말을, 포도 짜는 압착기 자루로 매일 타는 말을 직접 만들었고, 방 안에서 쓰기 위해서 커다란 참나무로 당나귀를 만들어 안장 아래 모포를 덮었다. 그러고도 역마 열두 마리가량과 마차용 말 일곱 마리가 있었다. 그는 이 모두를 자기 곁에 두게 했다.

어느 날 페낭삭 영주가 화려하게 차려입은 수행원들을 데리고 그의

---

134 네발짐승이 같은 쪽의 앞발과 뒷발을 동시에 들고 걷는 걸음걸이.
135 앞다리는 구보, 뒷다리는 속보 또는 그 반대로 걷는 것.

아버지를 방문했는데, 같은 날 프랑르파 공작과 무유방 백작[136] 역시 그를 보러 왔다. 집은 이처럼 많은 사람들로 비좁아졌고, 특히 마구간은 더했다. 그래서 페낭삭 영주의 집사장과 숙박담당관은 집 안 다른 곳에 빈 마구간이 있는지 알아보기 위하여 아이들은 모든 것을 알아낸다고 생각하고 아직 어린 소년인 가르강튀아에게 전투용 말들의 마구간은 어디 있는지 은밀히 물어보았다.

그러자 그는 이들을 성의 중앙 계단을 통하여 두번째 홀을 지나 넓은 회랑으로 안내했고, 그들은 이곳을 통하여 큰 탑으로 들어갔다. 다른 계단을 올라가며 숙박담당관이 집사장에게 말했다.

"이 아이가 우리를 놀리는 거요. 마구간이 집 꼭대기에 있는 법은 없으니까.

— 당신이 잘못 안 거요. (집사장이 말했다) 나는 리옹과 라 보메트, 쉬농과 다른 곳[137]에 마구간이 집 꼭대기층에 있는 곳을 알고 있소. 아마 뒤편에 위쪽으로 나가는 출구가 있을 거요. 그래도 내가 확실하게 물어보지요."

"귀여운 아가야, 우리를 어디로 데려가는 거지?

—내 전투용 말들의 마구간으로요. (그가 말했다) 다 왔어요. 이 계단만 올라가면 돼요."

그러고는 다른 커다란 홀을 지나 자기 방으로 그들을 안내하고는 문을 열며 말했다.

"여기가 물어보신 마구간이에요. 여기 에스파냐산 작은 말, 영국산

---

136 페낭삭Pain-en-sac은 자루에 든 빵, 프랑르파Francrepas는 공짜 식사, 그리고 무유방Mouillevent은 젖은 바람이라는 뜻의 우스꽝스러운 이름들이다.
137 리옹의 푸르비에르 언덕에는 사면을 따라 지은 집들이 있고 앙제의 라 보메트 수도원과 쉬농에 있는 집들 중에는 석회암 절벽을 파고 지은 것이 있다.

산책용 말, 가스코뉴산 경주용 말, 고르지 않은 빠른 걸음걸이의 말이 있어요."

그리고 커다란 지렛대를 그들에게 안겨주며 말했다.

"이 프리슬란트산 말을 드릴게요. 난 그걸 프랑크푸르트에서 얻었는데 이젠 여러분들 차지예요. 이 말은 작지만 일을 아주 잘하는 좋은 말이에요. 참매 수컷과 그레이하운드 종(種) 개 두 마리, 스파니엘 종 여섯 마리만 있으면 이 겨울 내내 여러분들은 메추리와 토끼의 왕이 될 거예요.

—성 요한이시여! (그들이 말했다) 제대로 걸렸구나! 이 시간에 수도사를 만나다니.[138]

—틀렸어요. (그가 말했다) 수도사는 사흘 전부터 집에 없어요."[139]

여기서 그들이 부끄러움을 감추기 위하여 숨거나 기분이 풀리도록 웃어버리는 것 둘 중에서 어느 편을 택하는 것이 좋았을지 짐작해보라.

그들이 매우 당황해서 바로 내려가자, 그는 그들에게 물었다.

"희한한 것[140]을 원하세요?

—그게 뭐지? 그들이 물었다.

—여러분들 (그가 대답했다) 입마개로 쓸 똥덩어리 다섯 개예요.

—오늘 (집사장이 말했다) 우리를 굽는다면 적어도 불에 탈 염려는 없겠네. 비계가 적당히 채워졌으니까 말이야.[141] 오, 귀여운 아가야. 언

---

138 운이 나쁘다는 뜻. 수도사를 만나면 안 되는 놀이나 미신을 암시하는 것으로 볼 수 있다.

139 가르강튀아는 상대가 은유적 의미로 말한 것을 문자 그대로 해석해서 대답한 것이다.

140 이 단어(aubelière)의 의미는 밝혀져 있지 않다.

141 '비계를 넣다larder'라는 표현의 본래적 의미와 '조롱하다'라는 비유적 의미를 이용한 말장난.

젠가 네가 교황이 되는 것을 볼 수 있겠구나.

―그럴 생각이에요. (그가 말했다) 그런데 그렇게 되면 여러분은 나비[142]가 될 것이고, 귀엽고 쾌활한 교황은 완벽한 위선자가 되겠죠.[143]

―정말, 정말로. 숙박담당관이 말했다.

―그런데 (가르강튀아가 말했다) 우리 어머니 속옷에 바느질 자국이 몇 개 있는지 아세요?

―열여섯. 숙박담당자가 대답했다.

―당신은 복음을 말하지 않는군요.[144] 앞쪽과 뒤쪽이 있으니까 말이에요. 셈을 너무 잘못했어요.

―언제? 숙박담당자가 물었다.

―그때는 (가르강튀아가 말했다) 똥을 한 통 퍼내기 위해 당신 코를 마개로 삼고 목구멍을 다른 단지에 담기 위한 깔때기로 삼았을 때지요. 통 바닥에는 바람이 통하니까요.

―하느님 맙소사, (집사장이 말했다) 재담꾼을 만났군. 수다쟁이 나리, 하느님께서 너를 악에서 지켜주시기를! 입을 그토록 잘 놀리니 말이야."

이렇게 말한 다음 황급히 내려오다가 그들은 층계 입구의 반궁륭 아치 아래에서 그가 준 커다란 지렛대를 떨어뜨렸다. 그것을 보고 가르강튀아는 말했다.

"저런, 여러분들은 정말 형편없는 기수들이군요! 필요할 때 말이 없다니. 여기서부터 카위작 영지까지 가야 한다면 거위를 타는 것과 암

---

142 나비papillon는 꼬마 교황 또는 교황의 지지자라는 뜻으로 해석할 수 있다.

143 앞 단어papeguay는 앵무새perroquet라는 뜻과 쾌활한 교황pape gai이라는 뜻으로, 다음 단어papelard는 식객croque-lardon과 위선자라는 뜻으로 해석될 수 있다.

144 진실을 말하지 않는다는 뜻.

돼지를 줄에 매어 끌고 가는 것 중 어느 편을 택하시겠어요?

　—난 마시는 편을 택하겠어." 숙박담당관이 말했다.

　이렇게 말하며 그들은 일행이 모두 모여 있는 아래층 홀로 들어갔
다. 그들이 이 새로운 이야기를 들려주자 모두들 파리떼처럼 웃어댔다.

제13장 그랑구지에는 어떻게 밑 닦는 법의 발명에서 가르강튀아의 놀라운 지적 능력을 알게 되었는가

다섯 살이 다 되어갈 무렵, 그랑구지에는 카나리아 군대를 격퇴하고 돌아오는 길에 아들 가르강튀아를 보러 갔다. 자신에게 그와 같은 자식이 있다는 것에 아버지로서 느낄 수 있는 기쁨을 맛보고는, 아들에게 키스하고 껴안으며 여러 가지 사소하고 실없는 질문을 그에게 던졌다. 그러고는 아들과 시녀들과 함께 실컷 마시면서, 그녀들에게 무엇보다 아이를 청결하고 깨끗하게 돌보았는지에 대해 큰 관심을 가지고 물었다. 이 말에 가르강튀아는 특별한 방식을 취했기 때문에 나라 전체에서 자기보다 더 깨끗한 소년은 없다고 대답했다.

"어떻게 했는데? 그랑구지에가 물었다.

—저는 (가르강튀아가 대답했다) 오랜 세심한 실험 끝에 전에 본 적이 없는 가장 고상하고, 귀족적이고, 탁월하고 효과적인 엉덩이 닦는 방법을 발명했어요.

—어떤 것인데? 그랑구지에가 물었다.

—지금 (가르강튀아가 말했다) 말씀드릴게요.

"한 번은 어떤 아가씨의 비로드 코가리개로 밑을 닦았는데 좋았어요. 그 부드러움이 항문에 굉장한 쾌감을 느끼게 해주었거든요.

또 한 번은 그 아가씨의 모자로 닦았는데 마찬가지였어요.

다른 한 번은 목수건이었고,

다른 한 번은 진홍빛 새틴 천으로 된 귀덮개였는데 거기에 지랄같이 많이 붙은 작은 진주 달린 금박이 뒤를 모두 긁어놓았어요. 성 앙투안의 불길이 그것을 만든 보석세공인과 또 그걸 쓰고 다닌 아가씨의 직장을 모두 태워버리기를!

그 고통은 스위스 용병 식으로 깃털을 꽂은 시종의 모자로 뒤를 닦자 사라졌지요.

그러고는 덤불숲 뒤에서 똥을 싸다가 3월에 난 고양이[145]를 발견해서 그놈으로 뒤를 닦았는데, 발톱으로 회음부[146] 전체를 할퀴어버렸어요.

다음날 상처가 낫자 잘 접합되지 않은 곳[147]의 향기가 배인 어머니의 장갑으로 뒤를 닦았지요.

그러고는 샐비어, 나도고수, 회향풀, 꽃박하, 장미, 호박잎, 양배추, 근대, 포도나무, 접시꽃, 엉덩이를 빨갛게 만드는 모예화,[148] 상추, 시금치(이것 모두가 다리를 튼튼하게 하는 것이지요), 산쪽, 여뀌, 쐐기풀, 컴프리로 뒤를 닦았는데, 이 때문에 롬바르디아의 이질[149]에 걸렸고, 제 바지 앞주머니로 뒤를 닦고서야 나았지요.

그러고는 시트, 담요, 커튼, 방석, 양탄자, 초록색 도박판, 행주, 수건, 손수건, 실내복으로 뒤를 닦았지요. 이 모든 것들에서 옴에 걸린 사람들이 긁어줄 때 느끼는 것보다 더 큰 쾌감을 느꼈어요."

---

145 3월에 태어난 고양이는 싸움을 잘한다고 한다.

146 항문과 성기 사이 부분.

147 잘 접합된 곳benjoin이 아니라 잘 접합되지 않은 곳maujoin, mal joint은 여성의 성기를 가리키는 외설적 표현이다.

148 모예화 가지는 아이들을 때리는 회초리감으로 사용되었던 것 같다.

149 롬바르디아에 출정했던 프랑스 병사들이 흔히 걸렸던 병이라고 한다.

─그랬군. 그래, 그런데 (그랑구지에가 물었다) 너는 어떤 밑닦개가 제일 좋다고 생각하는 거냐?

─다 돼가요. (가르강튀아가 대답했다) 곧 *끝까지 모두*[150] 아시게 될 거예요. 전 건초, 짚, 대마, 털뭉치, 양털, 종이로 뒤를 닦았지요. 그러나

더러운 엉덩이를 종이로 닦는 자는
언제나 불알에 유혹을 남기게 되니

─이런! (그랑구지에가 말했다) 내 귀여운 불알아, 네가 벌써 운을 맞추는 것을 보니 술단지에 달라붙어 있었던 게로구나?

─그럼요. (가르강튀아가 대답했다) 폐하, 전 운을 많이많이 맞추는데, 운을 맞추다가 보면 자주 감기에 걸리지요.[151] 변소가 똥 누는 사람들에게 하는 말을 들어보세요.

똥 누는 자,
설사하는 자,
방귀 뀌는 자,
똥 묻은 자,
빠져나온
똥덩어리를
우리에게
뒤덮는다.
더럽고,

---

150 성경을 읽고 난 뒤 복창하는 표현tu autem으로, 끝까지 모두 알게 되리라는 뜻이다.
151 운을 맞추다rimer와 감기에 걸리다enrhumer의 비슷한 소리를 이용한 말장난이다.

냄새나고,

뚝뚝 떨어지는,

만일 너의

벌어진

모든 구멍을

떠나기 전에 닦지 않으면

성 앙투안의 불길이 너를 태워버리리라!

"더 듣고 싶으세요?

—그렇고 말고, 그랑구지에가 대답했다.

—자 그러면, 가르강튀아가 말했다.

롱도[152]

어느 날 똥을 싸며

내 엉덩이에 진 빚 냄새를 맡았네.

그 냄새는 생각하던 것과는 다른 것이었지.

나는 그 냄새에 완전히 절어버렸네.

오! 만일 기다리던 처녀를

내게 데려왔더라면.

똥을 싸며!

그녀의 오줌구멍을 체면 차리지 않고

손봐줄 수 있었을 테니까.

_____

152 두 개의 각운과 후렴으로 이루어진 정형시.

그동안 그녀는 손가락으로

내 똥구멍을 막아주었을 텐데.

똥을 싸며.

"하지만 제가 아무것도 모르는 것이라고 지금 말씀 해주세요! 성모님을 두고 맹세컨대 이 시를 쓴 것은 제가 아니에요. 저기 저 할머니가 읊는 것을 듣고 제 기억의 전대 속에 보관해뒀던 것뿐이에요."

―우리 (그랑구지에가 말했다) 하던 이야기로 되돌아가도록 하자꾸나.

―어떤 거요? (가르강튀아가 말했다) 똥 싸는 거요?

―아니, (그랑구지에가 말했다) 밑 닦는 이야기 말이야.

―그런데 (가르강튀아가 말했다) 제가 이 문제에 관해서 아버지를 꼼짝 못 하시게 만들면 브르통 포도주 한 통[153]을 내시겠어요?

―그야 물론이지, 그랑구지에가 말했다.

―더러운 것이 없으면 (가르강튀아가 말했다) 밑을 닦을 필요가 없어요. 똥을 싸지 않으면 더러운 것이 없지요. 그러니까 엉덩이를 닦기 전에 먼저 우리는 똥을 싸야 해요.

―오, (그랑구지에가 말했다) 이 꼬마 녀석, 너는 분별력이 뛰어나구나. 정말이지, 언젠가 너를 즐거운 학문의 박사[154]로 만들어야겠구나. 나이에 비해 지각이 뛰어나니까 말이야. 자, 제발 그 밑닦개 이야기를 계속해라. 내 수염을 두고 맹세하건대, 한 통 대신 큰 통으로 예순 통을 주마. 브르타뉴산이 아니라 베롱 지방[155]에서 난 좋은 브르통 포도주로

---

153 268리터들이 통bussart.

154 1542년 결정판 이전에는 "소르본의 박사"로 되어 있었다. 툴루즈의 문예 백일장에서는 우승한 시인에게 즐거운 지식gai savoir의 박사학위를 수여했다고 한다.

155 루아르 강과 비엔 강이 만나는 지역. 원래 브르통은 브르타뉴 지방을 가리키는 말

말이야.

—그다음에 (가르강튀아가 말했다) 저는 머리덮개, 베개, 실내화, 전대, 바구니 —그렇지만 얼마나 기분 나쁜 밑닦개인지! —그리고 모자로 밑을 닦았어요. 모자 중에는 털이 짧은 펠트 모자, 털모자, 비로드로 된 것, 타프타 천으로 된 것, 새틴 천으로 된 것이 있었지요. 그중에서 가장 좋은 것은 털모자예요. 대변을 가장 훌륭히 세척하니까 말이지요.

"그러고는 암탉, 수탉, 병아리, 송아지 가죽, 토끼, 비둘기, 가마우지, 변호사의 가방, 수도사의 두건, 머리쓰개, 미끼새로 밑을 닦았어요.

—그래도 결론적으로 말씀드리자면, 머리를 다리 사이에 붙들고 있기만 하면, 솜털이 많이 난 거위만 한 밑닦개가 없다고 단언하고 주장하는 바입니다. 명예를 걸고 드리는 말씀이니 제 말을 믿으세요. 왜냐하면 솜털의 부드러움만큼이나 거위의 적당한 체온으로 엉덩이 구멍에 놀라운 쾌감을 느낄 수 있고, 그 쾌감은 직장과 다른 내장으로 전해져서 심장과 뇌가 있는 곳까지 이르게 되기 때문이지요. 이 세상의 노파들이 말하듯이, 천국에 사는 영웅들이나 반신반인(半神半人)들이 수선화,[156] 신들의 음식과 술에서 천상의 행복을 맛본다고 생각하지 마세요. 제 의견으로는 천상의 행복은 거위로 밑을 닦는 데 있고, 이것이 스코틀랜드의 존 선생[157]의 의견이기도 합니다."

이지만, 라블레의 고향이 있는 투렌 지방에서 브르통 포도주는 자기 고장에서 나는 포도주의 종류를 가리키는 말이다.

156 호메로스는 『오디세이아』에서 천국에 수선화 밭이 있다고 했다.

157 중세 신학자 던스 스코투스를 가리키는데, 이는 아이들과 신학자들이 물질적인 삶과 쓸데없는 문제들에만 집착하는 것을 빗대어 조롱한 것이다.

제14장 가르강튀아는 어떻게 소피스트[158]에게서 라틴 고전 교육을 받았는가

이 말을 듣고, 선량한 그랑구지에는 자기 아들 가르강튀아의 뛰어난 재능과 지적 능력을 깨닫고 감탄하며 매우 기뻐했다. 그래서 시녀들에게 말했다.

"마케도니아의 왕 필리포스는 말을 능숙하게 다루는 솜씨를 보고 아들인 알렉산드로스의 놀라운 판단력을 알게 되었다고 한다. 그 말이 사나워 길들일 수가 없어서 아무도 감히 그 위에 올라탈 수 없었던 것이지. 타는 사람들마다 껑충 뛰며 흔들어서 떨어뜨리는 바람에 어떤 사람은 목이 부러지고, 어떤 사람들은 다리가 부러지거나, 두개골, 턱이 부서져버리고 말았거든. (말을 산보시키고 곡예를 시키던 장소인) 타원형 경기장에서 관찰하면서 알렉산드로스는 말의 흉포함의 원인이 자기 그림자를 두려워하는 데 있다는 것을 알아차렸던 것이야. 그래서 그는 말에 올라타 그림자가 뒤쪽으로 드리워지도록 해를 향해 달리게 했고, 이

---

158 초판에는 신학자라고 되어 있던 것이 1542년판부터 소피스트로 바뀌었다. 스콜라 신학자와 궤변론자는 에라스무스의 비판 이후 흔히 같은 부류로 취급되었다. 라블레는 소피스트의 형식주의적 추론으로 일관하는 사고의 경직성을 특히 풍자적으로 비판한다.

방법으로 그 말을 유순하게 만들어 마음대로 부릴 수 있었던 것이지. 이것을 보고 그의 아버지는 그가 신과 같은 이해력을 지닌 것을 알게 되었고, 당시 그리스의 모든 철학자들 중에서 가장 존경받던 아리스토텔레스에게 맡겨 훌륭한 교육을 받도록 했던 것이란다.

그런데 방금 너희들 앞에서 내 아들 가르강튀아와 나누었던 대화만으로도 나는 그의 이해력이 신을 닮은 것임을 알게 되었다. 그만큼 그의 능력은 날카롭고, 섬세하고, 심오하고, 공정한 것이라고 생각하노라. 만일 그가 훌륭한 교육을 받는다면 지혜의 최상의 단계에 이르게 될 것이다. 그런고로 나는 아들의 능력에 맞게 교육시킬 수 있는 현자에게 그를 맡기기를 원하며, 또 그러기 위해서는 아무것도 아끼지 않을 것이다."

그러자 사람들은 그에게 튀발 홀로페른[159]이라는 이름의 위대한 소피스트 학자[160]를 추천했다. 그는 아이에게 쪽지에 써놓은 알파벳을 아주 잘 가르쳐서 거꾸로도 외울 수 있게 만들었는데, 그 일에 오 년 하고도 석 달이 걸렸다. 그러고 나서 도나투스의 『라틴 문법』『예절 교본』『테오둘루스』,[161] 알라누스의 『우화집』을 읽는 데 십삼 년 여섯 달 두 주일이 걸렸다.

그런데 그동안 사부는 아이에게 고딕 식으로 글쓰는 법도 가르쳐서 모든 책을 베껴쓰게 만들었다는 것을 알아야 한다. 인쇄술이 아직 통용되기 전이었으니 말이다.

그는 평소에 7천 퀸탈[162]도 더 나가는 커다란 필기도구를 가지고 다

---

159 이 이름은 성경에 나오는 카인의 자손 두발(「창세기」 10장 2절)과 느부갓네살 왕의 장군 홀로페른(「유디트서」 2장 4절)을 합쳐 만든 것이다.
160 초판에는 신학박사로 되어 있다.
161 5세기 시리아의 주교였던 테오둘루스가 성경의 진리를 통하여 신화의 허구성을 밝힌 책.
162 무게의 단위. 100킬로그램에 해당한다.

넜는데, 그중에서 필통은 에네 성당의 굵은 기둥보다 더 굵고 컸으며, 큰 통 하나 분량[163]이 들어가는 잉크병이 굵은 쇠줄로 매달려 있었다.

그러고는 외르트비즈, 파캥, 트로디퇴, 갈르오, 송아지 장, 비용, 브를랭강과 많은 다른 사람들의 주석과 함께 『의미의 방식』[164]을 읽는 데 십팔 년 열한 달이 걸렸다. 그는 그 책을 잘 익혀서 시험 때 거꾸로 외워서 답했으며, 어머니에게 손가락 끝으로 의미의 방식이라는 학문이 없음을 증명했다.

그리고 『역서』를 읽는 데 십육 년 두 달이 걸렸는데, 그때 문제의 사부가 매독에 걸려 1420년에 죽어버렸다.

그후 그는 조블랭 브리데 선생[165]이라는 늙은 해소장이를 사부로 맞았는데, 그 사부는 우구티오의 책, 에브라르의 『그리스어 어원』과 『규범』『품사』『문답집』『보유집』, 마르모트레의 『식탁 예절』, 세네카의 『사대덕목(四大德目)』,[166] 파사벤티의 『주석집』, 축제용의 『안면(安眠)을 위한 설교집』 그리고 같은 종류의 몇몇 다른 책들을 그에게 읽혔다.[167] 그가 이 책들을 읽고 나자 이제까지 우리가 화덕에 구워냈던 어느 누구보다도 현명해졌다.

---

163 5입방미터 정도의 분량.

164 이론문법에 관한 스콜라 철학의 교재. 인문주의자들은 이것을 형식주의에 치우쳤다고 비판했다.

165 굴레를 쓴 바보le Jobard bridé라는 뜻.

166 마르탱 드 브라가 주교가 쓴 윤리책. 세네카는 그의 필명이다.

167 여기에 나오는 문법, 수사학, 윤리학 교재들은 인문주의자들이 낡은 교육의 표본이라고 비판했던 것들이다.

제15장 가르강튀아는 어떻게 다른 사부들에게 맡겨졌는가

그때 그의 아버지는 그가 모든 시간을 다 바쳐서 매우 열심히 공부하는데도 전혀 진보가 없으며, 더욱 나쁜 것은 분별력이 없어지고 멍청해진 데다가 몽상에 빠져 허튼소리만 지껄여댄다는 것을 알아차렸다.

그의 아버지는 이 일을 파프리고스의 부왕(副王)인 동 필립 데 마레에게 하소연 했고, 그런 선생들 밑에서 그런 책을 배우기보다는 차라리 아무것도 배우지 않는 편이 낫다는 것을 알게 되었다. 왜냐하면 그들의 지식은 어리석은 것이고 지혜도 하찮은 것에 지나지 않아서 훌륭하고 고상한 정신을 퇴화시키고 꽃다운 청춘을 시들어버리게 하기 때문이었다.

"사실을 알아보려면 (그가 말했다) 2년 정도 공부한 요즈음 젊은이들 중의 하나를 시험해보십시오. 그가 폐하의 자제에 비해 판단력이 더 뛰어나고, 언변도 낫고, 대화도 잘 이끌어나가고, 품행과 예절도 남다르게 훌륭하지 못하다면, 저를 앞으로 브렌 강가의 베이콘 써는 상놈으로 여기셔도 좋습니다." 이 말이 그랑구지에의 마음에 들어 그렇게 하도록 지시했다.

저녁 식사 시간에 앞서 말한 데 마레는 자신의 하인들 중에서 외데몽[168]이라는 빌공지 마을 출신의 시동을 소개했는데, 단정한 머리에 깔끔한 옷차림새 하며 방정한 품행에 말끔히 단장한 모습이 사람이라기보다 아기천사를 훨씬 더 닮아 보였다. 그는 그랑구지에에게 다음과 같이 말했다.

"이 아이를 보십시오. 이 아이는 아직 열두 살도 채 안 됐지만, 폐하께서 데리고 계신 전(前)시대의 공허한 말만 지껄이는 자들[169]과 오늘날의 젊은이들 사이의 차이를 충분히 알아보실 수 있을 겁니다."

이 시험이 그랑구지에의 마음에 들어 시동에게 발표를 해보라고 지시했다. 그러자 외데몽은 자기 주인인 부왕에게 허락을 청하고, 모자를 손에 쥔 채로 환한 얼굴과 붉은 입술, 자신에 찬 눈빛으로 젊은이의 겸손함을 보이며 가르강튀아를 바라보면서 당당하게 서서 그를 찬양하기 시작했다. 첫번째로 그의 덕성과 좋은 행실을, 두번째로 그의 지식을, 세번째로 그의 고귀함을, 네번째로 그의 육체적 아름다움을 찬양하고, 다섯번째로 좋은 교육을 받게 하려고 애쓰시는 아버지께 전적으로 복종하며 그를 존경할 것을 권고하고, 마지막으로 자신을 가장 말단의 하인으로라도 써주기를 간청했다. 지금으로서는 가르강튀아의 마음에 들게 봉사할 수 있는 은총을 베풀어주실 것 외에는 하늘에 바라는 것이 없기 때문이라는 것이었다. 이 모든 것을 매우 적절한 몸짓과 명확한 발음, 당당한 목소리와 라틴어 식의 세련된 어법으로 말하는 모습이 금세기의 젊은이라기보다는 과거의 그라쿠스[170]나 키케로, 에밀리우스[171] 같아 보였다.

---

168 그리스어로 행복한 사람이라는 뜻.
169 이 단어(mateologiens)는 그리스어를 전사한 것으로 신학자théologiens를 암시하는 말장난이다.
170 기원전 2세기 로마의 정치가, 웅변가.
171 기원전 2세기 로마의 장군, 웅변가.

그런데 가르강튀아가 보인 태도는 이와는 전혀 딴판이었다. 그는 모자로 얼굴을 가린 채 암소처럼 울기만 할 뿐이어서 죽은 당나귀의 방귀만큼이나 그에게서는 단 한마디의 말도 끌어낼 수가 없었던 것이다.

이를 보고 그의 아버지는 격분해서 조블랭 선생을 죽이려 했다. 하지만 앞서 말한 데 마레가 화가 누그러지도록 좋은 말로 충고하며 그를 만류했다. 그러고는 급료를 지불하고 소피스트적으로[172] 포도주를 많이 마시게 해서 모든 악마들에게 보내버리도록 시켰다.

"그가 혹시 영국인처럼[173] 포도주에 취해 죽더라도 주인에게는 별로 손해나는 일이 아닐 겁니다"라고 그는 말했다.

조블랭 선생을 내보낸 후, 그랑구지에는 어떤 선생을 그에게 붙여줄 것인지 부왕과 상의한 결과, 이 임무를 외데몽의 사부인 포노크라트[174]에게 맡기기로 했으며, 이 시대의 프랑스 젊은이들이 무엇을 공부하는지 알아보도록 그들 모두를 파리에 보내기로 했다.

---

172 초판에는 "신학적으로" 술을 마시도록 한 것으로 되어 있다.
173 영국인과 독일인은 취하도록 마시는 버릇이 있는 것으로 알려져 있었다고 한다.
174 라블레가 그리스어 식으로 만든 이름으로, 열심히 노력하는 자라는 뜻이다.

제16장 가르강튀아는 어떻게 파리로 보내졌는가, 그리고 그를 태운 거대한 암말이 어떻게 보스 지방의 쇠파리들을 격퇴시켰는가

같은 계절에 누미디아의 네번째 왕인 파율이 아프리카에서 그랑구지에에게 일찍이 본 적이 없는 가장 크고 거대하고 기괴한 (여러분도 알다시피 아프리카는 언제나 새로운 것을 가져다주니까) 암말을 보냈다. 그것은 코끼리 여섯 마리만 한 크기였고 율리우스 카이사르의 말처럼 발굽이 갈라져 있었으며, 랑그도크 지방의 염소처럼 늘어진 귀에 엉덩이에는 작은 뿔이 하나 나 있었다. 털은 얼룩점투성이의 그을린 밤색이었다. 그리고 무엇보다도 무시무시한 꼬리를 가지고 있었는데, 거의 랑주 근처의 생 마르스 마을의 교각[175]만 한 굵기였고, 각이 지고 밀 이삭처럼 털이 무성하게 얽힌 잔가지들이 붙어 있었다.

만일 여러분이 이것에 경탄한다면, 꼬리 무게가 30파운드가 넘는 스키타이의 숫양이나 (테노[176]가 말한 것이 사실이라면) 운반을 하기 위해서는 엉덩이에 수레를 매어야 할 만큼 꼬리가 길고 무겁다는 시리아

---

[175] 쉬농 근처의 생 마르스 마을에 있던, 한 면의 길이가 4미터이고 높이가 20미터인 사각형 교각.
[176] 장 테노는 1530년경 카이로 여행에서 기괴한 양들을 보았다고 여행기에 썼다.

의 양들에 대해서는 더욱 경탄을 금치 못할 것이다. 당신네들, 평지에 사는 호색꾼들은 그런 꼬리를 가질 수가 없으니 말이다.

그 말은 대형 범선 세 척과 소형 전투함 한 척으로 바다를 통하여 탈몽데의 올론[177] 항구까지 운반되었다.

그랑구지에가 그 말을 보고 말했다. "내 아들을 파리로 태우고 가기에 적당한 놈이로구나. 하느님 덕분으로 모든 일이 잘될 거야. 그는 앞으로 위대한 성직자가 되겠지. 짐승 양반들이 없다면 우리는 성직자들처럼 살 수 있으련만."[178]

다음 날 (여러분이 짐작하듯이) 한잔 마신 후에 가르강튀아는 사부인 포노크라트와 부하들 그리고 시동 외데몽과 함께 길을 떠났다. 청명하고 온화한 계절이었으므로 그의 아버지는 바뱅[179]이 반장화라고 이름 붙인 엷은 황갈색 가죽신을 만들어 신게 했다.

이렇게 해서 그들은 언제나 훌륭한 식사를 하며 즐겁게 대로를 따라 길을 가다가 오를레앙 북쪽에 이르렀다. 그곳에는 길이가 3백50 리에 폭이 1백70 리 정도 되는 큰 숲이 있었다. 그 숲에는 쇠파리와 무늬말벌들이 끔찍하게 많이 들끓어 불쌍한 암말과 당나귀, 숫말들에게는 그야말로 강도질을 당하는 꼴이었다. 그러나 가르강튀아의 암말은 동족들에게 가해졌던 모든 수모에 대해서 그것들이 전혀 예상하지 못했던 방식으로 멋지게 복수했다. 왜냐하면 그들이 앞서 말한 숲에 들어섰을 때 무늬말벌들이 암말에게 공격을 가하자 곧 꼬리를 뽑아들고 그것들을 쫓으며 멋지게 전투를 벌여 숲 전체를 쓸어버렸기 때문이다. 닥치는 대

---

177 사블 돌론 지방에는 아직도 말, 암말 등의 이름이 붙은 바위들이 있다.

178 '성직자들이 없다면 우리는 짐승처럼 살 수밖에 없다'는 표현에서 짐승bestes과 성직자clercs 두 단어의 위치를 바꾸어 만든 말장난이다.

179 쉬농에 살던 구두 장수의 이름.

로 이리저리, 여기저기, 가로세로, 위아래로 마치 낫을 든 농부가 풀을 베듯 숲을 쓸어버려서 그후로는 숲도 무늬말벌들도 사라져버렸고 그 지방 전체가 평지가 되어버렸다.

그 광경을 보고 가르강튀아는 매우 즐거워하며 다른 자랑은 하지 않고 자기 부하들에게 "나는 이것이 멋지다고 생각한다"[180]고 말했을 뿐이다. 그래서 그때부터 이 고장은 보스라고 불리게 되었다. 그렇지만 점심거리라고는 하품밖에 남지 않게 되었다. 이 일을 기념하여 오늘날에도 보스의 귀족들[181]은 하품으로 식사를 하고 만족해하며 가래침을 멋지게 내뱉는다.

마침내 그들은 파리에 도착해서 그곳에서 수행원들과 좋은 식사를 즐기며 이틀이나 사흘 정도 쉬었다. 그러고는 당시 파리에는 어떤 학자들이 있으며 사람들은 무슨 포도주를 마시는지 알아보았다.

---

180 "나는 이것이 멋지다고 생각한다Je trouve beau ce"라는 표현의 끝 두 단어 '보 스 beau ce'에서 이 지방의 이름이 유래했다는 재미있는 설명이다.

181 보스 지방의 귀족들은 가난한 것으로 소문이 나 있었다.

제17장 가르강튀아는 어떻게 파리 시민들의 환영에 응대했는가, 그리고 노트르담 사원의 커다란 종을 어떻게 가져갔는가

휴식을 취하고 난 며칠 후 그는 도시를 방문했는데, 모든 사람들이 경탄하며 그를 바라보았다. 파리 시민들은 천성적으로 매우 어리석고 구경거리를 좋아하며 멍청해서, 요술쟁이나 성유물을 지고 다니는 사람, 방울을 단 노새, 교현금[182] 연주자가 복음을 전하는 훌륭한 설교자보다 네거리 한복판에 훨씬 더 많은 사람들을 모이게 만드는 판이었다.

사람들이 몹시 귀찮게 그를 따라 다니는 바람에 그는 노트르담 사원의 탑 위에서 쉬어야만 했다. 그는 그곳에 자리를 잡고는 자기 주변에 모인 수많은 사람들을 보며 낭랑한 목소리로 말했다.

"이 상것들이 내가 환영인사와 선물[183] 값을 치르기를 원하는 모양이로군. 그건 당연한 일이지. 그들에게 포도주를 제공해줘야. 단지 '웃음으로' 말이야."

그리고 미소를 지으며 멋진 바지 앞주머니를 열고 그의 물건을 꺼내서 공중에 쳐들고 신나게 오줌을 싸서 여인네와 아이들을 빼고 26만

---

182 바퀴를 돌려 연주하던 중세의 현악기.
183 주교가 교구에 새로 부임했을 때 주는 환영 선물proficiat.

4백18 명을 익사시켰다.

그들 중 몇몇은 날랜 걸음으로 이 오줌 홍수로부터 탈출하여 대학이 있는 높은 곳[184]에 올라가 땀을 흘리고 기침을 하고 침을 뱉고 헐떡거리며 어떤 자들은 성이 나서, 또 어떤 자들은 웃으며 신을 모독하거나 욕설을 퍼부어댔다. "어쩌구저쩌구![185] 성모님 맙소사, 우리는 웃음으로 흠뻑 젖어버렸어!" 그래서 그후로 이 도시는 파리라고 불리게 되었다.[186] 이 도시는 스트라보[187] 4권의 기록에 따르면, 전에는 그리스어로 흰색이라는 뜻의 레우케스Leucèce[188]라고 불리었는데, 그것은 이곳 여인들의 흰 넓적다리 때문이었다. 이 새로운 이름이 정해진 것에 대해서 참석했던 모든 사람들은 자기 교구의 성자를 걸고 맹세를 했다. 온갖 종류의 사람들이 뒤섞인 파리 시민들은 약간은 자만심에 젖어 있고 천성적으로 맹세를 잘하며 법에 정통한 자들이었다. 그들은 조아니누스 드 바랑코가 『존경의 표시의 다양함』에서 평했듯이 그리스어로 자유롭게 말하는 자,[189] 다시 말해서 말하기를 즐기는 자들이었다.

이렇게 하고 나서, 그는 탑에 있던 문제의 커다란 종들을 바라보다가 매우 듣기 좋은 소리로 울리게 했다. 그러다가 그것을 자기 암말의

---

184 생트 주느비에브 언덕(오늘날의 팡테옹 광장). 대학 구역(카르티에 라탱)에서 가장 높은 곳이다.

185 원본 표현은 Carymary, carymara! 특별한 뜻 없이 지껄여대는 모습을 표현한 것이다.

186 '웃음으로par rys'라는 가르강튀아의 말에서 파리Paris라는 도시 이름이 유래했다는 재미있는 설명이다.

187 그리스의 지리학자. 그의 『지리』지는 로마제국 초기의 고대세계를 소개한 대표적 저서이다.

188 파리의 옛 이름인 뤼테스Lutèce가 그리스어의 leukos(흰색)에서 나왔다는 설명인데, 실제로는 스트라보가 이런 설명을 한 적이 없다.

189 이 그리스어 단어의 프랑스어 식 발음(parrhesiens)은 파리 시민들parisiens과 비슷하다.

목에 달 방울로 쓰면 좋겠다는 생각이 떠올랐다. 그는 암말에 브리 치즈와 신선한 청어를 잔뜩 실어 아버지에게 보낼 생각이었던 것이다. 그래서 그는 그 종들을 자기 숙소로 가져갔다.

그러는 동안 돼지고기를 구하러 왔던 성 앙투안 수도원 소속의 한 고위 성직자[190]가 자신이 온 것을 멀리서 알리고 소금절이 통 속에 든 비계가 떨도록 하기 위해서[191] 몰래 그 종들을 가져가려 했다. 하지만 너무 뜨거워서가 아니라 들고 가기에 너무 무거워서 정직하게 그대로 둘 수밖에 없었다. 그는 내 친한 친구들 중의 하나인 부르그의 돼지고기 담당 고위 성직자[192]는 아니었다.

여러분도 알다시피, 파리 시민들은 매우 동요하기 쉬운 사람들이라 도시 전체가 폭동 상태에 돌입했다. 다른 나라에서는 매일매일 이러한 소요에서 혼란이 야기됨에도 불구하고 정의로만 다스리려는 프랑스 왕의 인내심에 매우 놀라워한다. 내 교구의 신도들에게 폭로할 수 있도록 하느님께서 이 같은 폭동과 음모가 꾸며지는 소굴을 알려주시기를!

동요된 들끓는 주민들이 집결한 곳은 지금은 없어졌지만 당시에 레우케스에서 신탁을 받는 장소였던 네슬[193]이었다. 바로 그곳에서 문제가 제기되었으며, 종을 가져간 데서 생기는 재난에 대한 논쟁이 벌어졌다. 찬반의 궤변을 늘어놓은 끝에 삼단논법에 의거해 종의 탈취에서 야기되

---

190 성 앙투안은 언제나 돼지를 한 마리 데리고 있는 모습으로 민화에 그려졌다고 한다. 탁발 수도회였던 성 앙투안 수도회 소속의 수도사들은 현물로 시주를 받았기 때문에 햄 장수jambonnier라는 별명이 붙여지기도 했다.

191 돼지고기가 먹힐까봐 두려워한다는 뜻이다.

192 부르강 브레스의 성 앙투안 수도원에서 스스로 햄 장수라는 별명을 사용했던 고위 성직자는 앙투안 드 섹스라는 인물로, 해학적인 작품과 신앙에 관한 책을 쓰기도 했다.

193 초판에는 소르본으로 되어 있었는데, 네슬에는 대학에 관련된 소송사건을 담당하던 재판소가 있었다.

는 끔찍한 재난을 가르강튀아에게 설명하기 위해서 대학에서 가장 나이 많고 유능한 인물을 보내기로 결정이 내려졌다. 그리하여 이 임무에는 소피스트보다는 설교자가 더 적합하다는 대학의 몇몇 인사들의 지적에도 불구하고 자노튀스 드 브라그마르도[194] 선생이 이 일을 맡도록 선출되었다.

---

[194] 남성 성기를 사용하다braguemarder라는 동사에서 나온 외설스러운 암시가 담긴 이름.

제18장 자노튀스 드 브라그마르도가 어떻게 큰 종
을 찾아오도록 가르강튀아에게 보내졌는가

카이사르[195] 식으로 머리를 깎은 자노튀스 선생은 옛날식 박사복을
입고 화덕에 구운 빵과 지하창고의 성수[196]로 위를 보호하고 나서, 코가
빨간 교회지기 셋을 막대기로 찔러 송아지 몰듯 앞세우고 뒤로는 때가
잔뜩 낀 대여섯 명의 생기 없는 학사들[197]을 이끌고 가르강튀아의 숙소
로 갔다.

입구에서 포노크라트는 이렇게 분장한 사람들을 보고는 겁이 나서
이들이 미쳐버린 변장한 배우들이라고 생각했다. 그러고는 패거리 속의
생기 없는 학사들 중 하나에게 이 가장행렬이 무엇을 얻으러 온 것인지
알아보았다. 종을 돌려달라고 요구하러 왔다는 것이 그의 대답이었다.

이 말을 듣자마자 포노크라트는 가르강튀아가 어떻게 하는 것이
좋을지를 바로 결정하여 답변을 준비할 수 있도록 달려가 소식을 알
렸다. 가르강튀아는 상황을 듣고 집사장인 필로토미, 시종인 짐나스

---

195 율리우스 카이사르는 대머리였다고 한다.
196 포도주를 가리킨다.
197 라틴어로 문예학사magistri in artibus의 끝 두 단어 대신 사용된 생기 없는inertes
이라는 형용사는 이들의 학문이 무용한 것임을 암시한다. 소르본 학사들이 더럽
다는 조롱은 당시에 흔한 것이었다.

트[198]와 외데몽을 따로 불러서 그들과 함께 어떻게 답변을 하고 어떻게 하는 것이 좋을지를 신속히 상의했다. 그들을 음식 저장실로 안내해서 촌놈처럼 마시게 하고,[199] 이 해소장이가 자신이 요구한 덕분에 종을 돌려받은 것이라고 쓸데없이 자랑하지 못하도록 그가 술을 실컷 마시는 사이에 시장과 대학 학장, 교회의 보좌신부를 부르러 보내서 소피스트가 자기 임무를 밝히기 전에 그들에게 종을 돌려주자는 것이 모두의 의견이었다. 그 일을 끝낸 다음 자리에 참석해서 가운데 그의 멋진 장광설을 듣기로 했다. 계획대로 시행이 되어 앞에서 말한 사람들이 도착하자 소피스트는 커다란 홀로 안내되었는데, 그는 기침을 하며 다음과 같이 말하기 시작했다.

---

198 가르강튀아의 동료들은 그들의 임무에 맞는 이름을 가지고 있다. 필로토미는 그리스어로 (고기) 썰기를 좋아하는 자라는 뜻이고 짐나스트는 체조 선생이다.
199 실컷 마시게 한다는 뜻.

제19장 자노튀스 드 브라그마르도 선생이 종을 되찾기 위해서 가르강튀아에게 한 장광설

"에헴, 흠, 흠! (아-)녕하세요.[200] 전하, (아-)녕하세요, 여러분, 우리에게 우리 종을 돌려주어야만 합니다. 왜냐하면 우리에게 무척 필요한 것이니까요. 음, 음, 에취! 전에 우리는 케르시 지방의 롱드르 사람들과 브리 지방의 보르도 사람들이 제안한 상당한 금액을 거절한 적이 있었지요. 그들은 우리 포도나무들이 달무리와 돌풍의 피해를 입지 않게 해주는, 종의 토양적 속성에 내재한 기본적 형질의 실질적 특성 때문에 그것을 사기를 원했던 겁니다. (사실을 말하자면 그것은 우리 포도나무가 아니라 여기 주변의 것이기는 하지만요) 우리가 포도주를 잃으면 이성과 법 모두를 잃게 되기 때문입지요.

만일 저의 요구에 따라 종을 우리에게 돌려주시면, 나는 소시지 일곱 뼘[201]과 제 다리에 매우 유용한 좋은 반바지 한 벌을 얻게 될 것이고,

---

200 원문에는 라틴어 인사말 'Bona dies'를 자노튀스가 앞부분을 웅얼거려 'Mna dies'로 말한 것으로 되어 있다. 이 장에서 이탤릭체로 된 부분은 라틴어로 말해진 것이다. 자노튀스의 라틴어에는 교회에서 사용된 표현들이 들어 있는데 부정확하게 발음되며, 먹는 것과 관련된 엉터리 라틴어에 라틴어 식으로 만든 부자연스러운 프랑스어가 섞여 있다. 라블레는 자노튀스의 우스꽝스러운 라틴어와 비논리적 논증를 통하여 15세기 스콜라 교육의 맹점을 풍자적으로 비판하고 있다.

만약 그러지 못하면 그들은 약속을 지키지 않을 겁니다. 오, 정말이지, *전하, 반바지는 좋은 것이지요. 지혜로운 자는 그것을 물리치지 않는다.* 아, 아! 원하는 사람마다 반바지를 가질 수 있는 것은 아니라는 것을 저는 잘 알고 있지요. 생각해보시라구요, 전하. 십팔 일 전부터 이 멋진 연설을 하려고 머리를 짜냈답니다. *가이사의 것은 가이사에게, 하느님의 것은 하느님께 바치라.*[202] *거기에 토끼가 있도다.*[203]

맹세코, 전하, 만일 저와 식사하기를 원하신다면, 정말이지, *자비의 방*[204]에서 훌륭한 식사를 할 수 있습니다. 저는 돼지를 한 마리 잡게 했고 좋은 포도주도 있습니다. 좋은 포도주를 가지고 나쁜 라틴어를 할 수는 없지요.

그런데, 하느님의 이름으로, 우리 종을 돌려주세요. 자, 종을 돌려주신다면 우리 대학에서 나온 우티노의 설교집을 한 권 드리지요. 젠장, 면죄부도 원하세요? 돈을 내지 않아도 가질 수 있습니다.

전하, 우리에게 종을 양도해주세요. 그것은 이 도시의 재산입니다. 모든 사람들이 사용하는 것이지요. 전하의 암말이 그 종을 좋아한다면 그건 우리 대학도 마찬가지예요. 대학을 어느 「시편」에서인지 잘 기억은 나지 않지만, 어딘가 종이에 써놓은 것 같은데, 아무튼 대학을 이성이 결여된 짐바리 짐승에 비유하며 그것과 닮았다고 했지요.[205] 그리고 그것은 훌륭한 아킬레우스에 해당하지요.[206] 흠, 흠, 에헴, 에취!

---

201 한 뼘pan은 약 24센티미터.

202 『신약』 「누가복음」 20장 25절.

203 성경의 인용 다음에 바로 '거기에 난점이 있다'는 뜻의 통속적인 스콜라 식 표현이 뒤따른다.

204 수도원에 있는 손님을 위한 식당.

205 『구약』 「시편」 49편의 우스꽝스러운 인용.

206 학생들의 은어에서 아킬레우스는 무적의 논거의 상징이다.

자, 이제 제게 그것들을 주셔야 한다는 것을 증명해 보이겠어요. *제 논증은 다음과 같습니다.*

종탑 안에서 종을 치며 종소리를 낼 수 있는 종은 어느 것이나 종을 침으로써 종을 종답게 치는 사람들에게 종소리에 의하여 종소리를 내게 만듭니다. 파리에는 종이 있습니다. 따라서 그러니까 이와 같습니다.

하, 하, 하, 멋지지 않습니까! 이것은 『논리학』 1부 3장인가 어딘가에 있는 겁니다. 명예를 걸고 드리는 말씀인데 제가 기막히게 논증을 잘했던 시절이 있었지요. 하지만 지금은 몽상만 할 뿐이죠. 따라서 이제 제게 필요한 것이라고는 좋은 포도주와 좋은 침대, 그리고 등은 불가에, 배는 식탁에 대고 속이 깊은 사발을 가지는 것뿐이랍니다.

아, 전하, 성자와 성부와 성령의 이름으로 간청합니다. 아멘, 우리에게 종을 돌려주세요. 하느님께서 당신들을 악에서 지켜주시기를, 그리고 언제나 살아 계시고 모든 세기에 걸쳐 지배하시는 성모님께서 건강을 지켜주시기를, 아멘. 음, 에취, 에에취, 쿨럭 에취.

그러나 진실로 이유인즉, 어쨌든 틀림없이 하느님을 두고 맹세코 왜냐하면[207] *종이 없는 도시는 지팡이 없는 장님, 껑거리끈 없는 당나귀, 방울 없는 암소와 같기 때문이지요. 우리에게 종을 돌려줄 때까지 지팡이를 잃은 장님처럼 울부짖으며 당신 뒤를 따라다니면서 껑거리끈 없는 당나귀처럼 힝힝거리고, 방울 없는 암소처럼 음매 하고 울며 계속 쫓아다니겠습니다.*

자선병원 근처에 살던 라틴어 학자 모씨가 한번은 타포누스의 권위 ─ 아니, 틀렸어요 ─ 세속적인 시인인 폰타누스[208]를 들먹이며 종은

---

207 라틴어로 된 긴 논리접속사와 부사의 나열은 소르본 신학자들의 과장되고 겉치레가 심한 논리적 결론을 예고한다.

208 종소리를 싫어했던 이탈리아의 인문주의자.

깃털로, 종의 추는 여우 꼬리로 만들면 좋겠다고 말한 적이 있습니다. 왜냐하면 종소리가 그가 운문으로 시를 지으려 할 때 뇌의 내부에 연대기[209]를 불러일으켰기 때문이지요. 그러나 쾅, 페테탱 페테탁, 쿵, 때려라, 보아라,[210] 그는 이단으로 선포되었지요. 우리는 초로 인형을 만들듯 쉽게 이단을 만들어내지요. 발언자는 추가할 말이 없습니다. *안녕히, 박수를 치십시오. 칼피노가 이 작업을 했노라.*[211]

---

209 심한 통증colique이라고 말하려다가 연대기chronique로 잘못 말한 것이다.

210 종을 치는 모습을 표현한 의성어와 우스꽝스러운 명령을 나열해 종을 마구 치는 장면을 연상하게 만든다.

211 자노튀스는 라틴 희극이 끝났을 때 하는 인사말과 당시의 유명한 사전 편찬자 칼 피노가 대조나 주석 작업 끝에 붙인 관례적 표현을 엉뚱하게 자신의 장광설의 결론으로 삼고 있다.

제20장 소피스트는 어떻게 천을 가져갔는가, 그리고 다른 학사들에게 어떻게 소송을 벌였는가

소피스트가 말을 끝내자마자 포노크라트와 외데몽은 하도 심하게 웃는 바람에 숨이 넘어갈 뻔했다. 크라수스가 엉겅퀴를 먹는 멍청한 당나귀를 보고, 필레몽이 저녁 식사를 위하여 준비했던 무화과를 먹는 당나귀를 보고 너무 웃다가 죽은 것과 같은 경우이다. 그들과 함께 자노튀스 선생도 웃기 시작했고, 누가 더 잘 웃나 시합하듯 웃어대서 뇌의 형질의 격렬한 동요에 의하여 시신경을 따라 흐르는 누선의 체액이 분비되어 눈에 눈물이 솟아났다. 이렇게 해서 그들에 의하여 마치 헤라클레이토스처럼 처신하는 데모크리토스[212]와, 데모크리토스처럼 처신하는 헤라클레이토스가 재현되었다.

웃음이 완전히 진정된 다음, 가르강튀아는 일행과 어떻게 할 것인지 상의했다. 포노크라트는 이 훌륭한 웅변가에게 다시 술을 먹이고 그가 송주크뢰[213]보다 자신들을 더 웃게 만들었으니 그가 멋진 장광설에서 언급했던 소시지 열 뺌과 함께 노후에 필요하다고 말했던 반바지 한 벌,

---

212 기원전 5세기의 그리스 철학자들로 헤라클레이토스는 인간의 어리석음에 눈물을 흘렸고, 데모크리토스는 웃었다고 전해진다.
213 헛된 꿈이라는 뜻으로 당시의 유명한 광대의 별명이다.

굵은 장작 3백 개와 포도주 다섯 통, 거위 깃털로 만든 세 겹 요가 딸린 침대 하나와 속이 넓고 깊은 사발 한 개를 주자는 의견을 내놓았다.

반바지를 빼고는 모든 것이 계획대로 실행되었다. 가르강튀아는 당장 그의 다리에 편한 반바지를 구할 수 있을지를 알 수가 없었다. 그리고 (똥을 쉽게 눌 수 있도록 엉덩이 부분을 여닫을 수 있게) 등쪽에 벨트가 달린 반바지와 선원들이 입는 허리를 편하게 해주는 반바지, 스위스 용병들이 입는 불룩한 배 부분을 따뜻하게 해주는 반바지, 허리에 땀이 배지 않도록 대구 꼬리 모양으로 뒤가 터진 반바지 중에서 어떤 방식의 반바지가 이 웅변가에게 맞을지 알 수 없어서 검은 천 7온느와 안감용으로 흰 모직천 3온느를 그에게 주도록 했다. 장작은 짐꾼들이 운반했고, 문예학사들은 소시지와 사발을 가져갔으며 자노튀스 선생은 천을 직접 가져가기를 원했다.

학사들 중 한 사람인 주스 방두유[214] 선생은 그에게 그렇게 하는 것이 지위에 어울리지도 않고 점잖지 못하다고 지적하며 자기들 중 하나에게 맡길 것을 요구했다.

"아! (자노튀스가 말했다) 멍청이, 멍청이 같은 놈. 자네는 전혀 *합당한 형식에 따라* 결론을 내리지 못하는군. 가정과 논리의 원칙은 이렇게 사용하는 거야. *이 천자락은 누구와 관련된 것이지?*

— 막연하게 (방두유가 말했다) *특정인을 지정하지 않고.*

— 나는 자네에게, 이 멍청아, (자노튀스가 말했다) *관계의 성격이 아니라 그 용도*를 묻는 거야. 이것은, 멍청아, *내 넓적다리를 위한 것이*라구. 그러니까 실체는 *우유(偶有)를 수반하듯이*[215] 내가 이것을 가져가야 하는 거야.

---

214 순대andouille와 발기하다bander를 연상시키는 우스꽝스러운 이름.
215 스콜라 철학의 용어. 우유accidens는 우연히 존재하는 것이다.

이렇게 해서 그는 파틀랭[216]처럼 슬그머니 천을 가지고 가버렸다.

이 사건의 백미는 해소장이가 의기양양하게 삼위일체회 수도사들[217]의 회의 도중에 나타나 자기 몫의 반바지와 소시지를 요구했을 때였다. 이 사건에 관한 정보에 따르면 가르강튀아로부터 이미 선물을 받았기 때문에 이 요구는 단호하게 거절되었던 것이다. 그가 그것은 대가 없는 관용의 선물이므로 그들이 약속을 지키지 않을 이유가 없다고 주장했지만, 그들은 이성에 만족해야 하고 다른 것은 한 조각도 얻지 못할 것이라고 대답할 뿐이었다.

"이성이라고, (자노튀스가 말했다) 우리는 여기서 조금도 이성을 사용하지 않아. 고약한 배신자들, 너희들은 아무런 가치도 없어. 대지가 너희들보다 더 사악한 놈들을 낳은 적이 없다는 것을 나는 잘 안다구. 절름발이 앞에서 저는 척해서는 안 되는 거야.[218] 너희들이 함께 사악한 짓을 해온 걸 잘 알고 있어. 하느님의 지라[219]를 두고 말인데, 나는 여기서 꾸며지고 너희들 손으로 행해진 수많은 악행을 국왕께 고발할 거야! 그분께서 너희들을 동성애자들처럼 산 채로 불 태우시지 않는다면 난 문둥이가 돼도 좋아. 배신자들, 이단자와 유혹자 놈들, 하느님과 미덕의 적들아!"

이 말을 듣고 그들은 그에 대한 고발장을 작성했다. 그도 역시 그들을 법정에 출두하도록 소환하게 했다. 결국 법원에 의하여 소송이 받아

---

216 중세의 『파틀랭 선생의 소극』에 나오는 악덕 변호사로, 옷감 장수를 속여 외상으로 산 천을 집으로 가져가고 값을 치르지 않는다.

217 초판에는 소르본의 회의로 되어 있었는데, 삼위일체회 수도사들Mathurins의 교회가 소르본의 회의장으로 사용되었다.

218 위선자 노릇을 하지 말라는 뜻.

219 프랑스어에서 '지라를 쏟아내다décharger sa rate'라는 표현은 울분을 터뜨린다는 뜻이다.

들여졌고 아직도 진행 중이다. 학사들은 이 소송이 진행되는 동안 때를 씻지 않겠다고 맹세를 했고, 자노 선생은 그의 추종자들과 함께 최종 판결이 날 때까지 코를 풀지 않겠다고 맹세를 했다.

　이 맹세에 따라 그들은 오늘날까지도 때투성이에 콧물을 달고 있는 상태이다. 왜냐하면 법원은 아직도 모든 서류들을 샅샅이 조사하지 못했기 때문이다. 판결은 고대 그리스 책력의 다음번 초하룻날[220]에 내려질 예정이다. 다시 말해서 영원히 내려지지 않을 것이다. 여러분도 알다시피 재판관들이란 자신들의 규정과는 반대로 대자연보다도 일을 더 잘 처리하기 때문이다. 파리 시의 규정에는 하느님만이 무한한 일을 하실 수 있다는 말이 후렴처럼 반복되어 있다. 대자연은 무한한 일을 할 수 없다. 왜냐하면 대자연이 생산하는 모든 것은 끝이 있고 중단되기 때문이다. 태어나는 모든 것은 죽게 마련이다, 등등. 그렇지만 안개를 먹는 자들[221]은 소송을 정지 상태로 남겨두어 그것을 무한하고 불멸의 것으로 만든다. 이렇게 함으로써 그들은 델포이의 신전에 남겨진 라케데모니아 사람 킬론의 격언을 실현시키고 확인하게 했던 것이다. 그는 빈궁이 소송의 동반자이고 소송인들은 불쌍한 사람들이라고 말한 바 있다. 왜냐하면 그들은 주장하던 권리를 얻기 전에 인생의 종말을 맞기 때문이다.

---

220 고대 그리스 책력에는 초하룻날calendes이라는 단어가 없으므로, 그리스 책력의 초하룻날로 연기한다는 것은 무기 연기한다는 뜻이 된다.
221 재판관과 소송인은 법원에 가기 위하여 새벽부터 일어나야 하는 데서 나온 표현.

제21장 소피스트 사부들의 규율에 따른 가르강튀아의 공부

이렇게 가르강튀아가 처음 며칠을 보내고 종을 원래의 자리에 돌려준 후, 파리 시민들은 이러한 정직한 처분에 대한 감사의 표시로 그가 원하면 언제까지든 그의 암말을 관리하고 먹이겠다고 자청하고 나섰다. 이에 가르강튀아는 기꺼이 동의했고, 그들은 암말을 비에르 숲에서 살도록 보냈는데, 내 생각으로 이제는 그곳에 없는 것 같다.

그후 가르강튀아는 포노크라트의 지도에 따라 성실히 학업에 전념하고자 했다. 그러나 포노크라트는 처음에는 옛 사부들이 어떤 방식으로 그토록 오랫동안 그를 그토록 어리석고 멍청하고 무식하게 만들었는지 알아보기 위해서 그에게 익숙한 방식대로 공부하도록 시켰다.

그는 자기 시간을 다음과 같은 식으로 보냈다. 보통 날이 밝았건 그렇지 않건 간에 여덟시에서 아홉시 사이에 일어났다. 그의 옛 사부들이 '날이 밝기 전에 일어나는 일은 무용하다'는 다윗의 말을 인용하며 그렇게 시켰던 것이다.

그러고는 침대에서 기지개를 켜고, 깡충거리며 뛰고 짚을 넣은 매트 위를 뒹굴면서 그의 동물적 정기[222]가 원기를 되찾도록 잠시 시간을 보냈다. 그리고 계절에 따라 옷을 입었는데, 여우 가죽으로 안을 댄 두

꺼운 모직물로 된 긴 겉옷을 즐겨 입었다. 그다음에는 알맹[223]의 빗, 즉 네 손가락과 엄지손가락으로 머리를 빗었다. 그의 사부들이 다른 방식으로 머리를 빗고, 세수하고, 몸을 씻는 것은 이 세상에서 시간을 낭비하는 것이라고 말했기 때문이다.

그러고는 똥 누고, 오줌 싸고, 목을 가다듬고, 트림하고, 방귀 뀌고, 하품하고, 가래 뱉고, 기침하고, 흐느껴 울고, 재채기하고, 부주교처럼[224] 코를 풀고, 이슬과 나쁜 공기를 내몰기 위하여 많은 양의 튀긴 내장과 석쇠에 구운 고기, 햄, 새끼염소 구이, 빵을 담근 수프로 아침 식사를 했다.

포노크라트는 침대에서 나와 아무 운동도 하지 않고 바로 그렇게 많이 먹어대면 안 된다고 지적했다. 가르강튀아는 다음과 같이 대답했다. "뭐라고요! 제가 충분히 운동을 하지 않았단 말입니까? 일어나기 전에 침대에서 예닐곱 번 뒹굴었어요. 그것으로 충분하지 않습니까? 알렉산드로 교황은 그의 유대인 의사의 충고에 따라 이렇게 했고, 질시하는 사람들이 많았음에도 불구하고 죽을 때까지 살았어요. 첫 사부들은 제게 아침 식사가 기억력을 좋게 만든다고 하면서 이런 습관을 갖게 했습니다. 그들이 먼저 아침에 마셔댔지요. (파리에서 일등으로 학사를 마쳤던) 튀발 선생은 빨리 달릴 필요는 없고 적당한 때 출발하는 것이 좋다고 제게 말했답니다. 그러니까 우리 인간들이 완벽한 건강을 유지하기 위해서는 오리처럼 수없이 많이 마셔대는 대신 아침에 일찍 잘 마셔야 하는 겁니다. 그래서 이런 속담이 생겼지요.

---

222 중세 의학 용어로, 심장과 뇌의 명령을 신체 각 기관에 전달하는 체액을 가리킨다.

223 16세기 초에 논리학 개론을 썼던 파리 대학 출신의 박사.

224 코를 많이, 더럽게 푼다는 뜻의 대중적 표현. 당시 부주교들이 특히 더럽다는 평판이 있었다고 한다.

아침에 일어나는 것이 행복이 아니라,

아침에 마시는 것이 제일이라네.

아침 식사를 적당히 잘 하고 나서는 교회에 갔는데, 사람들은 그를
위하여 고리쇠와 양피지만큼이나 기름때로 무거워진, 무게가 더도 덜도
말고 11퀸탈 6파운드 나가는, 겉을 감싼 커다란 성무일과서를 큰 바구
니에 담아 들고 갔다. 그곳에서 그는 스물여섯 또는 서른 번의 미사를
들었다. 그동안에 오디새[225]처럼 두건을 뒤집어쓴 기도서 낭독자가 많은
양의 포도즙으로 입김을 해독 처리하고 그의 자리로 왔다. 이 낭독자와
함께 그는 모든 연속되는 기도를 중얼거렸는데, 어찌나 세심하게 훑어
나가는지 땅바닥에 한 톨도 떨어지지 않을 정도였다.

교회를 나서면, 사람들은 소가 끄는 짐수레에 모자의 틀만큼이나
큰 생 클로드산 묵주 더미를 그에게 가져왔고, 그는 경내나 회랑, 정원
을 산책하며 열여섯 명의 은자들보다 더 많이 주기도문을 외웠다.

그리고는 눈은 책에 고정되어 있지만 (희극작가[226]가 말하듯이) 생각
은 부엌에 가있는 상태로 신통치 않게 약 삼십 분 정도 공부를 했다.

오줌통에 한 통 가득히 오줌을 누고 나서는 식탁에 앉아 그가 천성
적으로 점액질 체질이었기 때문에 열두 개가량의 햄과 훈제한 소혀, 알
젓, 뱀장어와 포도주를 당기게 만드는 다른 음식들로 식사를 시작했다.

그동안에 하인들 중 네 명은 차례차례로 계속 그의 입 안에 한 삽
가득히 겨자를 퍼넣었다. 그러고는 콩팥을 진정시키기 위하여 어마어마
한 양의 흰 포도주를 단숨에 들이켰다. 그다음에 계절에 따라 입맛에 맞

---

225 머리에 누른 갈색의 긴 뿔털이 잇달아 나 있는 새.
226 기원전 2세기의 라틴 희극작가 테렌티우스가 『내시』 4장 8절에서 한 말이다.

는 고기를 먹었고 배가 당길 지경에 이르러서야 식사를 멈추었다.

마시는 데 있어서는 절도나 규칙이 없었다. 그는 마시는 한계와 끝은 술꾼의 실내화에 붙은 코르크가 반 피트 정도 높이로 부풀었을 때 나타난다고 말했던 것이다.

제22장 가르강튀아의 놀이

그러고는 나른하게 감사기도 한 조각을 웅얼거리고, 신선한 포도주로 손을 씻고,[227] 돼지 다리로 이를 쑤시고, 일행과 즐겁게 한담을 나누었다. 그리고 초록색 놀이판을 펴고 온갖 종류의 카드와 주사위, 놀이용 도구들을 잔뜩 늘어놓았다. 거기서 다음과 같은 놀이[228]를 했다.

네 장 플러시,

다른 무늬 카드 모으기,

패 따오기,

뺏어먹기,

패 버리기,

피카르디 놀이,

1백 점 내기,

---

227 포도주가 넘쳐서 손에 흐르는 상황을 가리키는 표현.

228 여기 열거되어 있는 놀이들 중 상당수는 지금으로서는 어떤 종류의 놀이인지 확인되지 않는데, 연구자들에 따르면 종류별로 카드놀이, 체스와 같이 놀이판과 말을 사용하는 놀이, 솜씨 겨루기, 알아맞히기, 야외에서 하는 놀이의 순서로 배열되어 있다고 한다. 이 비현실적으로 과장된 목록을 통해서 라블레는 가르강튀아가 이렇게 많은 종류의 놀이를 하느라 아까운 시간을 낭비했고, 그의 지적 능력도 학문 연마 대신에 쓸데없는 놀이의 규칙을 외우는 데 소모되어버렸다는 점을 강조하고 있다.

피아노,

불쌍한 년 만들기,

패 맞추기,

10점 넘기기,

31점 내기,

짝패와 연속패 맞추기,

3백 점 내기,

빈털터리 만들기,

운수 보기,

카드 뒤집기,

불평분자,

용병 도박,

오쟁이를 진 서방,

패 가진 사람이 밝히기,

몽땅 따먹기,

왕과 여왕 짝짓기,

같은 패 세 장 모으기,

여론 몰이,

몰아주기,

연속패 맞추기,

카드 뒤집기,

타로,[229]

지는 쪽이 이기기,

---

229 이른여덟 장의 카드로 하는 이탈리아 식 카드놀이.

속여 뺏기,

고문하기,

팽이 돌리기,

주사위 놀이,

으뜸패 모으기,

손가락 수 알아맞히기,

체스,

여우 닭 잡아먹기,

십자장기,

목말 타기,

제비뽑기,

운수 점치기,

세 주사위 놀이,

놀이판을 사용하는 주사위 놀이,

주사위 이김수 굴리기,

유리한 판 이끌기,

청개구리 놀이,

이탈리아 식 주사위 놀이,

트릭트락,[230]

네 팀 주사위 놀이,

주사위판 놀이,

시종들의 주사위 놀이,

도형수,[231]

---

230 주사위와 체스판 비슷한 놀이판을 사용하는 게임.

231 경우에 따라서 적을 자기 편으로 받아주어야 하는 체커 놀이의 일종.

체커 놀이,

패가망신,

첫째, 둘째,

꽂은 칼 가까이 동전 던지기,

판 가까이 열쇠 던지기,

사각판 가까이 동전 던지기,

홀짝,

앞뒤 정하기,

골패 놀이,

노르망디 식 골패 놀이,

구슬치기,

감춘 실내화 찾기,

부엉이,

귀여운 산토끼,

줄다리기,

공놀이,

까치 놀이,

소뿔 놀이,

사육제의 황소,

올빼미 소리 내기,

시침 떼고 꼬집기,

부리로 쪼아 내쫓기,

당나귀 편자 떼기,

양 몰고 장에 가기,

술래잡기,

나는 앉았다,

바보에게 똥가루 던지기,

반장화,

꼬챙이 뽑기,

말썽꾼 내몰기,

친구, 자루 좀 빌려주게,

숫양 불알 놀이,

밀어내기,

마르세유의 무화과,

곡식단 돌기,

활쏘기,

여우 껍질 벗기기,

썰매 끌기,

다리 걸어 넘어뜨리기,

귀리 팔기,

석탄 조각 불기,

새 짝 찾기,

산 재판관과 죽은 재판관,

불에서 쇠 꺼내기,

가짜 어릿광대,

양뼈 갖고 놀기,

따리꾼 곱추,

성자 찾기,

귀 꼬집기,

배나무,

엉덩이 걷어차기,

삼단뛰기,

원 안에서 뛰기,

지팡이로 공을 구멍에 넣기,

둘이 머리와 다리 거꾸로 맞대기,

벽돌쌓기,

막대기 놀이,

쇠고리 던지기,

실꾸리 놀이,

콧김으로 촛불 끄기,

구주희,

잔디 볼링,

납작한 나무공 놀이,

깃털 달린 나무공 놀이,

로마로 가는 자치기,

똥 던지기,

장난꾸러기 천사,

영국 식 공놀이,

깃털 달린 공치기,

등 짚고 넘기,

항아리 깨기,

소원 빌기,

바람개비,

무너지지 않게 꼬챙이 뽑기,

짧은 몽둥이 당기기,

원 그리며 돌기,

술래 눈 가리기,

말뚝놀이,

술래 뽑기,

고리 찾기,

상대 구슬 몰고 가기,

호두집 무너뜨리기,

돌 튀기기,

구멍에 구슬 넣기,

팽이 돌리기,

앙주 식 팽이치기,

수도사 놀이,

천둥 놀이,

깜짝 놀라게 하기,

브르타뉴 식 하키,

왔다갔다하기,

볼기 치기,

빗자루 타기,

성 코스마[232] 경배,

쇠똥구리,

나뭇잎으로 몸 가리고 습격하기,

사순절이여, 안녕,[233]

다리 벌리고 거꾸로 서기,

---

232 외과의사들의 수호성자.
233 사순절의 첫날, 상대방보다 먼저 이 말을 하는 사람이 이기는 놀이.

말타기,

늑대 꼬리,

둘이 거꾸로 잡고 언덕 구르기,

기유맹, 창을 다오,

그네 타기,

옥수수 단에 숨기,

작은 공 놀이,

파리 때리기,[234]

황소 술래잡기,

옆 사람에게 말 전달하기,

아홉 개의 손 놀이,

미친 놈 술래잡기,

다리 쓰러뜨리기,

고삐 매인 콜랭,

갈가마귀,

깃털 달린 공치기,

술래잡기,

지팡이 치기,

스파이,

두꺼비,

크리켓,

절굿공이 놀이,

손잡이로 줄 달린 나무공 받기,

---

234 파리로 정해진 아이를 둘러서서 때리는 놀이.

여왕 놀이,

몸짓 수수께끼,

둘이 머리와 다리 사이에 물건 숨기기,

백포도주,

고약한 죽음,

콧잔등 손톱으로 튀기기,

아줌마 모자 빨기,

둘이 손잡고 체치기,

귀리 심기,

식충이,

둘이 마주 잡고 바퀴 만들기,

탈락시키기,

재주넘기,

시소,

농부 놀이,

올빼미 소리 내기,

박치기 시합,

죽은 짐승 업고 가기,

주먹으로 사닥다리 만들기,

돼지 잡기,

짠 엉덩이,

비둘기가 난다,

몰래 숨기,

불붙은 나뭇단 뛰어넘기,

보병 놀이,

훼방 놓기,

숨바꼭질,

엉덩이에 매달린 동전 주머니,

큰 매 둥지,

선회탑,

엿 먹이기,

입으로 방귀 소리 내기,

겨자 찧기,

다리 흔들기,

원래대로 되돌아가기,

화살촉 던지기,

등 짚고 뛰어넘기,

갈가마귀,

두루미,

칼로 베기,

콧등 튀기기,

종달새,

손가락으로 튀기기.

잘 놀고, 시간을 체로 쳐서 걸러 보낸 다음 약간 ──1인당 열한 되[235] 씩 ──마시고 술자리가 끝나고 나면 바로 안락한 긴 의자나 침대 한가운데 드러누워 나쁜 생각이나 말을 하지 않고 두세 시간 잠을 잤다.

잠에서 깨어나서는 시원한 포도주를 대령하는 동안 귀를 약간 흔들

---

235 프랑스 남부지방의 계량 단위. 4리터 정도의 분량peguad.

었다. 그러고는 전보다 더 잘 마셔댔다.

포노크라트는 자고 나서 그렇게 마셔대는 것은 나쁜 식사법이라고 그에게 주의를 주었다.

가르강튀아는 "이것이 진짜 사제들의 생활방식이에요. 저는 천성적으로 짜게 먹고 잠을 자기 때문이지요. 제게 잠은 햄만큼이나 갈증을 불러온답니다"라고 대답했다.

그러고는 주기도문을 앞에 놓고 공부를 조금 했다. 그는 기도문을 더 합당하게 발송하기 위하여[236] 아홉 명의 왕을 모신 늙은 노새에 올라탄 다음 이렇게 입으로 중얼거리고 머리를 끄덕이며 그물에 토끼가 잡혔는지를 보러 가곤 했다.

돌아오는 길에는 어떤 고기가 꼬치에 꿰어 구워지고 있는지 알아보기 위하여 부엌으로 갔다.

그러고는, 내 양심을 걸고 하는 말인데, 저녁 식사를 아주 잘 했고 기꺼이 이웃의 술꾼들을 초대해서 실컷 마셔대곤 했다. 그들은 옛이야기로부터 새로운 소식에 이르기까지 이야기를 나누었다. 특히 친하게 지내는 사람들로는 푸, 구르빌, 그리뇨, 마리니 영주가 있었다.

저녁 식사가 끝난 다음에는 그 자리에 나무로 된 멋진 복음서들, 즉 많은 주사위 놀이판[237]이나 하나, 둘, 셋 또는 모두 따거나 잃기 등의 놀이를 위한 다량의 카드를 가져오게 했다. 그러지 않으면 주변의 아가씨들을 만나러 가서 간단한 파티, 간식, 후식을 같이 하곤 했다. 그러고 나서는 다음 날 아침 여덟시까지 내처 잠을 잤다.

---

236 우편물을 발송하듯 기도문을 신속하게 처리한다는 뜻.
237 책처럼 펼쳐지는 놀이판.

제23장 가르강튀아는 어떻게 포노크라트에 의하여 하루에 한 시간도 허비하지 않도록 엄격한 규율에 따른 교육을 받았는가

　포노크라트는 가르강튀아의 불건전한 생활방식을 알고는 다른 방식으로 그에게 학문 교육을 시키기로 작정했다. 그러나 강력한 조치를 취하지 않으면 대자연이 급작스러운 변화를 용인하지 않는다는 점을 고려해서 처음 며칠 동안은 그를 내버려두었다.

　그러고는 작업을 잘 시작하기 위해서 테오도르라는 당대의 학식 높은 의사에게 의뢰해 가르강튀아를 보다 나은 길로 돌려놓는 것이 가능한지 알아보았다. 의사는 규범에 따라 앙티시르산의 원산초[238]로 그를 정화시켰는데, 이 약으로 두뇌의 모든 손상과 사악한 습관을 소탕했던 것이다. 이 방법으로 포노크라트는 다른 음악가들 밑에서 교육을 받았던 제자들에게 티모테가 했던 것처럼 그가 옛 사부들 밑에서 배웠던 모든 것을 잊게 만들었다.

　이 일을 성공적으로 추진하기 위해서 포노크라트는 그를 그곳에 있던 학자들의 모임에 집어넣었다. 그들과의 경쟁에서 그의 지적 능력과

---

238 당시에는 정신병 치료제로 사용되었다. 앙티시르는 원산초의 산지로 유명했던 섬 이름이다.

열심히 공부해서 자신의 가치를 높이려는 욕망이 커지게 되었다.

그다음에는 하루에 한 시간도 허비하지 않게 강도 높은 학습 진도에 따르도록 해서 그의 모든 시간은 학문과 성실한 지식 연마에 바쳐졌다.

이에 따라 가르강튀아는 새벽 네시경에 일어났다. 하인이 그의 몸을 문지르는 동안 성경을 큰 소리로, 내용에 적합하게 분명한 발음으로 몇 장 그에게 읽어주게 했는데, 바셰 출신의 아나뇨스트[239]라는 젊은 시종이 이 일을 맡았다. 그는 낭독되는 성경 구절의 내용과 주제에 따라 놀라운 위엄과 판단을 보여주시는 선한 하느님께 열과 성을 다하여 자주 존경을 바치고, 경배하고, 기도하고, 간구하는 것이었다.

그러고는 자연적인 소화의 배설물을 처리하는 은밀한 장소로 갔다. 그곳에서 그의 사부는 모호하고 어려운 점을 설명해주며 그가 읽었던 것을 복습시켰다.

돌아오면서 그들은 전날 밤 관찰했던 것과 같은지, 오늘은 해와 달이 어떤 징조를 보이는지 하늘의 상태를 살펴보았다.

그러고 나서 옷을 입고, 머리를 빗고, 모자를 쓰고, 옷차림을 갖추고 향수를 뿌렸는데, 그동안 전날 배운 학과를 그에게 복습하도록 했다. 그는 스스로 그것을 외우고, 인간의 상태에 관한 실제적인 몇몇 예를 배운 것에 적용시켜보았다. 이 일이 어떤 때는 두세 시간으로 길어지기도 했지만 보통은 옷을 다 입었을 때 끝이 났다.

그러고는 세 시간 동안 충분히 그에게 책을 읽어주었다.

끝난 다음에는 밖으로 나와 독서의 주제에 관해서 계속 토론하면서 브라크[240]나 들판으로 나가서 공놀이, 정구, 삼각형 공 놀이를 하면서 앞서 정신을 단련했듯이 우아하게 육체를 단련했다.

---

239 그리스어로 책 읽는 사람이라는 뜻.
240 파리의 유명한 정구장.

그들의 모든 게임은 자유로운 것이었다. 그들은 원할 때 경기를 중단했는데, 보통 몸에 땀이 많이 나거나 아니면 피로할 때 그만두었던 것이다. 그러고는 몸을 잘 씻고 문지른 다음 속옷을 갈아입고 천천히 산책을 하며 식사가 준비되었는지를 보러 갔다. 그곳에서 기다리는 동안 그들은 학과 공부에서 익혔던 몇몇 구절을 분명한 목소리로 유창하게 낭송했다.

그동안 식욕 나리가 왕림하시게 되고 그들은 적당한 때 식탁에 앉았다.

식사가 시작되어 포도주를 마실 때까지 그는 고대 역사의 재미있는 일화 몇 가지를 읽어주는 것을 들었다. 그가 원하면 낭독을 계속하고 그러지 않으면 함께 즐겁게 대화를 나누었다. 처음 몇 달 동안은 식사에 제공되는 모든 것—빵, 포도주, 물, 소금, 고기, 생선, 과일, 나물, 식물 뿌리와 그 조리방법의 효과나 속성, 효용성과 성질에 관해서 이야기했다. 이렇게 해서 그는 얼마 안 되는 사이에 플리니우스, 아테네우스, 디오스코리데스, 율리우스 폴룩스, 갈레노스, 포르피리우스, 헬리오도루스, 아리스토텔레스, 엘리아누스[241]와 기타 다른 사람들이 쓴 이와 관련된 글들을 배우게 되었다. 어떤 대목에서는 더 확실하게 하기 위하여 자주 문제의 책을 식탁에 가져오게 했다. 그는 논의된 내용을 너무나 훌륭히 완벽하게 기억했기 때문에, 당시 그의 절반만이라도 아는 의사를 찾아볼 수 없을 정도였다.

그다음에는 아침에 읽은 과목에 관해서 이야기를 나누고, 마르멜로 열매 설탕 졸임으로 식사를 끝낸 뒤 유향나무 가지로 이를 쑤시고, 깨끗하고 시원한 물로 손과 눈을 씻고 나서, 하느님의 위대함과 자비를 찬양

---

241 여기에 언급된 학자들은 당시 인문학자들이 참고했던 박물학에 관한 책들을 쓴 인물들이다.

하는 몇 개의 아름다운 송가로 감사를 드렸다. 그러고 나서 카드를 가져오게 했는데, 이는 놀기 위해서가 아니라 산수와 관련된 수많은 사소하고 재미있는 문제와 새로운 발견을 배우기 위해서였다.

이 방법으로 그는 수(數)의 학문에 관심을 갖게 되어 매일 점심 식사와 저녁 식사가 끝난 다음 주사위나 카드놀이를 하던 때만큼이나 즐겁게 시간을 보냈다. 그는 이 학문의 이론적인 면과 실용적인 면을 완벽하게 통달하여, 이 분야에 관해서 자세한 책을 썼던 영국의 턴스톨[242]은 그에 비하면 자신은 정말로 고지(高地) 독일어밖에는 이해하지 못하는 것[243]이라고 고백한 바 있다.

그는 이 학문뿐 아니라 기하학이나 천문학, 음악 등의 다른 수학적 학문에도 통달하게 되었다. 먹은 음식물의 소화와 흡수를 기다리며 그들은 수많은 재미있는 기하학의 도구와 도형을 만들었고, 천문학의 법칙도 연구했던 것이다.

다음으로는 그들은 반주를 곁들여 너댓 곡을 부르거나 한 테마를 여러 가지로 변조하며 즐기곤 했다.

악기로 말하자면, 그는 류트,[244] 스피넷,[245] 하프, 독일식 플루트와 아홉 구멍짜리 플루트, 비올라와 트롬본을 연주하는 법을 배웠다.

이렇게 시간을 보내고 소화가 끝나면, 자연적인 배설물을 배출하고, 아침에 읽은 것을 복습하거나 시작한 책을 읽어나가는 것 외에도 옛 로마문자로 글씨를 쓰고, 문장을 짓기 위해서 세 시간 또는 더 많은 시

---

242 더햄의 주교로서 산수에 관한 개론서를 썼던 16세기 영국의 수학자.
243 원래는 이해하기 어려운 언어라는 뜻이지만 여기서는 초보적인 수준에 머무르고 있다는 의미로 해석할 수 있다.
244 여덟 줄로 된, 손으로 연주하는 현악기.
245 하프시코드 이전의 소형 건반악기.

간 동안 본격적인 공부를 다시 했다.

그것이 끝난 다음에는 투렌 출신의 젊은 귀족인 말 담당 시종 짐나스트와 함께 숙소 밖으로 나왔는데, 짐나스트는 그에게 승마술을 가르쳤다.

그가 옷을 갈아입은 다음 짐나스트는 전투마, 짐 싣는 말, 경주용 말, 아랍말이나 날렵한 말에 올라타 백 바퀴를 돌게 하고, 공중으로 도약하고, 도랑을 건너뛰고, 울타리를 뛰어넘고, 오른쪽이나 왼쪽으로 원을 그리며 짧게 돌게 했다.

그럴 때 그는 마상결투용 긴 창을 부러뜨리지 않았다. 왜냐하면 "나는 결투나 전투에서 창을 열 개 부러뜨렸다"고 말하는 것은 세상에서 가장 어리석은 헛소리이기 때문이다. 목수라도 그렇게 할 수 있을 것이다. 하지만 하나의 창으로 적을 열 명 거꾸러뜨렸다는 것은 두 배로 영광스러운 일이다. 그래서 그는 날카롭고 단단한 휘지 않는 창으로 문을 부수고, 갑옷을 뚫고, 나무를 쓰러뜨리고, 반지를 꿰고, 군마의 안장, 쇠사슬 갑옷, 쇠사슬 장갑을 날려버렸다. 이 모든 일을 그는 머리에서 발끝까지 무장한 채로 해냈다.

말을 타고 음악소리에 맞춰 열병을 하거나 혀를 차서 말을 부리는 데는 아무도 그를 능가하지 못했다. 페라라의 곡마사[246]도 그에 비하면 원숭이에 지나지 않았다. 특히 그는 땅을 밟지 않고 곡마용 말을 이쪽에서 저쪽으로 신속하게 옮겨 타는 법, 양쪽 손에 창을 들고 등자 없이 올라타서 말굴레 없이 마음대로 부리는 법을 배웠다. 이러한 것들이 무사로서의 훈련에 소용되기 때문이었다.

어떤 날에는 도끼 쓰는 법을 연습했는데, 어찌나 잘 비켜치고, 뾰족

---

246 16세기까지 에스테 가문이 지배했던 이탈리아의 도시. 이탈리아는 당시에 유명한 곡예사들을 많이 배출했다고 한다.

한 끝으로 힘차게 찌르고, 유연하게 원을 그리며 휘둘러 베는지, 전투에서 전력을 다해 겨루는 무장한 기사처럼 보였다.

그다음에는 창을 다루었고, 무장을 하거나 하지 않은 상태로 방패나 어깨 가리개, 둥근 방패를 갖추고서 양손으로 잡는 검, 가늘고 긴 검, 에스파냐 식 장검, 단검,[247] 비수를 휘둘러댔다.

그는 사슴, 노루, 곰, 흰 반점 사슴, 멧돼지, 산토끼, 메추라기, 꿩, 능에를 뒤쫓아 달렸다. 그리고 큰 공을 가지고 놀면서 발과 주먹으로 공을 공중에 튀어오르게 했다. 레슬링을 하고, 달리고, 도약을 했는데, 삼단 도약이나 한 발로 뛰기, 또는 독일식 도약을 하지 않고 ──왜냐하면 짐나스트는 그런 도약이 전쟁에서 불필요하고 소용이 되지 않는다고 말했기 때문에 ──한 번 도약으로 도랑을 건너뛰고, 울타리를 넘고, 6피트나 되는 벽을 오르고, 긴 창 높이의 창문에 기어올랐던 것이다.

그는 깊은 물 속에서 몸을 위나 아래, 옆으로 하며 온몸을 움직이거나 또는 발만으로 헤엄을 쳤는데, 한 손에 책을 공중에 쳐든 채로 책이 물에 젖지 않게 하고, 율리우스 카이사르처럼 외투를 이로 물고 끌면서 센 강을 횡단하기도 했다. 그러고는 한 손만으로 힘을 써서 배에 올라탔다. 배에서 다시 머리를 아래로 하여 물에 뛰어들어 바닥을 살펴보고, 바위가 움푹 파인 곳을 탐사하고, 심연과 깊은 구멍 속으로 잠수했다. 그러고는 배를 회전시키고, 키를 잡고서 빨리 또는 천천히 물결을 따르거나 아니면 거슬러서 배를 몰았고, 수문 한가운데 배를 정지시키거나, 한 손으로 조종을 하며 다른 손으로는 커다란 노를 저었다. 돛을 펴거나 밧줄을 타고 돛대에 오르며, 활대 위를 달리고, 나침반을 맞추고, 돛이 옆바람을 받도록 아딧줄을 당기거나 키를 굳게 쥐었다.

───────────────

[247] 결투할 때 왼손에 드는 날카로운 단검으로, 땅에 쓰러진 적의 목숨을 끊을 때 사용한다.

물에서 나와서는 기운차게 산에 올라갔다가 마찬가지로 신속히 내려왔다. 고양이처럼 나무를 타고, 다람쥐처럼 이 나무에서 저 나무로 건너뛰고, 밀로[248]처럼 굵은 둥치를 쓰러뜨렸다. 날카로운 두 개의 단검과 견고한 두 개의 송곳을 이용해서 쥐처럼 집 꼭대기에 올라갔으며, 위에서 밑으로 자세를 갖추고 뛰어내려도 아무런 부상도 입지 않았다.

그는 단창, 봉, 투석, 투창, 전투용 창, 미늘창을 던지고, 화살을 쏘아 과녁에 박고, 허리힘으로 강한 강철 활[249]을 당기고, 화승총[250]을 눈높이로 들어올려 겨냥하고, 포신을 얹는 받침대에 대포를 올려놓고, 파르타인들[251]처럼 아래에서 위로, 위에서 아래로, 앞이나 옆, 뒤에서 과녁과 새 모양의 표적에 사격을 할 수 있었다.

높은 탑에서 땅까지 드리워지게 매어놓은 밧줄을 양손으로 잡고 그는 탑에 기어올랐다가 매우 신속하고 안전하게 내려왔는데, 여러분은 평평한 들판에서도 그보다 더 잘할 수는 없을 것이다.

그리고 흉곽과 폐를 단련하기 위하여 악마처럼 큰 소리로 고함을 질렀다. 나는 그가 생 빅토르에서 몽마르트르에 있는 외데몽을 부르는 소리를 한 번 들은 적이 있는데, 스텐토르[252]도 과거 트로이 전쟁에서 그런 고함소리를 내지 못했었다.

그리고 체력을 강화하기 위하여, 그가 아령이라고 부른, 각각의 무

---

248 운동선수였던 크로톤 사람 밀로는 자신이 양쪽 끝에 홈을 파놓은 나무둥치를 두 쪽으로 가를 수 있을 만큼 힘이 세다고 생각했다.

249 성의 포위공격에 사용되는 무기로, 길이가 20미터에 이르고, 여러 사람이 함께 당기도록 권양기가 붙어 있었다.

250 20킬로그램 정도 나가는 무기로 보통 조준대에 세워놓고 발사했다.

251 파르타인들은 말을 타고 도망치거나 돌아서면서 활을 쏘았다고 한다.

252 호메로스의 『일리아스』 5장에는 스텐토르가 50인의 남자들을 합친 것만큼 큰 소리로 외쳤다고 되어 있다.

게가 8천7백 퀸탈이 나가는 두 개의 커다란 납덩어리를 만들게 해서 한 손에 하나씩 땅에서 들어올려 머리 위로 공중에 쳐들고는 움직이지 않고 45분이나 그 이상을 서 있었다. 그만큼 그의 힘은 누구도 흉내낼 수 없는 것이었다.

그는 가장 힘센 사람들과 달리기 경주[253]를 했는데, 결승점에 도착해서 마치 전에 밀로가 했던 것[254]처럼, 두 발로 굳건히 버티고 서서 그를 그 자리에서 움직이게 할 수 있으면 진 것으로 인정하기로 했다. 또한 밀로를 흉내내어 손에 석류를 들고 뺏을 수 있는 사람에게 주겠다고 했다.

이렇게 시간을 보내고 나서 그들은 몸을 씻고 문지르게 하고, 옷을 갈아입은 다음, 천천히 들판이나 풀이 자라는 곳을 거쳐서 돌아오는 길에 나무와 풀들을 관찰하고, 테오프라스토스, 디오스코리데스, 마리누스, 플리니우스, 니칸데르, 마케르, 갈레노스[255] 같은 고대인들의 책을 참고하여 그것에 관해서 논하고, 양손 가득히 표본을 채집해서 숙소로 가져왔다. 이 표본과 괭이, 곡괭이, 갈퀴, 삽, 제초용 호미와 식물을 채집하는 데 필요한 다른 도구들 일체는 리조톰[256]이라는 젊은 시종이 관리했다.

숙소에 도착하면 저녁 식사가 준비되는 동안 그에게 읽어주었던 것을 복습하고는 식탁에 앉았다.

그의 점심 식사가 검소하고 간단했던 것은 위의 울부짖음을 달래기

---

253 두 패로 나뉘어 막대로 금을 그어놓고 하는 달리기 시합.

254 플리니우스에 따르면, 밀로가 버티고 서 있으면 아무도 그를 움직이게 할 수 없었다고 한다.

255 식물학에 관한 글을 썼던 그리스와 로마의 학자들. 파리 의대에서는 약용식물을 다루지 않았지만 라블레가 의학을 공부한 몽펠리에 의대에서는 식물학에 대한 연구가 활발했다고 한다.

256 그리스어로 '뿌리를 자르는 자' 라는 뜻.

위한 정도였기 때문이라는 점을 명심하라. 반면에 저녁 식사는 푸짐하고 양이 많았다. 그는 체력을 유지하고 영양을 섭취하기 위하여 필요한 만큼 양껏 먹었기 때문이다. 이것이 훌륭하고 확실한 의술에 의하여 정해진 진정한 식사법이다. 소피스트들[257]의 소굴에서 시달림을 당한 수많은 멍청한 의사들은 정반대의 것을 충고하지만 말이다.

식사가 계속되는 동안 그는 하고 싶은 만큼 점심때의 학과를 복습했고, 나머지 시간은 학문에 관한 유익한 대화를 나누는 데 보냈다.

감사기도를 하고 나서 그들은 아름다운 노래를 부르고, 악기를 연주하거나 카드, 주사위, 주사위 통으로 간단한 오락을 하면서 시간을 보냈다. 그들은 훌륭한 식사를 끝낸 후 어떤 때는 잠자는 시간까지 그 자리에 남아 놀기도 했지만, 가끔씩 학자들의 모임에 참석하거나 외국을 여행한 사람들을 방문하러 가기도 했다.

한밤중에 잠자리에 들기 전에 그들은 집에서 가장 밖이 잘 보이는 곳으로 하늘의 상태를 보러 갔다. 혜성이 있으면 그곳에서 그들은 그것과 천체의 모양이나 위치, 상태, 그리고 대립과 결합을 관찰했다.

그러고는 그의 사부와 함께 피타고라스가 하던 식으로 하루 종일 그가 읽고, 보고, 배우고, 행하고, 들었던 모든 것을 간단하게 요약 정리했다.

그리고 그들은 창조주 하느님께 경배하고, 그분에 대한 신앙을 맹세하고, 그분의 무한한 자비를 찬양하며 기도를 드렸고, 지난 모든 시간에 대해서 감사드리며 앞날에 대해서도 그분의 거룩한 관용에 자신을 의탁하는 것이었다.

그러고 나서 그들은 휴식에 들어갔다.

---

257 이전 판본에는 아랍인들의 소굴이라고 되어 있었다. 르네상스 시대에 인문주의 교육을 받은 의사들은 아랍 의학이 인습에 젖은 구태의연한 것이라고 판단했다.

제24장 가르강튀아는 비 오는 날에 어떻게 시간을 보냈는가

비가 오거나 일기가 불순한 날에는 나쁜 날씨에 대한 보완책으로 밝고 보기 좋게 불을 피우게 하는 것 외에는 점심 식사 이전의 시간을 평소와 똑같이 보냈다. 그러나 점심 식사 후에는 운동 대신에 집에 머물면서 강장요법[258]으로 건초를 다발로 묶고, 나무를 패서 톱질하거나 곳간에서 곡식 다발을 타작하는 데 힘을 썼다. 그러고는 미술과 조각을 공부하거나, 레오니쿠스[259]가 이에 관해서 책을 썼고 우리의 좋은 친구 라스카리스[260]가 즐겼던 예전의 골패 놀이[261]를 다시 하곤 했다. 그러면서 그들은 고대작가들이 그 놀이에 관해서 언급하거나 은유를 사용했던 구절들을 검토해보았다.

또한 그들은 어떻게 금속을 제련하고 대포를 주조하는지 보러 가

---

258 갈레노스의 의학용어로, 체력을 강화하는 요법.
259 이탈리아의 인문주의자 레오니쿠스는 골패 놀이에 관한 대화를 1532년 리옹에서 책으로 출판했다.
260 그리스의 학자. 터키의 콘스탄티노플 점령 후 이탈리아로 피신했다. 그는 이탈리아와 프랑스에서 고대 그리스어 연구의 부흥에 힘썼고, 프랑스 문예부흥의 아버지라고 일컬어지는 프랑수아 1세의 사서를 지내기도 했다. 그는 또한 당시 프랑스의 대표적 인문주의자 기욤 뷔데의 스승이기도 하다.
261 양의 발목뼈로 만든 골패로 하는 놀이.

나, 아니면 보석세공인, 금은세공인, 석공, 연금술사, 동전 주조인, 매끄러운 장식융단 직조공, 방직공, 비로드 제조공, 시계공, 거울 제조공, 인쇄업자, 오르간 제조업자, 염색업자와 다른 온갖 종류의 장인들을 찾아가 포도주를 넉넉히 대접하고는 각자의 직업의 기술과 새로운 발명에 대해서 배우고 관찰했다.

그들은 공개강연, 학위논문 발표회, 공개토론회, 웅변 발표, 훌륭한 변호사들의 변론, 복음 설교자들의 강론을 들으러 갔다.

그는 검술 연습장을 찾아 그곳에서 사범들과 온갖 무기를 사용해서 겨루어보며 그들만큼 또는 그들보다 더 잘 무기를 다룬다는 것을 분명히 보여주었다.

그리고 식물 채집을 하는 대신 약품 상인, 약초 판매인, 약제사의 가게를 방문해서 열매와 뿌리, 잎, 수지, 씨앗, 외국산 연고를 살펴보고, 그것들을 어떻게 섞어 조제하는지 알아보았다.

그들은 또한 곡예사, 요술쟁이, 만병통치약 장수를 찾아가 그들의 몸짓, 술수, 재주와 말솜씨를 연구했는데, 특히 피카르디 지방 쇼니의 곡예사들에 주목했다. 왜냐하면 그들은 천성적으로 대단한 수다쟁이에다 초록색 원숭이에 관한 허튼소리[262]를 마구 지껄여대었기 때문이다.

저녁 식사를 하러 돌아와서는, 필연적인 접촉으로 인해서 신체에 전해지는 공기 중의 불순한 습기를 다스리기 위하여 다른 날보다 더 간소하게 물기와 기름기가 적은 음식으로 식사를 했다. 그래서 그들은 평소처럼 운동을 하지는 못했지만 아무런 불편함도 느끼지 않았다.

가르강튀아는 이런 식으로 교육을 받았고, 매일매일 이 과정이 반복되었다. 여러분이 생각하듯이, 그는 양식을 갖춘 그 또래의 젊은이가 이와

---

[262] 기이한 동물이라는 뜻. 당시에는 아프리카에 정말로 초록색 원숭이가 있다는 사실을 몰랐다고 한다.

같은 지속적인 훈련에서 얻을 수 있는 유익한 성과를 거두었다. 이런 훈련은 처음에는 어렵게 보이지만 계속 해나가다 보면 매우 기분 좋고, 가볍고, 즐거운 것이 되어 학생의 공부라기보다는 왕의 오락처럼 여겨졌다.

그렇기는 하지만 포노크라트는 지적 활동의 심한 긴장으로부터 그를 쉬게 해주기 위해서 한 달에 한 번은 맑고 평온한 날을 골라 아침에 도시를 떠나 장티이, 불로뉴, 몽루주, 샤랑통 다리, 방브나 생 클루로 가는 것으로 정해놓았다. 그곳에서 그들은 생각할 수 있는 최상의 식사를 하고, 농담을 주고받고, 마음껏 즐기며, 실컷 마시고, 놀이를 하고, 노래 부르고, 춤추고, 아름다운 풀밭에서 뒹굴고, 참새 둥지를 뒤지고, 메추리나 개구리, 가재를 잡으며 하루 종일을 보냈다.

그러나 책 없이 독서를 하지 않은 채 하루를 보내기는 했지만 이런 날도 결코 유익한 성과 없이 지나가지는 않았다. 왜냐하면 아름다운 풀밭에 앉아 그들은 베르길리우스와 헤시오도스[263]의 『농경시』, 폴리지아노[264]의 『전원시』의 몇몇 재미있는 구절을 암송하고, 라틴어로 해학적인 풍자시를 몇 편 짓고, 그것을 프랑스어로 옮겨 롱도나 발라드[265]로 만들었기 때문이다.

연회를 즐기면서 그들은 『농업』에서 카톤, 그리고 플리니우스가 가르친 대로 송악으로 만든 컵을 이용해서 물이 섞인 포도주에서 물을 분리시켰다. 그들은 포도주를 물이 가득 담긴 대야에 섞은 다음 깔때기로 포도주를 추출해내고, 물은 이 컵에서 저 컵으로 흐르도록 여러 가지 간단한 자동장치, 즉 저절로 작동하는 기구들을 제작했다.

---

263 기원전 8세기의 그리스의 시인. 그의 『작업과 나날』은 베르길리우스의 작품과 마찬가지로 『농경시』라는 제목으로 라틴어로 번역되었다.

264 15세기 이탈리아의 인문주의자로, 베르길리우스의 작품을 모방한 『전원시』를 썼다.

265 세 개의 절과 시를 바치는 대상을 밝히는 하나의 발구(跋句)로 이루어지는 정형시. 롱도는 제12장에 나오는 가르강튀아의 시를 참고할 것.

제25장 레르네의 빵과자 장수들과 가르강튀아의 백성들 사이에 어떻게 큰 전쟁으로 번진 분쟁이 일어났는가

그 무렵 초가을 포도 수확기에 그 고장의 양치는 목동들이 찌르레기가 포도를 쪼아먹지 못하도록 포도밭을 지키고 있었다.

같은 시각에 레르네[266]의 빵과자 장수들은 도시로 팔러 가려고 빵과자를 열두 짐가량 싣고서 넓은 네거리를 지나고 있었다.

문제의 목동들은 그들에게 시장에서 파는 값으로 쳐서 자기들에게 빵과자를 좀 팔라고 예의바르게 요구했다. 왜냐하면 포도, 특히 부르고뉴산의 알이 잔 포도, 백포도, 사향포도, 루아르산의 신맛이 강한 알이 굵은 포도나 변비가 있는 사람에게 설사약으로 쓰이는 포도에 신선한 빵과자를 곁들여 같이 먹는 것은 천상의 즐거움을 맛보는 일이었기 때문이다. 설사약으로 쓰이는 이 포도를 먹으면 창만큼 긴 똥을 누게 되고, 흔히 방귀를 뀌려다가 똥을 싸게 되기 때문에 포도 수확기의 해결사라고 불리는 것이다.

빵과자 장수들은 그들의 요구에 전혀 응하려 하지 않았는데, 더욱

---

266 빵과자fouace로 유명했던 라블레의 고향 라 드비니에르 근처의 마을 이름. 그의 아버지는 그곳에서 관리인 직무를 맡았었다고 한다.

고약한 것은 그들에게 밥벌레니 앞니 빠진 팔푼이, 웃기는 빨강머리, 난봉꾼, 건달, 악당, 위선자, 게으름뱅이, 식충이, 배불뚝이, 어릿광대, 망나니, 촌놈, 하인배, 빌어먹을 놈, 쓸모없는 놈, 건방진 놈, 허풍쟁이, 늙다리, 무식꾼, 멍청이, 백치, 세상물정 모르는 놈, 고약한 익살꾼, 거지, 똥 같은 소치기, 양치기 놈 등과 같은 욕설을 퍼부으며, 그들은 이 훌륭한 빵과자를 먹을 자격이 없으며 거친 밀가루로 만든 검은 빵이 제격이라는 말을 덧붙여 심하게 모욕을 주었던 것이다.

이렇게 모욕을 당하자 그들 중에 프로지에라는 이름의 정직하고 선량한 젊은이가 침착하게 대꾸했다.

"언제부터 뿔이 돋아 그렇게 거만해졌소? 평소에는 기꺼이 우리에게 빵과자를 팔아놓고, 이제 와서 거절을 하다니. 좋은 이웃 사이에 그러는 게 아니라오. 당신들이 케이크와 빵과자를 만들 좋은 밀가루를 사러 왔을 때 우리가 어디 그렇게 했었소? 더구나 당신들에게 우리 포도를 덤으로 줄 생각이었는데. 그런데, 성모님 맙소사! 당신들은 후회할 거요. 조만간 우리와 거래를 하게 될 때, 그때는 우리도 당신들에게 똑같이 대하겠소. 잘 기억해두시오!"

그러자 빵과자 장수 조합의 깃발을 들고 있던 키 큰 마르케가 그에게 말했다.

"정말이지, 너 오늘 아침 수탉처럼 자신만만하구나. 어제 저녁에 기장을 너무 많이 먹은 게지. 이리 와라, 이리 와. 내가 너에게 빵과자를 주마."

그가 자루에서 빵과자를 꺼내주려는 줄 알고 순진하게 프로지에가 전대에서 11드니에짜리 동전을 꺼내들고 다가가자, 마르케는 그의 다리 한가운데를 채찍으로 심하게 후려쳐 채찍 자국을 남겼다. 그러고는 도망을 치려 했다. 그렇지만 프로지에는 있는 힘을 다해서 사람 죽인다고 외치며 겨드랑이 밑에 끼고 있던 굵은 몽둥이를 그에게 던져 오른쪽 관자놀이 동맥 위쪽의 전두골 접합부를 맞추었다. 그 결과 마르케는 타고 있던 암말에서 떨어졌는데, 살았다기보다는 죽은 사람 같아 보였다.

그러는 동안 근처에서 호두 껍질을 까고 있던 소작인들이 긴 장대를 들고 달려와 빵과자 장수들을 덜 익은 호밀 타작하듯이 두들겨팼다. 다른 목동과 목녀들도 프로지에의 고함소리를 듣고 투석기와 돌팔매를 들고 그곳에 당도해서 작은 돌을 수없이 쏘아대며 그들을 뒤쫓아 하늘에서는 마치 우박이 쏟아지는 것 같았다. 그리고 마침내 그들은 빵과자 장수들을 붙들어 빵과자 오륙십 개를 빼앗았다. 그래도 그들에게 평소대로 값을 쳐주었으며 호두 백 개와 청포도 세 바구니도 주었다. 그러자 빵과자 장수들은 심한 상처를 입은 마르케를 말에 태우고는 파리예로 가던 길을 포기한 채 쇠이예와 시네의 소와 양 치는 목동과 소작인들에게 큰 소리로 을러대며 레르네로 돌아갔다.

일을 끝내고 나서 목동과 목녀들은 그 빵과자와 좋은 포도를 맛있게 먹고, 아침에 올바른 손으로 성호를 긋지 않아서 불행한 일을 당했[267] 잘난 체하던 빵과자 장수들을 비웃으며 백파이프 소리에 맞추어 함께 즐거운 시간을 보냈다. 그리고 투렌산의 알이 굵은 포도의 즙을 프로지에의 다리에 발라주어 얼마 지나지 않아 그의 상처가 나았다.

---

267 당시 사람들은 왼손으로 성호를 그으면 불행을 자초하게 된다고 믿었다.

제26장 레르네의 주민들은 어떻게 그들의 왕인 피크로콜의 명령에 따라 가르강튀아의 목동들을 습격했는가

빵과자 장수들은 레르네에 도착하자마자 먹고 마실 겨를도 없이 곧바로 왕궁으로 달려가 세번째로 피크로콜[268]이라는 이름을 가진 왕에게 그들의 부서진 바구니, 구겨진 모자, 찢어진 겉옷, 빼앗긴 빵과자와 특히 심하게 부상을 당한 마르케를 보여주면서 이 모든 일이 쉬이예를 지나 넓은 네거리 근처에서 그랑구지에의 목동과 소작인들에 의하여 저질러졌노라 하소연했다.

그는 즉시 미친 듯이 화를 내며 왜, 어떻게 된 일인지 더 이상 물어보지도 않은 채 전국에 총동원령을 내려 누구나 위반하면 교수형에 처한다고 엄포를 놓으며 다음 날 정오에 왕궁 앞에 무장을 하고 집결하도록 했다. 그는 자신의 계획을 더욱 확고히 하기 위해서 도시 주위에서 북을 치도록 지시했다. 저녁 식사가 준비되는 동안, 몸소 돌아다니면서

---

[268] 이 이름은 쓴 쓸개즙이라는 뜻으로, 성급하고 화를 잘 내는 사람의 기질을 가리킨다. 라블레 연구가들은 피크로콜이 라블레의 아버지와 루아르 강의 수로권 문제로 불화가 있었던 레르네의 영주 고셰 드 생트 마르트Gaucher de Sainte-Marthe를 모델로 했다고 추정한다.

화기를 받침대에 올려놓고 군기와 국왕기를 달게 하고, 다량의 군수품과 많은 무기와 먹을 식량을 준비하게 했다.

저녁 식사를 하면서 지휘관들을 임명했는데, 그의 칙령에 따라 트르플뤼[269] 영주가 1만6천14 명의 화승총수들과 3만5천11 명의 지원병들로 구성된 전위부대의 지휘를 맡았다.

포병부대의 지휘에는 마구간 담당 시종장 투크디용[270]이 임명되었는데, 포병부대는 대포, 거포, 대구경포, 사포(蛇砲), 장포, 구포(臼砲), 소형 대포, 박격포, 소형 세신포(細身砲)와 다른 종류를 합쳐 9백14 문의 청동 화포를 갖추고 있었다. 후위부대는 라크드나르 공작[271]에게 맡겨졌고, 본대에 왕과 왕국의 대귀족들이 포진했다.

대략 이렇게 무장을 갖추고, 진군을 하기 전에 지역을 살펴보고 매복이 있는지 알아보도록 앙굴방[272] 대위의 지휘 아래 3백 명의 근위경기병들을 파견했다. 그러나 그들이 자세히 정찰을 해보아도 주변의 모든 지역이 평화롭고 조용하며 사람들이 전혀 모여 있지 않다는 것을 알게 되었다.

이 보고를 듣고 피크로콜은 자신의 군기 아래 각자 신속히 진군하도록 명령했다.

그래서 그들은 대오나 대형도 갖추지 않은 채 뒤죽박죽으로 행군을 하며, 가난한 자나 부자, 성역이나 세속적인 장소를 가리지 않고 지나가는 곳의 모든 것을 파괴하고 약탈했다. 황소, 암소, 싸움소, 수송아지, 암송아지, 암양, 숫양, 암염소, 숫염소, 암탉, 수탉, 병아리, 거위 새끼,

---

269 누더기를 걸친 사람이라는 뜻. 라블레는 피크로콜 전쟁을 희화시키기 위하여 지휘관의 역할과는 어울리지 않는 이름의 인물들을 등장시키고 있다.

270 랑그도크 사투리로 허풍쟁이라는 뜻.

271 동전 긁어모으는 사람이라는 뜻.

272 바람을 잡는 사람이라는 뜻.

수거위, 암거위, 수퇘지, 암퇘지, 새끼돼지를 잡아가고, 호두를 따고, 포도를 수확하고, 포도나무 그루를 가져가고, 나무에 달린 모든 과일을 떨어뜨렸다. 그들의 행패는 전대미문의 혼란을 가져왔지만 아무도 그들에게 저항하지 않았다. 단지 자신들은 언제나 착하고 사이좋은 이웃이었고, 그들에게서 이렇게 갑자기 모진 대접을 받을 만큼 지나친 짓을 하거나 모욕을 가한 일이 없었던 점을 고려하여 보다 인정을 가지고 대해달라고 간청하며, 그들의 처분에 자신들을 내맡기는 것이었다. 그리고 하느님께서 곧 그들을 벌하실 것이라고 경고했다. 이 모든 항변에 대해서 그들은 빵과자 먹는 법을 가르쳐주겠다고 말할 뿐 다른 대꾸는 하지도 않았다.

제27장 쇠이예의 한 수도사가 어떻게 적들의 약탈로부터 수도원의 포도밭을 지켰는가

그들은 약탈과 강도질로 엄청난 소동을 일으키며 쇠이예[273]에 이르러서 남녀 모두에게서 뺏을 수 있는 것은 모두 빼앗았다. 아무것도 그들에게 너무 뜨겁거나 무겁지 않았던 것이다. 페스트[274]가 대부분의 집들을 휩쓸었지만, 그들은 어디나 들어가 그 안의 모든 것을 약탈했는데도 아무도 병에 감염되지 않았다. 그것은 기적에 가까운 일이었다. 왜냐하면 병자들에게 붕대를 감고, 치료하고, 설교하고, 훈계하려고 방문했던 사제, 보좌신부, 의사, 외과의사, 약제사들은 모두 감염되어 죽었기 때문이다. 그런데 이 악마 같은 약탈자, 살인자들은 아무런 피해도 입지 않았다. 여러분, 어떻게 이런 일이 있을 수 있는지 생각해보기를 당부하노라.

큰 마을을 이렇게 약탈하고 나서 그들은 끔찍한 소동을 벌이며 수도원으로 몰려갔다. 그러나 그 수도원의 문이 굳게 잠겨 있는 것을 보

---

273 피크로콜 전쟁은 라블레의 고향마을인 라 드비니에르를 중심으로 쇠이예와 쉬농 일대의 지역에서 벌어졌다. 그러므로 여기에 나오는 지명은 모두 실제 지명이다. 엄청난 대규모 전쟁으로 묘사되어 있지만, 실제로는 사방 15킬로미터 이내의 매우 협소한 지역을 무대로 하고 있다.

274 16세기에는 페스트가 자주 발생했다. 특히 1531년 발생한 페스트와 보르도와 카스티용 지방을 휩쓸었던 1585년의 페스트는 유명하다.

고, 보병 7개 부대와 창기병 2백 명이 수도원의 담을 부수고 들어가 포도 수확을 절단내기 위해서 남고, 주력부대는 그곳을 지나 베드 여울을 향하여 진군했다.

가련한 수도사들은 어느 성자에게 자신을 의탁해야 할지 알 수 없었다. 그래서 무턱대고 *투표권이 있는 자는 수도회 총회로 갈 것*을 알리는 종을 치게 했다. 수도원 총회에서는 훌륭한 강론과 '*적의 공격에 대항하여*'라는 연도와 '*평화를 위하여*'라는 답창을 보강한 성대한 행진을 하기로 결정이 내려졌다.

그 수도원에는 그 당시 수도사 거주 구역에 장 데 장토뫼르[275]라는 젊고, 여자들에게 친절하고, 건장하고, 쾌활하고, 손재주가 좋고, 대담하고, 용감하고, 결단력이 있고, 키가 크고, 마르고, 입심이 세고, 코가 큼직하고, 멋지게 성무일과를 빨리 넘겨버리고, 미사를 자유롭게 해치우고, 철야과를 깨끗이 털어버리는 수도사가 있었는데, 한마디로 말해서, 이 세상에서 수도사가 수도사 노릇을 수도사로서 해온 이래로 진짜 수도사가 있다면 그가 바로 그런 사람이었다. 게다가 성무일과서에 관해서 그는 치아까지도 철저하게 성직자였다.

그는 적들이 수도원의 포도밭에서 소동을 벌이는 소리를 듣고 그들이 무엇을 하는지 보려고 밖으로 나왔다가, 일 년 내내 자기들이 마실 것이 달려 있는 포도를 수확하는 것을 알게 되었다. 그는 교회의 합창대석으로 돌아가 종 주조공들처럼[276] 망연자실한 채로 노래를 부르고 있는 다른 수도사들을 보았다. "이니 님, 페, 네, 네, 네, 네, 네, 네, 툼, 네,

---

275 앙토뫼르Entommeures는 원래 잘게 다진 고기라는 뜻으로, 적을 분쇄하는 투사를 가리킨다.

276 '종 주조공들처럼 망연자실하다'라는 표현은 제작한 종이 실패로 돌아갔을 때 종 주조공들이 낙담하는 모습에 비유한 것으로, 당시에 흔히 사용되던 표현이라고 한다.

눔, 눔, 이니, 이, 미, 이, 코, 오, 네, 노, 오, 오, 네, 노, 네, 노, 노, 노, 룸, 네, 눔, 눔."[277] "아주 (그가 말했다) 개같이 잘도 부르고 있네! 제기랄, 왜 이렇게 부르지 그래?

잘 가라, 바구니야, 포도 수확은 끝이로구나.

만일 그들이 사 년 동안은 수확하고 남은 포도알도 찾을 수 없게 포도나무 그루와 포도를 아주 끝장내버리려고 포도밭에 온 것이 아니라면 나는 악마를 섬기겠다. 빌어먹을! 불쌍한 우리들은 그동안 무엇을 마신단 말인가? 주 하느님이시여, *저희에게 마실 것을 주시옵소서!*"

그러자 수도원장이 말했다.

"이 주정뱅이가 여기서 무슨 짓을 하는 거냐? 저 녀석을 감옥으로 끌고 가라. 이렇게 성무를 방해하다니!

―그러면 (수도사가 말했다) 포도주에 대한 봉사[278]는 어떻게 하고요? 포도주에 대한 봉사가 방해받지 않도록 하십시다요. 원장님께서도 제일 좋은 포도주를 즐겨 드시니 말입니다. 선한 사람은 누구나 그렇게 하거든요. 고결한 사람이 좋은 포도주를 싫어하는 법은 결코 없답니다. 이는 수도사의 계율이니까요. 하지만 하느님 맙소사, 여러분들이 여기서 부르고 있는 답창은 계제에 맞지 않는 것입니다.

왜 추수할 때와 포도 수확할 때는 우리의 성무일과가 짧고, 대림절[279]과 겨울 동안은 긴 것일까요? 아직도 기억이 생생하지만, 우리 교

---

277 "*적의 공격을 두려워 말라Impentum inimicorum ne timueritis*"라는 성무일과서의 답창 앞부분 몇 음절을 수도사들이 길게 늘여 찬송하고 있는 모습을 그대로 옮긴 것이다.
278 성무service divin와 포도주에 대한 봉사service du vin의 발음이 비슷한 데서 착안한 말장난이다.
279 가톨릭에서 크리스마스 축제를 준비하는 기간.

단의 진정한 열성적 지지자였던 (그렇지 않다면 악마에게 잡혀가도 좋습니다) 돌아가신 마세 플로스 수도사님이 그 이유는 이 기간에 우리가 포도를 잘 수확하고 포도주를 담아서 겨울 동안 마시기 위해서라고 말씀하셨던 것을 기억합니다.

포도주를 즐기는 여러분들, 제 말을 들으십시오. 제발 부탁이니, 저를 따르십시오. 감히 말씀드리지만, 만일 포도나무를 구하지 않은 자가 포도주를 마시려 한다면, 저는 성 앙투안의 불길에 타버려도 좋습니다. 빌어먹을! 교회의 재산이란 것은! 아, 아니야, 아니라고. 제기랄, 영국의 성 토마스[280]는 그것을 지키려다 죽었지요. 나도 그런 일로 죽으면, 그와 같이 성자가 되겠지요? 하지만 나는 그런 일로 죽지 않을 것이고 다른 자들을 죽게 만들 겁니다."

이 말을 마치자, 그는 긴 겉옷을 벗어젖히고 손안에 꽉 차는 창처럼 긴 십자가 지팡이를 잡았다. 그 지팡이는 거의 지워지기는 했지만 백합 꽃 무늬가 약간 새겨져 있는 마가목 고갱이로 만든 것이었다. 그러고는 멋진 웃옷 위에 두건 달린 수도복을 입고 밖으로 나와, 명령을 내리거나 군기로 신호도 하지 않은 채, 그리고 북이나 나팔 신호도 없이 포도밭 안에서 수확을 하고 있는 적들에게 십자가 지팡이로 갑자기 공격을 가하기 시작했다. 기병과 보병 기수들은 그들의 군기를 벽에 나란히 세워놓고, 고수들은 그들의 북 한쪽을 뚫어 포도를 담고, 포도송이가 달린 가지로 나팔 구멍을 메우는 등 각자 제멋대로 행동하고 있는 그들에게 맹렬하게 달려들어 경고도 하지 않은 채 옛날식 검술[281]로 닥치는 대로

---

280 캔터베리 대주교였던 토마스 베케트는 교회의 특권을 지키려다 국왕의 명령으로 암살당했다.

281 프랑스 식 검술로 마구잡이로 공격한다는 뜻. 이탈리아 식의 새로운 검술은 보다 세련된 격식을 갖춘 것이다.

후려쳐서 돼지 잡듯 그들을 거꾸러뜨렸다.

어떤 놈들은 두개골을 박살내고, 어떤 놈들은 팔과 다리를 부러뜨리고, 또 다른 놈들은 목뼈를 탈구시키거나, 허리뼈를 꺾어놓고, 코를 주저앉히고, 눈을 멍들게 하고, 턱뼈를 쪼개고, 이를 아가리에 처박고, 견갑골을 부수고, 다리에 타박상을 입히고, 대퇴골이 빠지게 만들고, 사지의 뼈를 조각내버렸다.

그들 중에 포도나무 그루가 무성한 곳에 숨으려고 하는 놈이 있으면, 개 패듯 등뼈를 골고루 두들겨패서 허리를 꺾어버렸다.

어떤 놈이 도망쳐서 살려고 하면, 람다 봉합부[282]를 후려쳐 머리통을 산산조각으로 날려버렸다.

또 어떤 놈이 나무 위는 안전할 것으로 믿고 나무에 기어오르면, 항문에 지팡이를 쑤셔박았다.

전부터 그를 알던 놈이 그에게 "장 수도사, 내 친구여, 장 수도사, 항복하겠네"라고 외치면, "그럴 수밖에 없겠지. 하지만 너도 모든 악마들에게 영혼을 바쳐야 해"라고 대답했다.

그러고는 지체없이 그에게 뭇매를 가하는 것이었다. 대담하게도 그에게 정면으로 맞서려는 얼빠진 놈에게는 종격막과 심장 사이로 가슴을 꿰뚫어 그의 근육의 힘을 보여주었다. 다른 놈들은 갈비뼈 사이를 공격해 위가 뒤집혀 즉사하도록 만들었다. 그리고 다른 놈들은 무자비하게 배꼽 있는 곳을 가격해 내장이 튀어나오게 했다. 그리고 다른 놈들은 불알 사이로 직장을 꿰뚫어버렸다. 그것은 일찍이 본 적이 없는 가장 끔찍한 광경이었음을 믿어주기 바란다.

어떤 놈들은 "성녀 바르브[283]여!

---

282 그리스어의 알파벳 람다(λ) 모양으로 두개골의 뼈가 맞붙어 있는 곳.
283 포병들의 수호성녀.

어떤 놈들은 "성 조르주[284]여!

어떤 놈들은 "성녀 니투슈[285]여!

어떤 놈들은 퀴노, 로레트, 본 누벨, 라 르누, 리비에르의 성모님!"[286]
하고 외쳤다.

어떤 놈들은 성 자크[287]에게 빌었다.

어떤 놈들은 샹베리의 성해포(聖骸布)[288]에 빌었는데, 그것은 석 달
뒤에 불에 타버려 실오라기 하나도 건질 수 없었다.

어떤 놈들은 카두앵 수도원[289]의 성물에 빌었고,

어떤 놈들은 생 장 당젤리 수도원의 성 요한[290]에 빌었고,

어떤 놈들은 생트의 성 외트로프에게, 쉬농의 성 멤므에게, 캉드의
성 마르탱에게, 시네의 성 클루오에게, 자바르제의 성물[291]에, 그리고 다
른 수많은 착한 군소 성자들에게 빌었다.

어떤 놈들은 말없이 죽었고, 다른 놈들은 죽지 않고 말했다. 어떤
놈들은 말하면서 죽었고, 다른 놈들은 죽으면서 말했다.

어떤 놈들은 큰 소리로 "고해, 고해를 하게 해줘요! *참회합니다. 긍*

---

284 기병들의 수호성자.

285 '손대지 말라N'y touche'는 뜻의 우스꽝스러운 이름을 가진 가공의 성녀.

286 이 지명들은 순례자들이 찾던 성모의 성지를 가리킨다.

287 순교한 성 자크의 이름을 딴 에스파냐의 도시 산티아고 데 콤포스텔라는 중세의
가장 유명한 순례지였다.

288 샹베리의 성물보관소는 1532년 12월 4일에 불탔지만 다행히 이곳에 보관되어 있
던 예수 그리스도의 수의는 화재로 소실되지 않았다고 한다. 이 사건에 대한 언급
을 통하여 피크로콜 전쟁의 정확한 연대를 추정할 수 있다.

289 역시 성해포가 보관되어 있었다는 리모주 지방의 수도원.

290 생 장 당젤리 수도원에는 세례 요한의 머리가 보관되어 있다고 한다.

291 여기에 언급된 성자들과 성물은 쉬농 근처의 순례지에서 순례자들이 숭배하던 대
상이다. 중세 가톨릭 신앙의 폐단으로 지적되는 성자와 성물에 대한 숭배와 순례
의 풍습에 관한 장황한 설명을 통하여 라블레의 비판적 입장이 드러난다.

휼히 여기소서. 저를 받아주소서"라고 외쳤다.

부상당한 자들의 비명소리가 하도 커서 수도원장이 모든 수도사들을 대동하고 밖으로 나와보았다. 그들은 포도나무 사이에 치명상을 입고 쓰러져 있는 가련한 부상자들을 보고 그중 몇 명의 고해를 받아주도록 했다. 사제들이 고해를 받으며 시간을 보내는 동안, 어린 꼬마 수도사들은 장 수도사가 있는 곳으로 달려가 자기들이 무엇을 도와주면 좋겠는지 그에게 물었다. 그는 땅바닥에 쓰러져 있는 자들의 목을 따라고 그들에게 대답했다. 그러자 어린 수도사들은 자기들의 긴 망토를 가장 가까운 포도나무 덩굴 위에 얹어놓고 치명상을 입은 사람들의 목을 따서 끝장을 내기 시작했다. 어떤 무기로 그랬는지 알겠는가? 우리 고장의 어린아이들이 호두 껍질을 까는 데 사용하는 작고 짧은 나이프가 그들의 무기였다.

그러고 나서 장 수도사는 십자가 지팡이를 들고 적들이 담 벼락에 뚫어놓은 구멍이 있는 곳으로 갔다. 몇몇 어린 수도사들은 적의 군기들로 양말 대님을 만들려고 자기 방으로 가져가기도 했다. 그런데 이미 고해를 한 자들이 그 구멍으로 빠져나가려 하면, 수도사는 "고해를 하고 참회한 자는 이미 죄의 사함을 받은 것이니, 반달 모양의 낫이나 페로 가는 길[292]처럼 똑바로 천국으로 가게 된다네"라고 말하며 그들을 박살내는 것이었다.

이렇게 그의 무훈에 의해서 포도밭에 들어갔던 군대는 전원이 몰살당했는데, 그 수는 물론 여자와 어린아이들을 빼고, 1만3천6백22 명에

---

[292] 쉬농 근처에 있는 페 라 비뇌즈(Faye-la-Vineuse)로 가는 길은 굴곡이 심하고 험한 길로 알려져 있다. 또한 당시에는 신앙foi이라는 단어도 발음이 같았기 때문에, 실제 지명을 가리키는 것 외에도 신앙에 이르는 길은 멀고 험하다는 뜻을 암시하는 것으로 해석할 수도 있다.

이르렀다.

순례 지팡이를 가지고 사라센인들을 대적했던 것으로 에몽의 네 아들에 관한 실록에 기록되어 있는 모지스[293]라는 은자도 십자가 지팡이로 적군을 섬멸한 장 수도사만큼 용감하게 활약하지는 못했던 것이다.

---

293 『에몽의 네 아들』이라는 중세 기사도 소설의 주인공들과 사촌간으로 사라센인들을 격퇴하는 데 용맹을 떨친 것으로 알려진 전설적인 인물.

제28장 피크로콜이 어떻게 라 로슈 클레르모를 공격했는가, 그리고 전쟁에 대한 그랑구지에의 유감과 망설임에 관해서

우리가 말한 바와 같이 장 수도사가 포도밭에 들어온 적들을 상대로 활약하는 동안, 피크로콜은 부하들과 급히 베드 여울을 건너 라 로슈 클레르모를 공격했다. 그곳에서는 아무런 저항도 받지 않았다. 이미 밤이 되었으므로 그는 이 도시에서 야영하며 치밀어 오르는 분노를 가라앉히기로 작정했다.

그는 아침에 전진 보루와 성채를 공격한 다음, 방어태세를 잘 갖추도록 하고 필요한 군수품을 보급했다. 그는 다른 쪽에서 공격을 받으면 그곳을 방어진지로 삼을 생각이었는데, 왜냐하면 그곳의 위치와 지형이 인공적으로나 자연적으로나 수비하기에 알맞았기 때문이었다.

그러면 이들을 이쯤에 놓아두고, 이제 파리에서 학문 연구와 육체 단련에 전념하고 있는 우리의 가르강튀아와 그의 아버지인 늙고 선량한 그랑구지에에게 돌아오기로 하자. 그랑구지에는 저녁 식사 후에 크고, 밝고, 보기 좋은 불 앞에서 불알을 따뜻하게 녹이고, 밤이 익기를 기다리며, 아내와 가족들에게 아름다운 옛날이야기를 들려주면서, 불을 쑤시는 데 쓰는 한쪽 끝이 탄 막대기로 벽난로 바닥에 글씨를 쓰고 있었다.

포도밭을 지키던 그의 목동들 중의 하나인 필로라는 자가 그 시간에 그 앞에 나타나, 레르네의 왕인 피크로콜이 그의 소유지와 영토에서 저지른 무도한 짓과 약탈을 낱낱이 보고했다. 그리고 장 데 장토뫼르 수도사가 명예롭게 지킨 쉬이예의 포도밭을 제외한 전 국토를 피크로콜이 어떻게 휩쓸고, 황폐화시키고, 약탈했는지를 설명했으며 그 왕이 지금은 라 로슈 클레르모에서 열심히 방어태세를 갖추고 있다고 보고했다.

"아아, 슬프도다! (그랑구지에가 말했다) 이 사람들아, 이게 대체 무슨 일이란 말이냐? 내가 꿈을 꾸고 있는 것인가, 아니면 내가 들은 이야기가 사실이란 말인가? 오랜 친구이자 혈연으로 맺어진 동맹자인 피크로콜이 나를 공격해오다니? 무엇이 그를 부추겼는가? 무엇이 그를 자극했는가? 무엇이 그를 그렇게 만들었는가? 누가 그에게 그렇게 조언을 했는가? 오, 오, 오, 오, 오, 하느님, 구세주시여, 저를 도와주옵소서. 제게 영감을 주옵소서. 제가 해야 할 일을 충고해주옵소서! 저는 당신 앞에서 단언하고 맹세합니다. (제게 호의를 베풀어주시기를 간구합니다!) 저는 그의 기분을 상하게 한 적도 없고, 그의 부하들에게 손해를 입힌 일도 없고, 그의 땅을 약탈하지도 않았습니다. 오히려 정반대로 그에게 이익이 된다는 것을 알았을 때 언제나 사람과 돈, 영향력과 충고를 제공해 그를 도왔습니다. 그러니 그가 이렇게 제게 무례한 짓을 했다면, 이는 사악한 귀신의 짓일 수밖에 없습니다. 자비로우신 하느님, 당신께는 아무것도 숨길 수 없나니 당신께서는 제 심정을 아실 것입니다. 그가 미쳐버렸고, 그에게 제정신이 들게 하기 위해서 당신께서 이곳으로 제게 그를 보내신 것이라면, 정당한 계율에 따라 당신의 성스러운 뜻에 그가 복종하도록 할 수 있는 힘과 지혜를 제게 주시옵소서.

오, 오, 오, 이 사람들아, 나의 친구이자 충성스런 신하들이여. 그대들이 나를 돕도록 수고롭게 해야만 하는가? 아아! 나는 이제 노년의 휴식을 원할 뿐이고, 내 평생 동안 평화보다 더 애써 추구한 것이 없다오. 하지만 지금은 내 불쌍한 백성들을 구원하고 보호하기 위해서 지치고 힘없는 내 가련한 어깨에 갑옷을 걸치고, 떨리는 손으로 창과 철퇴를 잡아야 한다는 것을 잘 알고 있소. 그들의 노동으로 내가 부양을 받고, 그들의 땀으로 나와 내 자식들, 가족들이 먹을 것을 얻으니 세상 이치가 마땅히 그러해야 하는 것 아니겠소?

그렇더라도 나는 평화를 지키기 위한 모든 해결책과 수단을 시도해 보기 전에는 전쟁을 하지 않을 작정이오. 이것이 내 결정이라오."

그리하여 자문회의가 소집되었고, 그는 사태를 있는 그대로 설명했다. 그 회의에서는 무엇 때문에 갑자기 평정을 잃고 아무 권리도 없는 영토를 침범했는지 알아보기 위하여 사려 깊은 인물을 피크로콜에게 파견하고, 이 곤경에서 나라를 구하고 지키도록 사람을 시켜서 가르강튀아와 그의 일행을 데려오기로 결정이 내려졌다. 이 모든 결정이 그랑구지에의 마음에 들었으므로 그는 그렇게 하도록 명령을 내렸다.

그리하여 그는 바스크 출신의 시종을 가르강튀아에게 서둘러 보냈는데, 아들에게 다음과 같은 편지를 썼다.

제29장 그랑구지에가 가르강튀아에게 쓴 편지의 내용

우리 친구들과 오랜 동맹자들에 대해 가지고 있던 신뢰가 지금 내 노년의 안전을 위협하지 않았더라면, 열성적인 학문 연마에 필요한 철학적인 평온한 생활을 하고 있는 너에게 이렇게 빨리 돌아오라고 하지 않았을 것이다. 하지만 정해진 운명이 이와 같아 내가 가장 믿었던 사람들 때문에 근심해야 하는 처지가 되었으니, 타고난 권리에 의해서 네게 맡겨진 백성들과 재산을 구하도록 너를 부르지 않을 수 없구나.

집 안에서 결단을 내리지 못하면 밖에 나가 무기를 들고 대적해도 약할 수밖에 없는 것처럼, 적당한 때에 용기를 가지고 실행하여 좋은 결실을 맺지 못하면 학문도 헛된 것이고 결단도 무용한 것이니라.

내 의도는 도발하려는 것이 아니라 진정시키려는 것이고, 공격하려는 것이 아니라 방어하려는 것이며, 정복하려는 것이 아니라 내 충성스런 신하들과 물려받은 영토를 보존하려는 것이다. 이 영토에 피크로콜은 아무런 이유나 동기 없이 적의를 가지고 쳐들어와 자유를 원하는 사람이라면 누구라도 용납하지 못할 잔혹행위를 자행하며 광기에 찬 공격을 연일 계속하고 있단다.

나는 그를 만족시킬 수 있다고 생각한 모든 것을 그에게 제공함으로써 그의 포악한 분노를 진정시키려고 모든 시도를 다 해보았단다. 그리고 여러 번에 걸쳐 무엇 때문에, 누구에 의해서, 어떻게 모욕을 당했다고 생각하는지를 그에게 공손하게 물어보게 하기까지 했던 것이다. 그렇지만 그로부터는 내게 도전하려는 의사가 분명히 있다는 사실을 확인하고, 내 영토에서 정당한 권리를 행사하고 있다는 주장을 들었을 뿐이란다. 그래서 나는 영원한 주 하느님께서 지속적으로 은총의 인도를 받지 못하면 사악한 길로 빠지고 마는 자유의지와 판단력의 행사를 그가 제멋대로 하도록 내버려두셨다는 것과, 또한 그를 의무의 감정과 회개로 다시 이끄시기 위하여 불행을 자초하도록 여기 내게 보내신 것을 알게 되었느니라.

그러니 사랑하는 아들아, 이 편지를 읽는 대로 되도록 빨리 나보다도 (효심에서 네가 응당 그리하겠지만) 네가 구하고 지켜야 할 의무가 있는 백성들을 구원하기 위하여 서둘러 돌아오너라. 가능한 한 피를 덜 흘리는 방향으로 사태를 수습해야 하느니라. 그리고 가능하다면, 예방책이나 전술과 같은 보다 효과적인 수단으로 모든 생명을 구하고 그들이 기쁜 마음으로 집으로 돌아갈 수 있게 해야 할 것이다.

소중한 내 아들아, 우리 구세주 그리스도의 평강이 너와 함께 하시기를.

포노크라트, 짐나스트와 외데몽에게 내 안부를 전해다오.

9월의 스무 날
너의 아버지 그랑구지에

제30장 월리크 갈레가 어떻게 피크로콜에게 파견되 었는가

편지를 구술하고 서명한 다음 그랑구지에는 청원사건 담당관인 월 리크 갈레에게 피크로콜에게 가서 그들의 결정을 설명하도록 명했다. 그는 현명하고 사려깊은 인물로 그의 도덕성과 올바른 판단력을 그랑구 지에는 여러 소송사건에서 확인한 바 있었던 것이다.

갈레는 즉시 출발해서 여울을 지나 물방앗간 주인에게 피크로콜의 상황이 어떤지 물어보았다. 주인은 그의 부하들이 자기 수탉과 암탉들 을 한 마리도 남기지 않고 빼앗아갔으며, 라 로슈 클레르모에 집결해 있 다고 대답했고, 야간 순찰대가 몹시 사나워 걱정스러우니 더 길을 가지 말라는 충고를 했다. 갈레는 그의 말을 그대로 믿고 그날 밤은 물방앗간 주인집에 머물렀다.

다음 날 아침 그는 나팔소리와 함께 성문 앞에 이르러 경비병들에 게 왕에게 유익한 충고를 할 수 있게 해달라고 요구했다.

이 말이 왕에게 전해지자, 그는 문을 여는 것은 절대로 허락하지 않 고, 자신이 전진 보루에 나와 사신에게 말했다. "새로운 일이 있는가? 무슨 할 말이 있는가?"

그러자 사신은 다음과 같이 자신의 주장을 폈다.

제31장 갈레가 피크로콜에게 한 연설

"상대에게서 당연히 호의와 친절을 기대했다가 슬픔을 겪고 손해를 입게 되는 것보다 사람들 마음에 더 고통스러운 일은 없을 것입니다. 이런 일이 닥치면 어떤 사람들은 자신의 생명을 잃는 것보다 이런 부당한 대접을 받는 것이 더 용납할 수 없는 일이라고 생각하고, 힘이나 다른 수단으로 문제를 해결할 수 없을 때 스스로 생명의 빛을 포기하기도 하는데, 이는 이성적인 결정은 아니지만 근거가 없지는 않습니다.

그러므로 우리 주군이신 그랑구지에 왕께서 폐하의 무분별하고 적대적인 침입에 대해서 대단히 상심하시며 이해하실 수 없어 혼란을 겪으시는 것은 놀라운 일이 아닙니다. 만일 폐하와 폐하의 부하들이 그분의 영토와 백성들에게 저지른 전대미문의 잔악무도함의 온갖 예를 빠짐없이 보여준 행동에 그분께서 충격을 받으시지 않았다면, 그것이야말로 놀라운 일이 될 것입니다. 이번 사태는 그 누구보다도 깊은 애정을 가지고 백성들을 언제나 소중히 아끼시는 그분께 큰 고통을 드렸습니다. 하지만 이런 인간적인 배려 이상으로 그분께 더 큰 고통을 드린 것은 이렇게 피해를 입히고 잘못을 저지른 장본인이 폐하와 폐하의 부하들이라는 사실입니다. 먼 옛날에 선조들에 의하여 맺어진 우호조약을 폐하와 우리 주군께서 위반할 수 없는 것으로 신성하게 여기시며 함께 보존하고,

지키고, 유지해오셨기 때문에 그분과 그 신하들뿐 아니라 야만적인 국민들, 푸아투, 브르타뉴, 르 망 주민들[294]과 바다 건너 카나리아 제도[295]와 이사벨라[296]에 사는 사람들도 폐하께서 맺으신 동맹을 깨는 것은 하늘이 무너지고 심연이 구름 위로 솟아오르는 것만큼이나 어려운 일로 생각하고 그 동맹을 몹시 두려워하여 상대 나라가 무서워 감히 그중 한 나라를 도발하거나 화나게 만들고 해를 입히려는 시도를 하지 못했던 것입니다.

또 있습니다. 이 신성한 우호관계가 하늘을 가득 덮고 있어서 이 대륙 전체와 대양의 섬들의 주민들 중에서 폐하께서 정해놓으신 협약에 따라 이 우호관계에 참여할 수 있기를 갈망하지 않은 사람들은 거의 없습니다. 그 정도로 그들은 자신들의 토지와 영토만큼이나 폐하의 동맹을 중시합니다. 그래서 폐하의 영토는 물론 폐하의 동맹국의 영토라 하더라도 감히 침략을 감행할 만큼 주제넘거나 오만했던 군주나 연합국은 지금까지 하나도 없었습니다. 그리고 설령 성급한 결정으로 폐하께 대항해서 엉뚱한 짓을 시도했더라도, 폐하께서 맺고 계신 동맹의 이름이나 위상에 관해서 듣고는 곧 공격을 포기했던 것입니다.

도대체 폐하께서는 어떤 광기에 사로잡히셔서, 그분이나 그 백성들로부터 아무런 피해도 입지 않고 자극이나 도발을 받으신 것이 아닌데도, 동맹을 깨고, 우정을 짓밟고, 권리를 무시하고, 그분의 영토에 적의를 가지고 침략하신 것입니까? 신뢰는 어디 있습니까? 법은 어디 있습니까? 이성은 어디 있습니까? 인간적 도리는 어디 있습니까? 하느님에

---

294 샤를 8세는 1488년 생 토뱅 뒤 코르미에 전투에서 푸아투, 르 망과 연합한 브르타뉴 군대를 격파하고, 브르타뉴 지방을 프랑스에 합병시켰다.
295 전설적인 섬나라. 대서양에 있는 에스파냐령 카나리아 군도로 볼 수도 있다.
296 콜럼버스가 1488년 서인도 제도의 아이티에 세운 도시.

대한 두려움은 어디 있습니까? 폐하께서는 이러한 모욕이 불멸의 정령과 지고의 하느님께 숨겨질 수 있다고 생각하십니까? 그렇게 생각하신다면 착각입니다. 모든 일은 그분의 심판을 받게 마련이니까요. 폐하로 하여금 평화와 휴식을 포기하시게 만든 것은 파멸로 이끄는 운명의 장난입니까? 아니면 별들의 영향입니까? 모든 사물은 끝이 있고 순환하는 법입니다. 모든 사물은 정점에 도달하면 오랫동안 그 상태에 머무를 수 없으므로 밑으로 추락하게 되어 있습니다. 이것이 자신의 행운과 번영을 이성과 절제로 조절하지 못하는 자들의 말로입니다.

그런데 필연적인 결말이 이와 같고, 폐하의 행운과 평온이 이제 끝나야 한다손 치더라도, 폐하께서 그 지위를 차지하게 도우셨던 우리 국왕께 해를 끼치시면서 그렇게 되어야만 하시겠습니까? 만일 폐하의 처소가 무너져야 한다 하더라도, 그것을 호화롭게 치장해주셨던 분의 아궁이를 덮쳐야만 하겠습니까? 이 일은 너무나 이성의 한계를 벗어나고 상식과 동떨어진 것이어서 분별력이 있는 사람으로서는 상상하기 힘든 것이므로, 이방인들이라 하더라도 사악한 열정을 좇아 하느님과 이성의 길에서 벗어난 자들에게는 신성하거나 범할 수 없는 것이 없다는 사실을 납득시킬 만한 확실한 결과나 증거를 보기 전에는 믿지 못할 것입니다.

만일 우리가 폐하의 백성들이나 영토에 어떤 해를 끼쳤다거나, 폐하의 적들을 이롭게 했다거나, 곤경에 처한 폐하를 돕지 않았다거나, 우리 때문에 폐하의 이름이나 명예가 손상을 입었다거나, 그것도 아니면, 중상모략하는 악마가 유혹하기 위해서 거짓 모습이나 눈속임 환영으로 우리의 오랜 우정에 합당치 않은 어떤 짓을 우리가 했다는 생각을 폐하께 갖게 했다손 치더라도, 우선 진실을 알아보시고, 우리에게 훈계를 하셨어야 할 것입니다. 그러면 우리는 폐하가 원하시는 대로 폐하를 만족시켜드릴 수 있는 모든 조처를 취했을 것입니다. 그런데, (영원한 주, 하느님!) 폐하의 계획은 어떤 것입니까? 그러니까 폐하께서는 비열한 폭군처럼, 우리 주군의 왕국을 약탈하고 유린하기를 원하십니까? 그분께서 폐하의 부당한 침략에 대항하시지 못할 만큼 비겁하고 얼빠진 위인이라고 생각하십니까? 아니면 부하와 자금, 참모와 병법에 대한 지식이 부족해서 그럴 수 없다고 생각하시는 것입니까?

그러니 지금 즉시 돌아가십시오. 가는 도중에 소동이나 폭력행위 따위는 삼가시고 내일 중으로 폐하의 영토로 복귀하십시오. 그리고 폐하께서 이 영토에 끼치신 손해 배상금으로 비잔틴 금화[297] 1천 닢을 지불하십시오. 절반은 내일 지불하시고, 나머지 절반은 돌아오는 5월의 15일에 지불하십시오. 그동안 우리에게 투르느뮬, 바드페스, 므뉘아유 공작을 위시해서 그라텔 대공과 모르피아유 자작[298]을 인질로 넘겨주십시오."

---

[297] 비잔틴 화폐는 가치 변동 없이 오랜 기간 통용되어 중세 유럽에서 국제화폐의 기능을 담당했다.

[298] 피크로콜의 참모들의 이름은 이 전쟁의 희극적 성격에 부합된다. 투르느뮬은 돌절구 돌리는 노예, 바드페스Basdefesses는 엉덩이 아래쪽, 므뉘아유라는 이름은 '작은, 천한'이라는 뜻의 형용사 menu에서 나온 것으로 잡스러운 사람이라는 뜻이고, 그라텔은 긁다는 뜻의 동사 gratter에서, 모리피아유는 사면발이morpion에서 나온 우스꽝스러운 이름들이다.

제32장 어떻게 그랑구지에는 평화를 사기 위하여 빵과자를 돌려주었는가

그러고 나서 점잖은 갈레는 입을 다물었다. 그런데 피크로콜은 그의 모든 말에 다른 대답은 하지 않고 "찾으러 와, 찾으러 와보라고. 이들은 잘생긴 물렁한 불알[299]을 가지고 있지. 이들은 너희들한테 그것을 빻아서 빵과자를 만들어줄 거야"라고 했을 뿐이었다.

그래서 갈레는 그랑구지에에게로 돌아갈 수밖에 없었다. 그는 집무실 한구석에서 모자도 쓰지 않은 채 무릎을 꿇고 엎드려 하느님께 피크로콜의 화를 가라앉히고, 무력을 사용하지 않고서 그가 이성을 되찾을 수 있게 해달라고 기도하는 그랑구지에를 보게 되었다. 그랑구지에는 사신이 돌아온 것을 보고는 물었다.

"아, 내 친구, 내 친구여. 무슨 소식을 가져왔는가?

―엉망입니다. (갈레가 말했다) 그는 이성을 상실했고 하느님으로부터 버림받은 사람입니다.

―과연 그랬군. 그런데, (그랑구지에가 말했다) 내 친구여, 그는 이

---

299 물렁한molle이라는 형용사와 절구(mole, meule)를 이용한 말장난. 피크로콜의 말은 자기 부하들이 무르고 용기 없는 자들이라는 사실을 암시한다. 절구에 대한 연상에서 바로 이어 빻다broyer라는 동사가 나온다.

무도한 짓을 한 이유가 무엇이라고 주장하던가?

—그는 (갈레가 말했다) 제게 어떤 설명도 하지 않고, 화를 내며 빵과자에 관해서 몇 마디 했을 뿐입니다. 혹시 누군가가 그의 빵과자 장수들에게 해를 끼치지 않았는지 모르겠습니다.

—어떻게 할 것인지 정하기 전에 (그랑구지에는 말했다) 먼저 그 일을 알아보는 것이 좋겠네."

그래서 그는 이 사건에 관해서 알아보도록 지시했고, 피크로콜의 백성들의 빵과자 몇 개를 강제로 빼앗은 것, 그리고 마르케가 몽둥이로 머리를 맞은 일이 실제로 있었다는 것을 알게 되었다. 그렇지만, 잘 쳐서 값을 치렀고, 그 마르케라는 자가 먼저 채찍으로 프로지에의 다리에 상처를 입혔다는 사실도 알게 되었다. 그의 자문회의에서는 모두가 전력을 다해서 맞서 싸워야 한다는 의견이었다. 그렇지만 그랑구지에는 이렇게 말했다.

"빵과자 몇 개가 문제일 따름이니 그를 만족시킬 방도를 찾아보겠소. 전쟁을 일으키는 것은 너무 내키지 않는 일이기 때문이오."

그래서 빵과자를 얼마나 빼앗았는지를 조사해서 오륙십 개라는 말을 듣고 그날 밤 안으로 다섯 수레분을 만들도록 지시했다. 그리고 한 수레분의 빵과자는 좋은 버터와 달걀 노른자, 사프란 가루와 좋은 향료를 넣고 만들도록 해서 마르케에게 주고, 그를 치료한 이발사들[300] 비용으로 70만3 닢의 필리포스 금화[301]를 지불하여 피해 보상을 하도록 했다. 이에 덧붙여 라 포마르디에르의 소작지[302]를 세금이 면제된, 상속할

---

300 당시에는 이발사가 외과의사의 업무를 겸하고 있었다.

301 원래는 마케도니아의 필리포스 왕의 초상이 새겨진 금화를 가리키는 것이었는데, 모든 금화를 통칭하게 되었다.

302 쉬이예에 있었던 라블레 집안의 농장 이름.

수 있는 재산으로 영구히 그와 그의 가족들에게 주도록 했다. 이 모든 것의 운반을 지휘하도록 갈래가 파견되었는데, 그는 도중에 솔래 들판에서 많은 골풀 줄기와 갈대를 꺾어 수레 주위에 두르고 수레꾼들에게도 몸에 붙이도록 했다. 그 자신도 손에 갈대를 하나 들었는데, 이렇게 해서 자신들이 오직 평화를 원하고 평화를 사기 위해서 왔다는 것을 알리고자 했던 것이다.

그들은 성문에 이르러 그랑구지에의 이름으로 피크로콜과의 면담을 요청했다. 피크로콜은 그들이 들어오도록 허락하지도, 그들에게 가서 말하려 하지도 않았다. 자신은 바쁘다면서, 할말이 있으면 투크디용 수비대장에게 말하라고 전하게 했을 뿐이다. 그는 성벽 위에 대포를 설치하고 있는 중이었다.

그래서 사신은 투크디용에게 말했다.

"대장님, 당신들을 분쟁에서 물러서도록 하고, 원래의 동맹관계로 복귀하지 않을 핑곗거리를 없애기 위해서 우선 싸움의 원인이었던 빵과자를 지금 돌려드리겠습니다. 우리 백성들이 육십여 개를 뺏었지만 값은 잘 치렀습니다. 그래도 우리는 워낙 평화를 사랑하기 때문에 다섯 수레의 빵과자를 돌려주기로 했고, 그중에서 이 수레의 빵과자는 제일 불만이 많은 마르케의 몫입니다. 게다가 그가 만족할 수 있도록 70만3 닢의 필리포스 금화를 그에게 전하고, 그가 주장할 수도 있을 피해에 대한 보상으로써 라 포마르디에르의 소작지를 영구히 그와 그의 가족들에게 세금이 면제된 상속 재산으로 넘겨줄 것입니다. 여기 양도증서가 있습니다. 그러니 제발 앞으로는 평화롭게 지냅시다. 당신들도 인정하듯이 아무 권리도 없는 이곳을 포기하고, 즐거운 마음으로 당신들 영토로 돌아가시오. 그리고 전처럼 친구로 지냅시다."

투크디용은 피크로콜에게 모두 보고하고, 다음과 같이 말하며 그의 용기를 부추겼다.

"이 촌놈들이 잔뜩 겁을 먹었습니다. 불쌍한 술꾼인 그랑구지에는 틀림없이 똥을 싸고 있을 겁니다. 차라리 술병을 비우는 것이 제격이지 전쟁을 하는 것은 그가 할 일이 아니니까요. 이 빵과자와 돈은 접수하고, 한편으로는 서둘러 이곳을 강화하고 우리의 행운을 계속 따라가자는 것이 제 의견입니다. 저들이 폐하께 이 빵과자들을 먹으라고 보내다니 속이기 쉬운 상대를 다루고 있다고 생각하는 것 아니겠습니까? 일이 이렇게 된 겁니다. 폐하께서 지금까지 그들에게 베풀어주신 후한 대접과 친근함이 폐하를 경멸해도 좋은 사람으로 여기게 만든 겁니다. 상놈에게 아첨을 하면 당하게 되고, 상놈을 때리면 아첨을 하게 되어 있습니다.

—이런, 이런, 이런, (피크로콜이 말했다) 성 자크를 두고 맹세하건대, 그들은 맛을 보게 될 거야. 말한 대로 실행하도록 하라.

—한 가지를 알려드려야겠습니다. (투크디용이 말했다) 우리는 여기서 충분히 보급을 받지 못해 먹을 양식이 별로 비축되어 있지 않습니다. 만일 그랑구지에가 우리를 포위한다면, 지금부터라도 저나 폐하의 부하들의 이를 세 개만 남겨두고 모두 뽑아버리게 해야 할 겁니다. 그것만 가지고도 식량을 먹어치우는 데 너무 빨리 전진할 테니까요.

—우리에게 식량은 충분하고도 남을 거야. (피크로콜이 말했다) 우리가 여기 먹으러 온 것인가 아니면 싸우러 온 것인가?

—물론 싸우러 온 것이지요. (투크디용이 말했다) 하지만 부른 배에서 춤이 나오고, 배고픔이 지배하는 곳에서는 힘은 추방당하게 마련이니까요.

—수다는 그만하면 됐네. (피크로콜이 말했다) 그들이 가져온 것을 압수하도록 하라."

그리하여 그들은 돈과 빵과자, 소와 수레들을 빼앗고, 그 이유는 다음 날 알려주겠다고 하며 더 가까이 다가오지 말라고 말한 것 외에는 다른 대꾸는 일절 하지 않고 일행을 돌려보냈다. 결국 일행은 아무 성과 없이 그랑구지에에게 돌아가 모든 상황을 보고하고, 본격적인 전면전을 치르는 방법 외에는 그들을 평화로 이끌 수 있는 희망이 전혀 없다는 말을 덧붙였다.

제33장 피크로콜의 몇몇 지휘관들이 어떻게 성급한 조언으로 그를 최악의 위험 속에 몰아넣었는가

빵과자를 강탈하고 나서 므뉘아유 공작, 스파다생 백작과 메르다유 장군[303]이 피크로콜 앞으로 나아가 다음과 같이 말했다.

"폐하, 오늘 저희들은 폐하를 마케도니아의 알렉산드로스가 죽은 이후로 가장 탁월하고 용맹한 군주로 만들어드리겠습니다.

—모자를 쓰시오, 모자를 다시 써요. 피크로콜이 말했다.

—대단히 감사합니다. (그들이 말했다) 폐하, 저희들은 의무를 다할 뿐입니다. 방법은 다음과 같습니다.

이곳은 수비대장에게 소수의 병력을 남겨 지키게 하십시오. 왜냐하면 이 요새는 지형적으로도 유리하고 폐하께서 준비하신 방어벽으로도 수비하기에 충분하기 때문입니다. 그리고 잘 아시겠지만, 폐하의 군대를 둘로 나누도록 하십시오. 한 부대는 일차 공격만으로도 그랑구지에와 그의 부하들을 손쉽게 격파할 것입니다. 그곳에서는 많은 돈을 수중에 넣게 될 겁니다. 왜냐하면 그 야비한 왕은 현금을 많이 가지고 있으니까요. 야비하다고 한 것은 위대한 군주는 한 푼도 없는 법이니까 말씀

---

[303] 스파다생이라는 이름은 이탈리아어에서 유래한 것으로 검객이라는 뜻이고 메르다유는 새로 모집한 신병을 가리키는 말이다.

입니다. 재물을 관리하는 자는 언제나 야비한 인간이지요. 그동안에 다른 부대는 오니스, 생통주, 앙구무아, 가스코뉴 지방, 그리고 페리고르, 메도크, 랑드 지방으로 진격합니다. 저항 없이 그들은 도시와 성, 요새들을 차지할 것입니다. 바욘, 생 자크 드 뤼와 퐁타라비에서는 모든 선박을 징발하고, 해안을 따라 갈리시아와 포르투갈로 진군해 모든 해안 지방을 약탈한 다음, 리스본에 이르러 정복자에게 필요한 일체의 군수품을 지원받게 될 것입니다. 제기랄 것, 에스파냐는 항복할 것입니다. 그들은 촌놈들에 지나지 않으니까요. 세비야 해협[304]을 지나시면서 폐하의 이름을 영원히 기억할 수 있도록 헤라클레스의 기둥들보다 더 당당한 두 개의 기둥을 그곳에 세우시고 그 해협에 피크로콜 해(海)라는 이름을 붙이십시오. 피크로콜 해를 지나면 바르브루스[305]를 만나게 되는데 그는 항복해서 폐하의 노예가 될 겁니다.

　　—나는 그를 사면해주겠소. 피크로콜이 말했다.

　　—물론 그러셔야죠. (그들이 말했다) 세례를 받는다는 조건으로 말씀입니다. 그리고 튀니스, 비제르트, 알제, 아나바, 쿠레네[306]의 왕국들과 모든 야만국들을 과감하게 공격하십시오. 그곳을 지나 마조르카, 미노르카, 사르디니아, 코르시카와 리구리아 해[307]의 섬들과 발레아르 군도를 수중에 넣으십시오. 왼쪽 해안을 따라 나르보네즈 지방[308] 전부와

---

304 이베리아 반도 서남쪽의 지브롤터 해협을 가리킨다. 전설에는 헤라클레스가 땅의 끝에 이르러 이를 기념하는 두 개의 거대한 기둥을 세웠다고 한다.

305 알제를 중심으로 활동하던 터키 출신의 해적선 선장 카이르 에딘(1476~1546)의 별명. '붉은 수염'이라는 뜻이다.

306 여기에 나오는 지명은 북아프리카의 주요 항구도시들이다.

307 로마 시대의 지명으로 지금의 제노바 만(灣)을 가리킨다.

308 로마 시대의 골 지방 남부를 가리키는데, 지금의 사부아, 도피네, 프로방스, 랑그도크 지방이 포함되어 있었다.

프로방스 지방과 알로브로주 사람들[309]의 지역, 그리고 피렌체, 제노바, 루카를 거쳐 로마여, 안녕히! 불쌍한 교황님께서 벌써 겁에 질려 죽을 지경입니다.

—절대로, (피크로콜이 말했다) 나는 그의 실내화에 입을 맞추지 않을 거요.

—이탈리아를 정복하고 나서 이제 나폴리, 칼라브리아, 풀리아 지방과 시칠리아를 말타 섬과 함께 자루 속에 담습니다. 저는 옛날 로도스 섬의 웃기는 기사들[310]이 겁에 질려 오줌 싸는 꼴을 볼 수 있게 그들이 폐하께 대항했으면 합니다!

—나는 (피크로콜이 말했다) 기꺼이 로레트[311]로 가겠노라.

—아닙니다. 아니에요. (그들이 말했다) 돌아오는 길에 가셔야지요. 그곳에서 크레타, 키프로스, 로도스 섬과 시클라드 제도를 취하고, 모레아 반도를 공격합니다. 우리는 그곳을 손에 넣습니다. 성 트레냥[312]이시여, 하느님께서 예루살렘을 지켜주시기를! 술탄의 세력은 폐하와 비교가 되지 않으니까요.

—나는 (그가 말했다) 솔로몬의 신전을 짓도록 하리라.

—아닙니다, (그들이 말했다) 아직 조금 기다리시지요. 계획을 너무 서두르지 마십시오. 옥타비아누스 아우구스투스가 무어라고 했는지 아십니까? *천천히 서둘러라.* 먼저 카리아, 리키아, 팜필리아, 실리키아, 리디아, 프리지아, 미시아, 비티니아, 카라시아, 아탈리아, 사마가리아,

---

309 사부아와 도피네 지방에 살던 골 족.

310 성지 수호를 위하여 결성되었던 기사단. 1522년 터키의 솔리만 2세에 의하여 그들의 근거지였던 그리스의 로도스 섬에서 쫓겨나자 카를 5세가 1530년에 말타 섬을 그들의 새로운 근거지로 제공했다. 이후 흔히 말타 기사단으로 통칭된다.

311 노트르담 드 로레트는 프랑스인들이 즐겨찾던 순례지로 알려져 있다.

312 스코틀랜드인들의 수호성자. 그곳에서는 성 린건이라고 부른다.

카스타메나, 루가, 세바스타, 그리고 유프라테스 강을 포함하여 소아시아를 차지하는 것이 좋습니다.

—우리가 (피크로콜이 말했다) 바빌론과 시나이 산을 볼 수 있겠소?

—지금으로서는 그럴 필요가 없습니다. (그들이 말했다) 사실 카스피 해를 통과하고 두 아르메니아와 세 아라비아[313]를 말을 타고 돌아다닌 것만으로 충분히 소동을 벌인 것 아니겠습니까?

—맙소사, (그가 말했다) 우리가 미쳤구나. 아, 불쌍한 부하들!

—무슨 말씀이신지요? 그들이 물었다.

—도대체 이 사막에서 우리는 무얼 마신단 말인가? 사람들 말로는 율리아누스 아우구스투스[314]와 그의 군대는 사막에서 갈증 때문에 죽었다지 않는가.

—이미 저희들이 모든 지시를 내려두었습니다. (그들이 말했다) 폐하는 시리아 해에 가장 좋은 포도주를 실은 9천14 척의 대형 선박을 가지고 계십니다. 이 배들은 자파 항에 도착했습니다. 그곳에는 폐하께서 세젤메스[315] 근처에서 사냥해 잡아놓은 2백20만 마리의 낙타와 1천6백 마리의 코끼리가 있습니다. 더군다나 폐하께서 리비아에 침입하셨을 때 메카로 가는 모든 대상들을 붙잡아두셨습니다. 이들이 폐하께 충분히 포도주를 공급하지 않았겠습니까?

—과연 그렇군! (그가 말했다) 그러나 우리는 시원하게 마시지 못했어.[316]

---

313 아르메니아는 대(大) 아르메니아와 소(小) 아르메니아로 나뉘어지고, 뮌스터의 『세계의 형상』에서는 아라비아를 사막, 행복의 땅, 산악지방으로 구분했다.
314 배교자 율리아누스로 불리우는 율리아누스 황제는 363년 페르시아 원정 도중에 죽었다.
315 모로코의 사하라 사막 지역에 있던 옛 도시.
316 과거 시제가 사용되면서 피크로콜과 그의 부하들의 머리 속에서 공상적인 세계

—물고기 새끼를 두고 하는 말은 아니지만, (그들이 말했다) 용맹한 자, 정복자, 세계 제국을 갈망하는 자라면 언제나 편하게 지낼 수는 없는 법입니다. 폐하와 부하들이 티그리스 강까지 무사히 도착한 것만 해도 하느님께 감사드려야 합니다.

—그런데, (그가 물었다) 그동안에 야비한 술주정뱅이 그랑구지에를 격파한 우리 군대는 무엇을 하지?

—그들도 쉬지 않습니다. (그들이 말했다) 우리는 그들과 곧 합세할 것입니다. 그들은 폐하를 위해서 브르타뉴, 노르망디, 플랑드르, 에노, 브라방, 아르투아, 홀란드, 젤란드 지방을 점령했습니다. 그들은 스위스와 독일 용병들[317]의 배 위를 지나 라인 강을 건너서 일부는 룩셈부르크, 로렌, 샹파뉴, 사부아 지방을 복속시키고 리옹까지 진출했습니다. 그곳에서 지중해의 해상 정복에서 돌아온 부대와 합류해 슈바벤, 부르템베르그, 바바리아, 오스트리아, 모라비아와 슈티리를 수중에 넣은 다음 보헤미아 지방에 집결했습니다. 그러고는 함께 용감하게 뤼벡 시, 노르웨이, 스웨덴, 덴마크, 고티아,[318] 그린랜드, 한자 동맹 시(市)들[319]을 공격해서 북극해에 이르렀습니다. 이렇게 해서 오크니 군도를 점령하고, 스코틀랜드, 영국, 아일랜드를 복속시켰습니다. 그곳에서 발틱 해와 사르마티아 해로 항해해서 프러시아, 폴란드, 리투아니아, 러시아, 발라키아, 트란실바니아, 헝가리, 불가리아, 터키를 정복하고, 콘스탄티노플에 가 있습니다.

—가능한 한 빨리 (피크로콜이 말했다) 그들과 합류하도록 하세. 나

정복이 이미 실현된 현실로 바뀌고 있는 것을 보여준다.

317 그 당시 프랑스 군대의 용병들은 주로 스위스와 독일 출신이었다.

318 스웨덴 남부의 고트 족의 국가.

319 한자 동맹에 가입한 북부 독일의 브레멘, 뤼벡, 함부르크, 쾰른 등의 도시들.

는 트레비존드[319]의 황제도 되고 싶소. 개 같은 모든 터키인들과 마호메트 교도들을 죽여야 하지 않겠는가?

─그러면 도대체 우리가 무슨 일을 할 수 있겠습니까? (그들이 말했다) 그들의 재산과 토지를 폐하를 충실히 섬긴 신들에게 분배해주십시오.

─그것은 아주 이치에 맞고, (피크로콜이 말했다) 합당한 일이오. 내가 그대들에게 카르마니아, 시리아와 팔레스티나 지방 전부를 주겠노라.

─아, (그들이 말했다) 폐하는 정말 너그러우십니다. 성은이 망극하옵니다. 하느님께서 폐하께 영원한 영화(榮華)를 허락하시기를!"

그곳에는 많은 모험을 겪었던 진짜 노련한 군인인 에케프롱[321]이라는 늙은 귀족이 있었는데, 그가 이 모든 이야기를 듣고 말했다.

"저는 이 모든 계획이 공상 속에서 부자가 되었던 구두 장수가 단지를 깨고 나니 저녁거리도 남지 않았다는 우유 단지의 소극[320]같이 되지 않을까 몹시 걱정스럽습니다. 이 멋진 정복에서 폐하께서 원하시는 것이 무엇입니까? 그처럼 많은 시련과 고생의 목적은 무엇입니까?"

"그건 (피크로콜이 말했다) 돌아와 편히 쉬는 것이라네."

그러자 에케프롱은 말했다.

"그렇다면, 여행은 오래 걸리고 위험한 일인데, 돌아오시지 못하게 되는 경우에는 어떻게 하시겠습니까? 그런 위험을 자초하지 마시고 지금부터 휴식을 취하시는 편이 낫지 않을까요?

---

319 트레비존드의 비잔틴 제국은 이슬람 세계에 둘러싸여 있으면서도 기독교 문명을 유지하고 서구와의 교역이 활발했었다. 특히 중세 기사도 소설에 콘스탄티노플과 함께 이국 정취를 풍기는 도시로 자주 언급된다.

320 그리스어로 신중한 자라는 뜻.

322 우유 단지의 소극(笑劇)은 현재 전해지지 않으나, 17세기 고전주의 시대의 라 퐁텐이 쓴 「우유 짜는 아가씨와 우유 단지」라는 우화는 잘 알려진 이야기이다.

—오 맙소사, (스파다생이 말했다) 여기 몽상가가 계시구만! 벽난로 구석에 숨어 우리 인생과 시간을 부인네들과 함께 진주를 실에 꿰거나 사르다나팔[323]처럼 길쌈하면서 보내도록 해봅시다그려. 솔로몬이 말했듯이, 모험을 하지 않는 자는 말도 노새도 얻지 못하는 법이라오.

—너무 모험에만 나서는 자는 (에케프롱이 말했다) 말과 노새를 잃는다고 말콩[324]은 대답했소.

—그만하면 됐네. (피크로콜이 말했다) 넘어가세. 나는 그랑구지에의 악마 같은 보병군단이 두려울 뿐일세. 우리가 메소포타미아에 있는 동안 우리 후미를 공격한다면 어떤 대책이 있는가?

—아주 좋은 방도가 있습니다. (메르다유가 대답했다) 폐하께서 모스크바인들에게 간단히 동원령을 내리시면 즉시 45만 명의 정예전사들이 전장에 모여들 것입니다. 만일 폐하께서 저를 부관으로 임명해주신다면, 잡화상인 하나 때문에 빗 한 개를 죽일 것입니다.[325] 저는 제 육신을 버리고 죽음도 불사하며, 물어뜯고, 달려들고, 두들겨패고, 붙들고, 죽이겠습니다!

—자, 어서, 어서. (피크로콜이 말했다) 모두 서둘러라. 나를 사랑하는 자는 나를 따르라."

---

323 아시리아의 전설적인 왕. 그리스인들은 그를 무절제한 쾌락의 상징적 인물로 여겼다. 중세에는 그를 여인들 사이에서 길쌈하는 모습으로 묘사하기도 했다.

324 중세에 많이 읽힌 『솔로몬과 마르쿨의 대화』라는 책에 광대인 마르쿨이 솔로몬 왕의 지혜에 맞서 상식적인 답변을 들려주는 이야기가 나온다.

325 '빗 하나 때문에 잡화상인을 죽인다'는 속담의 앞뒤 단어를 바꾸어 만든 말장난이다.

제34장 가르강튀아는 어떻게 조국을 구하기 위하여 파리를 떠났는가, 그리고 짐나스트가 어떻게 적과 마주 쳤는가

같은 시간에 가르강튀아는 부왕의 편지를 읽고 곧 파리를 떠나 그의 암말을 타고 수녀들의 다리[326]를 건넜다. 포노크라트, 짐나스트와 외데몽은 역마를 타고 그의 뒤를 따랐다. 다른 일행들은 책과 철학 도구들을 모두 싣고 정상적인 속도로 따라왔다.

그는 파리예에 도착해서 구게라는 소작인에게서 피크로콜이 어떻게 라 로슈 클레르모에 방어 진지를 구축하고 트리페[327]라는 대장에게 많은 군대를 주어 베드 숲과 보고드리를 공격하게 했는지, 그리고 어떻게 그들이 비야르 압착장[328]까지 암탉을 추격했는지[329]를 들었다. 그들이

---

326 쉬농과 라 로슈 클레르모 사이에 있는 비엔 강의 다리. 퐁트브로 수녀원의 수녀들이 이 다리에서 통행료를 받았다고 한다.

327 작은 단지라는 뜻인데, 또한 창자tripes를 연상시키는 이름이다. 적의 배를 갈라 창자가 드러나게 하는 것이 그의 임무이지만, 제43장에서 그 자신도 같은 식으로 죽음을 맞는다.

328 베드 숲, 보고드리, 비야르 압착장(포도주 제조용 포도를 압착하는 곳)은 라블레의 고향 라 드비니에르 근처의 지명들이다.

329 가금 사육장을 약탈한다는 뜻.

이 나라에서 저지른 무도한 짓은 놀랍고 믿기 어려운 일이라는 것이었다. 이 말에 가르강튀아는 몹시 걱정이 되어 무슨 말을 하고 어떻게 해야 할지를 몰랐다. 그러자 포노크라트가 변함없는 친구이자 동맹자인 보기용의 영주에게 가면, 그에게서 모든 사태에 관한 정보를 더 잘 들을 수 있을 것이라고 조언했다. 그래서 가르강튀아는 그렇게 하기로 결정했는데, 그를 만나보았더니 그가 자신들을 돕기로 작정하고 있는 것을 알게 되었다. 보기용 영주의 의견은 현재의 상황에서 결정을 내리고 실행하기 위해서는 지역을 정찰하고 적들이 어떤 상태에 있는지 알아볼 수 있도록 부하들 중 하나를 파견하자는 것이었다. 짐나스트가 자원했는데, 주변의 길과 우회로, 강의 굽이를 잘 아는 사람을 같이 데리고 가는 것이 최선의 방책이라는 결론이 내려졌다.

그래서 그와 보기용 영주의 하인인 프를랭강[330]이 같이 출발해서 겁도 없이 사방을 정탐했다. 그동안 가르강튀아는 휴식을 취하며 부하들과 배를 좀 채우고, 암말에게 한 끼분의 귀리를 먹이도록 했는데, 큰 통으로 일흔네 개와 작은 통[331] 세 개 분량이었다. 짐나스트와 그의 동료는 말을 타고 오래 달린 후에 질서 없이 흩어져서 닥치는 대로 약탈하고 훔치고 있는 적들을 발견했다. 멀리서 짐나스트를 보자 그들은 떼지어 달려들어 그의 소지품을 강탈하려고 했다. 그러자 그는 그들에게 다음과 같이 외쳤다.

"여러분, 나는 불쌍한 악마예요. 불쌍히 여겨주기를 바랍니다. 내게는 아직 금화가 몇 닢 있는데, 그것으로 술을 마십시다. 이 금화는 *마실 수 있는 금*[332]이거든요. 그리고 여기 이 말도 팔아서 내 환영식에 쓰

---

330 쾌활한 사람이라는 뜻.

331 큰 통muid은 곡물 1,872리터, 작은 통boisseau은 13리터 분량이다.

332 마실 수 있는 금aurum potabile은 약제사들이 만병통치약으로 사용하던 기름과

도록 합시다. 그렇게 하고, 나를 여러분 편에 끼워주세요. 여기 있는 나처럼 닭을 잘 잡고, 기름칠하고, 굽고, 요리하고, 정말 그렇다고요, 사지를 찢고, 양념을 잘하는 사람은 결코 없을 테니까요. 나를 환영해준데 대한 감사의 표시로 모든 좋은 친구들을 위하여 건배하겠습니다."

그러고는 호리병을 꺼내 코도 대지 않고 신나게 마셨다. 이 불한당들은 입을 한 자나 벌리고 사냥개처럼 혀를 빼문 채, 차례를 기다렸다가 마시려고 그를 바라보고 있었다. 이 때 대장인 트리페가 무슨 일인지 알아보려고 달려왔다. 짐나스트는 그에게 술병을 내밀며 말했다.

"자, 대장님, 용감하게 마시세요. 제가 시음해보니까,[333] 이것은 라푸아 몽조산 포도주군요.

—뭐라고, (트리페가 말했다) 여기 이 촌놈이 우리를 놀리는구나! 너는 누구냐?

—저는 (짐나스트가 대답했다) 불쌍한 악마랍니다.

—아! (트리페가 말했다) 네가 불쌍한 악마라니까 저 세상으로 가는 것이 좋겠구나. 불쌍한 악마라면 통행료나 세금 없이 어디든지 갈 수 있을 테니 말이야. 하지만 불쌍한 악마들이 그렇게 말을 타는 것은 관례에 맞지 않는 일이지. 그러니 악마 나리, 내가 이 짐말을 가질 테니 말에서 내리시지. 그리고 만일 이 말이 나를 잘 태우고 다니지 않으면, 악마 선생, 자네가 나를 태우고 다녀야 할 거야. 나는 악마가 데려가는 것을 매우 좋아한단 말씀이야."

금 염화물을 섞은 약을 가리킨다.
333 독이 들어 있지 않다는 뜻.

제35장 짐나스트는 어떻게 트리페 대장과 피크로콜의 부하들을 민첩하게 해치웠는가

이 말을 듣자, 그들 중 몇몇은 그를 변장한 악마라고 생각하고 겁을 먹고서 두 손으로 성호를 그었다. 그들 중에서 의용 갱도병[334] 대장 출신의 봉 장은 바지 앞주머니에서 기도서를 꺼내서는 큰 소리로 외쳤다. *"하느님은 거룩하시다. 네가 하느님의 사람이면 말하라! 그러나 다른 자[335]의 사람이면 가버려라!"* 그런데 그가 가지 않자, 무리들 중의 여럿은 대열을 이탈했는데, 짐나스트는 그동안 이 모든 것을 주시하며 관찰하고 있었다.

그리고 말에서 내리는 척하며 말에 오르는 쪽[336]에 매달려 민첩하게 등자의 끈을 한 바퀴 감았다. 중간 길이의 칼을 옆구리에 차고 말 아래쪽으로 내려갔다가 공중으로 솟구쳐 엉덩이를 말머리 쪽으로 두고 안장위에 두 발로 섰다. 그러고 나서 *"내 사건은 거꾸로 돌아갈 거야"*[337] 라

---

334 샤를 7세가 창건한 농촌 민병대로 루이 12세 때 폐지되었는데, 용감하지 못했던 것으로 알려져 있다.

335 악마를 가리키는데, 두려워서 감히 이름을 부르지 못하고 있다.

336 말의 왼편을 가리킨다.

337 법률적인 의미로는 사건이 불리하게 진행된다는 뜻이지만, 남성 성기catz를 가리키는 것으로 해석할 수도 있다.

고 말했다.

그러고는 그 지점에서 한 발로 왼쪽으로 한 바퀴 돌아 그대로 원래의 자세로 되돌아갔다. 그러자 트리페는 말했다.

"지금은 그만두겠다. 그럴 만한 이유가 있으니까.

—제기랄! (짐나스트가 말했다) 실패했군. 거꾸로 도약을 해보지."

그러고는 전처럼 힘차고 민첩하게 오른쪽으로 한 바퀴 돌았다. 그러고 나서 오른손 엄지손가락을 안장의 앞테에 대고 몸 전체를 공중에 날려 그 자리에서 세 번을 회전했다.

네번째 회전에서는 아무것도 건드리지 않고 몸을 뒤로 젖혀 말의 두귀 사이에 서서, 왼손 엄지손가락으로 지탱하여 몸 전체를 공중에 띄운 채로 한 바퀴 회전했다. 그러고는 오른 손바닥으로 안장 가운데를 힘껏 밀치며 아가씨들같이 두 다리를 한쪽으로 모아 말의 엉덩이에 앉았다.

그러고 나서 여유 있게 오른쪽 다리를 안장 위로 넘겨 말 엉덩이 위에서 기수의 자세를 취했다.

"아무래도, (그가 말했다) 앞테 사이에 서는 편이 낫겠어."

그러고는 양손의 엄지손가락을 앞쪽의 말 엉덩이에 대고 공중에서 엉덩이를 머리 위로 젖혀 안장의 앞테 사이에서 몸의 균형을 유지했다. 다음에는 한 번 도약해서 몸 전체를 공중에 띄웠다가 두 발을 모은 채로 앞테 가운데 우뚝 섰다. 그 자세로 팔짱을 끼고 큰 소리로 "나 화났다, 악마들아, 화났다고, 화났다니까! 나를 붙잡아봐, 악마들아, 나를 붙잡아, 붙잡아보라구!"라고 외치며 그곳을 백 바퀴도 더 돌았다.

이렇게 곡예를 부리는 동안, 불한당들은 몹시 놀라 서로 말을 나누었다. "성모님, 맙소사! 저자는 도깨비이거나 변장한 악마일 거야. 주여, *사악한 적으로부터 저희를 구해주소서.*" 그러고는 깃털로 된 먼지떨이를 물고 가는 개처럼 뒤를 돌아보며 당황해서 도망쳐버렸다.

그때 짐나스트는 상황이 유리하게 전개되는 것을 보고 말에서 내려 칼을 뽑아들고서 가장 계급이 높아 보이는 자들부터 힘껏 후려쳐 그들을 무더기로 부상시키거나 치명상을 입혀 땅바닥에 쓰러뜨렸다. 그런데도 그들은 그가 보여주었던 신기한 곡예와 트리페가 그를 불쌍한 악마라고 불렀던 말 때문에 굶주린 악마라고 생각하고는 아무도 대항하지 못했다. 단지 트리페만이 비열하게도 독일 용병들이 쓰는 장검으로 그의 두개골을 쪼개려 했지만, 그는 단단히 무장을 갖추고 있어서 상대의 일격에 가벼운 충격을 느낄 뿐이었다. 그는 갑자기 몸을 돌려 트리페를 칼끝으로 찌르려 했다. 그리고 그가 위쪽을 방어하는 사이에 단칼에 위와 결장, 그리고 간의 절반을 베어버렸다. 그래서 트리페는 땅바닥에 넘어졌고, 넘어지며 네 단지도 넘는 국물을 쏟았고, 그 영혼도 국물에 섞여버렸다.

그러고 나서 짐나스트는 우연히 행운이 찾아왔을 때 그 행운을 끝까지 시험해서는 안 되고, 무릇 기사란 행운을 귀찮게 굴거나 압박하지 말고 조심스럽게 다루어야 한다고 판단해서 물러났다. 그러고는 다시 말에 올라 박차를 가하며 프를랭강과 함께 곧장 보기용을 향하여 달렸다.

제36장 가르강튀아는 어떻게 베드 여울의 성을 무너뜨렸는가, 그리고 어떻게 여울을 건넜는가

짐나스트는 돌아와서 적들의 상황과 자신이 적의 부대원 모두를 상대로 사용했던 전략을 보고하고, 그들은 불한당, 약탈자, 강도에 지나지 않으며 군대의 규율을 전혀 알지 못하는 자들이라고 단언하면서, 과감하게 진군해야 한다고 주장했다. 적들을 짐승처럼 때려잡는 것은 아주 손쉬운 일이라는 것이었다.

그리하여 가르강튀아는 앞에서 말한 바와 같이 그의 거대한 암말에 올라타서는 그의 일행의 수행을 받으며 길을 가다가, 커다란 나무(그 나무는 보통 성 마르탱의 나무[338]라고 불리는데, 왜냐하면 예전에 성 마르탱이 그 자리에 박아두었던 순례 지팡이가 그렇게 자란 것이기 때문이다)를 발견하고는 이렇게 말했다. "이것이 내게 필요한 것이로군. 이 나무는 순례 지팡이와 창으로 쓸 수 있겠어." 그러고는 힘들이지 않고 땅에서 뽑아 가지를 치고 마음에 들게 손질을 했다.

그동안 그의 암말은 뱃속을 비우기 위하여 오줌을 쌌는데, 그 양이 너무 엄청나서 70리에 걸쳐 홍수를 일으켰다. 그 오줌이 모두 베드 여

---

338 성 마르탱의 기적을 말하는데, 그가 잠든 사이 땅에 꽂아두었던 지팡이에서 잎이 돋았다고 전해진다.

울로 흘러들어가는 바람에 물줄기가 엄청나게 불어나 왼쪽 언덕으로 가는 길을 택했던 몇몇을 제외하고는 모든 적의 무리들이 끔찍하게 익사하고 말았다.

가르강튀아는 베드 숲에 도착해서 외데몽으로부터 성안에 적이 약간 남아 있다는 보고를 받았다. 그는 사실을 확인하기 위해서 힘껏 고함을 질렀다.

"너희들 그 안에 있느냐, 없느냐? 만일 있다면 그곳에 더 이상 머무르지 말 것이며, 없다면 말할 필요 없다."

그런데 돌출회랑에 있던 고약한 포수 녀석이 대포를 한 방 쏘아 그의 오른쪽 관자놀이에 강력한 일격을 가했다. 하지만 이 공격이 그에게는 자두를 한 알 맞은 것보다 더 큰 고통을 주지는 못했다.

"이게 뭐야? (가르강튀아가 말했다) 우리에게 포도씨를 던지겠다는 거냐? 포도를 수확한 것이 너희들에게 값비싼 대가를 치르게 해주겠다!" 그는 정말로 대포알을 포도씨로 생각했던 것이다.

성안에서 약탈을 즐기고 있던 자들이 이 소리를 듣고는 탑과 보루로 몰려가 모두 그의 머리를 겨냥해서 작은 대포와 화승총으로 9천25발을 집중해서 쏘아댔다. 집중공격을 받자 그는 소리쳤다.

"포노크라트, 내 친구여, 이 파리떼들 때문에 눈이 보이지 않네. 이것들을 쫓아버리게 버드나무 가지를 좀 주게." 그는 대포알과 사석포로 쏜 돌덩이들을 쇠파리로 생각했던 것이다.

포노크라트는 그에게 그것이 파리떼가 아니라 성에서 쏘아대는 대포알이라고 알려주었다. 그러자 그는 커다란 나무로 성을 공격하여 여러 번 힘껏 후려쳐 탑과 보루를 부수고 모든 것을 무너뜨렸다. 이렇게 해서 성안에 있던 사람들은 모두 사지가 부러지고 조각이 나버렸다.

그곳을 떠나 그들이 물방앗간이 있는 다리에 당도했을 때, 여울 전체가 시체로 덮여 있는 것을 발견했다. 시체가 너무 많아 방앗간의 수로가 막혀버렸는데, 그것은 암말의 오줌 홍수로 익사한 적들의 시체였다. 그곳에서 그들은 시체들로 가로막힌 여울을 어떻게 건널 것인지 궁리했다.

그러자 짐나스트가 말했다.

"악마들이 지나갔다면, 저도 충분히 지나갈 수 있습니다.

—악마들은 (외데몽이 말했다) 지옥에 떨어질 자들의 영혼을 가져가기 위해 벌써 지나갔을 것이네.

—성 트레냥이시여, (포노크라트가 말했다) 그분이라면 반드시 지나가실 걸세.

—그렇지, 그렇고말고. (짐나스트가 말했다) 아니면 나는 도중에 남게 되겠지."

그리고 말에 박차를 가하자 그의 말은 죽은 시체들을 전혀 겁내지 않고 수월하게 지나갔다. 왜냐하면 그는 (엘리안의 견해[339]에 따라) 죽은 영혼과 시체를 두려워하지 않게 말을 훈련시켰기 때문이다. 디오메데스[340]처럼 트라케인들을 죽이거나 호메로스가 이야기한 것처럼 오디세우스가 적의 시체를 말의 발굽에 매어두었던 식이 아니라, 건초 속에 인형을 집어넣어 귀리를 줄 때마다 말이 그 인형을 늘상 밟고 지나가도록 했던 것이다.

나머지 세 사람도 외데몽을 제외하고는 실수 없이 그의 뒤를 따랐다. 외데몽의 말은 죽어 나자빠져 있는 크고 뚱뚱한 놈의 불룩한 뱃속에 오른발이 무릎 있는 데까지 박혀버려 빠져나올 수가 없었던 것이다. 가르강튀아가 막대기 끝으로 물속에 잠긴 놈의 창자를 쑤시기 전까지는

---

339 그리스의 학자. 『동물의 본성』에서 디오메데스와 오디세우스의 말 조련법과 짚을 넣은 인형을 이용한 페르시아인들의 방법을 비교했다.

340 트라케의 전설적인 왕으로 그의 말들에게 사람의 고기를 먹였다고 한다.

꼼짝 못 한 채 그 상태로 있을 수밖에 없었다. 그 사이에 말은 발을 빼냈고, (말 의학에서 놀라운 일은) 그 말의 발에 났던 종기가 이 뚱뚱한 상놈의 내장과의 접촉에 의해서 깨끗이 나아버렸다.

제37장 가르강튀아는 어떻게 머리를 빗다가 머리카락에서 대포알들을 떨어뜨렸는가

베드 강가를 벗어난 후 그들은 얼마 지나지 않아 그들을 애타게 기다리던 그랑구지에의 성에 이르렀다. 가르강튀아가 도착하자 기다리던 사람들은 두 팔을 벌려 그를 영접했다. 그들보다 더 기뻐하는 사람들은 일찍이 볼 수 없었다. 왜냐하면 『연대기 보유편의 보유』에는 가르가멜이 기쁜 나머지 죽어버렸다고 기록되어 있기 때문이다. 그러나 나로서는 이에 관하여 아무것도 알 수 없고, 그녀나 다른 어느 여자에게도 관심이 없다.

진실은 가르강튀아가 옷을 갈아입고 (지팡이 백 개 정도 길이의 커다란 상아가 통째로 나란히 박혀 있는) 빗으로 머리 손질을 하다가 베드숲 공격 때 머리카락 사이에 남아 있던 대포알들을 한 번 빗을 때마다 일곱 개 이상씩 떨어뜨렸다는 것이다. 이것을 보고, 부왕인 그랑구지에는 이(虱)라고 생각하고 말했다.

"정말이지, 착한 아들아, 여기까지 몽테귀 신학교[341]의 이를 가져와야 했느냐? 나는 너를 거기 보내려고 생각하지 않았는데."

---

[341] 몽테귀 신학교는 불결한 곳으로 소문이 나 있었고, 또한 교장인 베다가 스콜라 철학의 신봉자여서 라블레의 조롱의 대상이 되고 있다.

그러자 포노크라트가 대답했다.

"폐하, 제가 지저분하기 이를 데 없는 몽테귀 신학교에 아드님을 보냈다고 생각하지 마십시오. 그곳의 끔찍한 잔인함과 추잡함을 아는 이상 저는 차라리 생 지노상 수도원의 탁발 수도사들에게 보냈을 것입니다. 이 신학교의 불쌍한 학생들에 비한다면 무어 족과 타르타르 족 나라의 도형수들이나 중죄인 감옥에 갇힌 살인자들, 그리고 폐하의 왕궁의 개들이 훨씬 나은 대접을 받기 때문입니다. 제가 만일 파리의 왕이라면 그곳에 불을 질러 그런 비인간적인 짓이 그들 눈앞에서 자행되는 것을 용인한 교장과 학급 담임교사들을 태워 죽여버릴 것입니다. 그렇게 하지 못한다면, 악마가 저를 잡아가도 좋습니다!"

그리고 대포알을 하나 들어올리며 말했다.

"이것은 폐하의 아드님이신 가르강튀아님이 베드 숲을 지나시다가 적들의 비열한 공격을 받아 맞으신 대포알입니다. 하지만 그들은 충분히 대가를 치러, 삼손의 지략으로 블레셋 사람들이 죽임을 당하고, 「누가복음」 13장에 나오듯이 실로암의 망대가 무너져 사람들이 깔려죽은 것처럼, 성이 무너질 때 모두 목숨을 잃었습니다. 그래서 제 의견은 행운이 우리 편에 있는 동안 계속 진군하자는 것입니다. 기회의 신은 이마에만 머리털이 있습니다. 지나가버리면 폐하께서는 그를 다시 부르실 수 없을 것입니다. 그의 뒷머리는 대머리이고 결코 돌아서지 않는답니다."

—정말로 (그랑구지에가 말했다) 지금은 그럴 때가 아니오. 오늘 저녁은 여러분을 위해 잔치를 베풀고자 하기 때문이오. 우리들의 환영을 받도록 하시오."

이 말이 끝나자, 사람들은 저녁 식사를 준비하기 시작했다. 그리고 황소 열여섯 마리, 암소 세 마리, 송아지 서른두 마리, 젖먹이 새끼염소 예순세 마리, 양 아흔다섯 마리, 포도즙 소스를 바른 젖먹이 새끼 돼지 3백 마리, 메추리 2백20 마리, 멧도요 7백 마리, 루덩과 코르누아유 산 거세한 수탉 4백 마리, 병아리 6천 마리와 그만큼의 비둘기, 들꿩 6백 마리, 어린 들토끼 1천4백 마리, 능에 3백3 마리, 거세한 수평아리 1천7 백 마리를 구웠다. 사냥한 들짐승의 고기는 그만큼 많이 빨리 구할 수 없었지만, 튀르프네 수도원에서 보낸 멧돼지 열한 마리, 그라몽의 영주 가 보낸 새끼 멧돼지 열여덟 마리, 데 제사르 영주가 보낸 꿩 1백40 마 리, 그리고 산비둘기, 물새, 상오리, 알락해오라기, 마도요, 물떼새, 자 고, 흑기러기, 멧도요, 댕기물떼새, 흑부리 오리, 청둥오리, 얼룩 왜가 리, 왜가리 새끼, 물닭, 도가머리 왜가리, 홍학, 테리골,[342] 칠면조가 수 십 마리씩 있었고, 많은 양의 쿠스쿠스[343]와 삶은 고기가 든 수프가 곁들 여졌다.

아무것도 모자라는 것 없이 음식은 풍성하게 준비되었는데, 그랑구 지에의 요리사인 프리프소스, 오슈포와 필베르쥐[344]가 솜씨 있게 조리한 것이었다.

자노, 미켈과 베르네트는 훌륭히 마실 것 시중을 들었다.

---

342 라블레의 작품 말고는 이 새에 대한 언급을 전혀 찾을 수 없다.

343 곡물가루를 말려서 좁쌀 모양으로 만든 것. 삶은 고기가 든 수프에 넣어 먹는다.

344 요리사들의 이름은 그들의 직업과 관련된 것이다. 프리프소스는 소스를 핥는다는 뜻, 오슈포는 스튜 요리, 필베르쥐는 포도를 으깨어서 신 포도즙을 만든다는 뜻 이다.

제38장 가르강튀아는 어떻게 샐러드 속에 들어간 순례자 여섯 명을 먹었는가

낭트 근처의 생 세바스티앵에서 온 여섯 명의 순례자들에게 무슨 일이 일어났는지를 여기서 이야기해야겠다. 그들은 적이 두려워 밤 동안 몸을 피하기 위하여 밭에 있는 완두콩 줄기 아래 양배추와 상추 사이에 숨어 있었다. 가르강튀아는 약간 갈증이 나서 샐러드를 만들 상추가 있는지 물었다. 이 고장에서 가장 크고 훌륭한 상추가 있다는 말을 듣고 (크기가 자두나무나 호두나무만 한 것이었으므로), 직접 가서 자기 손으로 좋아 보이는 것을 따왔다. 이때 잔뜩 겁에 질려 감히 말이나 기침소리도 내지 못한 여섯 명의 순례자들이 함께 잡혀온 것이다.

가르강튀아는 먼저 샘에서 상추를 씻었는데, 순례자들은 자기들끼리 작은 소리로 말을 나누었다. "저자가 무얼 하려는 거지? 이 상추 속에서 익사하게 생겼어. 말을 할까? 아니야, 말을 했다가는 우리를 첩자로 알고 죽일 거야." 그런데 그들이 이렇게 상의하는 동안, 가르강튀아는 집에 있던 시토 수도원의 통[345]만큼이나 커다란 접시에 그들을 상추와 함께 담고, 기름과 식초, 소금을 곁들여 저녁 식사 전에 갈증을 없애

---

[345] 부르고뉴 지방의 시토 수도원의 통은 성 베르나르가 수도원을 설립했을 때부터 있었다고 하는데, 용량이 8만 리터나 되는 것으로 알려져 있었다.

기 위하여 샐러드로 먹으면서 이미 순례자 다섯 명을 삼켜버렸다. 여섯 번째 순례자는 순례 지팡이만 상추 위로 드러낸 채로 몸은 그 아래 숨기고 접시 안에 남아 있었다. 그것을 보고 그랑구지에가 가르강튀아에게 말했다.

"그것은 달팽이 더듬이 같구나. 먹지 말아라.

—왜요? (가르강튀아가 말했다) 이번 달에는 달팽이가 맛이 좋은 데요."

그러고는 순례 지팡이를 잡아당겨 순례자도 같이 들어올려서는 잘 먹어치웠다. 그다음에 엄청난 양의 피노 포도주를 한 모금 들이켜고 다른 사람들과 함께 저녁 식사가 준비되기를 기다렸다.

이렇게 삼켜진 순례자들은 최선을 다해서 맷돌같이 생긴 그의 치아 밖으로 도망치려고 했는데, 자신들이 깊은 지하감옥에 던져졌다고 생각하고 있었다. 그때 가르강튀아가 엄청난 양의 포도주를 마시자, 그들은 그의 입 안에서 익사하는 줄 알았는데, 포도주의 격류가 그들을 그의 위 속의 심연으로 거의 휩쓸어갈 뻔했던 것이다. 하지만 몽생미셸로 가는 순례자들처럼 순례 지팡이를 짚고 도약해서 치아의 가장자리로 가까스로 피신할 수 있었다. 그런데 불행히도 그들 중 하나가 자기들이 안전한지 알아보려고 순례 지팡이를 가지고 그 지역을 더듬다가 충치의 파인 곳을 심하게 후려쳐 아래턱 신경에 강한 충격을 주었다. 이에 가르강튀아는 엄청난 고통을 느꼈고, 참으려 했지만 통증 때문에 화가 치밀어 고함을 지르기 시작했다. 그리고 고통을 진정시키기 위하여 이쑤시개를 가지고 오게 해서는 까마귀 호두나무[346] 있는 데로 나가서 순례자 나리들을 몰아내기 시작했다. 한 사람은 다리, 다른 사람은 어깨, 또 다른 사람은

---

[346] 까마귀만이 깰 수 있는 껍질이 딱딱한 호두가 열리는 나무라는 뜻.

배낭, 또 다른 사람은 돈주머니, 또 다른 사람은 어깨걸이가 걸려 쫓겨났고, 순례 지팡이로 그를 쳤던 가련한 친구는 바지 앞주머니가 걸려버렸다. 그렇지만 이것이 그에게는 행운이었는데, 왜냐하면 이쑤시개가 앙스니를 지날 때부터 그를 괴롭히던 하감성 종기를 뚫어버렸기 때문이다.

이렇게 해서 쫓겨난 순례자들은 새로 만든 포도밭을 빠른 걸음으로 지나 도망쳤고, 가르강튀아의 고통은 진정이 되었다.

그때 저녁 식사 준비가 다 되어 외데몽이 그를 부르러왔다. "나는 (그가 말했다) 불행을 오줌으로 싸버리러 가겠네."

그러고는 엄청난 양의 오줌을 싸는 바람에 순례자들이 가던 길이 오줌 때문에 가로막혀버려서 그들은 관개용 수로를 건너야만 했다. 그곳을 지나 투슈 숲을 따라 길을 가다가 푸르니이예만 빼고는 모두 늑대를 잡으려고 파놓은 함정에 빠져버렸다. 그곳에서 그들은 푸르니이예가 올가미와 밧줄을 모두 잘라준 덕분에 무사히 빠져 나올 수 있었다. 그곳을 벗어나 그들은 그날 밤 나머지 시간을 쿠드레 성 근처의 오두막집에서 보냈다. 그곳에서 그들은 라달레[347]라는 동료가 이 모험은 다윗의 송가[348]에 이미 예언된 것이라고 설명하면서 해준 듣기 좋은 말 덕분에 그들의 불운에 대한 위안을 얻었다.

"*그때에 저희의 노가 우리에 대하여 맹렬하여 우리를 산 채로 삼켰을 것이며*, 이는 우리가 소금 양념이 된 샐러드로 먹혔을 때이고, *그때에 저희의 노의 불길 속에서 물이 우리를 엄몰(淹沒)하며*, 이는 그가 엄청나게 마셨을 때이고, *우리 영혼이 격류를 지났고*, 이는 우리가 넓은

---

347 길 가기에 지친 사람Las d'aller이라는 뜻으로, 순례자에게는 어울리지 않는 이름이다.

348 『구약』「시편」124편을 바탕으로 필요에 따라 성경에 없는 구절이 덧붙여진 것이다. 라블레는 이 에피소드를 통해서 미신에 흐르는 성지순례와 성경을 일상생활에 억지로 적용하여 해석하는 당시의 그릇된 풍습을 조롱하고 있다.

관개용 수로를 지났을 때이고, 아마도 우리 영혼이 견딜 수 없는 물을 건널 수 있었으리라. 이는 그의 오줌이 우리 길을 막았을 때라오. 우리를 저희 이에 주어 씹히지 않게 하신 여호와를 찬송할지로다. 우리 혼이 새가 사냥꾼의 올무에서 벗어남같이 되었나니 이는 우리가 함정에 빠졌을 때를 말하는 것이오. 올무가 끊어지므로, 이는 푸르니이예가 한 것이고, 우리가 벗어났도다. 우리의 도움은……"

제39장 가르강튀아는 수도사를 어떻게 환대했는가, 그리고 저녁 식사 때 그가 들려준 재미있는 이야기

가르강튀아가 식탁에 앉아 첫번째 음식을 먹어치우자, 그랑구지에에 는 자신과 피크로콜 사이에 일어난 전쟁의 계기와 원인에 관해서 이야 기를 시작했다. 장 데 장토뫼르 수도사가 어떻게 수도원의 포도밭 방어 전에서 승리를 거두었는가를 이야기하는 대목에 이르러서, 그의 승리를 카밀루스,[349] 스키피오,[350] 폼페이우스,[351] 카이사르, 테미스토클레스[352]의 전과(戰果)보다 더 높이 찬양했다. 그러자 가르강튀아는 그와 함께 앞 으로 할 일을 상의할 수 있게 즉시 그를 부르러 사람을 보낼 것을 청했 다. 그들의 뜻에 따라 집사장이 그를 모시러 가서 십자가 지팡이를 든 수도사를 그랑구지에의 노새에 태워 신나게 데리고 왔다.

그가 도착하자 그들은 수많은 애정의 표시, 포옹, 인사말을 그에게

---

[349] 골 족을 정벌하고 로마를 구한 영웅.

[350] 2차 포에니 전쟁에서 총독으로 에스파냐 정복에 공을 세웠고, 기원전 202년 카르 타고의 명장 한니발을 격파한 로마의 장군, 정치가.

[351] 에스파냐와 소아시아를 정벌하고, 카이사르, 크라수스와 함께 1차 삼두정치의 집 정관을 지냈다. 파르살리아 전투에서 카이사르에게 패한 후 이집트로 피신했다가 암살당했다.

[352] 살라미스 해전에서 페르시아를 격파한 아테네의 장군, 정치가.

퍼부었다.

"오, 장 수도사, 내 친구, 장 수도사, 내 친한 벗이여. 장 수도사, 제 기랄, 한번 안아보세, 이 친구야!

―나도 한번 안아보자고!

―이리로, 여보게, 자네를 꽉 껴안아야겠네!"

장 수도사 역시 매우 즐거워했다. 그보다 더 사람 좋고 예의바른 사람은 없었다.

"자, 자, (가르강튀아가 말했다) 이쪽 끝, 내 곁에 여기 이 의자에 앉으시오.

―원하신다면 (수도사가 말했다) 그렇게 하겠습니다. 시종아, 물 가져오너라. 부어라, 애야, 부으라고. 물이 내 간을 시원하게 해줄 거야. 목을 헹구게 여기 부어라.

―*제의를 벗고 나서*, (짐나스트가 말했다) 수도복을 벗깁시다.

―오, 하느님 맙소사, (수도사가 말했다) 이 양반아, *교단의 규정에* 그 제안에는 맞지 않는 항목이 있다네.

―똥 같은 소리, (짐나스트가 말했다) 당신네들의 항목이란 똥 같은 거라고. 수도복이 당신 어깨를 내려앉게 만들 테니 벗어버리라구.

―친구, (수도사가 말했다) 나를 내버려두게. 왜냐하면, 정말이지, 나는 그 때문에 더 잘 마신다네. 이 겉옷이 몸을 즐겁게 만들거든. 벗어두면, 내가 쿨렌 성에서 한 번 당했듯이, 이 시종 나리들이 그것으로 양말대님을 만들어버릴 거야. 그렇게 되면 나는 식욕을 잃게 될 거라네. 하지만 이 복장으로 식탁에 앉으면, 나는 하느님께 맹세코 자네와 자네 말을 위해 기꺼이 마실 수 있지. 하느님께서 이 일행을 불행에서 지켜주시기를! 저녁 식사를 하기는 했지만, 그 때문에 내가 덜 먹지는 않을 거요. 나는 성 브누아의 장화처럼 속이 비고, 변호사의 전대처럼 언제나

열려 있는, 잘 다져진 위를 가지고 있으니까 말이오. 모든 물고기 중에서 잉어만 빼고,[353] 메추리의 날개나 수녀의 넓적다리를 드시오. 자지가 딱딱한 채로 죽는 것은 즐겁게 죽는 것 아니겠소? 우리 수도원장님은 거세한 수탉 가슴살을 매우 좋아하신다오.

—그 점에 있어서, (짐나스트가 말했다) 여우는 그렇지 않은 것 같은데, 왜냐하면 여우는 거세한 수탉, 암탉, 병아리를 잡아도 가슴살은 절대 먹지 않으니까 말이오.

—왜 그런가? 수도사가 말했다.

—왜냐하면 (짐나스트가 대답했다) 여우들은 그것을 익혀줄 요리사가 없기 때문이라네. 닭은 적당히 익히지 않으면, 살에 흰색 대신 붉은색이 남게 되지. 고기가 붉다는 것은 충분히 익히지 않았다는 것을 보여주는 거라네. 익히면 추기경 같이[354] 되는 바닷가재와 가재만 빼고 말이야. 바야르 식으로 잔치 났네,[355] 제기랄. 우리 수도원 간호사는 머리가 잘 익지 않은 게로군. 오리나무 사발처럼 눈알이 빨가니 말이야. 이 산토끼 새끼 넓적다리는 통풍 환자에게 좋지요. 그런데 말입죠, 왜 처녀의 넓적다리는 언제나 서늘할까요?

—그 문제는 (가르강튀아가 말했다) 아리스토텔레스나 아프로디시아스 사람 알렉산드로스, 플루타르코스의 책에 나오지 않는다오.

—그것은 (수도사가 말했다) 어떤 장소가 자연적으로 시원해지는 세 가지 이유 때문입니다. 첫째, 물이 그곳을 따라 흐르기 때문이고, 둘

---

353 물고기의 맛있는 부분을 설명하는 '물고기 중에서 잉어만 빼고, 등쪽을 먹고 배 부분을 남겨라'라는 속담의 앞부분을 인용한 것인데, 라블레는 뒷부분을 성적 암시로 대체하고 있다.

354 가재는 익히면 추기경의 법의같이 빨간색으로 변한다는 뜻.

355 바야르 영주였던 피에르 테라유는 용맹하기로 소문이 나서 겁 없고 나무랄 데 없는 기사라는 별명을 얻었는데, 이 욕은 그가 즐겨 쓰던 것이라고 한다.

째, 그곳이 햇빛이 전혀 비치지 않는 그늘지고, 어둡고, 캄캄한 곳이기 때문이고, 셋째는 그곳에는 끊임없이 여성의 구멍과 속옷, 게다가 바지 앞주머니에서 이는 바람이 불기 때문이지요. 자, 즐겁게, 시종아, 마실 것을 다오! 칭, 칭, 칭…… 우리에게 이 좋은 포도주를 주시다니 하느님 께서는 얼마나 선하신 분인가! 하느님께 고백하건대, 예수 그리스도의 시절에 살았더라면, 저는 유대인들이 그분을 감람나무 동산으로 끌고 가는 것을 막았을 겁니다. 착하신 스승을 곤경 속에 남겨둔 채 저녁 식사 를 잘 하고 그토록 비겁하게 도망을 쳐버린 사도 나리들의 오금을 제가 끊어버리지 못했다면, 악마가 나를 잡아가도 좋습니다. 저는 칼을 써야 할 때 도망치는 사람을 독약보다도 더 싫어하니까요. 아! 왜 나는 팔십 년이나 1백 년 동안 프랑스의 왕 노릇을 하지 못한단 말인가! 제기랄, 그랬더라면 파비아 전투[356]에서 도망친 작자들을 귀와 꼬리를 자른 개처 럼 만들어버렸을 텐데! 사일열[357]에나 걸려버려라. 왜 그들은 선하신 군 주를 곤경 속에 남겨두기 전에 차라리 죽지 못했던 것입니까? 싸우다가 장렬하게 전사하는 편이 도망쳐서 비열하게 사는 것보다 더 낫고 명예 롭지 않은가요?…… 우리는 금년에 거위새끼를 별로 먹지 못할 겁니 다…… 아, 내 친구, 돼지고기를 좀 주게. 제기랄! 포도주가 더 없네. *이새의 줄기에서 싹이 나며.*[358] 나는 인생을 포기해야겠네, 목말라 죽겠 어…… 이 포도주는 나쁘지 않은데. 파리에서는 어떤 포도주를 마셨습 니까? 제가 그곳에서 여섯 달 넘게 식당문을 열어두고서, 오는 사람들

---

356 프랑스 국왕 프랑수아 1세는 1525년 파비아 전투에서 카를 5세에게 패해 에스파 냐에 포로로 잡힌 적이 있다.

357 나흘에 한 번씩 열이 나는 열병.

358 『구약』 「이사야」 11장 1절. 라틴어로 된 이 성경 구절 'germinavit Jesse'은 다음에 오는 '인생을 포기하다'와 '목마르다'는 뜻의 프랑스어 문장 'Je renye ma vie, j'ai sé(j'ai soif)'와 거의 발음이 같다.

을 모두 대접했던 적이 있었지요. 그게 사실이 아니라면 악마에게 잡혀 가도 좋습니다. 고지 바루아 지방[359] 출신의 클로드 형제를 아십니까? 아주 좋은 동료였지요. 하지만 무슨 파리가 그를 쏜 것일까요? 언제부터인지 모르겠지만 그는 공부만 한답니다. 저로 말하자면 공부는 조금도 하지 않지요. 우리 수도원에서는 유행성 이하선염에 걸릴까 봐 겁이 나서 공부를 전혀 하지 않는답니다. 돌아가신 신부님께서는 유식한 수도사를 보는 것은 끔찍한 일이라고 말씀하시곤 했지요. 제발, 내 친구여, *가장 위대한 성직자들이 가장 지혜로운 자들은 아니로다.*[360] 금년처럼 산토끼를 많이 본 적이 없습니다.[361] 참매 암컷이나 수컷을 구할 수가 없었지요. 라 벨로니에르의 영주님은 익더귀[362] 한 마리를 주시겠다고 약속하셨지만, 얼마 전에 그놈이 숨이 찬 병에 걸렸다고 편지를 보내오셨어요. 이제는 메추리가 우리 귀를 뜯어먹게 생겼어요. 저는 새그물을 쓰는 것은 좋아하지 않지요. 감기에 걸리거든요.[363] 달리고, 활개를 치지 못하면, 몸이 편치가 않습니다. 울타리와 덤불을 뛰어넘다 보면 겉옷의 털이 거기에 남게 되는 것은 사실이지요. 쓸 만한 사냥개를 한 마리 구했답니다. 만일 산토끼가 그놈에게서 도망칠 수 있다면 악마에게 잡혀 가도 좋습니다. 어떤 하인놈이 그 개를 모레브리에[364] 나리에게 데려갔는데, 제가 **빼앗아왔지요.** 제가 나쁜 짓을 한 겁니까?

---

359 예전에 로렌과 샹파뉴 사이에 있던 지방 이름.

360 당시 교계에서 통용되던 경구.

361 수도사들의 밀렵을 암시한 것이고, 또 비겁한 자들이 많다는 뜻으로 해석할 수도 있다.

362 새매의 수컷으로 참매보다 하급으로 친다.

363 새그물로 메추리를 잡으려면 꼼짝 않고 기다려야 하므로 몸이 굳는다는 뜻.

364 나쁜 사냥개Mauvais lévrier라는 뜻의 말장난. 라블레가 『제4서』 서문에 절름발이 몰르브리에라고 언급한 것으로 보아 다음에 나오는 절름발이는 그를 가리키는 것으로 보인다.

—아닐세, 장 수도사 (짐나스트가 말했다) 아니라니까, 모든 악마들을 두고 말이지만, 아니고말고.

　—그렇다면 (수도사가 말했다) 아직 남아 있는 악마들을 위해 건배합시다. 제기랄! 그 절름발이가 무얼 하려고 했던 거지? 맙소사! 소를 한 쌍 선물하는 편이 그를 더 기쁘게 할 텐데!

　—뭐라고? (포노크라트가 말했다) 장 수도사, 당신 지금 욕하는 거요?

　—(수도사가 말했다) 내 말을 장식하기 위해서라네. 이것들은 키케로[365]의 수사학에서 쓰는 채색(彩色)이거든.”

---

365 웅변술의 대가였던 키케로는 물론 그의 연설의 끝을 욕설로 장식하지 않았다.

제40장 왜 수도사들은 사람들로부터 외면당하는가, 그리고 왜 어떤 수도사들은 다른 사람들보다 더 큰 코를 가졌는가

"기독교인의 신앙을 걸고 말인데, (외데몽이 말했다) 이 수도사의 사람 좋고 예의바른 모습을 보면 깊은 생각에 잠기게 됩니다. 그는 여기서 우리 모두를 즐겁게 해주었으니까요. 그러면 도대체 왜 사람들은 수도사들을 좌흥을 깨는 자들이라고 부르며, 마치 꿀벌이 벌통 근처에서 무늬말벌을 내쫓듯이, 모든 좋은 사교모임에 그들을 배척하는 것일까요?

"*게으른 무늬말벌 떼들을*
(*마로*[366]*가 말하기를*)
그들은 자신들의 거처에서 몰아낸다."

이에 대해서 가르강튀아가 대답했다.
"케키아스라고 부르는 북동풍이 구름을 모으듯이,[367] 수도사의 겉옷과 소매 없는 외투가 세상의 치욕과 욕설, 저주를 불러온다는 것보다

---

366 베르길리우스 마로의 『농경시』 4장 168행에 나오는 구절.
367 아울루스 겔리우스의 『아티카의 밤』 2장 22절에 나오는 이야기.

자명한 사실은 없소. 그 결정적인 이유는 그들이 세상 사람들의 똥, 다시 말해서 죄악을 먹기 때문이라오. 그리고 그들이 똥을 먹는 자들이므로, 집에서 변소를 떼어놓듯이 사교모임에서 배제시켜 그들을 변소에, 그것은 그들의 수도원을 말하는 것인데, 버려두는 것이오. 여러분이 집 안에서 원숭이가 왜 조롱을 당하고 시달림을 받는지 이해한다면, 왜 사람들이 젊건 늙었건 간에 수도사들을 피하는지 이해할 수 있을 거요. 원숭이는 개처럼 집을 지키지 못하고, 소처럼 쟁기를 끌지 못하고, 암양처럼 젖이나 털을 생산하지도 못하고, 말처럼 짐을 운반하지도 못한다오. 원숭이가 하는 짓이라고는 똥칠하고, 모든 것을 망가뜨리는 것뿐이기 때문에 모든 사람들로부터 조롱을 당하고 몽둥이로 얻어맞는 거요. 마찬가지로, 그들은 (무위도식하는 수도사들을 두고 하는 말인데) 농부처럼 경작하지 않고, 군인처럼 나라를 지키지도 않고, 의사처럼 병자들을 고치지도 않고, 복음주의 신학자와 교사처럼 설교를 하거나 세상 사람들을 교육시키지도 않고, 상인처럼 편의품과 국가에 필요한 물건들을 제공하지도 않소. 이 때문에 모든 사람들이 그들에게 야유를 보내고, 몹시 싫어하는 것이라오.

　—과연 그렇지. (그랑구지에가 말했다) 하지만 그들은 우리를 위해서 하느님께 기도를 드리기는 하지.

　—기도는 거의 하지도 않지요. (가르강튀아가 대답했다) 종을 마구 쳐서 이웃사람들을 성가시게 하기는 하지만 말입니다.

　—정말 그렇지요. (수도사가 말했다) 미사와 새벽기도, 저녁기도는 종만 잘 치면 절반은 한 것이니까요.

　—그들은 성자전과 그들이 전혀 이해 못 하는 시편들을 웅얼대고, 아무 생각 없이 아무것도 이해하지 못하며 긴 *아베 마리아* 찬송을 비계 섞듯 집어넣어 많은 기도문을 지껄여댑니다. 저는 이것을 기도가 아니

라 하느님에 대한 조롱이라고 부르겠습니다. 하지만 만일 그들이 큰 빵과 기름진 수프를 잃는 것이 겁이 나서가 아니라 진심으로 우리를 위해 기도한다면, 그들에게 하느님의 가호가 있으시기를. 모든 진정한 기독교인들은 어떤 신분이든, 시간과 장소를 가리지 않고 하느님께 기도를 드립니다. 그러면 성령이 임하여 그들을 위해서 중재하고, 하느님께서 그들에게 은총을 베풀어주시는 것이지요. 지금 여기에 있는 우리의 착한 형제 장 수도사가 그런 사람입니다. 누구나 그와 함께 있기를 원합니다. 그는 전혀 편협한 신앙심을 갖고 있지 않고, 누더기를 걸치지 않고, 성실하고, 쾌활하며, 결단력이 있고, 좋은 동료입니다. 그는 일하고, 수고하고, 박해받는 자들을 보호하고, 상심한 자들을 위로하고, 고통받는 자들을 도와주고, 수도원의 포도밭을 지켰습니다.

―저는 더 많은 일을 하지요. (수도사가 말했다) 왜냐하면 합창대석에서 우리의 새벽기도와 추모예배를 서둘러 해치우고, 강철 활의 줄을 꼬고, 화살을 손질하고, 토끼를 잡을 그물과 올가미를 만드니까요. 저는 결코 무위도식하지 않습니다. 자, 여기, 마실 것을! 여기 마실 것을 다오! 과일을 가져오너라. 이것은 에트로크산 밤이로구나. 좋은 새 포도주와 같이 먹으면 여러분은 방귀[368]를 잘 주관할 수 있어요. 아직도 여기 여러분은 얼굴이 펴지지 않았군요. 맹세코, 성직 재판관[369]의 말처럼 물통 있는 곳마다 서서 한 잔씩 마시겠어요."

짐나스트가 그에게 말했다.

"장 수도사, 코에 매달린 콧물을 좀 떼게나.

―하! 하! (수도사가 말했다) 코까지 물에 잠겨 익사할 염려가 있

---

368 발음이 같은 방귀pets와 평화paix를 이용한 말장난.
369 주교구 재판소의 재판관들은 소송 당사자들에게 양다리를 걸치고 뇌물을 받았다고 한다.

나? 아니야, 아니라구. 왜냐? 왜냐하면 콧물은 코에서 나오지만 다시 들어가는 법은 없거든. 코는 포도주로 해독 처리가 잘 되어 있으니까. 오, 친구, 이런 가죽으로 된 겨울 장화가 있다면 굴을 아무 걱정 없이 캘 수 있을 거요. 물이 전혀 스며들지 않을 테니 말이오.

　　─무슨 이유로 (가르강튀아가 말했다) 장 수도사는 이렇게 멋진 코를 가지게 된 걸까요?

　　─왜냐하면 (그랑구지에가 대답했다) 하느님께서 그렇게 원하셨기 때문이지. 하느님은 그분의 신성한 뜻에 따라 도기 장수가 항아리를 빚듯이 우리를 목적에 맞게 이런 모습으로 만드셨으니까.

　　─왜냐하면 (포노크라트가 말했다) 코 시장에 제일 먼저 갔기 때문이지요. 그는 가장 멋지고 큰 코들 중에서 하나를 고른 거랍니다.

　　─이랴, 앞으로! (수도사가 말했다) 진정한 수도원의 철학에 따르면, 그 이유는 제 유모의 젖통이 물렀기 때문이지요. 젖을 먹으면서 제 코가 버터 속에 들어가듯이 그 속에 파묻혀서 반죽통 속의 반죽처럼 커졌지요. 유모의 딱딱한 젖통은 아이를 납작코로 만들지요. 그러나, 기운을 냅시다요, 기운을 내! *코의 모양으로 누구를 향하여 일어섰는지 알 수 있도다……*[370] 나는 절대로 과일 설탕 졸임을 먹지 않아요. 시종아, 마실 것을! 그리고 구운 고기도 함께!"

---

370 『구약』 「시편」 123편 1절 "내가 눈을 들어 주께 향하나이다"를 우스꽝스럽게 바꾸어놓은 것인데, 코에 비유한 남성 성기가 발기한 모습을 암시하는 것으로 해석할 수 있다.

제41장 수도사가 어떻게 가르강튀아를 잠재웠는가, 그리고 그의 기도서와 성무일과서에 관해서

저녁 식사를 끝내고 나서, 그들은 절박한 사태에 관해서 논의했고, 자정쯤에 적들의 파수와 경비 태세를 알아보기 위하여 척후에 나서기로 결정했다. 그 사이에는 원기를 되찾을 수 있게 조금 쉬기로 했다. 그런 데 가르강튀아는 아무리 해도 잠을 이룰 수 없었다. 이것을 보고 수도사 가 말했다.

"저는 설교를 듣거나 하느님께 기도를 드릴 때 말고는 편하게 잠을 잘 자지 못합니다. 그러니 곧 잠이 드는지 아닌지를 보기 위하여 저와 함께 일곱 시편[371]을 읽으실 것을 전하께 청합니다."

그 제안이 가르강튀아의 마음에 들어 첫번째 시편을 읽기 시작했 고, 복이 있도다[372]라는 대목에 이르러 둘 다 잠이 들어버렸다. 그렇지 만 수도사는 자정 전에 어김없이 잠에서 깼다. 그만큼 그는 수도원의 새 벽기도 시간에 익숙해 있었던 것이다. 잠이 깨자 그는 큰 소리로 노래를 부르며 다른 사람들을 깨웠다.

---

371 『구약』의 「회개 시편」(6, 32, 38, 51, 102, 130, 143편)을 가리킨다.
372 라틴어 성경의 「시편」 32편 2절 첫 대목 "~하는 자는 복이 있도다Beati quorum" 를 가리킨다.

호, 르뇨야, 잠에서 깨거라, 깨어 있거라.

오, 르뇨야, 잠에서 깨거라.[373]

모두 일어나자 그가 말했다.

"여러분, 새벽기도는 기침하는 것[374]으로 시작하고, 저녁 식사는 술 마시는 것으로 시작한다고 합니다. 거꾸로 해봅시다. 이제 새벽기도를 술 마시는 것으로 시작하고, 저녁 식사를 하기 전에 누가 기침을 더 잘 하나 내기해보도록 합시다."

이 말에 가르강튀아가 대답했다.

"자고 나서 곧 술을 마시는 것은 의학의 식이요법에 맞지 않는 일이오. 먼저 위에서 노폐물과 배설물을 제거해야 하는 법이라오.

—아주 의학적인 말씀이로군요. (수도사가 말했다) 오래 사는 의사보다 오래 사는 술꾼이 더 많지 않다면, 백 마리 악마들이 제 몸에 달려들어도 좋아요. 저는 식욕과 계약을 맺었는데, 이에 따라 그것은 언제나 저와 함께 잠자리에 들고, 낮 동안은 제가 정해준 순서를 따르며, 또 저와 함께 일어나지요. 원하시는 만큼 사냥용 환약[375]을 써서 토하도록 하십시오. 저는 식욕을 돋우는 토사제를 쫓아 가겠습니다.

—어떤 토사제를 (가르강튀아가 말했다) 말하는 거요?

—제 성무일과서지요. (수도사가 말했다) 매 사냥꾼들이 새에게 먹이를 주기 전에 뇌에서 체액을 배출시키고 식욕이 생기도록 하기 위해

---

373 중세에 유행했던 노래의 후렴.

374 목청을 가다듬기 위해서라는 뜻.

375 사냥에서 쓰는 용어. 사냥에 쓰는 매가 토하게 만들기 위하여 삼 부스러기나 솜을 뭉쳐 먹였다.

닭발을 토하게 만들듯이, 저는 새벽에 작고 즐거운 성무일과서를 읽으면 가슴이 후련해지고 마실 준비가 된답니다.

—무슨 용도에 (가르강튀아가 말했다) 그대는 그 멋진 기도서를 사용하는 거요?

—페캉[376] 식으로지요. (수도사가 말했다) 세 편의 시편과 세 가지 일과를 읽거나[377] 원하지 않는 자는 전혀 하지 않는 거지요. 저는 결코 성무일과에 예속되지 않습니다. 성무일과는 사람을 위하여 만들어진 것이지 사람이 성무일과를 위해 만들어진 것은 아니니까요.[378] 이 때문에 저는 등자끈을 조정하듯이 그것을 제 마음대로 하지요. *짧은 기도는 하늘나라로 들어가고 긴 음주는 술잔을 비운다.*[379] 이것이 어디에 씌어 있더라?

—정말이지, (포노크라트가 말했다) 나도 모르겠네, 이 불알이 꽉 찬 친구야. 자네 정말 물건이로군그래!

—그 점에서는 (수도사가 말했다) 나는 자네를 닮았지. 그렇지만 *술 마시러 오라.*[380]

많은 양의 구운 고기와 빵을 넣은 훌륭한 수프가 차려지자, 수도사는 마음껏 마셨다. 어떤 사람들은 그를 따라했지만, 다른 사람들은 삼갔다. 그러고 나서 각자 무장을 하고 장비를 갖추고는 억지로 수도사를 무장시켰다. 그는 십자가 지팡이를 손에 들고, 위를 보호하기 위하여 수도

---

376 페캉에 있던 베네딕트 수도회 소속의 수도원.

377 성무일과를 단축해서 시행하는 것을 뜻한다. 보통 새벽기도는 「시편」 12편과 세 가지 일과를 읽는 것으로 되어 있다.

378 『신약』「마가복음」 2장 27절 ("안식일은 사람을 위하여 있는 것이요 사람이 안식일을 위하여 있는 것이 아니니")에 대한 암시이다.

379 수도원에서 사용하던 재담으로, 에라스무스가 제일 먼저 사용했다고 한다.

380 새벽기도에서 사용하는 '경배하러 오라Venite adoremus'라는 표현을 '술 마시러 오라Venite apotemus'로 바꾼 말장난.

복을 입는 것 외에 다른 무장을 하기를 원하지 않았기 때문이다. 그렇지만 그들은 자기들 뜻대로 그를 머리에서 발끝까지 무장을 시켜 왕국의 말³⁸¹에 태우고 옆구리에 굵고 짧은 칼을 차게 했다. 가르강튀아, 포노크라트, 짐나스트, 외데몽, 그리고 그랑구지에 궁정에서 가장 용감한 스물다섯 명의 전사들은 단단히 무장을 갖추고, 손에는 긴 창을 들고, 성 조르주³⁸²처럼 말에 올랐는데, 각자 말 엉덩이에는 화승총 사격수를 태웠다.

---

381 이탈리아의 속담으로, (나폴리) 왕국의 말은 당시 유명했다고 한다.
382 용을 물리친 용사로 알려져 있는 전설상의 성자.

제42장 수도사는 어떻게 동료들을 격려했는가, 그리고 그가 어떻게 나무에 매달렸는가

고귀한 기사들은 이제 무시무시한 대결전의 날이 밝으면, 공격에 가담해야 할 때와 방어해야 할 때를 잘 가려 행동하기로 굳은 각오를 다지며 모험을 향해서 길을 떠났다. 수도사는 그들에게 다음과 같이 말하면서 격려했다.

"여러분, 겁내거나 주저하지 마시오. 내가 여러분들을 안전하게 인도하겠소. 하느님과 성 브누아가 우리와 함께 하시기를! 만일 내게 용기만큼 힘이 있다면, 맹세코, 오리 깃털을 뽑듯이 그들의 껍데기를 벗길 것이오. 대포 외에는 무서운 것이 없다오. 그래도 나는 우리 수도원의 성물 담당 부책임자가 가르쳐준 모든 화기의 구멍으로부터 사람을 지켜준다는 기도를 알고는 있소. 하지만 그 기도를 전혀 믿지 않으므로 그것이 내게 아무 도움이 되지 않을 거요. 그렇지만 내 지팡이는 악마같이 놀라운 일을 행할 것이오. 정말이지, 만일 여러분들 중에서 누가 암오리처럼 굴려고 한다면,[383] 그를 나 대신 수도사로 만들어 내 수도복으로 무장하도록 만들 것이오. 그렇게 하지 못할 바에는 차라리 악마에게 잡혀

---

383 비겁하게 전쟁터에서 도망친다는 뜻.

가겠소. 이 옷은 사람들의 비겁함을 고치게 만들지요. 여러분은 들판에서 사냥하는 데 아무짝에도 쓸모가 없던 뇌를 나리의 사냥개 이야기를 들은 적이 있소? 그는 개 목에 수도복을 걸치게 했지요. 하느님 맙소사, 그랬더니 그 개에게서 벗어난 산토끼나 여우가 없었을 뿐더러, 또한 그전에는 기가 쇠하고, *불감증과 발기 불능*[384]이던 그 개가 그 고장의 모든 암캐들을 차지해버렸다오."

수도사는 열을 내며 이렇게 말하면서 솔레 쪽으로 가는 길에 호두나무 아래를 지나다가 호두나무의 굵은 가지가 부러진 곳에 그의 투구 면갑이 걸려버렸다. 그런데도 그가 의기양양하게 박차를 가하자, 간지럼을 잘 타는 그의 말이 앞으로 뛰어오르는 바람에 가지에 걸린 면갑을 빼려고 고삐를 놓고 있던 수도사는 손으로 나뭇가지를 붙잡은 채 매달리게 되었다. 그 사이에 말은 그의 밑을 지나가버렸다. 이렇게 되자 수도사는 사람 죽는다고 고함을 지르며 도움을 청했고, 한편으로는 배신당했다고 분개하면서 호두나무에 매달려 있었다.

외데몽이 제일 먼저 이 광경을 목격하고 가르강튀아를 불렀다. "전하, 오셔서 매달린 압살롬[385]을 보시지요!" 가르강튀아는 그곳에 가서 수도사의 자세와 그가 매달린 모습을 보고 외데몽에게 말했다.

"자네가 그를 압살롬과 비교한 것은 잘못 지적한 것이네. 압살롬은 머리카락으로 매달렸는데, 수도사는 머리를 밀어버려서 귀로 매달렸으니 말일세.

—도와주십시오, (수도사가 말했다) 제발! 지금 수다를 떨고 있을

---

384 교황령집에서 요술에 의하여 불감증과 발기 불능에 빠진 사람들에 관한 전례법규의 제목.

385 『구약』「사무엘하」 18장에 다윗을 죽이려던 압살롬이 상수리나무 아래를 지나가던 중 머리털이 걸려 공중에 매달렸다가 요압에 의해서 죽임을 당한 이야기가 나온다.

때입니까? 제가 보기에 여러분은 교황칙령에 따르는 설교자들 같습니다. 그들은 자기 이웃이 죽음의 위험에 처한 것을 보게 될 때 위반하면 삼중의 파문을 당하는 벌을 받는다는 처벌 조항 때문에 그를 돕는 대신에 고해를 하고 은총을 받도록 훈계해야 한다고 말합니다. 그래서 저도 그들이 강물에 빠져 죽게 된 것을 보게 되면, 그들을 구하러 가서 손을 내미는 대신에 세상에 대한 경멸과 세월의 무상함에 대해서 멋지고 긴 설교를 해주고, 죽어서 뻣뻣해지면 건지러 갈 것입니다.

─움직이지 말게, (짐나스트가 말했다) 내 귀여운 친구. 내가 구해주러 가겠네, 자네는 귀여운 꼬마 수도사니까 말이야.

수도원 안에서 수도사는
달걀 두 개의 가치도 없다네.
하지만 밖에 나오게 되면,
충분히 서른 개의 가치가 있다네.

"나는 목 매달린 자들을 오백 명도 더 보았지만, 매달려서 이보다 더 우아한 자세를 보인 사람은 일찍이 없었다네. 나도 이처럼 멋진 자세를 취할 수 있다면 평생 동안 이렇게 매달려 있고 싶군.

─설교를 곧 끝낼 거요? (수도사가 말했다) 제발 하느님을 위해 나를 도와주게, 자네는 다른 자[386]를 위해서는 하려 하지 않을 테니까. 내가 걸치고 있는 옷을 걸고 말인데, 자네는 정해진 장소와 때에 이르러 뉘우치게 될 거야."

그러자 짐나스트는 말에서 내려 호두나무에 기어올라가 한 손으로

---

386 악마를 가리킨다.

갑옷 겨드랑이를 잡아 수도사를 들어올리고, 다른 손으로는 나뭇가지에 걸린 면갑을 벗긴 다음 수도사를 땅바닥에 내려놓고 자신도 내려왔다.

땅에 내려지자, 수도사는 갑옷 전부를 벗어버리고 한 조각씩 차례로 들판에 던져버렸다. 그러고는 십자가 지팡이를 집고 외데몽이 도망치는 것을 붙잡아왔던 말에 다시 올라탔다.

그리고 나서 그들은 신나게 솔레 쪽으로 계속 길을 갔다.

제43장 피크로콜의 정찰대가 어떻게 가르강튀아와 마주쳤는가, 그리고 수도사가 어떻게 티라방 대장을 죽이고 자신은 적에게 포로가 되었는가

트리페가 배가 갈려 죽었을 때 이를 보고 패주한 무리들의 보고에서 악마들이 자기 부하들에게 달려들었다는 이야기를 듣고, 피크로콜은 격한 분노에 사로잡혀 밤새도록 군사회의를 열었다. 그 회의에서 아티보[387]와 투크디용은 왕의 위세가 워낙 대단해서 지옥의 모든 악마들이 몰려오더라도 격퇴시킬 수 있을 것이라고 단언했다. 그러나 그런 일이 일어나리라고는 피크로콜은 생각도 하지 않았으므로 경계를 하지 않았다.

그래도 그는 티라방 백작[388]의 지휘 아래 지역을 정찰하도록 1천6백 명의 경기병들을 정찰대로 파견했다. 그들은 모두 성수[389]를 몸에 뿌리고 어깨에 두르는 스카프에 별 모양의 휘장을 달았다. 이는 혹시 악마들을 만나게 될 때 그레구아르 성수와 별의 효력으로 그것들이 형체를 잃고 사라지도록 하기 위해서였다. 그러고는 보기용 성과 말라드레 수용

---

387 조생종 포도나무 품종의 이름. 심사숙고하지 않고 성급하게 결론을 내리는 인물을 가리킨다.
388 전투가 시작되기 전에 도망가는 자라는 뜻의 우스꽝스러운 이름.
389 성 그레구아르의 공식에 따라 물과 포도주, 재를 섞어 만드는데, 더럽혀진 교회를 정화하는 데 사용했다고 한다.

소[390] 쪽으로 달려갔지만, 물어볼 만한 사람을 아무도 만나지 못했다. 그러다가 언덕을 넘어 쿠드레 성 근처에 있는 목동들의 오두막에 이르렀을 때 다섯 명의 순례자[391]들을 발견하게 되었다. 그들은 순례자들의 탄식과 애걸, 사정에도 불구하고 밀정을 다루듯이 밧줄로 결박하고 엮어서 데리고 갔다. 그곳에서 쇠이예 쪽으로 내려갔는데, 그들이 행군하는 소리가 가르강튀아의 귀에 들렸다. 그는 자기 부하들에게 말했다.

"동료들이여, 여기서 전투가 벌어질 텐데, 저들이 우리보다 수가 열 배 이상 많소. 우리가 저들을 공격해야겠소?

—그것 말고 도대체 할 일이 무엇이 있단 말입니까? (수도사가 말했다) 전하께서는 사람들을 용기와 대담성 대신에 수로써 판단하십니까?" 그러고는 "쳐부수자, 악마같이, 쳐부수자구!"라고 외쳤다.

이 고함소리를 듣고, 적들은 그들이 진짜 악마들이라고 확신하고서 티라방을 빼고는 모두 전속력으로 도망치기 시작했다. 그는 긴 창을 갑옷 받침대에 대고 수도사의 가슴 한복판을 향하여 있는 힘을 다해서 일격을 가했다. 그러나 무시무시한 수도복과 부딪쳐 마치 여러분이 작은 양초로 모루를 친 것처럼 창끝의 쇠가 무디어지고 말았다. 이때 수도사가 십자가 지팡이로 그의 목과 목덜미 사이 견갑골의 돌기부분에 치명적 일격을 가하자, 그는 감각과 운동 기능을 잃고 말 아래로 떨어졌다. 그가 어깨에 두른 스카프에 별 모양을 붙인 것을 보고 수도사는 가르강튀아에게 말했다.

"이놈들은 사제[392]에 불과하군요. 사제는 수도사의 첫 단계에 지나

---

390 쉬농 근처에 있던 옛 나병 환자 수용소.

391 제38장에서는 여섯 명으로 되어 있었다.

392 주교, 신부 등의 재속 성직자clergé séculier와 수도원에서 생활하는 수도 성직자 clergé régulier 사이의 경쟁관계를 암시한다.

지 않지요. 성 요한을 두고 말하지만, 나는 완벽한 수도사이니까 너희들을 파리떼처럼 죽여주마.

그러고는 전속력으로 뒤쫓아가 맨 뒤에 처진 자들을 따라잡고는 호밀 타작하듯이 좌충우돌하며 후려쳤다.

그때 짐나스트는 가르강튀아에게 적들을 추격할 것인지 물었다. 이에 가르강튀아는 다음과 같이 답했다.

"결코 그래서는 안 되오. 진정한 병법에 따르면, 적을 절망으로 몰아넣어서는 안 되는 법이거든. 왜냐하면 그런 절박한 처지가 기가 꺾이고 기력이 쇠한 적에게 힘을 내고 용기를 갖게 만들기 때문이오. 그래서 얼이 빠지고 탈진한 자들에게는 어떤 구원의 희망도 갖지 못하게 되는 것보다 더 나은 구원의 가능성은 없다오. 이성적으로 자족하지 못하고, 패전의 소식을 전할 단 한 사람도 남기지 않고 적을 몰살해 완전히 궤멸시키려다가, 얼마나 많은 승리가 패자들에 의해 승자들의 손에서 탈취당했던가! 적에게 언제나 모든 문과 길을 열어주고, 차라리 그들을 돌려보내기 위해 은으로 된 다리[393]를 만들어주도록 하시오.

―정말 그렇군요. (짐나스트가 말했다) 하지만 수도사가 그들과 함께 있습니다.

―그들이 수도사를 잡았다고? (가르강튀아가 말했다) 내 명예를 걸고 말이지만, 그들은 곤욕을 치를 거요. 그래도 모든 가능성에 대비할 수 있도록, 아직 철수하지는 말고 조용히 기다려보기로 합시다. 나는 적의 전략을 충분히 알았다고 생각하오. 그들은 이성적 판단 대신에 우연에 자신을 내맡기고 있소."

그들이 이렇게 호두나무 아래에서 쉬고 있는 동안, 수도사는 그에

---

[393] 에라스무스의 『경구집』 8장 14절에서 아라공의 알폰소 왕이 이와 비슷한 이야기를 한다.

게 걸리는 모든 자들을 하나도 용서하는 법 없이 공격을 가하며, 추격을 계속하다가 말 엉덩이에 불쌍한 순례자들 중 하나를 태우고 있는 기사와 마주쳤다. 이때 그를 공격하려 하자 순례자가 외쳤다.

"아, 수도원장님, 내 친구, 수도원장님, 저를 구해주세요. 부탁입니다."

이 말을 듣고, 적들은 뒤를 돌아보았는데, 이 소동을 벌이고 있는 것이 수도사 한 사람뿐이라는 것을 알게 되자 당나귀에 장작을 싣듯이 그를 두들겨팼다. 하지만 그는 아무런 고통도 느끼지 못했고, 특히 그들이 수도복 위를 가격할 때는 더욱 그러했다. 그만큼 그의 피부가 단단했던 것이다. 그리고 나서 그들은 두 명의 궁수에게 그를 넘겨주어 지키도록 하고, 고삐를 돌려 대항하려는 자가 아무도 없는 것을 보고는 가르강튀아가 자기 부하들과 도망친 것으로 판단했다. 그래서 그곳에 수도사와 함께 두 명의 궁수를 경비병으로 남겨둔 채 호두나무 숲이 있는 계곡을 향하여 신속하게 달려가 가르강튀아의 무리를 따라잡았다.

가르강튀아는 말발굽 소리와 말 우는 소리를 듣고 부하들에게 말했다.

"동료들이여, 우리 적들의 행군 소리가 들리는구려. 벌써 떼를 지어 몰려오는 적들 중 몇몇이 눈에 띄는군그래. 여기 다시 집결하여 대열을 갖추고 전진합시다. 이렇게 하면 그들에게 피해를 주면서 명예롭게 대적할 수 있을 거요."

제44장 수도사는 어떻게 경비병들에게게서 벗어났는가, 그리고 피크로콜의 정찰대가 어떻게 격파당했는가

수도사는 그들이 이렇게 무질서하게 떠나는 것을 보고, 그들이 가르강튀아와 그 부하들을 공격하려는 것으로 짐작하고, 도울 수 없게 된 것을 몹시 애석해했다. 그러고는 자신을 지키는 두 명의 궁수들의 태도로 보아 그들이 무엇이라도 좀 챙기려고 부대를 뒤쫓아가고 싶어한다는 것을 알아차렸다. 그들은 부대가 내려가고 있는 계곡 쪽을 줄곧 바라보고 있었던 것이다. 그래서 그는 다음과 같이 추론을 했다.

"여기 이자들은 군대생활의 경험이 별로 없구나. 내게 도망치지 않는다는 서약을 요구하지도 않고, 칼도 빼앗지 않았으니 말이야."

그리고 나서 갑자기 앞서 말한 칼을 뽑아 오른쪽에서 그를 붙들고 있던 궁수를 내리쳐 목의 경정맥과 경동맥을 목젖과 함께 편도선 있는 데까지 완전히 절단하고, 칼을 뽑으며 두번째와 세번째 척추뼈 사이에 척골의 골수가 드러나게 만들었다. 그러자 그 궁수는 죽어 넘어졌다. 그러고는 수도사는 말을 왼쪽으로 돌려 다른 궁수에게 돌진했는데, 그는 동료가 살해당하고 수도사가 유리한 상황에서 자기에게 덤벼드는 것을 보자 큰 소리로 외쳤다.

"아, 수도원장님, 항복하겠어요! 수도원장님, 좋은 친구여, 수도원장님!"

그러자 수도사도 똑같이 외쳤다.

"말자(末者) 나리,[394] 내 친구, 말자 나리, 엉덩이에 불이 날 거야.

—아! (궁수가 말했다) 수도원장님, 귀여운 사람, 수도원장님, 하느님께서 당신을 신부로 만들어주시기를!

—내가 걸치고 있는 옷을 걸고 말인데, (수도사가 말했다) 나는 너를 지금 추기경[395]으로 만들어주겠다. 너는 성직자들에게 강제로 돈을 요구하려는가? 지금 내 손으로 붉은 관을 쓰게 될 거야."

그러자 궁수가 외쳤다.

"수도원장님, 수도원장님, 미래의 신부님, 추기경님, 무엇이든 될 수 있는 분! 아! 아! 아이고! 안 돼요. 수도원장님, 착하신 수도원장 나리, 당신께 항복하겠어요.

—그러면, (수도사가 말했다) 나는 너를 모든 악마들에게 보내주지."

그러고는 단칼에 머리를 잘랐는데, 그의 일격에 측두부 상부의 두개골이 갈라져 양쪽의 두정골과 시상 봉합부, 그리고 전두골 상당 부분이 떨어져나갔다. 또한 양쪽 뇌막이 절개되어 양쪽 뇌실의 후면부가 깊이 벌어졌다. 그리고 두개골은 어깨 위로 두개골막에 의하여 뒤로 젖혀진 채 겉은 검고 속은 빨간 박사모 모양[396]으로 매달려 있었다. 이렇게 즉사한 그는 땅바닥에 거꾸러졌다.

그러고 나서 수도사는 말에 박차를 가해서 적들이 진군했던 길을 따라 달렸다. 적들은 가르강튀아와 그의 동료들을 큰길에서 마주쳤다

---

394 라틴어의 상급자prior와 말단posterior을 가리키는 형용사를 수도원장prieur과 엉덩이postérieur에 결부시킨 말장난. 경비병은 수도사에게 아부해 목숨을 구하려고 그를 수도원장이라고 부른다.

395 추기경의 붉은 예복처럼 머리를 잘라 피로 붉게 만들겠다는 뜻.

396 당시에는 박사모가 둥근 모양이었다고 한다.

가, 큰 나무를 든 가르강튀아가 짐나스트, 포노크라트, 외데몽, 그리고 다른 부하들과 함께 대규모 살육을 벌이는 바람에 그 수가 매우 줄어 있었다. 그들은 마치 죽음의 화신을 눈으로 직접 목격한 것처럼 모두 겁에 질리고 감각과 이성이 혼란된 상태로 죽어라고 도망치기 시작했다.

여러분이 유노의 등에[397]나 파리에게 엉덩이를 쏘여 짐을 땅에 팽개치고, 재갈과 고삐를 벗어던지고, 숨을 돌리거나 쉴 겨를도 없이 이리저리 사방으로 달리는 당나귀를 보았을 때 무엇이 그것을 건드렸는지를 볼 수 없었기 때문에 왜 그렇게 날뛰는지 이유를 알 수 없었듯이, 그자들도 마찬가지로 감각이 마비되고 도망치는 이유도 알지 못한 채 도망치고 있었다. 그만큼 머릿속에 들어찬 극도의 공포가 그들을 몰아가는 것이었다.

수도사는 그들이 도망치는 것 외에는 딴 생각을 하지 못하는 것을 보고, 말에서 내려 길가에 있는 커다란 바위 위에 올라가서는 아무도 봐주거나 면제해주지 않고 팔을 마구 휘두르면서 도망치는 자들을 칼로 후려쳤다. 너무 많이 죽여 땅바닥에 쓰러뜨리는 바람에 그의 칼은 마침내 두 동강이 나고 말았다. 그러자 그는 스스로 충분히 죽이고 해치웠다고 판단하고, 나머지는 소식을 전하도록 남겨두기로 했다.

그래서 그는 죽어 나자빠진 자들에게 다가가 도끼를 하나 집어 손에 들고 바위 위로 돌아와서는 적들이 도망을 치면서 시체에 걸려 넘어지는 것을 바라보며 시간을 보냈다. 하지만 그들 모두에게 창, 칼, 긴 창과 화승총은 버리고 가도록 명령했다. 그리고 묶인 순례자들을 태우고 가던 자들에게는 말에서 내려 앞서 말한 순례자들에게 그 말들을 넘겨주도록 했다. 그리고 그 순례자들은 그가 포로로 잡은 투크디용과 함께 울타리 가장자리에 남아 있게 했다.

---

397 로마 신화에서 유노는 유피테르의 총애를 받은 이오를 질투하여, 암소로 변한 그녀에게 등에를 보내 괴롭혔다.

제45장 수도사는 어떻게 순례자들을 데려왔는가, 그리고 그랑구지에가 그들에게 해준 좋은 충고

교전을 끝내고, 가르강튀아는 수도사를 제외한 그의 부하들과 함께 철수해서 동틀 무렵 그랑구지에에게 돌아왔다. 그는 침대에서 그들의 안전과 승리를 위해서 하느님께 기도를 올리고 있다가, 그들이 모두 건강하고 무사한 것을 보고 기꺼운 마음으로 포옹을 하고는 수도사의 소식을 물었다. 그러자 가르강튀아는 틀림없이 적들이 수도사를 잡아간 것이라고 대답했다. "그렇다면 그들은 불행을 당했을 거야"라고 그랑구지에가 말했는데, 그것은 분명한 사실이었다. 하지만 사람들이 사용하는 속담에서는 여전히 '누구에게 수도사를 준다' [398]고 말하고 있다.

그러고 나서 그는 그들이 원기를 회복할 수 있도록 아침 식사를 아주 잘 차리라고 지시했다. 모든 것이 준비되자 가르강튀아를 불렀지만, 그는 수도사가 모습을 전혀 나타내지 않는 데 매우 상심해서 아무것도 먹거나 마시려 하지 않았다.

그때 수도사는 갑자기 나타나서, 가금 사육장의 문 앞에서부터 외쳐댔다.

---

398 '누구에게 수도사를 준다bailler le moyne à quelqu'un'는 표현은 '그를 속이다, 농락하다'라는 뜻으로 사용된다.

"시원한 포도주, 시원한 포도주를 주게, 짐나스트, 내 친구여!"

짐나스트가 나가서 장 수도사가 다섯 명의 순례자들과 포로로 잡은 투크디용을 데리고 온 것을 보았다. 그러자 가르강튀아도 그를 맞으러 나가 최대한의 환대를 하고 그를 그랑구지에 앞으로 데려왔다. 왕은 그의 모든 모험에 관해서 물었다. 수도사는 적들이 어떻게 그를 잡았는지, 궁수들을 어떻게 처치했는지, 그리고 그가 큰길에서 벌인 살육과 어떻게 순례자들을 되찾고 투크디용을 포로로 잡았는지, 모든 것을 설명했다. 그러고 나서 그들은 모두 즐겁게 잔치를 벌이기 시작했다.

그동안에 그랑구지에는 순례자들에게 어느 고장 출신인지, 어디에서 왔고 어디로 가는지를 물었다.

라달레가 모두를 대표해서 대답했다.

"폐하, 저는 베리 지방의 생 주누 출신입니다. 이 사람은 팔뤼오 출신이고, 저 사람은 옹제 출신, 저 사람은 아르지 출신, 저 사람은 빌브르냉 출신입니다. 저희들은 낭트 근처의 생 세바스티앵[399]에서 오는 길입니다. 저희들은 하루하루의 여정에 맞추어 돌아가던 중입니다.

—그랬군그래. (그랑구지에가 말했다.) 그런데 무엇을 하러 생 세바스티앵에 갔었나?

—저희들은 (라달레가 말했다) 성 세바스티앵께 페스트를 막아달라고 빌러 갔습니다.

—오, (그랑구지에가 말했다) 불쌍한 사람들 같으니라구. 그대들은 페스트를 성 세바스티앵께서 보내셨다고 생각하나?

—정말로 그렇습니다. (라달레가 대답했다) 저희들에게 설교하는 분들이 그렇게 단언을 했으니까요.

---

399 생 세바스티앵이라는 지명은 같은 이름의 성자를 기념해서 붙여진 것이다.

—그래? (그랑구지에가 말했다) 가짜 예언자들이 그대들에게 그런 악습을 전했단 말이지? 그들은 그렇게 하느님의 의인과 성자들을 사람들에게 불행만을 가져다주는 악마와 같은 존재로 만들어 그들을 모독한단 말인가? 호메로스가 그리스인들의 군대에 아폴론이 페스트를 보냈다고 썼고,[400] 시인들이 수많은 액운을 가져다주는 신들[401]을 꾸며내듯이 말일세. 시네[402]에서 한 위선자가 그런 식으로 성 앙투안이 다리에 단독(丹毒)이 걸리게 하고, 성 외트로프가 수종병 환자들, 성 질다가 광인, 성 주누가 통풍 환자들이 생기게 한다고 설교했었지.[403] 그러나 나는 모범을 보이기 위해서, 그가 나를 이단이라고 주장했어도, 그에게 벌을 내렸던 것이지. 그후로는 어떤 위선자도 감히 내 영토에 들어오지 못했다네. 그래서 그대들의 왕이 자신의 왕국에서 그런 터무니없는 설교를 하는 것을 용인한 것이 사실이라면 놀라운 일이 아닐 수 없네. 마술이나 다른 술책으로 나라에 페스트가 퍼지게 하는 자들이 있다고 하더라도, 그들은 이런 자들보다도 더 큰 벌을 받아야 하는 것일세. 왜냐하면 페스트는 몸을 죽이는 것에 불과하나, 그런 사기꾼들은 사람들의 영혼에 해독을 끼치기 때문이라네."

---

400 호메로스의 『일리아스』 1장에는 아가멤논이 아폴론 신전의 사제를 모욕한 벌로 신이 그리스 군대에 페스트가 퍼지게 만들었다는 이야기가 나온다.

401 원문에는 베조브Vejoves라는 표현이 나오는데, 로마 신화에서 액운을 가져다주는 신들, 특히 유피테르와 아폴론을 이렇게 부르기도 한다.

402 라블레의 고향인 라 드비니에르에 있던 교구.

403 민간신앙에서 성자들과 질병의 상관관계는 비슷한 발음이나 성자에 관한 전설에서 비롯된 경우가 많다. 성 앙투안이 고행 중에 살갗이 벗겨졌다는 일화에서 성 앙투안의 불은 단독을 가리키고, 성 외트로프Eutrope와 수종hydropique, 성 질다 Gilldas와 광인(gilles, 광대), 성 주누Genou와 통풍goutte의 관계 등은 발음에 의한 연상으로 설명할 수 있다. 실제로 당시 소르본 신학부에서는 성자들의 숭배가 병을 치료하는 효력이 있다는 것을 인정해주도록 왕에게 요구했다고 하는데, 라블레는 이러한 맹목적인 성자 숭배의 허구성을 신랄하게 비판하고 있다.

그가 이렇게 말하고 있을 때, 장 수도사가 결연한 태도로 들어와 그들에게 물었다.

"자네들은 어디 출신인가, 이 가련한 친구들아?

—생 주누에서 왔습니다. 그들이 말했다.

—그렇다면 (수도사가 말했다) 대단한 술꾼인 트랑슈리옹 신부[404]는 잘 지내는가? 그리고 수도사들은 어떤 좋은 음식을 먹는가? 제기랄! 그들은 자네들이 순례를 하는 동안 자네들의 아내에게 손을 댔을 거야!

—흠, 흠! (라달레가 말했다) 저는 마누라 걱정은 않습니다. 왜냐하면 낮에 그 여편네를 본 사람이라면 밤에 찾아가려고 목을 부러뜨릴 짓은 하지 않을 테니까요.

—그건 (수도사가 말했다) 패를 잘못 읽은 거야! 그녀가 프로세르피나만큼 추하게 생겼더라도 주변에 수도사들이 있으면 올라타 흔들어줄 상대가 있게 마련이거든. 좋은 일꾼은 어느 물건이나 가리지 않고 사용할 수 있게 만드는 법이야. 자네들이 돌아갔을 때 그녀들이 배가 불러 있는 것을 보지 못한다면, 내가 매독에 걸려도 좋아. 수도원 종탑의 그림자도 임신시킬 능력이 있으니까 말이야.

—그것은 (가르강튀아가 말했다) 스트라보[405]와 플리니우스 7권 3장에 따르면, 이집트 나일 강의 물이 음식과 옷, 그리고 사람의 육신을 풍요롭게 만든다고 한 것[406]과 같은 이치라네."

그때 그랑구지에가 말했다.

"조물주 하느님의 이름으로 말하노니, 돌아들 가게, 불쌍한 사람들

---

404 앙투안 드 트랑슈리옹은 생 주누의 신부였던 실존인물로서 수도원의 재산을 탕진한 것으로 알려져 있다.

405 지리와 역사에 관한 책을 쓴 그리스의 지리학자.

406 스트라보와 플리니우스는 나일 강의 물이 곡식과 직조용 식물의 생산과 여성들의 다산을 가능하게 했다고 설명한다.

아. 그분께서 영원히 그대들을 인도하시고, 앞으로는 불필요하고 무익한 여행에 경솔하게 나서지 말기를 바라네. 그대들의 가족을 양육하고, 각자 자신의 소임대로 일하고, 자식들을 가르치고, 사도 성 바울께서 가르치신 대로 살아가게. 그렇게 하면, 하느님과 천사들, 성자들의 가호가 그대들과 함께 할 것이고, 페스트나 다른 재앙이 그대들에게 해를 끼치지 못할 것이네."

그러고는 가르강튀아가 그들을 큰 홀로 데려가 식사를 하도록 했다. 그러나 순례자들은 한숨만 쉬다가 가르강튀아에게 말했다.

"이런 분을 군주로 모시는 백성들은 얼마나 행복할까요! 저희들은 그분께서 저희들에게 해주신 말씀에서 전에 저희들 마을에서 들을 수 있었던 모든 설교보다 더 큰 교훈과 가르침을 받았습니다.

—그것은 (가르강튀아가 말했다) 플라톤이 『국가』 5권에서 말한 바와 같이, 왕들이 철학을 하거나 철학자들이 통치를 할 때 백성들은 행복할 수 있는 법이기 때문이네."

그러고는 그들의 배낭에는 양식을, 병에는 포도주를 채워주고, 각자에게 나머지 여정 동안 그들의 수고를 덜어줄 수 있게 말 한 필과 생활비로 은화 몇 닢씩을 주었다.

제46장 그랑구지에는 포로가 된 투크디용을 어떻게 인도적으로 대했는가

투크디용은 그랑구지에에게 소환되어, 피크로콜의 계획과 전략, 그가 무슨 목적으로 이 갑작스러운 소동을 일으켰는지에 관해서 심문을 받았다. 투크디용은 자신의 빵장수에게 가해진 모욕을 구실로 가능하면 이 나라 전체를 정복하려는 것이 그의 목적이자 계획이라고 대답했다.

"그것은 너무 지나친 야심이오. (그랑구지에가 말했다) 너무 많이 가지려 하다가는 아무것도 얻지 못하는 법이라오. 이 시대는 이미 그런 식으로 기독교의 형제인 이웃나라에 피해를 입히며 왕국들을 정복하던 때가 아니오. 과거의 헤라클레스, 알렉산드로스, 한니발, 스키피오, 카이사르, 그리고 다른 사람들을 흉내내는 것은 우리에게 적대적으로 다른 나라를 침범하지 말고, 각자 자신의 나라와 영토를 지키고, 구제하고, 통치하고, 다스릴 것을 명하는 복음서의 가르침에 위배되는 것이오. 사라센인과 야만족들이 예전에 전공(戰功)이라고 부르던 것을 우리는 이제 강탈과 사악한 짓이라고 부르고 있소. 그는 내 영토를 공격해 적대적으로 약탈하기보다는 자신의 영토에 만족하고, 정당하게 통치하는 편이 더 나았을 것이오. 왜냐하면 자기 영토를 잘 통치했더라면 그는 더

부강해졌을 것이지만, 나를 약탈하려다가 파멸당할 것이기 때문이오.

하느님의 이름으로 말하노니 돌아가시오, 올바른 일을 행하도록 하시오. 그대의 왕이 범한 과오를 그가 알아차릴 수 있게 만드시오. 결코 그대 자신의 이익을 위해서 그에게 조언하지는 마시오. 공동의 이익을 잃게 되면 개인의 이익도 지킬 수 없기 때문이오. 그대의 몸값을 모두 반환하고, 무기와 말도 돌려주겠소.

우리의 분쟁은 본래 전쟁이라 할 만한 것이 아니고, 이웃 사이인 오래된 친구들끼리는 이렇게 해야 하는 것이오. 플라톤은 『국가』 5권에서 그리스인들이 자기들끼리 무기를 들고 대적할 때, 이를 전쟁이라 부르지 않고 폭동이라고 부르기를 원했소. 이 때문에 그는 불행히도 이런 일이 닥칠 때는 최대한의 자제력을 발휘할 것을 권고했던 것이오. 만일 이를 전쟁이라고 부르더라도, 우리 마음속 깊은 밀실 속에 침투한 원한 때문이 아니므로 피상적인 것에 지나지 않소. 우리는 누구도 명예의 손상을 받지 않았고, 결국 우리의 백성들이, 그러니까 나와 당신네 백성들이 저지른 어떤 잘못을 원상회복시키는 것이 문제가 될 뿐이니 말이오. 그 잘못이라는 것 역시 당신네들이 알았더라도 그냥 흘려보냈어야 할 것이오. 왜냐하면 잘못을 저지른 당사자들은, 특히 내가 했던 것처럼 피해를 보상해준 다음에는, 기억하기보다는 경멸해야 마땅하기 때문이오. 하느님께서 우리 분쟁의 정당한 심판자가 되실 것이오. 나는 나 자신이나 우리 백성들이 어떤 일로든 그분을 모독하는 일이 있을 바에는 차라리 죽음으로 내 목숨을 앗아가고, 눈앞에서 재물이 사라지는 것을 보게 해달라고 기도드리고 있소."

이 말을 마치자, 그는 수도사를 불러 모든 사람들 앞에서 물었다.

"장 수도사, 내 좋은 친구여, 그대가 여기 있는 투크디용 대장을 포로로 잡았소?

―폐하, (수도사가 말했다) 그가 여기 대령해 있고, 나이도 들고 분별력도 있는 인물이니, 제 말보다는 그의 자백을 통해 알아보시는 편이 좋겠습니다.

그러자 투크디용이 대답했다.

―폐하, 분명히 그가 저를 붙잡았고, 저는 솔직히 포로가 된 사실을 인정하고 항복했습니다.

―그대는 (그랑구지에가 수도사에게 말했다) 저 사람에게 몸값을 요구했소?

―아닙니다. (수도사가 말했다) 저는 그런 것에는 관심 없습니다.

―그대는 (그랑구지에가 말했다) 그를 포로로 잡은 대가로 얼마를 원하오?

―한푼도, 한푼도 바라지 않습니다. (수도사가 말했다) 그것을 바라고 한 일은 아니니까요."

그랑구지에는 대령한 투크디용을 포로로 잡은 대가로 수도사에게 살뤼 금화[407] 6만2천 닢을 셈해주도록 지시했다. 이를 시행하는 동안 투크디용에게는 간단한 식사를 대접했다. 그랑구지에는 그에게 남기를 원하는지 아니면 그의 왕에게 돌아가기를 원하는지 물었다.

투크디용은 그에게 충고하러 가는 편을 택하겠노라고 대답했다.

"그렇다면 (그랑구지에가 말했다) 그대의 왕에게 돌아가도록 하시오. 하느님께서 그대와 함께 하시기를."

그러고는 그에게 아름다운 포도나무잎 모양으로 세공이 된 황금 칼집이 딸린 비엔산의 좋은 칼을 주고, 보석들이 박히고 16만 뒤카 금화[408]

---

407 백년전쟁 동안 영국 왕이 주조해 사용하던 금화로, 천사 가브리엘의 수태고지의 모습이 새겨져 있어 구원salut의 금화라는 이름이 붙여졌다.
408 살뤼 금화와 거의 같은 가치의 베네치아 금화.

의 가치가 있는, 무게가 70만2천 마르크[409]나 나가는 금목걸이와 예의상 선물로 에퀴 금화[410] 1만 닢을 선사했다. 대화를 끝낸 다음, 투크디용은 말에 올라탔다. 그랑구지에는 그의 안전을 위해서 만일에 대비하여 짐나스트의 지휘 아래 서른 명의 무사와 백이십 명의 궁수를 딸려보내 라 로슈 클레르모의 성문까지 그를 호위하도록 했다.

그가 출발하고 나자, 수도사는 그랑구지에에게 자기가 받은 살뤼 금화 6만2천 닢을 돌려주며 말했다. "폐하, 지금은 이렇게 하사금을 내리실 때가 아닙니다. 어떤 일이 벌어질지 모르니 전쟁이 끝날 때까지 기다리십시오. 충분한 군자금의 비축 없이 전쟁을 수행하다가는 활력이 떨어집니다. 전투의 활기는 돈이 좌우하는 법입니다.

—그러면 (그랑구지에가 말했다) 전쟁이 끝난 다음 그대와 나를 위해 수고한 모든 사람들에게 정당하게 보상을 하도록 하겠소."

---

409 1마르크는 250그램이므로, 목걸이의 무게는 17만5천 킬로그램에 이른다.
410 프랑수아 1세가 주조한 에퀴 금화는 살뤼 금화보다 가치가 조금 낮았다.

제47장 그랑구지에는 어떻게 그의 군대를 소집했는
가, 그리고 투크디용이 어떻게 아티보를 죽이고 나서
피크로콜의 명령으로 피살되었는가

이 무렵 베세, 마르셰 비외,[410] 부르 생 자크, 트레노, 파리예, 리비
에르, 로슈 생 폴, 보브르통, 퐁티유, 브레에몽, 퐁 드 클랑, 크라방, 그
랑몽, 부르드, 라빌로메르, 웜브, 세그레, 위세, 생 루앙, 팡주, 쿠드로,
베롱, 쿨렌, 슈제, 바렌, 부르괴유, 부샤르 섬, 크룰레, 나르세, 캉드, 몽
소로[411]와 그 밖의 인근 지역에서 그랑구지에에게 사신을 보내서 피크로
콜에 의하여 그가 입은 피해를 알게 되었으며, 그들의 오랜 동맹에 따라
가능한 모든 병력과 자금, 기타 전쟁에 필요한 물자를 제공하겠다고 알
려왔다.

그들이 맺고 있던 협약에 따라 모인 자금의 총액은 1억3천4백만2
에퀴 반의 금화에 이르렀다. 병력은 전사 1만5천 명, 경기병 3만2천 명,
화승총수 8만9천 명, 지원병 14만 명과 1만1천2백 문의 대포, 거포, 대
구경포, 소형 세신포와 포병 4만7천 명이었다. 그들 모두는 육 개월 하

---

411 구(舊)시장터Marché Vieux라는 뜻.
412 이곳에 나오는 이름은 모두 라블레 가족의 토지가 있었던 쉬농과 소뮈르의 실제
    지명들이다.

고 나흘치의 봉급과 보급품을 지급받고 있었다. 이러한 지원 제의를 그 랑구지에는 완전히 거절하거나 받아들이지 않았지만, 그들에게 깊이 사 의를 표하고, 자신은 그토록 많은 선량한 사람들을 동원할 필요가 없게 이 전쟁을 수행할 계획이라고 밝혔다. 단지 그는 평상시에 라 드비니에 르, 샤비니, 그라보, 캥크네의 요새에 주둔시켰던 부대[413]에 전투태세를 갖추도록 전령을 파견했다. 그 병력은 전사 2천5백 명, 보병 6만6천 명, 화승총수 2만6천 명, 대포 2백 문, 포병 2만2천 명과 경기병 6천 명이었 다. 그들은 모두 경리관, 종군상인, 제철공, 무기공들과 기타 전투 장비 를 담당하는 사람들에 의하여 부대별로 충분한 보급을 받았고, 전술을 잘 익히고, 무장을 잘 갖추고, 부대의 깃발을 잘 식별해서 따르고, 신속 하게 지휘관들의 명령을 이해하고 복종하며, 행동은 매우 민첩하고, 공 격력은 막강하고, 진군에는 신중하여, 군대나 기병대라기보다는 오르간 의 화음을 듣거나 시계의 기계장치를 보는 것 같았다.

투크디용은 돌아가서 피크로콜에게 나아가 그가 겪은 일과 본 것에 관해서 자세히 보고했다. 마지막으로 그는 결연하게 그랑구지에와 화해 할 것을 종용했다. 그는 그랑구지에가 이 세상에서 가장 덕을 갖춘 인물 이라는 것을 알게 되었고, 자신들이 도움을 받기만 했던 이웃나라를 이 렇게 괴롭히는 것은 이득이 없고, 도리에 맞지도 않는 일이라고 덧붙였 다. 그리고 제일 중요한 점은 피크로콜의 무력이 그랑구지에가 쉽사리 격파할 수 없을 만큼 막강한 것이 아니므로, 이러한 시도에서 그들은 큰 손실과 불행을 당하지 않을 수 없다는 것이었다. 그가 이 말을 채 끝내 기도 전에 아티보가 큰 소리로 말했다.

"이렇게 쉽게 매수가 되는 자들을 신하로 둔 것이 군주에게는 얼마

---

[413] 프랑수아 1세는 최초로 6천 명으로 구성된 7개의 상비군 보병연대를 창설한 바 있다.

나 큰 불행인지. 저는 투크디용을 압니다. 그의 마음은 완전히 돌아서서, 우리의 적들이 그를 자기들 편에 가담시키려고 했다면, 그는 기꺼이 그들에게 합류해 우리를 상대로 싸우고 배신했을 것입니다. 그러나 덕성이 친구나 적 모두에게서 찬양과 존경을 받듯이, 배신은 곧 알려지고 의심을 받게 마련입니다. 적들이 자신들에게 유리하게 이런 자들을 이용하더라도, 그들은 언제나 사악한 자와 배신자들을 혐오할 것입니다."

이 말을 듣고, 투크디용이 참지 못하고 칼을 뽑아 아티보의 왼쪽 젖가슴 조금 위쪽을 찔러 즉사시켰다. 그러고는 그의 몸에서 칼을 뽑으며 당당하게 말했다.

"충직한 신하를 헐뜯는 자는 이렇게 죽으리라!"

피크로콜은 발칵 화를 내며 그의 칼과 화려하게 장식된 칼집을 보고 말했다.

"내 면전에서 악랄하게 내 친한 친구 아티보를 죽이라고 그들이 네게 이 무기를 주었단 말이냐?"

그리고 궁수들에게 그를 박살내도록 명령을 내렸다. 이 명령은 잔인하게 즉시 실행되어 방 전체가 피로 물들었다. 그러고 나서 피크로콜은 아티보의 시체를 명예롭게 매장하도록 하고, 투크디용의 시체는 성벽 너머 계곡에 던져버리게 했다.

이 지나친 처사가 군대 전체에 알려졌고, 그중 몇몇은 피크로콜에 대해서 불평을 하기 시작했다. 불평이 심해지자 그리프피노[414]가 왕에게 말했다.

"폐하, 저는 전쟁이 어떻게 결말이 날지 모르겠습니다. 부하들의 사기가 떨어진 것을 알 수 있습니다. 그들은 여기서 우리가 식량 보급을

---

414 포도주를 좋아하는 사람이라는 뜻.

제대로 받지 못하고 있고, 두세 번 출정한 결과 **병력**도 많이 줄었다고
생각합니다. 게다가 적들에게는 많은 지원병력이 도착했습니다. 우리가
포위된다면, 완전히 궤멸되는 것을 어떻게 피할 수 있을지 대책이 없습
니다.

　　—제기랄! 제기랄! (피크로콜이 말했다) 그대는 껍질을 벗기기도 전
에 고함을 질러대는 블렁의 뱀장어[415] 같소. 그들이 오기만 해보라지."

---

[415] 파리의 길거리에서는 장사꾼들이 '블렁의 뱀장어'라고 외치며 뱀장어를 팔러 다
　　 녔다고 한다.

제48장 가르강튀아는 어떻게 라 로슈 클레르모에 숨은 피크로콜을 공격했는가, 그리고 어떻게 피크로콜의 군대를 격파했는가

가르강튀아는 군대의 총지휘를 맡았다. 부왕은 요새에 머무르며 그들을 좋은 말로 격려하고, 전공을 세우는 사람들에게 큰 상을 내리겠다고 약속했다. 그들은 베드 여울에 이르러, 배와 간단히 만든 다리로 단숨에 여울을 건넜다. 그러고는 높은 곳에 자리잡아 유리한 위치를 확보하고 있는 도시의 지형을 살펴보고, 가르강튀아는 그날 밤에 어떻게 할 것인지 작전을 상의했다. 그러자 짐나스트가 말했다.

"전하, 프랑스인들의 성격과 기질은 첫 공격에서만 용맹을 발휘합니다. 그때는 악마들보다도 더 지독하지요. 하지만 지체하게 되면 그들은 여자들보다도 못하게 된답니다.[416] 따라서 제 의견은 부하들이 숨을 돌리고 좀 쉬게 한 다음 바로 공격 명령을 내리시라는 것입니다."

그 의견이 합당한 것으로 받아들여졌다. 그래서 가르강튀아는 예비부대를 언덕 쪽에 남겨두고, 전 군대를 들판에 포진시켰다. 수도사는 6개 보병부대와 군사 2백 명을 데리고 신속히 늪지대를 지나 르 퓌 위쪽

---

[416] 라틴 역사가들은 골 족에 대해 이렇게 평가했다고 한다.

루덩 대로에 당도했다.

그동안 공격은 계속되었다. 피크로콜의 부하들은 밖으로 나가 그들과 교전을 벌이는 것이 좋을지, 아니면 꼼짝 않고 도시를 지키는 것이 좋을지 갈피를 잡을 수 없었다. 피크로콜은 무모하게 궁정 수비대를 이끌고 성에서 나왔다가 언덕 쪽에서 우박처럼 쏟아지는 대포알 세례를 받았다. 가르강튀아의 군대는 포대가 마음대로 포격을 하도록 계곡 아래로 물러나 있었다.

도시를 방어하는 자들은 그들로서는 최선을 다했지만, 그들이 쏘는 화살은 아무도 상하게 하지 못한 채 위쪽으로 날아가버렸다. 포격에서 살아남은 무리들은 용감하게 우리 군사들을 공격했지만, 별 소득이 없었다. 왜냐하면 그들은 대열 사이에 끼어들었다가 모두 죽어 땅바닥에 쓰러졌기 때문이다. 이것을 보고 그들은 퇴각하려고 했다. 그러나 그 사이에 수도사가 퇴로를 막아버렸기 때문에, 그들은 질서나 규율도 없이 도망을 치기 시작했다. 몇몇 병사들은 그들을 추격하려 했지만 수도사가 만류했다. 패주하는 자들을 추격하다가 대열이 흩어지게 되면, 도시를 방어하던 적들이 공격을 해오지 않을까 두려웠기 때문이다. 수도사는 잠시 기다려보았지만 아무도 대응하는 자가 없자, 프롱티스트[417] 공작을 가르강튀아에게 보내 전진해서 왼쪽에서 언덕을 점거하여 피크로콜이 그쪽으로 퇴각하는 것을 막도록 독려했다. 가르강튀아는 그대로 신속하게 실행에 옮겨 세바스트[418] 휘하의 4개 연대를 그곳에 파견했다. 그런데 그들이 정상에 도달하기도 전에 흩어져 도망치던 피크로콜과 그의 부하들과 정면으로 맞닥뜨리게 되었다. 그래서 그들은 맹렬히 돌격했지만, 성벽 위에 있던 적들의 화살과 대포 공격에 의해서 상당한 피해

---

417 그리스어로 신중한 사람이라는 뜻.
418 그리스어로 존경할 만한 사람이라는 뜻.

를 입었다. 이것을 보고, 가르강튀아는 그들을 대규모 병력으로 지원하기 위하여 달려갔고, 그의 대포들은 성벽의 그쪽 부분을 향해서 포격을 시작했다. 이렇게 해서 도시의 모든 병력이 이곳에 집중되었다.

수도사는 자신이 포위하고 있는 쪽에 사람이나 경비병들이 없는 것을 보자 용감하게 요새를 향해서 돌진했다. 그는 예상할 수 없는 급습이 대등하게 맞서 싸우는 것보다 더 큰 두려움과 공포를 준다는 생각에서 몇몇 부하들과 함께 성벽을 기어오르기로 했다. 그렇지만 만일의 사태에 대비해서 밖에 남겨둔 군사 2백 명을 제외한 나머지 부하들 모두가 성벽 위에 기어오를 때까지는 아무 소리도 내지 않았다. 그런 다음 수도사는 무시무시한 고함을 지르며 부하들과 함께 공격을 감행해서 아무런 저항도 받지 않고 성문의 경비병들을 죽인 다음 군사들에게 문을 열어주었다. 그리고 그들과 합세해서 혼란에 빠져 있던 동쪽 성문으로 달려가 배후에서 맹공을 가하여 적의 병력을 격파했다. 사방으로 포위를 당하고 가르강튀아의 부하들이 도시를 점령한 것을 보자, 적들은 수도사에게 항복했다. 수도사는 그들에게 몽둥이와 무기를 바치게 하고, 모두 교회 안에 집어넣어 감금하고 모든 십자가 지팡이를 압수한 다음, 문간에 경비병을 세워 나오지 못하도록 지키게 했다. 그러고는 동쪽 성문을 열고 가르강튀아를 도우러 성밖으로 나갔다.

그러나 피크로콜은 성안에서 지원군이 나온 것으로 생각하고, 가르강튀아가 "장 수도사, 내 친구, 장 수도사, 좋았어, 환영하네"라고 소리칠 때까지 전보다 더 대담하게 위험을 무릅쓰고 덤벼드는 것이었다.

피크로콜과 그의 부하들은 그제서야 모든 사태가 절망적이라는 것을 알아차리고 사방으로 도주하기 시작했다. 가르강튀아는 보고드리 근처까지 그들을 추격하며 죽이고, 살육한 다음 퇴각나팔을 불게 했다.

제49장 도망치던 피크로콜이 어떤 불운을 겪었는가, 그리고 전쟁 후의 가르강튀아의 행적에 관해서

절망한 피크로콜은 부샤르 섬을 향하여 도망을 치다가 리비에르로 가는 길에서 그의 말이 발을 헛디며 땅에 넘어졌다. 그러자 몹시 화가 치밀어 격분한 상태에서 칼을 뽑아 말을 죽여버렸다. 그리고는 그가 새로 탈 짐승을 아무도 제공해주지 않자 근처에 있던 방앗간의 당나귀를 훔쳐 타려고 했다. 그러나 방앗간 일꾼들이 그를 두들겨패고 옷을 빼앗았고, 몸을 가릴 것이라고는 남루한 작업복밖에 남겨두지 않았다.

그 성질 고약한 가련한 인물은 이렇게 떠나갔다. 그는 포르 위오에서 강을 건너며 사람들에게 자신의 불행에 관해서 이야기했는데, 한 늙은 마녀에게서 코크시그뤼[419]가 돌아올 때 그의 왕국을 되찾을 수 있으리라는 말을 들었다. 그후에 그가 어떻게 되었는지는 아무도 모른다. 그렇지만 누군가 소식을 전하기를, 그는 지금 리옹에서 벌이가 신통치 못한 장사치 노릇을 하고 있는데, 전처럼 성을 잘 내고, 노파의 예언대로 새가 돌아오면 자신의 왕국에 돌아갈 수 있으리라는 희망을 굳게 간직한 채

---

[419] 원래 이 단어는 조개cocque와 두루미 수컷coq-grue의 합성어로, 상상 속의 새를 뜻한다. 지금도 프랑스어에서 '코크시그뤼가 올 때à la venue des coquecigrues'라는 표현은 결코 일어나지 않을 일을 가리킬 때 쓰인다.

이방인을 만날 때마다 늘 코크시그뤼가 돌아왔는지를 물어본다고 한다.

　퇴각한 후에 가르강튀아는 먼저 부하들의 인원을 점검해보았는데, 톨메르[420] 대장의 보병부대 병사 몇몇을 제외하고는 전투에서 목숨을 잃은 자가 별로 없었고, 포노크라트가 윗도리에 화승총알을 한 방 맞았을 뿐이라는 것을 알게 되었다. 그는 부대별로 병사들에게 식사를 제공하도록 하고, 경리관들에게 식사 비용의 처리와 지불을 지시하고, 원래 그 도시는 자신들의 영토이니 어떠한 피해도 입히지 말라는 명령을 내렸다. 그러고는 식사가 끝난 다음 병사들을 성 앞의 광장에 모이게 해서 육 개월치의 보수를 지급하라고 지시했는데, 그대로 시행되었다. 그리고 피크로콜의 부하들 중에서 남은 자들을 그 광장에 모이게 한 다음, 영주들과 지휘관들 앞에서 그들에게 다음과 같이 말했다.

---

420 그리스어로 대담한 사람이라는 뜻.

제50장 가르강튀아가 패자들에게 행한 연설

"기억할 수 있는 가장 오랜 옛날부터 우리들의 선조, 조상, 아버지들께서는 그분들의 양식과 성향에 의거하여 그분들께서 치르셨던 전쟁에서의 개선과 승리를 기념하기 위해서 정복한 땅에 건축물을 세우기보다는 자비를 베풀어줌으로써 패자들의 마음속에 전승비와 기념물이 세워져 영원히 기억되도록 하는 편을 택하셨다. 왜냐하면 그분들께서는 자비에 의하여 얻어지는 사람들의 생생한 기억을 불순한 기후나 모든 사람들의 적의에 내맡겨지는 개선문이나 원주, 피라미드에 새겨진 말없는 비문보다 더 높이 평가하셨기 때문이다.

여러분은 생 토뱅 뒤 코르미에 전투[421]와 파르트네 요새 함락[422]에서 브르타뉴 사람들에게 베풀어졌던 관용을 잘 기억할 것이다. 그리고 여러분은 올론과 탈몽데의 해안 국경지방을 침략하고 주민들을 살해하고 약탈했던 스파뇰라[423] 야만인들에게 내려졌던 관대한 처분에 관해서 들

---

[421] 1488년 생 토뱅 뒤 코르미에 전투에서 프랑스 군대는 브르타뉴 공작 프랑수아 2세의 군대를 격파하고, 오를레앙 공작을 포로로 잡았다.

[422] 1487년 샤를 8세는 파르트네를 함락하고서, 주둔군이 명예롭게 요새에서 철수하는 것을 허용했다.

[423] 원래는 콜럼버스가 아이티 섬에 붙인 이름이지만, 아이티인들이 현재의 사블 돌론과 탈몽이 위치한 방데 지방을 침략한 일은 없으므로, 여기서는 프랑스 해안지

은 적이 있을 터인데, 그것을 듣고는 감탄하지 않을 수 없었을 것이다.

카나리아의 왕 알파르발이 자신의 운수에 만족하지 않고 무도하게 오니 왕국[424]을 침략하여 아르모리크 섬들과 인근지역을 약탈했을 때, 이 하늘 전체가 여러분과 그 아버지들의 찬사와 감사로 가득 찬 적이 있었다. 부왕께서 하느님의 가호를 입어 해전에서 정정당당하게 그를 격파하시고 포로로 잡으셨던 것이다. 그런데 어떻게 하셨던가? 가톨릭 교도라고 자처하는 다른 왕이나 황제들이었다면 그를 가혹하게 다루고, 엄중하게 감금하고, 과도하게 몸값을 요구했을 것이지만, 부왕께서는 그에게 예의바르고 친절하게 대하시고, 자신과 함께 궁정에 거처하게 하시고, 믿을 수 없는 관용으로 선물, 호의와 온갖 우정을 베푸시고, 그를 자유롭게 돌려보내셨던 것이다. 그 결과는 어떻게 되었던가? 그 왕은 자기 나라로 돌아가서 왕국의 모든 영주들과 신하들을 소집해놓고 그들에게 우리에게서 보았던 박애의 정신을 설명하고, 자신이 우리에게서 성실한 고결함을 알게 되었듯이 사람들이 그들에게서 고결한 성실성의 모범을 찾을 수 있도록 할 방도를 궁리해보도록 명했던 것이다. 그리하여 만장일치로 그들의 영토와 관할구역, 왕국 모두를 바치고, 우리 뜻에 따라 처리하도록 하기로 결정이 내려졌다. 알파르발 왕은 몸소 9천 38척의 대형 상선에 궁정과 왕족들의 재물뿐 아니라 거의 나라 전체의 재물을 싣고 곧 다시 찾아왔다. 그가 서북동풍에 돛을 올리고 출항하려 할 때 백성들이 떼를 지어 각자 금, 은, 반지, 보석, 향신료, 약과 방향제, 앵무새, 펠리컨, 긴꼬리원숭이, 사향고양이, 주네트,[425] 고슴도치들을 배 안으로 던져넣었다. 명망 있는 가문의 자식치고 배 안에 그가 가

___

방을 노략질하던 에스파냐인들을 가리키는 것으로 볼 수 있다.
424 프랑스의 옛 지방 이름으로 현재 푸아투를 중심으로 한 대서양 중부 해안지역이다.
425 루아르 강 남쪽 지방에 살던 사향고양이의 일종. 중세에 쥐를 잡는 데 썼다고 한다.

진 가장 귀한 것을 던지지 않은 사람이 없었다. 그는 도착해서 부왕의 발에 입을 맞추려고 했지만, 부왕께서는 그의 지위에 어울리지 않는 행동으로 판단하여 용납하지 않으시고, 다정하게 그를 포옹하셨다. 그가 바친 선물도 너무 지나친 것으로 여기시고 받아들이지 않으셨다. 그는 자신과 후손들이 종과 농노가 되겠다고 자청했지만, 그 제안 역시 부당한 것으로 여기시고 받아들이지 않으셨다. 그는 국가의 법령에 따라 권한을 가진 모든 자들이 서명하고, 날인하고, 비준한 양도증서와 이전증서를 넘겨주어 자신의 영토와 왕국을 바치려 했지만, 전적으로 거부되었고 계약서는 불에 던져졌다. 마침내 카나리아인들의 선의와 순박함에 감동한 부왕께서는 탄식하시며 펑펑 눈물을 흘리시고, 자신이 해준 일은 단추 하나의 가치도 없으며, 관대함을 그들에게 베풀어주었다 하더라도 그것은 응당 할 도리를 한 것뿐이라고 고상한 말로 적절한 경구를 사용하여 말씀하시면서, 스스로 선행의 가치를 낮추셨다. 그 결과는 어떠하였는가? 그의 몸값으로 극단적인 방법을 동원해 강압적으로 10만 에퀴의 20배를 요구하고, 그의 자식들을 볼모로 잡는 대신, 그들은 영구적으로 우리의 조공국이 되었고 우리에게 24금으로 매년 2백만 에퀴를 바칠 의무를 지게 되었다. 첫해 조공은 이곳에서 지불했고, 둘째 해에는 자유의사로 2백30만 에퀴를 지불했으며, 셋째 해에는 2백60만, 넷째 해에는 3백만 하는 식으로 그들 멋대로 계속 액수를 늘리는 바람에 우리는 그들에게 더 이상 가져오지 말도록 금지시킬 수밖에 없었다. 이것이 관대함의 속성이다. 왜냐하면 시간이 모든 사물을 좀먹고 작아지게 만들지만, 양식을 가진 사람에게 관대하게 베푼 선행은 고결한 생각과 기억으로 계속적으로 커지기 때문이다.

따라서 우리 조상들로부터 대대로 내려오는 관용의 전통을 훼손하지 않기 위하여, 나는 이제 여러분을 사면하고 석방해서, 전과 같이 속박

없는 자유로운 몸이 되게 해주겠노라. 게다가 여러분들이 성문을 나갈 때, 집과 가족에게 돌아갈 수 있도록 각자에게 삼 개월치의 보수를 지급할 것이고, 내 시종관인 알렉상드르의 지휘 아래 6백 명의 군사와 8천 명의 보병이 농부들로부터 해를 입지 않도록 여러분들을 안전하게 인도할 것이다. 하느님께서 그대들과 함께 하시기를!

나는 피크로콜 왕이 여기 없는 것을 진심으로 유감스럽게 생각하는 바이다. 그랬더라면 이 전쟁은 내 의지나, 재산을 늘리고 명성을 높이려는 기대와는 무관하게 일어난 것이라는 사실을 이해시킬 수 있었을 것이기 때문이다. 그러나 그가 종적을 감추어버렸고, 언제 어떻게 사라졌는지 알 수 없기 때문에, 나는 그의 왕국을 온전하게 그의 아들이 소유할 수 있게 되기를 바라노라. 그러나 그 아들은 (아직 만 다섯 살도 채 되지 않아) 너무 어리므로 왕국의 원로 제후와 학자들의 지도와 교육을 받아야 할 것이다. 그리고 이렇게 곤경에 처한 왕국은 관리하는 자들이 탐욕과 사욕을 억제하지 못하면 쉽게 유린될 수 있기 때문에, 나는 포노크라트가 필요한 전적인 권한을 가지고 그의 모든 교사들을 통솔하는 사부가 되어 아이가 홀로 통치하고 군림할 수 있는 능력을 갖추었다고 판단될 때까지 그를 돌보기를 명하노니, 그렇게 시행하도록 하라.

나는 잘못을 저지른 자들에게 너무 나약하고 무절제하게 베푸는 관용은 그들에게 모든 것을 용서받았다는 위험한 믿음을 갖게 해서 차후에 더욱 거칠 것 없이 악행을 범할 수 있는 기회를 제공하는 것이라고 생각한다.

나는 그 시대에 지상의 사람들 가운데 가장 온유한 인물이었던 모세가 이스라엘 백성 중에서 반란을 일으킨 폭도들을 가혹하게 벌했던 사실을 알고 있다.

매우 관대한 황제였던 율리우스 카이사르에 관해서 키케로가 말한 바에 따르면, 누구든 구해주고 용서해줄 수 있었을 때가 그의 행운의 절정기였고, 그렇게 하기를 원했을 때 그의 덕성은 최상의 상태에 있었다고 한다. 그렇지만 그 역시 어떤 경우에는 반란의 주모자들을 엄하게 처벌했다는 사실을 나는 알고 있다.

이 예에 따라 나는 여러분들이 떠나기 전에 우선 쓸데없는 자만심 때문에 이 전쟁의 발단과 1차적 원인을 제공했던 잘난 마르케라는 자와, 즉시 그의 광기를 진정시키는 것을 소홀히 했던 그의 동료 빵장수들, 그리고 마지막으로 이렇게 국경을 넘어 우리의 평화를 교란하도록 피크로콜을 부추기고, 찬양하거나 조언했던 그의 모든 참모, 지휘관, 장교, 시종들을 내게 넘겨주기 바라노라."

제51장 가르강튀아 편의 승리자들이 전쟁 후에 어떻게 보상을 받았는가

가르강튀아는 이 연설을 마치고 나자 그에게 요구했던 전쟁의 주모자들 중에서 스파다생, 메르다유, 므뉘아유와 그날 전투에서 죽은 빵장수 두 사람을 제외하고는 모두 인계되었다. 그들은 이미 전투가 시작되기 여섯 시간 전에 뒤도 돌아보지 않고 도중에 숨도 돌리지 않은 채 한 사람은 레넬 고개[426]까지, 다른 사람은 비르 골짜기[427]까지, 또 다른 사람은 로그루안[428]까지 단숨에 도망을 쳐버렸던 것이다. 가르강튀아는 그들에게 최근에 그가 세운 인쇄소에서 인쇄작업을 할 것을 명했을 뿐 다른 처벌은 하지 않았다.

그리고 그는 전사자들을 호두나무 숲 계곡과 브륄비에유 벌판에 명예롭게 안장하도록 했다. 부상자들은 그의 큰 병원에서 붕대를 감고 치료해주도록 했다. 도시와 주민들이 입은 피해를 알아보고, 그들이 명예를 걸고 진술한 바에 따라 모든 피해를 보상해주도록 했다. 그리고 그곳에

---

426 현재는 아뉄로 고개col d'Agnello라고 불리는데, 알프스 산맥에 있는 이탈리아로 넘어가는 통로로서 1515년 프랑수아 1세의 군대가 마리냥 전투에서 대승을 거둘 때 통과했던 곳이다.

427 칼바도스 지방에 있는 골짜기.

428 에스파냐어로는 로그로뇨Logroño. 에스파냐의 나바르 왕국에 있던 지방 이름이다.

견고한 성을 쌓게 해서는, 앞으로 있을지도 모를 예기치 못한 폭동에 대비하여 방비를 더 튼튼히 하도록 군대를 주둔시키고 보초를 세우게 했다.

떠나면서 그는 적을 격파하는 데 참여했던 모든 부대의 병사들에게 정중하게 사의를 표하고, 주둔지의 병영으로 돌려보내 겨울을 나도록 했다. 그는 그날 전투에서 공을 세우는 것을 직접 목격했던 정예부대의 몇몇 병사들과 각 부대의 지휘관들을 데리고 그랑구지에를 알현하러 돌아갔다.

이들이 돌아온 것을 보고, 선량한 그랑구지에는 너무도 기뻐서 그 모습을 글로 표현할 수 없을 정도였다. 그는 그들을 위해서 아하수에로 왕[429]의 시대 이래로 본 적이 없는 가장 화려하고, 풍성하고, 맛있는 음식으로 잔치를 준비하도록 시켰다. 식사를 끝내고 나서, 왕은 그들 모두에게 그의 식기실의 온갖 그릇들을 각각 나누어주었는데, 그것은 무게가 80만1천14 비잔틴 금화에 이르는, 모두 순금으로 된 옛날식 큰 항아리, 큰 단지, 큰 수반, 큰 찻잔, 술잔, 작은 단지, 큰 촛대, 공기, 항아리, 꽃병, 당과 그릇과 다른 종류의 그릇들이었고, 그 외에도 보석, 칠보와 세공된 장식들이 붙어 있었는데, 모두들 그 가치가 금속 재료의 값을 능가한다는 의견들이었다. 이에 덧붙여 그는 자신의 금고에서 각자에게 현금으로 1백20만 에퀴 금화를 세어 주도록 했고, 또한 형편에 맞게 인근의 그의 성과 토지들을 영구히 (자손 없이 죽는 경우를 제외하고는) 분배해주었다. 포노크라트에게는 라 로슈 클레르모, 짐나스트에게는 르 쿠드레, 외데몽에게는 몽팡시에, 톨메르에게는 르 리보, 이티볼에게는 몽소로, 아카마에게는 캉드, 쉬로낙트에게는 바렌, 세바스트에게는 그라보, 알렉상드르에게는 캥크네, 소프론에게는 리그레를 하사했고, 그의 나머지 영토도 같은 방식으로 분배했다.

---

429 『구약』 「에스더」 1장에 아하수에로 왕의 잔치는 180일 동안 계속되었다고 한다.

제52장 가르강튀아는 어떻게 수도사를 위하여 텔렘 수도원을 짓게 했는가

상을 받을 사람이 이제 수도사만 남게 되었다. 가르강튀아는 그를 쇠이예의 수도원장으로 삼으려 했지만, 그는 사양했다. 그러자 그에게 더 알맞은 부르괴유나 생 플로랑 수도원 중 하나 또는 그가 원한다면 둘 다 주려고 했다. 하지만 수도사는 단호하게 자기는 수도사들을 책임지거나 다스리기를 원하지 않는다고 대답하는 것이었다.

"저 자신도 다스리지 못하는 처지에 어떻게 다른 사람을 다스리겠습니까? (그가 말했다) 제가 한 봉사가 전하의 마음에 드신다면, 그리고 앞으로도 제가 봉사할 수 있다고 여기신다면, 제 계획에 따라 수도원을 하나 세우도록 허락해주십시오."

이 제안이 가르강튀아의 마음에 들어 그는 루아르 강변에 있는 포르 위오의 큰숲에서 이십 리 떨어진 텔렘[430] 지방 전체를 제공해주었는데, 수도사는 가르강튀아에게 다른 교단들과는 정반대의 교단을 세우게 해줄 것을 요청했다.

"그러면 첫째로 (가르강튀아가 말했다) 다른 수도원들이 당당하게

---

430 그리스어로 의지라는 뜻이다. 텔렘 수도원이 인간의 자유의지를 최대한 보장하는 자발적인 수도의 장(場)이라는 것을 암시한다.

벽으로 둘러싸여 있으니까 주변에 벽을 세우지 말아야 하겠소.

　—정말 그렇습니다. (수도사가 말했다) 이유가 없지도 않지요. 앞과 뒤에 벽이 있는 곳에는 많은 불평[431]과 시기, 서로에 대한 음모가 생기게 되니까요."

　그리고 이 세상의 어떤 수도원들에서는 여자가 들어오면 (정숙하고 순결한 여자들을 두고 하는 말이지만) 그 지나간 자리를 청소하는 관습이 있으므로, 우연한 기회에 신부나 수녀가 이 수도원에 들어오는 일이 있으면 그 지나간 자리를 잘 청소하도록 정해졌다. 또한 이 세상의 교단들에서는 모든 것이 시간표에 따라 정해지고, 제한되고, 규제되므로, 이곳에는 기계식 시계나 해시계를 두지 않고, 기회와 상황에 따라 모든 일이 진행되도록 정해졌다. 왜냐하면 (가르강튀아가 말하기를) 자신이 아는 바로는 진정한 시간의 낭비는 시간을 따지는 것이고, ——그것에서 무슨 이득을 얻을 수 있단 말인가? ——이 세상에서 가장 큰 망상은 양식과 분별력을 따르는 대신 종소리에 맞추어 자신을 다스리는 것이기 때문이다. 마찬가지로 이 시대에는 애꾸나 절름발이, 곱추, 못생기거나 비쩍 마른 여자, 미친 여자, 정신이 나갔거나 결함이 있는 여자들과 카타르 염증 환자, 배냇병신, 백치, 집안의 골칫거리인 남자들만을 수도원에 집어넣는 관계로……

　"그런데 말씀입니다. (수도사가 말했다) 예쁘지도 착하지도 않은 여자는 무슨 소용이 있지요?[432]

---

431 앞뒤에 벽mur이 있으면 많은 불평murmur이 생긴다는 표현은 의미와 함께 단어의 소리와 형태의 묘미를 살린 말장난이다.

432 "무슨 소용이 있느냐A quoi vaut-elle?"에서 끝음절의 발음과 직물이라는 뜻의 toile이라는 단어의 발음[tɛl]이 당시에 같았기 때문에 라블레는 본문에서 toile로 대체해놓은 것이다. 이렇게 함으로써 장 수도사의 다음 대답 "속옷을 만드는 데 쓰인다"는 말장난이 가능해진다.

—수녀원에 넣으면 되지. 가르강튀아가 말했다.

—그렇지요. (수도사가 말했다) 그리고 속옷을 만드는 데 쓰지요."

따라서 이곳에는 예쁘고, 정상적인 신체에 훌륭한 성품을 갖춘 여자들과 잘생기고 정상적인 신체에 훌륭한 성품을 갖춘 남자들만 받기로 정해졌다.

마찬가지로 수도원에는 여자들이 몰래 불법으로 들어갈 수밖에 없으므로, 이곳에는 여자들은 남자들을 동반하지 않고서는, 남자들은 여자들을 동반하지 않고서는 들어갈 수 없게 정해졌다.

마찬가지로 남자나 여자나 수련기간을 거쳐 일단 교단에 들어가면 살아 있는 동안 영구히 그곳에 머물도록 강요받으므로, 이곳에 받아들여진 남자나 여자는 그들이 원할 때 전적으로 자유롭게 나갈 수 있도록 제도를 만들었다.

마찬가지로 보통 수도사들은 세 가지 서원 즉 순결과 청빈, 복종을 서약하므로, 이곳에서는 누구나 명예롭게 결혼을 하고, 부자가 될 수 있고, 자유롭게 살 수 있도록 제도를 만들었다.

이곳에 들어오는 합법적인 나이는 여자들은 열 살부터 열다섯 살까지, 남자들은 열두 살부터 열여덟 살까지였다.

제53장 텔렘 수도원은 어떻게 지어지고 어떤 시설이 갖추어졌는가

수도원의 건축과 시설을 위해서 가르강튀아는 현금으로 2백70만1백31 닢의 털이 긴 양이 새겨진 금화를 제공하도록 했고, 모든 것이 완성될 때까지 디브 강[433]의 수익금에서 매년 1백60만9천 에퀴의 태양 금화[434]와 그만큼의 칠성(七星) 금화를 배당했다. 수도원의 기금과 유지비용으로 그는 영구적으로 국가가 지급을 보증하고 세금이 면제된 지대(地代) 2백30만9천5백14 장미 금화[435]를 매년 수도원의 문 앞에서 지불하도록 정했고, 이와 관련된 증서를 발급해주었다.

건물은 육각형이고 각 모서리에는 크기와 모양이 같은, 직경 육십 보의 둥글고 커다란 탑이 세워졌다. 북쪽으로 흐르는 루아르 강변에 북극(北極)[436]이라는 이름의 탑이 서 있었다. 훈풍(薰風)이라는 다른 이름의 탑이 동쪽을 향하여 서 있고, 그다음에는 동방(東方), 그다음에는 남방(南方), 그다음에는 서방(西方), 마지막 것은 빙설(氷雪)이라는

---

[433] 라블레의 고향 라 드비니에르 마을 근처의 개울로 항해가 불가능한 곳인데, 이곳에서 엄청난 수익금이 나오는 것으로 되어 있다.

[434] 루이 11세 때 주조된 금화로서 왕관 위에 작은 해가 새겨져 있다.

[435] 요크 가(家)의 장미 문장이 새겨진 영국 금화.

[436] 여섯 개의 탑에는 방위나 기후와 관련된 그리스어로 된 이름이 붙어 있다.

이름이었다. 각각의 탑 사이의 거리는 3백12 보였다. 건물 전체는 지하실을 포함해서 6층으로 지어졌다. 2층의 천장은 바구니 손잡이 모양의 궁륭으로 되어 있고, 나머지 층의 천장에는 플랑드르산 석고로 만든 등잔받침 모양의 장식물이 붙어 있었다. 지붕에는 얇은 판암을 덮었고, 납을 입힌 용마루 기와 끝은 사람과 동물 모양으로 조화를 이룬, 도금한 작은 형상들로 장식되었고, 벽에 돌출된 빗물받이 홈통은 대각선으로 금색과 청색을 칠한 창문들 사이로 땅에까지 이어져 커다란 물받이에 이르게 되고, 모인 빗물은 모두 건물보다 낮은 강 쪽으로 흐르게 되어 있었다.

문제의 건물은 보니베나 샹보르, 샹티이[437]의 성들보다 백배나 더 장엄한 것이었다. 이 건물에는 9천3백32 개의 방이 있고, 각 방에는 부속실, 서재, 옷장, 예배실이 붙어 있으며, 커다란 홀과 통하게 되어 있었기 때문이다. 각각의 탑 사이 건물의 본채 한가운데에는 층계참마다 꺾여 있는 나선형 층계가 있고, 그 계단들은 일부는 반암, 일부는 누미디아산의 붉은 대리석, 일부는 줄무늬 대리석으로 되어 있었는데, 길이는 22피트에 손가락 세 개 정도의 두께였고, 각 층계참 사이에 열두 개의 계단이 있었다. 각 층계참에는 옛날식의 아름다운 아치형 통로가 두 개 있었는데, 그곳을 통하여 빛이 들어오고, 또한 그곳을 통하여 나선형 계단만 한 넓이의 격자창이 달린 부속실로 들어갈 수 있었다. 그리고 계단은 지붕 위로도 통하여 정자에 이르게 되어 있었다. 그 나선형 계단을 통하여 각 방향에서 커다란 홀로 나갈 수 있고, 홀에서 각자의 방으로 돌아갈 수 있었다.

북극의 탑으로부터 빙설의 탑 사이에는 언어별로 여러 층으로 나뉘

---

437 여기에 나오는 지명은 당시에 가장 유명한 성들이 있던 곳이다.

어 그리스어, 라틴어, 히브리어, 프랑스어, 토스카나어[438]로 된 책들을 소장한 커다란 도서관들이 있었다.

건물 중앙에는 6투아즈[439] 정도 넓이의 아치형 통로에 의하여 건물 밖으로 통하는 멋진 층계가 있었다. 그 층계는 대칭적 구조로 매우 넓은 것이어서 여섯 명의 무사들이 옆구리에 창을 들고 나란히 전진해서 건물 위까지 올라갈 수 있을 정도였다.

동방의 탑에서 남방의 탑까지는 고대의 무훈, 역사, 그리고 지상의 풍경을 묘사한 벽화들이 그려진 커다란 아름다운 회랑들이 있었다. 건물의 중앙에는 강 쪽에서 본 것과 같은 식의 계단과 문이 있었다. 그 문 위에는 고대문자로 커다랗게 다음과 같이 씌어져 있었다.

---

438 피렌체, 토스카나 지방에서 사용되던 방언. 현대 이탈리아어의 모태가 되었다.
439 길이의 단위. 2미터 정도에 해당한다.

제54장 텔렘의 정문 위에 씌어진 명문(銘文)

이곳에 들어오지 말라, 위선자, 편협한 신앙심을 가진 자,

늙은 원숭이, 거짓 신자, 살찐 돼지,

고트 족[440]보다 더한 목 비뚤어진 자, 어리석은 자,

마고트 족을 예고한 동고트 족,[441]

말총 속옷[442]을 입는 자, 문둥병자,[443] 굽 높은 실내화를 신은 위선자,

모피옷으로 몸을 감싼 거지, 망신당한 탕자,

조롱거리가 된 자, 멍청이, 모사꾼들이여.

너희들의 악습을 다른 곳에 가서 팔아라.

---

440 역사적으로 고트 족은 동(東) 게르만계의 부족으로서, 훈 족(흉노)의 침입으로 시작된 고트 족의 대이동은 고대 로마제국을 붕괴시키는 원인이 되었다. 한편 『가르강튀아 대연대기』에는 고그 족과 마고그 족이 아르튀르 왕의 적으로 나오는 데, 기사도 소설에서 이들은 야만인들을 대표하는 것으로 볼 수 있다. 『구약』「에 스겔서」 38장 2절에 따르면, 마곡은 이방 나라들을 가리키며, 곡은 그 나라들의 우두머리이다.

441 고트 족은 이동 과정에서 서고트 족과 동고트 족으로 나뉘어졌는데, 동고트 족은 5세기 말 이탈리아로 이동하여 동고트 왕국을 세웠다.

442 중세에 고행자들은 육체를 학대하기 위해서 말총을 섞어 짠 속옷을 입기도 했다.

443 이 단어(cagotz)는 에스파냐와 인접한 베아른 지방의 사투리로는 문둥병자라는 뜻이지만, 여기에서는 위선자라는 뜻으로 해석할 수 있다.

너희들의 사악한 악습이

내 들판을 사악함으로

채울 것이고,

그리고 거짓으로

너희들의 사악한 악습이

내 찬양을 방해할 것이기 때문이로다.

이곳에 들어오지 말라, 만족할 줄 모르는 법률가들,

서생, 법원 서기, 백성을 좀먹는 자들,

종교 재판관, 율법학자와 바리새인들,

착한 교구민들을

개처럼 궁핍 속에 몰아넣은 퇴물 재판관들.

너희들의 보수는 교수대에서 받아야 하리라.

이곳에는 너희들의 법정에서 소송에 붙일 이의신청이 없으니

거기나 가서 울부짖도록 하라.

소송과 쟁의사건은

사람들이 즐기러 오는 이곳에서는

아무 즐거움도 주지 못하노라.

너희들의 논쟁을 위해서

바구니 가득

소송과 쟁의사건을 챙겨라.

이곳에 들어오지 말라, 너희들, 인색한 고리대금업자,

식충이, 언제나 돈을 긁어모으려는 사기꾼,
탐욕스러운 자, 안개를 먹는 자,[444]
허리를 굽히는 자, 헌금 그릇의 동전 1천 마르크에도
만족하지 않을 들창코.
너희들은 긁어모아 쌓아두는 데 싫증을 모르나니,
추한 몰골의 게으름뱅이들아,
불운한 죽음이 곧 너희를 사라지게 하리라.

사람답지 못한 낯짝을 가진 자들을
다른 곳에 데려가
면도하게 하라.
이 안에는 어울리지 않으니,
사람답지 못한 낯짝이여,
이곳을 떠나라.

이곳에 들어오지 말라, 허튼소리를 지껄이는 사냥개,[445]
밤낮으로 신경질부리고 질투하는 늙은이,
너희들, 반항적인 모반자들,
위험의 궁내관인 장난꾸러기 요정과 꼬마 악마들,[446]
늑대보다 더 무서운 그리스어와 라틴어 교사들,
뼛속까지 매독에 찌든 타락한 자들.

---

444 제20장 주 220번 참조.
445 질투심이 많은 남편을 사냥개에 비유했다고 한다.
446 중세의 우의적인 소설 『장미 이야기』에서 아내를 가두어둔 질투심 많은 남편은 위
　험Danger으로 의인화되고, 장난꾸러기 요정과 꼬마 악마가 파수꾼 역할을 한다.

마음껏 갉아먹도록 너희들의 종기를 다른 곳으로 가져가라,
불명예를 뒤집어쓴, 딱지로 덮힌 자들아.[447]

명예, 명성, 사랑의 기쁨이
즐거운 합의에 의하여
이곳에서 이루어지고,
모두 건전한 육신을 가지고 있기에
내 그들을 위하여
명예, 명성, 사랑의 기쁨을 말하노라.

이곳에 들어오라, 그대들, 모든 고귀한 기사들이여!
영접과 환대를 받으라.
이곳은 귀족이나 평민 수천을
모두 부양할 만한
충분한 수입이 보장된 장소로다.
그대들은 나의 친밀한 친구들이 될지니,
기분 좋고, 쾌활하고, 즐겁고, 재미있고, 사랑스러운
모두 다 같이 고상한 동료들이 되리라.

천박함을 모르는,
차분하고 세련된
고상한 동료들,
예의바른 태도가

---

[447] 매독 환자들에게 흔히 이러한 수식을 붙였다고 한다.

이곳에서는 고상한 동료들을
사귀는 도구가 되리라.

이곳에 들어오라, 세상의 비난을 무릅쓰고
성스러운 복음을 열성적으로 알린 그대들.
거짓된 말솜씨로 세상에 해독을 끼치는
적의에 찬 그릇된 신앙으로부터
이곳에서 그대들은 피난처와 성채를 얻게 되리라.
들어오라. 이곳에 깊은 신앙을 세우도록 하라.
그러고서 생생한 목소리로 전하고 소임을 다하여
성스러운 말씀의 적들을 꺾도록 하라!

성스러운 말씀은
지극히 성스러운 이곳에서
결코 꺼지지 않으리라.
남자들은 각자 말씀의 흉배를 두르고,
여자들은 각자
성스러운 말씀을 잉태할지니라.

이곳에 들어오라, 고귀한 가문의 여성들이여!
천상의 얼굴에 꽃 같은 미모를 지니고,
간강한 육체에 정숙하고 현명한 처신을 갖춘 그대들,
자유로운 의사에 따라 기꺼운 마음으로 들어오라.
이곳에 들어오면 명예로운 거처가 제공되리라.
이 장소를 기증하신 귀인, 은덕을 베푸신 그분께서는

그대들을 위하여 그렇게 명하셨으니,

모든 것에 대비해 많은 황금을 하사하셨도다.

용서하는 자에게

기부된 황금은

용서를 명하고,[448]

기부된 황금은

사려깊은 인간 누구에게나

큰 보상이 되리라.

---

448 이 두 행의 원문은 매우 교묘하게 동음이의어에 의하여 대구(對句)를 이루고 있
다(Ordonné par don / Ordonne pardon).

제55장 텔렘 수도사들의 거처는 어떠했는가

실내 정원 한가운데에는 아름다운 설화석고로 된 화려한 분수가 있고, 그 위로 풍요의 뿔을 단 우아의 세 여신상이 젖가슴과 입, 귀, 눈, 그리고 몸의 다른 구멍으로 물을 뿜고 있었다.

앞서의 정원 위에 있는 건물은 옥수(玉髓)와 붉은 대리석으로 된 굵은 기둥과 아름다운 고대식의 아치가 떠받치고 있고, 그 내부에는 길고 넓은 회랑이 있는데, 그림과 사슴, 일각수, 코뿔소의 뿔과, 하마와 코끼리의 이빨, 그리고 다른 구경거리로 장식되어 있었다.

여성들의 숙소는 북극의 탑에서부터 남방의 탑의 문까지 자리잡고 있었고, 남성들은 그 나머지 부분을 차지하고 있었다. 여성들의 숙소 앞에는 즐길 수 있도록 앞서의 두 탑 사이의 외부 공간에 연무장, 경마장, 극장, 수영장과 모든 필요한 시설을 갖추었고, 도금양 향수를 풍부히 공급해주는 3단으로 된 화려한 욕탕이 있었다.

강변에는 아름다운 유원지가 설치되어 있었고, 그 가운데에는 아름다운 미로(迷路)[449]가 있었다. 다른 두 탑 사이에는 정구장과 구기(球技)용 경기장이 있었다. 빙설의 탑 쪽에는 온갖 과일나무들이 오점형

---

[449] 이탈리아 식 정원에서 마치 미로처럼 통로가 복잡하게 나 있는 작은 숲을 가리킨다.

(五点形)으로 배치된 과수원이 있었다. 그 끝에는 온갖 야생동물들이 사는 커다란 공원이 펼쳐져 있었다.

마지막 두 탑 사이에는 화승총과 활, 석궁을 위한 사격장이 있었다. 서방의 탑 밖에는 단층으로 된 식당이 있고, 마구간은 식당 건너편에 있었다. 매 사육장은 식당 앞쪽에 있었고 솜씨가 뛰어난 전문가들에 의하여 관리되었다. 매년 크레타인, 베네치아인, 사르마트인들[450]로부터 온갖 종류의 최상급 품종의 독수리, 큰 매, 참매, 난추니, 익더귀, 작은 매, 새매, 쇠황조롱이와 다른 종류의 새들을 공급받았는데, 매우 훈련을 잘 받고 길이 잘 들어 있어서 성에서 출발하여 들판 위를 날며 마주치는 모든 사냥감을 잡아낼 수 있었다. 개 사육장은 좀더 멀리 공원 쪽을 향한 곳에 있었다.

모든 거실, 침실, 서재에는 계절에 따라 여러 종류의 카펫을 깔았다. 포석을 깐 바닥 전체에는 초록색 천이 덮여 있었다. 부속실에는 순금 테를 두르고 주위에 진주를 박은 수정 거울이 있었는데, 사람의 전신이 비칠 만한 크기였다. 여성들의 숙소의 거실 문에는 향수를 뿌려주는 하인과 미용사가 대기하고 있었다. 남성들도 여성들을 방문할 때 그들의 손을 거쳤다. 그들은 매일 아침 여성들의 침실에 장미꽃, 오렌지꽃을 뿌린 물과 도금양 향수를 탄 물을 제공하고, 여성들 모두에게 갖가지 방향제의 향기를 발산하는 향로를 가져다주었다.

---

450 크레타인들은 베네치아인들의 중개무역을 통해 사냥용 새들을 수출했고, 사르마트인들은 북유럽, 프러시아, 폴란드, 노르웨이 등의 나라에 살던 사람들인데 이들도 사냥용 새들을 사육했다고 한다.

제56장 텔렘의 남녀 수도사들은 어떻게 옷을 입었는가

여성들은 설립 초기에는 기분에 따라 자유롭게 옷을 입었다. 그후로 그녀들의 자유의사에 의하여 다음과 같이 바뀌었다.

그녀들은 진홍색 또는 붉은색의 나사(羅紗)로 된 양말을 신었는데, 그 양말은 무릎 위로 정확히 세 손가락 길이만큼 올라왔고, 가장자리에는 아름다운 수와 레이스가 달려 있었다. 양말 대님은 그녀들의 팔찌와 같은 색이었고, 무릎을 아래위로 조여주었다. 평상화, 무도화, 실내화는 진홍색, 붉은색 또는 보라색 비로드로 만들어졌고, 가재수염 모양으로 가장자리를 들쭉날쭉하게 처리한 것이었다.

속옷 위에는 카믈로 천[451]으로 된 아름다운 가슴받이를 했다. 그 위에 흰색, 붉은색, 황갈색, 회색 등의 타프타 천으로 된 불룩하게 부푼 치마를 입고, 그 위에 벌레 무늬의 금실 자수를 놓은 긴 웃옷을 입거나 기분과 날씨에 따라 새틴 천, 다마 천,[452] 오렌지색, 황갈색, 초록색, 재색, 푸른색, 밝은 황색, 진홍색, 흰색의 비로드로 된 옷을 입었고, 축제에 따라서는 금실을 넣은 나사나 은실, 카느티유 실[453]을 넣거나 수를 놓

---

451 염소털과 비단실을 섞어 짠 직물로 매우 질겨서 거들을 만드는 데 썼다고 한다.
452 다마스커스산의 무늬를 짜넣은 피륙의 일종.

은 천으로 된 옷을 입기도 했다.

긴 겉옷으로는 계절에 따라 은실로 장식한 금실을 넣은 천, 금색 카느티유 실로 수놓은 붉은 새틴 천, 흰색, 푸른색, 검은색, 황갈색 타프타 천, 견직 사지, 견직 카믈로 천, 비로드, 은실을 넣은 나사, 은실을 넣은 천, 금실로 짠 천, 금실로 수를 다시 놓은 비로드나 새틴 천으로 된 여러 가지 모델이 있었다.

여름에는 며칠 동안 긴 겉옷 대신에 위에서 말한 천으로 만든 앞이 열린 아름다운 짧은 망토나 은실로 수를 놓고 금실로 장식한 보라색 비로드로 된 무어 식 망토, 아니면 금실로 짠 허리띠에 옷솔기에는 인도산 작은 진주가 달린 소매 없는 짧은 망토를 입기도 했다. 그리고 언제나 소매의 색에 따라 나비 날개 모양의 장식이 달린 아름다운 깃털 장식을 하고 있었다. 겨울철에는 위와 같이 여러 색깔의 타프타 천에, 살쾡이, 검은 사향고양이, 칼라브르산 담비, 검은 담비와 다른 동물들의 값비싼 모피로 안을 댄 겉옷을 입었다.

묵주와 반지, 금줄, 목걸이는 홍옥, 루비, 다이아몬드, 사파이어, 에메랄드, 터키석, 석류석, 마노, 녹주석, 진주 등 최상품의 보석으로 되어 있었다.

머리 모양은 계절에 따라 달랐다. 겨울에는 프랑스 식, 봄에는 에스파냐 식, 여름에는 토스카나 식으로 했는데, 축일과 주일은 예외였다. 이때에 그녀들은 프랑스 식으로 머리를 했는데, 그것은 프랑스 식 머리 모양이 보다 명예롭고 여성의 정숙함에 더 어울리기 때문이었다.

남성들은 그들 식대로 옷을 입었다. 진홍색, 붉은색, 흰색, 또는 검은색의 얇은 나사나 모직 사지로 된 양말을 신고, 같은 색이나 비슷한

---

453 나선형으로 꼰 금실이나 은실로 수를 놓는 데 쓰였다.

색조로 각자 기호에 따라 수가 놓이고 끝부분을 들쭉날쭉하게 처리한 짧은 바지를 입었다. 그들은 금실이나 은실을 넣은 나사, 비로드, 새틴 천, 다마 천, 타프타 천에, 수가 놓이고, 같은 식으로 재단되고, 훌륭한 장식이 달린 같은 색의 저고리를 입었다. 장식끈은 같은 색의 비단으로 만들어졌고, 끝의 고리는 칠보를 입힌 금으로 되어 있었다. 조끼와 윗도리는 금실을 넣은 나사, 금실을 넣은 천, 은실을 넣은 나사, 보기 좋게 다시 수를 놓은 비로드로 되어 있었고, 긴 겉옷은 여성들과 마찬가지로 값진 것이었다. 비단 허리띠는 저고리와 같은 색이었고, 각자 옆구리에는 칼을 찼는데, 손잡이는 금으로 도금되고, 칼집은 양말과 같은 색의 비로드로 된 것이었고, 끝에는 금과 세공장식이 붙어 있었다. 단도도 마찬가지였다. 검은 비로드로 된 모자에는 열매 모양의 금구슬과 금단추가 붙어 있었다. 그 위에는 금장식과 함께 흰 깃털이 꽂혀 있고, 금장식 끝에는 아름다운 루비나 에메랄드가 달린 나비 날개 모양의 장식이 늘어뜨려져 있었다.

그렇지만 남성들과 여성들 사이의 공감은 대단한 것이어서, 그들은 매일 아침 같은 의상을 입었고, 이 규칙을 어기지 않기 위하여 어떤 신사들은 여성들이 그날 어떤 복장을 하기를 원하는지를 남성들에게 알려주는 임무를 맡았다. 왜냐하면 모든 것은 여성들의 의사에 따라 정해졌기 때문이다.

이처럼 우아한 옷과 화려한 장신구에 그들이 시간을 낭비했다고 생각하지 말라. 왜냐하면 의상 담당 집사들은 의상을 완벽하게 대령했고, 침실 하녀들도 숙달되어 있어서 잠시 동안에 여성들은 머리끝부터 발끝까지 옷을 입고 채비를 갖출 수 있었다. 그리고 그들에게 의복을 보다 편리하게 공급하기 위해서 텔렘 숲 주변에는 5리에 걸쳐 볕이 잘 들고 시설이 완비된 집들로 커다란 부락이 형성되어 있었다. 금은세공인, 보석세공인, 자수공, 재단사, 금실 제조공, 비로드 제조공, 카펫 제조공, 잉아 직공들이 그곳에 머물면서 각자 자신의 직업에 따라 오직 앞서 말한 남녀 수도사들만을 위하여 모든 작업을 했다. 재료와 천은 노시클레트[454] 영주의 손으로 공급되었는데, 그는 매년 페를라 섬과 카니발 섬[455]에서 배 일곱 척에 금괴와 생사, 진주와 보석을 실어 그들에게 가져다 주었다. 만일 진주들이 오래되어 원래의 흰색을 잃게 되면, 마치 매에게 치료용 환약을 먹이듯이 잘생긴 수탉에게 진주를 먹게 해서 기술적으로 새것으로 만들 수 있었다.

---

454 그리스어로 배를 많이 가진 것으로 유명한 사람이라는 뜻이다.
455 서인도제도의 섬들.

제57장 텔렘 수도사들의 생활방식은 어떻게 결정되었는가

　그들의 모든 생활은 법이나 규정, 규칙에 의해서가 아니라 그들의 의사와 자유의지에 따라 관리되었다. 그들은 원할 때 침대에서 일어나, 하고 싶은 욕망이 생길 때 먹고 마시고 일하고 잠을 잤다. 아무도 그들을 깨우지 않았고, 아무도 그들에게 먹거나 마시고, 무슨 일이거나 하라고 강요하지 않았다. 이렇게 가르강튀아가 정해놓았던 것이다. 그들의 규칙이라고는 '원하는 바를 행하라'는 조항밖에 없었다.

　왜냐하면 좋은 가문에서 태어나 좋은 교육을 받고 훌륭한 동료들과 함께 생활하는 자유로운 인간들에게는 천성적으로 도덕적으로 행동하게 하고 악을 멀리하도록 하는 본능이 있고 그들이 명예라고 부르는 자극을 받게 되기 때문이다. 그들이 수치스러운 굴종과 강제에 의하여 억압받고 예속될 때, 그들에게 자유롭게 미덕을 추구하며 예속의 굴레를 떨쳐버리고 거역하게 하던 고상한 성향은 왜곡된다. 우리는 언제나 금지된 일을 시도하고 우리에게 거부된 것을 갈망하기 때문이다.

　이러한 자유에 의하여 그들은 누구 한 사람이라도 원하는 것을 보게 되면, 모두 같이 하려고 선의의 경쟁을 벌였다. 어떤 사람이 "마시자"고 하면 모두 마셨고, "놀자"고 하면 모두 같이 놀았다. 누가 "들판에 나가 즐기자"고 하면 모두 그곳애 갔다. 매사냥이나 사냥을 하게 되면, 여성들은 의장을 갖춘 산책용 말을 데리고, 잘생긴 온순한 암말을 타고서 각자 예쁘게 장갑을 끼고 주먹을 쥔 손 위에 새매, 난추니, 작은 매를 올려놓았다. 남성들은 다른 종류의 새들을 데리고 갔다.

그들은 훌륭한 교육을 받아서 그들 중에 읽고, 쓰고, 노래부르고, 악기를 연주하고, 대여섯 개의 언어를 말하고, 그것으로 시와 산문을 짓지 못하는 사람은 없었다. 그처럼 용감하고, 예절바르고, 땅에서나 말 위에서 능숙하고, 강건하고, 온갖 무기를 힘차게 잘 다루는 기사들을 본 적이 없었고, 그녀들보다 우아하고, 귀엽고, 성가시지 않고, 손재주나 바느질, 고상하고 자유로운 여성에게 적합한 여성적인 모든 활동에 뛰어난 여성들도 본 적이 없었다.

이러한 까닭에 수도사들 중에 누군가가 부모의 요청이나 다른 이유로 수도원을 나가야 할 때가 되면, 그는 자신이 섬기기로 작정한 여성을 데리고 나가 결혼을 했다. 그들은 텔렘에서 헌신과 애정 속에서 생활했기 때문에 결혼에서도 그 생활이 더욱 훌륭하게 이어졌다. 그리하여 그들은 죽는 날까지 결혼 첫날처럼 서로를 사랑할 수 있었다.

나는 수도원의 기초에서 발견된 커다란 청동판에 씌어진 수수께끼를 잊지 않고 여러분에게 전하고 싶다. 그 수수께끼는 다음과 같은 것이다.

제58장 예언 형식의 수수께끼[456]

행복을 기다리는 불쌍한 인간들이여,
마음을 열고 내 말을 들으라.
창공에 떠 있는 별들에 의하여
인간의 정신이 독자적으로
앞으로 올 일을 예언할 수 있다고
굳게 믿는 것이 허용된다면,
혹은 신성한 힘에 의하여
미래의 운명을 알 수 있게 된다면,
먼 앞날의 운행과 운명에 관해서
분명한 말로써 판단할 수 있도록,
듣고자 하는 이들에게 알려주려 하노라.
더 이상 기다릴 것 없이 이번 겨울이나
아니면 더 일찍 우리가 살고 있는 곳에서

---

456 이 시는 멜랭 드 생 줄레Mellin de Saint-Gelais라는 시인이 쓴 당시 유행하던 수수
께끼 시를 옮겨놓은 것이다. 원래는 정구 경기의 모습을 장중한 문체로 묘사한 것
이지만, 라블레는 첫 두 행과 마지막 열 행을 추가해서 원래의 시와 다른 의미로
해석할 수 있는 가능성을 제시한다.

휴식에 지치고 무위에 싫증을 느낀

일단의 사람들이 거침없이 대낮에 밖으로 나와

온갖 신분의 인간들로 하여금

분쟁과 파벌을 만들도록 유혹하리라는 것을.

(무슨 일이 일어나고 어떤 대가를 치르더라도)

사람들이 그들의 말을 듣고 믿으려 하면,

그들은 친구들과 가까운 가족들 사이에

분명히 불화를 일으키리라.

대담한 아들은 수치를 두려워하지 않고,

자기 친아버지에게 반기를 들리라.

고귀한 가문 출신의 귀족들마저도

가신(家臣)들의 공격을 받을 것이고,

명예와 존경의 의무는

그때 질서와 분별력을 잃게 되리라.

그들은 각자 차례대로

전진하고 물러서야 한다고 말할 것이고,

이 문제로 많은 혼전이 벌어져

많은 불화가 오갈 것이로다.

놀라운 기적에 관한 어느 이야기도

이 같은 소동에 관해서 말한 적이 없도다.

그때에 수많은 훌륭한 인물들이

젊음과 혈기의 부추김으로

이 격렬한 욕망을 지나치게 맹신하여

짧게 살다가 꽃다운 나이에 죽는 것을 보게 되리라.

그리고 일단 여기에 마음을 쏟으면,

소송과 분쟁을 일으켜 하늘을 소란으로,

땅을 분주한 발걸음으로 가득 채우지 않고서는

누구도 이 일을 그만두지 못하리라.

그러면 신앙 없는 자들이 진리의 사람들과

같은 권위를 갖게 될지니,

모두가 무지하고 어리석은 무리들의

믿음과 생각을 따르고,

그중 제일 우둔한 자를 심판관으로 삼을 것이기 때문이로다.

오, 많은 피해를 가져올 고통스러운 대홍수여!

대홍수에 관해서 말하는 것은 정당한 이유가 있나니,

전투에 가장 열성적인 자들을

붙들고 적셔줄 갑작스러운 물이

신속히 솟아나기 전에는

이 시련은 멈추지 않고

대지도 이로부터 벗어날 수 없을 것이기 때문이노라.

그리고 당연히 이 결투에 몰두한 그들의 마음은

죄 없는 가축떼들의

힘줄과 불결한 창자로

신들에게 바칠 제물 대신에

인간들에게 도움이 되는 물건[457]을 만들지 못한다면,

그것들을 결코 용서하지 않았을 것이기 때문이로다.

자, 이제 어떻게 이 모든 일이 전개될지,

그리고 이처럼 심각한 투쟁 속에서

---

457 정구 라켓에 매는 줄을 가리킨다.

둥근 물체458가 어떤 휴식을 취할 수 있을지

그대들이 생각해보도록 하라.

승리를 거둘 운 좋은 자들은 더 많이 획득하기 위하여

그것을 잃거나 망치지 않으려 애쓰며

모든 방법으로 그것을 복종시키고 포로로 만들려 하리라.

이러한 상황에서 만신창이가 된 물체는

그렇게 만든 자에게 구원을 청할 수밖에 없을 것이고,

그 가련한 운명에 설상가상으로

밝은 태양이 아직 서쪽으로 지기도 전에

일식이나 자연적인 밤보다 더한

어둠을 그 위에 드리울 것이니,

단번에 자유와 지고한 하늘의

은총과 빛을 잃게 되거나,

적어도 사람들의 버림을 받은 채로 남게 되리라.

그러나 그 물체는 이러한 몰락과 손상을 당하기 전에

티탄 거인족의 아들 위에 던져졌을 때459

에트나 화산이 요동쳤던 것보다 더 심하게

격렬하고 심한 요동을 분명히 오랫동안 보일 것이로다.

그토록 힘이 센 성난 티포에우스가

바닷속에 산들을 집어던졌을 때

이나리메 섬460이 보였던 움직임도

---

458 이 표현은 전통적으로 우주론에서 지구를 가리킬 때 사용되었지만, 이 수수께끼 시에서는 정구공이라는 뜻으로 해석할 수 있다.

459 유피테르는 반란을 일으킨 티탄 거인족을 벌하기 위하여 티포에우스를 에트나 화산 밑에 깔리게 만들었다.

460 베르길리우스의 『아이네이스』 9장 857행에 나오는 이스키아의 화산섬. 티포에우

그것에 비하면 더 격렬한 것으로는 볼 수 없으리라.

이렇게 잠깐 사이에

그 물체는 처량한 신세가 되고 자주 주인이 바뀌어

그것을 손에 넣었던 자조차도

다음 사람들이 차지하도록 넘겨주리라.

그러면 이 오랜 시합을 끝내기에

적당한 시간이 다가올지니,

그대들이 이야기를 들었던 홍수가

각자 물러가도록 만들 것이로다.

그러나 그들이 떠나기 전에

뜨거운 열기로 홍수와 대립을 끝내게 할

커다란 화염이 공중에 나타나는 것을

똑똑히 볼 수 있으리라.

이 사건들이 모두 완결된 후에

선택받은 자들은 즐거운 마음으로

그들의 재산과 천상의 만나[461]를 되찾고,

정당한 보상으로 더욱 부유해지리라.

다른 자들은 최후에 이르러

모든 것을 잃게 되리라.

이는 시련을 이렇게 끝낸 다음

각자 자신에게 예정된 운명을 맞게 하기 위함이로다.

스의 몸 일부가 그 밑에 깔려 있어 거인이 발버둥칠 때 지진이 일어난다고 한다.

461 이스라엘 민족이 모세의 인도로 이집트에서 가나안으로 이동할 때 아라비아 광야에서 여호와가 내린 음식.

이것이 정해진 언약이로다.

끝까지 견딜 수 있는 자를 존경할지어다![462]

이 기록을 읽고 나서 가르강튀아는 깊이 한숨을 쉬고 좌중에게 말했다.

"복음의 신앙을 지키려는 이들이 박해를 받는 것은 어제 오늘의 일이 아니오. 그렇지만 육신의 유혹에 빠져 정신이 팔리거나 옆길로 새지 않고, 신앙을 지키며 하느님께서 그분의 귀한 아드님을 통해서 우리에게 정해주신 목표를 향해 나아갈 수 있는 사람에게 큰 복이 있을 것이오."

수도사가 물었다.

"전하의 견해로는 이 수수께끼가 무엇을 가리키고 의미한다고 생각하십니까?

—뭐라니? (가르강튀아가 말했다) 성스러운 진리의 진행과 영속성을 말한 것이라오.

—성 고드랑[463]을 두고 말이지만, (수도사가 말했다) 제 해석은 그렇지 않습니다. 이것은 예언자 메를랭의 문체입니다. 원하시는 만큼 심오한 알레고리와 의미를 부여하시고, 전하와 모두들 좋으실 대로 추론하십시오. 저로서는 모호한 말로 정구 경기를 묘사한 것 외에 다른 뜻이 숨겨져 있다고 생각하지 않습니다. 사람들을 유혹하는 자들이란 시합을 주선하는 사람들로서, 그들은 보통 친구 사이랍니다. 두 번 서비스를 넣은 다음에는 경기장 안에 있던 사람은 밖으로 나가고 다른 사람이 들어

---

462 『신약』「마태복음」 24장 13절. "그러나 끝까지 견디는 자는 구원을 얻으리라"에 대한 암시로 해석할 수 있다.

463 마이유제의 수도원에 묻힌 베네딕트 수도회의 성자로, 라블레는 한때 자신이 수도사 생활을 했던 베네딕트 교단의 성자를 언급한 것이다.

오게 되지요. 먼젓번 사람에게 공이 선 위로 지나갔는지 아래로 지나갔는지를 알리도록 합니다.[464] 홍수는 땀을 말하고, 라켓의 줄은 양이나 염소의 창자로 만들지요. 둥근 물체는 실뭉치나 공을 가리키는 것이고요. 경기가 끝난 다음 사람들은 환한 불 앞에서 휴식을 취하고, 속옷을 갈아입습니다. 그다음에는 보통 주연을 벌이는데, 승리한 사람들이 더 신나게 마시지요. 그러고는 맛있는 음식을 먹는 거지요!"

---

[464] 당시에는 경기장에 그물이 없었으므로 관전하는 사람들이 공이 선 위 또는 아래로 지나갔는지를 판정했다고 한다.

팡타그뤼엘

Pantagruel

『팡타그뤼엘』 1537년판 속표지 그림

딥소디인[1]들의 왕 팡타그뤼엘

제5원소의 추출자 고(故) 알코프리바스 선생이 그의 무시무시한 행적과 무훈을 원상대로 복원한 책

---

1 그리스어로 목마른 자들Dipsodes이 사는 나라라는 뜻. 원래 팡타그뤼엘은 술에 취해 잠든 사람들의 입에 소금을 뿌리고 다닌다고 알려진 전설에 나오는 작은 악마의 이름이라고 하는데, 라블레는 그를 갈증을 불러일으켜 마실 것을 갈구하게 만드는 힘을 가진 인물로 바꾸어놓았다.

이 책의 저자에게 위그 살렐 선생[1]이 보낸 10행시[2]

즐거움에 유익함을 섞을 줄 아는 것이
작가에 대한 평가를 높이는 길이라면,
그대는 확실히 존경을 받게 되리라.
이 책에서 그대의 지혜가 재미있는 겉모습 속에
유익함을 훌륭히 담아낸 것을
알기 때문이노라.
내게는 우리 인간사에 대하여 비웃고 있는
새로운 데모크리토스[3]를 보는 것 같도다.
계속할지어다! 그대가 이 아래 세상에서는 그렇지 못하더라도,
저 높은 곳에서는 올바른 대접을 받게 되리니.

---

1 호메로스의 『일리아스』를 번역하기도 했던 당시의 유명한 시인으로 마로Marot와 같
이 프랑수아 1세의 시종을 지냈다.
2 이 시는 1532년의 초판에는 실리지 않았던 것으로 1534년판에 처음 등장한다.
3 그리스의 철학자로 무엇에나 슬퍼했던 헤라클레이토스와는 반대로 모든 일에 대해
웃었다고 전해진다.

작가 서문

　고상하고 명예로운 모든 일에 기꺼이 열성을 다 바치는 매우 고명하고, 용감한 기사, 귀인을 비롯한 여러분들, 여러분은 전에 『거대한 거인 가르강튀아의 놀라운 대연대기』[1]를 보고 읽어, 알고 있을 것이다. 진정한 신자들처럼 여러분은 그 책을 예의바르게 믿고, 명예로운 귀부인과 아가씨들에게 아름답고 긴 이야기를 들려주다가 이야깃감이 떨어졌을 때 여러 번 그 책으로 그녀들과 같이 시간을 보낸 적이 있을 것이다. 그 일로 여러분은 많은 칭송을 받고 영원히 기억될 만하다.

　각자가 자신의 일을 제쳐두고, 직업에 개의치 말고, 사업도 잊고, 정신을 딴 데 팔거나 방해받는 일 없이, 외울 수 있을 때까지 그 책에 완전히 몰두하기를 바라는 것이 내 뜻이다. 이는 혹시 인쇄술이 중단되거나 책이 모두 사라졌을 때, 앞으로 각자가 분명히 자식들에게 가르쳐 줄 수 있고, 종교에 대한 비의적 해석[2]을 손에서 손으로 넘겨주듯 후계

---

1 1532년 리옹의 여름 시장에서 팔렸던 작자미상의 대중소설이다. 아르튀르Arthur 왕의 마법사 메를랭이 고래뼈로 남녀 거인을 만들어 그들 사이에서 태어난 가르강튀아로 하여금 외적의 침입을 물리치고 아르튀르 왕을 지키게 한다는 내용으로, 주인공의 엄청난 키와 힘, 식욕 등 거인으로서의 면모를 강조하는 것으로 일관한 초보적 수준의 작품이다.

2 유대인들의 『구약』에 대한 비의적(秘義的) 해석kabbale.

자들과 살아남은 자들에게 전하게 하기 위함이다. 왜냐하면 『법률요강』
에 대한 라클레[3]의 해석만큼도 제대로 이해하지 못하는 수많은 딱지투
성이[4]의 상스러운 허풍쟁이들이 생각하는 것보다는 더 많은 유익한 열
매가 이 작고 재미있는 책에 담겨 있기 때문이다.

　나는 고귀한 신분의 강력한 영주들을 많이 알고 있는데, 그들은 큰
짐승을 사냥하러 가거나 오리를 잡으러 매사냥을 나갔을 때, 부러진 가
지로 표시된 곳에서 짐승을 발견하지 못하거나 매가 날쌔게 달아나는
사냥감을 보고 공중을 맴도는 것[5]을 보게 되면, 여러분도 이해하겠지만
매우 애석해한다. 그런데 그들이 울적한 기분을 풀고 기운을 낼 수 있는
도피책은 앞서 말한 가르강튀아의 믿을 수 없는 행적을 상기하는 것이
었다.

　심한 치통으로 고생하는 세상의 다른 사람들은 (이는 쓸데없는 말이
아니다) 아무 효과도 보지 못하고 그들의 재산을 의사들에게 써버리고
나서는, 앞서 말한 대연대기를 따뜻하게 덥힌 좋은 천 두 장에 싸서 똥
가루를 조금 뿌린 다음 아픈 부위에 갖다대는 것보다 더 적절한 치료책
을 찾을 수 없었다.

　하물며 불쌍한 매독 환자와 통풍 환자에 대해서는 무슨 말을 하겠
는가? 그들이 연고를 바르고 적당히 기름칠을 해서,[6] 얼굴은 고기 저장
고의 자물쇠처럼 번들거리고, 이는 오르간이나 스피넷[7] 건반의 페달처

---

3 돌Dole의 법학교수였던 그를 라블레는 유스티아누스의 로마법전의 핵심인 『법률요
강Institute』도 제대로 이해하지 못한 엉터리 학자로 취급한다.
4 매독 환자를 가리킨다.
5 매가 날갯짓을 하지 않고 활공하는 것은 사냥감이 달아나버려 사냥을 포기했다는
뜻이다.
6 당시 매독의 치료법은 환자에게 돼지기름을 섞은 수은이 든 연고를 바르고 한증실
에서 땀을 내게 하는 것이었다고 한다.
7 하프시코드 이전의 소형 건반악기.

럼 들썩거리며, 목구멍으로는 사냥개가 그물 사이로 몰아넣은 멧돼지처럼 거품을 내뿜는 모습을 우리는 얼마나 자주 보았던가! 그럴 때 그들은 무엇을 했던가? 그들의 위안이라고는 앞서의 책 몇 장을 읽어주는 것을 듣는 것뿐이었다. 고성소(古聖所)[8]에 잡혀 있는 그들에게 그 책을 읽어주는 것이, 해산의 고통을 겪는 여인들에게 성녀 마르그리트의 생애를 읽어주는 것[9]보다 더도 덜도 아니게 확실히 고통이 완화되는 것을 느끼게 하지 못한다면, 백 통[10] 분량의 늙은 악마들에게 잡혀가도 좋다고 주장하는 자들을 우리는 본 적이 있다.

그것이 아무것도 아니란 말인가? 그것이 어떠한 언어로 된 것이든, 그리고 어느 분야나 학문에 관한 것이든, 이만한 효과와 속성, 특권을 가진 책이 있으면 찾아서 내게 가져와보라. 그러면 반 리터치의 소 내장 요리를 대접하겠다. 그렇지 않다, 여러분, 그렇지 않단 말이다. 이 책에 견줄 만한 상대는 있을 수 없고, 비교가 되지 않으며, 모델도 찾을 수 없다. 나는 화형대의 불 속에 들어가야 하는 위험만은 제외하고,[11] 이 주장을 견지하겠다. 반대의 주장을 내세우는 자들은 기만하는 자, 예정론자,[12] 사기꾼, 현혹시키려는 자들로 간주하라.

다른 가치 높은 책들, 그중에서 『술고래』 『미친 롤랑』 『악마 로베르』 『피에라브라』 『겁 없는 기욤』 『보르도 출신의 위옹』 『몽트비에유』

---

8 세례를 받지 못하고 죽은 어린아이의 영혼이 머무르는 천국과 지옥 사이의 장소인데, 여기서는 매독 환자들이 땀을 내는 한증실을 가리킨다.

9 당시의 미신 중의 하나로서, 해산하는 여인에게 성녀 마르그리트의 전기를 읽어주거나 여인의 가슴 위에 책을 얹어놓으면 해산을 용이하게 해준다고 믿었다.

10 약 400리터 정도의 큰 통·pipe.

11 라블레가 대담한 주장을 내세우면서 그 말에 대한 책임을 끝까지 지지는 않겠다는 뜻으로 자주 사용하는 표현.

12 1542년판에 덧붙여진 예정론자라는 용어는 예정론을 주장했던 칼뱅 파를 겨냥한 것이다.

『마타브륀』[13] 등을 꼽을 수 있는데, 이 책들에서 어떤 신비한 속성을 찾을 수 있는 것은 사실이다. 그러나 이 책들도 우리가 이야기하는 책과는 비교가 되지 않는다. 그리고 세상 사람들은 확실한 경험을 통해서 앞서 말한『가르강튀아 대연대기』에서 얻게 되는 대단한 이득과 효용성을 잘 알고 있다. 그 책은 두 달 만에, 성경이 구 년 동안 팔린 것보다 더 많이 인쇄업자들에 의해서 팔렸기 때문이다.

여러분들의 비천한 종에 지나지 않는 본인은 여러분의 소일거리를 늘려주기 위하여, 그 책보다 좀더 공정하고 믿을 만하다는 것 말고는, 같은 재료로 만들어진 다른 책 한 권을 이제 여러분에게 바치고자 한다. (일부러 속기를 원치 않는다면) 내가 율법에 관해서 말하는 유대인들[14]처럼 말한다고 생각하지 말라. 나는 그런 나라에서 태어나지 않았고, 거짓말을 하거나 진실하지 않은 것을 주장하는 일은 결코 없다. 나는 쾌활한 펠리컨[15]처럼, 그러니까 내 말은 연인들을 박해하는 똥싸개 비서관[16]과 사랑을 씹어먹는 비서관들처럼 이야기한다는 것이다. *우리는 본 것을 증거하노라.*[17] 이 책은 내가 시동 노릇을 끝낸 후 지금까지 고용되어 섬

13『미친 롤랑』은 이탈리아의 작가 아리오스토가 쓴 유명한 작품이고, 작자미상의 나머지 작품들도 당시에 유행하던 대표적인 기사도 소설들이다.

14 신의 계시를 받지 않고 형식적으로 말한다는 뜻이다.

15 라블레는 교황청의 고위 성직자인 사도좌 서기관protonotaire과 교황법령집 학자 décrétaliste를 뒤섞어 엉뚱하게 펠리컨onocrotale이라는 단어를 만들어낸다. 그리고 사도좌 서기관과 연관시켜 교황청 상서국 비서관에 대한 풍자를 덧붙인다.

16 '똥싸개 비서관crotenotaire'과 '사랑을 씹어먹는 비서관croquenotaire'은 라블레가 교황청 상서국의 비서관들을 풍자하기 위해서 똥crotte과 와작와작 씹어먹다 croquer라는 단어를 결합시켜 만든 말장난이다. 교황청 상서국의 비서관들은 방탕한 품행으로 악명이 높았다고 한다. 이 두 단어는 유사한 발음 때문에 오늘날에도 장의사의 일꾼을 뜻하는 crotte-mort와 croque-mort에서처럼 같은 대상을 가리키는 데 사용되기도 한다.

17『신약』「요한복음」 3장 11절.

기고 있는 팡타그뤼엘 님의 무시무시한 행적과 무훈에 관한 것이다. 그분의 허락을 받고, 나는 고향을 방문하여 아직 살아 있는 가족이 있는지 알아보려고 온 것이다.

그러니까 이 서문을 끝내기 위해서 하는 말인데, 내가 이 모든 이야기에서 단 한마디라도 거짓말을 하는 경우 영혼과 육신, 위와 장을 십만 바구니의 악마들에게 내맡기려는 것과 같이, 여러분이 이 연대기에서 내가 이야기하는 모든 내용들을 굳게 믿지 않는다면, 성 앙투안의 불길[18]에 타버리고, 간질로 땅바닥에 엎어지고, 벼락을 맞고, 궤양으로 다리 병신이 되고, 이질에 걸리고,

성교로 인하여 생긴 단독이
암소털처럼 가늘게,
수은으로 더욱 힘을 얻어
당신 항문 속으로 들어가기를.[19]

그리고 소돔과 고모라처럼, 유황과 불과 심연 속에 떨어지기를 원하노라.

---

18 당시 흔하던 맥각병을 가리킨다.
19 이 부분은 라블레가 당시 유행하던 통속적인 노래의 후렴을 변형시켜 덧붙인 것으로 보인다.

제1장 위대한 팡타그뤼엘의 기원과 선조들에 관해서

지금 우리가 한가로우니, 여러분에게 선량한 팡타그뤼엘의 기원과 출신을 상기시키는 것이 쓸데없거나 무위한 일은 아닐 것이다. 이는 아랍인이나 바르바리아인,[1] 로마인들뿐 아니라 그리스인들과 영원한 술꾼인 이교도들의 모든 훌륭한 사관(史官)들이 이렇게 그들의 연대기를 다룬 것을 내가 알기 때문이다.

이 세상이 시작되었을 때(옛 드루이드들[2]이 계산하던 방식으로는 40 곱하기 40 밤도 더 지난 과거의 일인데), 아벨이 그의 형인 카인에 의하여 살해된 직후 의인의 피가 스며든 대지가 어느 해에 그 모태로부터 대단히 풍성하게 온갖 과일을 우리에게 생산해준 적이 있다는 것을 여러분은 알아야 한다. 그해를 영원히 기억하기 위하여 큰 서양모과의 해라고 불렀는데, 왜냐하면 세 개만으로도 큰 통[3]을 가득 채웠기 때문이다.

그해에는 그리스인들의 성무일과서에 초하룻날[4]이 있었다. 3월은

---

1 이집트 서쪽의 북아프리카에 있는 모로코, 알제리, 튀니지 등의 나라들을 가리킨다.

2 골, 브르타뉴, 아일랜드 지방에 살던 켈트 족의 사제들. 그들은 영혼의 불멸과 윤회를 믿었고, 부족의 정치, 사회 규범, 종교를 관장하는 지배계급이었다. 율리우스 카이사르에 따르면, 그들은 낮 대신 밤을 기준으로 날짜를 계산했다고 한다.

3 약 13리터들이 통 boysseau.

4 로마 책력의 초하룻날calendes은 체계가 다른 그리스 책력에는 들어 있지 않았다.

사순절⁵에 오지 않았고, 4월 중순이 5월에 있었다. 9월인 것 같은데 아니면 혹시 10월에 (나는 어떤 오류도 범하지 않기 위하여 조심하기를 원하므로) 책력에서 매우 유명한 세 목요일의 주일이 있었다. 불규칙한 윤일 (閏日) 때문에 목요일이 세 번 있었던 것이다. 그때는 태양이 약간 왼쪽으로 비스듬히 운행했고, 달도 진로를 5투아즈⁶ 이상 바꾸었으며, 부동 (不動)이라는 창공⁷에서 진동운동이 분명히 목격되었다. 그래서 황소좌 가운데 별은 동료들을 버려두고 춘분점과 추분점을 잇는 선 쪽으로 기울었고, 이삭Espy이라는 별은 처녀좌를 떠나 천칭좌 쪽으로 물러났다. 이는 매우 놀라운 일이었고, 견고하고도 어려운 문젯거리여서 점성가들은 물어뜯을 수가 없었다. 그리고 그들이 그곳까지 이르려면 매우 긴 이가 있어야 했을 것이다!

여러분은 앞서 말한 서양모과들이 보기도 좋고 맛도 좋았으므로 사람들이 즐겨 먹었으리라는 것을 짐작할 수 있을 것이다. 그런데 (그가 심은 포도나무에서 우리가 포도주라고 부르는 감미롭고, 귀하고, 천상의 즐거움을 가져다주는 신들의 신성한 음료가 나왔으므로 그에게서 입은 큰 은혜에 깊이 감사드리는) 성스러운 인물인 노아가 그 효과와 위력이 어떤지를 알지 못하고 포도주를 마셨다가 실수를 했던 것처럼, 이 시대의 남녀들은 즐거워하며 이 아름답고 큰 과일을 먹었던 것이다.

그런데 여러 가지 사고가 이들에게 일어났다. 왜냐하면 이들 모두의 몸이 전부 같은 곳은 아니었지만 끔찍하게 부풀어올랐던 것이다. 어떤 이들은 배가 부풀어올라 커다란 통 모양으로 혹같이 되어버렸다. 그

---

5 사순절(부활절 전 46일간)에는 반드시 3월이 들어가야 한다.
6 길이의 옛 단위로 1.949미터에 해당한다.
7 프톨레마이오스의 우주론에 따르면, 우주의 가장 바깥쪽에 움직이지 않는 별들이 있는 공간이 있는데, 당시의 점성가들은 움직이지 않는 별들도 7천 년을 주기로 진동운동을 한다고 생각했다.

들에 대해서 *전능한 배*[8]라고 기록되어 있는데, 그들은 모두 선량하고 쾌활한 사람들이었고, 그 종족에서 성 팡사르[9]와 참회의 화요일이 태어났다.

어떤 사람들은 어깨가 부풀어올라 산을 짊어진 사람들이라고 부르는 꼽추가 되었는데, 아직까지도 남녀 불문하고 다양한 신분의 사람들에게서 볼 수 있다. 이 종족에서 여러분이 그의 재미있는 이야기와 재치 있는 격언을 알고 있는 아이소포스Esope가 태어났다.

어떤 사람들은 자연의 경작자라고 부르는 물건이 길게 부풀어서, 엄청나게 길고, 크고, 살찌고, 굵고, 싱싱하고, 옛날식으로 닭벼슬처럼 꼿꼿이 솟아 있는 물건을 가지게 되었다. 그래서 그들은 그것을 몸에 대여섯 번 둘러 허리띠로 사용했다. 알맞은 계제에, 모든 상황이 순조로울 때 그들을 보았더라면, 과녁을 찌르려고 창을 겨누고 있는 사람들처럼 보였을 것이다. 이들 종족은 여인네들이 "그 굵은 것들은 이제 없다네"라고 계속 한탄하며 말하듯이 사라져버렸다. 여러분은 그 노래의 나머지 부분은 알고 있을 것이다.

어떤 사람들은 불알이 엄청나게 커져서 그것 세 개만으로 큰 통[10]을 채울 수 있었다. 이들로부터 로렌 지방의 불알이 나왔는데, 그것들은 반바지 밑으로 빠져버리므로 바지 앞주머니[11]에 결코 넣을 수 없었다.

어떤 사람들은 다리가 길어져서, 그들을 보면 두루미나 홍학, 또는

---

8 「사도신경」에 나오는 '*전능하신 하느님 아버지*Patrem omnipotentem'라는 표현을 '*전능한 배*Ventrem omnipotentem'로 바꾼 말장난이다.

9 사육제의 마지막 날인 참회의 화요일에 등장하는 가공의 성자이다. 라블레가 의인화한 참회의 화요일Mardi Gras은 금욕 기간인 사순절로 들어가기 전 축제가 절정에 이르는 날이다.

10 약 270리터들이 큰 통muid.

11 바지 앞주머니braguette는 바지 앞쪽에 삼각형 주머니 모양으로 붙인 일종의 성기 가리개를 가리킨다.

장대발을 하고 걷는 사람처럼 보였을 것이다. 초급반 생도들은 그들을 문법에서 말하는 장단격¹²이라고 불렀다.

그리고 어떤 사람들은 코가 커졌는데, 알룩달룩하고, 작은 종기로 번쩍거리고, 검붉고, 시뻘겋고, 방울술이 잔뜩 달리고,¹³ 유약을 바른 듯 번들거리고, 여드름투성이에, 붉은색을 두른 증류기의 나선관 같아 보였다. 그런 사람들로는 교회 참사회원인 팡주와 앙제의 의사인 피에드부아¹⁴를 여러분이 본 적이 있을 터인데, 이 종족 중에서 탕약을 좋아하는 사람은 별로 없었지만, 모두 9월에 나는 포도즙¹⁵의 애호가들이었다. 나소와 오비디우스¹⁶는 이들을 시조로 삼았고, 이들 모두에 관해서는 코는 *기억하지 말라*¹⁷고 기록되어 있다.

어떤 사람들은 귀가 커졌는데, 그 귀는 대단히 큰 것이어서 저고리와 반바지, 외투로 사용되기도 했고, 에스파냐 식의 망토처럼 몸을 감쌀 수도 있었다. 부르보네 지방에는 아직도 그 자손들이 남아 있다고 하는데, 이 때문에 부르보네 사람들의 귀라는 속담이 생겨났다.

어떤 사람들은 몸 전체가 커졌고, 그들로부터 거인족이 생겨났는데, 팡타그뤼엘은 그들로부터 나왔다.

---

12 다리jambus와 장단격iambus을 이용한 말장난. 장단격은 단음절의 단어 다음에 긴 음절로 된 단어를 결합하여 만든 운각을 가리키는데, 여기에서는 작은 머리에 긴 다리라는 뜻으로 사용된다.

13 취해서 얼굴이 뻘게진 모습을 가리킨다.

14 나무로 된 발이라는 뜻의 우스꽝스러운 이름.

15 라블레 소설에 자주 등장하는 포도주를 가리키는 표현.

16 오비디우스Ovidius Naso의 성과 이름을 나누어 마치 서로 다른 두 사람인 것처럼 처리한 말장난이다.

17 코nez와 금지를 나타내는 라틴어 표현 Ne의 발음상의 유사성을 이용한 말장난. 이 문장은 "우리의 죄를 기억하지 말라Ne reminiscaris delicta nostra"라는 응답송 구절의 첫부분이다.

첫번째는 칼브롯[18]이었고,

그는 사라브롯을 낳고,

그는 파리브롯을 낳고,

그는 대홍수 때 지배하고, 빵을 넣은 수프를 잘 먹었던 위르탈리를 낳고,

그는 넴브롯을 낳고,

그는 하늘이 떨어지는 것을 어깨로 막았던 아틀라스를 낳고,

그는 골리앗을 낳고,

그는 술잔 놀이를 발명한 에릭스를 낳고,

그는 티투스를 낳고,

그는 에리온[19]을 낳고,

그는 폴리페무스[20]를 낳고,

그는 카쿠스[21]를 낳고,

그는 바라타킴[22]이 증언하는 바에 따르면, 여름철에 포도주를 시원하게 해서 마시지 않아 최초로 매독에 걸렸던 에티온을 낳고,

---

18 팡타그뤼엘의 선조들의 계보는 『신약』 「마태복음」에 나오는 "아브라함이 이삭을 낳고 이삭은 야곱을 낳고……"하는 식으로 열거된 예수 그리스도의 계보를 모방하여, 성경, 그리스 · 로마 신화, 중세문학에 나오는 인물들과 라블레가 만든 우스꽝스러운 이름의 가공의 인물들로 이루어져 있다. 칼브롯, 사라브롯, 파리브롯 등 브롯으로 끝나는 이름은 히브리 식 이름을 흉내낸 것이다.

19 달과 수렵의 여신인 디아나가 그의 사냥개인 시리우스와 함께 별자리로 만든 거인 오리온을 가리킨다.

20 호메로스의 『오디세이아』에서 오디세우스Ulysse에 의하여 살해당한 외눈박이 거인.

21 로마 신화의 불과 금속 제련의 신 불카누스의 아들로, 헤라클레스의 암소를 훔쳤다가 그에게 죽임을 당한다.

22 이탈리아의 법학자. 라블레는 『팡타그뤼엘』 제10장에서 그를 법전을 이해하는 데 필요한 지적 능력을 전혀 갖추지 못한 무능한 인물 중의 하나로 조롱한다.

그는 엔켈라두스[23]를 낳고,

그는 케우스를 낳고,

그는 티포에우스를 낳고,

그는 알로에우스를 낳고,

그는 오투스를 낳고,

그는 아이게온을 낳고,

그는 손이 백 개였던 브리아레스를 낳고,

그는 포르피리오를 낳고,

그는 아다마스토르를 낳고,

그는 안테우스[24]를 낳고,

그는 아가토[25]를 낳고,

그는 알렉산드로스 대왕이 상대해 싸웠던 포루스[26]를 낳고,

그는 아란타스를 낳고,

그는 건배하는 법을 처음 발명한 가바라를 낳고,

그는 세쿤딜라[27]의 골리앗을 낳고,

그는 술통으로 술을 마셔대는 바람에 끔찍하게 멋진 코를 갖게 된
오포트를 낳고,

그는 아르타케우스를 낳고,

---

23 보카치오의 『신들의 계보』에 따르면, 엔켈라두스는 태양인 티탄의 다섯째 아들, 다음에 나오는 케우스는 셋째, 티포에우스는 넷째, 알로에우스는 다섯째, 아이게온은 여섯째 아들로 되어 있다.
24 바다의 신 넵투누스Neptune와 대지의 여신 사이의 아들로, 땅에 닿기만 하면 힘이 다시 생기므로 헤라클레스는 그를 공중에 들어올려 목을 졸라 죽였다.
25 트로이의 왕인 프리아모스의 아들.
26 플루타르코스가 거인이라고 했던 인도의 왕.
27 로마의 박물학자 플리니우스가 아우구스투스 황제 치하에 살았다고 전하는 여자 거인으로, 키가 3미터나 되었다고 한다.

그는 오로메돈을 낳고,

그는 끝이 뾰족하게 처들린 긴 신발을 유행시켰던 게마고그를 낳고,

그는 시시포스[28]를 낳고,

그는 티탄 신족[29]을 낳았는데, 그들에게서 헤라클레스가 태어났고,

그는 손으로 진드기를 잡는 데 매우 솜씨가 좋았던 에녹을 낳고,

그는 롤랑의 동료였던 프랑스의 중신(重臣) 올리비에에게 패했던 피에라브라[30]를 낳고,

그는 이 세상에서 처음으로 안경을 끼고 주사위 놀이를 했던 모르간테[31]를 낳고,

그는 메를랭 코카이가 그에 관해서 썼던 프라카수스[32]를 낳고,

그에게서 페라구스[33]가 태어났고,

그는 소 혓바닥을 벽난로에 훈제하는 법을 처음 발명한 아프무슈[34]를 낳았는데, 이전에는 소 혓바닥도 햄처럼 소금에 절였던 것이다.

그는 볼리보락스[35]를 낳고,

---

28 영어로 시지푸스. 코린토스의 왕자로 강도짓을 일삼다가 죽은 다음 계속 굴러떨어지는 거대한 바위를 산 정상까지 영원히 밀어올려야 하는 형벌을 받는다.

29 그리스 신화에서 하늘인 우라노스와 땅인 가이아 사이에서 태어난 여섯 형제들로, 그 중 크로노스는 누이동생 레아와 관계하여 제우스 등 올림포스의 여섯 신을 낳게 된다. 티탄 신족은 제우스를 위시한 올림포스 신들과의 전쟁에서 패배해 축출된다.

30 사라센의 거인. 여기서부터 중세 기사도 소설에 나오는 거인들의 이름이 열거된다.

31 이탈리아의 작가 풀치가 쓴 기사도 소설 『모르간테 마기오레』에 나오는 거인.

32 이탈리아의 작가 폴렌고(필명 메를랭 코카이)가 쓴 기사도 소설의 패러디인 『마카로네』에 나오는 거인으로, 적들의 머리를 종(鐘)의 추로 박살낸다.

33 사라센의 거인으로, 중세 기사도 소설 『피에라브라』에 등장하는 인물.

34 고지식한 바보라는 뜻의 우스꽝스러운 이름. 여기서부터 라블레가 지어낸 가공의 이름들이 나열된다.

35 흙을 먹는다는 뜻의 우스꽝스러운 이름.

그는 롱기스[36]를 낳고,

그는 포플러나무로 된 불알과 마가목으로 된 자지를 가졌던 게요프[37]를 낳고,

그는 마슈팽을 낳고,

그는 브뤼페르[38]를 낳고,

그는 앙골방[39]을 낳고,

그는 나사로 잠그는 술병을 발명한 갈르오[40]를 낳고,

그는 미를랑고를 낳고,

그는 갈라프르[41]를 낳고,

그는 팔루르댕을 낳고,

그는 로보아스트르를 낳고,

그는 코임브라의 소르티브랑[42]을 낳고,

그는 모미에르의 브뤼앙[43]을 낳고,

그는 프랑스의 중신이었던 덴마크인 오지에에 패했던 브뤼에[44]를 낳고,

그는 마브렁을 낳고,

---

36 느림보라는 뜻.

37 망나니라는 뜻.

38 쇠를 달구는 자라는 뜻. `

39 바람을 먹는다는 뜻.

40 호수의 기사 랑슬로의 친구인 영국의 왕.

41 중세 기사도 소설 『보르도 출신의 위옹』에 나오는 사라센의 왕.

42 포르투갈의 코임브라에 있던 사라센 왕국의 왕.

43 『피에라브라』에 나오는 사라센의 대장 몽미레의 브뤼랑Bruslant de Monmiré을 가리킨다.

44 사라센의 거인. 샤를마뉴 대제의 기사였던 덴마크인 오지에 역시 거인이었다고 한다.

그는 푸타뇽[45]을 낳고,

그는 아클박을 낳고,

그는 비드그랭[46]을 낳고,

그는 그랑 고지에[47]를 낳고,

그는 가르강튀아를 낳고,

그는 나의 주인이신 고귀한 팡타그뤼엘을 낳았다.

이 대목을 읽으면서 여러분이 대홍수 때 노아와 함께 방주 속에 있던 일곱 사람을 제외하고는 모두 죽었고, 그 인원 속에 앞에 말한 위르탈리가 들어 있지 않은데, 어떻게 그런 일이 가능한지에 대해서 당연히 의문을 가지고 질문하리라는 것을 나는 잘 안다.

그것은 의심할 여지 없이 명백한 아주 좋은 질문이다. 그러나 내 대답을 들으면 여러분은 만족할 것이다. 그렇지 않다면 내 주장에 빈틈이 있는 것이다. 그리고 내가 그 시대에 살아서 원하는 대로 여러분에게 설명할 수도 없는 처지이므로, 선량한 얼간이에다 나팔꾼인 히브리 율법학자들의 권위를 내세우겠다. 그들은 문제의 위르탈리가 실제로 노아의 방주 안에 있지는 않았다고 주장했다. 왜냐하면 그가 너무 커서 그 안에 들어갈 수가 없었기 때문이다. 그는 그 위에 어린아이들이 목마를 타듯이, 그리고 마리냥에서 커다란 투석기 위에 올라탔다가 전사한 베른 출신의 나팔수[48]처럼 한쪽 다리는 이쪽, 다른쪽 다리는 저쪽으로 말 타듯이 걸터앉아 있었던 것이다. 방주가 완벽하게 멋지고 경쾌한 측대

---

45 당나귀 새끼와 관계를 맺는 자(Foutasnon)라는 뜻의 외설스러운 이름.

46 곡식알만 한 크기의 작은 성기(Vitdegrain)라는 뜻의 외설스러운 이름.

47 가르강튀아의 아버지인 그랑구지에의 이름은 원래 큰 목구멍 Grand Gosier이라는 뜻으로, 대식가를 가리킨다.

48 1515년 마리냥 전투에서 커다란 소뿔로 된 나팔을 불던 나팔수가 적의 투석기에 올라타 못 쓰게 만드는 무훈을 세우고 전사했다고 한다.

보[49]로 걷는 짐승 노릇을 한 것이다. 이런 방식으로 그는 하느님 다음으로 그 방주를 위험에서 구해냈다. 왜냐하면 그는 다리로 요동을 쳐주고, 배의 키를 사용하듯이 발로 원하는 방향으로 방주가 갈 수 있게 해주었던 것이다. 방주에 탄 사람들은 자기들에게 베풀어주는 혜택에 감사하는 사람들처럼 그에게 벽난로를 통해서 충분히 먹을 것을 제공했고, 때로는 루키아노스[50]의 기록에 따르면 이카로메니푸스가 유피테르에게 했듯이 함께 이야기를 나누기도 했다.

　　모두 다 잘 들었는가? 물을 섞지 말고 한잔 쭉 들이켜라. 그 노래에는 "만일 당신이 믿지 못한다면 나도 그래요"[51] 라고 되어 있으니 말이다.

---

49 측대보는 짐승과 기수 모두에게 편한 자세라고 한다.
50 그리스의 풍자작가. 『이카로메니푸스』에서 유피테르가 뚜껑이 달린 문을 통해서 사람들의 기도를 듣는 모습을 보여준다.
51 이 부분은 당시애 유행하던 노래의 후렴부를 인용한 것으로 추정된다.

제2장 황공스러운 팡타그뤼엘의 탄생에 관해서

가르강튀아는 그의 나이 4백 하고 4 곱하기 20 더하기 40 하고 4 살에 유토피아[52]의 아모로트인들의 공주인 바드벡[53]이라는 이름의 아내와의 사이에서 아들 팡타그뤼엘을 낳았다. 그녀는 아이를 낳다가 죽었는데, 아이가 놀랍게도 크고 무거워서 어머니를 질식시키지 않고서는 이 세상에 나올 수 없었기 때문이다.

그런데 세례 때 그에게 이런 이름이 붙여진 동기와 이유를 충분히 이해하기 위해서는, 그해에 아프리카 전역에 극심한 가뭄이 들어 삼십육 개월 삼 주 나흘 열세 시간 하고도 조금 더 오랜 기간에 걸쳐 비가 내리지 않았고, 태양의 열기가 하도 강렬하여 대지 전체가 말라붙었으며 엘리야의 시대[54]에도 그때보다 더 달구어지지는 않았다는 점에 여러분은 유의해야 한다. 땅 위에 잎이나 꽃이 달린 나무는 하나도 남아 있지

---

[52] 토마스 모어의 『유토피아』는 1516년에 출판되었다. 유토피아가 그리스어로 어디에도 없는 곳이라는 뜻이듯이 그 수도인 아모로트 역시 보이지 않는 도시라는 뜻을 지니고 있다.

[53] 프랑스 서남부 사투리로 입을 벌리고 있다Bouche-bée는 뜻의 우스꽝스러운 이름.

[54] 『구약』「열왕기상」 17장과 18장에 여호와가 이방의 신을 섬기는 이스라엘의 왕 아합을 벌하기 위하여 삼 년간 가뭄이 들게 하고, 이를 엘리야를 통해서 알리도록 한 이야기가 나온다.

않았다. 풀은 푸르름을 잃고, 강은 물줄기가 끊기고, 샘은 말라붙었다. 불쌍한 물고기들은 그 고유의 원소[55]로부터 버림받아 땅바닥을 헤매며 끔찍하게 울부짖었고, 새들은 이슬이 없어 공중에서 떨어졌다.[56] 늑대, 여우, 사슴, 멧돼지, 흰 반점 사슴, 산토끼, 토끼, 족제비, 담비, 오소리, 그리고 다른 짐승들이 아가리를 벌리고 들판에 죽어 나자빠진 것이 목격되었다. 그중에서도 사람들의 처지가 가장 가련했다. 여러분은 그들이 여섯 시간을 달린 사냥개처럼 혀를 빼물고 있는 것을 볼 수 있었을 것이다. 몇몇은 우물 속에 뛰어들었고, 어떤 사람들은 그늘진 곳에 있으려고 암소의 배 밑으로 기어들어갔는데, 호메로스는 그들을 말라버린 자들Alibantes[57]이라고 불렀다. 모든 지역이 닻을 내린 꼴이었다.[58] 이 끔찍한 갈증에서 벗어나려는 사람들의 노력은 보기에 정말 딱한 일이었다. 교회에서는 성수가 떨어지지 않도록 지키는 것이 큰 일거리였는데, 추기경님들과 교황님의 회의에서 누구나 한 번밖에는 들어오지 못하도록 하는 명령이 내려졌다. 그래서 어떤 사람이 교회에 들어서면, 스무 명 가량의 불쌍한 목마른 자들이 고약한 부자[59]처럼 몇 방울을 얻어마시기 위하여 아가리를 벌리고 성수가 한 방울도 허비되지 않도록 분배하는 사람 뒤에 몰려드는 것을 볼 수 있었을 것이다. 그해에 시원하고

---

55 고대인들이 자연계를 구성하는 기본원소로 생각한 물, 불, 흙, 공기 중에서 여기서는 물을 가리킨다.

56 성 아우구스티누스와 그에 대한 중세의 주석자들은 새가 날기 위해서는 공기 중에 습기가 필요하다고 생각했다.

57 이 말은 호메로스가 한 것이 아니라, 플루타르코스가 『오디세이아』에 주석을 달면서 말라버린 시체들을 두고 한 말이라고 한다.

58 배가 닻을 내리듯 모든 것이 마비되었다는 뜻.

59 『신약』「누가복음」 16장 19~25절에 거지인 나사로에게 적선을 베풀지 않았던 고약한 부자가 죽고 나서 아브라함의 품에 있는 나사로에게 손가락 끝에 물을 찍어 자기 혀를 서늘하게 해달라고 애걸하는 이야기가 나온다.

잘 갖추어진 지하 술창고를 가진 사람은 얼마나 행복했겠는가!

바닷물이 왜 짠가 하는 문제에 관해서 한 철학자[60]는, 페부스[61]가 그의 빛나는 수레의 조종을 아들인 파에톤에게 맡겼을 때, 그 파에톤이라는 자가 기술을 제대로 익히지 못해서 태양의 두 회귀선 사이의 황도를 따르지 못하고 진로를 바꾸어 지구에 너무 가까이 접근하는 바람에 그 밑의 모든 지역이 말라붙었으며, 철학자들이 은하수라고 부르고, 무식쟁이들은 성 자크의 길[62]이라고 부르지만, 고상한 시인들은 유노가 헤라클레스에게 먹였던 젖이 떨어진 곳이라고 말하는 천상계의 많은 부분이 타버렸다고 이야기한다. 그래서 대지가 몹시 뜨거워져서 거대한 땀이 솟아 바다 전체를 채웠고 그 때문에 짜졌다는 것이다. 왜냐하면 어떤 땀이든지 짜기 마련이기 때문이다. 여러분이 자신의 땀이나 아니면 땀을 흘리게 해서 치료하는 매독 환자들의 땀을 맛보면 사실이라고 말할 것이다. 내게는 어느 쪽이든 마찬가지이다.

거의 비슷한 일이 그해에 일어났던 것이다. 왜냐하면 어느 금요일에 전능하신 하느님께 곤경에 처한 자신들을 관용의 눈으로 보아주실 것을 애원하며 모든 사람들이 기도를 드리고 많은 신도송(信徒頌)과 아름다운 답창을 곁들인 멋진 예배행렬을 진행하고 있을 때, 마치 사람들이 땀을 철철 흘리는 것처럼 땅에서 굵은 물방울이 솟아나는 것을 목격할 수 있었기 때문이다. 그러자 불쌍한 백성들은 이것을 자기들에게 이로운 일로 착각하고 기뻐했다. 어떤 이들은 공기 중에 비를 기대할 수

---

60 그리스의 철학자 엠페도클레스를 가리킨다.

61 태양의 신 아폴론의 다른 이름. 그의 아들 파에톤이 아버지에게 간청해서 아폴론 대신 태양의 수레를 몰다가 실수로 진로에서 벗어나 지상에 큰 재앙을 가져오는데, 이를 저지하기 위하여 제우스가 내린 벼락에 맞아 죽는다.

62 에스파냐의 유명한 순례지 산티아고 데 콤포스텔라로 가던 순례자들은 은하수를 따라 길을 찾았다고 한다. 산티아고의 프랑스 식 이름이 생 자크(성 자크)이다.

있는 습기가 없기 때문에 땅이 그 부족함을 메워준 것이라고 말했다. 다른 유식한 자들은 그것이 세네카가 『자연의 문제』 4권에서 나일 강의 근원과 발원지에 관해서 언급하며 이야기했듯이 지구 정반대쪽에 내린 비라고 했다. 그러나 그들은 잘못 알았던 것이다. 왜냐하면 예배행렬을 끝내고 각자 이 물방울들을 컵에 모아 죽 들이켜려고 했을 때, 그것이 바닷물보다 더 지독하게 짠 소금물에 지나지 않는 것을 알게 되었기 때문이다.

바로 이날에 팡타그뤼엘이 태어났기 때문에 그의 아버지는 그에게 그런 이름을 붙였던 것이다. 팡타Panta는 그리스어로 '전부'라는 뜻이고, 그뤼엘gruel은 아랍인들[63]의 언어로 '목마른'이라는 뜻이므로, 그의 이름은 그가 태어난 시각에 세상이 온통 목말라 있었다는 것을 의미한다. 그리고 예언의 능력으로 그가 언젠가 목마른 자들의 지배자가 되리라는 것을 예견한 것이다. 이러한 사실은 바로 그 순간에 다른 보다 명백한 징조에 의하여 나타났다. 왜냐하면 그의 어머니 바드벡의 해산 중에 산파들이 아이를 받으려고 기다리고 있을 때, 그녀의 배에서 먼저 각자 소금을 잔뜩 실은 노새 고삐를 잡은 예순여덟 명의 노새 몰이꾼들이 나왔고, 그다음으로 햄과 훈제한 소혀를 실은 아홉 마리의 단봉낙타와 작은 뱀장어들[64]을 실은 일곱 마리의 쌍봉낙타, 그리고 스물다섯 수레분의 파와 마늘, 양파, 골파가 나왔기 때문이다. 이를 보고 앞에 말한 산파들은 두려워했지만, 그중 몇 사람은 이렇게 말했다. "훌륭한 식량이군요. 우리가 전에는 찔끔찔끔 마실 수밖에 없었지만 이젠 실컷 마실 수

---

63 원문에는 아가르의 자손들의 언어 Agarène라고 되어 있다. 아가르(하갈)는 『구약』「창세기」에 따르면 아브라함의 아내인 사라의 여종으로, 아브라함의 첩이 되어 이스마엘을 낳는데, 그가 아랍인들의 시조로 알려져 있다.

64 푸아투 지방의 늪지에서 작은 뱀장어들이 많이 잡혔는데, 소금에 절였다가 사순절 기간에 먹었다고 한다.

있겠어요. 이것들은 포도주를 당기게 하는 것이니까 좋은 징조예요."

그리고 그녀들이 자기들끼리 사소한 한담을 나누고 있던 중에 팡타그뤼엘이 곰처럼 털투성이로[65] 세상에 나왔다. 이를 보고 그녀들 중 하나가 예언의 능력으로 말했다. "그는 털에 덮인 채 태어났으니까 놀라운 일들을 행할 거예요. 그리고 산다면 나이를 먹을 겁니다."

---

65 몸이 털로 덮인 것은 힘을 상징한다.

제3장 아내 바드벡의 죽음에 대한 가르강튀아의 애도에 관해서

팡타그뤼엘이 태어났을 때, 누가 몹시 놀라고 당황했겠는가? 그의 아버지 가르강튀아였다. 한편으로는 아내 바드벡이 죽은 것을 보고, 다른 한편으로는 그처럼 크고 잘생긴 아들 팡타그뤼엘이 태어난 것을 보며, 그는 무슨 말을 하고 어떻게 해야 할지 알 수 없었다. 그의 분별력을 혼란시킨 의문은 아내를 애도하며 울어야 하는가 아니면 아들을 본 기쁨에 웃어야 하는가 하는 것이었다. 이쪽이나 저쪽 모두 현학적인 논거를 갖추고 있어 그를 숨막히게 만들었다. 왜냐하면 그는 *논리적 방법과 형식에 따라* 추론을 했지만 문제를 해결할 수 없었기 때문이다. 이렇게 해서 그는 덫에 잡힌 생쥐나 올가미에 걸린 소리개처럼 꼼짝없이 옭매이게 되었다.

"울어야 할까? (그가 말했다) 그래, 무엇 때문이지? 이 세상에서 가장 이렇고 저런, 착한 내 아내가 죽었으니까. 나는 다시는 그녀를 보지 못할 것이고, 그런 여자를 찾을 수도 없을 거야. 그것은 내게는 엄청난 손실이지. 오, 하느님, 제가 무슨 일을 저질렀기에 이렇게 벌을 내리십니까? 왜 그녀보다 제게 먼저 죽음을 내리지 않으셨습니까? 그녀 없는 삶은 제게는 권태로울 뿐입니다. 아, 바드벡이여, 내 사랑, 나의 연인,

288 팡타그뤼엘

내 작은 성기(그녀의 것은 3아르팡[66] 하고 2세트레[67]의 크기였지만), 내 부드러운 살덩이, 내 바지 앞주머니, 내 신발, 내 실내화, 나는 다시는 당신을 보지 못할 거요! 아, 불쌍한 팡타그뤼엘아, 너는 선량한 네 어머니, 너에게 다정히 젖을 먹이고, 네가 소중히 섬길 여주인을 잃었단다. 아, 거짓된 죽음이여, 너는 내게 너무 가혹하구나. 마땅히 불멸성이 주어져야 할 여인을 앗아가 내게 이토록 모욕을 가하다니."

이렇게 말하면서 그는 암소처럼 울었다. 그러다가 팡타그뤼엘 생각이 떠오르자, 갑자기 송아지처럼 웃기 시작했다. "오, 내 어린 아들, 내 불알, 내 작은 발, 너는 얼마나 예쁜지! 내게 이토록 잘생기고, 명랑하고, 잘 웃는 귀여운 아들을 주시다니, 하느님께 큰 은혜를 입었구나. 오, 오, 오, 오, 참 기쁘구나! 마시자, 오! 우울한 생각은 모두 떨쳐버리자! 가장 좋은 포도주를 가져오고, 잔을 씻고, 식탁보를 펴고, 이 개들을 내몰고, 불을 피우고, 촛불을 켜고, 이 문을 닫고, 수프에 넣을 빵을 썰고, 원하는 것을 주어 이 불쌍한 자들을 내보내라. 겉옷을 들고 있거라. 부인네들과 축하연을 더 멋지게 벌일 수 있도록 저고리를 입어야겠다."

이렇게 말하다가 그의 아내를 매장하러 운구하는 사제들의 신도송과 고인을 위한 기도 소리를 듣고는, 신나서 하던 말을 멈추고, 갑자기 다른 데 정신이 팔려 말했다. "하느님, 제가 아직도 비탄에 잠겨 있어야겠습니까? 유감스러운 일이로다. 이제는 젊지도 않고 늙어가는 터에 일기도 불순해서 어떤 열병에 걸릴지도 모를 판인데. 내 처지가 정말 괴롭구나. 귀인답게 그만 울고 더 많이 마시는 편이 낫겠다! 내 아내는 죽었어. 그러니 하느님께 맹세코, (맹세를 허락하소서) 운다고 그녀를 소생시킬 수 없을 거야. 그녀는 잘 지내겠지. 더 나은 곳이 없다면 적어도

---

66 옛 면적의 단위로 약 0.85에이커에 해당한다.
67 1스티에(150~300 리터)의 밀을 뿌릴 수 있는 면적의 밭.

천국에는 갔을 테니까. 그녀는 하느님께 우리를 위하여 기도하겠지. 그녀는 행복할 것이고, 우리의 비참함과 재앙을 이제는 근심하지 않을 거야. 우리도 언젠가 같은 일을 겪게 되겠지! 하느님께서 남아 있는 자를 지켜주시기를! 다른 여자를 찾을 생각을 해야겠구나."

"그대들은 (그가 산파들에게 말했다) 이렇게 하게나. (그런 여자들이 어디 있단 말이오? 선량한 여러분, 나는 그대들을 볼 수 없구려)[68] 그녀의 장례식에 가도록 하게. 그동안 나는 여기서 내 아들을 어르고 있겠네. 나는 몹시 갈증이 나고 병에 걸릴 위험이 있으니 말일세. 그래도 가기 전에 몇 잔 쭉 들이켜도록 하게. 명예를 걸고 하는 말이니 내 말을 믿게나. 그대들에게 도움이 될 걸세."

그녀들이 이 말에 복종해서 그녀의 장례를 치르고 매장하러 간 동안, 가르강튀아는 처소에 남아 있었다. 그동안 가르강튀아는 다음과 같이 비석에 새길 묘비명을 썼다.

내 보기에 매우 아름다웠던, 고귀한 바드벡은
아이를 낳다가 죽었노라.
그녀는 비올라다감바에 새긴 얼굴[69]에
에스파냐 여인의 몸과 스위스 여인의 배[70]를 가졌도다.
하느님께서 그녀에게 자비를 베풀어주시고,
설령 그녀가 죄를 지었더라도 용서해주시기를 기도하라.

---

68 이 부분은 산파sage-femme와 현명한 여자femme sage를 이용한 말장난이다. 가르강튀아는 산파들에게 지시를 내리는데, 화자는 독자를 상대로 자신은 현명한 여자를 본 적이 없다고 농담을 하고 있다.

69 옛날식 첼로인 비올라다감바에 악사들은 그로테스크한 얼굴 모습을 새겼다고 한다.

70 에스파냐 여자들은 몸이 마르고 스위스 여자들은 뚱뚱한 것으로 정평이 나 있었다.

여기에 선하게 살다 간 그녀의 육신이 누웠으니,
그녀는 저 세상으로 간 해의 그날에 죽었노라.

제4장 팡타그뤼엘의 유아기에 관해서

나는 과거의 사관과 시인들에 의하여 많은 사람들이 기이한 방식으로 이 세상에 태어났다는 사실을 알고 있다. 그 방식에 관한 이야기를 하자면 너무 길어질 것이므로, 여러분에게 시간이 있으면 플리니우스의 책 제7권을 읽어보기를 권한다. 하지만 여러분은 팡타그뤼엘이 태어난 것과 같은 신기한 방식에 관해서는 결코 들어본 적이 없을 것이다. 그가 어떻게 짧은 시간 동안에 몸과 힘이 커졌는지는 믿기 어려운 일이기 때문이다. 요람에서 뱀 두 마리를 죽인 헤라클레스는 비교도 되지 않았다. 왜냐하면 문제의 뱀들은 작고 힘도 없는 것이었기 때문이다. 그러나 팡타그뤼엘은 아직 요람에 있을 때 매우 끔찍한 일을 저질렀다.

나는 여기서 그가 어떻게 식사 때마다 4천6백 마리의 암소젖을 먹었는지, 어떻게 그의 죽을 끓일 냄비를 만들기 위해서 앙주 지방의 소뮈르와 노르망디 지방의 빌르디외, 그리고 로렌 지방의 브라몽의 모든 냄비 제조공들이 동원되었는지, 그리고 그것을 어떻게 아직도 부르주의 궁성 근처에 있는 커다란 물통에 담아 그에게 주었는지에 관해서는 이야기하지 않겠다. 그런데 그의 이가 벌써 많이 자라고 튼튼해져서 문제의 물통을 크게 한 입 물어뜯은 자국이 지금도 뚜렷이 남아 있다.

어느 날 아침나절에 암소들 중 한 마리의 젖을 빨게 했을 때 (역사가 말하듯이, 그는 달리 유모를 가져본 적이 전혀 없었다) 그는 자신을 요람에 묶어놓은 줄을 끊고, 한 팔로 문제의 암소의 뒷다리 아래쪽을 잡아 젖꼭지 두 개와 간과 콩팥을 포함해서 배의 절반을 먹어버렸다. 그 암소가 마치 늑대들이 다리를 물기라도 한 듯이 비명을 질러대지 않았더라면 모두 먹어치웠을 것이다. 그 비명소리를 듣고 사람들이 달려와 그 암소를 팡타그뤼엘에게서 떼어내려 했으나 쉽지 않았다. 붙잡고 있던 뒷다리는 그의 손에 남겨졌는데, 그는 그것을 마치 여러분이 소시지를 먹듯이 잘도 먹어치우는 것이었다. 그리고 사람들이 뼈를 빼내려고 하자 그는 가마우지가 작은 물고기를 삼키듯 바로 삼켜버렸다. 그러고는 "봉, 봉, 봉[71]"이라고 말 하기 시작했다. 이는 그가 아직 말을 잘 하지는 못했지만, 그것이 맛이 있었고 더 많이 먹고 싶다는 뜻을 전하고자 한 것이다. 이것을 보고, 그의 시중을 들던 사람들은 탱[72]에서 리옹으로 소금을 운송하는 데 사용했던 것, 아니면 노르망디 지방의 그라스 항구에서 프랑세즈[73]라는 큰 범선에 사용했던 것과 같은 굵은 밧줄로 그를 묶어놓았다.

그런데 어느 날 그의 아버지가 키우던 큰 곰이 빠져나와 그에게 다가와서는 (유모들이 입술을 깨끗이 닦아주지 않았기 때문에) 그의 얼굴을 핥았다. 그러자 그는 블레셋 사람들 가운데서 삼손이 했던 것처럼 손쉽게 앞서 말한 밧줄을 끊고 곰 나리를 붙잡아 병아리처럼 조각을 내어 갓 잡은 날고기를 식사감으로 삼아버렸다. 이 일로 인해서 가르강튀아는

---

71 프랑스어로 좋다는 뜻.
72 당시 탱에는 소금창고가 있었다.
73 아브르 드 그라스(지금의 르 아브르) 항구는 1517년 프랑수아 1세에 의하여 건설되었다. 그랑드 프랑세즈라는 범선은 당시로서는 거대한 규모로 돛대가 다섯 개에 정구 경기장, 대장간, 풍차, 예배당을 갖추고 있었으나 1527년 진수에 실패하여 1535년 해체되었다.

그가 다칠까 걱정이 되어 그를 묶어두려고 굵은 쇠사슬 네 개를 만들게 했고, 치수를 맞추어 요람 주위에 벌림 막대를 세우게 했다. 그 쇠사슬들 중 하나는 지금 라 로셸에 있는데, 밤에는 들어올려 항구에 있는 두 개의 큰 탑 사이에 걸쳐둔다. 다른 하나는 리옹에, 또 하나는 앙제에 있고, 네번째 것은 루치페르를 묶기 위하여 악마들이 가져가버렸다. 그 당시에 루치페르는 점심 식사로 집달리의 영혼을 스튜 요리로 만들어 먹었다가 격렬한 복통을 일으켜 사슬을 풀고 나왔던 것이다. 이에 관해서는 「시편」에 씌어 있는 "그리고 바산 왕 옥과"[74]라는 구절에 나오는 문제의 옥이라는 인물이 아직 어렸을 때도 워낙 힘이 세고 체격이 당당하여 요람에 쇠사슬로 묶어놓아야 했었다고 니콜라 드 리라[75]가 말했던 것을 여러분은 믿어도 좋다. 이렇게 하는 바람에 그는 조용히 얌전하게 있을 수밖에 없었는데, 문제의 사슬은 그리 쉽사리 끊을 수 있는 것이 아니었고 요람에는 팔을 휘둘러댈 만한 공간도 없었기 때문이다.

그러던 중에 그의 아버지 가르강튀아가 궁정의 모든 귀족들에게 멋진 향연을 베푸는 큰 잔칫날이 되었다. 궁정의 모든 시종들이 잔치 시중을 드는 데 정신이 팔려 불쌍한 팡타그뤼엘에게 신경을 쓰지 못해서 그는 뒤로 제쳐진 상태에 놓였던 것 같다. 그가 무슨 일을 저질렀는가? 선량한 여러분, 그가 일으킨 사건 이야기를 들어보라. 그는 팔로 요람의 사슬을 끊으려고 시도했지만, 사슬이 너무 강해서 그럴 수가 없었다. 그러자 그는 발을 심하게 굴러 요람의 끝부분을 부러뜨렸는데, 그것 역시 각 모서리 길이가 일곱 뼘[76] 정도 되는 굵은 대들보만 한 것이었다. 이렇게 해서 그는 발을 밖으로 내밀고 최대한 몸을 빼내어 두 발이 땅에

---

74 『구약』「시편」 135편 11절.

75 14세기 프란체스코 수도사로 성경의 주석자로 유명했다.

76 한 뼘empan은 22~24센티미터 정도.

닿게 되었다. 그러고는 대단한 힘으로 마치 벽을 기어오르는 거북이처럼 요람을 등에 매단 채로 업고 일어섰다. 그의 모습은 큰 통 5백 개를 실은 제노바의 큰 배가 서 있는 것 같았다.

이러한 자세로 그는 잔치가 벌어지고 있는 홀 안으로 당당하게 걸어들어가 모인 사람들을 질겁하게 만들었다. 그러나 팔이 안쪽으로 묶여 있었기 때문에 그는 아무것도 손을 대고 먹을 수가 없었다. 그래서 혀로 음식을 붙잡으려고 아주 힘들여 몸을 구부렸다. 이것을 보고, 그의 아버지는 시종들이 아이에게 먹을 것을 주지 않고 내버려두었다는 것을 잘 알게 되었고, 모여 있던 귀족과 영주들의 충고에 따라 문제의 사슬에서 풀어주도록 지시했다. 가르강튀아의 의사들도 그를 이렇게 요람에 붙들어두면 평생토록 신장결석으로 고생할 수 있다고 말했다. 그래서 그를 사슬에서 풀어주고 자리에 앉혀서 실컷 먹게 해주었다. 사슬에서 풀려나자 그는 다시는 그곳에 들어가지 않겠다는 항의의 표시로 홧김에 앞서 말한 요람 한가운데를 쳐서 한 주먹에 5십만 조각 이상으로 박살을 내버렸다.

제5장 고귀한 팡타그뤼엘의 어린 시절의 행적에 관해서

이렇게 팡타그뤼엘은 나날이 성장하며 눈에 띄게 발전했으므로, 그의 아버지는 자연스럽게 우러나는 애정으로 인하여 큰 기쁨을 맛보았다. 그리고 그가 아직 어렸으므로 어린 새들을 뒤쫓으며 놀도록 강철 활을 만들어주게 했는데, 그것이 오늘날 샹텔의 거대한 강철 활이라고 부르는 것이다. 그러고는 배우며 어린 시절을 지내도록 학교에 보냈다. 그래서 그는 학업을 위하여 푸아티에로 가서 많은 성과를 거두었다. 그곳에서 학생들이 가끔 여가 시간이 있어도 무엇을 하며 시간을 보내야 할지 모르는 것을 보고 딱하게 여겨, 그는 어느 날 파스루르댕[77]이라고 부르는 큰 바위산에서 사방 12투아즈에 두께가 열네 뼘 정도 되는 커다란 바위를 들어다가 들판 한가운데 네 개의 기둥 위에 균형을 잡아 얹어놓았다. 이는 앞서 말한 학생들이 다른 할 일이 없을 때 많은 술병과 햄, 그리고 파이를 가지고 이 바위 위에 올라가 잔치를 벌이며 시간을 보내고, 그 위에 칼로 이름을 새길 수 있게 하기 위함이었다. 이것이 오늘날에는 선돌이라고 불리는 것이다. 이를 기념해서 지금도 학생들은 누구

---

[77] 푸아티에 서남쪽에 있는 동굴.

나 크루텔에 있는 말의 샘[78]에서 물을 마시고, 파스루르댕에 가보고, 선돌에 올라간 다음에 푸아티에 대학의 학생명부에 등록하게 되어 있다.

이 일이 있고 나서 그는 선조들의 훌륭한 연대기를 읽다가, 그의 계모의 며느리의 삼촌의 사위의 숙모의 큰언니의 사촌의 조부인 큰 이의 조프루아라고 불리던 조프루아 드 뤼지냥이 마유제에 묻혀 있다는 것을 알게 되었다. 그래서 쉬는 날 하루를 잡아 예의바른 귀인답게 그 무덤을 방문하기로 했다. 그는 동료들과 함께 푸아티에를 출발하여 리귀제에서 고결한 아르디용 신부[79]를 방문하고, 뤼지냥, 상세, 셀, 쿨랑주를 지나 퐁트네 르 콩트[80]에서 박식한 티라코[81]에게 경의를 표했다. 그곳에서 마유제로 가서는 큰 이의 조프루아의 무덤을 방문했다. 그의 초상을 보니 약간 겁이 났는데, 왜냐하면 칼집에서 장검을 반쯤 뽑아든 격노한 모습으로 그려져 있었기 때문이다. 그가 연유를 묻자 그곳의 참사원들은 *화가와 시인들은*[82]이라는 것 외에는, 다시 말해서 화가와 시인들은 자기들 마음대로 원하는 것을 그릴 수 있는 자유가 있다는 것 외에는 다른 이유가 없다고 그에게 대답했다. 그러나 그는 그들의 대답에 만족하지 않고, "까닭 없이 이렇게 그려지지는 않았을 것이오. 내 생각에는 그가 죽었

---

78 크루텔은 푸아티에 남쪽에 있는 마을 이름이고, 원문에 말의 샘fontaine Caballine 이라고 한 것은 그리스 신화에 나오는 날개 달린 말 페가소스가 발굽으로 바위를 치는 바람에 히포크레네 샘이 솟았다는 전설에 근거한 것이다.

79 리귀제는 라블레의 후원자였던 조프루아 데스티삭Geoffroy d'Estissac이 예전에 있던 수도원 터에 이탈리아 양식의 성을 지어 푸아티에의 인문주의자들을 접견하던 곳이다. 아르디용 신부는 조프루아 데스티삭의 후임으로 퐁트네 수도원의 원장을 지냈고, 그 역시 인문주의자들을 환대했다고 한다.

80 라블레는 이곳에 있던 프란체스코 수도회 소속의 수도원에서 수도사 생활을 했다.

81 라블레의 후원자이자 친구였던 당시의 대표적 인문주의자 중의 한 사람으로 그의 고향인 퐁트네의 법관을 지냈다.

82 호라티우스의 『시법』에 나오는 "화가와 시인들은 언제나 대담하게 제멋대로 행동할 수 있는 동일한 자유가 있다"는 문장의 앞부분을 인용한 것이다.

을 때 누군가 잘못을 저질러 그가 가족들에게 그 복수를 요구하는 것 같소. 내가 충분히 조사를 해보고 필요한 행동을 취하겠오"라고 말했다.

그러고는 푸아티에로 돌아가지 않고, 프랑스의 다른 대학들을 방문하고자 했다. 그래서 라 로셸를 거쳐 바다를 통해서 보르도에 도착했는데, 그곳에서는 모래사장에서 카드 놀이 하는 하역인부들을 제외하고는 특별한 활동을 찾을 수 없었다. 그곳을 떠나 그는 툴루즈로 가서 그 대학의 학생들의 관습대로 춤추는 법과 두 손으로 칼 쓰는 법을 아주 잘 배웠다. 그러나 그들이 훈제 청어처럼 교수들을 산 채로 불에 태우는 것[83]을 보고, "하느님께서 내가 이렇게 죽지 않도록 해주시기를, 나는 천성적으로 더 열을 받지 않더라도 충분히 목이 마르니까 말이야"라고 말하고는 더 이상 그곳에 머무르려 하지 않았다.

그 다음에는 몽펠리에로 가서, 아주 좋은 미르보 포도주와 쾌활한 친구들을 만났다. 그는 의학 공부를 해볼 생각이었으나, 그 직업이 너무 지겹고 우울한 것이고, 의사들은 늙은 악마들처럼 관장 냄새를 풍기는 것을 알게 되었다.

그래서 법학 공부를 해볼 생각이었으나, 그곳에 법학자라고는 두부백선(頭部白癬) 환자 셋과 대머리 하나밖에 없는 것을 보고는 그곳을 떠났다. 도중에 세 시간도 안 걸려 퐁 뒤 가르[84]와 님의 원형 경기장을 만들었는데, 그것은 사람이 한 일이라기보다는 신의 작품 같아 보였다. 그리고 아비뇽으로 갔는데, 그곳은 도착한 지 사흘도 못 되어 사랑에 빠지게 되는 곳이었다. 왜냐하면 그곳은 교황령[85]이어서 여자들이 엉덩이

---

83 툴루즈는 종교적 박해가 심했던 곳으로 알려져 있는데, 루터주의자로 의심받던 법학교수 장 드 카오르가 1532년 여기서 산 채로 화형을 당했다.

84 기원전 19년에 건설된 수로(水路)를 겸해 2층으로 만든 거대한 석교(石橋)로서 로마의 뛰어난 건축술을 보여주는 유적이다.

조이기 놀이를 즐겨 했기 때문이었다.

이것을 보고, 사부인 에피스테몽[86]은 그를 그곳에서 끌어내어 도피네 지방의 발랑스로 데려갔다. 하지만 그 도시의 건달들이 학생들을 두들겨패는 것 외에는 그곳에서도 특별한 활동을 보지 못했다. 그는 이를 괘씸히 여겼는데, 어느 화창한 일요일 모든 사람들이 다같이 춤을 추고 있을 때 한 학생이 춤판에 끼려 하자 앞서 말한 건달들이 허락하지 않는 것이었다. 이 장면을 목격한 팡타그뤼엘은 그들을 론 강가까지 뒤쫓아가 모두 물에 빠뜨리려고 했지만, 그들은 두더지처럼 론 강 밑으로 50리나 땅을 파고 숨어버렸다. 그 구멍[87]은 여전히 그곳에서 볼 수 있다.

그러고는 이곳을 떠나 세 걸음과 한 번의 도약으로 앙제에 도착했다. 그는 그곳을 몹시 마음에 들어했고, 페스트가 그들을 몰아내지 않았더라면 얼마 동안 머물렀을 것이다.

이리하여 그는 부르주에 가게 되었는데, 그곳에서 오랫동안 공부를 하며 법과대학에서 많은 것을 배웠다. 그는 가끔 법률책이란 위풍당당하고 매우 값진, 금실로 짠 아름다운 겉옷에 똥으로 수를 놓은 것과 같다고 말하곤 했다.

"왜냐하면, (그가 말했다) 세상에서 『로마 법전』의 본문처럼 아름답게 치장되고 우아한 책은 없지만, 그 책에 놓은 수, 즉 그 주석은 너무나 더럽고 혐오스럽고 악취를 풍기는 것이어서 오물과 추잡한 것에 지나지 않기 때문이다."

부르주를 떠나 그는 오를레앙에 갔는데, 그가 도착하자 그곳의 많

---

85 교황의 아비뇽 유수 이후 아비뇽은 오랫동안(1271~1790) 교황령으로 남아 있었는데, 규율이 엄하지 않아 풍속이 문란했다고 알려져 있다.

86 그리스어로 현명한 사람이라는 뜻.

87 론 강을 지하로 가로지르던 이 통로는 17세기까지 남아 있었다고 한다.

은 순박한 학생들은 성대한 잔치를 베풀어주며 그를 환영했다. 그리고 얼마 지나지 않아 그는 그들에게서 정구 치는 법을 잘 배워서 대가가 되었다. 그곳 학생들은 이 운동을 잘했기 때문이다. 그들은 가끔 공굴리기 놀이를 하러 그를 섬으로 데려가곤 했다. 그리고 그는 공부하느라고 머리를 짜내는 일로 시력이 나빠질 것을 염려해서 조금도 공부를 하지 않았다. 이는 특히 교수들 중의 하나가 수업 시간에 눈병처럼 시력에 나쁜 것은 없다고 자주 말했기 때문이다.

알고 지내던 학생들 중에서 학문은 신통치 않으나 그 대신 춤과 정구의 명수였던 한 학생에게 법학사 학위가 수여되던 날, 그는 그 대학의 학사들에 대한 풍자시와 경구를 지었다.

바지 앞주머니 속에는 공 한 개,
손에는 라켓을 쥐고,
법률 하나는 학사모의 띠에 두르고,
발뒤꿈치로 느린 춤곡의 스텝을 밟으며,
그대는 이제 학사가 되었네.

제6장 팡타그뤼엘이 어떻게 프랑스어를 엉터리로 말하는 리모주 출신 학생을 만났는가

언제인지 알 수 없는 어느 날, 팡타그뤼엘은 저녁 식사 후에 동료들과 함께 파리로 가는 길 쪽에 있는 성문을 지나 산책을 하고 있었다. 그곳에서 그는 그 길을 걸어오는 잘생긴 학생을 하나 만나게 되었다. 서로 인사를 나눈 다음 팡타그뤼엘은 그 학생에게 물었다. "여보게, 친구, 이 시간에 어디에서 오는 길인가?"

학생이 그에게 대답했다.

"뤼테스라고 사람들이 호칭하는 양육적(養育的)이고, 고명하고, 명성이 자자한 아카데미에서 오는 길입니다.[88]

—무슨 말을 하는 건가? 팡타그뤼엘이 그의 일행 중 한 사람에게 물었다.

—그 말은 (그가 대답했다) 파리에서 왔다는 말입니다.

—자네는 그러니까 파리에서 오는 길이라는 말이로군. (팡타그뤼엘이 말했다) 자네들 파리의 학생 제군은 무슨 일로 시간을 보내는가?"

---

[88] 앞으로 계속될 리모주 출신 학생의 말은 라틴어의 어휘에 프랑스어 식의 어미를 붙여 만든 학생들의 은어로 되어 있다. 이탤릭체로 된 부분은 엉터리 라틴어 식 표현을 가리킨다.

학생이 대답했다.

"우리는 여명과 저녁 무렵에 *세카나 강*[89]을 관통합니다. 우리는 성
도의 사거리와 교차로로 산보를 합니다. 우리는 라티움의 언어를 수집
하고, 개연적인 연인의 자격으로 일체지사를 판정하고 형성하고 잉태하
는 여성의 염정(艶情)을 얻으려고 애쓴답니다. 석양시 창가(娼家)를 내
방하여 베누스*Venus*의 열락(悅樂)에 도취해서 우리의 남성지물(男性之
物)을 친애하는 창기들의 심저(深底)로 침투시킵니다. 그러고는 솔방
울, 카스텔, 마들렌, 암노새 같은 평판 좋은 주점에 가서 파슬리에 비계
를 끼운 멋진 양견육(羊肩肉)을 식(食)합니다. 그리고 우리 전대에 현
금이 별로 없거나 부족한 경우, 그리고 주조된 금속이 부재시에는 각자
자기 몫의 서책(書冊)과 의복을 방기(放棄)하여 저당에 임(臨)하고, 본
향(本鄉)에 재(在)하는 가문(家門)의 수호신들로부터 사절의 내왕을
고대합니다."

이 말을 듣고 팡타그뤼엘이 말했다. "이것이 도대체 무슨 언어란
말인가? 지랄 같으니, 자네는 어떤 이단에 속하는가 보군."

"전하, 아닙니다. (학생이 대답했다) 왜냐하면 극히 자발적으로 약
간의 미세한 햇살의 편린이 광채를 발할 때부터 저는 그토록 잘 축조된
교회들 중 한 곳으로 행차하여 그곳에서 아름다운 성수를 몸에 살수(撒
水)하고, 우리 조상들의 미사 기도 한 조각을 중얼거리니까요. 그리고
는 성무일도(聖務日禱)를 낭음(朗吟)하며 내 영혼에서 전야(前夜)의
오점을 세척하고 정결케 합니다. 저는 올림포스의 거주자 제위를 공경
합니다. 저는 지고한 천체의 지배자에게 절대적인 숭배를 헌정합니다.
저는 인근의 우인에게 애모지정(愛慕之情)을 유(有)하고 궐야(厥也)에

---

89 센 강의 라틴어 식 지명.

게 애(愛)를 반려합니다. 저는 십계명을 준수하고 제 가능한 능력의 범위 내에서 촌치도 그 계율에서 벗어나려 하지 않습니다. 맘몬[90]이 제 전대에는 한 방울도 낙수하지 않았기에 가가호호 걸식하는 극빈자들에게 적선을 분배하는 일을 좀 소홀히 했거나 지체했던 것은 *사실지사(事實之事)지요.*

—이런 지랄, 똥 같은 소리 하고 있네, 이 미친놈이 무슨 말을 하려는 거냐? 이자가 악마의 말을 꾸며내어 마법사처럼 우리를 홀리려는 것이라는 생각이 드는구나."

이 말을 듣고 그의 일행 중 하나가 말했다.

"전하, 아마 이 멋쟁이 친구는 파리 사람들의 말을 흉내내려는 것 같습니다. 그러나 그는 이렇게 해서 핀다로스[91] 식으로 말한다고 생각하지만 라틴어의 껍질을 벗기고 있을 뿐입니다.[92] 그는 일상적인 언어 용법을 경멸하기 때문에 자신이 프랑스어에 있어서 위대한 웅변가가 된 것으로 여기고 있습니다."

이 말을 듣고 팡타그뤼엘이 물었다.

"그것이 사실인가?"

학생이 대답했다.

"시뇨르, 나리, 제 재능은 이 *무례한 불한당*이 말하는 것처럼 결코 우리 *갈리아의 통속적 모국어를 박피(剝皮)하는 일에는 자연적으로* 맞지 않습니다. 그러나 역으로 저는 *세심한 주의를 기울여 돛과 노에 의해* 그것을 라틴어 식 두발[93]의 풍요로움으로 풍부히 하려고 노력합니다.

---

90 원래는 아람어인데, 『신약』 「마태복음」 6장 24절에서 재물을 의인화한 표현으로 사용된다.

91 그리스의 서정시인. 그의 문체는 현학적이고 모호한 것으로 알려져 있다.

92 서투르게 말한다는 뜻.

─정말이지, (팡타그뤼엘이 말했다) 네놈에게 말하는 법을 가르쳐
줘야겠구나. 그런데 그전에 내게 대답해라. 너는 어디 출신이냐?"

이 말에 학생이 대답했다.

"제 *선조와 조상들의 태초의 근원은 지극히 성스러운 성 마르시알*[94]
의 유해가 안치된 *레모빅 지방*[95]의 토착민입니다.

─알겠다. (팡타그뤼엘이 말했다) 너는 리모주 출신이고 그 이상은
아무것도 아니로군. 그런데 너는 여기서 파리 사람들의 말을 흉내내려
는 것이로구나. 자, 이리 와봐라. 네게 빗질을 해주마."

그러고는 그의 목을 움켜쥐며 말했다.

"너는 라틴어의 껍질을 벗기지만, 성 요한을 두고 하는 말인데, 나
는 네게 여우 껍질을 벗기게 해주마.[96] 너를 산 채로 껍질을 벗길 테니
말이야."

그러자 그 가련한 리모주 학생은 이렇게 지껄이기 시작했다.

"아이고, 지 말인데유, 나리, 오, 마르소 성자님, 지 좀 살려주세유.
위매, 위매, 제발 지 좀 놔주세유, 손대지 마시라구유."[97]

이 말을 듣고 팡타그뤼엘이 말했다.

"이제서야 자연스럽게 말을 하는군."

그러고는 그를 놓아주었다. 그 가련한 리모주 학생은 대구 꼬리 모
양으로 뒤가 둘로 갈라지고 밑이 터진 반바지에 온통 똥을 싸버렸던 것

---

93 라틴어 식 두발latinicome이라는 표현에서 다음에 팡타그뤼엘이 그에게 빗질을 해
주겠다는 말장난이 나온다.
94 리모주 출신의 첫번째 주교. 그의 유해는 리모주의 생 마르시알 수도원에 안치되
었다.
95 리모주의 라틴어 식 지명.
96 토하게 만든다는 뜻.
97 원문은 리모주 사투리로 되어 있다.

이다. 이것을 보고 팡타그뤼엘은 말했다.

"성 알리팡탱[98]이여, 냄새 한번 고약하군! 이 순무 먹는 놈[99]을 악마에게나 보내버려라, 냄새가 지독하니 말이야!"

그러고는 그를 가게 내버려두었다. 그러나 그는 평생 동안 충격에서 벗어나지 못하고 목말라했으며 자주 팡타그뤼엘이 그의 목을 잡고 있다고 말하곤 했다. 그리고 몇 년 후 그는 신의 징벌로 롤랑과 같은 죽음[100]을 맞이했다. 이는 우리에게 철학자와 아울루스 겔리우스가 말한 바[101]를 입증하는 것이다. 즉 사람들이 쓰는 언어에 따라 말하는 것이 합당하고, 옥타비아누스 아우구스투스가 말한 것처럼 배의 선장이 바다에서 암초를 피하는 것과 마찬가지로 성의를 다해서 표류하는 말들을 피해야 한다는 것이다.

---

98 가공의 성자 이름.

99 리모주 사람들에게 붙인 별명이었다고 한다.

100 민간전설에 따르면 중세의 무훈시 『롤랑의 노래』의 주인공인 롤랑은 롱스보 계곡에서 목이 말라 죽었다고 한다.

101 로마의 역사가인 아울루스 겔리우스의 『아티카의 밤』에는 파보리누스라는 철학자와 카이사르가 억지로 꾸민 고어투의 표현을 비판하는 이야기가 들어 있다.

제7장 팡타그뤼엘이 어떻게 파리로 갔는가, 그리고 생 빅토르 도서관의 훌륭한 장서에 관해서

팡타그뤼엘은 *아우레리아나움*[102]에서 매우 열심히 공부한 다음 가장 큰 파리 대학을 방문할 생각을 했다. 그런데 떠나기 전에 그는 아우레리아나움의 생 태냥 교회의 크고 거대한 종(鍾)이 214년 동안 땅바닥에 놓여 있다는 이야기를 들었다. 그 종이 너무 커서 비트루비우스의 『건축술』, 알베르투스의 『건축물에 관해서』, 에우클레이데스, 테온, 아르키메데스, 헤론의 『기계론』에 나오는 온갖 방법을 다 사용했는데도 땅에서 들어올릴 수 없었던 것이다. 그래서 이 도시의 시민과 주민들의 공손한 간청에 기꺼이 응할 마음이 생겨 그는 그 종을 위해서 마련해놓은 종탑에 그것을 옮겨주기로 작정했다. 그리하여 그 종이 놓인 곳으로 가서 여러분이 새매에 방울을 달듯이 손쉽게 그것을 새끼손가락으로 땅에서 들어올렸다. 그러고는 팡타그뤼엘은 그것을 종탑에 가져가기 전에 도시 전체에 새벽의 주악을 제공하고 싶어져서 손에 들고 모든 거리를 돌아다니며 종을 쳤다. 이에 모든 사람들이 매우 즐거워했다. 그러나 이 때문에 대단히 난처한 일이 생기고 말았다. 왜냐하면 그가 이렇게 종을

---

102 오를레앙의 라틴어 식 지명.

들고 다니며 길거리에서 종을 치는 바람에 오를레앙의 질 좋은 포도주가 전부 상해서 시어져버렸기 때문이다. 사람들은 이 사실을 다음 날 밤에야 알게 되었다. 이 시어버린 포도주를 마신 사람들은 누구나 심한 갈증을 느껴 "우리는 팡타그뤼엘[103]에 걸렸다. 목구멍이 소금에 절여진 것 같다"고 말하며, 말타 섬의 솜만큼이나 흰 침을 계속 뱉어야 했던 것이다.

이 일이 있고 나서 팡타그뤼엘은 일행들과 파리로 갔다. 그가 도착했을 때 모든 사람들이 그를 보러 밖으로 나왔다. 여러분이 알다시피 파리 사람들은 천성적으로 더할 나위 없는 바보들이기 때문이다. 그들은 대단히 경탄하며 그를 바라보았는데, 그의 아버지가 자기 암말의 목에 달아주려고 노트르담 성당의 종을 가져갔던 것처럼, 궁성을 다른 곳, 어떤 외진 지역으로 옮기지나 않을까 하는 큰 두려움도 없지 않았다. 그는 얼마 동안 그곳에 머무르며 일곱 가지 교양과목[104] 모두를 열심히 공부한 다음 파리가 살기에는 좋지만 죽기에는 좋은 도시가 아니라고 말했다. 왜냐하면 생 지노상 묘지에 사는 거지들이 죽은 사람들의 뼈를 태워 엉덩이를 덥혔기 때문이다. 그리고 그는 특히 생 빅토르 도서관[105]에서 찾은 몇몇 책들 때문에 그곳이 대단히 훌륭하다고 생각했는데, 그 목록은 다음과 같다.

---

103 265쪽의 주 1번 참조. 여기에서 팡타그뤼엘은 보통명사로, 갈증을 불러일으키는 그의 능력을 가리킨다.

104 중세 대학의 일곱 가지 교양과목은 두 과정으로 나뉘는데, 첫번째 과정인 삼학 trivium은 문법, 수사학, 논리학이고, 두번째 과정인 사학quadrivium은 산술, 기하, 점성술, 음악으로 구성되어 있다.

105 생 빅토르 수도원의 도서관은 풍부한 장서로 유명했는데, 라블레가 작성한 상상적인 도서목록은 가톨릭 교회의 편협한 신앙과 스콜라 철학의 형식주의에 대한 인문주의자들의 비판적 입장을 반영한 것이다.

구원의 막대,[106]

법률의 앞주머니,

교회법의 실내화,

악덕의 석류,

신학의 실꾸러미,

튀르뤼팽이 쓴 설교자들의 깃털 먼지떨이,

용자(勇者)들의 코끼리 불알,

주교들의 사리풀,[107]

오르벨리스의 주석이 첨부된 마르모트레의 비비(狒狒)와 원숭이,[108]

화류계 여성들의 옷차림에 대한 파리 대학의 시행령,

해산 중인 푸아시의 수녀에게 나타난 성녀 제르트뤼드,

오르투이누스 선생 저, 모임에서 정직하게 방귀 뀌는 법,[109]

고행을 행하는 겨자 장수,

가죽 각반, 일명 인내의 장화,

기예의 소굴,

도미니크파의 실베스트르 드 프리에리오 저, 수프의 사용법과 정직

---

106 미셸 드 옹그리의 설교집 『구원의 쌍두마차Biga salutis』에서 쌍두마차biga를 수레에 말을 매는 데 쓰는 막대bigua로 바꾸어놓은 말장난. 이런 식으로 라블레는 기존의 신학서의 제목에 비슷한 소리의 다른 단어를 집어넣어 우스꽝스럽게 바꾸어 풍자하는 수법을 주로 사용한다. 이 목록에 등장하는 인명은 대개 에라스무스를 위시한 인문주의자나 복음주의자들에 적대적이었던 가톨릭 신학자들의 이름이다.
107 사리풀은 욕정을 가라앉힌다고 한다.
108 성경을 주석한 마르모트레Marmotret의 이름은 긴꼬리 원숭이marmot를 연상시키고, 따라서 비비와 원숭이라는 엉뚱한 책 제목이 만들어진다. 니콜라 데 조르보는 15세기 말 푸아티에 대학 교수를 지낸 프란체스코 파 신학자였다.
109 쾰른의 신학자였던 그라티우스는 에라스무스와 로이힐린에 적대적이었으므로 인문주의자들의 주공격 대상이었다고 한다.

한 음주법,[110]

　　법정에서 기만당한 자,

　　공증인들의 속임수,

　　결혼의 보따리,

　　명상의 도가니,

　　법률의 객설,

　　포도주의 자극,

　　치즈의 박차,

　　교사들 때 벗기는 솔,

　　타르타레[111] *저, 대변 배설법,*

　　로마의 축제행렬,

　　브리코[112] *저, 수프의 다양성,*

　　규율의 밑바닥,

　　겸손의 신발,

　　건전한 배를 가진 배불뚝이,[113]

　　고결함의 냄비,

　　고해사들의 장애,

　　사제들의 과자,

---

110 루터의 적수였던 도미니크 파의 수도사로, 양심의 문제에 대한 매우 관용적인 책을 썼다.

111 아리스토텔레스에 대한 주석을 달기도 했던 소르본의 신학자 타르타레의 이름과 '변소에 가다tarter'라는 동사의 발음상의 유사함에서 만들어진 우스꽝스러운 책이름.

112 종교개혁에 적대적이었던 신학자.

113 배불뚝이tripier와 삼각대trépied, 불룩한 배panse와 생각pensée의 이중적 의미를 이용한 말장난Le tripier de bon pensement. 건전한 사고의 세 가지 지주라는 뜻으로 해석할 수도 있다.

바바르드리 관구의 뤼뱅 신부님[114] 저, 비계 식사법, 3권,

대리석 박사 파스키노[115] 저, 교회가 금지한 교황절 기간에 아티초
크를 곁들인 염소 고기를 먹는 법,

사기단이 공연한 등장인물 여섯이 나오는 신비극, 성스러운 십자가
의 제조,[116]

로마 순례자들의 안경,

마요리스[117] 저, 순대 제조법,

고위 성직자들의 풍적(風笛),

베다[118] 저, 내장 요리의 탁월함,

현물 대납 제도 개혁에 대한 변호사들의 청원,

소송대리인들의 소동,

주석을 첨부한, 비계를 넣은 완두콩,

면죄부의 잡다한 이점,

쌍방 법률에 정통한 필로 라클드니에[119] 박사 저, 아쿠르시오 주석

---

114 바바르드리Bavarderie 관구는 수다쟁이들이 사는 곳이라는 뜻이고, 『가르강튀아』
의 서문에서 뤼뱅 신부는 식충이의 전형으로 묘사된다.

115 로마에서 발굴된 고대 조상(影像)으로, 그 위에 사람들이 풍자시pasquin를 붙였다
고 한다. 다음에 나오는 대리석 박사라는 표현은 파스키노와 관련된다. 교황절
temps papal이라는 표현은 부활절temps pascal과의 유추관계에서 만들어진 것이다.

116 중세의 신비극의 제목. 십자가 모양이 새겨진 위조 은화를 제조하는 사기꾼들의
이야기인 것 같다.

117 스코틀랜드 출신의 신학자 존 메어는 라블레가 신랄하게 비판한 몽테귀 학원의
교수였다.

118 몽테귀 학원의 교장이었던 신학자로 에라스무스와 뷔데의 강력한 적수였다. 그의
뚱뚱한 배 때문에 라블레는 내장 요리를 들먹이며 그를 풍자하고 있다.

119 껍질을 벗겨 강탈하다pilloter라는 동사와 동전을 긁어모으는 좀도둑을 합친 우스
꽝스러운 이름. 아쿠르시오는 『로마 법전』의 주석집으로 유명한 이탈리아의 법학
자이다.

의 어리석음에 대한 처방, 명백하고 확실한 재론,

자유사수 바뇰레[120]의 전술,

갱도병 테보가 등장하는 병법론,[121]

숫말과 암말의 박피법과 효용성, 저자 우리의 스승 케베퀴 선생,[122]

하급 성직자들의 소박한 음식,

우리의 스승 로스톡의 암노새 다리(Rostocostojambedanesse) 저,

보리옹 선생의 각주가 첨부된, 식사 후 겨자의 용법, 14권,[123]

성직 재판관들이 제공하는 선물,[124]

콘스탄츠 공의회[125]에서 10주 동안 논의된 미묘한 문제, 허공 속에

서 포효하는 키메라[126]가 2차적 의도[127]를 먹을 수 있는가?

변호사들의 탐욕,

스코투스[128]의 실수,

---

120 15세기 바뇰레라는 사수가 민병대의 허풍을 조롱한 독백극에서 유래한 제목이다. 자
유사수단Francs archers은 1448년 샤를 7세가 창설한 프랑스 최초의 정규 보병부대
이다. 자유사수단이라는 이름이 붙은 것은 이들에게 세금이 면제되었기 때문이다.

121 농촌 출신 의용병으로 조직된 갱도병 부대는 비겁하다는 이유로 조롱의 대상이었
다. 테보는 겁쟁이의 전형이다.

122 베다와 마찬가지로 인문주의자들에게 적대적이었던 신학자 기욤 뒤셴을 가리키
는 것으로 보인다. 우리의 스승이라는 표현은 신학박사라는 뜻이다.

123 로스톡의 신학자들은 파리의 신학자들과 적대적 관계였다고 한다. 보리옹은 15세
기 프란체스코 수도회의 수도사. 식사 후에 겨자라는 표현은 일이 끝난 다음에야
했어야 할 일을 생각해내는 아둔한 사람을 가리킬 때 쓰인다.

124 원래는 신랑이 들러리에게 주는 선물이라는 뜻인데, 여기서는 정부(情婦)를 두기
위해서 동료 성직자들에게 지불해야 하는 납부금이라는 뜻으로 해석할 수 있다.

125 교황 요한 23세에 의하여 소집되어 독일의 콘스탄츠에서 열렸던 가톨릭 교회의
공의회(1414~1418).

126 그리스 신화에 나오는 사자의 머리, 양의 몸, 용의 꼬리를 가진 괴물.

127 스콜라 철학의 용어로 대상의 우연한 속성을 가리킨다.

128 13세기 스코틀랜드의 유명한 스콜라 신학자 던스 스코투스를 가리킨다.

추기경들의 박쥐 날개 모양의 관(冠),

알베리쿠스 드 로사타 선생 저, 박차 제거법, 11 곱하기 10 장,

상동, 두발의 군사적 점령, 3권,

앙투안 드 레브[129]의 브라질 상륙,

마르포리우스,[130] 학사 겸 로마 장학생 저, 추기경들의 암노새들을
세척하고 염색하는 방법,

교황의 암노새는 기분 내키는 때만 먹는다고 주장한 자들을 반박한
상기인의 변론,

우리의 스승 몽상가 선생이 제공한 '실비우스 트리크비유'[131]라는
서두로 시작되는 예언,

부다랭 주교 저, 젖짜기[132]의 효용성, 9일 기도 9회와 3년간 한시적
인 교황의 윤허가 부여됨,

숫처녀들의 교태,

과부들의 껍질 까진 엉덩이,[133]

수도사들의 두건,

셀레스틴회 사제들의 형식적인 기도,

탁발 수도회의 통행세 징수,

천민들의 이 부딪치는 소리,

신학자들의 함정,

---

129 독일의 카를 5세의 장군이었던 앙투안 드 레브가 프로방스에서 벌였던 소득 없는
전투에 관한 암시를 담고 있다.
130 파스키노와 마주 보고 있는 같은 용도의 대리석 조상.
131 불알이라는 뜻.
132 면죄부indulgences가 들어가야 할 자리에 엉뚱하게 젖짜기émulgences라는 말을
집어넣어 만든 우스꽝스러운 제목이다.
133 사랑 놀이를 많이 해서 엉덩이가 까졌다는 뜻.

문예학사들의 나팔 구멍,

첫 삭발례를 받은 오캄[134]의 문하생들,

프리프소스 선생[135] 저, 교회법에 따른 기도시간에 관한 자세한 연구, 40권,

작자 불명의 동업자 조합의 전복,

대식가들의 공동(空洞),

이니고 형제가 장엄하게 찬송한 에스파냐인들의 악취,

빈민들의 구충제,

이탈리아 식 소송사건의 융통성, 저자 브뤼페르 선생,[136]

레몽 륄,[137] 군주들의 오락,

저자 이단 심판관 야콥 호히슈트라텐 선생,[138] 위선의 보지,

쇼쿠이용[139] 저, 현재와 미래의 신학박사들에 관한 음주론, 매우 우아한 책, 8권,

레기스 편저, 교황의 교서집필 담당자, 필경사, 서기, 서신집필 담당자, 문서보관 담당자와 비서관들,

통풍 환자와 매독 환자들을 위한 항구적 연감,

에크 선생[140] 저, 화덕 소제법,

상인들의 끈,

수도원 생활의 안락함,

---

134 스코투스의 적수였던 프란체스코 수도회의 신학자 오캄의 윌리엄을 가리킨다.
135 소스를 게걸스럽게 먹는 자라는 뜻의 우스꽝스러운 이름.
136 쇠를 달군다는 뜻의 우스꽝스러운 이름.
137 14세기의 유명한 연금술사.
138 쾰른의 신학자로 최고 종교재판관을 지냈다.
139 따뜻한 불알이라는 뜻의 우스꽝스러운 이름.
140 루터에 대해서 처음으로 반론을 제기했던 가톨릭 신학자.

편협한 신자들의 잡탕 요리,

장난꾸러기 요괴 이야기,

낭비벽이 있는 자들의 빈곤,

종교재판소 판사들의 어리석은 속임수,

재무관들의 삼 부스러기,

궤변론자들의 농담,

성가신 자들의 양면적 의미에 관한 토론(Antipericatametanapar-
beugedamphicribrationes merdicantium),[141]

엉터리 시인들의 달팽이,

연금술사들의 실험,

세라티스 형제 저, 연보 모금하는 성직자들의 주사위 놀이,

종교의 속박,

종치기의 막대,

노년의 팔걸이,

귀족의 입마개,

원숭이의 주기도문,

신앙심의 사슬,

사계재일(四季齋日)[142]의 냄비,

정치적 인생의 법모,

은자들의 파리채,

고해신부들의 두건,

---

141 그리스어의 전치사들과 라틴어의 토론cribrationes 사이에 여러 단어를 결합시켜
만든 기상천외한 책 제목. 두번째 단어 성가신 자들merdicants도 탁발 수도회
mendiants라는 뜻으로 읽을 수 있는 말장난이다.

142 가톨릭에서 일 년에 네 번 사흘간씩 단식 및 기도를 올리는 재일.

방탕한 수도사들의 유희,

루르도 저, 멋쟁이들의 생활과 정직성에 관해서,

뤼폴드 선생 저, 소르본 신학자들의 박사모에 대한 윤리적 해석,

여행자들의 잡동사니,

술꾼 주교들의 물약,

로이힐린의 반대파 퀼른 박사들의 소동,[143]

귀부인들의 방울종,

똥싸개들의 밑이 뚫린 반바지,

피에드비유 형제 저, 정구 경기 조수들의 회전,

진정한 용기의 군화,

장난꾸러기 요정과 꼬마 악마들의 가장 무도회,

제르송 저, 교회의 교황 폐위권[144]

작위와 학위 소지자들의 썰매,

요한 디트브로디우스 저, 파문의 가혹함, 표제가 없는 책,

권골푸스 저, 남녀 악마 소환법,

영속적 기도의 잡탕 요리,

이단자들의 무어 식 춤,

가에탕[145]의 목발,

지품(智品)천사 박사 무이유그룅저,[146] 위선자들의 기원과 거짓 신

---

143 1505~1516년에 걸쳐 퀼른에서 있었던 로이힐린과 퀼른의 신학자들 사이의 논쟁을 가리킨다.

144 1414년 콘스탄츠 공의회에서 교회의 대분열을 막기 위하여 교황을 참칭한 그레고리 13세와 브누아 13세를 폐위시키도록 한 문서에 관한 것이다.

145 독일의 아우그스부르크 회의에서 루터를 공박했던 추기경.

146 젖은 (돼지) 콧잔등이라는 뜻의 우스꽝스러운 이름. 지품천사(게루빔)라는 칭호는 성 토마스 아퀴나스에게 붙여졌던 것이다.

앙가들의 의식에 관해서, 7권,

기름때 묻은 번쩍이는 성무일과서, 69권,

다섯 탁발 수도회의 뚱뚱한 배,[147]

앙셀루스의 『전서』[148]에 삽입된 『황갈색 장화』에서 발췌한 부랑자들의 모피,

양심 문제의 몽상가,

재판장들의 뚱뚱한 배,

신부들의 당나귀 자지,

쿠튀리에[149] *저, 저자를 사기꾼이라고 부른 자에 대한 반론과 교회가 사기꾼을 벌하지 않는 문제에 관한 논의,*

의사들의 변소,

점성술의 굴뚝소제부,

S. C.[150] *저, 관장의 영역,*

약제사들의 관장약,

외과적 관장술,

유스티니아누스 저, *위선자 제거법,*

영혼의 해독제,

메를랭 코카이[151] *저, 악마의 나라.*

---

147 비슷한 발음의 뚱뚱한 배godemarre와 응답송 Gaude Maria을 이용한 말장난.

148 15세기의 법률학자 겸 신학자 앙겔루스 드 클라바시오의 고해신부들을 위한 교범.

149 에라스무스를 비판하는 책을 썼던 소르본의 신학자.

150 당시 리옹의 유명한 의사 생포리앙 샹피에가 쓴 관장에 관한 책 제목의 앞부분이다.

151 『마카로네』의 저자인 폴렌고, 일명 코카이는 이 책에서 마법사 메를랭이 악마에 관한 세 권의 저서를 남겼다고 썼다.

이 책들 중에 몇 권은 이미 인쇄되었고, 나머지는 지금 고상한 도시
튀빙겐에서 인쇄 중이다.

제8장 팡타그뤼엘이 파리에서 어떻게 그의 아버지 가르강튀아의 편지를 받았는가, 그리고 그 편지의 사본

팡타그뤼엘은 여러분이 들은 대로 매우 열심히 공부를 해서 많은 학문적 성취를 이루었다. 왜냐하면 그는 두 겹으로 된 이해력과 자루 열두 개와 올리브 기름통만 한 용량의 기억력을 가지고 있었기 때문이다. 그가 이렇게 그곳에 머무르는 동안 어느 날 아버지로부터 다음과 같은 편지를 받았다.

친애하는 아들아,

전능하신 지고의 창조주 하느님께서 태초에 인간의 본성을 풍요롭게 하기 위하여 베푸신 선물과 은혜, 특권 중에서도 내가 보기에 특별하고도 탁월한 것은 반드시 죽게 마련인 인간으로 하여금 일종의 불멸성을 획득하고, 일시적 생명을 유지하는 동안 자신의 이름과 씨를 영구히 존속할 수 있도록 하신 것이다. 이는 합법적 결혼으로 우리에게서 나온 자손들에 의하여 이루어진다. 최초의 조상들의 죄로 박탈되었던 것이 다른 식으로 우리에게 복구된 것이다. 그 조상들은 창조주 하느님의 계율에 복종하지 않았기 때문에 죽고 말았으며, 죽음에 의하여 원래 인간

이 창조되었던 그토록 당당한 모습이 무(無)로 돌아가게 되었다고 전해진다.

그러나 정자에 의한 번식의 방법으로 부모가 상실한 것이 자식들에게 존속하고, 자식들에게서 사라진 것은 손자들에게 존속한다. 예수 그리스도가 아버지 하느님께 위험과 죄악의 오염에서 벗어난 평화로운 자신의 왕국을 돌려드리는 최후의 심판의 시간까지 이렇게 지속적으로 이어질 것이다. 그때가 되면 그토록 갈구하던 평화가 성취되고 완성되며 모든 사물은 종국과 완결에 이르게 될 것이므로, 일체의 생성과 타락은 중지되고, 원소들은 지속적 변화에서 벗어날 것이기 때문이다.

그러므로 나를 지켜주시는 하느님께서 백발이 된 내 노년이 네 청춘 속에서 다시 꽃피는 것을 볼 수 있도록 해주신 데 대해서 감사를 드리는 것은 당연한 일이고 정당한 이유가 없지 않다. 모든 것을 주관하고 조정하시는 그분의 뜻에 따라 내 영혼이 인간의 육신을 버리게 될 때, 나는 나 자신이 완전히 죽는다고 여기지 않고 한 곳에서 다른 곳으로 옮겨가는 것으로 생각할 것이다. 왜냐하면 네 속에서, 너에 의하여, 나는 이 세상에서 보이던 내 모습대로 남아 있을 것이기 때문이다. 나는 평소에 하던 대로 살아서 세상을 보고, 귀인들과 친구들과 어울릴 수 있을 것이다. 이러한 교제에서 하느님의 가호와 은혜로, 고백하건대 내가 죄를 짓지 않은 것은 아니지만 (우리 모두는 죄를 짓게 마련이고, 하느님께 우리의 죄를 사하여주시기를 계속 간구해야 하는 것이므로) 비난받을 일은 없었단다.

이렇게 내 육신의 모습이 남아 있는 것과 마찬가지로 영혼의 자질이 네 속에서 빛을 발하지 못한다면, 사람들은 너를 우리 가문의 불멸의 이름의 정당한 보관인, 수탁자로 간주하지 않을 것이다. 나의 가장 사소한 부분인 육신이 남더라도, 세상 사람들로 하여금 우리의 이름을 축복하게 해주는 최상의 부분인 영혼이 변질되고 타락한다면, 이를 보고 느끼는 기쁨은 크지 못할 것이다. 이렇게 말하는 것은 지금까지 겪어본 너의 덕성을 의심해서가 아니라 점점 더 나아지도록 더욱 열심히 노력하라고 격려하기 위함이로다.

그리고 지금 편지를 쓰는 것은 너를 이와 같은 도덕적인 방식으로 살도록 하기 위한 것이라기보다는 네가 이렇게 살아왔고 살고 있는 것을 기쁘게 생각하며 앞으로도 지금까지와 마찬가지의 열성을 가지고 각오를 새롭게 다지도록 하기 위한 것이다. 이러한 목표를 완수하고 성취하도록 하기 위해서 내가 어떻게 아무것도 아끼지 않았는지를 너는 잘 기억할 것이다. 이 세상에서 네가 도덕심과 성실성, 귀인다운 품격에 있어서나 자유롭고 고결한 인물에 합당한 지식에 있어서 절대적 완성에 도달하는 모습을 생전에 보는 희망 이외의 어떠한 보물도 없는 양 나는 네게 아낌없이 베풀어주었다. 내가 세상을 떠난 다음에 내 소망만큼 네가 뛰어난 성품과 행실을 보여주지는 못하더라도 그렇게 되려고 노력하는 너의 모습이 네 아버지였던 나 자신을 비추는 거울로 남을 수 있기를 바랐던 것이다.

그 명성이 아직도 모든 사람의 기억에 생생한 돌아가신 그랑구지에 부왕께서는 내가 치세술에서 완벽한 학문적 성취를 이룰 수 있도록 온갖 정성을 기울이셨고, 내 노력과 열성이 그분의 소망에 부응했고 오히려 능가하기까지 했지만, 너도 알다시피 그 시절은 지금처럼 학문 연구에 적합하거나 유리하지 못했고, 너같이 많은 사부들에게서 배울 수 없었다.

그 시절은 아직 암흑기였고 모든 고상한 문예를 말살시켰던 고트 족[152]으로 인한 불행과 재앙이 느껴지던 시대였다. 그러나 하느님의 은

---

152 역사적으로 고트 족은 동(東) 게르만계의 부족으로서, 4세기경 훈(흉노)족의 침입으로 시작된 고트 족의 대이동은 고대 로마제국을 붕괴시키는 원인이 되었다.

혜로 내 시대에 문예는 광명과 권위를 되찾았고 괄목할 개선이 이루어진 결과, 한창때 금세기에 가장 학식이 높은 인물이라는 (잘못된 것이 아닌) 평판이 나 있었던 내가 이제는 어린 학동들의 초급반에 들어가기도 어려운 처지가 되었다. 내가 헛된 허영심에서 이렇게 말하는 것이 아니다. 마르쿠스 툴리우스[153]의 책 『노년』의 권위와 플루타르코스의 『시기심을 일으키지 않고 자찬할 수 있는 방법』에 나오는 가르침에 따라 나 자신을 명예롭게 칭찬할 수 있지만, 보다 높은 목표를 지향하려는 욕망을 네가 갖도록 하기 위해서 이 편지를 쓰는 것이니라.

이제는 모든 학문이 분야별로 재정비되었고, 그것을 모르면 학자라고 자부하는 것이 수치스러운 일이 될 그리스어와 히브리어, 칼데아어, 라틴어 등의 언어 연구도 복원되었다. 악마의 사주로 화포가 발명된 것에 반하여, 내 시대에는 신적인 영감에 의해서 발명된 매우 세련되고 정확한 인쇄술이 실용화되었다. 온 세상은 학자들과 박학한 교사들, 대규모 도서관들로 가득 차 있어 플라톤이나 키케로, 파피니안[154]의 시대도 오늘날 보는 바와 같이 학문하기에 편리한 조건을 갖추지는 못했다고 생각한다. 그래서 미네르바[155]의 작업장에서 연마되지 않은 사람은 앞으로는 공공장소나 사교모임에 더 이상 모습을 나타내서는 안 될 것이다. 나는 오늘날의 산적, 망나니, 용병, 마부들이 내 시대의 박사나 설교자들보다 더 유식한 것을 보게 된다.

무슨 말을 하겠는가? 부인네와 처녀들도 이러한 찬사와 좋은 교육이라는 천상의 만나[156]를 염원할 정도여서, 내 나이에 그리스어를 배워

---

153 마르쿠스 툴리우스 키케로.
154 로마의 법률가.
155 로마 신화의 지혜와 기예의 여신. 그리스 신화의 아테나에 해당한다.
156 이스라엘 민족이 모세의 인도로 이집트로부터 가나안으로 이동할 때 아라비아 광야에서 여호와가 내린 음식.

야만 했다. 나는 카토[157]처럼 그리스어를 무시하지는 않았지만, 젊은 시절에 배울 수 있는 여유가 없었던 것이다. 나는 창조주 하느님께서 나를 부르셔서 이 세상을 떠나도록 명하실 때를 기다리며, 기꺼이 플루타르코스의 『도덕론』과 플라톤의 탁월한 『대화편』, 파우사니아스[158]의 『기념물』, 아테네우스[159]의 『고대론』을 즐겨 읽고 있단다.

이러한 이유로 내 아들아, 나는 네게 젊은 시절을 학문과 덕성을 쌓는 데 바칠 것을 권고한다. 너는 파리에 있고 에피스테몽을 사부로 모시고 있으니, 사부는 직접적인 가르침으로, 파리라는 도시는 찬양할 만한 모범으로 너를 지도할 수 있을 것이다. 퀸틸리아누스[160]가 바랐듯이 첫번째로 그리스어, 두번째로 라틴어, 그다음으로 성서를 읽기 위하여 히브리어를, 그리고 같은 이유로 칼데아어와 아랍어 같은 언어들[161]을 네가 완벽히 배우기를 원하고 요구하는 바이다. 그리고 그리스어에서는 플라톤을 모방하고, 라틴어에서는 키케로를 모방하여 자신의 문체를 만들어내기를 바란다. 네 기억 속에 현존하지 않는 사서(史書)가 없도록 해야 한다. 이를 위해서는 이 분야의 책들을 쓴 사람들의 세계 형상지(形狀誌)가 도움이 될 것이다.

기하학, 산술, 음악 같은 교양학문에 대해서 네가 대여섯 살 정도로 아직 어릴 때 어느 정도 취미를 갖게 했으니 나머지를 계속하도록 해라.

---

157 대(大) 카토는 헬레니즘에 부정적 입장을 취하다가 80세에 이르러서야 그리스어를 배웠다고 한다.
158 2세기에 고대 그리스의 기념물에 관해서 상세히 기술한 『그리스론』을 쓴 학자.
159 그리스 철학자들의 글을 편집한 『소피스트들의 향연』을 쓴 3세기의 학자.
160 기원전 1세기 로마의 수사학자로서, 그리스어로부터 언어 교육을 시작해야 한다고 주장했다.
161 『구약』 「시편」 중 일부는 원문이 히브리어, 그리스어, 라틴어, 칼데아어, 아랍어로 되어 있다고 한다. 원전을 원문으로 직접 읽고 연구한다는 것이 르네상스 시대에 새롭게 나타난 주요한 변화였다.

천문학의 모든 법칙을 배우도록 하고, 점치는 점성술과 오류투성이의 허황된 륄[162]의 술법은 내게 남겨두거라. 민법에 관해서는 훌륭한 책들을 외우고 철학과 대조해보기 바란다.

자연의 사물에 관한 지식에 열성을 가지고 전념하기 바란다. 네가 알지 못하는 바다와 강, 샘이 없어야 하고, 또 그곳에 사는 물고기들도 알아야 하며, 하늘의 모든 새들, 숲의 모든 교목, 관목, 덤불, 지상의 모든 풀들, 심연 깊숙이 감추어진 모든 광물들, 동방과 아프리카의 모든 보석들 중에 모르는 것이 없어야 한다.

그리고 탈무드나 유대교 신비철학자들[163]을 무시하지 말고, 정성을 기울여 그리스, 아랍, 라틴 의서들을 다시 읽을 것이며, 자주 해부를 해서 인간이라는 또 다른 세계에 대한 완벽한 지식을 얻도록 해라. 그리고 하루에 몇 시간씩 성서 공부를 시작해라. 먼저 그리스어로 『신약』과 「사도행전」을, 그리고 나서 히브리어로 『구약』을 읽어야 한다.

요컨대 나는 네게서 학문의 심연을 보게 되기를 기대하노라. 이제 너도 대장부로서 성인이 되었으니, 조만간 평온과 휴식을 누린 학문생활을 떠나, 불의한 자들의 공격에 대항하여 가문을 지키고 모든 곤경에 처한 친구들을 돕기 위해서 기마술과 무술을 배워야 할 것이다. 그러므로 나는 네가 얼마나 많은 학문의 발전을 이루었는지를 곧 시험해보기 바란다. 이는 모든 주제에 관해 공개적인 논쟁을 벌여 어떠한 난관에도 굴하지 않고 주장을 관철해냄으로써, 그리고 파리와 다른 곳의 많은 학자들과의 교유를 통해서 가장 훌륭히 실행할 수 있을 것이다.

그러나 현자 솔로몬이 말했듯이, 지혜는 사악한 영혼에는 깃들지 않고, 양심 없는 학문은 영혼의 파멸을 초래하는 것에 지나지 않으므로,

---

162 제7장의 137번 주.
163 유대 의사들의 의술은 성경의 신비적 해석에 근거한 것으로 간주되었다.

하느님을 섬기고, 사랑하고, 두려워하고, 너의 모든 생각과 희망을 그분께 의탁해야 하느니라. 자비심에서 형성되는 신앙으로 하느님과 하나가 되어 죄악으로 인해서 그분에게서 벗어나는 일이 결코 없도록 해야 할 것이다. 세상의 악습을 경계하고, 허영심을 갖지 말도록 해라. 이승의 삶이란 일시적인 것이지만 하느님의 말씀은 영원히 남을 것이기 때문이다. 모든 이웃들에게 친절히 대하고 그들을 너 자신처럼 사랑하도록 해라. 네 사부들을 공경하고, 네가 닮고 싶지 않은 자들과의 교제를 피하도록 해라. 하느님께서 네게 베풀어주신 은혜를 헛되이 받아서는 안 된다. 그리고 앞서 말한 모든 지식을 익혔다고 판단하게 될 때, 죽기 전에 너를 보고 축복해줄 수 있도록 내게 돌아오너라.

　내 아들아, 주님의 평화와 은혜가 너와 함께 하시기를. 아멘.

유토피아에서, 삼월의 열이렛날.

네 아버지,

가르강튀아

　이 편지를 읽고 나서, 팡타그뤼엘은 새로운 열의에 사로잡혀 전보다 더욱 학문 익히기에 열과 성을 다했다. 그래서 그가 공부하고 진척을 이루는 것을 보고 있노라면, 나뭇단 사이로 불길이 번지는 것처럼 그의 정신이 책 사이를 질주하는 것 같았다. 그만큼 그의 정신은 지칠 줄 모르고 통찰력이 있었던 것이다.

제9장 팡타그뤼엘은 어떻게 그가 평생 아낀 파뉘르주를 만났는가

어느 날 팡타그뤼엘은 교외의 생 탕투안 수도원 쪽으로 일행과 학생들 몇몇과 한담을 나누고 철학을 논하며 산책을 하다가, 체격이 좋고 준수한 용모이기는 하지만 불쌍하게도 몸 여러 곳이 상처투성이이고, 한 무리의 개들의 습격에서 겨우 벗어난 것처럼 옷차림이 남루해서 페르슈 지방의 사과 따는 인부들[164]과 다를 바 없어 보이는 사내를 만났다.

멀리서 그를 보고 팡타그뤼엘은 동행자들에게 말했다.

"샤랑통 다리 쪽 길로 오고 있는 저 사람이 보이는가? 틀림없이 그는 운이 나빠 불쌍한 처지가 되었을 것이오. 내가 단언하건대, 그의 용모로 보아 대자연은 그를 부유하고 고귀한 혈통에서 태어나게 했지만, 호기심 많은 사람들이 겪는 모험 때문에 저런 궁핍과 빈곤에 빠지게 되었을 것이오."

그리고 그가 그들 앞에 이르렀을 때 물었다.

"친구여, 여기서 걸음을 좀 멈추고 내가 묻는 말에 대답해주기를 부탁하네. 그러면 자네는 결코 후회하지 않을 것이네. 왜냐하면 나는 자

---

[164] 페르슈 지방의 사과 따는 인부들은 나뭇가지에 옷이 찢겨 옷차림이 매우 남루했다고 한다.

네에게 매우 큰 호감을 갖고 있기 때문에 곤경에 처한 자네를 내 힘껏 돕고 싶은 것이라네. 자네는 내게 큰 연민을 느끼게 한다네, 그런데 친구여, 내게 말해보게. 자네는 누구인가? 어디서 왔는가? 어디로 가는가? 무엇을 찾고 있는가? 그리고 자네 이름은 무엇인가?"

그 인물은 게르만어로 대답했다.

"Junker gott geb euch gluck unnd hail. Zuvor lieber juncker ich las euch wissen das da ir mich von fragt, ist ein arm unnd erbarmglich ding, unnd wer vil darvon zu sagen welches euch verdruslich zu hœrem, unnd mir zu erzelen wer, vievol die Poeten unnd Orators vorzeiten haben gesagt in irem spruchen und sententzen das die gedechtnus des ellends unnd armvot vorlangs erlitten ist ain grosser lust." [165]

이 말을 듣고, 팡타그뤼엘이 대답했다.

"친구, 그 말을 전혀 알아들을 수 없네. 그러니 우리가 자네 말을 이해하기를 원한다면, 다른 말을 해보게."

그러자 그 인물은 그에게 대답했다.

"Al barildim gotfano dech min brin alabo dordin falbroth ringuam albaras. Nin porth zadikim almucathin milko prin al elmim enthoth dal

---

165 "전하, 하느님께서 행운과 번영을 전하께 베풀어주시기를. 먼저 전하께서 물으신 것은 슬프고 동정받을 만한 이야기라는 것을 아셔야 합니다. 그리고 과거의 시인과 웅변가들이 그들의 격언과 경구에서 지나간 비참과 가난을 회상하는 것은 큰 즐거움이라고 말하기는 했지만, 해야 할 이야기가 전하께는 듣기가, 제게는 이야기하기가 괴로울 수 있는 것입니다."
파뉘르주는 프랑스어로 말하기 전에 13개의 언어(그중 셋은 멋대로 지어낸 상상의 언어이다)로 자신의 처지를 하소연한다. 이는 파뉘르주라는 인물의 특징인 다변과 무용한 과시욕을 보여주는 것인데, 라블레는 일반 독자들에게는 해독 불가능한 언어의 장황한 나열을 통해서 의미와 분리되어 단지 소리로만 남게 된 말이 가질 수 있는 유희적 효과를 보여주고 있다.

heben ensouim: kuth im al dum alkatim nim broth dechoth porth min michais im endoth, pruch dal maisoulum hol moth dansrilrim lupaldas im voldemoth. Nin hur diavosth mnarbotim dal gousch palfrapin duch im scoth pruch galeth dal chinon, min foulchrich al conin butathen doth dal prim."[166]

—무슨 말인지 알아듣겠는가? 팡타그뤼엘이 동행자들에게 물었다.

그러자 에피스테몽이 말했다.

"제 생각에는 이것은 지구 반대쪽의 언어 같습니다. 악마라도 전혀 이해할 수 없을 겁니다."

그러자 팡타그뤼엘이 말했다.

"이 친구야, 이 벽들은 자네 말을 알아들을는지 모르겠지만, 우리들 중 그 누구도 단 한마디를 이해하지 못한다네."

그러자 그 인물은 말했다.

"Signor mio voi videte per exemplo che la cornamusa non suona mai s'ela non a il ventre pieno. Cosi io parimente non vi saprei contare le mie fortune, se prima il tribulato ventre non a la solita refectione. Al quale e adviso che le mani et li denti abbui perso il loro ordine naturale et del tuto annichillati."[167]

이 말을 듣고 에피스테몽이 대답했다.

---

166 가상의 언어.

167 원문 이탈리아어. "전하, 전하께서는 예를 들어 백파이프는 배가 가득 차지 않으면 소리를 내지 않는 것을 아실 겁니다. 저 역시, 혼란스러운 제 배가 평소처럼 채워지지 않고서는 제 모험 이야기를 해드릴 수 없습니다. 제 손과 이가 자연적 기능을 상실하고 완전히 사라져버린 것 같습니다."
당시 프랑스에 가장 많이 알려진 외국어가 이탈리아어였다고 하는데, 기이하게도 팡타그뤼엘 일행은 이 언어를 이해하지 못한다.

"이것이나 저것이나 마찬가지입니다."

그러자 파뉘르주가 말했다.

"Lard ghest tholb be sua virtiuss be intelligence: ass yi body schal biss be naturall relvtht tholb suld of me pety have for natur hass ulss egualy maide; bot fortune sum exaltit hess and oyis deprevit: non ye less vioiss mou virtiuss deprevit: and virtiuss men discriviss for anen ye lad end iss non gud."[168]

―그것은 더 모르겠네. 팡타그뤼엘이 대답했다.

그러자 파뉘르주가 말했다.

"Jona andie guaussa gouss yetan be harda er remedio beharde versela ysser landa. Anbates otoy y es nausu ey nessassu gourr ay proposian ordine den. Nonyssena bayta fascheria egabe gen herassy badia sadassu noura assia. Aran Hondovan gualde eydassu nay dassuna. Estou oussyc eguinan soury hin er darstura eguay harm. Genicoa plasar vadu."[169]

―여기 계십니까, 하느님?[170] 외데몽이 대답했다.

---

168 원문 스코틀랜드어. "전하, 전하의 신체가 자연적으로 거대한 만큼 지력도 뛰어나다면, 제게 연민을 느끼실 겁니다. 왜냐하면 자연은 우리를 평등하게 만들었지만, 운수가 한쪽을 높이고 다른쪽을 낮춘 것이기 때문이지요. 그러나 덕성은 자주 무시당하고, 덕을 갖춘 사람들은 경멸을 받습니다. 최후의 심판 전에는 올바른 것은 아무것도 없게 마련이지요."

169 원문 바스크어. "전하, 어떤 불행에나 치료책이 있어야 합니다. 사람답게 살기가 어렵습니다. 전하께 몇 번이나 간청했습니다. 우리 대화에 순서를 정하도록 하십시오. 제가 안정을 되찾도록 해주신다면, 이 일은 어려움 없이 이루어질 것입니다. 그다음에 제게 원하시는 것을 물어보십시오. 하느님의 뜻대로 두 사람 몫을 치르게 하는 일은 없을 겁니다."

170 외데몽은 파뉘르주의 말의 마지막 대목 "하느님께서 원하신다면Genicoa plasar

이 말을 듣고 카르팔랭[171]이 말했다.

"성 트레냥[172]이시여, 자네는 스코틀랜드 출신인가, 아니면 내가 잘못 들은 건가?"

그러자 파뉘르주가 대답했다.

"Prug frest strinst sorgdmand strochdt drhds pag brleland. Gravot chavygny pomardiere rusth pkallhdracg deviniere prés Nays. Bouille kalmuch monach drupp delmeupplist rincq dlrnd dodelb up drent loch minc stz rinquald de vins ders cordelis bur jocst stzampenards."[173]

이 말을 듣고 에피스테몽이 말했다.

"친구, 자네는 기독교인들의 언어를 말하는 것인가, 아니면 파틀랭 선생[174]의 말을 하는 것인가? 아니야, 이것은 등불 나라[175]의 언어인가 보군."

그러자 파뉘르주가 말했다.

"Herre ie en spreke anders gheen taele dan kersten taele : my dunct nochtans, al en seg ie v niet een word, myuen noot v claert ghenonch wat, ie beglere ; gheest my unyt bermherticheyt yet waer un ie ghevoet mach zunch."[176]

---

vadu"을 알아듣고 이렇게 대답한 것이다.

171 그리스어로 재빠른 사람이라는 뜻.

172 영어로는 성 린건Saint Ringan. 스코틀랜드의 수호성자이다.

173 상상의 언어. 라블레에게 친숙한 고향의 마을 이름들인 샤비니, 라 드비니에르, 네 등이 들어 있다.

174 중세의 『파틀랭 선생의 소극』에서 악덕 변호사인 파틀랭 선생은 상대를 속이기 위하여 알아들을 수 없는 가공의 언어를 사용한다.

175 라블레의 '팡타그뤼엘' 연작 『제4서』에서 팡타그뤼엘 일행은 항해 도중에 등불 나라pays lanternois에서 돌아오는 배를 만나게 된다.

176 원문 네덜란드어. "전하, 저는 기독교인의 언어가 아닌 것은 결코 말하지 않습니

이 말을 듣고 팡타그뤼엘이 대답했다.

"이것도 마찬가지로군."

그러자 파뉘르주가 말했다.

"Seignor de tanto hablar yo soy cansado, por que supplico a vostra reverentia que mire a los preceptos evangeliquos, para que ellos movant vostra reverentia a lo ques de conscientia, y sy ellos non bastarent para mover vostra reverentia a piedad, supplico que mire a la piedad natural, la qual yo creo que le movra como es de razon, y con esto non digo mas."[177]

이 말을 듣고 팡타그뤼엘이 대답했다.

"정말로, 친구여, 나는 자네가 여러 나라 말을 잘할 수 있다는 사실 은 추호도 의심치 않네. 그러니 우리가 이해할 수 있는 언어로 원하는 것을 말해보게."

그러자 그 인물은 말했다.

"Myn Herre endog jeg met inghen tunge talede, lygesom boeen ocg uskvvlig creatner: myne kleebon, och myne legoms magerhed uudvyser allygue klalig huvad tyng meg meest behoff girereb, som aer sandeligh mad och drycke: hwarfor forbarme teg omsyder offvermeg;

다. 그렇지만 제가 단 한마디도 하지 않더라도 입고 있는 누더기가 전하께 제가 원하는 것이 무엇인지를 충분히 보여드릴 수 있을 겁니다. 자비심을 가지시고 제가 기운을 차릴 수 있게 먹을 것을 주십시오."

177 원문 에스파냐어. "전하, 저는 말을 너무 많이 해서 지쳤습니다. 그러니 양심이 요구하는 바에 귀하께서 따르시도록 복음의 계율을 고려하실 것을 귀하께 간청합니다. 그 계율들이 귀하께 동정심을 불러일으키기에 충분하지 못하다면, 저는 이성과 마찬가지로 귀하의 마음을 움직일 수 있는 본능적인 동정심에 귀 기울이실 것을 간청합니다. 이에 대해서는 더 말씀드리지 않겠습니다."

och bef ael at gyffuc meg nogeth : aff huylket jeg kand styre myne groeendes maghe, lygeruss son mand Cerbero en soppe forsetthr. Soa schal tue loeffve lenge och lyksaligth."[178]

—제 생각에는 (외스텐[179]이 말했다) 고트 족이 이렇게 말했던 것 같습니다. 하느님께서 원하신다면 우리도 이렇게 엉덩이로 말을 하게 될 텐데.

그러자 그 인물은 말했다.

"Adoni scolom lecha : im ischar harob hal habdeca bemeherah thithen li kikar lehem, chancathub laah al adonai cho nen ral."[180]

이 말을 듣고 에피스테몽이 대답했다.

"이번에는 잘 알아 듣겠습니다. 이 말은 수사학적으로 정확히 발음한 히브리어니까요."

그러자 그 인물은 말했다.

"Despota tinyn panagathe, dioti sy mi uc artodotis' horas gar limo analiscomenon eme athlios, ce en to metaxyeme uc eleis udamos, zetis de par emu ha u chre ce homos philologi pamdes homologusi tote logus te ce rhemeta peritta hyparchin, opote pragma asto pasi delon esti. Entha gar anancei monon logi isin, hina pragmata (hon peri

---

178 원문 덴마크어. "나리, 아이들이나 짐승들처럼 제가 아무 말도 못한다고 하더라도, 제 옷차림과 수척한 몸이 제게 먹고 마실 것이 필요하다는 사실을 분명히 보여줄 것입니다. 그러니 케르베로스(지옥문을 지키는 개) 앞에 수프를 갖다놓듯이, 저를 동정하셔서 울부짖는 배를 달랠 것을 주십시오. 그러면 나리는 오래 행복하게 사시게 될 겁니다."

179 그리스어로 장사라는 뜻.

180 원문 히브리어. "나리, 평화가 늘 함께 하시기를. 나리께서 당신의 종에게 선행을 베푸시기를 원하신다면 '가난한 자를 불쌍히 여기는 것은 여호와께 꾸이는 것이니'(「잠언」 19장 17절) 즉시 제게 빵 한 조각을 주십시오."

amphisbetumen) me phosphoros epiphenete."[181]

—아니? (팡타그뤼엘의 시종인 카르팔랭이 말했다) 알아듣겠어요.
그리스어로군요. 그런데 어떻게? 자네는 그리스에 머물렀었나?

그러자 그 인물은 말했다.

"Agonou dont oussys vou denaguez algarou : nou den farou
zamist vous mariston ulbrou, fousquez vou brol tam bredaguez
moupreton den goul houst, daguez daguez nou croupys fost
bardounnoflist nou grou. Agou paston tol nalprissys hourtou los
echatonous, prou dhouquys brol panygou den bascrou noudous
caguons goulfren goul oust troppassou."[182]

—알아들을 것 같은데. (팡타그뤼엘이 말했다) 이 말은 내 고국 유
토피아의 말이거나 아니면 적어도 소리가 비슷하니까 말이야.

그러고는 무슨 말을 하려 하자 그 인물이 말했다.

"Iam toties uos per sacra, perque deos deasque omnis obtestatus
sum, ut si qua uos pietas permouet, egestatem meam solaremini, nec
hilum proficio clamans et eiulans. Sinite, queso, sinite uri impii quo me
fata uocant abire, nec ultra uanis uestris interpellationibus obtundatis,
memores ueteris illius adagi, quo uenter famelicus auriculis carere
dicitur."[183]

---

181 원문은 고대 그리스어를 현대 그리스어의 발음에 따라 전사한 것. "고귀한 주인
님, 왜 제게 빵을 주시지 않는 겁니까? 당신은 제가 비참하게 굶어 죽어가는 것을
보시면서도 전혀 동정하시지 않는군요. 당신은 귀찮은 질문만 하고 계십니다. 그
러나 모든 문예의 애호가들은 사실이 모두에게 명백할 때 연설과 말은 피상적인
것이라는 데 의견이 일치합니다. 연설은 우리가 그 사실에 관하여 논쟁을 하거나
그 사실이 명백하게 드러나지 않을 때만 필요한 것입니다."
182 그리스어를 흉내낸 상상의 언어.

—그만하면 됐네, 내 친구여, (팡타그뤼엘이 말했다) 자네는 프랑스어를 할 줄 모르는가?

—아닙니다. 다행히도 아주 잘하지요, 전하. (그 인물이 대답했다) 저는 프랑스의 풍요로운 땅에서 태어나 어린 시절을 보냈습니다. 투렌 태생입니다.

—그렇다면 (팡타그뤼엘이 말했다) 우리에게 자네 이름과 어디에서 왔는지를 말해주게. 맹세코 나는 자네에게 큰 애정을 갖고 있어서 자네가 내 뜻에 따르기만 한다면, 자네는 결코 내 곁을 떠나는 일이 없을 것이고, 자네와 나는 아이네이아스와 아카테스[184]가 그러했던 것처럼 우정의 새로운 짝을 이루게 될 것이네.

—전하, (그 인물이 말했다) 세례받은 제 진짜 본명은 파뉘르주[185]입니다. 우리가 미텔레네[186]에서 불운을 겪은 이후 제가 포로생활을 했던 터키로부터 지금 돌아오는 길입니다. 그리고 기꺼이 전하께 오디세우스보다도 더 기구한 제 운명에 관해 말씀드리겠습니다. 그렇지만 저를 전하 곁에 두고자 하시니까, (그리고 저는 전하께서 설령 모든 악마들을 만나러 가시더라도 결코 전하를 저버리지 않겠다고 맹세하며 기꺼이 그 제안을 받아들이겠습니다) 여유 있게 그 이야기를 할 수 있는 더 적합한 다른

---

183 원문 라틴어. "저는 벌써 수없이 모든 신성한 것들, 모든 신과 여신들의 이름으로 동정심이 여러분의 마음을 움직였다면 제 고통을 덜어달라고 간청했습니다. 그러나 외치고 하소연해도 아무 소용이 없군요. 신앙심 없는 자들이여, 제발 운명이 저를 부르는 곳으로 가도록 내버려두십시오. 고픈 배는 귀가 없다는 옛 격언을 상기하시고, 헛된 부름으로 저를 더 이상 피곤하게 만들지 마십시오."

184 베르길리우스의 『아이네이스』에 나오는 아카테스는 로마를 건국한 아이네이아스의 충실한 친구인데, 그들 사이의 우정은 속담으로 남을 만큼 유명한 것이었다.

185 그리스어로 교활한 자라는 뜻.

186 그리스 레스보스 섬의 중심도시. 이곳에서 1502년 기독교도들이 터키군에 대패했다.

시간이 있을 겁니다. 지금 저는 배를 채워야 할 절박한 상황에 처해 있습니다. 이는 날카롭게 솟고, 배는 비었고, 목구멍은 말라붙었고, 격심한 식욕을 느끼고, 모든 것이 준비태세를 갖추고 있습니다. 제가 식사를 시작하도록 해주시면, 제가 먹어치우는 것을 보시고 신기해하실 겁니다. 제발 명령을 내려주십시오!

그러자 팡타그뤼엘은 그를 집으로 데려가서 많은 음식을 대접하도록 지시했다. 지시대로 시행되어 그는 이날 저녁 배가 터지도록 먹고 잠자리에 들어 다음 날 점심 식사 시간까지 내쳐 잠을 잤다. 그러니까 그는 침대에서 식탁까지 세 걸음을 걷고 한 번 올라앉았을 뿐이었다.

제10장 팡타그뤼엘이 어떻게 지극히 모호하고 난해한 분쟁을 공평하게 심판했는가, 그리고 그 공정한 판결로 어떤 칭송을 받았는가

팡타그뤼엘은 아버지의 편지와 훈계를 잘 기억하고 어느 날 자신의 학식을 시험해보기로 했다. 그래서 도시의 모든 교차로에 모든 분야에 걸쳐 각 학문에서 가장 난해한 문제들과 관련된 9천7백64개의 논제를 내걸었다. 그리고 먼저 푸아르 거리에서 모든 교사들, 문예학과 학생들, 그리고 변론가들을 상대로 논쟁을 벌였다. 그다음에는 소르본에서 모든 신학자들을 상대로 6주 동안 식사하고 휴식을 취하기 위한 두 시간을 제외하고 새벽 네시부터 저녁 여섯시까지 논쟁을 벌였다. 이 논쟁에는 청원 담당관, 재판장, 판사, 재무관, 비서, 변호사, 기타의 법원 관계자들 대부분과 도시의 행정관들 전체가 의사들과 교회법 교수들과 함께 참여했던 것이다.

그들 대부분은 광분해서 설쳐댔지만, 그들의 공격적 태도와 궤변에도 불구하고 그는 모두가 수모를 당하게 해서 그들이 법의를 걸친 송아지[187]에 지나지 않는다는 사실을 분명히 보여주었다는 점에 주목

---

187 긴 가운을 입은 법관들과 교수들을 가리킨다. 송아지는 구어로 바보, 멍청이라는 뜻이다.

하라.

그러자 모든 사람들, 심지어 여염집 아낙네들, 세탁부, 중매쟁이, 불고기 장수, 칼장수 여편네와 다른 여자들에 이르기까지 그의 놀라운 학식에 관해서 수다를 떨고, 그에 관한 이야기를 해대는 바람에, 그가 길거리를 지나갈 때면 그 여자들은 "저 사람이야!"라고 수군대는 것이었다. 마치 허리가 굽은 노파가 자신을 손가락으로 가리키며 "바로 저 사람이야"라고 말했을 때 그리스 웅변가들의 왕자였던 데모스테네스가 그랬듯이, 그도 이를 보며 즐거워했다.

그런데 바로 그 시기에 법원에서는 두 대영주들 사이에 분쟁이 벌어지고 있었다. 한쪽은 원고인 베즈퀴Baysecul[188] 나리이고, 상대 피고는 윔브벤Humevesne[189] 나리였다. 그 분쟁은 법률적으로 대단히 복잡하고 난해한 것이어서 파리 고등법원은 그것에서 고지 독일어밖에는 이해할 수 없었다.[190] 그래서 왕은 명령을 내려 프랑스의 모든 고등법원에서 가장 학식 높고 살찐 인물 네 명과 최고법원 대법관 전원, 그리고 자송, 필립 데스, 페트뤼스 드 페트로니뷔스[191] 등 프랑스뿐 아니라 영국과 이탈리아 대학들의 유명 교수들과 유대교의 율법학자처럼 꼼꼼히 따지기 좋아하는 많은 다른 늙은 학자들을 모이게 했다. 이렇게 모여서 그들은 46주 동안 검토했지만, 그 소송사건을 파악하지도 못했고 어떤 방식으로든 판결을 내릴 수 있게 명백히 이해하지도 못했다. 그래서 그들은 너무 원통해서 수치심 때문에 상스럽게 똥을 싸버렸다.

---

188 엉덩이에 키스한다는 뜻의 우스꽝스러운 이름.
189 방귀 냄새를 마신다는 뜻의 우스꽝스러운 이름.
190 이해하기 힘들다는 뜻.
191 자송이라는 별명을 가졌던 메누스는 이탈리아 파도바의 법률가, 필립 데스는 파비아의 법학 교수, 페트뤼스 드 페트로니뷔스는 돌 무더기의 돌이라는 뜻의 이름을 가진 가공의 인물이다.

그런데 그들 중에서 가장 박식하고 경험이 많고 신중한 뒤 두에[192] 영주가 어느 날 모두가 세심히 머리를 짜내려고 애쓰고 있을 때 그들에게 말했다.

"여러분, 우리는 벌써 오래전부터 여기서 아무것도 못한 채 비용만 축내고 있습니다. 우리는 이 사건의 근본이나 주변을 찾지 못하고 연구하면 할수록 더 이해하지 못합니다. 이는 우리에게 대단히 수치스러운 일이고 양심의 가책을 느끼게 합니다. 내 생각으로는 우리는 불명예를 안고 돌아갈 수밖에 없을 것 같습니다. 우리는 탁상공론으로 몽상만 하고 있을 뿐이니까요. 그래서 내 생각은 이렇습니다. 여러분도 팡타그뤼엘 선생이라는 위대한 인물의 이야기를 들어보셨을 겁니다. 그가 모두를 상대로 공개적으로 벌였던 대논쟁에서 그의 학문이 지금 시대에 가능한 경지를 넘어섰다는 사실을 인정받았습니다. 그러니 그를 불러 이 사건을 함께 심의하자는 것이 내 의견입니다. 만일 그가 성공하지 못한다면 어떤 인간도 성공할 수 없을 테니까 말입니다."

모든 법관들과 박사들이 기꺼이 이에 동의했다.

그래서 즉시 그를 부르러 사람을 보내 이 소송사건을 잘 엮어서 자세히 검토하고 진정한 법학에 적합한 보고서를 자기들에게 제출해줄 것을 요청했다. 그리고 큰 불알을 가진 커다란 당나귀 네 마리에 실을 만한 분량의 서류와 증서들이 든 자루들을 그에게 인도했다. 그렇지만 팡타그뤼엘은 그들에게 다음과 같이 말했다.

"여러분, 소송 당사자인 두 영주들은 아직 살아 있습니까?"

그들은 그렇다고 대답했다.

"그렇다면 (그가 말했다) 당신들이 내게 준 이 많은 잡동사니 서류

---

192 뒤 두에의 영주였던 발레는 법학에 대해서 진보적 입장을 취했던 인물로서 보르도 고등법원의 판사를 지냈고 인문주의자들과도 친분이 있었다.

와 증서들이 도대체 무슨 소용이 있단 말입니까? 체폴라[193]의 고약한 속임수와 술책, 그리고 법률을 타락시킬 뿐인 이 원숭이 짓거리 같은 것을 읽는 것보다는 그들 자신의 생생한 목소리로 분쟁에 관해 더 잘 들을 수 있지 않겠습니까? 당신들과 이 소송사건을 맡았던 자들 모두가 가능한 찬반 논리를 꾸며내고, 분쟁이 명백하고 판결하기 쉬운 경우에도 당신네들은 『로마 법전』을 전혀 이해하지 못한 데다가 법률 해석에 필요한 모든 것에 관해 무지하고 멍청하기 짝이 없는 뚱보 송아지들에 지나지 않는 아쿠르시우스, 발두스, 바르톨루스, 드 카스트로, 드 이몰라, 히폴리투스, 파노르미타누스, 베르타킨, 알렉산드로스, 쿠르티우스[194]와 다른 늙은 바보들의 어리석고 비합리적인 이유와 부당한 의견을 들먹이며 그것을 모호하게 만들었을 것이라고 나는 확신하기 때문입니다.

"(분명한 사실인즉) 그들은 그리스어나 라틴어를 알지 못했고, 단지 고딕 식의 야만적 언어만을 사용했을 뿐입니다.[195] 그렇지만 법이라는 것은 울피아누스[196]가 『법의 기원』 2권에서 증언하듯이 그리스인들이 처음 정한 것입니다. 그래서 모든 법률에는 그리스어 단어와 격언들이 잔뜩 들어 있습니다. 그 다음으로 법률은 모든 라틴어 중에서도 가장 우아하고 수식적인 라틴어로 작성되었는데, 나는 그 목록에서 살루스티우스나 바로, 키케로, 세네카, 티투스 리비우스, 퀸틸리아누스의 것도 제외하고 싶지 않습니다. 도대체 어떻게 라틴어로 씌어진 양서들을 본 적도 없는 이 늙은 몽상가들이 법전을 이해할 수 있었겠습니까? 이는 법률가가 쓴 것이 아니라 굴뚝 소제부나 요리사, 또는 그 조수가 쓴 것으

---

193 이탈리아 베로나의 법률가로 법망을 교묘히 피할 수 있는 술책에 관한 책을 썼다.
194 이들은 모두 『로마 법전』의 주석자로 유명한 법학자들이다.
195 인문주의자들은 중세 주석가들의 무식함과 언어 표현의 부정확성을 비난했다.
196 사실은 울피아누스가 아니라 폼포니우스가 쓴 책으로, 기원전 450년에 만들어진 최초의 성문법인 로마의 12동판법의 기원이 그리스에 있다는 주장이 들어 있다.

로 볼 수밖에 없는 그들의 문체로 보아 명백한 사실입니다.

"더군다나 법은 윤리철학과 자연철학의 토양에서 양육되는 것인데, 어떻게, 한심하게도 내 노새보다도 철학 공부를 하지 못한 이 미치광이들이 그것을 이해할 수 있겠습니까? 그들은 두꺼비가 깃털을 몸에 뒤덮듯이 인문학과 고대와 역사에 관한 지식을 가장하고 치장을 했지만, 법이란 이런 학문으로 가득 찬 것이어서 그 소양을 갖추지 않고서는 이해할 수가 없는 것입니다. 언젠가 나는 이에 관한 책을 써서 더 명백하게 증명해 보이겠습니다."

이 말을 듣고 나서, 여러분도 알겠지만 사람들이 모이면 현명한 자들보다는 미치광이들이 많고, 티투스 리비우스[197]가 카르타고인들에 관해서 말한 바와 같이, 다수가 내세우는 주장이 항상 최선의 의견보다 우세한 법이어서, 그들 중 몇몇은 반대하고 나섰다. 그러나 앞서의 뒤 두에 영주가 팡타그뤼엘이 말을 잘한 것이고, 이 기록부와 조사록, 원고측 반론, 증인 기피 신청, 기피 증인 변론과 다른 모든 고약한 짓거리들은 법을 타락시키고 소송을 연장시키는 것에 지나지 않으며, 복음과 철학에 의거한 공정성에 부합되지 않는 다른 방식으로 일을 처리한다면 악마들이 그들을 잡아갈 것이라고 주장하며 강력히 맞섰다.

결국 모든 서류들은 불태워지고, 두 영주가 직접 소환되었다. 그러자 팡타그뤼엘이 그들에게 말했다.

"당신들이 이 심각한 분쟁의 당사자들입니까?

―그렇습니다, (그들이 말했다) 나리.

―당신들 중 누가 원고입니까?

―접니다. 베즈퀴 영주가 말했다.

---

[197] 142권으로 된 『로마의 역사』를 쓴 역사가.

—그러면, 친구여, 내게 진실에 따라 조목조목 당신의 사건 이야기를 해주시오. 정말이지, 당신이 단 한마디라도 거짓말을 한다면, 내가 당신 머리를 어깨 위로 뽑아버려 법정에서 재판을 받을 때는 진실만을 말해야 한다는 것을 보여주겠소. 그러니 당신의 소송에 관한 이야기에서 덧붙이거나 빼는 것이 없도록 조심하시오. 말해보시오."

제11장 베즈퀴 영주와 윔므벤 영주가 어떻게 팡타그뤼엘 앞에서 변호사 없이 변론을 했는가[198]

그러자 베즈퀴는 다음과 같은 식으로 이야기를 시작했다.

"나리, 저희 집에서 일하는 여자 하나가 시장에 달걀을 팔러 간 것은 사실입니다.

—모자를 다시 쓰시오,[199] 베즈퀴. 팡타그뤼엘이 말했다.

—대단히 감사합니다, 나리. (베즈퀴 영주가 말했다) 그런데 그때 두 회귀선 사이로 천정점을 향해 은화 여섯 닢과 그만큼의 동전이 통과했습니다. 스위스 용병들의 반란 때문에 바라구앵[200]들과 아쿠르시우스파[201] 사이에서 벌어진 설전에 의해서 그해 리파이 연봉(連峰)[202]에 허울뿐인 인간들의 대기근이 들었습니다. 모인 스위스 용병들은 새해를 축

---

198 두 영주들의 변론과 팡타그뤼엘의 판결은 뜻을 종잡을 수 없는 횡설수설의 연속으로, 사육제에서 행해진 엉터리 재판을 흉내낸 것이다. 논리적 연결 없이 계속 이어지는 구문이 의미 파악을 불가능하게 만든다.

199 당시 영주들은 왕 앞에서만 모자를 벗게 되어 있었다.

200 알아들을 수 없는 말을 지껄이는 자들이라는 뜻으로, 알 수 없는 법률용어를 남발하여 재판을 복잡하게 만드는 법률가들에 대한 풍자를 담은 것으로 볼 수 있다.

201 사투리로 방앗간 손님이라는 뜻이 있는데, 제10장에서 팡타그뤼엘이 조롱한 아쿠르시우스라는 『로마 법전』 주석자의 추종자들이라는 뜻으로 해석할 수도 있다.

202 스키타이 지방에 있는 산.

하하러 가기에 충분한 수에 이르렀고, 일 년의 첫 구멍에 소들에게 수프를 제공하고, 하녀들에게 석탄통 열쇠를 맡겨 개들에게 귀리를 주도록 합니다.

배를 붙잡아두려고 밤새도록 손을 단지에 댄 채 사람들은 교서를 도보와 말 편으로 급히 보내기만 하고 있었습니다. 왜냐하면 재단사들이 훔친 천조각으로 건초를 다발로 묶는 사람들의 의견에 따르면 당시에 양배춧국 한 단지 분량만큼 늘어났던 대양을 덮을 만한 크기의 부는 화살통을 만들려 했기 때문입니다. 하지만 궁신 나리들이 매독에게 누에를 따모으지 못하도록 부드러운 어조로 명한 것을 제외하고는, 의사들은 그의 오줌 속에서 능에의 식사로 겨자를 쳐서 양날 도끼를 먹은 명백한 증거를 식별하지 못했다고 말했습니다. 왜냐하면 건달들은 선량한 라고[203]가 말했듯이 한 발은 불 속에, 머리는 한가운데 놓고, 음악에 맞추어 벌써 춤곡을 멋지게 시작했기 때문입니다.

아, 여러분, 하느님께서는 모든 것을 뜻하신 대로 정하시고, 다양한 불행을 만나면 마차꾼은 콧등을 손가락으로 튀겨 자기 채찍을 부러뜨립니다. 라 비코크 전투[204]에서 돌아왔을 때, 교회법 학자들이 *멍청한 자들에게는 복이 있나니 그들이 혼자서 넘어지기 때문이요*[205]라고 말하듯이, 크레소니에르의 앙티튀스[206] 선생이 온갖 우둔함의 학사 학위를 받았습니다.

브리의 성 피아크르[207]를 두고 말이지만, 사순절[208]이 늦게 오는 것은 다름아니라

---

203 당시 유명했던 거지 왕초.
204 1522년 프랑스가 카를 5세의 군대에게 대패했던 유명한 전투.
205 『신약』「마태복음」5장의 산상설교를 풍자한 것이다.
206 현학적인 우둔한 인간의 전형.
207 성 피아크르는 정원사들의 수호성자로서, 아일랜드 출신이지만 브리에서 살았다.

성신강림 축일[209]이 올 때면

많은 비용을 치러야 한다네,

하지만 계속 전진하면

작은 비에 큰 바람을 멎게 한다네.

조수가 과녁의 흰 표적을 너무 높게 달아 법원 서기는 수거위 깃털을 붙인 그의 손가락을 원을 따라 핥을 수 없었고, 오년간 지불 유예된 안장 스무 개를 위해서 필요한 테가 마흔 개 달린 포도주 광고판이 걸린 벽난로 쪽을 멀리서 눈으로 지켜보는 것 외에는 각자가 코 탓으로 돌리는 것을 우리는 분명히 보았습니다. 그 누가 두건을 벗기지도 않고 사냥용 매를 치즈 케이크 앞에 놓아주려 하겠습니까? 왜냐하면 반바지를 거꾸로 입으면 기억력이 자주 없어지니까요. 이럴 수가, 하느님께서 티보 미텐[210]을 악에서 지켜주시기를!"

그러자 팡타그뤼엘이 말했다.

"침착하게, 친구, 침착하게. 천천히 화내지 말고 말하시오. 사건을 이해하겠으니 계속하시오.

—그런데, 나리, (베즈퀴가 말했다) 문제의 여인이 *찬미하라, 저희 말을 들으소서* 같은 기도를 드리며 다이아몬드 7패 카드로 몸을 가리고, 플랑드르의 화가들이 매미에게 편자를 똑바로 박을 때[211] 사용하는 낡은 깃발을 팔던 장소에서 가장 가까운 곳을 칼끝으로 찌르면서 천사

---

208 일요일을 제외한 부활절 전 40일간의 금욕 기간.

209 부활절로부터 일곱번째 일요일.

210 의미가 불분명한 표현으로 농부들이 쓰던 욕설로 추정할 뿐이다.

211 불가능한 일을 시도한다는 뜻.

처럼 몸을 충분히 적시는 것 외에는, 하느님 맙소사, 대학의 특권이라는 명목으로 속임수를 써서 올려친 일격을 막아낼 수 없었습니다. 저는 사람들이 알을 품기 좋은 날씨에 알을 낳지 않는 것에 매우 놀랐습니다."

여기에서 웜므벤 나리가 끼어들어 무슨 말을 하려고 하자 팡타그뤼엘이 그에게 말했다.

"성 앙투안의 배를 두고 말이지만, 지시도 없이 말할 권리가 네게 있단 말이냐? 내가 지금 너희들의 소송사건을 이해하려고 무진 애를 쓰고 있는데, 너는 여전히 방해를 하려는 것이냐? 조용히 해. 제기랄, 조용히 하라고! 이자가 끝난 다음에 실컷 이야기할 수 있을 테니. 계속하시오, (그는 베즈퀴에게 말했다) 그리고 서두르지 마시오.

—그러니까 칙령[212]에는 전혀 언급되어 있지 않고, 교황이 각자에게 마음대로 방귀를 뀔 수 있는 자유를 허용한 것을 고려할 때, 두 겹으로 된 반바지에 줄무늬가 없고 세상에서 아무리 가난하더라도 하인배에 속하지만 않는다면, 종달새들을 부화시키기 위해 새로 밀라노에서 갓 생겨난 무지개는 그 여인이 그 당시 오래된 장화의 제조법을 이해하는 데 필요했던 불알이 달린 작은 생선들의 거절증서에 의거해서 좌골신경통 환자들에게 사발에 담아 대접하는 것에 동의했습니다.

그런데 사촌인 장 르 보[213]는 장작 더미에서 나와 그녀에게 아무것도 잡지 말고 밖에서 해라[214]라는 놀이처럼 먼저 명반 용액에 종이를 담그지 않아 세탁물을 엉망진창으로 만드는 위험을 자초하지 말도록 충고했습니다. 왜냐하면

---

212 1438년 샤를 7세는 교황도 공의회의 결정에 따라야 한다는 칙령을 내렸다.

213 전형적인 바보의 이름.

214 원문 'pille, nade, jocque, fore'은 의미 없는 단어의 조합으로 일종의 놀이를 가리키는데, 팽이의 면마다 각 단어의 첫 알파벳을 붙이고 하던 라틴 식 놀이(accipe nihil, pone totum)와 유사한 것으로 여겨진다.

현명하게 떨어지는 자는 다리 위를 걷지 않는다.[215]

회계원 나리들이 독일식 플루트에 의한 독촉에 동의하지 않았기 때문에 이에 관해서 사람들은 『군주들의 안경』이라는 책을 제작하여 최근에 앙베르에서 출판했습니다.

그런데 여러분, 잘못된 보고가 이렇게 만든 것입니다. 이에 관해서 저는 상대방을 말의 *사제로*[216] 믿었습니다. 이유는 다음과 같습니다. 왕을 기쁘게 해드리기 위해서 저는 발끝에서 머리끝까지 배에 대는 가죽끈으로 무장하고, 포도 수확하는 일꾼들이 어떻게 사랑놀이를 더 잘 하도록 높은 모자를 찢었는지를 보러 갔었는데, 날씨가 약간은 설사하게 할 위험이 있어 몇몇 자유사수대원들은 열병을 거부당했기 때문입니다. 벽난로들이 친구 보디숑[217]의 말 종기와 관절병에 맞추어 충분히 높았는데도 말입니다.

이렇게 해서 아르투아 지방 전체에 달팽이 풍년이 들었고, 이는 배 단추를 풀고 칼을 뽑지 않은 채 코크시그뤼[218]를 먹을 때 포도 수확하는 지게꾼 나리들의 건강 회복에 적지 않은 도움이 되었습니다. 그리고 제가 원하는 것은 누구나 좋은 목소리를 갖는 것입니다. 그러면 정구 놀이를 더 잘할 수 있을 것이고, 예전에 카나리아 왕이 공포했고 지금도 그

---

215 '현명하게 걷는 자는 다리에서 떨어지지 않는다Non de ponte cadit qui cum sapientia vadit.'라는 속담에서 '걷다'와 '떨어지다'라는 단어의 위치를 바꾸어 만든 말장난이다.

216 원래는 '*사제의 말로*in verbo sacerdotis'라는 표현으로, 진실을 말한다는 뜻인데, 라블레는 철자를 바꾸어(in sacer verbo dotis) 엉뚱한 말장난을 만들어냈다.

217 민간 노래의 후렴에 나오던 인물.

218 『가르강튀아』 제49장에 나오는 전설의 새.

법령이 기록 보관소에 남아 있듯이, 굽 높은 여성화의 어원을 설명하기 위해 사용하는 사소한 기교들이 제분업자의 다리[219]를 언제나 이용할 수 있게 센 강을 더 편안히 내려가게 해줄 것입니다.

그러므로 나리, 저는 귀하께 이 소송건에 대해서 비용과 손해, 이자를 포함하여 정당하게 판단하고 판결을 내려주실 것을 요청합니다."

그러자 팡타그뤼엘이 말했다.

"친구여, 덧붙일 말이 있는가?

베즈퀴가 대답했다.

─아닙니다, 나리. 저는 결론까지 모든 것을 말했고, 명예를 걸고 아무것도 바꾸지 않았다는 것을 말씀드립니다.

─그러면 당신, (팡타그뤼엘이 말했다) 윔므벤 영주, 하고 싶은 말을 해보시오. 짧게 말하되, 그렇다고 심리에 도움이 될 만한 것을 빠뜨리지는 마시오."

---

219 퐁 토 상주 아래쪽에 있던 다리. 주위의 방앗간에서 많이 사용했다고 한다.

제12장 윔므벤 영주가 어떻게 팡타그뤼엘 앞에서 변론을 했는가

그러자 윔므벤 영주는 다음과 같이 이야기를 시작했다.

"나리, 그리고 여러분, 만일 인간들의 부당함이 우유에 든 파리를 알아보는 것처럼 명확한 판결로 쉽게 눈에 보일 수 있다면, 지금처럼 세상에서 네 마리 황소들이 그토록 쥐들에게 많이 물어뜯기지는 않을 것이고, 땅바닥에 그것들이 너무 비열하게 갉아먹은 귀들이 많이 남아 있을 것입니다. 왜냐하면 상대방이 진술한 모든 것이 진술서의 글과 이야기에 관한 한 진짜 솜털처럼 보인다 하더라도, 여러분, 장미 화분 밑에는 술책이나 속임수, 사소한 위반사항들이 숨겨져 있기 때문이지요.

제가 아무 나쁜 생각도 없이 험담도 하지 않고 동료들과 함께 수프를 먹고 있을 때, 누가 제게 와서 요란한 춤[220]을 추고

수프를 먹으며 술을 마시는 자는
죽은 다음에는 전혀 보이지 않는다네.

---

220 이 춤(antiquaille)은 현대의 프렌치 캉캉과 유사한 것이라고 한다.

하면서, 골치 아프게 만들고 괴롭히는 것을 참아야만 합니까?

그리고 성모님 맙소사, 보다 멋지게 몸을 흔들고, 류트를 연주하고 엉덩이로 피리 소리를 내고, 단 위에서 깡충거리며 춤추게 하기 위해[221] 자선단체의 성체의 빵으로 구타하고 있을 때, 뚱보 지휘관들이 한창 전투를 벌이는 모습을 우리는 얼마나 많이 보았던 것입니까!

그러나 이제 세상은 레이스터[222] 산 모직물 봇짐들 때문에 완전히 엉망이 되어버렸습니다. 어떤 자는 스스로 타락하고, 어떤 자는 다섯, 넷, 둘을 타락시키고, 만일 법원이 질서를 잡지 않는다면 금년에도 작년처럼 이삭줍기가 신통치 않게 되거나 많은 술잔들이 만들어질 것입니다. 불쌍한 사람이 쇠똥 묻은 주둥이를 채색하거나 겨울 장화를 사러 한 증막에 갈 때, 순찰 중이거나 잠복 중인 순경들이 그 소란에 대해서 관장용 탕약이나 변기의 대변을 받았다고 해서, 테스통 은화의 가장자리를 깎고[223] 나무 사발[224]을 탕진해야 하겠습니까?

가끔 하느님께서는 우리 생각과는 달리 행하십니다. 그리고 해가 지면 모든 짐승들은 어둠 속에 잠깁니다. 저는 사람들에게 대낮에 이를 확실히 증명해 보일 수 없다면 제 말을 믿기를 바라지도 않습니다.

36년도에 저는 금은세공사들이 보증하듯이 털이 길고 몸집이 크고 다리가 짧은 독일산 진홍색 승용마[225]를 샀었는데, 그래도 공증인이 기

---

221 이 일련의 표현은 성행위를 연상시키는 것으로 해석할 수 있다.

222 모직물 생산으로 유명한 영국의 도시.

223 국왕의 초상이 새겨진 16세기 프랑스 은화. '가장자리를 깎는다'는 표현은 동전의 가장자리를 깎아 위조화폐를 만들었다는 데서 유래한 것이다.

224 에퀴escutz 금화와 발음의 유사성을 이용한 연상에 의하여 바로 사발escutz elles 이라는 단어가 만들어지는데, 라블레는 에퀴 금화와의 형상의 유사성을 강조하기 위해서 마치 두 단어인 것처럼 나누어 쓰고 있다.

225 짐을 싣고 여행을 하는 데 쓰는 다리가 짧은 말courtault이라는 단어를 크고 짧은 hault et court이라는 두 형용사로 풀어서 만든 말장난이다.

타 조항을 집어넣었습니다. 저는 달을 이로 물어 딸 만큼 대단한 성직자는 결코 아니지만, 소문에 따르면 불카누스[226]의 도구들을 밀봉해놓은 버터 단지에서 양 머리를 찌는 데 필요한 갑옷의 팔과 정강이받이를 입히고 장화를 신겨 석탄 장수의 자루 밑바닥에 숨긴다 하더라도 절인 소 혓바닥은 촛불 없이도 포도주를 찾아내게 만든다고 합니다. 사랑을 즐길 때 불탄 숲에서 검은 암소를 보는 것은 좋은 일[227]이라는 속담은 바로 이를 두고 하는 말입니다. 이 사실에 관해 성직자 나리들과 상의를 했는데, 문제를 해결하기 위해서 그들은 *삼단논법에 따라* 종이와 잉크, 펜과 론 강가의 리옹에서 제조된 주머니칼이 잘 구비된 지하실에서 여름 동안 풀을 베는 것만한 방법도 없다, 어쩌고저쩌고 하는 결론을 내렸습니다. 왜냐하면 갑옷에서 마늘 냄새가 나면 녹이 곧바로 간을 파먹기 때문이고, 그다음에는 점심 식사 후 낮잠 자는 기색을 눈치 채고 목이 비틀린 자들을 계속 신랄하게 공격하기 때문입니다. 이것이 소금 값이 그토록 비싼 이유랍니다.

여러분, 문제의 하녀가 집달리의 입회인에게 더 잘 증여하기 위해서 주격을 끈적끈적하게 만들고, 순대용 내장이 고리대금업자들의 주머니 속에서 망설이고 있었을 때, 식인종들로부터 자신을 지키는 최선의 방법이 순무 3백 개와 송아지 장간막 약간, 그리고 연금술사들이 갖고 있는 가장 순도 높은 합금과 함께 엮은 양파 묶음을 갖는 것, 좋은 건초용 갈퀴 소스를 발라 이렇고 저렇고 실내화를 진흙으로 봉하고 검게 태우는 것, 그리고 기름살 조각을 언제나 간수하며 작은 두더지굴에 숨는 것이라고 믿지 마십시오.

주사위 놀이에서 여러분에게 숫자 1이 계속 짝으로 나오고 마지막

---

226 로마 신화의 불과 대장간의 신.
227 아무것도 보이지 않는다는 뜻.

큰 판에 3이 연속으로 나오면 숫자 1을 조심하고, 귀부인을 침대 구석으로 데려다 애무하십시오. 트랄라 라 라, 그리고 개구리를 낚으며 고대 비극 배우가 신던 멋진 반장화를 신고 실컷 마시도록 하십시오. 이는 달군 쇠를 두드리고 맥주 마시는 수다쟁이들에게 밀랍을 데워주려고 기다리며 촛불 끄기 장난을 하면서 노는 털갈이하는 거위 새끼들을 위한 것입니다.

문제의 황소 네 마리가 기억력이 좀 모자라는 것은 사실입니다. 그렇지만 그것들은 음계를 알기 위해서 가마우지나 사부아 지방의 오리들을 두려워하지 않았습니다. 그래서 제 영지의 백성들은 "이 아이들은 산술의 대가가 되어 우리에게 법률상담을 해줄 거야"라고 말하며 그들에게 큰 희망을 걸었습니다. 우리는 상대방이 말한 풍차방아 위로 울타리를 쳐서 늑대를 틀림없이 잡을 수 있습니다. 그런데 악마가 샘을 내서 "여보게, 마시게, 마시라구!" 하며 고약하게 연거푸 마셔대는 독일인들을 뒤쪽에 놓았습니다. 왜냐하면 정말로 새로 제조한 대문자나 필기체로 된 활자판의 잉크대를 포기하지 않는다면, 설령 파리의 작은 다리 위에서 파는 놓아기른 암탉들이 늪에 사는 오디새들처럼 도가머리가 있다 하더라도, 그 말은 전혀 근거가 없기 때문입니다. 책표지 안쪽 위와 아래에 붙이는 헝겊이 벌레가 생기게 하지만 않는다면 제게는 아무래도 상관없는 일입니다.

공증인이 신비술에 의한 보고서를 제출하기 전에, 사냥개들이 교미할 때 소녀들이 포획을 알리는 뿔피리를 불었던 경우를 가정하면, 샤를 왕의 장례식 때 노천시장에서, 제가 말하려는 것은 모직물로 맹세하건대, 양털 값으로 은화 여섯 닢을 냈던 것을 고려해서, (법원의 더 나은 판결이 있다면 모르겠지만) 광폭 피륙 길이[228]로 6아르팡 되는 목초지가 돈을 치르지 않고 순수한 잉크 세 통을 산출하게 된다는 법은 없습니다.

그리고 저는 평소에 좋은 백파이프를 가지고 새사냥을 나갈 때, 사람들은 벽난로 주위를 빗자루로 세 번 비질하고 임명 등기를 하며, 혹시 너무 날씨가 더우면 헛수고를 하고 엉덩이에 바람을 불어넣기만 한다는 것을 압니다. 그리고 구주희 놀이와 구슬치기에서는,

도착한 편지를 읽고는 즉시
그에게 암소들을 돌려주었도다.

그리고 17년도에 성 마르탱 축제 때 로주 푸주뢰즈[229]의 무법자에게 비슷한 판결이 내려졌는데, 법정은 이 사실을 고려해주시기 바랍니다.

좋은 패를 가지고 많은 돈을 따지 못하면,[230] 굴복하지 않으려는 자들에게 직조공의 미늘창을 박아 처형하듯이, 저는 정말로 성수를 마시려는 자들을 공정하게 정당한 방식으로 권리를 박탈할 수 없다고 말하지 않습니다.

그렇다면, 여러분, 미성년자들에게는 무슨 권리가 있습니까? 왜냐하면 살리카 법전의 통상적 관례는 한창 노래하는 중에 구두 수선공의 바느질 구멍[231]을 계명으로 노래하지 않고 코를 푸는 암소의 뿔을 뽑는 첫 방화자는 성모 마리아 찬송 때 브르타뉴 식으로 목덜미를 잡고 다리를 걸어 넘어뜨리는 씨름처럼 앙주산 백포도주에 죄인을 매다는 형틀을

---

228 약 140센티미터 laize. 라블레는 의도적으로 서로 맞지 않는 길이와 넓이의 단위를 사용하고 있다. 1아르팡은 20~50아르 정도(1아르는 100평방미터).

229 라블레가 수도사 생활을 했던 퐁트네 르 콩트의 프란체스코회 수도원 근처의 마을 이름.

230 정당한 보상을 받지 못한다는 뜻.

231 이 단어(point)가 갖는 음표와 바느질 구멍이라는 이중적 의미를 이용한 말장난이다.

제공하기 위해 자신의 음경의 결핍을 사람들이 자정 미사에서 지쳐 있는 동안에 딴 이끼로 보충해야 한다는 것이었기 때문입니다.

이상과 같사오니 비용과 손해, 이자를 포함해서 결론을 내려주시기 바랍니다.

윔므벤 영주가 말을 마치자, 팡타그뤼엘은 베즈퀴 영주에게 말했다. "친구, 반박할 것이 있는가?"

이 질문에 베즈퀴는 대답했다. "아닙니다, 나리. 저는 진실만을 말했고, 제발 저희들의 분쟁이 끝나게 해주십시오. 저희들은 지금까지 많은 비용을 치렀으니까요."

제13장 팡타그뤼엘은 어떻게 두 영주들의 분쟁에 대한 판결을 내렸는가

그러자 팡타그뤼엘은 자리에서 일어나 그곳에 참석한 모든 재판장들, 대법관들과 박사들을 모이게 하고 그들에게 말했다.

"자, 이제, 여러분, 여러분들은 육성에 의한 신탁으로 문제의 분쟁에 관해서 들으셨습니다. 어떤 것 같습니까?"

이 말에 그들은 대답했다.

"우리는 분명히 들었습니다만, 제기랄, 원인을 이해하지 못했습니다. 이러한 이유로 우리는 귀하께 이구동성으로 부탁하노니 제발 보신 대로 귀하의 판결을 내려주십시오. 그때와 같이 지금부터 바로 우리는 이를 적절한 것으로 생각하고 전적으로 동의하겠습니다."

"자, 그러면, 여러분, (팡타그뤼엘이 말했다) 여러분들이 원하시니까 그렇게 하겠습니다. 그러나 나는 이 사건이 여러분들이 말씀하시는 것처럼 그렇게 어려운 것이라고는 생각하지 않습니다. 내 의견으로는 여러분들이 사용하는 카톤 법규,[232] 형제 법, 닭 법, 오족법(五足法), 포도주 법, 만일 주인이…… 법, 모친법, 양처법, 만일 어떤 사람이……

---

[232] 『로마 법전』에서 분할이 불가능한 것을 다룬 법규. 이하에 나오는 법률들은 모두 실제로 『로마 법전』에 들어 있는데, 그중에서도 가장 난해하다고 알려진 것들이다.

법, 폼포니우스 법, *재산법*, *구매자법*, *채권자법*, *판매자법*과 다른 많은 법률들이 훨씬 더 어려운 것들입니다."

이렇게 말하고 나서 그는 각자에게 정당한 권리를 인정하고, 어느 누구의 의견도 일방적으로 수용하거나 고려해서는 안 된다는 생각에서, 뱃대끈을 너무 졸라맨 당나귀처럼 앓는 소리를 내는 것으로 사람들이 알 수 있었듯이, 깊은 사색에 잠겨 법정을 한두 바퀴 돌았다. 그러고 나서 돌아와 자리에 앉은 다음 아래와 같은 판결을 내리기 시작했다.

"베즈퀴 영주와 윔므벤 영주 사이의 분쟁을 보고, 듣고, 심사숙고한 결과 본 법정은 다음과 같이 선고한다.

말을 타고 허리로 강철 활 시위를 당기는 원숭이의 로마[233]를 관통하는 기후 속에 존재하는 광명을 두려워하는 자들의 사악한 박해로 인하여 체스판에서 졸로 상대를 제압한 무의미한 말들에게 아첨하기 위해서 하지(夏至)에 용감하게 이탈한 박쥐의 분노를 고려하면, 원고는 그 하녀가 한쪽 발은 신을 신고 한쪽 발은 벗은 채로 양심에 따라 열여덟 마리의 암소털 수만큼의 서양고추나무 열매로, 그리고 동일한 분량을 자수틀 몫으로 단호하게 갚아주고, 부풀게 했던 대형 범선의 널빤지 틈을 메운 것은 정당한 사유가 있었다.

마찬가지로 그가 저지른 것으로 간주되는 배설물에 관한 특정 죄목에 대해서는 청동 포탄과 함께 아딧줄을 풀어 그의 고향 미르보의 관습대로 호두 촛불[234]에 연속적으로 뀐 방귀로 향기를 낸 장갑 한 켤레의 결정에 따라 기운차게 똥을 눌 수 없었기 때문에 무죄를 선고한다. 이러한 연고로 마부들은 길마 사이에 얹은, 루아르 지방에서 난 그의 채소를 형

---

233 1537년판까지는 '십자가의 로마'로 되어 있었다.
234 비엔 지방의 미르보에서는 돼지기름 대신 호두를 찧어 초를 만들었다고 한다.

가리에서 맞춘 새매 방울들과 함께 의심스럽게 뒤섞게 되었다. 그것을 그의 처남은 기진맥진한 갈매기 세 마리가 문장(紋章)으로 장식된 변방의 마로 된 바구니에 담아 깃털로 벌레 모양으로 만든 앵무새에게 활을 쏘는 모퉁이의 매복 장소에 기억할 만하게 운반했던 것이다.

그러나 원고가 피고를 신발 수선공, 치즈 먹는 자,[235] 미라에 역청을 바르는 자라고 고발했던 건에 대해서는 피고가 잘 논증했듯이 유동적이어서 진실로 입증되지 않았으므로, 본 법정은 원고에게 이 고장의 관습대로 간을 하고 건조시킨 응고우유 석 잔을 앞서 말한 피고에게 8월 중순 만기로 5월에 지급하도록 선고한다.

그러나 피고는 덮개가 달리고, 둥글게 체로 친 목구멍의 올가미를 채울 수 있게 건초와 삼 부스러기를 제공해야 한다.

그리고 전과 같이 화목하게 지낼 것이며, 소송비용은 지불할 필요가 없다. 이상으로 판결을 마치노라.

이 판결이 내려지자 쌍방 모두가 판결에 만족해하며 헤어졌는데, 이는 거의 믿을 수 없는 일이었다. 왜냐하면 대홍수 이래로 쌍방이 대립했던 대심(對審) 재판에서 최종 판결에 똑같이 만족했던 적이 없었고, 오십 년마다 있는 대사(大赦)가 열세 번 있기 전에는 다시 없을 것이기 때문이었다.

이 자리에 참석했던 대법관들과 다른 박사들은 세 시간 동안 정신을 잃은 채 황홀경에 빠져서는, 모두가 그토록 어렵고 고통스러웠던 재판의 판결에서 분명히 알게 된 팡타그뤼엘의 초인적인 지혜에 감탄하며

---

235 호메로스가 쓴 것으로 잘못 알려졌던 〈쥐와 개구리 사이의 전쟁을 다룬 익살스러운 서사시Batrachomyomachie〉에서는 쥐에게 '치즈 먹는 자'라는 별명이 붙어 있다.

매료되고 말았다. 그리고 사람들이 많은 식초와 장미수를 가져다 그들에게 평소대로 감각과 이성을 되찾게 해주지 않았더라면 여전히 그 상태로 있었을 것이다. 이 일로 하느님께서는 어디에서나 칭송을 받으실지어다!

제14장 파뉘르주는 그가 터키인들의 손에서 벗어난 경위를 어떻게 설명했는가

모든 사람들이 곧 팡타그뤼엘의 판결에 관하여 들어서 알게 되었고, 많은 부수의 책으로 인쇄되었으며, 법원의 기록 보관소에 기록을 보관했다. 그 결과 사람들은 이런 말을 하게 되었다.

"추리에 의한 판결로 아이를 어머니에게 돌려주었던 솔로몬도 위대한 팡타그뤼엘이 행한 것과 같은 완벽한 지혜의 경지를 결코 보여준 적이 없었다. 그가 우리나라에 있다는 사실이 우리에게는 큰 복이다."

그래서 실제로 그를 청원 심의관과 법원장으로 삼으려고 했으나, 그는 예의바르게 모두 사절했다.

"왜냐하면 (그가 말했다) 이러한 직무는 너무 큰 예속을 필요로 하는 것이고, 이 직무에 종사하는 자들은 인간들의 타락상을 고려할 때 구원받기가 매우 힘들 것이기 때문입니다. 나는 천사들이 남긴 빈자리[236]가 다른 종류의 사람들로 채워진 것이 아니라면, 서른 일곱 번의 대사 이전에는 최후의 심판이 일어나지 않을 것이므로 쿠사누스[237]의 예측이

---

236 성 앙셀름은 루치페르와 함께 반기를 들었다가 쫓겨난 천사들의 자리를 메우기 위하여 인간들이 창조되었다고 생각했다.

237 쿠사의 추기경으로 최후의 심판이 기원후 서른네번째 50년 대사 후에, 즉 17세기

빗나갈 것이라고 생각합니다. 여러분들에게 일찌감치 경고하는 바입니다. 그래도 여러분들이 좋은 포도주를 몇 통 가지고 계시다면, 그 선물은 기꺼이 받아들이겠습니다."

그들은 기꺼이 이 제안을 수락하고 그 도시에서 가장 좋은 포도주를 그에게 보냈다. 그도 그 포도주를 꽤 많이 마셨지만, 가련한 파뉘르주는 용감무쌍하게 마셔댔다. 그는 말린 청어처럼 말라 있었기 때문이다. 그래서 그는 말라빠진 고양이처럼 경쾌하게 걸어다녔다. 진홍색의 포도주가 가득 찬 큰잔을 단숨에 들이켜는 그를 보고 누군가가 충고하려고 말했다.

"친구, 천천히 마시게! 자네는 미친 듯이 들이켜는군.

—나는 악마에게 몸을 맡긴 사람이야! (그가 말했다) 자네는 방울새보다 더 많이 마시지도 못하고, 참새들 식으로 꽁지를 때려야만 한 입씩 먹는 파리의 쩨쩨한 술꾼들을 보고 있는 게 아니란 말일세. 오, 친구들, 내가 내려갔던 것처럼 올라간다면, 벌써 엠페도클레스[238]와 함께 달나라에 가 있을 텐데! 하지만 나는 도대체 그 말뜻이 뭔지 모르겠어. 이 포도주는 아주 좋은 것이고 맛도 그만이군. 그런데 마시면 마실수록 더 갈증이 난다니까. 달이 카타르성 염증을 일으키듯이[239] 팡타그뤼엘 전하의 그림자가 목마른 자들을 만들어낸다고 나는 생각하네."

이 말에 좌중이 웃기 시작했다. 이것을 보고 팡타그뤼엘이 말했다.

"파뉘르주여, 무슨 웃을 일이 있는가?

에 있을 것이라고 예언했다.

238 에트나 화산에 뛰어들었던 그리스의 철학자 엠페도클레스가 화산에서 분출되는 증기의 힘으로 달나라로 날아가 그곳에서 살게 되었다는 이야기가 루키아노스의 『이카로메니푸스』에 나온다.

239 고대인들은 달이 코감기에 걸리게 한다고 생각했다.

―전하, (그가 말했다) 저는 이들에게 악마 같은 터키놈들이 포도주를 한 방울도 마시지 않아 얼마나 불행한지를 말해주었습니다. 마호메트의 코란에 다른 잘못이 없다 하더라도 저는 결코 그 계율을 따르지 않을 겁니다.

―그런데 (팡타그뤼엘이 말했다) 어떻게 그들 손에서 빠져나왔는지 내게 말해주게.

―하느님께 맹세코, 전하, (파뉘르주가 말했다) 한마디도 거짓말을 하지 않겠습니다.

비열한 터키 놈들이 토끼처럼 저를 쇠꼬챙이에 꿰어 제 온몸에 돼지비계를 끼워넣었습니다. 그렇게라도 하지 않으면 너무 말라 제 살이 고깃감으로는 형편없었을 것이기 때문이지요. 그러고는 저를 산 채로 굽도록 했지요. 이렇게 그놈들이 저를 굽는 동안, 저는 성 로랑의 행적[240]을 기억해내고, 하느님께서 저를 이 고통에서 구해주시리라는 희망을 계속 간직하고서 그분의 가호를 빌었는데, 그 일은 매우 기이한 방식으로 이루어졌지요. 왜냐하면 제가 "주 하느님, 도와주세요! 주 하느님, 구해주세요! 주 하느님, 당신의 계율을 지켰다는 이유로 이 개 같은 비열한 놈들이 제게 가하고 있는 이 고통에서 벗어나게 해주세요!"라고 외치며 진심으로 하느님의 가호를 빌고 있을 때, 굽던 놈이 그분의 뜻에 의해서 아니면 백 개의 눈을 가진 아르고스를 교활하게 잠들게 만들었던 착한 메르쿠리우스[241]에 의해서인지 잠이 들어버렸으니까요.

그가 더 이상 저를 돌리지 않는 것을 알아채고, 그를 쳐다보았더니

---

240 성 로랑은 석쇠 위에서 구워지는 형벌을 받았다고 한다.

241 로마 신화에서 신들의 심부름꾼. 상업과 여행자, 도둑들의 신. 그리스 신화의 헤르메스에 해당한다. 그는 유피테르가 사랑한 이오를 지키던 아르고스를 죽이고 그녀를 구한다.

잠이 들어 있었습니다. 그때 저는 아직 다 타지 않은 깜부기불의 끝을 이로 물어 저를 굽던 놈의 옷자락에 던지고, 또 다른 하나는 있는 힘을 다해 그 녀석의, 짚을 넣은 매트리스가 얹혀 있는 벽난로 곁의 간이침대 아래로 던졌지요.

즉시 짚에 불이 붙었고, 짚에서 침대로, 침대에서 돌출 장식용 송판이 달린 천장으로 옮겨 붙었습니다. 그런데 저를 굽던 방탕한 놈의 옷자락에 던진 불씨가 치구(恥丘)[242]를 모두 태우고 불알에 옮겨 붙은 것까지는 좋았지만, 냄새가 너무 고약해 그놈이 날이 밝을 때까지 그 냄새를 맡지 못할 수가 없었다는 것이 문제였습니다. 결국 그놈은 숫염소처럼 얼이 빠진 채 잠에서 깨어나 창가로 달려가서는 목청껏 "달 브로트! 달 브로트!"[243] 하고 고함을 질러대는 것이었습니다. 그 말은 "불이야! 불이야!" 하는 뜻이지요. 그리고 그놈이 곧장 다가와 저를 통째로 불에 던져버리려고 이미 손에 묶인 밧줄을 끊어버리고 발에 묶인 끈을 자르고 있었습니다.

그런데 집주인이 파샤[244]와 경전학자들과 함께 산책을 하던 중에 '불이야' 하는 고함소리를 듣고 연기 냄새를 맡고는 불끄는 일을 도와서 자기 재산을 건지려고 재빨리 달려왔지요.

그는 들어서자마자 저를 꿰었던 쇠꼬챙이를 뽑아 굽던 놈을 바로 죽여버렸습니다. 그래서 그놈은 주의를 하지 않은 탓에 아니면 다른 이유로 죽임을 당하고 말았지요. 그는 그놈의 배꼽 약간 위 오른쪽 옆구리를 관통해서 쇠꼬챙이가 간의 제3엽을 뚫고, 위쪽으로 올라가 횡경막을 통과하고 심장막을 가로질러 어깨 위로 척추뼈와 왼쪽 견갑골 사이로

---

242 치골 앞의 융기된 부분.
243 라블레가 만든 엉터리 터키어.
244 터키의 문무고관의 칭호.

빠져나오게 했으니까 말입니다.

제 몸에서 쇠꼬챙이를 뽑을 때 저는 받침쇠 곁의 땅바닥에 떨어져 약간 아프기는 했지만 돼지비계가 충격을 줄여주어 심하게 다치지는 않았습니다.

파샤는 사태가 절망적이고, 집은 완전히 타버린 데다가 재산도 모두 잃은 것을 알고는, 그릴고트, 아스타로스트, 라팔루스, 그리부이[245]의 이름을 아홉 번씩이나 부르며 모든 악마들에게 자기를 잡아가라고 외쳐대는 것이었어요.

이 광경을 보고, 악마들이 곧 이 미치광이를 데려가려고 올 텐데, 그들이 나도 데려가려 하지나 않을까? 나는 벌써 절반쯤 구워졌는데. 철학자 이암블리쿠스[246]와 『우리의 스승들을 위한 꼽추와 기형아』 변호론을 쓴 뮈르모의 권위 있는 주장에 따르면, 이 세상의 악마들은 돼지비계를 좋아한다는데, 몸에 붙은 돼지비계가 내게 불행을 가져올 거야. 이런 걱정들을 하면서 저는 새파랗게 공포에 질려버렸습니다. 그렇지만 저는 하느님은 성스러우시고 불멸이시다![247] 라고 외치며 성호를 그었지요. 그랬더니 아무것도 나타나지 않았답니다.

고약한 파샤 놈은 이것을 알고, 자살을 하려고 제 쇠꼬챙이로 심장을 찌르려 했지요. 그래서 쇠꼬챙이를 가슴에 갖다 박았지만, 그리 뾰족하지 않아 가슴을 꿰뚫을 수 없었습니다. 있는 힘껏 쑤셔보았으나 아무 소용이 없었으니까요.

그때 저는 그에게 다가가서 이렇게 말했습니다.

---

245 여기에 나오는 이름들은 중세의 성사극(聖事劇)에 등장하던 악마들의 이름이다.
246 알렉산드리아의 철학자로 초자연적 존재들을 분류해 기술한 『신비론』이라는 책을 썼다. 그러나 악마가 돼지비계를 좋아한다는 이야기는 그의 책에 나오지 않는다.
247 성 금요일에 부르는 그리스어 기도문의 한 구절. 악마 퇴치에 사용하기도 한 것 같다.

"부그리노[248] 나리, 당신은 그렇게 해서 죽을 수 없을 테니까 시간만 허비하는 거요. 평생 동안 이발사들[249]의 손에서 고통스럽게 살아가야 할 정도의 상처밖에는 내지 못할 테니 말이오. 하지만, 당신이 원한다면, 당신이 아무것도 느끼지 못하도록 내가 깨끗이 죽여주겠소. 내 말을 믿으시오. 나는 여러 사람을 죽여봤는데, 그들은 매우 만족해했다오."

—아, 내 친구여, (그가 말했지요) 제발 부탁이네! 그렇게 해주면 자네에게 내 돈주머니를 주지. 자, 여기 있네. 이 안에는 세라프 금화 6백 닢과 질 좋은 다이아몬드와 루비가 좀 들어 있다네.

—그것들은 어디 있나? 에피스테몽이 말했다.

—성 요한을 두고 말인데, (파뉘르주가 말했다) 그것들이 계속 길을 가고 있다면 벌써 멀리 가버렸을 거요.

그런데 예전의 눈(雪)은 어디 있는가?[250]

"그것이 파리의 시인이었던 비용의 가장 큰 관심사였다오.

—부탁인데 (팡타그뤼엘이 말했다) 자네가 파샤를 어떻게 처리했는지 우리가 알 수 있도록 이야기를 끝마치도록 하게.

—신사의 명예를 걸고, (파뉘르주가 말했다) 저는 한마디도 거짓말을 하지 않겠습니다. 저는 거기 있던 반쯤 불에 탄 넝마 같은 헐렁한 반바지로 그를 동여매고, 저항하지 못하도록 손발을 밧줄로 단단하게 묶었지요. 그리고 쇠꼬챙이로 그의 목을 꿰뚫어 미늘창을 받치는 두 개의

---

248 프랑스어로는 녀석, 놈bougre이라는 뜻.
249 당시에는 이발사가 외과의사의 일을 겸하고 있었다.
250 15세기 도둑시인으로 유명한 프랑수아 비용의 시 「예전의 여인들의 발라드 Ballade de Dames du temps jadis」의 마지막 행.

굵은 갈고리쇠에 걸쳐서 매달아놓았습니다. 그리고 그 밑에 불을 활활 피워 벽난로에 말린 청어를 굽듯이, 그 귀인 나리가 불에 타도록 해주었답니다. 그러고 나서는 그의 돈주머니와 갈고리쇠 위에 놓인 짧은 투창을 들고 전속력으로 도망을 쳤지요. 하느님께서는 제가 양 어깨살 타는 것 같은 냄새[251]를 얼마나 많이 맡았는지 아실 겁니다!

길거리로 나왔을 때 저는 불을 끄기 위해 물동이를 잔뜩 들고 불난 곳으로 달려온 사람들을 만났지요. 그들은 이렇게 반쯤 불고기가 된 제 몰골을 보고는 당연히 동정심을 느껴 그 물을 전부 저에게 끼얹어 기분 좋게 식혀주었는데, 그것이 제게는 큰 도움이 되었답니다. 그러고는 먹을 것을 좀 주었지만, 저는 거의 먹을 수가 없었지요. 그들 식으로 마실 것이라고는 물밖에 주지 않았으니까요.

고약한 터키 꼬마녀석 하나가 앞가슴을 내밀며 제게 붙은 돼지비계를 몰래 깨물었던 것 외에는 그들은 제게 아무 해도 입히지 않았습니다. 그러나 제가 투창으로 손가락을 심하게 후려쳤더니 그 녀석은 두 번 다시 그곳에 나타나지 않았지요. 그리고 코린토스 출신 창기(娼妓) 하나가 그들 방식대로 설탕에 절인 미로볼랑 열매[252] 단지를 가져다주었는데, 그녀는 뭉툭한 제 불쌍한 물건이 어떻게 불길을 피했는지를 바라보고 있었답니다. 그놈은 제 무릎 있는 데까지밖에는 늘어져 있지 않았지요. 하지만 굽던 놈이 잠들면서 불에 구워지게 했던 쪽의 제가 칠 년 이상 고생했던 좌골신경통이 완전히 나았다는 것을 아셔야 합니다.

그런데 이렇게 그들이 저와 함께 빈둥거리는 사이에, 어떻게 그렇게 되었는지는 묻지 마시기 바라지만, 불길이 2천 채도 넘는 집들을 집어삼켜버렸습니다. 그들 중 누군가가 이것을 알아채고 "마호메트의 배

---

251 고약한 냄새라는 뜻.
252 정력제나 최음제로 쓰이던 열대 과일 중 하나.

여,[253] 도시 전체가 불타고 있는데 우리는 여기서 빈둥거리고 있다니!"
라고 말하며 고함을 질렀습니다. 그리고 그들은 각자 자기 집으로 돌아
가버렸습니다.

저는 성문 쪽을 향해 길을 갔습니다. 근처에 있던 작은 언덕에 올랐
을 때, 저는 롯의 아내[254]처럼 뒤로 돌아서서 도시 전체가 불타고 있는
것을 보았지요. 이 광경에 저는 매우 기분이 좋아져 기뻐서 똥을 쌀 뻔
했답니다. 그런데 하느님은 이 일로 저를 벌하셨습니다.

—어떻게 말인가? 팡타그뤼엘이 말했다.

—이렇게 (파뉘르주가 말했다) 제가 놀려대고, "아, 불쌍한 벼룩 같
은 놈들, 아, 불쌍한 쥐새끼들, 너희들 짚더미에 불이 났으니 괴로운 겨
울을 보내야 하겠구나!"라고 말하면서 기쁨에 겨워 멋진 불구경을 하고
있을 때, 6백 마리, 그리고 1천3백11 마리도 넘는 크고 작은 개들이 불
길을 피해 도시를 빠져나오는 것이었어요. 먼저 온 놈들이 반쯤 구워진
제 먹음직한 살냄새를 맡고는 곧장 제게 덤벼들었답니다. 수호천사가
저를 일깨워 이빨의 고통에 대비할 적절한 방도를 알려주지 않았더라
면, 저는 그놈들에게 바로 먹혀버렸을 겁니다.

—그런데, 무엇 때문에 (팡타그뤼엘이 말했다) 자네는 이빨의 고통
을 두려워했는가? 자네 류머티즘은 낫지 않았던가?

—종려 성일[255]이여! (파뉘르주가 대답했다) 개들이 무릎에 달려들
때보다 여러분에게 이빨의 고통이 더 크게 느껴질 때가 있을까요? 그렇
지만 저는 갑자기 제게 붙어 있는 돼지비계 생각이 나서 그것을 개들 가

---

253 '제기랄, 빌어먹을!'이라는 뜻의 프랑스어 표현(ventrebleu)을 회교도 식으로 바
꾸어 만든 표현이다.
254 『구약』 「창세기」 19장에 나오는 소돔과 고모라의 재앙에 비유한 표현이다.
255 예수가 수난을 앞두고 예루살렘에 들어간 날을 기념하는 부활절 직전의 일요일.

운데로 집어던졌답니다. 그랬더니 개들이 달려가 돼지비계를 먹으려는 놈을 맹렬히 물어뜯으며 서로 싸움박질을 해대는 것이었어요. 이런 식으로 그놈들은 저를 내버려두었고, 저도 그놈들이 서로 싸우도록 내버려두었지요. 이렇게 해서 저는 무사히 신나게 빠져나올 수 있었던 겁니다. 불고기집 만세!"

제15장 파뉘르주는 어떻게 파리의 성벽을 쌓는 매우 혁신적인 방식을 가르쳐주었는가

어느 날 팡타그뤼엘은 학문 연마 후에 휴식을 취하기 위해서 폴리 고블랭[256]을 방문하려고 생 마르소 교외 쪽으로 산책을 나갔다. 파뉘르 주가 팡타그뤼엘을 수행했는데, 그는 언제나 긴 겉옷 속에 술병과 햄 몇 조각을 가지고 다녔다. 파뉘르주는 그것을 자신의 호신(護身) 장비라고 말하면서 절대로 그것 없이는 외출하려 하지 않았다. 그는 칼을 차지 않았는데, 팡타그뤼엘이 한 자루 주려 하자 그는 그것이 자신의 비장(脾臟)을 가열시킬 것이라고 대답했던 것이다.

"그렇군그래. 하지만 (에피스테몽이 말했다) 공격을 받으면 어떻게 방어를 하려는가?

—발을 재게 놀리면, (그는 대답했다) 칼끝으로 찌르는 것을 막아낼 수 있다네."[257]

돌아오는 길에 파뉘르주는 파리 시의 성벽을 살펴보고는 분개해서 팡타그뤼엘에게 말했다.

"참 멋진 성벽이군요. 털갈이하는 거위 새끼를 막기에나 어울리는

---

256 파리 교외의 생 자크에 있던 유희장.
257 삼식육계 줄행랑을 놓는다는 뜻.

무척 견고한 성벽 아닙니까? 제 수염을 걸고 말인데, 이 같은 규모의 도시의 성벽으로는 너무 형편없는 것입니다. 암소가 방귀를 뀌어도 여섯 발[258] 이상 무너뜨릴 수 있을 테니까 말이지요.

　—오, 이 친구야, (팡타그뤼엘이 말했다) 자네는 큰 도시였던 라케데몬에 왜 성벽이 없는지를 물었을 때 아게실라우스[259]가 무어라고 말했는지 아는가? 무예에 정통하고 건장한 체격에 무장을 잘 갖춘 그 도시의 주민과 시민들을 가리키며, "이들이 국가의 성벽이다"라고 했다네. 이는 진정한 방어벽은 그들의 육신으로 이루어질 수밖에 없고, 도시와 국가는 시민과 주민들의 용맹함보다 더 확실하고 견고한 성벽을 가질 수 없다는 뜻이라네. 이처럼 이 도시는 그 속에 살고 있는 용맹한 다수의 주민들 덕택에 매우 강력해서 다른 성벽을 쌓을 생각을 하지 않는 것이라네. 게다가 스트라스부르, 오를레앙이나 페라라와 같이 성벽으로 둘러싸려고 하더라도 비용과 지출이 너무 많아서 가능하지도 않을 것이네.

　—과연 그렇겠군요. (파뉘르주가 말했다) 하지만 적군이 쳐들어왔을 때 "거기 누구냐?"라고 물어보기 위해서라도 돌로 된 성곽의 전면이 있는 편이 좋을 겁니다. 성벽을 둘러쌀 때 필요한 말씀하신 막대한 비용에 대해서는, 만일 시민 나리들이 제게 좋은 포도주 항아리를 선사한다면, 싼값으로 성벽을 쌓을 수 있는 매우 혁신적인 방식을 가르쳐주겠습니다.

　—어떻게 말인가? 팡타그뤼엘이 물었다.

　—제가 가르쳐드리면 (파뉘르주가 대답했다) 절대로 발설하지 마십시오.

　제가 보아하니 이 고장의 여성들의 물건이 돌보다 값이 더 싸더군

---

258 두 팔을 벌린 길이brasse.

259 『플루타르코스 영웅전』에 나오는 스파르타의 왕.

요. 그것들로 성벽을 쌓으면 되는데, 가장 큰 것들을 첫 줄에 놓고 그다음에 당나귀 등 모양으로 중간 크기, 마지막에 제일 작은 것들을 배열하는 식으로 쌓아올려서 건축술에 맞게 대칭을 잘 이루게 합니다. 그다음에 부르주의 큰 탑처럼 다이아몬드 모양의 각 모서리에 수도사들의 바지 앞주머니에 들어 있는 다량의 빳빳이 일어선 음경으로 비계 조각을 끼우듯 멋지게 틈을 메꾸는 것이지요.

어떤 악마가 그런 성벽을 무너뜨릴 수 있겠습니까? 공격을 받았을 때 이만큼 잘 견뎌낼 수 있는 금속은 없으니까요. 그리고 자지포[260]가 다가와 비벼대면, (정말이지!) 즉시 그곳에서 악마의 이름으로 지독한 매독의 자비로운 산물이 비처럼 가늘게 흘러내리는 것을 보게 될 겁니다. 게다가 그 위로는 절대로 벼락도 떨어지지 않을 겁니다. 왜 그런가 하면, 그것들은 모두 축복을 받았거나 성스러운 것이니까요.

저는 이 성벽에 단 한 가지 불편한 점이 있을 것으로 생각합니다.

—호, 호, 하, 하, 하! (팡타그뤼엘이 말했다) 어떤 것인가?

—그것은 파리들이 이렇게 만든 성벽을 놀라우리만큼 좋아해서 곧 잘 모여들고 그곳에 오물을 쌀 것이라는 점입니다. 그렇게 되면 일을 망치게 됩니다. 하지만 이렇게 하면 해결이 될 겁니다. 멋진 여우 꼬리나 프로방스 지방의 당나귀들의 굵은 물건으로 파리들을 잘 쫓으면 됩니다. 그런데 이 일에 관해서 저는 전하께 (저녁 식사를 하러 가면서) 루비누스 수도사[261]가 『탁발승들의 음주에 관한 책』에 수록한 재미있는 일화를 말씀드리겠습니다.

동물들이 말을 하던 시절에, (사흘 전에 있었던 일은 아니지요) 한

---

260 원래는 뱀 모양의 장포couleurvrine를 가리키는 말인데, 라블레가 비슷한 발음과 철자를 이용해서 불알couille을 앞에 붙여 합성어couillevrine를 만들었다.
261 우둔한 수도사를 가리키는 상징적 인물.

가련한 사자가 기도문을 읊으며 비에브르 숲을 산책하다가 벌목을 하러 온 고약한 숯장수가 올라가 있는 나무 밑을 지나가게 되었답니다. 그는 사자를 보자 도끼를 집어던져 엉덩이에 큰 상처를 입혔지요. 그러자 사자는 절뚝거리면서 있는 힘을 다해 도망을 치며 도와줄 사람을 찾으려고 숲을 미친 듯이 헤매다가 목수를 한 사람 만났습니다. 그는 기꺼이 사자의 상처를 살펴보고 가능한 한 잘 닦아준 다음 그곳에 이끼를 채우고는, 자기가 목수의 풀[262]을 찾으러 간 동안 파리들이 상처에 오물을 싸지 않도록 파리들을 잘 쫓으라고 당부했지요.

이렇게 해서 상처가 나은 사자는 숲으로 산책을 하러 나왔습니다. 그런데 그 시간 그 숲에는 나무 조각과 땔감을 주우러 온 노파가 하나 있었지요. 노파는 사자가 오는 것을 보자 겁이 나서 뒤로 벌렁 넘어졌는데, 바람이 불어 긴 치마와 짧은 속치마, 그리고 속옷이 어깨 위쪽까지 밀려올라갔답니다. 이것을 보고 사자는 가엾은 생각이 들어 혹시 다치지나 않았는지 알아보려고 달려가서, 그녀의 '어떻게 불러야 할지 모를 곳'을 들여다보고는 말했지요.

"오, 불쌍한 여인이여, 누가 이렇게 상처를 입혔는가?"

이 말을 하고 나서 지나가던 여우를 보고 불러세웠습니다.

"여보게, 여우, 자, 이리로, 이리로 오게, 큰일났네!"

여우가 오자 사자는 이렇게 말했답니다.

"여보게, 친구, 누군가 이 여인의 다리 사이에 고약한 상처를 입혔다네. 연속성의 단절[263]이 분명하게 보이지 않는가? 상처가 얼마나 큰지 보게나. 엉덩이부터 배꼽까지 길이가 네 뼘 아니 다섯 뼘 반은 되겠어. 이것은 도끼질한 자국일 게야. 내 생각으로는 상처가 오래된 것 같은데,

---

262 살균 효과가 있는 서양 가새풀.
263 스콜라 철학의 용어.

그래도 파리들이 꾀지 않도록 부탁이니 안쪽 바깥쪽으로 열심히 파리들을 쫓아주게. 자네는 멋지고 긴 꼬리가 있으니, 친구여, 파리, 파리를 쫓아주기를 당부하네. 그동안에 나는 그곳에 집어넣을 이끼를 찾으러 갈 테니까. 이렇게 우리는 서로 구해주고 도와야 하는 거라네. 힘껏 파리를 쫓게, 이렇게, 친구, 파리를 잘 쫓아주게. 이 상처는 자주 파리를 쫓아주어야지 그러지 않으면 상처 입은 사람이 괴로울 거야. 그러니 파리를 잘 쫓게, 작은 친구, 파리를 쫓으라고! 하느님께서 꼬리를 주신 덕분에 자네는 적당히 크고 굵은 꼬리를 가졌으니 힘껏 파리를 쫓고 조금도 걱정하지 말게. 파리채로 계속 파리를 쫓는 파리쫓기에 솜씨 좋은 일꾼은 결코 파리들에 의해 파리처럼 쫓기지 않을 것이네. 파리를 쫓으라고, 꼬마 불알 친구, 파리를 쫓으라니까, 꼬마 교회지기 친구! 나도 지체하지 않을 것이네."

그러고는 이끼를 많이 구하러 갔는데, 좀 멀리 떨어진 곳에 이르러 여우에게 말을 건네며 소리를 질렀습니다.

"계속 파리를 쫓게, 친구. 파리를 쫓으라고. 절대로 파리 쫓는 일에 싫증을 내서는 안 되네, 꼬마 친구. 나는 자네를 카스티야의 동 피에트로 왕[264]의 급료를 받고 파리 쫓는 하인으로 만들어주겠네. 파리만 쫓게. 파리를 쫓고 그 이상은 하지 말게."

불쌍한 여우는 매우 열심히 이쪽 저쪽, 안쪽 바깥쪽에서 파리를 쫓았지요. 그런데 그 교활한 노파는 백 마리 악마들처럼 고약한 냄새를 풍기는 소리가 나는 방귀와 소리가 나지 않는 방귀를 뀌어대는 것이었습니다. 불쌍한 여우는 노파의 고약한 방귀 냄새를 피하기 위해 어느 쪽으로 몸을 돌려야 할지 알 수 없어 매우 괴로워했지요. 그러다가 돌아서서

---

264 14세기 카스티야 왕국의 폭군. 그의 파리 쫓는 시종에 관해서는 알려진 바가 없다.

그가 파리를 쫓고 있는 구멍만큼은 크지 않은 구멍이 뒤쪽에 또 있고, 그곳에서 그렇게 지독한 악취를 풍기는 바람이 나오는 것을 알게 되었답니다.

마침내 사자가 열여덟 짐도 더 되는 이끼를 짊어지고 돌아와서는 가져온 막대기로 그것을 상처 속에 집어넣기 시작했습니다. 벌써 열여섯 짐 반이나 들어간 것을 보고 사자는 매우 놀랐습니다.

—제기랄! 이 상처는 깊기도 하구나. 두 수레분 이상의 이끼가 들어가겠어.

그러자 여우가 그에게 알려주었습니다.

—오, 여보게, 사자, 내 친구여, 제발 부탁이니 이끼를 전부 여기 집어넣지 말고 조금 남겨두게. 왜냐하면 여기 밑쪽에 5백 마리 악마들처럼 고약한 냄새를 풍기는 작은 다른 구멍이 또 있으니 말일세. 내가 중독될 만큼 그 냄새가 고약하다네.

이런 식으로 이 성벽을 파리들로부터 지켜야 하고, 급료를 받는 파리 쫓는 일꾼들을 두어야할 겁니다."

그러자 팡타그뤼엘이 말했다.

"이 도시에는 정숙하고 순결한 여인들과 숫처녀들도 많은데, 어떻게 자네는 여성들의 부끄러운 부분이 그렇게 값이 싸다는 것을 알았는가?

—어디서 알아냈느냐? 하면 말씀입니다. (파뉘르주가 말했다) 이는 제 의견이 아니라, 분명하고 입증된 사실을 말씀드리는 겁니다. 제가 이 도시에 온 이후로, 아직 아흐레밖에 되지 않았지만, 4백17 명에게 쑤셔박았다고 자랑하는 것은 아니랍니다. 그러나 오늘 아침에 아이소포스처럼 배낭을 맨 선량한 한 남자를 만났는데, 그는 두 살 기껏해야 세 살 정도 되는 여자아이 둘을 하나는 앞에 하나는 뒤에 지고 있었지요. 그는

제게 적선을 청했지만, 저는 동전보다는 불알 쪽이 훨씬 더 많은 형편이라고 답해주었지요. 그러고 나서 그에게 "이 친구야, 이 두 여자애들은 숫처녀인가?" 하고 물어보았답니다.

—형제여, (그가 대답했지요) 내가 이 애들을 이렇게 데리고 다닌 지 2년이 되었는데, 항상 보는 앞쪽의 애는 내 생각으로는 숫처녀인 것 같지만 그래도 그 일로 손가락을 불에 올려놓지는 않겠소. 그리고 뒤에 업고 다니는 애에 관해서는 나는 전혀 알지 못한다오."

"정말이지, (팡타그뤼엘이 말했다) 자네는 재미있는 친구로군. 자네에게 내 제복과 같은 방식으로 만든 옷을 입히고 싶네."

그래서 팡타그뤼엘은 파뉘르주가 원하는 대로 반바지의 앞주머니의 길이를 3피트로 하고, 둥근 모양 대신에 사각형으로 만들게 한 것을 제외하고는, 그에게 당시 유행에 따라 우아한 옷을 만들어 입히도록 했다. 그 바지 앞주머니는 매우 보기 좋았다. 그는 세상 사람들이 아직 긴 바지 앞주머니가 갖는 유리함과 효용성을 알지 못하지만, 모든 사물들은 필요한 시기에 발명되는 것이므로 시간이 지나면 언젠가는 알게 될 것이라고 자주 말하곤 했다.

"하느님께서 (그는 말했다) 긴 바지 앞주머니가 목숨을 구해준 동료를 악에서 지켜주시기를! 하느님께서 긴 바지 앞주머니가 어느 날 16만 9 에퀴 금화를 벌게 해준 자를 악에서 지켜주시기를! 하느님께서 긴 바지 앞주머니로 도시 전체를 아사의 위기에서 구한 자를 지켜주시기를! 그리고, 나는 시간 여유가 생기면, 반드시 『긴 바지 앞주머니의 편리함』에 관한 책을 쓰겠노라."

실제로 그는 이에 관해서 삽화를 곁들인 크고 멋진 책을 썼는데, 내가 알기로는 아직 인쇄되지 않았다.

제16장 파뉘르주의 성품과 처지에 관해서

파뉘르주는 보통 체구에 크지도 작지도 않고 면도칼 자루 모양으로 약간 굽은 매부리코를 하고 있었고, 당시 서른다섯 살 정도였으며, 금박을 입힌 납으로 만든 단검같이 순수한 인물[265]이었다. 그는 약간 호색적인 데다가 그 시절에 "돈이 없는 것은 비할 데 없는 고통이라네"라고 노래부르던 병에 걸리기 쉬운 체질이라는 것 말고는, 매우 세련되고 예의 바른 친구였다.

하지만 그는 언제나 필요할 때 돈을 마련하는 예순세 가지 방법을 알고 있었는데, 그중 가장 명예롭고도 일상적인 방법이 몰래 좀도둑질을 하는 것이었다. 파리에서는 둘도 없는 도둑, 사기꾼, 술꾼, 거리의 부랑자, 날치기였으며, 그럼에도 불구하고 세상 최고의 호남아였고, 언제나 순경들과 야경꾼을 골려줄 계략을 꾸미곤 했다.

어떤 때는 서너 명의 건달들을 모아 저녁나절 템플 기사들처럼 진탕 술을 마시게 한 다음 그들을 샌트 주느비에브 거리[266]나 나바르 학

---

[265] 납은 물러서 강도 높은 무기를 만들 수 없으므로 싸구려 무기를 가리키고, 더군다나 납은 당시로서는 금박을 입힐 수 없었던 금속이다. 그리고 금박을 입히려면 순도가 높은 금이 필요한데 매우 얇은 것이므로, 이 표현이 사람을 가리킬 때는 피상적으로 순수해 보이는 인물이라는 뜻으로 사용된다.

[266] 파리의 학생가인 카르티에 라탱에 있는 샌트 주느비에브 거리는 비탈길이어서 악

원[267] 근처로 데리고 가서 야경꾼이 그곳으로 올라오는 시간에 맞추어 (그는 칼을 포도(鋪道) 위에 놓고 귀를 갖다대서 그 시간을 알아냈는데, 칼이 떨리는 소리를 듣게 되면 그것은 야경꾼이 근처에 있다는 틀림없는 신호였기 때문이다) 동료들과 함께 짐을 잔뜩 실은 화차를 끌어다 밀쳐서 전속력으로 아래쪽으로 돌진하게 만들어 불쌍한 야경꾼을 돼지처럼 땅바닥에 쓰러뜨리고는 다른쪽으로 도망을 치곤 했다. 그는 이틀도 채 안 되어서 *하느님께서 저희에게 평화를 주시기를* 하는 그의 기도문처럼 파리의 모든 길과 골목, 샛길에 정통했던 것이다.

또 어떤 때는 야경꾼이 지나가는 넓은 광장에 대포 화약을 연이어 길게 뿌려놓고 지나가는 시간에 불을 붙이고는 야경꾼이 성 앙투안의 불이 다리에 옮아 붙었다고 생각하고 도망치는 우아한 몸짓을 보는 것을 오락거리로 삼아 시간을 보내곤 했다.

그리고 그는 가련한 문예학사[268]들을 누구보다도 더 가혹하게 다루었다. 그들 중 하나와 길거리에서 마주치면 늘어진 두건 속에 똥 덩어리를 넣기도 하고, 뒤쪽에 짧은 여우 꼬리나 토끼 귀를 매달거나 다른 고약한 장난을 치는 등 괴롭히지 않고 보내는 적이 한 번도 없었다.

하루는 그들을 푸아르 거리에 모이도록 소집령을 내리고는, 많은 양의 마늘, 냄새가 고약한 고무 수지, 비버 똥, 똥 덩어리를 혼합한 부르봉 식 과자 반죽을 만들어서 그것을 곪은 종기의 고름과 섞은 다음 새벽 일찍 길바닥 전체에 발라 떡칠을 해놓았는데, 악마도 견딜 수 없을 정도였다. 이 선량한 친구들은 모두 그곳에서 사람들이 보는 가운데 여

동들이 장난치기에 적당한 곳이었다.

267 1309년 잔 드 나바르가 세운 학원으로, 현재의 이공계 대학 Ecole Polytechnique 자리에 있었다.

268 라블레는 초판의 신학자라는 표현을 문예학사로 바꾸어 직접적인 공격은 피하고 있으나 소르본 신학부에 대한 적의와 신랄한 풍자는 변함이 없다.

우 껍질을 벗기듯 위장이 뒤집혀 토해댔다. 그리고 열 명인가 열두 명이 페스트로 죽었고, 열네 명은 문둥병에 걸렸고, 열여덟 명은 통풍에, 스물일곱 명 이상은 매독에 걸려버렸다. 하지만 그는 전혀 개의치 않았다.

그리고 그는 보통때 긴 겉옷 밑에 채찍을 가지고 다니며 주인에게 포도주를 가져가는 시동들을 만나면 걸음을 재촉하도록 가차없이 채찍질을 하곤 했다.

그의 윗도리에는 스물여섯 개가 넘는 언제나 불룩한 작은 지갑과 호주머니가 있었는데, 하나에는 납으로 된 주사위, 다른 하나에는 남의 돈주머니를 잘라내는 데 쓰는 모피 제조업자의 송곳바늘같이 날카로운 나이프가 들어 있었다. 다른 하나에는 그가 마주치는 사람들의 눈에 뿌리곤 했던 신 포도즙이 들어 있었고, 다른 하나에는 거위와 거세한 수탉의 기다란 깃이 달린 갈퀴덩굴이 들어 있었는데, 그는 이것을 종종 사람들의 긴 겉옷이나 모자에 집어던져 멋진 뿔을 달아주곤 했다. 그러면 그들은 그것을 도시 어느 곳에나 달고 다녔고 때로는 평생 동안 달고 다니기도 했다.[269] 여성들에게는 남성의 물건 모양의 깃털을 모자 위 때로는 엉덩이에 붙여주었다.

다른 주머니에는 생 지노상 묘지의 거지들에게게 빌린 벼룩과 이가 가득 든 많은 봉지들이 들어 있었는데, 마주치는 아가씨들 중에서 가장 매력적인 아가씨들의 옷깃을 향해서, 특히 교회 안에서 짧은 대나무 관이나 깃털펜으로 그것을 불어대곤 했다. 그는 결코 위쪽의 합창대석으로 가지 않고, 강론을 들을 때와 마찬가지로 미사 때나 저녁 예배에서도 중앙홀의 여성들 사이에 앉았던 것이다.

다른 주머니에는 많은 낚싯바늘과 작은 갈고리가 들어 있었는데,

---

[269] 프랑스어에서 '뿔을 달고 다니다'라는 표현은 아내가 바람을 피워 남편이 오쟁이를 진다는 뜻으로 사용된다.

그는 그것으로 자주 함께 붙어 앉아 있는 남성들과 여성들, 특히 얇은 타프타 천으로 된 드레스를 입은 여성들을 짝지어주곤 했다. 그녀들이 떠나려고 하면 드레스가 모두 찢기게 되는 것이었다.

다른 주머니에는 심지와 불쏘시개, 부싯돌이 갖추어진 점화용구와 이 용도에 필요한 다른 일체의 도구들이 들어 있었다.

다른 주머니에는 두세 개의 화경(火鏡)이 들어 있었는데, 그는 그것으로 교회 안에서 때때로 남자나 여자들의 화를 돋우고 자제력을 잃게 만들었다. 그가 말하기를 '미사에 미친 여자' 와 '엉덩이가 부드러운 여자'[270] 사이에는 글자 순서가 바뀐 것밖에는 차이가 없다는 것이었다.

다른 주머니에는 많은 실과 바늘이 들어 있었는데, 그는 그것으로 수없이 많은 악마같이 못된 장난질을 하곤 했다.

한번은 고등법원 입구 쪽 중앙홀에서 프란체스코 수도회의 수도사 한 사람이 법관 나리들을 위하여 미사를 드리려고 할 때, 그가 수도사가 옷을 입고 제의(祭衣)를 걸치는 것을 도와주게 되었다. 그는 옷을 입혀주면서 그 수도사의 흰 제의를 사제복과 속옷과 함께 꿰매어놓고, 법관 나리들이 미사를 들으러 와서 자리에 앉자 물러났다. 그런데 *평화로이 갈지어다*[271] 하는 대목에서 이 불쌍한 형제가 제의를 벗으려 하자 같이 꿰매져 있던 사제복과 속옷이 함께 치켜올라가 어깨 있는 데까지 벗겨지는 바람에 모든 사람들에게 틀림없이 작지도 않았을 그의 물건을 보여주고 말았다. 그 형제는 법관 나리들 중의 하나가 "뭐야, 이 잘생긴 신부님은 우리가 여기서 봉헌물을 바치고 그의 엉덩이에 키스하기를 바라는 건가? 성 앙투안의 불이 그에게 키스하기를!" 하고 말할 때까지 계속

---

270 프랑스어로 '미사에 미친 여자femme folle à la messe' 와 '엉덩이가 부드러운 여자femme molle à la fesse' 는 f와 m 두 자음의 위치가 바뀔 뿐이다.
271 미사가 끝날 때 하는 말.

옷을 잡아당겨 몸을 드러냈던 것이다. 이 일이 있은 다음부터 잘생긴 가련한 신부님들은 사람들 특히 여성들 앞에서 제의를 벗지 말고 성물을 보관하는 방에서 벗어야 한다는 지시가 내려졌다. 그렇지 않으면 여성들에게 욕망의 죄를 짓게 하는 기회를 제공할 수 있기 때문이었다.

그리고 사람들이 왜 수도사들은 그렇게 긴 물건을 가지고 있는지를 묻자, 앞서의 파뉘르주는 다음과 같은 말로 매우 훌륭히 문제를 해결했다. "당나귀의 귀가 길어진 것은 데 알리아코가 「가설」 편[272]에서 말했듯이 그 어미들이 배냇모자를 머리에 씌우지 않았기 때문입니다. 마찬가지 이유로 가련한 복된 사제들의 자지가 그렇게 길어진 것은 그들이 바닥을 댄 반바지를 입지 않아 그들의 불쌍한 물건이 아무 제약 없이 멋대로 늘어져 마치 여인들의 긴 묵주처럼 무릎 위에서 덜렁거리기 때문이지요. 그런데 그들이 왜 굵기 또한 길이에 비례하는 물건을 갖게 되는가 하는 이유는 이렇게 덜렁거림에 따라 몸의 체액이 그 물건으로 내려갔기 때문입니다. 법의학자들에 따르면 지속적인 동요와 운동은 인력의 원인이 되는 것이니까요."

또한 그는 깃털 모양의 명반[273]이 가득 든 호주머니를 갖고 있었는데, 그것을 가장 거드름피우는 여성들의 등 속에 집어넣어 모든 사람들이 보는 앞에서 어떤 여자들은 옷을 벗게 만들고, 다른 여자들은 숯불 위에 올려진 수탉이나 북채처럼 춤을 추거나 길거리를 달리게 한 다음 그 뒤를 쫓아 달리곤 했다. 그리고 옷을 벗은 여자들에게는 예절바르고 점잖은 신사처럼 자기 망토를 덮어주었다.

또한 그는 다른 주머니에 오래된 기름이 가득 든 작은 병을 넣고 다

---

272 14세기에 파리 대학의 사무총장을 지냈던 피에르 다이가 쓴 스콜라 논리학 책의 한 장의 제목.
273 황산 알루미늄과 황산 알칼륨의 복염(複鹽)으로, 수용액은 산성 반응을 일으킨다.

넜는데, 남자나 여자나 멋진 옷을 입고 있는 것을 보면 만져보는 척하며 가장 멋진 부분에 기름을 묻혀 망쳐버리곤 했다. "참으로 멋진 나사 천, 새틴 천, 타프타 천이군요! 부인, 하느님께서 당신의 고상한 마음이 바라는 것을 베풀어주시기를! 자네 새 옷, 새 친구를 만났구먼. 하느님께서 자네를 지켜주시기를!" 이렇게 말하며 옷깃에 손을 갖다대는 것이었다. 그러면 고약한 자국이 영원히 영혼과 육신, 명성에까지 깊이 새겨져 악마라도 그것을 제거할 수 없을 정도였다. 그러고는 마지막에 "부인, 넘어지지 않도록 조심하십시오. 당신 앞에 커다란 더러운 구멍이 있으니까요"라고 말하는 것이었다.

다른 주머니에는 매우 곱게 빻은 버들옷[274]이 가득 들어 있었는데, 그는 법원 근처의 고급 속옷 상점에서 예쁜 내의를 판매하는 여점원의 가슴 속에 자신이 집어넣었던 이를 잡아주면서 몰래 훔친 멋지게 수가 놓인 손수건을 그 속에 넣어두었다. 그는 귀부인들과 함께 있을 때, 화제를 레이스에 관한 쪽으로 몰고 가다가 "이 물건은 플랑드르 산인가요, 아니면 에노 산인가요?"[275]라고 물어보며 그녀들 가슴에 손을 대곤 했다. 그러면서 자기 손수건을 꺼내 "자, 이 물건 좀 보세요. 이것은 푸티냥, 아니 푸타라비 산[276]이라구요"라고 말하며, 그녀들 코앞에서 손수건을 신나게 흔들어대어 네 시간 동안 연속으로 재채기를 하게 만들었다. 그러는 동안에 그는 거세시키지 않은 말처럼 방귀를 꿰어댔다. 여인들이 "이런, 파뉘르주, 당신 방귀를 꿰는 거예요?"라고 말하면, 그는 "절대로 그런 것이 아니랍니다. 부인, 저는 여러분이 코로 내는 음악에

---

274 버들옷 가루는 재채기를 일으킨다고 한다.
275 플랑드르와 에노 지방은 당시 레이스 산지로 유명했다.
276 원래의 지명은 프롱티냥Frontignan과 퐁타라비Fontarabie인데, 라블레는 의도적으로 성교하다는 뜻의 foutre를 연상하도록 fout라는 접두사를 붙여 지명을 바꾸어놓았다.

맞추기 위해 화음을 만드는 것이지요"라고 대답하는 것이었다.

다른 주머니에는 이 뽑는 집게, 펜치, 갈고리와 다른 철물들이 들어 있었는데, 그가 그것으로 곁쇠질하여 열지 못하는 문이나 금고가 없었다.

다른 주머니에는 작은 요술컵이 잔뜩 들어 있었는데, 그것으로 그는 교묘하게 재주를 부리곤 했다. 그는 미네르바나 아라크네[277]처럼 손재주가 뛰어났고, 전에 엉터리 약장수 노릇을 한 적도 있었기 때문이다. 테스통 은화나 다른 동전을 환전할 때, 사람들이 보는 앞에서 파뉘르주가 공공연히 확실하게, 폭력을 쓰거나 상처를 입히지도 않고, 한 번에 대여섯 개의 커다란 은화를 사라지게 하는 것을 막으려면, 환전상이 무슈 선생[278]보다 더 뛰어난 재주꾼이어야만 했을 것이다. 그렇지만 환전상은 아무것도 눈치 챌 수 없었다.

---

277 베를 짜는 솜씨가 뛰어난 것을 자랑하다가 미네르바의 질투를 사서 거미로 변해 버린 리디아 출신의 여인.

278 파리라는 뜻으로 야바위꾼의 전형적 인물.

제17장 파뉘르주가 어떻게 면죄부를 사고, 노파들을 결혼시켰는가, 그리고 그가 파리에서 벌였던 소송에 관해서

어느 날 나는 파뉘르주가 약간 난처해하며 침울한 모습을 하고 있는 것을 보고는 돈이 떨어진 때문이라고 생각하고 그에게 말했다. "파뉘르주, 자네 표정을 보니 어디 아픈 게로군. 무슨 병인지 알겠네. 돈주머니가 비어서 그런 모양인데 걱정하지 말게. 내게는 어디서 온 것인지 알 필요 없는 1수짜리 동전 여섯 닢과 약간의 푼돈이 있다네. 자네에게 필요하다면 매독만큼이나 부족함이 없을 것이네."

이 말에 그는 이렇게 대답했다.

"빌어먹을, 돈이라는 것! 나는 언젠가는 넘치도록 돈을 갖게 될 거야. 현자의 돌[279]을 가지고 있으니까, 자석이 쇠를 끌어당기듯 그것이 내 돈주머니에 돈을 끌어다줄 테니까 말이야. 그런데 자네 면죄부 사러 가겠나? 그가 말했다.

—글쎄, (내가 그에게 대답했다) 나는 이 세상에서 용서를 많이 베푸는 사람[280]은 아니지만 저 세상에서는 그럴지도 모르지. 좋아, 가세,

---

279 연금술사들이 만들어내려고 애쓰던 궁극적인 물질. 이것이 있으면 다른 금속을 금으로 바꾸거나 불로장생의 영약을 만들 수 있다고 믿었다.

하느님의 이름으로, 더도 덜도 말고 1드니에[281]만 하도록 하지.

—그러면 (그가 말했다) 내게 이자를 붙여 1드니에만 빌려주게.

—아닐세, 아니야, (내가 말했다) 기꺼이 자네에게 주겠네.

—*하느님, 감사드리나이다.*" 그가 말했다.

이리하여 우리는 우선 생 제르베 교회로 갔는데, 나는 이런 일에는 작은 것에 만족하므로 첫번째 헌금함에서만 면죄부를 샀다. 그리고 내가 늘상 하는 짧은 기도와 성녀 브리지트[282]의 기도문을 외웠다. 그런데 그는 모든 헌금함에서 면죄부를 샀고, 모든 면죄부 담당 사제에게 계속 돈을 내는 것이었다.

그곳에서 우리는 노트르담, 생 장, 생 탕투안 성당과 면죄부 판매대가 있는 다른 교회들로 옮겨갔다. 나는 면죄부를 더 사지 않았지만, 그는 모든 헌금함에서 성물에 입맞추고 돈을 내는 것이었다. 마침내 돌아오는 길에 그는 나를 샤토라는 술집으로 데리고 가서 술을 사고는 돈으로 가득 찬 주머니 열두 개가량을 보여주었다. 그것을 보고 나는 십자성호를 그으며 말했다.

"잠깐 사이에 어디서 그렇게 많은 돈이 생겼는가?"

이 물음에 그는 면죄부 헌금 쟁반에서 가져온 것이라고 대답했다.

"첫번째 1드니에 동전을 그들에게 내밀면서 (그가 말했다) 그것이 큰 은화처럼 보이도록 교묘히 집어넣는다네. 이렇게 한 손으로는 12드니에나 12리아르,[283] 아니면 적어도 그 두 배를 집었고, 다른 곳에서는 12드니에의 서너 배를 집었지. 우리가 갔던 모든 교회에서 이런 식으로

---

280 이 단어(pardonneur)는 용서를 베푸는 사람과 면죄부를 사는 사람이라는 이중의 뜻을 갖는다.

281 1수의 12분의 1.

282 스웨덴의 신비주의자로 계시록과 기도문을 썼다.

283 1수의 4분의 1.

했다네.

—과연 그랬군. 그런데 (내가 말했다) 자네는 뱀처럼 천벌을 받을 짓을 했네그려. 자네는 좀도둑질을 했고 신성모독을 범한 것이란 말일세.

—그렇겠지. (그는 말했다) 좋을 대로 생각하게. 하지만 나로 말하자면 그렇게 생각하지 않네. 왜냐하면 면죄부를 파는 사람들이 입맞추도록 성물을 내밀며 '너는 백 배로 받으리라Centiplum accipies'[284]고 말했을 때, 그들이 내게 그것을 준 셈이니까 말이야. 그래서 나는 1드니에에 대해서 1백 드니에를 취한 것이라네. 왜냐하면 '너는 받으리라 accipies'는 말은 율법에 나오는 '너는 주를 사랑하리라Diliges Dominum'와 '사랑하라dilige'와 같이 명령법 대신 미래형을 쓰는 히브리인들의 방식대로 말해진 것이기 때문이지. 따라서 면죄부를 파는 사람들이 내게 '너는 백 배로 받으리라Centuplum accipies'라고 말한 것은 '백 배로 받아라Centuplum accipe'는 뜻이라네. 랍비인 키미와 아벤 에르자가 그렇게 설명했고, 히브리의 모든 성경 주석학자들 그리고 이 경우 바르톨루스[285] 역시 그랬다네. 게다가 식스투스 교황은 하감성 혹 때문에 매우 고통스러워하며 평생 절름발이 신세가 되는 줄 알고 있다가 내가 치료를 해주니까 그 대가로 자신의 영지와 교회의 재물에서 1천5백 리브르[286]의 연금을 주기로 했었다네. 그런데 그가 태도를 바꾸었기 때문에 내가 이렇게 내 손으로 앞서 말한 교회의 재물에서 지불을 받은 거라네."

---

284 『신약』「마태복음」19장 29절에 "또 내 이름을 위하여 집이나 형제나 자매나 부모나 자식이나 전토를 버린 자마다 여러 배를 받고 또 영생을 상속하리라"는 표현이 나온다.

285 14세기 이탈리아 볼로냐 출신의 유명한 법학자. 당시의 법률가들은 모든 논증의 결론에 그의 권위를 내세우는 버릇이 있었다고 한다.

286 1리브르는 20수, 240드니에에 해당한다.

"오, 친구, (그가 말했다) 만일 내가 십자군 원정에서 어떻게 큰 돈벌이를 했는지를 자네가 안다면, 깜짝 놀랄걸세. 십자군 원정으로 6천 플로린 금화 이상의 수입을 올렸다네.

—도대체 그것들이 어디로 갔단 말인가? (내가 말했다) 자네에겐 한 푼도 없으니 말이야.

—왔던 곳으로 돌아갔지. (그가 말했다) 단지 주인을 바꾸었을 뿐이야. 하지만 나는 그 돈을 3천 명이나 되는 여자들을 멋지게 짝지어주는 데 썼다네. 남편감이 너무 많은 젊은 처녀들이 아니라 아가리에 이라고는 남아 있지 않은 다 늙어빠진 노파들을 말일세. 이렇게 생각했던 거지. '여기 이 선량한 노파들은 젊은 시절에는 누구에게나 엉덩이를 들어올리고 사랑놀이하는 데 시간을 아주 유용하게 보냈겠지. 아무도 원하는 사람이 없을 때까지 말이야. 내 기필코 그녀들이 죽기 전에 다시 한 번 신나게 일을 치르도록 해주리라!' 그러기 위해서 노파들이 천박하고 혐오스럽고 끔찍한 정도에 따라 한 여자에게는 1백 플로린, 다른 여자에게는 1백20, 또 다른 여자에게는 3백을 주었다네. 왜냐하면 그 노파들이 소름끼치고 지독할수록 더 많이 주어야만 했기 때문이지. 그러지 않으면 악마라도 그녀들과 붙으려 하지 않을 테니까 말이야. 뚱뚱하고 건장한 짐꾼 하나에게 바로 다가가 나 자신이 결혼을 주선하곤 했지. 그런데 노파들을 보여주기 전에 우선 이렇게 말하면서 에퀴 금화를 내보이곤 했다네. "여보게, 자네가 한 번 멋지게 박아주면 이건 자네 몫이라네." 그러면 즉시 그들의 가련한 물건이 늙은 수노새처럼 일어선다네. 이렇게 그들에게 잔치를 벌일 준비를 시키고 좋은 포도주를 마시게 하고, 노파들이 발정해 암내를 풍기도록 음식에 양념을 많이 치게 하곤 했지. 마침내 그들은 모든 선량한 사람들처럼 일을 치러낸다네. 끔찍하게 흉측하고 일그러진 여자들에게는 얼굴에 자루를 씌우게 한 것을 빼

고는 말이야."

"게다가 나는 소송에서 돈을 많이 날렸다네.

—자네에게 무슨 소송거리가 있었단 말인가? (내가 말했다) 자네는 땅도 집도 없는 처지인데.

—친구여, (그가 말했다) 이 도시의 아가씨들이 지옥의 악마의 사주로 높은 칼라나 목가리개를 해서 손을 집어넣을 수 없도록 젖가슴을 가리는 방법을 찾아냈다네. 옷의 파진 부분이 뒤쪽으로 가게 하고 앞쪽은 완전히 봉해버렸기 때문에 불쌍한 연인들은 처량하게 바라만 보며 만족하지 못했지. 어느 화창한 화요일에 법원에 청원을 하러 가서, 나는 전술한 아가씨들을 상대로 소송을 제기했다네. 이 때문에 내가 입게 될 큰 손해를 논리적으로 증명해 보이며, 만일 법원이 시정 명령을 내리지 않는다면 마찬가지 이유로 내 반바지의 앞주머니를 뒤쪽으로 꿰매게 하겠다면서 항의했지. 결국에는 아가씨들이 협의회를 조직하고, 그녀들의 근거[287]를 내보이며 자신들의 입장을 변호하도록 위임장을 작성했다네. 하지만 내가 그녀들에 대한 소송을 집요하게 계속해서, 앞을 조금 파지 않은, 높은 목가리개를 한 옷을 입어서는 안 된다는 법원의 판결이 내려졌지. 하지만 비용이 많이 들었다네."

"나는 또 다른 더럽고 지저분한 소송을 치르기도 했는데, 피피 선생[288]과 그의 일당들이 『큰 포도주 통』이나 『격언집 제4권』[289]을 밤에 숨어서 읽는 것을 금지하고 대낮에 읽도록 하기 위해서 푸아르 거리에 있는 학교[290]에서 모든 소피스트들을 상대로 소송을 벌였던 거라네. 이 재

---

287 이 단어(fondement)는 법률용어로 근거라는 뜻과 함께 엉덩이라는 뜻도 있으므로 여기에서는 외설적 의미가 암시된 것으로 해석할 수 있다.

288 더러운 것을 보고 혐오감을 나타내는 피(fi!)라는 간투사에서 나온 이름으로 분뇨 수거인을 가리킨다.

289 12세기 피에르 롱바르가 쓴 신학전서로, 당시 신학 교육의 기초가 되었다.

판에서 나는 순경의 보고서에 오른 절차상의 문제 때문에 비용을 지불하라는 선고를 받았지.

한 번은 법원에 재판장과 판사들, 그리고 다른 사람들의 암노새들을 상대로 소송을 제기했다네. 법원의 안뜰에 노새들을 놓아둘 때 그것들이 재갈을 물어뜯으며 침으로 포도를 더럽히지 못하게 판사 부인들이 멋진 침받이를 만들어주도록 하기 위해서였지. 법원의 시종들이 반바지 무릎 부분을 더럽히지 않고 그곳에서 마음대로 주사위 놀이를 하거나 욕설을 하며 장난을 칠 수 있도록 말이야. 이 소송에서 만족스러운 판결을 받아냈지만 비용이 많이 들었다네.

그리고 내가 법원의 시종들에게 매일 베풀었던 작은 잔치들에 비용이 얼마나 들었는지 지금 한번 합산해보게.

—그런데 무슨 목적으로 그렇게 했나? 내가 말했다

—친구여, (그가 말했다) 자네는 이 세상에서 소일거리가 없지만, 나는 왕보다도 더 많이 가지고 있다네. 만일 자네가 나와 힘을 합친다면 우리는 악마 같은 소동을 벌일 수 있을 텐데.

—아니, 그만두겠네, (내가 말했다), 성 아도라스[291]를 두고 말인데, 자네는 언젠가 목이 매달릴 거야.

—그러는 자네도 (그가 말했다) 언젠가 땅속에 묻힐 거라네. 공중과 땅속 중에 어느 편이 더 명예로운가? 뚱뚱보 맹추 같으니! 시종들이 잔치를 벌이는 동안에 나는 그들의 암노새들을 지키며 등자끈 한쪽을 한가닥만 남기고 잘라버린다네. 뚱뚱한 얼간이 판사나 다른 사람이 올라

290 푸아르 거리에 있던 문예학부Faculté des Arts를 가리킨다. 원래 1542년판에는 소르본과 신학자들로 되어 있던 부분을 라블레가 수정한 대목이다.

291 '위를 향해서' 또는 '땅에서 멀리'라는 뜻의 이름을 가진 가공의 성자로서 라블레는 그를 교수형당하는 사형수들의 수호성자로 삼고 있다.

타려고 힘을 주면 모든 사람들 앞에서 돼지처럼 납작하게 뻗어버려 1백
프랑 이상의 가치가 있는 웃음거리를 제공하게 되지. 그런데 나는 더 많
이 웃을 수 있다네. 왜냐하면 숙소에 도착해서 그들은 시종 나리를 날
호밀 타작하듯 두들겨패니까 말이야. 그래서 나는 그들에게 산치를 베
풀어주는 데 비용을 들인 것을 애석해하지 않는다네."

　요컨대 그는 위에서 말한 바와 같이 돈을 구하는 예순세 가지 방법
을 알고 있었지만, 코밑에 원기를 회복시키는 것 외에도 그것을 써버리
는 2백14 가지 방법이 있었던 것이다.

제18장 영국의 위대한 학자인 토마스트가 어떻게 팡타그뤼엘을 상대로 논쟁을 벌이려다 파뉘르주에게 패했는가

이 시절에 토마스트[292]라는 이름의 학자가 팡타그뤼엘의 비할 데 없는 학식에 대한 소문과 명성을 듣고, 팡타그뤼엘을 만나서 그와 사귀고 그의 학식이 과연 명성만큼 대단한 것인지를 시험해보고자 하는 단 하나의 목적으로 영국 땅에서 건너왔다. 그는 파리에 도착해서 바로 팡타그뤼엘이 머물고 있던 생 드니 호텔[293]로 찾아갔다. 그때 팡타그뤼엘은 소요학파들[294]이 하던 식으로 철학을 논하며 파뉘르주와 정원을 산책 중이었다. 들어서자마자 그는 팡타그뤼엘이 엄청나게 크고 뚱뚱한 것을 보고 두려움에 몸을 떨었다. 그리고 그에게 정중하게 격식을 갖추어 인사를 하고 다음과 같이 말했다.

"철학자들의 왕이었던 플라톤이 말한 바와 같이, 학문과 지혜의 심상(心象)이 형태를 갖추어 사람들 눈에 보일 수 있다면, 그 모습 자체만

---

292 그리스어로 감탄할 만한 놀라운 사람이라는 뜻.

293 당시 이 호텔은 주로 베네딕트 수도회 수도사들의 숙소로 사용되었다. 라블레 역시 파리에 체류할 때 이 호텔에 머물렀던 것으로 추정된다.

294 아리스토텔레스의 제자들을 가리키는 용어인데, 그들은 산책하면서 철학을 논했다고 한다.

으로도 당연히 모든 사람들의 감탄을 자아낼 수 있을 것이오. 공중에 퍼진 그 소문이 사람들이 철학자라고 부르는 학구적이고 지혜를 사랑하는 자들의 귀에 들어가기만 해도, 그들은 편히 잠자거나 쉬지 못할 것이오. 그만큼 그들은 자극을 받게 되고 그곳으로 달려가 학문이 사원을 이루어 신탁이 내려진다고 알려진 그 인물을 만나고자 하는 욕망에 불타기 때문이오. 현자 솔로몬이 다스리는 나라를 보고 그의 지혜를 듣기 위하여 동방의 끝에서 페르시아 해를 건너 왔던 사바 여왕,²⁹⁵ 스키타이에서 솔론²⁹⁶을 만나기 위하여 아테네에 갔던 아나카르시스,²⁹⁷ 멤피스의 점술가들을 방문했던 피타고라스, 이집트의 사제들과 타렌툼의 아르키타스²⁹⁸를 방문했던 플라톤, 히아르카스를 만나러 코카서스 산을 넘어 스키타이인, 마사제테인,²⁹⁹ 인도인들의 나라를 지나 넓은 피존 강³⁰⁰을 항해한 다음 브라만들이 사는 곳까지 갔었고, 나체 고행자들을 만나러 바빌로니아, 칼데아, 메데아, 아시리아, 파르티아, 시리아, 페니키아, 아라비아, 팔레스타나, 알렉산드리아를 거쳐 에티오피아까지 갔던 티아네우스 사람 아폴로니우스³⁰¹ 등이 우리에게 분명히 보여주듯이 말이오.

비슷한 예를 우리는 티투스 리비우스에게서도 볼 수 있는데, 그를 만나 그가 하는 말을 들어보기 위해서 학문에 열의를 가진 사람들 여럿이 프랑스와 에스파냐의 변방으로부터 로마에 왔던 것이오.

나는 자신을 감히 이처럼 완벽한 인물들 속에 포함시켜 그 반열에

---

295 『구약』 「열왕기상」 10장에 나오는 스바 여왕.
296 기원전 6세기 아테네의 정치가. 고대의 7대 현자 중의 한 사람으로 알려져 있다.
297 스키타이 출신의 철학자로, 견유학파의 창시자로 알려져 있다.
298 기원전 4세기 피타고라스 학파의 정치가, 군인, 기하학자.
299 카스피 해와 아랄 해 사이에 살던 이란계 민족.
300 지상의 낙원에 흐른다는 전설상의 강.
301 로마의 베스파시우스 황제 시대의 피타고라스 파 철학자로, 민간에서는 기적을 행하는 사람으로 알려져 있었다고 한다.

속한다고 주장할 처지는 아니지만, 학문뿐 아니라 학자들을 숭상하는 열성적인 학도라고 불리고 싶소.

그래서 귀하의 비할 데 없는 학문에 관한 소문을 듣고, 나는 고국과 가족과 집을 버려두고, 먼길과 권태로운 항해, 낯선 고장들에 개의치 않고 귀하를 만나 철학과 점술, 성경 해석에 있어서 의문이 나고 내 판단에 만족할 수 없는 대목들에 대해 함께 논의하기 위해서 이곳으로 온 것이오. 만일 귀하께서 해결해준다면, 이제부터 나와 내 자손 모두는 귀하의 종이 되겠소. 다른 어떤 선물도 내가 생각하는 만큼 충분한 보상이 될 수 없기 때문이오.

우리가 이 도시의 모든 학자들 앞에서 공개적으로 논쟁을 할 수 있도록 나는 이 문제들을 글로 써서 내일 그들에게 알리도록 하겠소.

하지만 내가 원하는 우리의 논쟁 방식은 다음과 같은 것이오. 나는 이 도시나 다른 곳의 어리석은 소피스트들처럼 정(正)과 반(反)으로 논쟁하기를 원치 않소. 마찬가지로 플라톤 학파가 하던 식의 웅변이나, 피타고라스가 그렇게 했고 로마에서는 피코 델라 미란돌라[302]가 하고자 했듯이 수(數)로 논쟁하는 것도 원치 않소. 나는 말을 하지 않고 단지 몸짓으로 논쟁하기를 원하오. 왜냐하면 이 논제들은 매우 까다로운 것들이어서 사람의 말은 내가 원하는 만큼 그것을 설명해내는 데 충분하지 못하기 때문이오.

그러니 귀하께서 기꺼이 참석해주시기를 바라는 바이오. 나바르 학원의 대강당에서 아침 일곱시에 시작하기로 합시다."

이 말을 마치자, 팡타그뤼엘은 그에게 정중하게 대답했다.

"선생, 하느님께서 베풀어주신 은혜를 가능한 한 다른 사람과 함께

---

302 만물박사였던 피코 델라 미란돌라는 로마에서 900개의 논제를 내걸고 논쟁을 벌였는데, 피타고라스 식으로 수로 논쟁한 것은 아니었다.

나누는 것을 나는 거절하지 않으려 하오. 왜냐하면 모든 것은 그분으로부터 온 것이고, 그분께서는 정직한 지식이라는 천상의 만나를 받을 자격과 능력을 갖춘 사람들과 우리가 함께 있을 때 이 재물을 늘리기를 원하시기 때문이오. 이 시대에 이러한 사람들 중에서 그대가 첫째 줄에 자리잡고 있다는 것을 나는 이미 알고 있었소. 비록 그대가 내게서 배울 것보다 내가 그대에게서 배울 것이 더 많기는 하겠지만, 언제라도 내 보잘것없는 능력에 따라 그대의 요구에 응할 준비가 되어 있다는 것을 알려드리겠소. 제안한 것처럼 우리가 함께 그대가 의혹을 가진 문제들에 관해서 논의해보고, 헤라클레이토스[303]가 진리가 감추어져 있다고 말했던 무궁무진한 우물의 바닥까지 해결책을 찾아보도록 합시다.

그리고 그대가 제안한 토론 방식, 즉 말을 하지 않고 몸짓으로 하자는 것에 큰 찬사를 보내는 바이오. 왜냐하면 이렇게 함으로써 그대와 나, 우리는 서로를 이해할 수 있을 것이고, 논의를 하려고 하면 한창 진행 중일 때 박수를 쳐대는 어리석은 소피스트들에게서 벗어날 수 있을 것이기 때문이오.

그러니 내일 그대가 지정한 시간과 장소에 어김없이 가도록 하겠소. 그렇지만 그대에게 당부하고 싶은 것은 우리 사이에는 분쟁이나 소동이 있어서는 안 되고 사람들로부터 명예나 박수를 받으려 하지 말 것이며, 오직 진리만을 추구해야 한다는 것이오.”

이 말에 토마스트가 대답했다.

“선생, 하느님께서 귀하에게 늘 은총을 베풀어주시기를. 내 비천한 요구에 너그럽게 응해주신 귀하의 고귀한 관대함에 감사드리오. 그러면 내일 아침까지 평안하시기를.

---

303 불이 물질의 기본이라고 주장했던 그리스의 철학자. 그런데 위의 말은 그가 아니라 데모크리토스가 한 것이라고 한다.

—안녕히 가시오. 팡타그뤼엘이 말했다.

이 글을 읽는 여러분, 이날 토마스트와 팡타그뤼엘만큼 밤새도록 정신이 고양되어 생각에 골몰했던 사람들은 일찍이 없었다는 것을 믿기 바란다. 앞서 말한 토마스트는 그가 묵고 있던 클뤼니 호텔의 수위에게 그날 밤처럼 갈증을 느낀 일은 평생 없었노라고 말했던 것이다.

"내 생각에는, (그가 말했다) 팡타그뤼엘이 내 목을 쥐고 있는 것 같다네. 부탁이니 우리에게 마실 것을 갖다주고, 입 안을 헹굴 맑은 물을 준비해주게."

한편 팡타그뤼엘은 최고도의 사색에 잠겨 밤새도록 다음의 책들과 다른 많은 책들을 가지고 궁리를 거듭했다.

베다의 책, 『수와 기호』

플로티누스의 책, 『이야기할 수 없는 사물들에 관해서』,

프로클루스의 책, 『마술론』,

아테미도루스의 책들, 『꿈의 의미』,

아낙사고라스의 『신호론』,

이나리우스의 『말할 수 없는 것에 관해서』,

필리스티온[304]의 책들,

히포나스, 『말해지지 않는 것에 관해서』.

그러자 파뉘르주가 그에게 말했다.

"전하, 이 모든 생각을 접으시고 가서 잠자리에 드시지요. 전하의 신경이 너무 흥분되어 있기 때문에 과도한 사색으로 인해 일시적으로 열병에 걸리실 수도 있을 것 같습니다. 그래도 먼저 스물다섯 잔이나 서른 잔 정도 술을 드시고 들어가셔서 편히 주무십시오. 아침에 제가 영국

---

[304] 2세기 로마의 무언광대극 작가.

인 나리에게 답변을 하고 논쟁을 하도록 하겠습니다. 제가 그를 궁지에 몰아넣지 못하는 경우에는 저를 질책해주십시오.

　—그러지. 하지만, (팡타그뤼엘이 말했다) 파뉘르주, 내 친구여, 그는 놀라우리만큼 박식하다네. 어떻게 자네가 그를 만족시킬 수 있겠는가?

　—아주 훌륭히 해치우겠습니다. (파뉘르주가 대답했다) 제발 더 말씀하지 마시고 제가 처리하도록 내버려두십시오. 악마들만큼 박식한 사람이 또 있겠습니까?

　—사실 있을 수 없지. (팡타그뤼엘이 말했다) 하느님의 특별한 은혜가 없다면 말일세.

　—그렇지만 (파뉘르주가 말했다) 저는 여러 번 그들을 상대로 논쟁을 벌여 그들이 당황해서 꼼짝 못 하게 만들었답니다. 그러니까 이 교만한 영국인을 모든 사람들이 보는 앞에서 쉬내 나는 오줌을 싸도록 만들테니 안심하십시오.

　이렇게 말한 다음 파뉘르주는 시동들과 함께 술을 퍼마시고, 반바지의 어깨끈 너머로 첫번째, 두번째 뛰어넘기와 막대기 놀이를 하며 밤을 지새웠다. 그리고 정해진 시각이 되자 주인인 팡타그뤼엘을 지정된 장소로 모시고 갔다. 파리 안에서 어른 아이 할 것 없이 "모든 교활하고 어리석은 소피스트들[305]을 패배시켰던 악마 같은 팡타그뤼엘이라 하더라도 이번에는 임자를 만나게 될 거야. 이 영국인은 보베르[306]의 또 다른 악마이니까 말이야. 누가 이기는지 보기로 하자"라고 생각하며 그곳에 가지 않은 사람이 없었다는 사실을 과감히 믿도록 하라.

---

305 1532년판에서는 소르본 신학자들 Sorbonicoles 이라고 하여 직접 그들을 공격 대상으로 삼았다.

306 당시 보베르 호텔은 우범자들의 소굴이었다고 한다.

이렇게 해서 사람들이 모두 모였고, 토마스트는 그들을 기다리고 있었다. 팡타그뤼엘과 파뉘르주가 강당에 도착했을 때 모든 저학년과 고학년, 학생 대표들이 그들의 멍청한 관례대로 박수를 치기 시작했다. 그러자 팡타그뤼엘은 큰 대포 소리 같은 고함을 지르며 이렇게 말했다.

"조용히, 제기랄, 조용히 하라니까! 정말로, 이 망나니들, 여기서 소란을 피워대면 네놈들 머리를 모두 잘라버릴 거야."

이 말을 듣자 그들은 모두 크게 놀라서 15파운드의 깃털을 삼켰다 하더라도 감히 기침소리를 내지 못하는 암오리 같은 꼴이 되었다. 그리고 이 고함소리에 심한 갈증이 생겨 마치 팡타그뤼엘이 그들의 목구멍에 소금을 뿌리기라도 한 것처럼 혀를 아가리 밖으로 반 피트씩 빼물었다.

그러자 파뉘르주가 영국인에게 다음과 같이 말하기 시작했다.

"선생, 당신이 여기 온 것은 논제들을 제안하고 도전적으로 논쟁을 벌이기 위해서요, 아니면 진리를 배우고 알기 위해서요?"

이 말에 토마스트가 대답했다.

"선생, 나를 이곳으로 인도한 것은 일생 동안 풀지 못하고 어떤 책이나 사람에게서도 만족스러운 해결책을 찾을 수 없었던 문제들에 관해서 배우고 알고자 하는 건전한 욕망 외에는 아무것도 없소. 나는 논쟁적인 토론을 원하는 것이 아니오. 그런 천박한 일은 논의에서 진리를 찾는 것이 아니라 억지와 분쟁거리를 찾으려고 하는 고약한 소피스트들 몫으로 남겨두겠소.

— 그렇다면, (파뉘르주가 말했다) 만일 우리 주인이신 팡타그뤼엘 전하의 어린 제자인 내가 모든 것에서 당신을 완전히 만족시키고 문제를 해결해줄 수 있다면, 우리 주인을 수고롭게 하는 것은 부당한 일이 될 것이오. 그러므로 그분께서 심판관을 맡아 우리의 토론을 주재하시도록 하고, 만일 내가 당신의 학구적 열의를 채워주지 못한다고 여겨지

는 경우, 그 이상의 것에 관해서는 그분께서 당신을 만족시켜드리는 편
이 좋을 것이오.

　―정말로, (토마스트가 말했다) 말씀 잘하셨소.

　―그러면 시작하시오."

　그런데 파뉘르주가 긴 바지 앞주머니 끝에 붉은색, 흰색, 초록색,
푸른색의 비단 술장식을 붙이고 그 안에 먹음직한 오렌지를 하나 넣어
두었다는 데 유의하도록 하라.

제19장 파뉘르주는 어떻게 몸짓으로 논쟁을 벌인 영국인을 당혹스럽게 만들었는가

이렇게 해서 참석한 모든 사람들이 침묵을 지키며 경청하는 가운데, 영국인은 쉬노네 지방에서 닭꽁지라고 이름 붙인 형태로 손가락 끝을 모두 모은 채로 공중에 두 손을 벌려 쳐들고 한 손의 손톱을 다른 손의 손톱에 네 번 부딪쳤다. 그다음 두 손을 벌리고 한쪽 손바닥으로 다른 손바닥을 쳐서 날카로운 소리가 냈다. 다시 한 번 두 손을 전과 같이 모았다가 두 번 치고, 다시 네 번을 폈다. 그러고는 하느님에게 경건하게 기도하듯이 두 손을 펼친 채로 나란히 모았다.

파뉘르주는 갑자기 오른손을 공중에 쳐들고 같은 쪽 콧구멍 속에 엄지손가락을 집어넣었다. 폈던 네 손가락을 콧날과 나란히 순서대로 오므리고 왼쪽 눈을 완전히 감은 채 오른쪽 눈으로 눈썹과 눈꺼풀을 깊게 내리깔며 지그시 바라보았다. 그러고는 네 손가락을 힘껏 오므렸다 폈다 하며 엄지손가락을 치켜들고 왼손을 높이 들었다. 그다음 그 손을 오른손과의 거리가 팔꿈치 길이[307]로 하나 반 정도 되게 직선으로 마주 보는 위치에 두었다. 그리고 나서 같은 형태를 유지하며 땅을 향하여 두

---

[307] 팔꿈치에서 손가락 끝까지의 길이로, 약 50센티미터 coudée.

손을 내리다가, 마지막에는 영국인의 코를 똑바로 겨냥하듯 중간에서
멈추었다.

"그런데 만일 메르쿠리우스가……"라고 영국인이 말했다.

그러자 파뉘르주는 동작을 멈추고 "당신, 가면을 쓰고서 말을 했
소[308]"라고 말했다.

그때 영국인은 다음과 같은 몸짓을 했다. 왼손을 활짝 펼치고 공중
에 높이 쳐들었다가 네 손가락을 오므려 주먹을 쥐고 엄지손가락은 뻗
어서 콧날 위에 갖다댔다. 그러고는 갑자기 오른손을 펴서 쳐들었다가
펼친 채로 내려 왼손 새끼손가락을 오므린 곳에 붙이고는 왼손의 네 손
가락을 공중에서 천천히 움직였다. 그리고 반대로 오른손으로 왼손이
했던 동작을 반복하고, 왼손으로는 오른손이 했던 동작을 반복했다.

파뉘르주는 이에 놀라지 않고, 왼손으로 그의 거대한 바지 앞주머
니를 공중으로 당겨 쳐들고, 오른손으로 그 안에서 흰 암소의 등살 한
조각과 하나는 흑단, 하나는 브라질산 담홍색 목재로 만든 같은 모양의
나무토막 두 개를 꺼내서는 균형을 잘 잡아 오른손 손가락 사이에 끼우
고 맞부딪치게 해서 브르타뉴 지방의 문둥이들이 딱딱이로 내던 소리[309]
와 비슷하면서도 더 잘 울리고 듣기 좋은 소리를 냈다. 그리고 계속해서
영국인을 바라보며, 입 안에서는 혀를 오므려 신나게 흥얼거리는 소리
를 냈다.

신학자들, 의사와 외과의사들은 이 몸짓을 보고 그가 영국인을 문
둥이라고 추론했다고 생각했다.

판사들, 법률학자들, 교회법 학자들은 예전에 구세주께서 주장하셨

---

308 당시 가장행렬에서는 신분이 드러나지 않도록 침묵을 지켜야 했다.
309 16세기에는 브르타뉴 지방에 문둥이들의 집단촌이 있었다. 당시 문둥이들은 딱딱
이를 두드려 그들의 접근을 알려야 했다고 한다.

듯이,[310] 인간에게 있어서 일종의 지복(至福)은 문둥이가 되는 것이라는 결론을 그가 내리려 한다고 생각했다.

영국인은 이에 놀라지 않고 두 손을 공중으로 쳐들어 엄지손가락이 집게손가락과 가운뎃손가락 사이로 들어가게 긴 손가락들 셋으로 주먹을 쥐고 새끼손가락 둘은 펼친 상태로 있다가 파뉘르주에게 두 손을 내밀고는 오른쪽 엄지손가락이 왼손 엄지손가락과, 왼손 새끼손가락이 오른손 새끼손가락과 맞닿게 하는 식으로 짝지었다.

이것을 보고 파뉘르주는 아무 말 없이 두 손을 들어 다음과 같은 몸짓을 했다. 왼손 집게손가락과 엄지손가락의 손톱을 가운데가 고리 모양으로 맞물리게 하고 오른손은 집게손가락만 빼고 주먹을 쥔 채 그 집게손가락을 앞서 말한 왼손의 두 손가락 사이로 여러 번 넣었다 뺐다 하는 동작을 반복했다. 그러고는 오른손의 집게손가락과 가운뎃손가락을 펴고 가능한 한 쭉 뻗어 토마스트 쪽을 향하여 내밀었다. 그다음에는 왼손 엄지손가락을 왼쪽 눈에 갖다대고 손 전체를 새의 날개나 물고기의 지느러미처럼 펴고는 그것을 이쪽저쪽으로 부드럽게 움직였다.

토마스트는 창백해지며 몸을 떨기 시작했고 그에게 다음과 같은 몸짓을 했다. 오른손 가운뎃손가락으로 엄지손가락 아래쪽의 손바닥 근육을 두드리고, 오른손 집게손가락을 같은 모양으로 고리를 만든 왼손 안에 집어넣었다. 그런데 파뉘르주가 한 것처럼 위에서 아래로 넣는 대신 아래에서 위로 넣었던 것이다.

그러자 파뉘르주는 두 손을 마주치고 손바닥 사이로 입김을 내불었다. 이렇게 하면서 여전히 오른손 집게손가락을 고리 모양을 한 왼손 안에 집어넣고 여러 번 넣었다 뺐다 하는 동작을 반복했다. 그러고는 턱을

---

310 『신약』 「누가복음」 16장에 나오는 부자와 나사로의 이야기에 대한 암시로 읽을 수 있다.

쳐들고 토마스트를 뚫어져라 쳐다보았다.

몸짓을 전혀 이해하지 못했던 사람들조차도 그가 이 몸짓으로 말을 하지 않고서도 토마스트에게 "무슨 말을 하려는 것이냐?"고 물어본 것이라는 점은 잘 이해할 수 있었다.

그랬더니 토마스트는 땀을 뻘뻘 흘리기 시작했고 깊은 명상에 잠겨 넋이 빠진 사람과 똑같아 보였다. 그러고 나서 정신을 차리고는 왼손의 손톱 모두를 오른손의 손톱에 각각 갖다대고는 손가락들을 반원과 같이 벌린 상태로 힘껏 두 손을 쳐드는 시늉을 했다.

이것을 보고 파뉘르주는 갑자기 오른손 엄지손가락을 아래턱 밑으로 가져가고 오른손 새끼손가락은 왼손으로 만든 고리 속에 집어넣고는 이 자세로 윗니와 아랫니를 매우 음악적으로 부딪쳐 소리를 냈다.

토마스트는 매우 힘들게 몸을 일으켰는데, 일어나면서 빵장수처럼 큰 방귀를 뀌었다. 똥이 이어서 나오고 쉰내 나는 오줌을 싸는 바람에 모든 악마들을 모아놓은 것처럼 고약한 냄새가 진동했다. 그가 안절부절못하고 똥을 싸댔기 때문에 청중들은 코를 막기 시작했다. 그러고 나서 그는 오른손을 들고 손가락 끝을 모두 모아 오므리고 왼손 손바닥을 가슴 위에 올려놓았다.

이것을 보고 파뉘르주는 술장식이 달린 그의 긴 바지 앞주머니를 잡아당겨 팔꿈치 하나 반 길이 정도 늘이고 그것을 왼손으로 공중에 들어올린 채 오른손으로 오렌지를 꺼내 공중에 일곱 번 던지고 여덟번째에 오른손 주먹 속에 감추고 그 손을 높이 쳐들고 가만히 있었다. 그러고는 그의 멋진 바지 앞주머니를 토마스트에게 보이며 흔들어대기 시작했다.

그러자 토마스트는 백파이프를 부는 악사처럼 두 뺨을 부풀리고는 돼지 오줌통을 부풀리듯 입김을 불어댔다.

이것을 보고 파뉘르주는 왼손 손가락 하나를 똥구멍에 집어넣고, 입으로는 껍질 속에 든 생굴을 먹거나 수프를 마실 때처럼 공기를 들이마시다가, 입을 약간 벌리고 오른손 손바닥으로 그 위를 두드리며 기관(氣管)을 통해서 횡경막 표면에서 올라오는 것 같은 깊고 큰 소리를 열여섯 번 냈다.

그러나 토마스트는 거위처럼 헐떡거릴 뿐이었다.

그러자 파뉘르주는 오른손 집게손가락을 입 안에 넣고 입의 근육을 움직여 꼭 물었다. 그러고는 손가락을 빼면서 꼬마들이 잘생긴 순무 조각으로 딱총나무 대포를 쏘는 듯한 큰 소리를 아홉 번 냈다.

그 순간 토마스트가 외쳤다.

"여러분, 중대한 비밀입니다! 저 사람은 그 속에 팔꿈치까지 손을 집어넣었어요."

그러고는 그가 가지고 있던 단검을 뽑아 아래쪽을 향하도록 칼끝을 잡았다.

이것을 보고 파뉘르주는 그의 긴 바지 앞주머니를 붙잡아 엉덩이에 갖다대고 있는 힘껏 흔들어댔다. 그러고는 두 손을 빗 모양으로 연결시켜 머리 위에 얹고 혀를 있는 대로 빼물고는 죽어가는 암염소처럼 눈알을 굴렸다.

"하, 알겠소. 하지만 뭐란 말이요?" 단검의 손잡이를 가슴에 갖다대고 칼끝에 손바닥을 얹은 채로 손가락 끝을 약간 뒤집으며 토마스트가 말했다.

이것을 보고 파뉘르주는 머리를 왼쪽으로 숙이고 가운뎃손가락을 오른쪽 귀에 집어넣고 엄지손가락을 위로 향하여 쳐들었다. 그러고는 양팔을 십자로 포개어 가슴에 얹고 다섯 번 기침을 하고, 다섯번째 기침을 할 때 오른발로 땅바닥을 찼다. 그러고는 왼팔을 들어올리고 손가락은 주먹을 쥔 채 엄지손가락만 이마에 갖다대고 오른손으로 가슴을 여섯 번 두드렸다.

하지만 토마스트는 이에 만족하지 않고 왼손의 나머지 손가락을 오므린 채 엄지손가락을 코끝에 갖다댔다.

그러자 파뉘르주는 양손의 긴 손가락 두 개씩을 입 양쪽에 대고 힘껏 잡아당겨 이가 모두 드러나 보이도록 했다. 그리고 양쪽 엄지손가락으로는 두 눈의 눈꺼풀을 깊숙이 내리깔게 만들고 청중들이 보기에 흉할 정도로 얼굴을 찡그렸다.

제20장 토마스트는 어떻게 파뉘르주의 덕성과 지식에 관해서 말했는가

그때 토마스트가 일어서서 모자를 벗고 공손히 앞서 말한 파뉘르주에게 사의를 표했다. 그러고는 큰 소리로 모든 청중들에게 말했다.

"여러분, 나는 지금 '솔로몬보다 더 큰 이가 여기 있느니라'[311]는 복음서의 말씀을 드릴 수 있습니다. 여기 여러분은 눈앞에 비할 데 없는 보물을 보고 있습니다. 그분은 팡타그뤼엘 나리이십니다. 그분의 명성이 내가 늘 머릿속에 갖고 있던 철학뿐 아니라 마술, 연금술, 강신술, 흙점술, 점성술의 해결되지 않는 문제들을 함께 논의하기 위해 나로 하여금 이리 오도록 만들었던 것입니다.

하지만 지금 나는 그 명성에 대해 분개합니다. 그 명성이란 것이 내가 보기에는 그분의 실체를 1천분의 1도 전해주지 못하기 때문입니다.

여러분은 단지 그의 제자에 지나지 않는 자가 어떻게 나를 만족시키고 질문한 것보다 더 많은 것을 내게 말해주었는지를 목격했습니다. 게다가 그는 내게 해결되지 않은 다른 의문들을 보여주고 같이 풀어주었습니다. 이렇게 그는 모든 학문의 진정한 원천과 심연을 내게 열어 보

---

311 『신약』「마태복음」12장 42절.

여주었다는 것을 여러분에게 단언할 수 있습니다. 그것도 내가 그러한 학문에 관해 기본적 요소라도 아는 사람을 찾을 수 없으리라고 생각했던 분야에 있어서, 말을 반마디도 입 밖에 내지 않고 몸짓에 의한 토론을 통해서 말입니다. 그래도 우리가 대화를 나누고 해결한 것들을 농담이라고 사람들이 생각하지 못하도록 누구나 나처럼 배울 수 있게 이제 글로 써서 인쇄하도록 하겠습니다. 제자가 이룩한 업적이 이 정도이니 그 스승이 무엇을 할 수 있을지는 여러분이 판단할 수 있을 것입니다. *제자가 그 선생보다 높지 못하나니.*[312]

어쨌든 하느님께서 찬양을 받으시기를, 그리고 우리에게 이 토론회를 갖게 해주신 것을 여러분께 정중히 감사드립니다. 하느님께서 여러분에게 영원한 보상을 내려주시기를 바랍니다."

팡타그뤼엘도 모든 청중들에게 비슷한 감사의 인사를 하고, 그곳을 떠나 토마스트와 점심 식사를 하러 갔다. 그들이 배 부분의 단추를 끌러놓고 (당시에는 지금의 이음고리처럼 배 부분에 단추를 채웠으므로) "자네 어디서 왔나?"라고 말할 지경[313]에 이를 때까지 술을 마셔대는 것을 상상해보라.

성모님 맙소사, 어찌나 엄청나게 마셔대는지 술잔이 분주히 왔다갔다하고 그들은 고함을 질러댔다.

"술을 뽑아라!

―달라니까!

―시동아, 포도주를!

―부어라, 악마의 이름으로, 부으라니까."

스물다섯 내지 서른 통[314]을 마시지 않은 사람이 없었는데, 어떻게

---

312 『신약』 「마태복음」 10장 24절.
313 술에 취해서 같이 마시는 사람이 누구인지 알아보지 못할 지경에 이르렀다는 뜻.

그랬는지 아는가? 물이 마른 대지처럼 날씨가 덥고, 더군다나 그들은 목이 말라 있었기 때문이다.

토마스트가 제기한 논제들의 해설과 그들이 토론할 때 했던 몸짓의 의미에 관해서는 그들이 직접 말했던 대로 여러분에게 설명할 생각이었지만, 사람들이 말하기를 토마스트가 이에 관한 커다란 책을 써서 런던에서 출판했고, 그 책에서 아무것도 빠뜨리지 않고 밝혔다고 한다. 그래서 나는 지금으로서는 그 일에 손을 대지 않으련다.

---

314 268 리터들이 큰 통·muid.

제21장 파뉘르주가 어떻게 파리의 귀부인에게 반했는가

파뉘르주는 영국인을 상대로 한 논쟁에서 얻은 명성에 의하여 파리 시에서 유명해지기 시작해서 그때부터 위쪽에 로마 식으로 톱니꼴 얼룩 무늬를 수놓은 그의 바지 앞주머니의 위력을 훌륭히 발휘할 수 있게 되었다. 사람들은 공개적으로 그를 칭찬했고 노래를 지어 아이들이 겨자를 사러갈 때 부르곤 했다. 그는 귀부인과 아가씨들의 모든 모임에서 환영을 받았는데, 그 결과 의기양양해져서 도시의 지체 높은 귀부인들 중 한 사람 위에 올라타려는 시도를 하기에 이르렀다.

사순절의 연인들이 보통 하는 식으로 처량하게 바라만 볼 뿐 몸에 손을 전혀 대지 않는 대신 그는 기나긴 서론과 맹세는 제쳐두고, 실제로 어느 날 그녀에게 다음과 같이 말했다.

"마님, 당신이 내 자손으로 뒤덮이는 것이 국가를 위해서는 매우 유익하며 당신에게는 즐겁고 혈통을 위해서는 적절하고 내게는 필요한 일입니다. 내 말을 믿으십시오. 경험을 해보면 증명이 될 수 있는 일이니까요."

귀부인은 이 말에 그를 1천 리도 더 멀리 물리치며 말했다.

"고약한 미치광이 같으니라구. 내게 그런 말을 할 자격이 당신에게 있단 말이에요? 누구에게 말하는 거라고 생각하세요? 가세요. 다시는 내 앞에 나타나지 말아요. 조금이라도 그러려고 한다면 당신 팔다리를 잘라버리라고 시키겠어요."

"그렇지만, (그는 말했다) 당신과 내가 낮은 발판[315]이 달린 인형 놀이를 하며 잔치를 한 판 벌이는 조건이라면 팔다리가 잘려도 상관없습니다. 왜냐하면 (긴 바지 앞주머니를 보여주며) 여기 장 죄디 선생[316]이 당신에게 요란스런 춤을 추게 만들어 뼛속까지 느낄 수 있을 테니까요. 이 친구는 여성에게 매우 친절하고 당신에게서 부대사항[317]들과 쥐덫 속에 부풀어오른 귀여운 가래톳을 잘 찾아낼 줄 알기 때문에 그가 지나간 다음에는 먼지를 털기만 하면 된답니다."

이 말에 귀부인은 대답했다.

"가세요, 고약한 사람. 만일 내게 한마디라도 더하면, 사람들을 불러 이 자리에서 실컷 두들겨맞게 하겠어요.

—하! (그가 말했다) 당신은 말하시는 것만큼 매정하지 못합니다. 아니라면 내가 당신을 잘못 본 겁니다. 당신과 같이 뛰어난 미모와 우아함을 갖춘 분에게 한 방울의 담즙이나 악의라도 깃들 수 있다면, 땅이 하늘로 치솟고 높은 하늘이 심연 속으로 떨어지며, 자연의 모든 질서가 교란될 것이기 때문입니다. 사람들은 이렇게 말합니다.

아름다운 만큼 반항적이지 않은
여인을 만나기란 매우 힘든 일이라네.

---

315 원래는 수틀이나 오르간의 발판을 말하는데, 여기에서는 여성의 성기를 가리키는 표현으로 볼 수 있다.
316 남성 성기를 의인화한 이름.
317 원래는 법률 용어인데, 여기에서는 외설적인 의미로 사용되고 있다.

하지만 이는 속된 미인들을 두고 하는 말입니다. 당신의 미모는 너무도 뛰어나고, 보기 드물며, 지고한 것이어서, 대자연이 자신의 능력과 지식을 총동원하여 얼마만큼 잘 만들 수 있는지를 우리에게 납득시키기 위한 모범으로 당신에게 이런 미모를 갖게 했다고 나는 생각합니다. 당신 속의 모든 것은 꿀과 설탕, 그리고 천상의 만나일 뿐입니다.

파리스[318]는 황금의 사과를 베누스나 유노, 미네르바가 아니라 당신에게 주었어야 했습니다. 당신만큼 유노는 관대함을, 미네르바는 신중함을, 베누스는 우아함을 갖지 못했기 때문이지요.

오, 천상의 신과 여신들이여, 그대들이 이 여인을 안고, 키스하고 그녀와 살덩이를 비벼댈 수 있는 은총을 베풀어주신 남자는 얼마나 행복할까요. 기필코 제가 그렇게 되어야 합니다. 저는 잘 알고 있습니다. 벌써 그녀가 저를 지독히 사랑하니까요. 요정들에 의해 미리 점지된 것을 저는 압니다. 그러니까 시간을 벌기 위해서 우리 밀고박고다리를걸칩시다!"[319]

그러고는 그녀를 껴안으려고 했지만, 그녀는 창가로 가서 이웃사람들을 목청껏 부르는 척했다.

그러자 파뉘르주는 곧장 밖으로 도망치면서 이렇게 말했다.

---

318 그리스 신화에 나오는 트로이의 왕자로, 최고의 미녀에게 주라고 불화의 여신 에리스가 내놓은 황금사과를 두고 헤라와 아테나, 아프로디테 사이에 경쟁이 벌어졌을 때 제우스의 명으로 심판을 맡게 된다. 헤라는 부와 권력을, 아테나는 전쟁에서의 승리와 지혜를, 아프로디테는 인간 중에서 가장 아름다운 여인을 주겠다고 약속하는데, 파리스는 아프로디테에게 황금사과를 준다. 그 결과 파리스는 인간세계 최고의 미녀 스파르타의 왕비 헬레네를 유혹하여 트로이로 데려가는 데 성공하지만, 이것이 트로이 전쟁의 원인이 된다. 이 여신들은 각각 로마 신화의 유노, 미네르바, 베누스에 해당한다.

319 원문에도 세 동사가 하나로 연결되어 있다(bouttepoussenjambions).

"마님, 여기서 나를 기다리세요. 내가 그들을 부르러 갈 테니 공연히 수고하실 필요 없습니다."

그는 거절당한 데 별로 개의치 않고 그대로 돌아갔는데, 그렇다고 전보다 식사를 못 하지도 않았다.

다음 날 그는 그녀가 미사를 보러 가는 시간에 맞추어 교회에 갔다. 그녀가 들어오자 허리를 깊숙이 숙여 인사하면서 성수를 뿌리고 그녀 곁에 허물없이 꿇어앉아 말했다.

"마님, 나는 당신에게 홀딱 반해 오줌도 똥도 눌 수 없게 되었어요. 당신이 어떻게 생각하는지 모르겠습니다. 그 때문에 만일 내게 불행한 일이 생긴다면 어쩔 셈입니까?

—가세요, (그녀가 말했다) 가라구요. 나하고는 상관없는 일이에요. 하느님께 기도 드리도록 나를 내버려둬요.

—그래도, (그가 말했다) '보몽 자작에게'를 가지고 동음이의(同音異義)의 표현을 만들어보세요.

—몰라요. 그녀가 대답했다.

—그것은 (그가 말했다) "아름다운 보지에 자지가 올라탄다"랍니다.[320] 그러니 이것에 관해 당신의 고상한 마음이 갈망하는 바를 하느님께서 내게 베푸시도록 기도하세요. 그리고 호의를 베풀어 이 묵주를 내게 주세요.

—가지세요, (그녀가 말했다) 그리고 더 이상 나를 귀찮게 굴지 마세요."

이렇게 말하고 나서 그녀는 금으로 된 큰 알을 끼운 향나무 묵주[321]

---

[320] 프랑스어로는 앞문장은 "A Beaumont le Vicomte," 뒷문장은 "A beau con le vit monte"이다. 그러니까 m과 c 두 자음의 순서를 바꾸어서 만든 말장난이다.
[321] 작은 향나무 알 열 개마다 금으로 된 큰 알이 달린 묵주.

를 끌러 그에게 주려고 했다. 그러나 파뉘르주는 재빨리 그의 단도 중의 하나를 꺼내 그것을 멋지게 잘라내 고물상에 팔아먹으려고 이렇게 말하며 가져가버렸다.

"내 단검³²²을 원하세요?

—아니, 아니에요. 그녀가 말했다.

—그런데 말이지요, (그가 말했다) 이놈은 몸과 재산, 내장과 창자 모두 당신 명령에 따른답니다."

그러는 중에 귀부인은 묵주가 교회에서 의젓한 몸가짐을 갖는 데 필요한 물건 중 하나였기 때문에 매우 못마땅하게 생각했다. '여기 이 고약한 수다쟁이는 경박하고, 타향 출신인가 봐. 묵주를 다시 찾을 수 없을 텐데. 남편이 뭐라고 할까? 내게 화를 내겠지. 그러면 교회 안에서 좀도둑이 잘라갔다고 말해야지. 허리띠에 리본 끝이 아직 붙어 있는 것을 보면 그 말을 쉽게 믿을 거야.'

점심 식사 후 파뉘르주는 소매 속에 법원에서 쓰는 계산패³²³와 동전이 가득 든 주머니를 넣고 그녀를 보러 와서 말하기 시작했다.

"둘 중에 누가 상대를 더 사랑할까요? 당신이 나를, 아니면 내가 당신을?"

이 말에 그녀는 대답했다.

"나는 당신을 미워하지 않아요. 하느님께서 명하신 대로 모든 사람을 사랑하니까요.

—하지만 그래도 말이지요, (그가 말했다) 내게 반하지 않으셨나요?

—당신에게 (그녀가 말했다) 벌써 수없이 내게 다시는 그런 식으로

---

322 여기서 단검은 본래의 의미 외에 남성 성기를 암시하는 것으로 볼 수 있다.
323 당시 법원에는 셈을 하는 데 쓰는 동전이 따로 있었다고 한다.

말하지 말라고 했어요. 또 그런 식으로 말하면 내게 모욕적인 말을 해서는 안 된다는 것을 보여주겠어요. 여기서 떠나세요. 그리고 남편에게 추궁당하지 않게 내 묵주를 돌려줘요.

—뭐라고요. (그가 말했다) 마님? 당신 묵주요? 맹세코 절대로 그렇게 할 수 없습니다. 하지만 다른 것을 드리도록 하지요. 칠보를 입힌 금으로 된 커다란 구슬 모양 아니면 비단으로 된 사랑 매듭이 달린 것, 아니면 커다란 금괴같이 아주 묵직한 것을 더 좋아하세요? 아니면 질 좋은 터키석이나 황옥 알을 끼운 흑단이나 커다란 홍색 지르콘, 연마한 커다란 석류석으로 된 것, 혹은 스물여덟 면으로 깎은 커다란 다이아몬드 알을 끼운 질 좋은 사파이어나 아름다운 홍옥으로 된 것을 원하세요?

아니, 아니에요. 그건 너무 보잘것없어요. 나는 용연향 알을 끼우고 고리에 오렌지만 한 크기의 거대한 페르시아 진주가 달린 질 좋은 에메랄드로 된 아름다운 묵주를 알고 있답니다. 그 값은 2만5천 뒤카 금화에 불과하지요. 그걸 선물로 드리고 싶습니다. 그만큼의 현금은 가지고 있으니까요."

그는 마치 태양 금화인 것처럼 동전으로 소리를 내며 이렇게 말했다.

"당신은 진홍색으로 물들인 진보라 비로드 천이나 또는 수를 놓거나 아니면 진홍색의 새틴 천으로 된 옷을 원하세요? 그렇다고 말만 하면 됩니다. 5만 뒤카 금화까지는 내게는 아무것도 아니랍니다."

이런 말에 군침이 돌았지만 그녀는 그에게 이렇게 말했다.

"아니에요. 고맙지만 나는 당신에게서 아무것도 원치 않아요.

—정말이지, (그가 말했다) 나는 당신에게 원하는 것이 있어요. 그것은 대가를 치를 필요도 없고 당신이 손해볼 것도 없는 일이지요. 자, (자신의 바지 앞주머니를 가리키며) 여기 들어갈 곳을 요구하는 장 슈아르 선생이 있답니다."

그러고는 그녀를 껴안으려 했다. 그러자 그녀는 고함을 지르기 시작했다. 그래도 그리 큰 소리를 내지는 못했다. 그러자 파뉘르주는 사기꾼 같은 표정을 바꾸며 말했다.

"그러니까 당신은 조금도 내가 원하는 대로 해주지 않겠다는 거요? 제기랄, 똥 같으니. 당신은 이토록 많은 혜택과 명예를 얻을 자격이 없군요. 하지만 기필코 개들이 당신을 올라타도록 하겠소."

이 말을 마치고 나서 그는 천성적으로 두려워하는 매를 맞게 될까 봐 겁이 나서 빠른 걸음으로 도망을 쳤다.

제22장 파뉘르주가 어떻게 파리의 귀부인에게 장난을 쳐서 골탕을 먹였는가

그런데 이튿날은 모든 여인들이 성장을 하고 참석하는 성대한 성체축제일[324]이었다는 사실에 주목하도록 하라. 그날 문제의 귀부인은 진홍색 새틴 천으로 된 대단히 아름다운 드레스와 매우 값비싼 흰 비로드 천의 긴 웃옷을 입었다.

축제일 전날 파뉘르주는 이곳저곳 찾아다니다가 발정한 암캐 한 마리를 찾아내서는 허리띠로 묶어 자기 방으로 끌고 가서 그날 밤새도록 잘 먹였다. 그리고 아침에 그는 개를 잡아 그리스 흙점쟁이들이 쓰는 것[325]을 떼어내 가능한 한 잘게 가루를 낸 다음 잘 숨겨서 그 축제의 관례대로 진행되는 행렬을 따라 귀부인이 갈 곳으로 가져갔다. 그녀가 들어오자 파뉘르주는 매우 공손하게 인사를 하며 성수를 뿌려주고, 그녀가 기도문을 외운 다음 자리에 앉자 곧 그녀의 좌석으로 다가가 다음과 같은 형식으로 씌어진 롱도[326]

---

324 가톨릭 교회에서 성신강림축일(부활절 후 50일째 되는 날) 후 두번째 일요일에 열리는 축제. 이날 신자들은 십자가를 선두로 성체를 봉안한 성체 현시대를 모시고 행진하는 성체행렬 행사를 갖는다.

325 흙점쟁이들은 테이블 위에 흙을 한 줌 뿌려 그 모양으로 미래를 점쳤다고 한다. 물론 여기서는 점치는 도구가 아니라 발정한 암캐의 생식기를 가리킨다.

326 16세기에 유행했던 두 개의 각운과 후렴으로 이루어진 정형시.

를 바쳤다.

롱도

아름다운 여인이여, 내 사정[327]을 당신에게 알렸을 때
돌아올 희망도 갖지 못하게 나를 몰아낸 것은
너무나 무정한 짓이라오.
말이나 행동, 의심이나 조롱으로
당신을 골린 적이 없었는데,
내 하소연이 그토록 마음에 들지 않았다면
뚜쟁이[328] 없이도 당신 스스로
이렇게 말할 수도 있었다오,
"이봐요, 내게서 아주 떠나주세요.
이번에는."
당신에게 잘못을 범한 적이 없소, 내 마음을 당신에게 열고
당신 의상 속에 감추어진 아름다움의 불꽃이
얼마나 내 마음을 태우는지 보여주기는 했어도.
나는 원하는 것이 없다오, 당신 차례에
내 앞에 기꺼이 드러누워주는 것 말고는.
이번에는.

---

[327] 이 단어 cas는 원래 법률 용어로 소송사건을 가리키지만 이탈리아어 cazzo에서 온 속어로는 성기라는 뜻이 있다.
[328] 여자 뚜쟁이 maqurelle를 언급한 것은 상대를 창녀 취급하는 것으로 해석할 수 있다.

그리고 그녀가 무엇인지 보기 위해서 종이를 펴는 사이에 파뉘르주는 재빠르게 지니고 있던 약을 그녀의 몸 곳곳에, 특히 소매와 드레스 단에 뿌리고 나서 말했다.

"마님, 불쌍한 연인들은 언제나 마음이 편치 못하지요. 당신에 대한 사랑이 가져다준 괴로운 밤과 고통, 권태가 연옥에서 받을 형벌을 그만큼 줄여줄 수 있기를 바랍니다. 적어도 내가 인내심을 가지고 고통을 견딜 수 있게 해주시도록 하느님께 기도해주세요."

파뉘르주가 이 말을 채 끝내기도 전에 교회 안에 있던 모든 개들이 그가 뿌린 약 냄새 때문에 이 귀부인에게 달려들었다. 작은 놈, 큰 놈, 뚱뚱한 놈, 마른 놈 할 것 없이 모두 모여들어 물건을 꺼내서는 그녀의 냄새를 맡고 몸 전체에 오줌을 싸댔다. 그것은 세상에서도 가장 지저분한 광경이었다.

파뉘르주는 개들을 잠시 쫓는 척하다가 그녀 곁을 떠나 예배실로 자리를 옮겨 이 오락거리를 즐겼다. 그 고약한 개들은 그녀의 옷 전체에 오줌을 싸댔는데, 큰 사냥개는 머리 위에, 어떤 놈들은 소매에, 다른 놈들은 궁둥이 부분에, 작은 놈들은 신발에 오줌을 싸는 통에 그녀를 구해내려고 주변에 모인 부인네들 모두가 무진 애를 써야 했다.

그러자 파뉘르주는 웃어대면서, 도시의 귀족들 중 하나에게 이렇게 말했다.

"제 생각에는 저 부인이 발정을 했거나, 아니면 얼마 전에 사냥개가 덮쳤나 보군요."

그리고 모든 개들이 마치 발정한 암캐를 둘러싸듯이 그녀 주위에서 으르렁거리는 것을 보고는 그곳을 떠나 팡타그뤼엘을 모시러 갔다. 그는 지나는 길마다 마주치는 개에게 발길질을 하며 말했다.

"동료들과 함께 결혼식에 가지 않을 거냐? 전진, 전진하라구, 악마의 이름으로, 전진하라니까."

그리고 숙소에 도착하자 팡타그뤼엘에게 말했다.

"주인님, 청컨대 이 고장의 모든 개들이 이 도시에서 가장 아름다운 여인 주위에 집결해서 그녀와 붙고 싶어하는 구경거리를 보러 가시지요."

팡타그뤼엘은 이에 기꺼이 동의했고 그 광경을 보고는 매우 멋지고 새로운 것이라고 생각했다.

그러나 제일 멋진 장면은 행렬을 할 때였다. 그 행렬에서 60만1천 14 마리 이상의 개들이 주위에 몰려들어서 그녀에게 수없이 많은 고통을 주었다. 그녀가 지나간 곳마다 새로 온 개들이 뒤를 따르면서 옷자락이 스치고 지나간 길에 오줌을 싸대는 것이었다.

사람들은 이 광경에 모두 발걸음을 멈추고, 그녀의 목덜미에까지 올라타 아름다운 의상을 망쳐놓는 개들의 행동을 바라볼 뿐이었다. 그래서 그녀로서는 자기 집으로 피신하는 것 외에는 다른 방도를 찾을 수 없었다. 개들은 뒤를 쫓고, 그녀는 몸을 숨기려 하고, 하녀들은 웃어댔다.

그녀가 집 안으로 들어가 문을 잠그자 사방 5리 안에 있던 모든 개들이 몰려들어 집 문 앞에 오줌을 싸대는 통에 그 오줌은 오리들이 헤엄칠 수 있을 만한 시내를 이루었다. 이 시내가 지금도 생 빅토르를 지나가는데, 과거에 우리의 오리부스 선생[329]이 공개적으로 설교했듯이 개오줌의 특별한 효능 때문에 고블랭 집안은 이곳에서 진홍색 염색 일을 하고 있다. 하느님께서 도와주시기만 한다면, 여기서 툴루즈에 있는 바자클 물레방아들만큼은 크지 않더라도 물레방아[330]를 돌릴 수 있었을 것이다.

---

329 당시 종교재판소의 이단 심판관이었던 도미니크 파의 성직자 마티유 오리를 가리킨다.

330 가론 강에 있는 유명한 물레방아. 당시 유럽에서 가장 훌륭한 것이었다고 한다.

제23장 팡타그뤼엘은 딥소디인들이 아모로트인들의 거주지를 침략했다는 소식을 듣고 어떻게 파리를 떠났는가, 그리고 프랑스의 거리 단위가 그처럼 짧은 이유

얼마 후 팡타그뤼엘은 그의 아버지 가르강튀아가 예전에 오지에와 아서 왕[331]이 그랬던 것처럼 모르강[332]에 의하여 선녀들의 나라로 옮겨졌다는 소식을 들었다. 그리고 가르강튀아가 세상을 떠났다는 소문을 듣고 딥소디인들이 국경을 넘어 유토피아의 넓은 영토를 침략해서 현재 아모로트인[333]들의 큰 도시를 포위하고 있다는 소식도 같이 들었다. 그래서 신속을 요하는 일이라 아무에게도 작별 인사를 하지 않은 채 그는 파리를 떠나 루앙으로 갔다.

그런데 길을 가면서 팡타그뤼엘은 프랑스의 1리외가 다른 나라에 비해서 너무 짧은 것을 보고 그 원인과 이유를 파뉘르주에게 물었다. 그는 호수의 수도사 마로튀스[334]가 『카나리아 왕들의 행적』에 기록한 이야

---

[331] 중세의 원탁의 기사 계열의 소설에 등장하는 인물들. 오지에는 덴마크 출신의 기사이다.
[332] 기사도 소설에 등장하는 착한 선녀로, 병을 고치는 능력을 가졌다고 한다.
[333] 토마스 모어의 『유토피아』에 나오는 수도의 이름이 아모로트이다.
[334] 당시의 궁정시인으로 풍자시에 능했던 마로의 이름에 호수의 기사 랑슬로의 별명을 붙여서 만든 가공의 이름이다.

기를 들려주었다.

"옛날에 파라몽 왕[335]이 경계를 정할 때까지 각 나라들은 프랑스나 로마, 그리스, 페르시아 식의 거리 단위[336]가 없었답니다. 이것은 다음과 같은 방식으로 정해졌지요. 왕은 파리 안에서 용감하고 잘생긴 멋쟁이 청년 백 명과 피카르디 출신의 아름다운 처녀 백 명을 모아 일주일 동안 잘 대접하고 돌봐주게 한 다음 그들을 불러 청년 한 사람마다 처녀 하나씩을 붙여주고 비용으로 쓰도록 많은 돈을 주고서 그들에게 이쪽저쪽 여러 방향으로 길을 떠나라고 명령했지요. 그리고 그들이 처녀들과 일을 치르게 되는 길목마다 돌을 하나씩 놓도록 하고 그것을 1리외로 삼도록 했답니다.

이렇게 해서 그 친구들은 즐겁게 길을 떠났는데, 원기가 넘치고 한가했기 때문에 밭을 하나 지날 때마다 일을 벌였지요. 이것이 프랑스의 1리외가 그렇게 짧은 이유랍니다. 그런데 그들이 먼길을 간 다음에는 벌써 불쌍한 악마들처럼 지쳐버리고 등잔 속에 올리브 기름이 별로 남아 있지 않았으므로, 그렇게 자주 붙지 않고 하루에 변변치 않게 한번으로 (남자들의 경우로 말하자면) 만족하게 되었지요. 이런 식으로 브르타뉴 지방, 랑드 지방, 독일과 다른 더 멀리 떨어진 나라들의 1리외가 정해진 겁니다. 다른 사람들은 다른 이유를 내세우지만 제게는 이것이 제일 좋아 보입니다."

이 말에 팡타그뤼엘은 기꺼이 동의했다.

루앙을 떠나 옹플뢰르에 도착해서 팡타그뤼엘, 파뉘르주, 에피스테

---

335 전설에 나오는 프랑스 메로빙거 왕조의 첫번째 왕.

336 프랑스의 거리 단위 lieue는 약 4킬로미터, 로마의 거리 단위 milaire는 1.5킬로미터, 그리스의 거리 단위 stade는 180미터, 페르시아의 거리 단위 parasange는 약 5.4킬로미터이다.

몽, 외스텐과 카르팔랭은 그곳에서 출항하기로 했다. 그곳에서 순풍을 기다리며 배 바닥을 수리하는 사이에 (팡타그뤼엘이 상당 기간 사귀었던) 파리의 귀부인으로부터 "미녀들에게서는 가장 사랑받고 용사들 중에서는 가장 신의 없는 P.N.T.G.L.에게"라는 글이 겉봉에 적힌 편지를 받았다.

제24장 심부름꾼이 팡타그뤼엘에게 가져온 파리의 귀부인의 편지와 금반지에 적힌 글에 대한 설명

팡타그뤼엘은 겉봉에 적힌 글을 읽고 매우 놀라 그것을 보낸 귀부인의 이름을 심부름꾼에게 물어보고는 편지를 뜯어보았으나, 그 안에는 아무것도 씌어 있지 않고 단지 윗면을 납작하게 깎은 다이아몬드가 박힌 금반지가 들어 있을 뿐이었다. 그래서 그는 파뉘르주를 불러 사정을 설명했다.

이 말에 파뉘르주는 편지지에 글씨가 씌어 있기는 하지만 교묘하게 처리된 까닭에 글자를 볼 수 없는 것이라고 대답했다.

그리고 확인하기 위해서 글씨가 물에 희석한 암모니아염으로 쓴 것인지 알아보려고 불가에 갖다댔다.

다음으로 글씨가 버들옷 즙으로 쓴 것인지 알아보기 위해서 편지를 물에 담갔다.

다음으로 흰양파즙으로 쓴 것이 아닌지 알아보기 위해서 촛불에 비추어보았다.

다음으로 무화과나무 재로 만든 세제로 쓴 것이 아닌지 알아보기 위해서 한쪽을 호두기름으로 문질러보았다.

다음으로 두꺼비 피로 쓴 것이 아닌지 알아보기 위해서 첫딸에게 젖을 먹이는 여인의 젖으로 한 부분을 문질러보았다.

다음으로 꽈리 속에 든 즙으로 쓴 것인지 알아보기 위해서 제비집을 태운 재로 한귀퉁이를 문질러보았다.

다음으로 까마귀의 담즙으로 쓴 것인지 알아보기 위해서 다른 귀퉁이를 귀지로 문질러보았다.

다음으로 등대풀 유즙(乳汁)으로 쓴 것인지 알아보기 위해서 식초에 편지를 담갔다.

다음으로 용연향이라고 부르는 고래의 정액으로 쓴 것인지 알아보기 위해서 박쥐 기름을 편지에 묻혔다.

다음으로 수염 모양의 명반으로 쓴 것인지 알아보기 위해서 깨끗한 물이 담긴 대야에 아주 천천히 담갔다가 갑자기 꺼냈다.

그러고도 아무것도 알아내지 못하자 그는 아울루스 겔리우스가 기술한 방식[337]을 생각하고는 심부름꾼을 불러 "친구, 자네를 이리로 보낸 귀부인이 갖다주라고 몽둥이를 주지 않았나?"라고 물어보았다.

이에 그 심부름꾼은 "아닙니다, 나리"라고 대답했다.

그러자 파뉘르주는 그녀가 하려는 말을 빡빡 깎은 머리에 잉크로 썼는지를 알아보기 위하여 그의 머리카락을 밀어버리려고 했다. 하지만 그의 머리카락이 매우 긴 것을 보고 짧은 시간 동안에 머리털이 그렇게 길게 자랄 수 없다는 점을 고려해 그만두었다.

그래서 그는 팡타그뤼엘에게 말했다.

"주인님, 정말이지, 저는 어떻게 해야 할지 무슨 말을 해야 할지 모

---

337 아울루스 겔리우스의 『아티카의 밤』 17권 9장에 나오는 이야기로, 스파르타의 사법관들이 비밀문서를 전할 때 몽둥이에 띠를 두르고 그 띠에 옆으로 글씨를 썼는데 받는 쪽에서도 동일한 몽둥이에 감아보아야 단어의 조합이 가능해 글을 해독할 수 있었다고 한다.

르겠습니다. 무엇이 적혀 있는지 알아보기 위해서 눈에 보이지 않는 글씨를 읽는 방법에 관한 책을 쓴 토스카나 사람 프란체스코 디 니안토[338]와 조로아스테르[339]의 『식별하기 힘든 글자들』, 칼푸르니우스 바수스의 『읽을 수 없는 글자들』에 적혀 있는 내용 중 일부를 실험해보았지만 아무것도 알아낼 수 없습니다. 반지 외에 다른 것은 없다는 생각이 듭니다. 그러니 반지를 보도록 하시지요."

반지를 살펴보던 중에 그들은 안쪽에 히브리어로 LAMAH HAZABTHANI 라고 씌어 있는 것을 발견했다.

그래서 에피스테몽을 불러 무슨 뜻인지 물어보았다. 이에 그는 '왜 나를 버리셨습니까?' 라는 의미의 히브리 말이라고 대답했다.

그러자 갑자기 파뉘르주가 대답했다.

"이제야 이 문제를 이해하겠습니다. 이 다이아몬드가 보이시지요? 이것은 가짜 다이아몬드입니다. 따라서 귀부인이 하고자 하는 말의 설명은 이와 같습니다. '말해봐요, 가짜 애인이여,[340] 왜 저를 버리셨나요?'"

팡타그뤼엘은 즉시 이 설명을 이해하고는 그가 출발할 때 그 귀부인에게 작별 인사를 하지 않았던 것을 기억해냈다. 그는 매우 슬퍼하면서 그녀와 화해하기 위해서 기꺼이 파리로 돌아가려 했다.

그러나 에피스테몽은 그에게 아이네이아스[341]가 디도와 이별했던

---

338 프랑스어로는 '아무것도 아닌 프랑수아François de Rien'이라는 뜻의 가상의 인물.

339 로마의 문법학자. 그렇지만 그가 여기서 언급된 책을 쓴 적은 없다고 한다.

340 가짜 다이아몬드(diamant faux)를 '말해봐요, 가짜 애인이여dis, amant faux'로 나누어 읽도록 한 말장난.

341 베르길리우스의 서사시 『아이네이스』에 나오는 트로이의 용사. 카르타고의 여왕 디도와 사랑에 빠졌으나 신들의 명령으로 로마를 건국하기 위하여 그녀의 만류를 뿌리치고 떠난다. 디도는 아이네이아스가 타고 떠나는 배가 보이는 언덕에서 분신자살하고 마는데, 이 사건은 비극적 사랑의 대표적 일화로 자주 인용된다.

것과 배가 닻을 내리고 있을 때 상황이 급박하면 밧줄을 푸느라고 시간을 낭비하기보다는 일찌감치 그것을 잘라버려야 한다고 했던 타렌툼 사람 헤라클리데스의 말을 상기시키면서, 위험에 처한 고국을 구하기 위하여 딴 생각은 떨쳐버려야 한다고 말했다.

말 그대로 한 시간 뒤에 북북서풍이 불어오자 그들은 돛을 모두 펼치고 먼바다로 나갔다. 그리고 며칠 되지 않아 포르토 산토와 마데라를 거쳐 카나리아 제도에 기착했다.[342]

그곳을 떠나 블랑코 곶과 세네갈, 베르데 곶과 감비아, 사그레스, 멜리, 희망봉을 거쳐 멜린다 왕국에 기착했다.

그곳을 떠나 지중해의 북풍에 돛을 올리고 메덴, 우티, 우뎀, 겔라심, 선녀들의 섬을 거쳐 아코리아 왕국[343] 곁을 지나 아모로트인들의 도시로부터 삼십여 리 떨어진 유토피아의 항구에 도착했다.

육지에서 약간 휴식을 취하고 나서 팡타그뤼엘이 말했다.

"제군들, 도시가 여기에서 멀지 않소. 더 진군하기 전에, 일이 벌어진 다음이 아니면 결코 깊이 생각하는 법이 없었던 아테네인들[344]의 전철을 밟지 않기 위해서, 무엇을 할 것인지 숙고해보는 것이 좋겠소. 그대들은 나와 함께 살고 죽을 결심이 되어 있소?

―전하, 그렇습니다. (그들 모두 대답했다) 전하의 수족과 같이 저희들을 믿으십시오.

―그런데, (그가 말했다) 나로 하여금 주저하고 결단을 내리지 못하게 하는 문제가 하나 있소. 그것은 적들이 어떤 대형으로 얼마나 많은

---

342 팡타그뤼엘 일행의 항해는 인도로 가는 당시의 전통적 항로를 따른 것이다.

343 토마스 모어의 『유토피아』에 나오는 왕국으로, 유토피아와 마찬가지로 아무 곳에도 없는 나라라는 뜻이다.

344 아테네인들의 정치적 경거망동은 속담으로 쓰일 만큼 유명했다고 한다.

수가 도시를 포위하고 있는지를 알지 못한다는 것이오. 그것을 알 수 있다면 더 자신감을 가지고 진군할 수 있을 텐데 말이오. 그러니 어떻게 그것을 알 수 있을지 함께 방법을 생각해보도록 합시다."

이 말에 그들은 함께 대답했다.

"저희들이 그곳에 가볼 테니 맡겨주시고 이곳에서 기다리십시오. 해가 지기 전에 전하께 확실한 소식을 가져오도록 하겠습니다.

—저는 (파뉘르주가 말했다) 경비병과 보초들이 지키는 가운데 그들의 진영에 들어가 그들과 향연을 벌이고, 그들 비용으로 단검[345] 놀이를 하고, 아무도 알지 못하게 대포와 모든 지휘관들의 막사를 점검하고, 발각되지 않은 채 그들 무리 사이를 당당하게 돌아다니도록 하겠습니다. 악마도 저를 속이지 못할 겁니다. 저는 조피루스[346]의 후손이니까요.

—저는 (에피스테몽이 말했다) 지난 시절의 용감한 지휘관과 기사들의 모든 전략과 무공, 그리고 병법의 모든 계략과 술책을 알고 있습니다. 제가 가서 만일 발각되어 신분이 드러나더라도 제 마음대로 그들이 전하에 관해 믿게 만들고 도망칠 수 있습니다. 저는 시논[347]의 후손이니까요.

—저는 (외스텐이 말했다) 보초와 경비병들이 있더라도 그들의 참호를 가로질러 들어가겠습니다. 저는 그들이 악마만큼 강하다 하더라도 그들의 배를 밟고 지나가며 팔다리를 꺾어놓겠습니다. 저는 헤라클레스의 후손이니까요.

—저는 (카르팔랭이 말했다) 새들이 들어갈 수 있는 곳이라면 어디

---

345 단검 또는 남성 성기를 가리키는 것으로 해석할 수 있다.
346 동족을 배신해 벌을 받았다고 믿게 하기 위해서 자신의 코와 귀를 자르게 하고 적국의 수도 바빌론에 잠입했던 페르시아의 장수.
347 트로이인들이 목마를 끌고 가도록 부추기기 위해서 일부러 그들에게 잡혔던 그리스의 전사.

라도 들어갈 수 있습니다. 저는 몸이 매우 민첩하니까 그들이 알아채기 전에 그들의 참호를 뛰어넘고 진영 전체를 통과하도록 하겠습니다. 그리고 저는 투창이나 화살, 페르세우스의 페가소스나 파콜레[348]의 말처럼 날쌘 말도 겁내지 않습니다. 그들보다 먼저 안전하고 의기양양하게 벗어날 수 있으니까요. 저는 밀 이삭이나 들판의 풀이 제 발 아래 휘어지지 않게 걸을 수 있답니다. 저는 아마존의 여왕 카밀라의 후손이니까요."

---

348 중세 기사도 소설에 나오는 난쟁이 마법사. 하늘을 나는 목마를 만들었다고 한다.

제25장 팡타그뤼엘의 동료인 파뉘르주, 카르팔랭, 외스텐, 에피스테몽이 어떻게 6백 명의 기병들을 솜씨 좋게 격퇴했는가

그가 이렇게 말했을 때, 일행은 어떤 배가 항구에 도착했는지를 보기 위해서 날랜 말을 타고 몰려왔다가 가능하면 그들을 붙잡아보려고 전속력으로 돌진해오는 6백 명의 기병들을 보았다.

그때 팡타그뤼엘이 말했다.

"제군들, 배로 물러가 있게. 여기 몰려오는 우리의 적들을 보게나. 비록 그 수가 열 배가 된다 하더라도 내가 지금 당장 그들을 짐승 잡듯이 처치해버리겠네. 그동안 여러분은 물러서서 구경이나 하도록 하게."

그러자 파뉘르주가 대답했다.

"아닙니다, 전하, 그렇게 하실 필요가 없습니다. 반대로 전하와 다른 일행들은 배로 물러가 계십시오. 여기서 제가 혼자 그들을 격퇴할 테니까요. 그러나 지체해서는 안 됩니다. 여러분, 빨리 가십시오."

이 말에 다른 일행들이 대답했다.

"말 잘했소. 전하, 물러서십시오. 저희들이 여기서 파뉘르주를 돕겠습니다. 전하께서는 저희들이 어떻게 하는지 보시도록 하십시오."

그러자 팡타그뤼엘이 말했다.

"그렇다면 그렇게 하겠소. 그러나 여러분들이 힘에 밀릴 때는 내가 도우리다."

그때 파뉘르주가 배의 굵은 밧줄 두 개를 끌어내 상갑판 위에 있는 권양기(捲楊機)에 묶고 땅바닥에 늘어뜨려 그것으로 하나는 더 멀리, 다른 하나는 그 원 안쪽으로 커다란 원을 만들고는 에피스테몽에게 말했다.

"배 안으로 들어가서, 내가 신호를 하면 자네 쪽으로 이 두 밧줄을 잡아당기며 열심히 상갑판 위의 권양기를 돌리도록 하게."

그런 다음에는 외스텐과 카르팔랭에게 말했다.

"제군들, 여기서 기다리다가, 주저하지 말고 적들에게 몸을 내맡기고 복종하면서 항복하는 척하게. 그렇지만 이 두 밧줄로 만든 원 안에 들어가지 않도록 주의하게나. 언제나 바깥쪽으로 물러나 있게."

그리고 그는 즉시 배 안으로 들어가서는 짚 한 짐과 대포 화약 한 통을 들고 나와 밧줄로 만든 원 주위에 뿌린 다음 소화탄을 든 채 그 곁에 서 있었다.

순식간에 기병들이 전속력으로 몰려들어 앞장선 자들은 배 주변까지 돌진했다. 그런데 해변이 미끄러웠기 때문에 마흔네 명에 이르는 인원이 말과 함께 넘어졌다. 이를 보고 다른 자들은 그들이 도착하자마자 반격을 당했다고 생각하며 다가왔다. 그러자 파뉘르주가 말했다.

"나리들, 다치신 것 같군요. 하지만 이 일은 우리 탓이 아니니 용서해주십시오. 언제나 끈적끈적한 바닷물의 윤활성 탓에 그렇게 된 것이지요. 여러분들 처분에 맡기고 항복하겠습니다."

그의 두 동료들과 상갑판 위에 있던 에피스테몽도 같은 말을 했다.

그러는 동안에 파뉘르주는 그들 모두가 밧줄로 된 원 안으로 들어가 있고, 그의 두 동료가 배 안에 누가 있는지를 살펴보기 위해서 떼지어 몰려든 기병들에게 자리를 양보하고 원 밖으로 멀찌감치 물러난 것을 확인하고는 뒷걸음질치며 갑자기 에피스테몽에게 외쳤다.

"당겨, 잡아당기라구!"

에피스테몽이 권양기를 돌리기 시작하자 두 밧줄에 다리가 걸려 말들이 기병들을 태운 채 간단하게 나자빠졌다. 기병들은 이 광경을 보고 칼을 뽑아 밧줄을 끊으려 했지만, 파뉘르주는 길게 뿌려진 화약에 불을 붙여 그들 모두를 그곳에서 지옥의 형벌을 받는 영혼들처럼 불태워버렸다. 터키 산 말을 탄 기병 하나가 빠져나온 것을 제외하고는, 사람이나 말 모두 불길을 피하지 못했다. 그러나 카르팔랭은 그가 도망치는 것을 보고 매우 신속하고도 민첩하게 뒤쫓아가서 1백 보도 채 가기 전에 따라잡아 그의 말 엉덩이에 올라타서는 그를 뒤에서 붙들어 배로 데리고 왔다.

이렇게 적을 참패시키자 팡타그뤼엘은 매우 기뻐하며 그의 동료들의 전략을 크게 칭찬하고는 휴식을 취하게 한 다음 바닷가에서 즐겁게 식사를 하며 배를 땅바닥에 대고 실컷 술을 마시게 했다. 잡힌 포로도 그들과 격의 없이 같이 어울리게 했는데, 왜냐하면 그 불쌍한 녀석은 팡타그뤼엘이 그를 통째로 삼키지나 않을까 불안해하고 있었기 때문이다. 물론 팡타그뤼엘의 목구멍은 대단히 컸기 때문에 여러분이 당과용 아몬드를 먹듯이 손쉽게 그를 삼킬 수 있었을 것이고, 그의 입 안에서 그는 당나귀 아가리 속의 좁쌀만 한 크기로밖에는 보이지 않았을 것이다.

제26장 팡타그뤼엘과 그의 동료들은 어떻게 절인 고기를 먹는 데 질렸는가, 그리고 카르팔랭이 어떻게 산짐승 고기를 구하기 위해서 사냥을 했는가

그들이 향연을 벌이고 있을 때, 카르팔랭이 말했다. "성 크네의 배를 두고 말이지만, 우리는 산짐승 고기는 전혀 먹지 않을 겁니까? 이 절인 고기는 갈증이 나게 만든다니까요. 여러분에게 우리가 태워 죽인 말들의 넓적다리를 가져다드리겠습니다. 잘 구워졌을 겁니다."

그렇게 하려고 일어서다가, 그는 잘생긴 큰 노루 한 마리를 숲 가장자리에서 발견했는데, 내 생각으로는 파뉘르주가 질렀던 불을 보고 덤불숲에서 나온 것 같았다. 그는 즉시 쇠뇌의 화살처럼 빠르게 뒤쫓아 달려갔다. 그는 눈 깜짝할 사이에 노루를 붙잡고, 달리면서 두 손으로 공중에서

큰 능에 네 마리,

능에 일곱 마리,

잿빛 자고 스물여섯 마리,

붉은 자고 서른두 마리,

꿩 열여섯 마리,

멧도요 아홉 마리,

왜가리 열아홉 마리,

산비둘기 서른두 마리를 잡았고,

발길질로 벌써 꽤 큰 들토끼 새끼와 큰 토끼 열두 마리가량과

짝지은 뜸부기 열여덟 마리,

멧돼지 새끼 열다섯 마리,

오소리 두 마리,

큰 여우 세 마리를 잡았다.

그는 노루의 머리통을 단검으로 후려쳐 죽이고 그것을 짊어진 채 들토끼 새끼와 뜸부기, 멧돼지 새끼들을 주워 모은 다음 아주 먼 곳에서도 들릴 만큼 큰 소리로 "파뉘르주, 내 친구여, 식초,[349] 식초를 준비하게!"라고 외쳤다.

이 말에 선량한 팡타그뤼엘은 그의 심장에 이상이 생긴 줄 알고 그를 위해서 식초를 준비하라고 명령했다. 그렇지만 파뉘르주는 갈고리에 걸어둘 들토끼 새끼들을 잡았다는 뜻으로 제대로 이해했다. 그리고 정말로 목에는 잘생긴 노루를 두르고 허리춤에는 빙 둘러 들토끼 새끼들을 매달고 나타난 그의 모습을 고귀한 팡타그뤼엘에게 보여주었다.

즉시 에피스테몽은 아홉 무사이[350]를 기념해 고대식의 멋진 꼬치 아홉 개를 만들었다. 외스텐은 껍질 벗기는 것을 도왔고, 파뉘르주는 갈고리 달린 받침쇠 대용으로 쓸 수 있게 기병들의 전투용 안장 두 개를 잘 배치해놓고 기병들을 태워죽였던 불로 산짐승 고기를 굽게 했다. 그리고 나서 많은 식초를 곁들여 굉장한 식사를 했다. 실컷 먹지 않은 자는

---

349 당시에는 식초가 겨자와 마찬가지로 특히 토끼 요리의 양념으로 자주 사용되었다고 한다.

350 그리스 신화에서 제우스와 기억의 여신 므네모쉬네 사이에서 태어난 아홉 여신들로, 문예·음악·무용·철학·천문 등 인간의 온갖 지적 활동을 주관한다.

악마에게 잡혀갈 판이었다. 그들이 포식하는 모습을 보는 것은 실로 대단한 일이었다.

그때 팡타그뤼엘이 말했다.

"우리가 턱뼈를 움직일 때 들리는 음악을 알아들을 수 있게 하느님께서 그대들 턱에 매 방울 두 짝씩을 달아주시고, 내게는 렌과 푸아티에, 투르, 캉브레의 커다란 괘종시계를 달아주시면 좋겠네.

—그런데 (파뉘르주가 말했다) 우리 일에 대해서 좀 생각해보고, 어떤 방법으로 적을 상대로 승리를 거둘 수 있을 것인지 생각해보는 것이 좋겠습니다.

—잘 생각했네." 팡타그뤼엘이 말했다.

그래서 그는 포로에게 물었다.

"친구, 산 채로 껍질이 벗겨지고 싶지 않으면 우리에게 그 어떤 거짓도 섞지 말고 사실대로 말하거라. 나는 어린애들도 잡아먹으니까 말이야. 군대의 배치와 인원, 전력 모두를 우리에게 털어놓으란 말이다."

이 말에 포로가 대답했다.

"전하, 저희 군대에는 거인 3백 명이 있다는 사실을 알아두셔야 합니다. 이 거인들은 모두 건축용 석재로 무장을 갖추었고 엄청나게 큽니다. 그래도 키클롭스[351]의 모루로 무장한 루 가루[352]라는 이름의 그들 두목을 빼고는 전하만큼 크지는 않습지요. 전원이 요정 가죽[353]으로 무장한 건장하고 용감한 보병 16만3천 명, 기병 1만1천4백 명, 3천6백 문의

---

351 그리스 신화에서 하늘(우라노스)과 땅(가이아) 사이에서 태어난 거인족으로, 이마 한가운데 커다란 눈이 있는 외눈박이였다.

352 늑대인간loup-garou을 가리키는 말. 늑대인간에 대한 전설은 당시에 널리 퍼져 있었다.

353 민간 신앙에 따르면, 요정 가죽은 늑대인간의 가죽처럼 총알에도 상하지 않는다고 한다.

대구경포와 수많은 포위공격용 화기, 공병 8만1천4백 명, 여신들처럼 아름다운 창녀들 15만 명……"

"그건 내 몫이로군." 파뉘르주가 말했다.

"그녀들 중 일부는 아마존 족이고, 일부는 리옹 출신, 나머지는 파리, 투르, 앙제, 푸아투, 노르망디, 독일 출신입니다. 모든 나라 여자들이 섞여 있어서 온갖 말을 다 씁니다.

—그렇군, 그런데 (팡타그뤼엘이 말했다) 왕은 어디 있는가?

—예, 전하, (포로가 말했다) 우리가 아나르슈[354]라고 부르는 딥소디인들의 왕이 몸소 출정했습니다. 딥소디인들은 목마른 자들이라는 뜻인데, 전하께서는 그들보다 더 목말라하며 열심히 마셔대는 자들을 보신 적이 없을 겁니다. 왕의 천막은 거인들이 경호하고 있답니다.

—그만하면 됐네. (팡타그뤼엘이 말했다) 자, 제군들, 그대들은 나와 함께 갈 결심이 섰는가?"

이 말에 파뉘르주가 대답했다.

"하느님께서 전하를 저버리는 자를 멸하시기를! 저는 벌써 그들을 모두 죽여 돼지고기같이 만들어 아무도 악마에게서 벗어나려고 오금을 쓰지 못하게 할 궁리를 했습니다. 그런데 한 가지 일이 약간 걱정입니다.

—그게 무언가? 팡타그뤼엘이 말했다.

—그것은 (파뉘르주가 말했다) 오늘 오후에 어떻게 그곳에 있는 모든 창녀들에게 단검을 쓸 수 있도록 일을 진행시켜 단 한 명도 특별 대우로 빠져나가지 못하게 할 것인가 하는 문제입니다.

—하, 하, 하!" 팡타그뤼엘이 말했다.

---

354 히브리어로 권위가 없는 자라는 뜻.

그러자 카르팔랭이 말했다.

"비테른[355]의 악마에게나 가라구! 맹세코 나도 그중 한 여자는 속을 꽉 채워주겠어!

—그러면 나는, (외스텐이 말했다) 뭐야, 우리가 루앙을 떠난 후로 한 번도 세워보지 못해 바늘이 열시나 열한시 방향까지 올라가는데, 게다가 내 것은 백 마리 악마들처럼 굵고 강하단 말이야.

—정말로 (파뉘르주가 말했다) 자네는 가장 살집 좋고 잘빠진 여자들을 갖게 될 걸세.

—뭐라고? (에피스테몽이 말했다) 모두들 말을 타는데 나보고는 당나귀를 끌고 가란 말인가! 아무 짓도 하지 않는 자는 악마가 잡아가라지. 우리는 전쟁의 권리를 누려야 하네. 가질 수 있는 자는 가지도록 하라!

—그럼, 그렇구말구, (파뉘르주가 말했다) 자네도 당나귀는 갈고리에 묶어두고 다른 사람들처럼 말을 타게나."

그러자 선량한 팡타그뤼엘은 모두의 말에 웃고 나서 말했다.

"자네들은 집주인은 계산에 넣지 않는구만. 나는 밤이 되기 전에 우리들이 더 이상 창을 겨눌 욕망을 느끼지 않게끔 그들이 단창과 창을 들고 일제 공격을 가해 자네들 위에 올라타는 일이 생기지나 않을까 몹시 염려스럽네.

—그럴 수는 없지요, (에피스테몽이 말했다) 전하께서 그들을 굽거나, 끓이거나, 찌거나 반죽을 하실 수 있게 만들어 놓겠습니다. 전사가 30만 명이라고 하니, 헤로도토스와 트로구스 폼페이우스[356]의 말을 믿는

---

355 비테른은 이탈리아의 비테르브라는 도시를 가리키는 것으로, 지금도 '아주 멀리'라는 뜻으로 '보베르의 악마에게au diable Vaubert'라는 표현이 사용된다.
356 카이사르와 동시대의 로마 역사가.

다면, 크세르크세스[357]의 군대처럼 수가 많지도 않습니다. 그래도 테미스토클레스는 얼마 되지 않는 인원으로 그들을 격퇴했습니다. 제발 걱정하지 마십시오.

— 똥, 똥 같으니라구, (파뉘르주가 말했다) 내 바지 앞주머니만으로 모든 남자들을 털어버리고, 그 안에서 쉬고 있는 성 발트루[358]가 모든 여자들의 때를 벗겨줄 거야.

— 그러면 전진, 제군들, (팡타그뤼엘이 말했다) 행군을 시작하세나.”

---

357 페르시아의 왕으로 그의 군대는 1백만 명을 넘었다고 하는데, 기원전 480년 살라미스 해전에서 그리스에 패했다.
358 가공의 성자의 이름으로 구멍을 소제한다는 뜻의 성적인 암시가 들어 있다.

제27장 팡타그뤼엘이 어떻게 그들의 무훈을 기념하여 전승비를 세웠으며 파뉘르주는 어떻게 산토끼들을 위해서 비석을 세웠는가, 그리고 팡타그뤼엘이 어떻게 방귀로 남녀 난쟁이들을 만들어냈는가, 그리고 파뉘르주가 어떻게 두 술잔 위에 놓인 굵은 몽둥이를 잘랐는가

"여기서 출발하기 전에 (팡타그뤼엘이 말했다) 나는 그대들이 지금까지 거둔 무훈을 기념하기 위하여 이곳에 멋진 전승비를 세우고자 하네."

그래서 그들은 각자 매우 즐거워하며 짤막한 농요(農謠)를 흥얼거리면서 커다란 나무를 높이 세우고, 거기에 전투용 안장, 마면(馬面) 투구, 마구 장식, 등자끈, 박차, 투구, 철갑 한 벌, 도끼, 전투용 단검, 쇠사슬 장갑, 철퇴, 겨드랑이 가리개, 정강이 가리개, 목 가리개 등 개선문이나 전승비에 필요한 온갖 장식을 걸었다.

그러고 나서 영원히 기억되도록 팡타그뤼엘은 다음과 같이 승전사(勝戰辭)를 썼다.

이곳에서 용맹스럽고 대담한 네 명의 전사들이
용기를 발휘했으니,

그들은 파비우스나 두 사람의 스키피오[359]처럼

갑옷 대신 지혜로 무장하고

힘센 약탈자들인 6백60 명의 도둑떼를

나무껍질처럼 불태워버렸도다.

왕이나 공작, 성장(城將),[360] 졸(卒)들 모두 여기서 교훈을 얻도록 하라,

지략이 힘보다 우월하다는 것을.

승리는

잘 알려진 바와 같이

은총에 의한 것이니,

지고의 주께서

영광 속에 군림하시는

추기경 회의에서

승리는 가장 강한 자나 위대한 자가 아니라

그분 마음에 드신 자에게 돌아가는 법.

따라서 부와 명예는 그분께 희망을 거는

사람에게 주어진다는 이치를 믿어야 할 것이로다.

팡타그뤼엘이 이 시를 짓고 있는 동안, 파뉘르주는 노루의 뿔과 가죽, 그리고 오른쪽 앞발을 큰 말뚝에 매달고, 그다음에 들토끼 새끼 세 마리의 귀, 큰 토끼의 등심, 산토끼의 아래턱, 능에 네 마리의 날개, 산

---

359 파비우스는 카르타고의 명장 한니발을 상대로 최초의 승리를 거두었던 로마의 독재관. 두 사람의 스키피오는 한니발을 자마 전투에서 격퇴하고 2차 포에니 전쟁을 종식시켰던 로마의 명장 스키피오 아프리카누스와 그의 손자로서 3차 포에니 전쟁에서 카르타고를 멸망시킨 스키피오 에밀리아누스를 가리킨다.
360 체스에서 사용하는 말의 일종.

비둘기 네 마리의 발, 큰 식초병, 소금을 넣어두는 뿔, 나무 꼬챙이, 비곗살 끼우는 꼬챙이, 온통 구멍이 뚫린 낡은 냄비, 소스를 만들던 그릇, 토기로 된 소금 단지와 보배 산 술잔을 매달았다.

그리고 팡타그뤼엘의 시구(詩句)와 전승비를 흉내내어 다음과 같이 썼다.

이곳에서 네 명의 쾌활한 술꾼들이

즐겁게 엉덩이를 땅에 붙이고 앉아,

잘생긴 잉어들처럼 실컷 마시며

바쿠스 신을 위한 주연을 벌였도다.

각자 전력을 다하자

들토끼 선생은 여기서 등심과 엉덩이를 잃었노라.

소금과 식초가 전갈들과 함께

그를 뒤쫓다가 발목을 삐었으니.

더위 속에서

건강을 지킬

대책은

가장 좋은 술을

똑바로, 확실하게

마시는 수밖에 없기 때문이로다.

그러나 식초 생각을 하지 못하고

들토끼를 먹는다는 것은 불행한 일.

식초가 그 생명이자 가치를 높이는 것이니,

영원히 이 점을 기억할지어다.

그때 팡타그뤼엘이 말했다.

"자, 제군들, 여기서 먹는 데 너무 시간을 허비했네그려. 성대한 향연을 즐기는 자들이 전쟁에서 훌륭한 무훈을 세우는 것을 보기란 힘든 법이지. 군기(軍旗) 그림자, 말의 입김, 갑옷 부딪치는 소리밖에는 남는 것이 없게 된다네."

이 말에 에피스테몽이 미소를 지으며 말했다.

"부엌의 그림자, 고기파이의 김, 잔 부딪치는 소리밖에 남는 것이 없도다."

이 말에 파뉘르주가 화답했다.

"침대 커튼의 그림자, 젖꼭지의 김, 불알 부딪치는 소리밖에 남는 것이 없도다."

그러고는 일어서서 방귀를 한 번 뀐 다음 깡충 뛰고 휘파람을 한 번 불고는 큰 소리로 즐겁게 외쳤다.

"팡타그뤼엘 전하 만세!"

이것을 보고 팡타그뤼엘도 똑같이 해보려고 했는데, 그가 방귀를 뀌자 사방 90리의 땅이 흔들리고 이로 인하여 오염된 공기와 함께 5만3천 명 이상의 기형적인 난쟁이들이 생겨났고, 소리 없는 방귀에서 같은 수의 작은 여자들이 생겨났는데, 그녀들은 여러분이 여러 곳에서 볼 수 있는 바와 같이, 키가 자라지 않고 암소 꼬리처럼 밑으로만, 아니면 리모주인들의 순무처럼 둥글게 퍼진 모습이었다.

"아니, 이런, (파뉘르주가 말했다) 전하의 방귀가 이처럼 풍성한 결실을 맺는단 말입니까? 하느님 맙소사, 여기 멋진 실내화 같은 남자들과 잠두 같은 여자들이 생겼으니, 이들을 서로 혼인시켜야 하겠습니다. 그들은 쇠파리를 낳을 겁니다."

팡타그뤼엘은 그렇게 하도록 했고 그들을 피그미 족[361]이라고 불렀다. 그리고 그들을 근처의 섬에 보내어 살게 했다. 그들은 그후에 크게 번성했는데, 두루미들이 계속 그들과 전쟁을 했지만 그들은 용감하게 방어했다. 이 작은 토막만 한 사람들이 (그들을 스코틀랜드어로는 글겅이 자루라고 부른다) 걸핏하면 화를 잘 냈던 것이다. 그 생리적 이유는 그들의 심장이 똥 가까이에 있기 때문이었다.

같은 시간에 파뉘르주는 그곳에 있던 같은 크기의 유리잔 두 개에 물을 담을 수 있는 만큼 가득 채운 다음 각각 나무의자 위에 올려놓고 거리가 5피트가 되게 벌려놓았다. 그러고는 5피트 반 길이의 투창 자루를 두 유리잔 위에 얹어 막대의 양쪽 끝이 유리잔 가장자리에 겨우 닿게 만들었다.

이렇게 한 다음 굵은 몽둥이를 집어들고 팡타그뤼엘과 다른 일행들에게 말했다.

"여러분, 우리가 적들에게서 어떻게 손쉽게 승리를 거둘 것인지 보십시오. 여기 유리잔 위에 놓인 것을 잔이 깨지거나 부서지지 않게, 그것도 물이 한 방울도 밖으로 쏟아지지 않게 자를 테니까요. 바로 이렇게 우리들 중 아무도 다치거나 전투에서 어떤 피해도 입는 일 없이 딥소디인들의 머리통을 부숴버릴 겁니다. 그렇지만 여러분이 요술이라고 생각하지 않도록, (그는 외스텐에게 말했다) 이 몽둥이를 쥐고 한가운데를 힘껏 내려치게."

외스텐은 그대로 실행했는데, 유리잔의 물이 한 방울도 쏟아지지 않은 채 창자루는 깨끗이 두 토막으로 잘라졌다. 그러고 나서 그는 말했다.

"저는 다른 것들도 많이 알고 있지요. 자신감을 가지고 전진하기만 합시다."

---

361 그리스 신화에서는 피그미라는 난쟁이족이 아프리카에 살고 있으며 끊임없이 두루미들과 전쟁을 벌이는 것으로 되어 있다.

제28장 팡타그뤼엘은 어떻게 아주 기이한 방식으로 딥소디인들과 거인들에게서 승리를 거두었는가

이런 대화가 끝난 다음, 팡타그뤼엘은 포로를 불러 다음과 같이 말하며 돌려보냈다.

"너희 진영에 있는 왕에게 돌아가서 네가 목격한 사실들을 보고하고, 내일 정오경에 나를 영접할 생각을 하라고 일러라. 늦어도 아침나절에 내 범선들이 도착하면, 나는 즉시 180만 명의 전사들과 모두가 네가 보고 있는 나보다 더 큰 7천 명의 거인들을 거느리고 이처럼 내 왕국을 침략한 것은 미친 짓이며 이치에 어긋난 일이라는 것을 입증해 보일 것이다."

이렇게 해서 팡타그뤼엘은 군대가 바다에 있는 척했다. 그러나 포로는 그의 노예가 되겠으며 자기 편으로 다시는 돌아가지 않기를 바라고, 오히려 팡타그뤼엘과 함께 그들과 대항해서 싸울 수 있게 허락해달라고 말했다.

팡타그뤼엘은 이를 허락하지 않고 즉시 그곳을 떠나 말한 대로 시행하라고 명했다. 그리고 그에게 과일 설탕 졸임처럼 브랜디에 절인 버들옷[362]과 크니드산 장과[363]가 가득 든 상자를 주고는, 그것을 왕에게 가져가서 만일 그가 물을 마시지 않고 그것을 1온스 먹을 수 있다면 두려위할 것 없이 자신과 대적할 수 있을 것이라고 전하도록 지시했다.

그러자 포로는 두 손을 모으고 전투를 벌일 때 자신을 불쌍히 여겨 달라고 애걸했다. 이 말에 팡타그뤼엘은 다음과 같이 대답했다.

"너희 왕에게 모두 보고한 다음, 모든 희망을 하느님께 두도록 하라. 그러면 그분께서는 너를 저버리지 않으실 것이다. 나로 말하자면 네가 보는 바와 같이 비록 막강한 힘을 가지고 있고 수많은 전사들이 있지만, 내 힘이나 전략에 기대를 걸지 않고 나의 보호자이신 하느님께 모든 믿음을 두고 있다. 그분께서는 희망과 생각을 그분께 두고 있는 사람들을 절대로 저버리지 않으신다."

그러자 포로는 몸값을 합리적으로 처리해달라고 부탁했다. 이에 팡타그뤼엘은 대답하기를 그의 목적은 사람들을 약탈하거나 몸값을 요구하려는 것이 아니라, 그들을 부유하게 만들고 완전한 자유를 누리도록 잘못을 교정하려는 것이라고 했다.

"살아 계신 하느님의 평화 속에서, (그는 말했다) 가거라. 그리고 불행한 일이 네게 일어나지 않도록 나쁜 무리들을 따르지 말아라."

포로가 떠나자, 팡타그뤼엘은 일행에게 말했다.

"제군들, 적들로 하여금 대규모 병력이 쳐들어올 것이 두려워서 오늘 밤에 전열을 정비하고 진지를 강화하도록 하기 위해서, 나는 포로에게 우리 군대가 바다에 있고, 내일 정오경까지는 총공격을 하지 않을 것으로 믿게 했다오. 그러나 그 사이에, 오늘 첫 취침 시간 무렵에 공격하자는 것이 내 계획이라오."

팡타그뤼엘은 그의 동료들과 여기에 남겨두기로 하고, 아나르슈 왕

---

362 토사제로 사용하는 맛이 지독한 수지(樹脂).
363 월계수의 일종으로 그 열매는 하제(下劑)로 쓰이는데, 플리니우스에 따르면 목구멍을 보호하기 위해 빵에 싸서 복용해야 할 정도로 독성이 강하다고 한다.

과 그의 군대에 관해서 이야기하도록 하자.

포로가 도착해서 왕에게 나아가 어떻게 팡타그뤼엘이라는 이름의 엄청난 거인이 나타나 6백59 명의 기병들을 격퇴하고 잔인하게 불태워 죽였는지, 그리고 자기 혼자만 소식을 전하도록 살려주었는지를 보고했다. 게다가 앞서 말한 거인이 그에게 다음 날 정오 무렵에 공격할 계획이므로 그 시간에 맞추어 점심 식사를 준비하라는 말을 전하도록 시켰다는 보고도 했다.

그러고는 절인 것이 든 상자를 왕에게 바쳤다. 그런데 그가 한 숟갈을 삼키자마자 목젖에 궤양이 생기며 목구멍이 몹시 뜨겁게 달아올라 혀의 껍질이 벗겨져버렸다. 사람들은 그에게 쉴새없이 포도주를 마시게 하는 것 외에는 고통을 덜어줄 다른 치료방법을 찾을 수 없었다. 왜냐면 술잔을 입에서 떼기만 하면 즉시 혀가 불타올랐기 때문이다. 그래서 그의 목구멍에 깔때기를 대고 포도주를 부어넣기만 할 뿐이었다.

이를 보고, 그의 지휘관, 파샤, 근위병들은 그 약이 그렇게 큰 갈증을 불러일으키는지 시험해보려고 맛을 보았다. 그랬더니 그들에게도 왕과 똑같은 일이 벌어졌다. 그래서 모두가 술병을 기울이는 바람에, 포로가 돌아왔고 다음 날 공격이 있을 것이며 왕과 지휘관, 근위병들 모두가 벌써 실컷 마셔대며 대비하고 있다는 소문이 진영 전체에 퍼졌다. 이 때문에 전 군대가 성 마르탱 축일 때처럼 실컷 퍼마시며 건배를 했다. 요컨대 그들은 하도 많이 마신 탓에 진영 전체가 무질서해져서 돼지들처럼 잠이 들어버렸다.

이제 선량한 팡타그뤼엘에게 돌아와 그가 이 일에서 어떤 행동을 취했는지를 이야기하도록 하자.

그는 전승비를 세운 장소에서 출발해 범선의 돛대를 마치 순례자의 지팡이처럼 손에 쥐고 장루(墙樓)[364]에 2백37 통[365]의 앙주산 백포도주와 루앙에서 가져온 포도주를 싣고, 허리띠에는 소금을 가득 실은 작은 배를 독일인 보병의 아낙네들이 작은 바구니를 들고 가듯이 가뿐히 매달고서 일행과 함께 길을 떠났다.

그가 적 진영 가까이에 이르렀을 때 파뉘르주가 그에게 말했다.

"전하, 일을 잘 처리하기를 원하십니까? 장루에서 앙주산 백포도주를 가져오게 하셔서 여기서 브르타뉴 식[366]으로 마시도록 하시지요."

이에 팡타그뤼엘은 기꺼이 동의했고, 그들은 그것을 깨끗이 마셔버렸다. 그리하여 파뉘르주가 자신의 동반자라고 부르는, 투르산 호리병 모양의 가죽 부대에 자기 몫으로 채워둔 것과 식초로 쓰는 통 바닥에 남은 약간의 찌꺼기를 제외하고는 2백37 통에서 한 방울도 남지 않았다.

그들이 실컷 마신 다음, 파뉘르주는 결석증 약, 신장염 약과 마르멜로 잼에 칸다리스 분말[367]을 섞은 것과 다른 종류의 이뇨제들을 혼합한 신기한 약을 팡타그뤼엘에게 먹였다. 그 일이 끝나자 팡타그뤼엘이 카르팔랭에게 말했다.

"자네의 장기를 살려 쥐처럼 벽을 타고 도시 안으로 들어가서 그들에게 즉시 밖으로 나와 힘껏 적을 공격하라고 시키게. 그렇게 말하고 나서 손에 불붙인 횃불을 들고 내려가 모든 천막과 막사 안에 불을 지르게나. 그리고는 목청껏 크게 고함을 지르고 그 진영을 빠져나오도록 하게.

—그렇게 하겠습니다. 하지만, (카르팔랭이 말했다) 그들의 화포 주둥이에 못을 박는 것이 좋지 않을까요?

—아니야, 아닐세, (팡타그뤼엘이 말했다) 그보다는 그들의 화약에

---

364 군함의 돛대 위에 꾸며놓은 대(臺). 전망대나 포좌로 사용한다.

365 여기서 말하는 통 poinçon은 178리터들이 통이다.

366 초판에는 "독일식으로 à la Tudesque"라고 되어 있었는데, 독일인과 스위스인들은 술을 많이 마신다는 평판이 나 있었다고 한다.

367 가뢰를 말려 가루를 낸 것으로, 예전에 정력제로 사용했다.

불을 지르도록 하게."

이 지시에 복종해서 카르팔랭은 즉시 출발해서는 팡타그뤼엘이 지시한 대로 일을 처리해 도시에 있던 모든 전사들을 밖으로 내몰았다.

그리고 그가 천막과 막사들에 불을 지르고 나서 그들 위를 날렵하게 넘어다녔는데도 그들은 아무것도 느끼지 못했다. 그만큼 코를 골며 깊은 잠에 빠져 있었던 것이다. 그는 화포가 있는 곳으로 가서 화약고에 불을 질렀는데, 그것은 매우 위험한 일이었다. 순식간에 불이 붙어 가련한 카르팔랭을 태워죽일 뻔했던 것이다. 그가 놀라울 만큼 민첩하지 않았더라면 돼지고기처럼 익어버렸을 것이다. 그렇지만 그는 쇠뇌의 화살도 그보다 더 빠를 수 없을 정도로 재빨리 그곳을 벗어났다.

그는 참호 밖으로 나오자마자 무시무시한 고함을 질렀는데, 그 소리는 마치 모든 악마들이 풀려난 것 같았다. 이 고함소리에 적들은 잠에서 깨어나기는 했지만, 그들이 어떻게 했는지 아는가? 뤼송[368] 지방에서 사람들이 말하는 식으로 불알을 긁으며 새벽기도의 첫번째 종소리를 들을 때처럼 얼이 빠져 있었던 것이다.

그동안 팡타그뤼엘은 그들이 입을 딱 벌리고 잠들어 있었기 때문에 배에 실어왔던 소금을 뿌리기 시작했다. 그래서 그들의 목구멍은 소금으로 가득 차게 되었다. 그러자 이 불쌍한 녀석들은 "하, 팡타그뤼엘이 우리에게 불을 질렀구나!"라고 외치며 여우 새끼들처럼 기침을 해댔다. 파뉘르주가 그에게 먹인 약 때문에 팡타그뤼엘은 갑자기 오줌이 마려워서 그들 진영에서 오줌을 누었는데, 어찌나 그 양이 많았는지 그들 모두를 익사시켰고 사방 1백 리에 걸쳐 굉장한 홍수가 났다. 그래서 사서에 이르기를 만일 그의 아버지의 암말[369]이 그곳에 있어서 같이 오줌을 누

---

368 라블레가 수도사 생활을 했던 퐁트네 르 콩트 수도원에서 멀지 않은 곳
369 라블레의 『가르강튀아』 제31장에 가르강튀아의 암말이 오줌을 누자 사방 70리에

었더라면 데우칼리온[370]이 겪었던 것보다 더 엄청난 대홍수가 일어났을 것이라고 한다. 왜냐하면 그 암말은 오줌을 눌 때마다 론 강과 다뉴브 강보다 더 큰 강이 생기게 만들곤 했기 때문이다.

이 광경을 보고 도시 밖으로 나왔던 사람들은 "저들이 모두 잔인하게 살해당했구나. 피가 흐르는 것을 보라" 하고 말했다. 그러나 그들은 팡타그뤼엘의 오줌을 사람들이 흘린 피라고 착각했던 것이다. 그들은 막사에 남은 불빛과 약간의 달빛으로밖에 볼 수 없었기 때문이다.

적들은 잠에서 깨어나자 한편으로는 그들 진영에 화재가 일어나고, 다른 한편으로는 오줌의 홍수로 난리가 난 것을 보고는 무슨 말을 해야 하고 무슨 생각을 해야 할지 몰랐다. 어떤 자들은 세상의 종말이고 불로 완결될 최후의 심판이라고 말했고, 다른 자들은 넵투누스, 프로테우스,[371] 트리톤[372]과 다른 바다의 신들이 그들을 박해하는 것이라고 말하면서, 실제로 그것이 짠 바닷물이라고 했다.

오, 팡타그뤼엘이 3백 명의 거인들을 상대로 어떻게 행동했는지를 누가 이야기할 수 있겠는가? 오, 나의 무사이, 나의 칼리오페,[373] 나의 탈레이아[374]여, 지금 내게 영감을 불어넣어달라. 내가 정신을 다시 차리도록 해달라. 여기에 논리학에서 나오는 당나귀들의 다리[375]와 발을 헛

홍수가 났다는 이야기가 나온다.

370 그리스 신화에 따르면 제우스가 인류를 멸하기 위하여 대홍수를 일으켰을 때 데우칼리온과 그의 아내 퓌라만이 살아남아 그들로부터 새로운 인류가 생겨나게 되었다.

371 그리스 신화에 나오는, 마음대로 모습을 바꿀 수 있는 바다의 신.

372 그리스 신화에서 바다의 신 포세이돈의 아들.

373 그리스 신화에서 무사이 아홉 여신들 중 막내로 현악과 서사시를 담당한다. 그녀와 아폴론 사이에서 오르페우스가 태어난다.

374 무사이 여신들 중 넷째로 희극을 담당한다.

375 삼단 논법에서 대개념과 소개념 사이를 연결시켜주는 매개념(媒槪念)을 쉽게 찾

디디게 만드는 함정이 있으니, 이것이 끔찍했던 전투 장면을 묘사하기 어려운 까닭이로다.

이토록 진실된 이야기를 읽을 사람들이 결코 마셔본 적이 없는 가장 좋은 포도주 단지를 지금 가질 수 있기를 바라는 것이 내 소망이노라!

는 방법을 가리키는 것으로, 어리석은 자들은 당나귀들처럼 삼단 논법을 구성하기 위하여 언제나 똑같은 다리pont를 찾는다는 뜻이다.

제29장 팡타그뤼엘이 어떻게 건축용 석재로 무장한 3백 명의 거인들과 그들의 대장 루 가루를 격퇴시켰는가

거인들은 그들 진영 전체가 물에 잠긴 것을 보자, 아이네이아스가 트로이의 대화재로부터 아버지 안키세스를 구했듯이, 아나르슈 왕을 목에 태우고 전력을 다해서 격전장에서 떨어진 곳으로 모셔갔다.

파뉘르주는 그들을 보고는 팡타그뤼엘에게 말했다.

"전하, 저기 거인들이 나오고 있습니다. 돛대를 들고 멋지게 옛날 식 검술[376]로 공격을 하십시오. 귀인이 모습을 나타내야 할 때가 바로 지금이니까요. 저희들도 전하께서 필요로 하실 때 항상 곁에 있겠습니다. 그리고 저도 용감하게 많은 적을 처치하겠습니다. 어떻게 하느냐고요? 다윗은 쉽사리 골리앗을 죽이지 않았습니까? 황소 네 마리만큼이나 힘이 센, 이 뚱뚱하고 쾌활한 외스텐도 힘을 아끼지 않을 겁니다. 용기를 내십시오, 찌르고 베고 하며 공격하십시오."

그러자 팡타그뤼엘이 말했다.

"용기로 말하자면 나는 50프랑[377]어치 이상을 가지고 있지. 하지만 헤라클레스도 감히 거인 둘을 상대한 적은 없다네.

---

376 당시 프랑스 식 검술은 이탈리아 식 검술보다 정교하지 못했다고 한다.
377 현재의 화폐단위가 아니라 1리브르에 해당했던 옛 금화를 가르킨다.

―저를 (파뉘르주가 말했다) 황당하게 만드시는군요. 전하 자신을 헤라클레스와 비교하신단 말씀입니까? 전에 헤라클레스가 그의 육신과 정신 모두로 할 수 있었던 것보다 전하께서는 더 많은 힘을 치아에, 더 많은 분별력을 엉덩이에 지니고 계십니다. 사람은 스스로 평가하는 만큼의 가치를 갖게 되는 법입니다."

그들이 이렇게 말하고 있을 때, 루 가루가 부하 거인들을 데리고 당도했다. 그는 팡타그뤼엘이 혼자인 것을 보고, 무모한 자만심에 사로잡혀 이 가련한 외톨이 친구쯤이야 해치울 수 있으리라는 희망을 갖게 되었다. 그래서 그는 동료 거인들에게 말했다.

"평원의 건달들아, 마호메트의 이름으로 만일 너희들 중 누군가가 저들과 싸우려고 한다면, 내가 너희들을 잔인하게 죽여버리겠다. 나는 혼자 싸울 수 있게 내버려두기를 원한다. 그동안 너희들은 우리가 싸우는 것이나 보며 즐기도록 해라."

그래서 거인들은 그들의 왕과 함께 근처에 술병을 준비해둔 곳으로 물러났다. 파뉘르주와 동료들도 그들과 합류했는데, 파뉘르주는 매독 환자 흉내를 냈다. 그는 아가리를 비틀고 손가락을 오므리며 쉰 목소리로 그들에게 말했다.

"나는 하느님을 부인합니다. 여러분, 저희들은 절대로 전쟁을 하지 않겠습니다. 저희 대장들이 싸우는 동안에 여러분과 같이 즐길 수 있도록 우리에게 먹을 것을 주십시오."

이 말에 왕과 거인들은 기꺼이 동의하고 자신들과 함께 주연을 즐기도록 했다.

그동안에 파뉘르주는 그들에게 튀르팽의 우화[378]들과 니콜라 성자[379]

---

[378] 랭스의 대주교였던 튀르팽이 1527년에 출판한 샤를마뉴 대제와 롤랑의 무훈에 관한 연대기. 허구적 요소가 많이 들어 있다.

의 일화들, 그리고 황새 이야기[380]를 들려주었다.

그때 루 가루는 칼리브 족[381]의 철로 만든, 무게가 9천7백 퀸탈[382]하고 2카르트롱[383] 나가는 철퇴를 가지고 팡타그뤼엘을 향해 다가갔다. 그 철퇴의 끝에는 열세 개의 뾰족한 다이아몬드가 박혀 있었는데, 그중 제일 작은 것이 파리의 노트르담 성당의 가장 큰 종만큼 큰 것이었다 (혹시 손톱 하나 두께 정도, 아니면 기껏해야 내가 거짓말을 하지 않으려고 하는 말이지만, 귀 절단용 칼[384]의 칼등 만큼 모자랄 수 있으나, 그보다 더하거나 덜하지는 않았다). 그리고 그것은 마법이 걸려 있어서 결코 부러지지 않았고, 반대로 그 몽둥이에 닿는 것은 모두 즉시 부서져버리게 되어 있었다.

그래서 그가 이렇게 자신만만하게 다가올 때, 팡타그뤼엘은 하늘을 바라보며 진정으로 다음과 같이 기도하면서 하느님의 가호를 빌었다.

"언제나 저를 지켜주시고 구원해주시는 주 하느님, 제가 지금 처해 있는 곤경을 당신께서 아십니다. 당신께서 인간들에 대해 특별히 관심을 가지시는 일, 즉 신앙이 문제가 되는 경우가 아니라면, 당신께서 인간들에게 자기 자신과 그 아내, 자식들, 나라와 가족을 보존하고 지키도록 허락하신 그 자연적인 열정 말고는 그 어느 것도 저를 이곳에 데려오지 못했을 것입니다. 당신께서는 이런 일에는 가톨릭 신앙을 고백하고 말씀에 봉사하는 자 이외에는 조력자를 원치 않으십니다. 그리고 당신

---

379 니콜라 성자의 전설과 그가 행한 기적들에 관한 책은 당시 행상인들이 팔러다니던 대중적인 책들의 주요목록에 들어있었다고 한다.

380 동화conte de fées를 총칭하는 표현.

381 소아시아의 민족으로 철공 일에 능했다고 한다.

382 무게의 단위. 100킬로그램에 해당한다.

383 4분의 1 파운드.

384 도둑들의 귀를 베는 데 사용했던 매우 가는 칼.

께서는 모든 무기와 방어수단을 금하셨습니다. 전능하신 당신께서는 당신의 일에서 본래의 목적이 위태로워지면 예상보다 훨씬 더 큰 힘을 발휘하십니다. 예전에 산헤립의 군대[385]에 나타났듯이, 당신께서는 1백조(兆)나 되는 천사들의 군단을 가지고 계시며, 그중 가장 작은 군대라도 인류 전체를 몰살시키고 하늘과 땅을 바꾸어놓을 수 있기 때문입니다. 그러므로 지금 저의 유일한 믿음이시며 희망이신 당신께서 제게 도움을 주신다면, 제가 권력을 갖고 권한을 행사할 수 있는 유토피아 나라의 전 지역과 다른 곳에서도 당신의 성스러운 복음을 순수하게, 있는 그대로, 온전하게 전파하도록 할 것임을 당신께 맹세합니다. 그리하여 인간이 만든 제도와 타락한 속임수로써 모든 사람들에게 해독을 끼치는 거짓 신앙인들과 가짜 예언자들을 제 주변에서 근절시킬 것입니다."

그러자 하늘로부터 'Hoc fac et vinces," 즉 "그렇게 하라, 그러면 승리하리라"하고 말하는 소리가 들렸다.

그리고 나서 팡타그뤼엘은 루 가루가 아가리를 벌리고 다가오는 것을 보고 과감하게 그를 향해서 다가가며 스파르타인들의 규범대로 무시무시한 고함소리로 상대를 겁주기 위하여 힘껏 "죽어라, 악당아! 죽어라!" 하고 외쳤다. 그러고는 허리띠에 매단 작은 배에서 절인 청어 넣는 통 열여덟 개와 작은 통[386]으로 하나가 넘는 분량의 소금을 뿌려, 그의 아가리와 목구멍, 식도, 코와 눈이 소금으로 가득 채워졌다. 루 가루는 화가 치밀어 그의 머리통을 부수려고 철퇴로 일격을 가했다. 그러나 팡타그뤼엘은 민첩했고 언제나 빠른 발과 예리한 눈을 가지고 있어서 왼발로 한 발자국 뒤로 물러섰다. 그렇지만 그 배에 일격이 가해지는 것은

---

385 『구약』「열왕기하」 19장 35절에 따르면 여호와의 사자가 친 앗수르 왕 산헤립의 군사의 수가 18만5천 명에 이른다.
386 40리터들이 작은 통·minot.

피할 수 없어서 그것은 4천86 조각으로 부서져버렸고 남은 소금이 땅바닥에 쏟아졌다.

이를 보고 팡타그뤼엘은 힘차게 팔을 벌려 도끼 쓰는 법에 따라 굵은 돛대 끝으로 그의 젖가슴 위쪽을 후려치고 왼쪽으로 돌려 허리를 공격하며 목과 목덜미 사이를 가격했다. 그러고는 오른발을 앞으로 내밀며 높은 돛대 끝으로 그의 불알 쪽을 찔렀는데, 이 바람에 장루가 부서져 남아 있던 포도주 서너 통이 쏟아져버렸다. 이 때문에 루 가루는 오줌통이 찔린 것으로 착각하고 그곳에서 흘러나오는 포도주를 자기 오줌이라고 생각했다.

이에 만족하지 않고 팡타그뤼엘은 돛대를 비껴 잡고 재차 공격하려 했지만, 루 가루는 철퇴를 치켜들고 그에게 다가가 있는 힘을 다해서 철퇴로 팡타그뤼엘의 머리를 부수려고 했다. 그가 어찌나 힘껏 내리쳤는지 만일 하느님께서 선한 팡타그뤼엘을 도와주시지 않았더라면 그 일격에 정수리부터 비장 아래까지 갈라져버렸을 것이다. 그러나 그 일격은 팡타그뤼엘의 민첩한 동작 때문에 오른쪽으로 빗나갔다. 그의 철퇴는 커다란 바위를 가르고 땅속으로 73피트 이상 처박혀 9천6 개의 화약통보다 더 큰 불길이 치솟았다.

팡타그뤼엘은 그가 문제의 철퇴를 빼내려고 지체하는 것을 보고 그에게 달려들어 머리통을 깨끗이 날려버리려고 했다. 그러나 운 나쁘게도 그의 돛대가 (우리가 앞에서 말했듯이) 마법이 걸린 루 가루의 철퇴 자루에 닿는 바람에 손목에서 손가락 세 개 정도 위쪽이 부러져버렸다. 이에 팡타그뤼엘은 종 주조공[387]보다 더 놀라 외쳤다.

---

387 '종 주조공들처럼 망연자실하다'라는 표현은 제작한 종이 실패로 돌아갔을 때 종 주조공들이 낙담하던 모습에 비유한 것으로, 당시에 흔히 사용되던 표현이라고 한다.

"아, 파뉘르주, 어디 있느냐?"

파뉘르주는 이 말을 듣고 왕과 거인들에게 말했다.

"하느님 맙소사, 저들을 떼어놓지 않으면 다치겠어요."

그러나 거인들은 결혼식에 간 손님들처럼 느긋해했다.

카르팔랭이 주인을 도우러 몸을 일으키려 하자 한 거인이 그에게 말했다.

"마호메트의 손자인 골파랭의 이름을 걸고, 만일 자네가 이곳에서 움직이기만 하면, 좌약 넣듯이 자네를 내 반바지 속에 넣어버리겠어. 나는 변비에 걸려서 이를 많이 갈지 않으면 똥을 제대로 누지 못한단 말씀이야."

그러는 사이에 팡타그뤼엘은 몽둥이가 없어지자 돛대 끝부분을 쥐고 마구잡이로 거인을 후려쳤다. 하지만 여러분이 대장장이의 모루를 손가락으로 튕기는 것보다 더 큰 타격을 입히지 못했다.

그동안 철퇴를 땅에서 뽑으려고 애를 쓰던 루 가루는 마침내 그것을 뽑아들고는 팡타그뤼엘을 공격하려고 했다. 팡타그뤼엘은 갑자기 민첩하게 몸을 움직여 그의 공격을 모두 피해냈다. 그러다가 루 가루가 "고약한 놈 같으니, 이제 네놈을 다진 고기속처럼 만들어서 다시는 불쌍한 사람들을 목마르게 하지 못하도록 하겠다"고 말하며 위협하자, 팡타그뤼엘은 그의 배를 발로 힘껏 걷어차 두 다리를 쳐든 채 뒤로 벌렁 넘어지게 한 다음 화살이 닿을 수 있는 거리보다도 멀리 그를 질질 끌고 다녔다.

그러자 루 가루는 목구멍으로 피를 토하며 "마옹, 마옹, 마옹[388]!"하고 외쳐댔다.

---

[388] 마옹·Mahon은 마호메트를 가리키는 말이다.

이 소리에 거인들이 그를 구하러 가려고 모두 일어섰다. 그러자 파뉘르주가 그들에게 말했다.

"여러분, 내 말을 믿는다면 가지 마시오. 우리 주인은 미치광이라 닥치는 대로 후려치고 장소를 가리지 않는다오. 여러분에게 불행이 닥칠 거요."

하지만 거인들은 팡타그뤼엘에게 몽둥이가 없는 것을 보고 그 말을 들으려 하지 않았다.

그들이 다가오는 것을 보자 팡타그뤼엘은 루 가루의 두 발을 잡고 모루로 무장한 그의 몸을 창처럼 공중으로 치켜들어 건축용 석재로 무장한 거인들 사이로 휘둘러대면서 석공이 돌조각을 날려버리듯 그들 모두를 거꾸러뜨려서, 땅바닥에 나자빠지지 않고 그의 앞에 서 있는 자는 아무도 없었다. 이 석재로 된 갑옷들이 부서질 때 어찌나 끔찍한 소리가 났던지 부르주 지방의 생 테티엔에 있던 커다란 버터의 탑[389]이 햇볕에 녹아버렸던 일을 내게 기억나게 만들 정도였다. 그동안에 파뉘르주는 카르팔랭과 외스텐과 함께 땅바닥에 쓰러진 자들의 목을 따버렸다.

살아남은 자가 하나라도 있는지 여러분이 수를 세어보라. 팡타그뤼엘의 모습은 낫(루 가루)을 들고 들판에서 풀(거인들)을 베는 농부 같아 보였다. 하지만 이 검술에서 루 가루는 머리통을 잃었다. 그런데 팡타그뤼엘이 리플랑두이유[390]라는 이름의 단단한 사암으로 중무장한 거인을 거꾸러뜨렸을 때, 그 파편 하나가 에피스테몽의 목을 완전히 관통해서 목이 잘리고 말았다. 그렇지만 대부분의 거인들은 그와는 달리 응회암

---

389 부르주 성당의 북쪽탑은 1506년에 무너졌는데, 신자들이 사순절에 버터를 먹을 수 있도록 해달라고 헌금한 돈으로 재건되었기 때문에 버터의 탑이라는 이름이 붙여졌다.

390 『제4서』에서 팡타그뤼엘 일행과 순대들 사이에 벌어진 전쟁에 등장하는 지휘관의 이름. 순대를 대패질하듯 깎는다는 뜻이다.

이나 판암 같은 가벼운 석재로 무장하고 있었다.

마침내 모두 죽은 것을 보고 팡타그뤼엘은 루 가루의 시체를 있는 힘을 다해 성안으로 던졌는데, 그 시체는 개구리처럼 배를 깔고 도시의 큰 광장에 떨어졌다. 떨어질 때 충격 때문에 불에 그을린 수코양이 한 마리, 물을 뒤집어쓴 암코양이 한 마리, 작은 너새 한 마리 그리고 날개가 묶인 거위 새끼 한 마리가 죽고 말았다.

제30장 젖을 빨린 잔[391]을 가졌던 에피스테몽이 어떻게 파뉘르주에 의하여 솜씨 있게 고쳐졌는가, 그리고 악마들과 지옥에 떨어진 자들의 소식에 관해서

거인들을 이렇게 몰살시키고 나서 팡타그뤼엘은 술병이 있는 곳으로 돌아와 파뉘르주와 다른 일행들을 불렀다. 그들이 목을 딸 때 거인들 중 하나가 얼굴을 할퀴었던 외스텐과 나타나지 않는 에피스테몽을 빼고는 모두 무사하게 그에게로 돌아왔다. 팡타그뤼엘은 에피스테몽 때문에 크게 상심해서 스스로 목숨을 끊으려 했다. 그러나 파뉘르주가 그에게 말했다.

"자, 전하, 잠시만 기다리십시오. 저희들이 죽은 자들 속에서 그를 찾아내어 진상을 철저히 알아보도록 하겠습니다."

그리하여 그들은 찾아 헤맨 끝에 피투성이의 머리가 팔 사이에 놓인 채 즉사한 그를 발견했다. 그때 외스텐이 외쳤다.

"아, 잔인한 죽음이여, 우리에게서 인간들 중 가장 완벽한 인물을 앗아가다니!"

이 소리에 팡타그뤼엘은 자리에서 일어나 일찍이 본 적이 없는 극도의 비탄에 빠졌다. 그리고 그는 파뉘르주에게 말했다.

---

391 원래 '잘린 머리teste coupée'라고 해야 할 것을 단어의 순서를 바꾸고 과거분사 여성형(ée)을 첨가해 '젖을 빨린 잔coupe testée'이라고 표현한 말장난이다.

"아, 내 친구여, 자네가 유리잔 두 개와 투창 자루로 보여주었던 전조가 너무나도 거짓된 것이었네그려!"

그러자 파뉘르주가 대답했다.

"제군들, 한 방울도 눈물을 흘릴 필요 없네. 그의 몸이 아직 따뜻하니까 내가 그를 이전처럼 건강하게 고쳐놓겠네."

이렇게 말하면서 파뉘르주는 그의 머리를 집어 바람을 쐬지 않도록 따뜻하게 자기 바지 앞주머니 위에 올려놓았다. 외스텐과 카르팔랭은 그가 치유될 수 있다고 믿어서가 아니라 팡타그뤼엘이 그를 볼 수 있도록 시체를 그들이 향연을 벌였던 곳으로 옮겨놓았다. 그렇지만 파뉘르주는 그들을 격려하며 말했다.

"만일 내가 고치지 못한다면 (미친 자들이 내기에 걸듯이) 머리를 내놓겠네. 울음을 그치고 나를 도와주게."

그러고는 에피스테몽의 머리를 좋은 백포도주로 아주 깨끗하게 씻고 그곳에 그가 언제나 주머니 속에 가지고 다니는 똥가루[392]를 뿌렸다. 그다음에 무엇인지 알 수 없는 연고를 바르고, 사경(斜頸)[393]이 되지 않도록 (그는 그런 사람들을 죽도록 미워했기 때문에) 혈관은 혈관대로, 신경은 신경대로, 추골은 추골대로 정확하게 맞추었다. 그러고 나서 머리가 다시 떨어지지 않게 그 주위를 열대여섯 바늘 정도 꿰맸다. 그다음에는 그가 소생제라고 부르는 연고를 그 주위에 약간 발랐다.

갑자기 에피스테몽은 숨을 쉬기 시작했고 그다음에는 눈을 떴다. 그러고는 하품을 하고 재채기를 한 다음 참았던 방귀를 크게 뀌었다. 그

---

392 초판에는 알로에 가루로 되어 있던 것을 라블레는 재판에서 똥가루diamerdis로 바꾸어 에피스테몽의 부활의 그로테스크한 성격을 강조하고 있다.

393 원래 사경torticolis은 의학 용어로 목이 한쪽으로 비스듬히 구부려져서 잘 펴지지 않는 증상을 가리키지만, 여기에서는 경건한 신앙심을 과시하기 위한 위선자들의 태도를 가리킨다.

러자 파뉘르주가 말했다.

"이제 그는 확실히 치유된 것이네."

그러고는 그에게 설탕을 바른 토스트와 함께 질 낮은 백포도주를 큰 유리잔으로 하나 가득 마시게 했다. 이런 방식으로 에피스테몽은 3주 동안 목이 쉬고 마른기침이 생겨 술을 많이 마시지 않으면 잘 낫지 않는 것을 제외하고는 솜씨 있게 고쳐졌다.

이윽고 그가 말을 하기 시작했는데, 그는 악마들을 보았으며 루치페르와 격의 없이 대화를 나누었고 지옥과 샹 젤리제Champs Elisée[394]에서 훌륭한 식사를 했다고 말했다. 그리고 모두의 앞에서 악마들이 좋은 친구들이라고 단언했다. 지옥에 떨어진 자들에 관해서는 그는 파뉘르주가 자신을 너무 빨리 소생시켜 매우 유감이라고 말했다.

"왜냐하면 (그가 말했다) 그들을 보며 매우 즐거운 시간을 보내고 있었기 때문입니다.

—뭐라고? 팡타그뤼엘이 말했다.

—그들은 (에피스테몽이 말했다) 여러분이 생각하는 것처럼 그렇게 나쁜 대접을 받는 것은 아니더라구요. 그렇지만 그들의 신분은 이상하게 바뀌어 있었습니다. 저는 알렉산드로스 대왕이 낡은 신발을 수선하며 어렵게 살아가는 것을 보았답니다.

크세르크세스는 겨자 사라고 외치고,

로물루스[395]는 소금 장수,

누마[396]는 못 장수,

---

394 그리스 신화에서 신들에게 사랑 받았던 영웅들이 죽은 다음 간다고 하는 낙원.

395 로마를 건국한 전설시대의 왕(기원전 753년). 동생 레무스와 함께 암늑대의 젖을 먹고 컸다고 한다.

396 로마의 종교제도를 확립한 것으로 알려진 전설시대의 왕(기원전 715~672년).

타르키니우스[397]는 수전노,

피소[398]는 농사꾼,

술라[399]는 뱃사공,

키루스[400]는 소몰이꾼,

테미스토클레스[401]는 유리 장수,

에파미논다스[402]는 거울 장수,

브루투스와 카시우스[403]는 측량기사,

데모스테네스[404]는 포도밭 일꾼,

키케로는 대장간 불 피우는 조수,

파비우스[405]는 묵주 꿰는 일꾼,

아르타크세르크세스[406]는 밧줄 제조공,

아이네이아스는 방앗간 주인,

아킬레우스는 염색업자,

아가멤논은 식충이,

---

397 로마 건국의 전설시대의 마지막 왕(기원전 534~509년). 폭군으로 알려져 있으며 시민들의 반란으로 그가 폐위된 후 로마에는 공화정이 선포되었다.

398 로마의 정치가로, 네로를 폐위시키려는 음모를 주동했던 인물.

399 로마의 장군. 공화정의 전통을 깨뜨리고 종신 독재관이 되어 독재정치를 했다.

400 리디아를 정복하고 바빌론을 점령하여 페르시아 제국의 기초를 마련한 왕.

401 페르시아를 격파한 살라미스 해전(기원전 480년)에서 아테네군의 지휘관.

402 테바이의 정치가, 장군으로 스파르타군을 격파해 테바이가 우위를 확보하는 데 기여했다.

403 부르투스는 로마의 공화정을 지키기 위해 카이우스와 함께 카이사르를 암살했다 (기원전 44년). 그후 안토니우스와 옥타비아누스에게 패하자 자살했다.

404 아테네의 정치가, 웅변가로 마케도니아에 대항해서 아테네와 테바이 연합을 이룩 했으나 필리포스 왕에게 패했다.

405 로마의 집정관. 2차 포에니 전쟁에서 한니발에게 패한 로마의 재건에 진력했다.

406 크세르크세스 1세의 아들로 아테네와 평화협정을 맺어 페르시아 전쟁을 종식시 켰다.

오디세우스는 풀 베는 일꾼,

네스토르[407]는 사금 채취하는 일꾼,

다리우스[408]는 변소 청소부,

안쿠스 마르티우스[409]는 배 밑창 수선공,

카밀루스[410]는 나막신 제조공,

마르켈루스[411]는 잠두 까는 일꾼,

드루수스[412]는 아몬드 껍질 까는 일꾼,

아프리카의 스키피오[413]는 나막신을 신고 포도주 찌꺼기를 팔라고 외치고 다니고,[414]

하스드루발[415]은 가로등 켜는 인부,

한니발은 계란 장수,

프리아모스는 넝마 장수,

호수의 기사 랜슬롯[416]은 죽은 말가죽 벗기는 인부.

---

407 그리스 신화에 나오는 필로스의 왕. 트로이 전쟁에서 아가멤논에게 현명하지만 말이 많은 조언자 역할을 한다.

408 페르시아에는 다리우스라는 이름의 왕이 여럿 있다. 여기에서는 페르시아 제국 전성기의 왕으로 영토를 확장하는 데 주력했으나 마라톤 전투에서 그리스에 패한 다리우스 1세를 가리키는 것으로 보인다.

409 로마 건국의 전설시대의 네번째 왕으로, 누마 폼필리우스의 손자.

410 로마의 장군. 골 족의 침입을 막아 로마를 지켜내는 수훈을 세웠다.

411 로마의 장군. 2차 포에니 전쟁에서 아르키메데스가 방어를 맡아 3년간이나 저항한 코린토스의 식민지 시라퀴스를 함락했다.

412 로마의 티베리우스 황제의 동생으로, 게르마니아 원정에서 공을 세웠다.

413 로마의 명장. 2차 포에니 전쟁에서 이베리아 반도를 평정하고 카르타고로 쳐들어가 자마 전투에서 한니발을 격파해 전쟁을 종식시켰다.

414 당시 식초업자들은 식초를 만드는 데 쓰는 포도주 찌꺼기를 사기 위해서 길거리에서 외치며 다녔다고 한다.

415 한니발의 동생으로, 원군을 이끌고 한니발을 도우러 가다가 로마군에 패해 전사했다.

416 아서 왕의 기사로 요정 비비안에 의해 호수 속에서 성장했기 때문에 호수의 기사

모든 원탁의 기사들은 악마 나리들이 물놀이를 하고 싶어할 때 리옹의 뱃사공이나 베네치아의 곤돌라 사공처럼 코키토스, 플레게톤, 스틱스, 아케론, 레테 강[417]을 건네주기 위해 노를 젓는 불쌍한 날품팔이꾼들이 되어 있더라구요. 그런데 건네줄 때마다 대가라고는 손가락으로 콧등을 한 대 맞는 것뿐이었고 저녁때가 되어도 젖은 빵조각밖에는 받지 못하더군요.

트라이아누스[418]는 개구리를 낚고,

안토니우스[419]는 하인,

코모두스[420]는 흑옥 세공인,

페르티낙스[421]는 호두 껍데기 까는 일꾼,

루쿨루스[422]는 불고기 장수,

유스티니아누스[423]는 장난감 장수,

헥토르[424]는 주방 심부름꾼,

파리스는 누더기를 걸친 거지,

로 불린다. 귀네비어 왕비에 대한 사랑으로 인해 여러 가지 시련을 겪게 된다.

417 지옥에 있는 강들의 이름.

418 로마의 황제(98~117). 제국의 영토를 아르메니아, 메소포타미아와 북서 아라비아까지 확장했다.

419 신앙심이 깊었던 로마 제국 전성기의 황제(138~161).

420 로마의 황제(180~192). 마르쿠스 아우렐리우스 황제의 아들로 자신을 헤라클레스와 동일시하는 등 엉뚱한 행동과 잔인한 성품 때문에 원성을 사서 암살당했다.

421 코모두스의 후계자로 황제에 오른 지 3개월 만에 친위대에 의해 살해되었다(193).

422 로마의 정치가. 아시아에서 막대한 부를 축적했고 식도락으로 유명하다.

423 비잔틴 제국의 황제(527~565)로 그가 제정한 유스티니아누스 법전(로마 법전)은 유명하다. 옛 로마제국의 영토를 회복하기 위해 노력했으며 콘스탄티노플에 성 소피아 대성당을 지었다.

424 트로이의 용장. 프리아모스 왕의 맏아들로 그리스군에 맞서 용감히 싸웠으나 아킬레우스와의 결투에서 패해 죽고 만다.

아킬레우스는 건초 다발 묶는 일꾼,

캄비세스[425]는 노새몰이꾼,

아르타크세르크세스[426]는 항아리 닦는 일꾼,

네로는 교현금 악사였고 피에라브라[427]가 그의 시종이 되어 있었습니다. 그런데 그는 수많은 고약한 짓을 하며, 자기는 제일 좋은 것을 먹고 마시면서 주인에게는 검은 빵과 맛이 변한 포도주를 주었답니다.

율리우스 카이사르와 폼페이우스는 배 바닥에 역청 칠하는 인부,

발랑탱과 오르송[428]은 지옥의 목욕탕의 심부름꾼으로 부인네들 얼굴 가리는 가면을 닦고,

지글랑과 고뱅[429]은 가난한 돼지치기,

큰 이의 조프루아[430]는 성냥 장수,

고드프루아 드 비용[431]은 도미노 제조인,

이아손[432]은 교회 관리인,

카스티야의 동 피에트로[433]는 성물을 운반하는 일꾼,

---

425 페르시아의 왕. 서아시아 전역으로 영토를 넓힌 키루스 2세의 아버지.

426 페르시아의 왕. 유대인들이 예루살렘으로 돌아가도록 허락했다. (『구약』「느헤미야」 2장).

427 중세 기사도 소설의 주인공

428 콘스탄티노플의 알렉상드르 황제의 아들로 기사도 소설의 주인공들.

429 영국에서는 거웨인 경이라고 하며, 아서 왕의 조카로 용맹한 기사의 전형. 지글랑은 그의 아들이다.

430 제5장에 나왔던, 마이유제에 무덤이 있는 조프루아 드 뤼지냥.

431 제1차 십자군 원정대의 대장 중의 하나로 예루살렘 왕국을 세워 성묘(聖廟)의 관리자 자격으로 통치했던 고드프루아 드 부이용Godefroy de Bouillon을 가리키는 것으로 보인다.

432 그리스 신화에 나오는 영웅. 왕위 계승권을 얻기 위해서 숙부인 펠리아스 왕의 요구대로 황금 양피를 찾으러 용사들과 아르고 호를 타고 원정을 떠난다.

433 카스티야의 왕으로, 가짜 성물을 즐겨 몸에 지니고 다녔다고 한다.

모르강[434]은 맥주 양조업자,

보르도 출신의 위옹[435]은 통 수리공,

피로스[436]는 부엌 설거지꾼,

안티오쿠스[437]는 굴뚝 소제부,

로물루스는 싸구려 신발 수선공,

옥타비아누스[438]는 폐지 수집인,

네르바[439]는 마부,

율리우스 교황[440]은 작은 고기파이를 사라고 외치고 다니는데, 이제
는 흉물스러운 긴 턱수염을 기르고 있지 않습니다.

장 드 파리[441]는 장화에 기름칠하고,

브르타뉴의 아서[442]는 모자의 기름때 빼는 세탁부,

---

434 기사도 소설의 주인공. 팡타그뤼엘의 선조들의 계보에도 이름이 나온다.

435 중세 기사도 소설의 가장 유명한 주인공들 중의 하나.

436 아킬레우스의 아들. 본래 이름은 네옵톨레모스로 아버지가 죽은 후 트로이 전쟁
에 참가해 목마의 용사의 한 사람으로 용맹을 떨친다.

437 시리아의 왕.

438 아우구스투스 황제(BC 27~AD 14). 카이사르의 종손(從孫)으로, 카이사르가 암
살당한 후 안토니우스, 레피두스와 함께 삼두정치를 시행했으며, 경쟁자인 안토
니우스를 악티움 해전에서 격파하고 황제에 올라 로마의 제정시대를 열었다.

439 로마의 황제(96~98). 원로원과 협력관계를 유지했으며 트라이아누스를 후계자
로 삼았다.

440 교황 율리우스 2세(1503~1513)는 역대 교황들과 달리 턱수염을 길러 물의를 일
으켰고, 프랑스에 적대적인 정책을 폈다. 계속되는 교황에 대한 풍자에서 교황에
대한 라블레의 반감을 읽을 수 있다.

441 당시 소설의 주인공. 프랑스 왕인 장 드 파리Jean de Paris가 부유한 상인으로 변
장하고 에스파냐로 가서 공주에게 청혼해 영국 왕과의 경쟁에서 이긴다는 내용으
로, 신분보다는 개인의 능력과 경제력이 더 중요한 가치기준이 된다는 부르주아
적 가치관이 나타나 있다.

442 아서 왕은 앵글로색슨 족의 침입에 저항했던 켈트 족의 영웅으로, 그를 중심으로
원탁의 기사들의 모험과 사랑을 다룬 기사도 문학이 생겨났다.

페르스포레[443]는 짐꾼,

교황 보니파치오 8세는 냄비 닦는 일꾼,

교황 니콜라스 3세는 종이 장수,

알렉산드로[444] 교황은 쥐잡이,

식스투스 교황[445]은 매독 치료사.

—뭐라고! (팡타그뤼엘이 말했다) 저 세상에도 매독 환자들이 있단 말인가?

—물론이지요. (에피스테몽이 말했다) 저는 일찍이 그렇게 많은 매독 환자들을 본 적이 없습니다. 1억 명 이상이나 되지요. 왜냐하면 이 세상에서 매독에 걸리지 않던 사람들은 저 세상에서 걸린다고 생각해야 하니까요.

—하느님 맙소사, (파뉘르주가 말했다) 그러면 나는 면한 셈이군. 나는 지브랄타르 구멍[446] 있는 곳까지 가서 헤라클레스의 경계석[447]을 채웠고 가장 무르익은 여자들을 쓰러뜨렸으니까 말이야!

—덴마크인 오지에는 갑옷 연마공,

티그라네스[448]는 기와공,

---

443 영국의 왕. 베티스 저주가 걸린 숲을 뚫고 들어갔기 때문에 '숲을 뚫는 자', 즉 페르스포레Perceforêt라는 별명이 붙여졌다.

444 보르지아 가문의 알렉산드로 6세(1492~1503)는 독재정치와 정적에 대한 독살로 유명한데, 마키아벨리가 그를 『군주론』의 모델로 삼았다고 한다. 그의 아들 체사레와 딸 루크레치아의 악행도 유명하다.

445 교황 식스투스 4세(1471~1484)는 식스틴 성당을 세웠다.

446 고대인들은 지브랄타르 해협이 세상의 끝이라고 생각했고, 그곳에 헤라클레스가 기둥을 세웠다고 전해진다.

447 이 단어는 경계표borne 또는 통 구멍bonde으로 해석할 수 있는데, 어느 경우나 문맥으로 보아 성적 암시가 담긴 표현으로 읽을 수 있다.

448 아르메니아의 왕. 미트리다테스와 연합해 시리아를 정복했지만, 폼페이우스에게 패했다.

복원된 갈리앵[449]은 두더지 잡이,

에몽의 네 아들[450]은 이 뽑아주는 의사,

칼릭스투스 교황은 벌어진 틈새[451]의 이발사,

우르반 교황은 식객,

멜뤼진[452]은 부엌 하녀,

마타브륀[453]은 침대 시트 세탁부,

클레오파트라는 양파 장수,

헬레네는 몸종들의 뚜쟁이,

세미라미스[454]는 거지들의 이(蝨) 잡이,

디도는 느타리버섯 장수,

펜테실레이아[455]는 물냉이밭 일꾼,

루크레치아[456]는 간호부,

호르텐시아[457]는 재봉사

리비아[458]는 녹청을 긁는 일꾼,

---

449 14세기 초의 기사도 소설에 나오는 주인공으로 기사도를 복원시키기 위해서 노력한다.
450 중세 기사도 소설의 주인공들.
451 여성 성기를 가리키는 표현.
452 중세 기사도 소설에 나오는 요정으로, 몸의 일부를 뱀으로 변하게 할 수 있는 능력이 있다.
453 중세 기사도 소설 『백조의 기사』에 나오는 여주인공.
454 아시리아의 전설적 여왕. 무사로 유명하다. 바빌론을 건설하고 공중정원을 만든 것으로 알려져 있다.
455 아마존의 여왕으로, 트로이를 도우러 전쟁에 참전했다가 아킬레우스에게 죽임을 당한다.
456 로마 전설시대의 마지막 왕 타르키니우스의 아들 섹스투스에게 겁탈을 당하고 자살했다. 이 사건을 계기로 시민들이 반란을 일으켜 공화정이 수립되었다.
457 로마의 웅변가 퀸투스 호르텐시우스의 딸로, 관례에 어긋나게 시의 중앙광장에서 로마 여성들을 변호하는 웅변을 했다.

이런 식으로 이 세상에서 대귀족이었던 사람들은 저 세상에서 밥벌이를 하며 불쌍하고 초라한 삶을 살아가게 마련이지요. 반대로 철학자들과 이 세상에서 궁핍했던 사람들이 저 너머 세상에서는 자기들 차례를 만나 대귀족이 된답니다.

디오게네스가 화려한 자줏빛 겉옷에다 왼손에는 왕홀(王笏)을 쥔 당당한 모습으로 알렉산드로스 대왕이 신발 수선을 잘 하지 못하자 그를 화나게 만든 다음 몽둥이 찜질로 값을 대신 치르는 것을 보았습니다.

에픽테투스[459]가 프랑스 식의 우아한 옷을 입고 아름답게 우거진 나뭇가지 아래서 많은 아가씨들과 장난치고, 마시고, 춤추고, 언제나 훌륭한 식사를 하며 자기 곁에 태양이 새겨진 금화를 잔뜩 쌓아두고 있는 것도 보았습니다. 포도덩굴 시렁 위에는 다음과 같은 그의 좌우명이 씌어 있었지요.

뛰고, 춤추고, 빙빙 돌며,
백포도주와 진홍빛 포도주를 마실 것,
그리고 태양 금화를 세는 것 말고는
매일매일 아무 일도 하지 말 것.

그가 저를 보고 정중하게 같이 술을 마시자고 청하기에, 저도 기꺼이 응해서 우리는 신학적으로 진탕 마셨지요. 그러는 동안에 키루스가 저녁 식사에 필요한 양파를 좀 살 수 있도록 메르쿠리우스 신에게 경의

---

458 로마의 아우구스투스 황제의 아내. 그녀가 전 남편과의 사이에서 낳은 티베리우스가 제위를 계승하게 된다.
459 로마의 스토아 철학자. 노예였다가 해방되어 실천적 스토아 윤리를 권장하는 『어록』을 남겼다.

를 표하는 뜻으로 동전 1드니에만 달라고 부탁하러 왔습니다. "아니, 아니지, (에픽테투스가 말했지요) 나는 절대로 동전을 주는 법이 없지. 자, 이 상놈아, 여기 금화 한 닢을 줄 테니 착한 사람이 되거라." 키루스는 그런 횡재를 하게 되어 매우 기뻐했답니다. 그러나 그곳에 있던 알렉산드로스와 다리우스같이 전에 왕 노릇을 했던 다른 거지들이 밤에 그것을 훔쳐가버렸지요.

파틀랭이 라다만튀스[460]의 재무관이 되어 율리우스 교황이 외치며 팔러 다니는 작은 고기파이를 흥정하면서 그에게 "열두 개에 얼마냐?" 하고 묻는 것을 보았습니다.

—작은 은화[461] 세 닢입니다, 교황이 대답하더군요.

—아니, (파틀랭이 말했지요) 몽둥이 세 대가 제격이지! 여기 받아라, 악당아, 받으라구! 그리고 딴 사람들이나 찾아보거라.

그러자 불쌍한 교황은 울면서 돌아갔지요. 그가 빵집 주인에게 가서 고기파이를 뺏겼다고 말하자, 주인이 뱀장어 가죽으로 된 채찍으로 어찌나 후려팼는지 그의 살가죽은 백파이프를 만드는 데 아무 쓸모가 없게 되어버렸답니다.

"장 르메르 선생[462]이 교황 흉내를 내며 이 세상에서 왕과 교황 노릇을 했던 자들 모두에게 자기 발에 입맞추도록 명령하는 것을 보기도 했지요. 그는 "면죄부를 사라, 불한당들아, 값이 싸니까 사라구. 나는 너희들에게 빵과 수프를 사하고,[463] 무슨 일에든 쓸모가 있어야 하는 것

---

460 제우스와 에우로페의 아들. 크레타의 입법자로 유명하며 사후에는 지옥에서 미노스, 아이아코스와 함께 죽은 자들을 심판하는 재판관이 된다.

461 5드니에짜리 작은 은화.

462 프랑스의 궁정시인이었던 장 르메르 드 벨주(1473~1515)를 가리킨다. 그는 루이 12세의 사관으로서, 교황에 적대적이었던 왕의 정책을 지지했다.

463 고해성사에서 신부가 죄를 사할 때 쓰는 표현 "고통과 죄과를 사하노라absoudre

을 면해주겠노라"고 말하면서 으스대며 그들에게 축복을 내리더군요. 그러고는 카이예트와 트리불레[464]를 불러 "추기경 여러분, 말뚝으로 허리를 한 대씩 치고 그들에게 교황의 교서를 급히 발송하시오"라고 말했지요. 이 일은 즉시 시행되었답니다.

"프랑수아 비용 선생[465]을 보았는데, 그는 크세르크세스에게 물었습니다. "겨자 1드니에치가 얼마냐?

—1드니에요, 크세르크세스가 대답했지요. 이 말에 비용 선생은 이렇게 말하더군요. "사일열에나 걸려버려라. 악당 같으니라구! 작은 은화 한 닢이 구리 동전 한 닢의 가치밖에 없는데도,[466] 네가 여기서 우리에게 식료품 값을 비싸게 받겠다는 거냐?" 그러고는 파리의 겨자 장수들이 하듯이 나무통 속에 오줌을 싸버리더군요.

바뇰레라는 자유사수[467]를 보았는데, 그는 이단 재판관이 되어 있었습니다. 그가 성 앙투안의 불이 그려진 벽에 대고 오줌을 누는 페르스포레를 발견했지요. 그는 이 자를 이단으로 선고했고, 만일 모르강이 환영 선물과 기타 자질구레한 세금 명목으로 그에게 맥주 아홉 통[468]을 주지 않았더라면, 산 채로 불에 태워버렸을 겁니다."

그러자 팡타그뤼엘이 말했다.

"이 재미있는 이야기는 다음 기회를 위하여 남겨두게. 단지 우리에게 고리대금업자들이 그곳에서 어떤 대접을 받는지 말해주게나.

---

de peine et de coulpe"라는 표현과 비슷한 발음을 이용한 말장난(Je vous absoulz de pain et de souppe)이다.
464 루이 12세와 프랑수아 1세의 광대들.
465 15세기의 전설적인 도둑시인. 『유훈시집』이 유명하다.
466 이 세상의 은화 한 닢이 지옥에서는 동전 한 닢의 가치밖에 없다는 뜻.
467 민병대의 허풍을 풍자한 독백극의 주인공. 그에 관한 책은 제7장의 생 빅토르 도서관의 목록에 들어 있다.
468 268리터들이 큰 통muid.

―거지들이 이 세상에서 하는 것처럼, 그들 모두가 녹슨 핀과 헌 못을 길거리의 개천에서 열심히 찾고 있는 것을 보았습니다. 그러나 고철 1퀸탈은 빵 한 조각 값밖에 나가지 않는답니다. 게다가 잘 안 팔리는 것들도 있지요. 그래서 이 가련한 놈들은 어떤 때는 3주나 그 이상 동안 빵조각 또는 부스러기조차도 먹지 못하고 장이 서기를 기다리며 밤낮으로 일을 한답니다. 그러나 그들은 고된 일에 시달리고 저주를 받은 처지라 연말에 보잘것없는 동전 몇 푼이라도 벌게 되면 그 고된 노동과 불행했던 일을 기억하지도 못합니다.

―자, 그러면 (팡타그뤼엘이 말했다) 진수성찬을 차려놓고, 청컨대, 술을 마시도록 하세나. 제군들, 이번 달은 내내 술 마시기에 날씨가 아주 좋구먼."

그래서 그들은 많은 술병을 따고 진영에 있던 음식으로 훌륭한 식사를 즐겼다. 그러나 가련한 아나르슈 왕은 즐기지 못했는데, 파뉘르주가 그에 관해서 이렇게 말했다.

"여기 이 왕 나리가 저 세상에서 온갖 악마들을 만나게 될 때, 숙련된 기술을 미리 갖도록 하기 위해서는 어떤 직업에 종사하게 해야 할까요?

―정말이지, (팡타그뤼엘이 말했다) 생각 잘했네, 그러면 내가 그를 자네에게 줄 테니 자네 마음대로 하게나.

―대단히 감사합니다. (파뉘르주가 말했다) 선물을 거절하지 않겠습니다. 전하께서 주신 선물이니 더욱 마음에 드는군요."

제31장 팡타그뤼엘은 어떻게 아모로트인들의 도시에 입성했는가, 그리고 파뉘르주가 어떻게 아나르슈 왕을 결혼시켜 초록 소스를 외치며 팔러 다니는 장사꾼으로 만들었는가

놀라운 승리를 거둔 다음, 팡타그뤼엘은 카르팔랭을 아모로트인들의 도시로 보내어 어떻게 아나르슈 왕이 포로가 되었으며 모든 적들이 격퇴되었는지를 전하고 알리도록 했다. 이 소식을 듣고서 도시의 모든 주민들은 질서정연하게 성대한 개선행렬을 위하여 그를 영접하러 나왔고, 하늘이 준 환희를 맛보며 그를 도시 안으로 안내했다. 그리고 도시 전체에 기쁨의 불꽃을 쏘아올렸으며, 길거리마다 많은 음식이 차려진 멋진 둥근 식탁이 마련되었다. 이는 사투르누스[469] 시대의 재현이었다. 그만큼 사람들은 이때 풍성한 식사를 즐겼던 것이다.

그동안 팡타그뤼엘은 원로원 전체를 모아놓고 말했다.

"여러분, 쇠는 달구어져 있는 동안에 두드려야 하는 법이오. 마찬가지로 더 이상 긴장이 풀어지기 전에 우리가 딥소디인들의 왕국에 전

---

[469] 로마의 농경신. 그의 치세는 이탈리아의 황금시대로 알려져 있는데, 그가 백성들에게 농경과 포도나무 재배를 가르치고 법을 제정해서 백성들이 태평성대를 구가했다고 한다.

면 공격을 감행하자는 것이 내 뜻이라오. 나와 함께 가고자 하는 사람들은 내일 한잔 마신 다음 준비를 갖추도록 하시오. 그때 진군을 시작할 테니 말이요. 이는 내가 그곳을 정복하는 일을 도와줄 사람들이 더 많이 필요하기 때문이 아니라오. 그곳은 벌써 내 손에 들어온 것이나 다름없소. 하지만 이 도시에는 주민들이 너무 많아서 길거리를 돌아다닐 수도 없다는 것을 내가 알기 때문에, 이들로 이주민 집단을 조직해서 딥소디에 데려가 나라 전체를 이들에게 주려는 것이라오. 여러분들 중에서 그곳에 전에 가본 사람들은 알겠지만, 그곳은 이 세상 모든 나라들 중에서도 가장 아름답고, 기후가 좋고, 풍요롭고 안락한 곳이라오. 여러분들 중에서 그곳에 가기를 원하는 사람은 누구나 내가 말한 대로 준비를 하도록 하시오."

이 논의와 결정은 도시 안에 공포되어 다음 날 왕궁 앞 광장에는 여자와 아이들을 빼고 1백8십5만6천11 명이 모였다. 이렇게 그들은 매우 질서정연하게 딥소디로 향해서 똑바로 행진했는데, 그 모습이 이집트를 출발해 홍해를 건넌 이스라엘의 자손들 같아 보였다.

그런데 이 계획을 따라가기 전에 나는 여러분에게 파뉘르주가 그의 포로인 아나르슈 왕을 어떻게 처리했는지 이야기하고자 한다. 그는 에피스테몽이 말했던 것, 즉 천국에서 이 세상의 왕과 부자들이 어떤 대접을 받고 어떻게 천하고 더러운 일을 하며 생계를 꾸려가는지를 기억하고 있었다.

그러던 어느 날 그는 앞서 말한 왕에게 알바니아인[470]의 터번 자락처럼 온통 찢어진 천으로 된 멋진 짧은 웃옷과 뱃사공 풍의 멋진 반바지에, (그가 말하기를) 시력을 상하게 한다는 이유로 신발을 신기지 않고,

---

470 루이 12세는 알바니아인들로 이루어진 경기병대를 가지고 있었는데, 그들은 터번을 쓰고 목 주위에 그 자락을 늘어뜨리고 있었다고 한다.

거세된 수탉의 긴 깃털이 하나 (내 생각으로는 두 개였는데 내 착각인 것 같다) 꽂힌 작은 푸른색 모자를 씌우고, 푸른색과 초록색의 멋진 허리띠를 두르게 하고는, 그는 타락한 인간[471]이었으므로 이 제복이 그에게 잘 어울린다고 말했다.

이런 차림새로 팡타그뤼엘 앞으로 데리고 가 말했다.

"전하께서는 이 상놈을 알아보시겠습니까?

—아니, 전혀 아닐세. 팡타그뤼엘이 말했다.

—이자가 세 번 정제한[472] 왕 나리십니다. 저는 그를 착한 사람으로 만들고 싶습니다. 이 세상의 왕이라는 고약한 인간들은 송아지처럼 멍청하고, 불쌍한 백성들을 괴롭히며, 그들의 부당하고 가증스러운 즐거움을 위해서 전쟁을 일으켜 온 세상을 혼란에 빠뜨리는 것 말고는 아무 일도 할 줄 모르고 아무 가치도 없는 자들입니다. 저는 그에게 직업을 갖게 해서 초록 소스[473]를 외치며 팔러 다니는 장사꾼으로 만들기를 원합니다. 자, 그러면 '초록 소스가 필요하지 않으십니까?' 하고 외쳐봐라."

그러자 그 불쌍한 녀석은 따라서 외쳤다.

파뉘르주가 말했다. "소리가 너무 작아." 그러고는 그의 귀를 잡아당기며 "더 크게 불러라, 높은 음 자리로. 이렇게, 얼씨구. 목청이 좋구나. 왕 노릇을 그만 둔 후로 이렇게 행복한 적이 없었을 게다"라고 말하는 것이었다.

팡타그뤼엘도 매우 흥겨워했다. 내가 감히 말하건대 그는 여기서 몽둥이가 닿는 범위 안에서 가장 훌륭한 젊은 호인이었기 때문이다. 이렇게 해서 아나르슈는 초록 소스를 외치며 팔러 다니는 뛰어난 장사꾼

---

471 허리띠의 색(pers, vert)과 타락한pervers이라는 형용사의 발음의 유사성을 이용한 말장난.

472 세 번 정제한 설탕을 가리키는 표현으로, 품질이 좋다는 뜻이다.

473 신 포도즙에 생강과 파슬리를 넣은 소스. 길거리에서 팔았다고 한다.

이 되었다.

이틀 후에 파뉘르주는 그를 늙은 창녀와 결혼시켰다. 그는 자신이 직접 피로연을 주선하여 먹음직스런 양 머리와 겨자를 바른 돼지 삼겹살과 마늘 양념을 한 돼지고기 구이 요리를 마련했다. 그중에서 짐바리 짐승 다섯 마리에 실을 만한 분량을 팡타그뤼엘에게 보냈다. 그는 그것을 모두 먹었는데, 그만큼 맛있었던 것이다. 마실 것으로는 맛좋은 막포도주와 마가목 열매로 빚은 술이 준비되었다. 그리고 파뉘르주는 그들이 춤출 수 있게 교현금을 연주하는 장님을 부르기도 했다.

식사 후에 파뉘르주는 그들을 왕궁으로 데려가 팡타그뤼엘에게 보였다. 그리고 신부를 가리키며 말했다.

"저 여자는 방귀를 뀔 염려가 거의 없답니다.

—왜 그런가? 팡타그뤼엘이 물었다.

—왜냐하면 (파뉘르주가 말했다) 그녀는 잘 파져 있기 때문입니다.

—그게 무슨 말인가? 팡타그뤼엘이 물었다.

—전하께서는 (파뉘르주가 말했다) 밤을 불에 올려놓고 구울 때 밤이 온전한 상태이면 미친 듯이 터지는 것을 보시지 않습니까? 그래서 터지지 않게 하기 위해서 밤에 칼자국을 내는 것이지요. 이 신부는 밑이 잘 파져 있기 때문에 결코 방귀를 뀌지 않을 겁니다."

팡타그뤼엘은 그들에게 길 아래쪽에 있는 작은 집 한 채와 양념을 빻는 데 쓸 돌절구를 주었다. 이렇게 해서 그들은 간소한 살림을 시작하게 되었는데, 그는 초록 소스를 외치며 팔러 다니는 장사꾼들 중에서 유토피아에서 일찍이 본 적이 없을 만큼 순한 장사꾼이 되었다. 그렇지만 사람들이 내게 말하기를, 그후로 그의 아내가 그를 석고반죽 만들듯이 두들겨팬다고 하는데, 그 가련한 바보는 감히 저항도 하지 못한다는 것이었다. 그만큼 그는 멍청했던 것이다.

제32장 팡타그뤼엘은 어떻게 혀로 군대 전체를 가려 주었는가, 그리고 저자가 그의 입 안에서 본 것에 관해서

이렇게 팡타그뤼엘이 그의 일행과 함께 딥소디인들의 땅으로 들어서자 모든 사람들은 기뻐하며 즉시 항복했고, 그들의 자유의사로 그가 지나가는 모든 도시의 열쇠를 그에게 바쳤다. 알미로드인[474]들만 예외였는데, 그들은 저항을 하며 팡타그뤼엘의 군사(軍使)들에게 확실한 보장이 없으면 항복하지 않겠노라고 대답했던 것이다.

"뭐라고, (팡타그뤼엘이 말했다) 술단지를 끼고 술잔을 들게 해주는 것 이상의 조건을 요구한단 말인가? 진군하자, 그리고 그들을 약탈하도록 하라."

그래서 공격을 하기로 작정하고 모두 전열을 갖추었다. 그러나 도중에 넓은 벌판을 지나게 되었을 때 그들은 큰 소나기를 만났다. 이 때문에 그들은 우왕좌왕하며 서로 바짝 붙기 시작했다. 팡타그뤼엘은 이를 보고, 지휘관들을 통해서 대수롭지 않은 일이며 자기가 구름 위로 바라보니 작은 이슬비에 지나지 않다는 것을 알리도록 했다. 그래도 만일의 경우에 대비하여 그들을 정열시키도록 지시하고 자신이 그들을 가려

---

474 그리스어로 소금에 절인 자들이라는 뜻.

주겠다고 했다. 그들이 질서정연하게 간격을 좁히자 그는 혀를 절반만 꺼내어 그들 모두를 어미닭이 병아리들을 감싸듯 가려주었다.

그러는 동안에 여러분에게 이토록 진실된 이야기를 들려주는 나는 몽트리블 다리의 아치만큼이나 넓은 우엉잎 아래 몸을 감추고 있었다. 그런데 그들이 그렇게 훌륭히 비를 피하게 된 것을 보고 나도 그들의 피신처에 합류하려고 했다. 그러나 그럴 수가 없었는데, 그것은 아무리 좋은 것이라도 끝이 있는 법이라고 사람들이 말하듯이 그들의 수가 너무 많았기 때문이다. 그래서 최선을 다해서 위쪽으로 기어올라가 그의 혀 위로 20리 정도 길을 가다가 그의 입 안으로 들어가게 되었다. 그런데, 오, 신들과 여신들이여, 내가 그곳에서 무엇을 보았는지. 내가 거짓말을 한다면 유피테르 신이 벼락을 세 번 내려 나를 거꾸러뜨리시기를! 나는 콘스탄티노플의 소피아 성당[475] 안을 걷는 것처럼 길을 가다가 덴마크 인들의 산과 같은 거대한 바위들을 보았는데, 나는 그것이 그의 치아라고 생각했고, 큰 들판과 큰 숲들, 그리고 리옹이나 푸아티에보다 작지 않은 큰 도시들을 보았다.

내가 그곳에서 처음 본 사람은 양배추를 심고 있는 영감이었다. 나는 매우 놀란 나머지 그에게 물었다.

"친구, 자네는 무엇을 하고 있나?

—양배추를 (그가 말했다) 심고 있습지요.

—그런데 왜, 그리고 어떻게? 내가 말했다.

—아, 나리, (그가 말했다) 누구나 절구처럼 무거운 불알을 가질 수 없듯이 모두 부자가 될 수는 없는 법이니까요. 소인은 이렇게 이것들을 이곳 뒤에 있는 도시의 시장에 내다 팔아 생계를 유지하고 있지요.

---

475 현재 이스탄불에 있는 성 소피아 대성당.

─예수님, 이럴 수가! (내가 말했다) 여기에 신세계가 있단 말인가?

─이곳은 (그가 말했다) 전혀 새로운 곳이 아니랍니다. 그런데 사람들 말로 이곳 밖에 새로운 땅이 있는데 그곳에는 해와 달이 있고 멋진 일들이 잔뜩 일어난다고 합니다. 그렇지만 이곳이 더 오래되었지요.

─그렇군그래, (내가 말했다) 그런데 친구여, 자네가 양배추를 팔러 가는 도시는 뭐라고 부르는가?

─그 도시 이름은 (그가 말했다) 아스파라주[476]라고 하지요. 그곳 사람들은 모두 기독교도이고 선량한 사람들이며 나리께 좋은 식사를 대접할 겁니다."

결국 나는 그곳으로 가기로 했다.

그런데 길을 가다가 나는 비둘기 잡는 그물을 치고 있는 사람을 만나게 되어 그에게 물어보았다.

"친구여, 여기 이 비둘기들은 어디에서 온 것인가?

─나리, (그가 말했다) 저것들은 다른 세상에서 온 것이랍니다."

그때 나는 팡타그뤼엘이 하품을 할 때, 날고 있던 비둘기들이 비둘기장이라고 생각하고 그의 입 안으로 들어온 것이라고 생각했다.

그러고는 도시로 들어갔는데, 그 도시는 아름답고 견고하며 멋진 곳이라는 생각이 들었다. 그런데 입구에서 문지기들이 내게 검역증[477]을 요구하는 데 매우 놀라 그들에게 물었다.

"여러분, 이곳에 페스트의 위험이 있소?

─오, 나리, (그들이 말했다) 이 근처에서 사람들이 어찌나 많이 죽는지 수레들이 길거리를 누비고 있습니다.

─하느님 맙소사, (내가 말했다) 어디가 그렇단 말이요?"

---

476 그리스어로 목구멍이라는 뜻.
477 당시 페스트가 유행할 때 도시에 들어가기 위해서는 검역증이 필요했다.

이 말에 그들은 루앙과 낭트처럼 부유하고 상업이 번창한 대도시인 라랭그와 파랭그[478]에서 그런 일이 벌어졌고, 페스트의 원인은 얼마 전부터 심연에서 솟아나는 악취를 풍기는 오염된 증기로서, 그 때문에 일주일 전부터 2백2십6만16 명 이상이 죽었다고 말했다.

그때 나는 생각을 하고 따져보았는데, 그것이 우리가 앞에서 말한 바[479]와 같이, 팡타그뤼엘이 마늘을 많이 먹었을 때 그의 위에서부터 나온 악취를 풍기는 호흡 때문이라는 것을 알아냈다.

그곳을 떠나 바위들 사이를 통과했는데, 그것들은 그의 치아였다. 나는 그것들 중 하나에 힘들게 올라갔는데, 그곳에서 세상에서 가장 아름다운 장소를 보게 되었다. 커다란 멋진 정구장과 아름다운 회랑과 초원, 많은 포도밭과 환락이 넘치는 들판에 널려 있는 수없이 많은 이탈리아 풍의 작은 집들이 있었던 것이다. 나는 그곳에 넉 달 동안 머물렀는데 그때보다 더 훌륭한 식사를 한 적이 없었다.

그리고 나서 어금니를 통해 내려와 양 입술 쪽으로 갔다. 그런데 가는 길에 귀 부분에 있는 큰 숲에서 강도들에게 가진 것을 털렸다.

그리고는 내리막길에서 작은 마을을 하나 발견했는데, 그곳에서 (그 이름은 잊어버렸지만) 전보다 더 훌륭한 식사를 했고 먹고살기 위해서 돈을 좀 벌기도 했다. 어떻게 벌었는지 아는가? 잠을 자면서이다. 왜냐하면 이곳에서는 잠을 자기 위해서 사람들을 일당을 주고 고용하는데, 그들은 하루에 5 내지 6수를 번다. 하지만 코를 크게 잘 고는 사람은 7수 반을 벌기도 한다.[480] 내가 그곳의 원로원 의원들에게 어떻게 계

---

478 목구멍 속의 기관을 가리키는 용어로 라랭그는 후두(喉頭), 파랭그는 인두(咽頭)에 해당한다.

479 제31장에 아나르슈 왕과 늙은 창녀의 피로연 음식을 팡타그뤼엘이 먹은 이야기가 나온다.

480 서양 전설에 나오는 아무 근심걱정 없고 풍요로운 생활을 즐긴다는 코카뉴 나라

곡에서 강도짓을 당했는지를 이야기했더니, 그들은 실제로 건너편에 사는 사람들은 천성적으로 고약한 강도들이라고 내게 말해주었다. 이 말을 듣고 우리들에게 산 이쪽과 저쪽에 다른 지방들이 있듯이, 그들에게도 치아 이편과 건너편 지방이 있다는 것을 알게 되었다. 그렇지만 이편 사람들이 더 잘살고 공기도 더 깨끗했다.

여기서 나는 사막과 넓은 내포(內浦)를 제외하더라도 사람들이 사는 스물다섯 개 이상의 왕국이 있는 이 세계에 대해서 아직까지 아무도 글을 쓰지 않은 것을 보면, 세상 사람들의 절반은 나머지 사람들이 어떻게 사는지를 모른다고 말하는 것이 사실이라고 생각하게 되었다. 그래서 나는 『고르기아스인들[481] 역사』라는 제목의 큰 책을 썼다. 나는 그들에게 이런 이름을 붙였는데, 이는 그들이 우리 주인인 팡타그뤼엘 님의 목구멍 속에서 살고 있기 때문이다.

마침내 나는 돌아오고 싶어져서 그의 턱수염을 거쳐 어깨 위로 뛰어내렸고, 그곳에서 땅으로 내려와 그의 앞에 떨어졌다.

그는 나를 보자 내게 물었다.

"어디서 오는 길인가, 알코프리바스?"

내가 대답했다.

"전하의 목구멍에서입니다.

—그러면 언제부터 거기 있었나? 그가 말했다.

—전하께서 (내가 말했다) 알미로드인들을 향해 진군하셨을 때부

---

pays de Cocagne의 이야기이다.

481 원래 고르기아스는 기원전 4세기 그리스의 소피스트였는데, 웅변만큼이나 사치스러운 생활을 한 것으로 유명했다. 그러므로 고르기아스라는 이름은 그곳 사람들의 유복하고 안락한 생활을 암시하는 것이고, 한편으로는 라블레가 고르기아스 Gorgias라는 이름과 목구멍gorge이라는 단어 사이의 유사한 발음을 이용해 말장난을 한 것이기도 하다.

터입니다.

　—지금으로부터 (그가 말했다) 여섯 달도 더 전이로군. 그러면 자네는 무엇을 먹고살았나? 무엇을 마셨는가?"

　내가 대답했다.

　"전하, 전하와 같은 것이지요. 전하의 목구멍을 넘어오는 것 중에서 가장 맛있는 조각을 통행세로 징수했지요.

　—그랬군, 그런데 (그가 말했다) 자네는 어디에 똥을 쌌는가?

　—전하의 목구멍 속이랍니다. 내가 말했다.

　—하, 하, 자네는 재미있는 친구로군. (그가 말했다) 우리는 하느님의 도우심으로 딥소디인들의 나라를 모두 정복했다네. 자네에게 살미공댕의 영지를 하사하지.

　—대단히 감사합니다. (내가 말했다) 전하께서 제 공로보다 훨씬 큰 상을 내려주시다니."

제33장 팡타그뤼엘은 어떻게 병에 걸렸는가, 그리고 그의 병이 나은 방식에 관해서

얼마 지나지 않아 선량한 팡타그뤼엘은 갑자기 병에 걸렸는데, 위병이 나서 먹을 수도 마실 수도 없었다. 그리고 불행은 결코 혼자 오는 법이 아니어서, 그는 임질[482]에도 걸려 여러분이 상상하는 것보다 더 큰 고통을 받았다. 그래서 시의(侍醫)들이 많은 완화제와 이뇨제를 써서 그를 치료했는데, 오줌을 통해서 병을 배출하도록 했던 것이다. 그의 오줌은 몹시 뜨거운 것이어서 그때 이후로 아직 식지 않았다. 그리고 그 오줌의 흐름에 따라 여러 곳에 사람들이 온천이라고 부르는 것이 생겨나게 되었다.

프랑스에는

코트레,

리무,

닥스,

발라뤼크,

네리스,

---

482 임질chaude-pisse은 글자 그대로 해석하면 더운 오줌이라는 뜻이므로, 뒤이어 팡타그뤼엘의 오줌에서 온천이 생겼다는 이야기가 나온다.

부르봉 랑시와 다른 곳에도 있고,

이탈리아에는

몬테 그로토,

아바노,

산 피에트로 몬타뇨네,

산타 엘레나,

카사 노바,

산토 바르톨로메오에 있고,

볼로냐 백작령에는 포레타에 있고,

그리고 수많은 다른 곳에 있다.

나는 앞서 말한 온천들의 열의 원인이 무엇인지, 그것이 광물 속에 들어 있는 붕사, 유황, 명반, 또는 초석 때문인지를 놓고 논쟁하느라 시간을 허비하는 수많은 미친 철학자와 의사들을 보고 매우 놀랐다. 그들은 몽상을 할 뿐이고, 그럴 바에야 근원을 알지 못하는 문제에 관하여 논쟁하느라 시간을 보내기보다는 가서 엉겅퀴로 엉덩이를 닦는 편이 나을 것이기 때문이다. 해답은 간단한 것인데, 이 온천들이 더운 것은 선량한 팡타그뤼엘의 더운 오줌에서 나왔기 때문이라는 것 이상의 이유를 찾으려 할 필요가 없다.

그런데 여러분에게 그를 주로 괴롭히던 병이 어떻게 나았는지를 이야기하기 위해서, 그가 어떻게 완화제로써 다른 자질구레한 것은 빼고 콜로폰에서 나는 하제(下劑) 4퀸탈과 계피 열여덟 수레분, 대황 1만1천9백 파운드를 복용했는지는 여기 남겨두기로 하겠다.

시의들의 회의에서 그의 위에 고통을 주는 원인을 제거하기로 결정했다는 것을 여러분은 알아야 한다. 이를 위하여 사람들은 로마에 있는 베르길리우스의 첨탑에 있는 것[483]보다 더 큰 열일곱 개의 구리공들을 만들었는데, 가운데가 열리고 용수철로 닫을 수 있게 되어 있었다.

그 공 하나에는 등불과 불붙인 **횃불**을 든 그의 시종 중 한 명이 들어갔고 팡타그뤼엘은 그것을 작은 알약처럼 삼켰다.

다른 다섯 개에는 각자 목에 삽을 맨 농부 세 명이 들어갔다.

다른 일곱 개에는 목에 바구니를 매고 지게를 진 짐꾼 일곱 명이 들어갔고, 알약처럼 삼켜졌다.

그들은 위 속에 들어가 각자 용수철을 벗기고 갇힌 곳에서 등불을 든 사람부터 먼저 나와서는 메피티스,[484] 카마리나의 늪[485]이나 스트라보가 기록한 소르본의 악취 나는 호수[486]보다 더 고약한 냄새가 나고 오염된, 무시무시한 심연 속으로 5리 이상을 내려갔다. 만일 그들이 심장과 위, 그리고 (머리통이라고 부르는) 술단지를 해독제로 잘 처리하지 않았더라면, 이 끔찍한 증기에 질식해서 목숨을 잃었을 것이다. 오, 골 족 아가씨들의 코 가면에 똥칠하기에 얼마나 좋은 향기와 냄새가 진동하는지!

그리고 나서 그들은 더듬어보고 냄새를 맡으며 대변과 부패한 체액이 있는 곳으로 접근해 마침내 오물 더미를 찾아냈다. 일꾼들이 그것을 힘껏 두들겨 조각내면, 다른 사람들은 삽으로 바구니에 담았다. 모든 것이 다 치워지자 그들은 각자 자기 공으로 돌아갔다. 그러자 팡타그뤼엘이 토해내느라고 애를 써서 그들을 간단히 바깥 세상으로 나오게 했다. 그의 목구멍 속에서 그들은 여러분 목구멍 속의 방귀만큼이나 잘 보이

---

483 로마에는 꼭대기에 구리공이 얹힌 오벨리스크가 있었다.

484 땅속에서 솟아나는 유황성의 유독한 증기라는 뜻으로, 로마 신화에서는 이를 의인화한 여신이 전염병을 관장한다.

485 시칠리아 섬의 카마리나 시 근교에 있는 늪. 그 악취 때문에 유명했다.

486 그리스의 지리학자 스트라보는 세르보니스Serbonis 호수에 관해서 기술했는데, 라블레는 세르보니스가 소르본Sorbonne과 형태와 발음이 유사한 것을 이용해 소르본 신학부를 풍자하는 기회로 삼고 있다.

지도 않았다. 그곳에서 그들은 신나게 알약 밖으로 나왔는데, 이 장면은 내게 트로이에서 그리스인들이 목마에서 나오던 장면을 생각나게 만들었다. 이렇게 해서 팡타그뤼엘은 병이 나았고 원래의 건강을 회복했다.

이 청동으로 만든 알약 중의 하나는 오를레앙에 있는 성 십자가 성당의 종탑[487] 위에 있다.

---

487 성 십자가 성당의 첨탑 끝에 도금한 커다란 구리공이 얹혀 있었는데 1568년에 파괴되었다.

제34장 이 책의 결론과 저자의 변명

자, 여러분, 그대들은 지금까지 내 주인이신 팡타그뤼엘 전하의 무시무시한 이야기의 첫 부분을 들었다. 여기서 나는 이 첫번째 책을 끝내려고 한다. 머리가 좀 아프고 9월에 나는 포도즙 때문에 내 두뇌의 저장물이 약간 교란되는 것을 분명히 느끼기 때문이다.

여러분은 이 이야기의 나머지 부분을 다음번에 열리는 프랑크푸르트 장터[488]에서 볼 수 있을 것이다. 그 책에서 여러분은 파뉘르주가 어떻게 결혼을 하고 신혼 첫달부터 오쟁이를 졌는지, 팡타그뤼엘이 어떻게 현자의 돌을 찾았는지 그것을 찾은 방식과 용도에 관해서, 그가 어떻게 카스피 산맥을 넘었는지, 어떻게 대서양을 항해하고 식인종을 무찔렀으며 서인도 제도를 정복했는지, 어떻게 사제왕 요한[489]이라는 인도의 왕의 딸과 결혼했는지, 어떻게 악마들과 싸워 지옥의 방 다섯 개를 불태우고 커다란 검은 방을 약탈했으며 프로세르피나를 불에 던져버리고 루치페르의 이 네 개와 엉덩이의 뿔을 부러뜨렸는지, 그리고 실제로 달이 온

---

488 당시 프랑크푸르트에서는 봄, 가을에 대규모의 장이 열렸는데, 많은 책들이 거래되었다.

489 원래 이름은 프레트르 장Prêtre Jean으로, 아시아나 아프리카에 있었다고 전해지는 전설적인 기독교 왕국의 왕이다.

전한 것인지 아니면 여성들의 머릿속에 그 4분의 3이 들어 있는 것인지를 알아보기 위하여 그가 어떻게 달나라에 갔는지, 그리고 수많은 다른 사소하고 재미있으면서 모두 진실인 이야기들을 읽을 수 있을 것이다. 이것은 멋진 일거리이다.[490]

안녕히 계시라, 여러분. *나를 용서하라.*[491] 그리고 내가 당신들의 잘못에 개의치 않는 만큼 내 잘못도 염두에 두지 말기를 바란다.

만일 여러분이 내게 "선생, 이런 시시한 이야기와 웃기는 농담거리를 쓰다니 당신은 별로 현명하지는 못한 것 같소"라고 말한다면, 나 역시 그대들도 그것을 즐겨 읽는 것으로 보아 별로 나을 것도 없다고 대답할 것이다. 그렇지만, 내가 소일거리로 이것을 썼듯이, 여러분도 즐거운 소일거리로 이것을 읽는다면, 그대들과 나, 우리는 수많은 타락한 성직자들, 가짜 신자들, 달팽이들,[492] 위선자들, 독실한 신자인 척하는 자들, 방탕한 자들, 편상화를 신는 자들[493]과 세상 사람들을 속이기 위하여 가면으로 위장한 그런 당파에 속한 자들에 비해서는 용서를 받을 만하다.

왜냐하면 자신들은 명상과 신앙생활에 몰두할 뿐이고, 진실로 왜소하고 허약한 인성(人性)을 유지하기 위한 영양 공급을 제외하고는 단식과 감각적 쾌락을 억제하기 위한 고행을 실천한다고 일반 대중에게 믿게 하지만, 반대로 그들은 잘 먹고, 하느님께서는 "그들이 쿠리우스인 척하지만 바쿠스 축제 속에서 살고 있다"[494]는 것을 잘 알고 계시기 때

---

490 초판에는 "이는 프랑스어로 씌어진 멋진 복음서이다"라는 부분이 들어 있었으나 불경스러운 것으로 받아들여질 수 있다는 판단에서 라블레가 삭제한 것으로 보인다.

491 Pardonnante my. 에스파냐 희극이 끝날 때 쓰던 관례적 표현.

492 escargots. 가짜 신자cagot와 뒷부분의 발음이 유사하기 때문에 첨가된 단어이다.

493 수도사들을 가리킨다.

494 유베날리스라는 로마의 시인의 『풍자시집』에 나오는 구절. 쿠리우스 덴타투스는 고대 로마 시대에 미덕의 상징이었던 인물이다.

문이다.

그들이 유황을 몸에 뿌렸을 때[495] 말고는, 그들의 혈색 좋은 붉은 주둥이와 지나치게 나온 배를 보면 여러분은 그 사실을 큰 글씨처럼 분명하게 읽을 수 있을 것이다.

그들의 연구로 말하자면, 그것은 온통 팡타그뤼엘과 같은 종류의 책을 읽는 데 바쳐진다. 그것은 즐거운 소일거리로써가 아니라, 누구를 악의적으로 해치기 위해서, 즉 고발하고, 불평하고, 찡그리고, 엉덩이나 불알, 악마들을 갖다붙이면서,[496] 다시 말해서 비방하기 위한 것이다. 이런 짓거리를 하는 그들은 버찌가 나는 철에 그 씨를 모아 벗나무 기름을 만드는 약재상들에게 팔려고 어린아이들의 똥을 뒤져서 사방에 흩어놓는 마을의 불량배와 같은 자들이다. 그들을 피하도록 하라, 나만큼 그들을 증오하고 혐오하도록 하라. 틀림없이 잘했다고 생각하게 될 것이다. 그리고 만일 여러분이 선량한 팡타그뤼엘리슴의 신봉자가 되기를 (다시 말해서 언제나 훌륭한 식사를 하면서 평화와 기쁨을 누리고 건강하게 살기를) 원한다면, 구멍을 통해서 바라보는 자들[497]을 결코 믿지 말라.

딥소디인들의 왕 팡타그뤼엘의
무시무시한 행적과 무훈을
원상대로 복원시킨 연대기의 끝.
제5원소의 추출자인
고(故) 알코프리바스 선생이 집필함.

---

495 악마 같은 고약한 냄새를 풍겨 사람들이 가까이 접근해서 그들의 기름기 흐르는 얼굴과 혈색, 뚱뚱한 배를 자세히 보지 못하게 한다는 뜻이다.

496 '엉덩이나 불알, 악마들을 갖다붙이면서'라는 표현은 라블레가 만들어낸 말장난으로, 동사 세 개의 현재분사형(culletant, couilletant, et diabliculant)을 사용하고 있다.

497 종교재판소의 첩자들을 가리킨다.

프랑스 르네상스의 거인 프랑수아 라블레

1. 라블레의 생애

몽테뉴와 더불어 프랑스 16세기 문학을 대표하는 작가인 프랑수아 라블레François Rabelais의 생애에 관한 기록에는 불확실하거나 빠진 부분이 많다. 우선 그의 출생연도부터 논란거리가 되는데, 파리 생 폴 공동묘지에 있던 그의 묘비명에 따르면 그는 1553년 4월 9일에 70세를 일기로 세상을 떠난 것으로 되어 있다. 보통 이 기록에 근거하여 라블레는 1483년에 쉬농Chinon 근처의 라 드비니에르La Devinière라는 작은 마을에서 태어난 것으로 추정하는 것이 통설이지만, 한편으로는 그가 1521년 당대의 대표적 인문주의자였던 기욤 뷔데Guillaume Budé에게 보낸 라틴어 편지에서 자신을 청년adulescens으로 표현한 점을 들어 그의 출생시기를 10년 정도 늦추어 잡아 1493년으로 보아야 한다는 주장도 있다.

그의 아버지 앙투안 라블레Antoine Rabelais는 법학사 학위를 가진 변호사로 알려져 있는데, 프랑수아는 둘째 아들로 태어났다. 당시에는 부모의 재산이 장남에게 상속되었기 때문에 평민 계급의 똑똑하고 재주 있는 차남 이하의 자식들은 수도사가 되는 길을 선택하는 경우가 많았다고 한다. 기록에는 나와 있지 않지만 학자들은 법률에 대한 라블레의 해박한 지식으로 미루어보아 그가 수도사가 되기 전에 몇 년간 고향에서 가까운 부르주나 앙제, 또는 푸아티에 대학에서 교회법과 민법을 공부했을 것으로 추측하기도 한다. 그는 1510년경 앙제 근처의 라 보메트에 있던 프란체스코 수도회 소속의 수도원에서 수도사 생활을 시작했다. 그가 속해 있던 프란체스코 수도회는 엄격한 금욕주의를 강조하고, 자유로운 학문 연구와는 거리가 먼 보수적 교단이었으므로 라블레의 지적 욕구를 채워주기에는 부적절한 환경이었다고 할 수 있다. 어쨌든 1521년 기욤 뷔데에게 보낸 위의 편지에서 라블레는 퐁트네 라 콩트에 있는 퓌 생 마르탱 수도원의 수도사라고 자신의 신분을 밝히고 있다. 그는 이 수도원에서 동료 수도사였던 피에르 라미Pierre Lamy와 함께 그리스어를 공부하고 고전 연구에 몰두했다. 당시 푸아투 지방의 중심지였던 퐁트네에서는 아모리 부샤르Amaury Bouchard, 앙드레 티라코André Tiraqueau 같은 저명한 법률가들이 지적인 사교 모임을 이끌고 있었는데, 라블레는 이들과 교유하며 위마니슴humanisme 사상에 심취하게 된다. 이 시대에 프랑스에서 점차 확산되던 종교 개혁Réforme의 움직임에 위협을 느꼈던 소르본 신학부는 성서의 자의적인 해석을 막기 위해서라는 명분을 내세워 수도원에서의 그리스어 학습을 금지시켰고, 이에 따라 라블레도 나중에 되돌려받기는 했지만, 가지고 있던 그리스어 서적들을 몰수당하는 시련을 겪기도 했다. 이 사건 이후 그는 교황에게 청원하여 고전 연구에 보다 관용적인 베네딕트 수도회 소속의 생 피에르 드 마이유제 수도원으로 이적하게 된다.

법률과 신학을 공부한 다음, 인간에 대한 전반적 이해를 위해서 라블레가 관심을 가졌던 분야는 의학이었다. 그러나 당시 수도사에게는 외과 수술을 하는 것이 금지되어 있었고 치료의 대가로 돈을 받을 수 없었기 때문에 의학을 공부하기 위해서는 성직을 떠나야만 했다. 결국 라블레는 수도원을 나와 재속(在俗) 사제로서 당시 가장 유명한 의과대학이 있던 몽펠리에에서 의학 공부를 시작한다. 지금도 보존되어 있는 몽펠리에 대학의 기록에 따르면 라블레는 1530년 9월 17일 처음으로 등록을 한 것으로 되어 있는데, 놀라운 사실은 불과 두세 달 뒤인 12월 1일에 벌써 2년간의 교육 과정이 필요한 의학 일반교육 이수자bachelier 자격시험을 통과했다는 것이다. 이 같은 결과는 그가 의과대학에 등록하기 이전에 이미 고전 연구를 통해서 고대 의학에 관한 풍부한 지식을 습득하고 있었기에 가능한 일이었다. 다음해인 1531년 연수 과정에서 그는 히포크라테스와 갈레노스의 그리스어 원전에 주석을 붙여 공개강의를 해서 큰 호평을 받았다. 그는 1532년 리옹의 퐁 뒤 론느 시립병원의 의사가 되는데, 같은 해에 마나르디의 『의학 서한』, 히포크라테스의 『격언집』 그리고 뒷날 가짜로 판명된 쿠스피디우스의 『유언집』 등을 출간하는 등 활발하게 고전 번역 작업에 참여하기도 했다.

작가로서의 본격적 활동은 1532년 리옹에서 출판된 『팡타그뤼엘 *Pantagruel*』로부터 시작된다. 이 작품의 서문에서 라블레는 그 당시에 유행하던 작자미상의 대중소설 『가르강튀아 대연대기*Les Chroniques gargantuines*』에 착안해서 이 작품을 쓰게 되었다고 그 집필동기를 밝히고 있다. 『가르강튀아 대연대기』에 나오는 거인의 아들로 팡타그뤼엘이라는 새로운 주인공을 등장시킨 첫 작품이 큰 성공을 거두자 그는 1534년(또는 1535년)에 다시 아버지의 이야기로 거슬러올라가 원작과는 완전히 다른 『가르강튀아*Gargantua*』를 발표한다. 라블레는 문학작품 외에도 점성술로 천체의 움직임을 관찰해서 새해에 일어날 일들을 예언한다고 무지한 대중들을 기만하던 당시의 역서(曆書)를 풍자한 『팡타그뤼엘의 예보*Pantagruéline pronostication*』를 1533년에 출판하기도 했다. 같은 종류의 역서가 네 번 더 나온 것을 보면 단순한 풍자나 익살만이 아니라 실제 생활에 도움이 되는 내용도 포함된 것으로 여겨진다.

『가르강튀아』의 발표 이후 라블레의 창작 활동은 1546년 『제3서 *Le Tiers Livre*』가 출판될 때까지 중단된다. 그의 침묵은 1534년에 일어났던 '격문 사건 Affaire des Placards'과 무관하지 않다는 것이 일반적인 해석이다. 격문 사건은 신교도들이 가톨릭 교회의 미사 의식을 비판하는 격문을 배포하면서 심지어 국왕의 침실 문에까지 붙이는 바람에 종교 개혁에 관용적이던 프랑수아 1세를 격노하게 만들어 신교도 탄압의 계기가 되었던 사건이다. 작품을 통해서 공공연히 복음주의 운동에 지지를 표명하고 가톨릭 교회의 제도에 비판적이었던 라블레 역시 이러한 시대적 분위기 속에서는 언행을 극도로 조심할 수밖에 없었을 것이다.

이 시기의 라블레에게 큰 도움을 주었던 인물은 당시 프랑스 정계의 실력자였던 기욤 뒤 벨레 Guillaume du Bellay와 장 뒤 벨레 Jean du Bellay 형제이다. 라블레는 1534년 형제 중 동생인 장 뒤 벨레 추기경이 국왕의 사절로 로마 교황청에 파견될 때 그의 개인비서 겸 수행의사의 자격으로 처음 인연을 맺는데, 그후에도 두 차례(1535~1536년, 1547~1549년) 더 그를 수행하여 로마에 체류하게 된다. 라블레는 두번째 로마 체류 중에 추기경의 도움으로 원하는 수도원에 복귀해서 외과 수술을 하지 않는다는 조건으로 의업에 종사해도 좋다는 교황의 허락을 받을 수 있었다. 그 결과 그는 1537년 봄에 몽펠리에로 돌아가 4월에 학사 licence, 5월에 박사 docteur학위를 받고 히포크라테스에 관한 강의를 했으며, 같은 해 여름에는 리옹에서 교수형 당한 죄수의 시체를 공개적으로 해부했다고 한다. 그는 또한 1540년에 교황에게 청원하여 이름이 알려지지 않은 과부와의 사이에서 낳은 사생아들(아들 프랑수아와 딸 쥐니)을 적법한 자식으로 인정받았다. 그리고 프랑스 영토로 편입된 이탈리아 토리노의 총독으로 임명된 기욤 뒤 벨레의 주치의가 되어 1540년부터 그가 세상을 떠난 1543년까지 피에몬테 지방에 체류하기도 했다.

라블레는『제4서 Le Quart Livre』에서 랑제의 영주였던 기욤 뒤 벨레의 임종 장면을 감동적으로 묘사하고 있다.

1546년 그는『제3서』를 출판한다.『팡타그뤼엘』과『가르강튀아』가 아랍인 연금술사의 이름을 연상하게 하는 알코프리바스 나지에 Alcofribas Nasier라는 필명으로 발표되었던 것과는 달리, 의학박사 라블레라고 작가의 이름을 밝힌『제3서』는 1545년 그의 작품의 속편에 출판의 특권을 보장하는 왕의 윤허를 받고 나서 출판된 것이다. 앞의 두 권이 전설적인 거인왕의 연대기인데 비해서,『제3서』는 팡타그뤼엘의 친구이자 심복인 파뉘르주가 결혼을 해야 할 것인가, 하지 말아야 할 것인가에 관한 일련의 문답으로 이루어진 대화 형식의 작품이다. 라블레는 여기에서 당시 지식인들 사이에서 관심을 모았던 '여성의 우열에 관한 논쟁'을 작품의 주제로 삼은 것이다. 왕의 윤허에도 불구하고『제3서』는 1546년 소르본 신학부가 이단적인 내용을 문제 삼아 이미 외설적이라는 이유로 금서 목록에 올라 있던『팡타그뤼엘』과『가르강튀아』에 이어 금서 처분을 받게 된다. 1545년 프랑수아 1세와 신성로마제국 황제 카를 5세의 합의로 화형재판소 Chambre Ardente가 설치되는 등 종교 탄압이 다시 격화되려는 분위기 속에서 신변의 위협을 느꼈던 라블레는 1546년 봄부터 약 일 년간 당시에는 제국의 영토였던 메츠로 피신하여 의사로서 환자들을 진료하며 어려운 시기를 넘겨야 했다.

라블레가 로마에 체류 중이던 1548년 리옹에서 11장으로 된『제4서』의 부분판이 출판되고, 1552년에 결정판이 출판된다.『제4서』는 자신의 결혼 문제에 대한 일련의 문답에서 한결같이 부정적인 답변에 승복하지 못한 파뉘르주가 팡타그뤼엘에게 청하여 일행이 신성한 술병 Dive bouteille의 신탁을 들으러 떠나는 환상적 항해기이다. 라블레는 1550년 인문주의자들에게 호의적이었던 오데 드 샤티용 Odet de Châtillon 추기경의 도움으로 국왕 앙리 2세로부터 자신의 전 작품에 대해서 십 년간 출판의 특권을 인정받게 된다. 이에 대한 감사의 표시로 라블레는 『제4서』를 오데 드 샤티용 추기경에게 헌정한다. 1552년에 또 다시 소르본 신학부의 고발로 인하여 『제4서』에 대해서 파리 고등법원이 이 주간 한시적으로 판매금지 처분을 내린 일이 있었다고 하는데, 후속 조처는 없었던 것으로 알려져 있다. 그는 1545년에 뫼동, 1551년에 생 크리스토프 드 장베, 두 곳의 주임사제직을 얻었지만 교구를 다른 사제에게 임대하고 부임하지는 않았다. 만년에 그는 천국의 즐거움을 맛본다고 감탄해 마지않았던 뒤 벨레 추기경의 소유지 생 모르 데 포세에 자주 머무르며 전원생활을 즐겼던 것으로 보인다.

1552년 말 리옹에는 라블레가 투옥되었다는 소문이 돌기도 했다는데, 확인할 수 있는 사실은 1553년 1월 두 곳의 주임사제직을 포기했다는 것, 그리고 같은 해 4월 초에 파리의 자르댕 거리의 집에서 세상을 떠났다는 것이다. 그는 임종의 자리에서 "막을 내려라. 소극(笑劇)은 끝났다" 또는 "나는 위대한 가능성peut-être을 찾으러 간다" 등의 마지막 말을 남겼다고 전해지지만, 확인할 수 없는 전설로 남아 있다.

라블레에 관한 전설은 그의 죽음과 함께 끝나지 않는다. 그가 죽은 지 구 년 후인 1562년에 16장으로 된 "프랑수아 라블레 선생이 집필한 팡타그뤼엘의 항해의 속편" 『소리나는 섬 L'Isle Sonante』이 출판되고, 1564년에 47장으로 된 "의학박사 프랑수아 라블레 선생이 집필한, 위대한 팡타그뤼엘의 영웅적 언행의 다섯번째이자 마지막 책," 통칭 『제5서 Le Cinquiesme Livre』가 출판되었던 것이다. 작가 사후에, 그것도 상당한 시간이 지난 다음에 출판된 책이기 때문에 『제5서』의 진위 문제는 당시부터 논란거리였고, 그것이 라블레 작품이 아니라는 동시대인들의 증언도 있다. 사실 『제5서』의 진위 문제는 아직까지도 라블레 연구자들 사이에서 가장 미묘하고 취약한 문제로 남아 있다. 이 때문에 학위논문 같이 엄밀성을 요구하는 연구에서는 『제5서』를 제외하는 것이 관례로 되어 있기도 하다.

2. 팡타그뤼엘 연작의 구성

라블레 소설은 흔히 팡타그뤼엘 연작으로 통칭된다. 제1권인 『팡타그뤼엘』이 1532년 발표된 것을 시작으로 작가 사후에 출판되어 아직까지 그 진위 여부에 대한 논란이 끝이지 않는 『제5서』에 이르기까지, 그의 소설은 동일한 인물들과 사건의 연계성으로 보면 연작임에 틀림없으나 오랜 기간에 걸쳐 씌어진 탓에 초기와 후기의 작품들 사이에는 상당히 큰 차이가 있다. 전설적인 거인 팡타그뤼엘과 그의 아버지 가르강튀아의 행적을 다룬 환상적인 연대기인 『팡타그뤼엘』과 『가르강튀아』에 비해서 특히 『제3서』 이후의 작품들에서는 주제나 서술 방식이 크게 달라지기 때문에 사건 중심의 이야기 전개에 익숙한 일반 독자들은 라블레 소설 하면 으레 초기의 두 작품을 연상하기 마련이다.

라블레는 『팡타그뤼엘』의 서문에서 마치 『가르강튀아 대연대기』가 계기가 되어 소설을 쓰게 된 것처럼 과장하고 있지만, 실제로 문제의 작품은 주인공의 엄청난 키와 힘, 그리고 식욕을 강조하는 것 외에 별다른 특징이 없는 조잡한 내용의 대중소설이다. 원래 가르강튀아는 프랑스 민간 전설에 나오는 거인의 이름이라고 하는데, 라블레는 그를 유토피아의 왕으로 신분을 바꾸고 그의 아들로 팡타그뤼엘이라는 새로운 인물을 창조해냄으로써 전혀 별개의 연대기를 만들어낸 것이다. 또한 라블레 소설에 등장하는 거인왕들은 육체 못지않게 정신적으로도 거인의 면

490

모를 갖추고 있다. 술에 취해서 잠든 술꾼들의 입 안에 소금을 뿌리고 다닌다고 알려진, 중세 전설에 나오는 장난꾸러기 악마에서 유래한 팡타그뤼엘이라는 이름에 작가는 목마른 자들의 지배자라는 상징적 의미를 부여한 것이다. 이 갈증은 보다 나은 삶을 누리고자 하는 욕망, 인간의 무한한 가능성에 대한 기대를 의미하는 것이기도 하다. 이러한 의미에서 거인왕들은 이 시대가 염원하던 이상적 인간형, 즉 모든 면에서 뛰어난 능력을 발휘할 수 있는 전인(全人)을 형상화한 것이라 할 수 있다.

『팡타그뤼엘』에는 이미 거인왕의 행적에 관한 서술narration보다 화자의 사설 위주로 이야기를 풀어나가는 라블레 특유의 글쓰기 방식이 나타나고 있다. 주인공의 출생, 성장, 교육, 전쟁에서의 무훈 등의 순서대로 기사도 소설의 패턴에 맞게 사건이 전개되지만, 이야기는 기본 줄거리와는 상관없이 독자를 상대로 화자가 엮어나가는 대화와 여담을 통해서 계속 새로운 방향으로 확장되어나간다. 장터의 장사치 같은 이야기꾼의 거친 입담이나 익살이 전체적 분위기를 주도하는 것처럼 보이지만, 한편으로는 이와 전혀 어울릴 것 같지 않은 시나 편지, 웅변 등 다양한 문체의 실험과 횡설수설 같은 말장난, 빈번한 고전의 인용과 엉뚱한 해석 등으로 인하여 작품의 상당 부분은 지적 수준이 낮은 일반 독자들에게는 이해할 수 없는 무의미한 말의 잔치로 여겨질 수밖에 없는 것이다.

『팡타그뤼엘』보다 이 년 뒤에 출판된 『가르강튀아』는 『가르강튀아 대연대기』에 대한 전면적인 개작(改作)이다. 라블레는 『팡타그뤼엘』의 성공에 자신을 얻어 아들의 이야기에 이어 다시 아버지의 이야기로 거슬러올라간 셈인데, 라블레의 『가르강튀아』와 원작의 수준차가 너무 크기 때문에 『가르강튀아 대연대기』는 이제는 라블레 전문가들 말고는 아무도 관심을 갖지 않는 잊혀진 작품이 되고 말았다. 이 때문에 프랑스의 현대 비평가 주네트Genette는 원작에 '치명적 수정'을 가해서 그 존재

를 완전히 말살시킨 개작parodie의 대표적 예로『가르강튀아』를 들고
있다.『가르강튀아』는 집필 순서로는 두번째 작품이지만 주인공의 아버
지의 일대기를 다룬 것이므로 이야기의 순서에 따라 팡타그뤼엘 연작의
제1권으로 자리잡게 된다.『가르강튀아』에서는 전작과 마찬가지로 연
대기식으로 사건이 전개되지만, 내용에 있어서는 가르강튀아를 바보로
만들어버린 중세 스콜라 철학의 낡은 교육 방식과 이와 대비되는 새로
운 위마니슴 교육의 놀라운 성과, 피크로콜의 침략 전쟁과 기독교의 박
애정신에 충실한 그랑구지에 왕의 평화정책, 수도원 제도의 폐해와 반
(反)수도원으로서의 텔렘 수도원의 건설 등 중요한 테마를 중심으로 여
러 에피소드들이 서로 연결되는 지적 구조가 나타난다.

작가가 십이 년간의 침묵 끝에 발표한『제3서』(1546)에서부터 작품
의 내용과 형식에 일대 전환이 이루어진다. 거인왕의 행적을 다룬 연대
기였던 전작들에 비해서『제3서』에서는 처음과 끝에 나오는 서술 부분
을 제외하고는 작품 전체가 마치 연극 대사와 같은 인상을 줄 정도로 등
장인물들의 대화 중심으로 이야기가 전개된다. 팡타그뤼엘의 심복이자
친구인 파뉘르주가 결혼을 해야 할 것인가, 하지 말아야 할 것인가 하는
문제를 두고 베르길리우스의 시구(詩句), 주사위 점, 파뉘르주의 꿈, 무
녀의 예언, 벙어리의 몸짓, 죽어가는 시인의 노래, 점쟁이의 점괘에 대
한 해석에 이어 신학자, 의사, 철학자가 모인 심포지엄에 이르기까지 일
련의 토론이 계속 이어진다. 라블레는『제3서』에서 예언의 방식과 해석
의 문제, 그리고 여성의 성향에 관한 다양한 토론 등 사변적 주제를 중
심으로 이야기를 풀어나가는 식으로 글쓰기의 방식을 바꾸고 있는데,
이는 팡타그뤼엘 연작의 전개 방향의 전면적 수정을 의미하는 것이라
할 수 있다. 이 같은 변화는 현실과 동떨어진 듯이 여겨지는 거인왕의
모험담을 통해서 실질적으로는 시대적 관심사와 현실 문제에 관한 논의

에 초점을 맞추려는 작가의 새로운 구상을 보여주는 것이다.

『제4서 Le Quart Livre』는 라블레가 로마에 체류 중이던 1548년에 부분판이 먼저 나오고, 1552년에 완결판이 출간된다. 『제3서』의 결혼 문제에 관한 문답에서 한결같이 부정적인 결론에 승복하지 못한 파뉘르주가 마지막으로 신성한 술병의 신탁을 들으러 여행을 떠날 것을 팡타그뤼엘에게 제의하는데, 그 결과 이루어진 환상적 여행의 기록이 『제4서』이다. 전통적 여행기와는 달리 『제4서』는 '말의 여행기'를 이루고 있다. 등장인물들의 행동보다는 대화가 이야기의 진행을 주도해나간다는 점에서 『제3서』와 비슷한 글쓰기 방식이 나타나기 때문이다. 항해 도중에 방문하는 여러 환상의 섬들에서 목격한 기이한 풍물들이나 풍습이 팡타그뤼엘 일행의 관심을 끌게 되면, 그중 한 사람이 나서서 자신이 경험했거나 책에서 읽은 일화를 예로 들어 그 의미를 해석하고 주위의 다른 사람들도 각자 자기 의견을 제시하는 식으로 이야기가 꼬리를 물고 이어진다. 그리고 작가가 환상의 섬들의 풍습을 통해서 당시 사회의 비리를 빗대어 풍자하는 수법을 자주 사용하기 때문에 전작들에 비해서 현실 고발적 성격이 강한 것도 『제4서』의 특징이다. 보지도 못한 교황을 지상의 신으로 숭배하는 교황숭배자들Papimanes이 사는 섬, 매를 맞아야 먹고살 수 있는 사법관리들Chiquanous이 사는 섬 등은 시대에 대한 라블레의 비판의식이 잘 드러나 있는 대표적 예들이다.

작가가 세상을 떠난 지 구 년 후인 1562년에 『소리나는 섬』이라는 제목으로 16장이 출판되었다가 1564년에 47장으로 발표된 『제5서』에 관해서는 지금까지도 진위 여부에 대한 논란이 끊이지 않고 있다. 지금까지 나온 학설은 그것을 전적으로 위작으로 보는 설과 라블레가 남긴 유고를 다른 사람이 수정·가필하거나 상당 부분 보완한 것이라는 설, 그리고 전적으로 라블레의 창작으로 보는 설 등 크게 세 가지로 나뉜다.

진위 문제에 관한 최근의 연구 결과는 적어도 『제5서』의 상당 부분은 라블레가 남긴 유고를 이용했을 것이라는 쪽으로 나오고 있지만, 몇몇 에피소드를 다른 작품들에서 거의 그대로 차용한 점이나 전작들에 비해서 종교나 사회 문제에 대한 비판이 훨씬 직설적으로 공격성을 띠며 행해진다는 점 등은 기존의 라블레 소설과 차이가 나는 부분들이다. 어쨌든 『제5서』가 그의 작품이 아니라 하더라도 당시 문학 작품들의 수준과 비교해보면, 상당한 재능을 가진 작가에 의하여 씌어진 것이라는 점은 부인할 수 없는 사실이다. 그리고 『제5서』를 라블레의 작품으로 인정하고자 하는 경향에는 목적지에 도착해서 여행자들이 신성한 술병을 지키는 여사제로부터 듣게 되는 "마셔라Trinch"라는 신탁을 팡타그뤼엘 연작의 논리적 결론으로 삼으려는 연구자들의 심리도 작용한 것으로 볼 수 있다.

3. 라블레 소설과 민중문화

라블레 소설을 처음 읽는 독자들이 느끼는 당혹스러움은 무엇보다도 이야기의 전개 방향을 예측할 수 없을 정도로 끊임없이 계속되는 이야기꾼의 사설과 함께 외설적이라 할 만한 노골적 묘사와 현학적 지식의 과시, 갖가지 말의 유희 등이 혼란스럽게 뒤섞인 작가 특유의 글쓰기 방식에서 그 원인을 찾을 수 있을 것이다. 고전주의 미학 이후의 균형과 절제, 사건 중심의 이야기 전개, 정확한 표현 등에 익숙해져 있는 독자들에게는 충격적이라 할 수밖에 없는 무절제한 말의 남용과 기괴한 이미지들의 결합이 계속 이어지고, 일반적으로 문학 작품에서 자세히 언급하기를 꺼리는 육체의 기능, 즉 성적 결합, 출산, 배설 등의 장면이

극히 당연한 것처럼 자연스럽게 묘사되는 라블레의 작품 세계가 일반 독자들에게 상식을 벗어난 잡동사니의 무질서한 나열로 비치는 것은 오히려 당연한 결과라고도 볼 수 있다. "고명한 술꾼 그리고 고귀한 매독 환자 여러분"에게 자신의 책을 바친다는 말로 시작되는 『가르강튀아』의 서문에서부터 전혀 어울릴 것 같지 않은 이질적 요소들이 뒤섞여 전개되는 그의 작품 세계는 독자들에게 갈피를 잡을 수 없는 혼란과 오해를 종종 불러일으키게 마련이다. 프랑스 16세기 플레이아드Pléiade 시파의 대표적 시인인 롱사르Ronsard는 그를 가리켜 진흙탕 속을 뒹구는 술주정뱅이라고 불렀고, 17세기 고전주의 작가 라 브뤼예르La Bruyère는 그와 같은 재능의 소유자가 무분별하게 고상한 것과 상스러운 것을 뒤섞어놓은 것을 이해할 수 없다고 말했던 것이다. 물론 라블레에 대해 이런 부정적 평가만 있었던 것은 아니다. 19세기 이후 많은 작가들이 라블레 소설을 프랑스 문학의 위대한 유산으로 칭송했는데, 예를 들어 위고Hugo는 그에게서 인간 정신의 심연으로 보았고, 발자크Balzac는 그를 피타고라스, 아리스토파네스, 단테를 한데 모은 인류의 위대한 정신적 스승이라고 극찬했다. 플로베르Flaubert 역시 그의 작품을 인생처럼 신비에 가득 찬 아름다운 작품이라고 높이 평가한 바 있다.

사실 우스꽝스러움과 진지함, 비현실적 사건과 물질적·육체적 삶의 방식에 대한 사실적 묘사, 르네상스 시대의 이상주의적 경향 등 상충되는 이질적 요소들이 공존하는 현상을 어떻게 이해해야 할 것인지가 라블레 작품의 해석에 있어서 자주 제기되는 문제이다. 이 문제에 대해서 민중문화의 전통과 관련시켜 라블레 소설의 새로운 해석 가능성을 제시한 학자가 20세기 러시아의 대표적 문예비평가 미하일 바흐친Mikhail Bakhtin이다. 그는 라블레 소설이 카니발의 세계와 직결된 것으로 파악하는데, 카니발로 대표되는 민중의 축제의 모습이 문학적으로 재현된 대표적 예가 라블레 소설이라는 것이다. 바흐친은 민중문화의 원류를 카니발의 세계를 통하여 추적한다. 그에 따르면 카니발은 종교적 축제나 국가의 경축행사처럼 각자가 자신의 계급이나 사회적 신분에 따라 참여하는 폐쇄적이고 공식적인 축제와 구별된다. 그것은 전통적 권위나 가치체계에 대한 풍자와 조롱이 용인되고, 종교적 규율, 신분상의 제약, 사회의 규범과 터부로부터 해방되어 누구나 동등한 자격으로 참여하는 보편성을 지닌 민중의 축제이다. 또한 카니발의 세계는 육체를 가진 인간의 본성을 무시하고 금욕과 고행을 강요하는 정화된 형식의 세계가 아니라, 아무리 추한 것일지라도 인간 본연의 모습을 외면하지 않고 현세적 삶의 가치를 인정하며 그것을 즐기려는 긍정적 가치가 지배하는 세계이다. 그러므로 카니발의 세계는 결코 배타적이거나 파괴적일 수 없다. 오히려 그것은 절대화를 부정하고 모든 것을 포용하며, 부정적 가치마저도 희화시키고 용해하는 힘찬 생명력을 갖춘 상대성의 세계이다.

  바흐친은 라블레 소설에 나타나는 민중문화의 전통을 계승한 이미지들을 '그로테스크한 사실주의réalisme grotesque'라고 규정하고, "그로테스크한 사실주의에서는 물질과 육체의 원리가 축제와 유토피아의 보편적 양상 속에 제시된다. 우주와 사회, 육체가 살아 있고 나뉘어질 수 없는 하나의 전체와 같이 긴밀히 연결되고, 이 모든 것이 즐겁고 유익한 것"으로 인식된다는 점을 지적한다. 이는 인간의 육체를 만물의 척도로 삼아 외부 대상을 인식하고 가치를 부여한다는 발상의 전환을 의미하며, 이러한 관점에서 보면 라블레의 작품 세계는 인간의 육체를 통해서 바라본 육화(肉化)된 세계의 모습이다. 라블레 소설에 자주 등장하는 인간의 육체에 대한 해부학적·생리학적 목록, 의복, 음식, 술과 취기, 성적 결합, 죽음, 배설물 등 일곱 개의 이미지 계열이 바로 이와 같은 현실 세계에 대한 카니발적 인식에 근거한 것이라는 것이 바흐친의 해석이다.

> 가르가멜이 아이를 낳은 상황과 방식은 다음과 같으니, 혹시 믿지 못한다면 여러분의 항문이 빠져버리기를!
> 가르가멜의 항문이 2월의 셋째 날 오후 고드비요를 너무 많이 먹어서 빠져버렸다. 고드비요는 쿠아로의 기름진 창자를 말한다. 쿠아로는 여물통과 프레 기모에서 살찌운 소이고, 프레 기모는 일 년에 두 번 목초를 생산하는 풀밭을 가리키는 말이다. 그들은 참회의 화요일에 소금에 잔뜩 절여 두었다가 봄에 제철이 되면 식사를 시작할 때 절인 고기를 축도하고 술을 더 잘 마실 수 있도록 그 소들 중에서 36만7천14 마리를 잡았다. (『가르강튀아』 제4장)

> 이 사고로 자궁 태반의 엽(葉)이 이완되자 아이는 위쪽으로 솟아올라 공정맥으로 들어가서는 횡경막을 지나 (그 정맥이 둘로 나눠어지는) 어깨 위까지 기어올라간 다음 왼쪽 길을 따라 왼쪽 귀로 나왔다.
> 그는 태어나자마자 다른 아이들처럼 "응애, 응애" 하고 울지 않고, 모든 사람들에게 술을 마시도록 권하려는 것처럼 "마실 것! 마실 것! 마실 것!" 하고 큰 소리로 외쳐대서, 그 소리가 뵈스와 비바레에서도 들렸다. (『가르강튀아』 제6장)

가르강튀아의 탄생은 그로테스크한 이미지들이 결합되어 정상적인 출산 장면에서는 상상하기 힘든 라블레 특유의 희극적 방식으로 전개된다. 가르강튀아의 아버지가 많은 소를 잡은 다음 이웃사람들을 초대하여 술잔치를 벌이며 간수하기 힘든 소 내장을 먹어치우는 도중에 출산이 이루어지는데, 가르가멜이 똥이 섞인 내장 요리를 너무 많이 먹은 탓에 설사를 하다가 항문이 빠져버려 아이는 밑으로 나오지 못하고 왼쪽 귀를 통하여 세상에 나오게 된다. 이처럼 동물의 도살, 음식과 술, 배설이 뒤섞인 가운데 진행되는 출산 장면에서 인체의 기관들이 치밀하게 해부학적으로 열거됨으로써 장면 전체가 매우 사실적인 묘사 같은 인상을 주면서 동시에 상황의 희극성을 높이고 있다. 그리고 위의 예문에 생략된 중간 부분에 술에 취해서 두서없이 지껄여대는 술꾼들의 대화가 덧붙여지고, 태어난 가르강튀아의 첫마디가 술을 달라는 외침이고 보면, 라블레 소설에서 마음껏 먹고 마시며 즐기는 주연과 같은 즐거운 축제의 분위기가 얼마나 큰 상징적 의미를 갖는지 이해할 수 있을 것이다. 라블레가 현세적 삶의 이상적 방식으로 제시하는 팡타그뤼엘리슴pantagruélisme이 "평화로이, 즐겁고 건강하게, 언제나 좋은 음식을 먹으며 사는 것"에 다름아니기 때문이다.

이와 같은 그로테스크한 이미지들의 결합은 팡타그뤼엘의 출생 장면에서도 그대로 재현된다. 온 세상이 극심한 가뭄으로 고통을 받고 있는 가운데 땅에서 바닷물보다 더 짠 땀이 솟아나던 날 팡타그뤼엘이 태어나는데, 그가 어머니 뱃속에서 나오기 전에 소금을 잔뜩 실은 노새와 몰이꾼들, 햄과 훈제한 소 혀, 절인 장어를 실은 낙타들, 뒤이어 파, 마늘, 양파 등 술을 마시게 자극하는 향신료를 실은 수레의 순서로 갖가지 음식물이 먼저 나온다. 그리고 팡타그뤼엘의 출산 과정에서는 음식과 술이 출산과 결합될 뿐 아니라, 그의 출생과 어머니의 죽음이 바로 연결되어 있다. 팡타그뤼엘이 너무 크고 무거워서 그의 어머니가 밑에 깔려 죽어버렸기 때문이다. 이 같은 상황에서 가르강튀아는 아내를 잃은 슬픔과 아들을 얻은 기쁨을 동시에 맛보며 암소처럼 울다가 송아지처럼 웃는 진풍경을 연출한다. 이처럼 팡타그뤼엘의 출생 장면에서 죽음은 출생과 죽음, 술과 음식 등에 관계된 그로테스크한 이미지들에 의하여 본래의 비극적 성격을 상실하고 즐거운 웃음의 세계에 통합되어버린다. 이와 같은 이미지들의 결합이 가능한 것은 민속의 세계에서 나타나는 삶과 죽음의 관계에서 그 근거를 찾을 수 있다. 민속의 세계에서는 인간의 출생, 성장, 노쇠, 죽음 역시 밤과 낮, 계절의 변화, 곡식의 파종과 수확의 과정과 같이 자연의 순환과정의 일부로 파악하기 때문이다. 따라서 죽음 역시 재생을 위하여 필요한 단계이며, 새로운 생명이 태어남으로써 죽은 사람의 자리는 채워지게 되므로 개인의 소멸은 비극적인 최후로 인식되지 않는다.

민중문화의 근간을 이루는 민속의 세계에서는 모든 사물이 자연 속에서 고유의 영역을 갖고 있듯이 인간의 삶을 이루는 각 요소들에도 동등한 가치가 부여된다. 계급 사회의 인위적 질서와 가치 기준이 인간의 삶에 있어서 동물적 본능을 추한 것으로 간주하여 공식적 문화의 영역에서 배척하게 되었고, 이에 따라 사물과 언어의 관계도 본래의 인접성을 상실하게 되지만, 근원으로 거슬러 올라가면 먹고 마시는 것만큼이나 배설과 성적 결합도 인간 본연의 모습으로 동등한 가치를 인정받았던 것이다. 이런 관점에서 보면 카니발이 보여주는 기존의 가치가 전도된 듯한 세상이 사실은 원래대로의 민중의 삶의 모습이었고, 카니발의 언어 역시 사물과 언어의 자연스러운 결합 관계를 반영한 것이라 할 수 있다. 따라서 라블레 소설의 그로테스크한 사실주의는 그것이 아무리 낯설고 파격적인 것으로 보일지라도 민중문화의 정신과 직결된 것이며, 사물과 언어의 관계를 본래의 순수하고 자연스러운 결합 관계로 되돌리려는 시도로 보아야 한다는 것이 바흐친의 해석이다.

4. 프랑스 르네상스의 이상

라블레의 작품 세계는 위마니슴huamnisme 사상과 긴밀하게 연결되어 있다. 프랑스 르네상스 시대를 주도하던 위마니슴 사상은 서로 다른 두 가지 경향을 내포한다. 그 하나는 고전의 재발견을 통한 문예 부흥을 목표로 하는 인문주의(人文主義)이고, 다른 하나는 인간 중심적 사고로의 전환을 의미하는 인본주의(人本主義)이다. 중세로부터 학문의 연구와 전수를 독점하다시피 했던 지식인 집단은 성직자 계급이었는데, 이들의 고전 연구는 거의 전적으로 라틴어 번역에 의존한 것이었기 때문에 원전에 충실하기 힘들고, 번역에 왜곡이나 오류가 있는 경우에는 잘못된 해석을 답습할 수밖에 없는 문제점을 안고 있었다. 성경 연구에 있어서도 『구약』은 히브리어, 『신약』은 그리스어로 되어 있는 원전을 연구하는 대신 라틴어 성경에 의존한 중세 신학자들의 해석이 전통적 교리Tradition로 받아들여지는 실정이었다. 이러한 상황에서 르네상스 시대에 이르러서는 고전에 대한 왜곡된 해석을 극복하기 위해서 원전을 직접 연구해야 한다는 자각이 일어나게 된다. 종교 개혁의 시대를 맞아 신학에서는 가톨릭 교회의 전통적 해석에서 벗어나 원래의 복음서의 정신으로 되돌아가자는 복음주의évangélisme가 점차 확산되고, 고전이 학문 연구에서 많은 부분을 차지했던 법학과 의학 분야에서도 원전연구가 활발히 이루어지게 되는데, 이를 주도했던 새로운 지식인 계층이 바로 인문주의자들humanistes이다. 인문주의자들은 고전 연구를 통해서 서구 문명의 황금기였던 그리스 · 로마 시대의 문화를 이상으로 생각하고 이를 본받으려는 문예부흥 운동을 주도하게 된다. 이 시대 유럽의 대표적 인문주의자로는 『광우예찬(狂愚禮讚)』을 쓴 에라스무스를 들

수 있는데, 위마니슴 사상에 심취했던 라블레는 그에게 보낸 편지에서 그를 자신의 정신적 아버지라고 부르며 깊은 존경심을 나타내고 있다.

그리스·로마 문화 연구를 통해서 인문주의자들이 새롭게 인식하게 된 것이 또한 인본주의 정신이다. 중세가 신 중심의 가치관이 지배했던 시대였던 데 비해서, 그리스·로마 시대의 문화와 예술은 인간 중심의 가치관에 기초한 것이기 때문이다. 인간을 원죄에 의하여 타락한 존재로 보는 전통적 기독교 윤리관에서는 현세에서의 삶을 영혼의 구원에 필요한 속죄의 기간으로 규정한다. 이에 따라 지상에서의 덧없는 행복에 대한 집착을 끊고 경건한 신앙의 삶을 통해서 영혼의 구원을 위하여 노력하는 것이 기독교인의 당연한 도리라고 생각하고, 영혼의 순수성을 유지하는 데 방해가 되는 일체의 물질적·육체적 욕망은 되도록 억제해야 한다는 입장을 취했던 것이다. 금욕과 고행이 신앙인의 바람직한 자세로 권장된 이유도 여기에 있다. 이와는 달리 고전 연구를 통해서 재발견하게 된 이교적 삶의 방식은 육체와 본능을 지닌 인간의 실체를 그대로 인정하는 데서 출발한 것이다. 육체의 아름다움은 찬미의 대상이며, 행복한 삶을 살아가는 데 필요한 조건 중에서 물질적 풍요와 육체적 쾌락의 중요성을 도외시하지 않는다. 자연적 본성대로의 삶이 가치의 기준이 되고, 인간이 만물의 척도로서 가치의 중심에 서 있는 것이다. 그리스·로마 신화에서 신들 역시 인간과 같은 사고방식과 욕망을 가진 존재로 인식된 것도 같은 맥락이라 할 수 있다. 생명력이 넘쳐흐르고, 미래에 대한 낙관적 기대로 희망에 부풀어 있던 르네상스 시대 특유의 정신적 분위기는 문예부흥에 따른 인류의 진보에 대한 기대감과 함께 바로 이러한 인본주의 정신이 사회 전반에 확산되어 공감대를 형성한 결과라 할 수 있다.

인문주의자답게 라블레는 중세 스콜라 철학과 이에 근거한 신학의 폐해를 공박하고, 르네상스 시대의 문예부흥 운동을 적극적으로 옹호한다. 그의 위마니슴 사상을 잘 보여주는 대표적 예로『팡타그뤼엘』에 나오는 '가르강튀아의 편지'를 들 수 있는데, 이 편지는『가르강튀아』에 나오는 텔렘 수도원에 관한 에피소드와 함께 프랑스 교과서에 가장 많이 실리는 예문이다. 가르강튀아가 파리에서 공부하는 아들 팡타그뤼엘을 격려하기 위하여 쓴 이 편지는 프랑스 르네상스의 찬가라고 불릴 만큼 새로운 시대와 문예 부흥에 대한 기대감으로 가득 차 있다.

　　그 시절은 아직 암흑기였고 모든 고상한 문예를 말살시켰던 고트 족으로 인한 불행과 재앙이 느껴지던 시대였다. 그러나 하느님의 은혜로 내 시대에 문예는 광명과 권위를 되찾았고 괄목할 개선이 이루어진 결과, 한창때 금세기에 가장 학식이 높은 인물이라는 (잘못된 것이 아닌) 평판이 나 있었던 내가 이제는 어린 학동들의 초급반에 들어가기도 어려운 처지가 되었다. 내가 헛된 허영심에서 이렇게 말하는 것이 아니다. 마르쿠스 툴리우스의 책『노년』의 권위와 플루타르코스의『시기심을 일으키지 않고 자찬할 수 있는 방법』에 나오는 가르침에 따라 나 자신을 명예롭게 칭찬할 수 있지만, 보다 높은 목표를 지향하려는 욕망을 네가 갖도록 하기 위해서 이 편지를 쓰는 것이니라.

　　이제는 모든 학문이 분야별로 재정비되었고, 그것을 모르면 학자라고 자부하는 것이 수치스러운 일이 될 그리스어와 히브리어, 칼데아어, 라틴어 등의 언어 연구도 복원되었다. 악마의 사주로 화포가 발명된 것에 반하여, 내 시대에는 신적인 영감에 의해서 발명된 매우 세련되고 정확한 인쇄술이 실용화되었다. 온 세상은 학자들과 박학한 교사들, 대규모 도서관들로 가득 차 있어 플라톤이나 키케로, 파피니안의 시대도 오늘날 보는 바와 같이 학문하기에 편리한 조건을 갖추지는 못했다고 생각한다. 그래서 미네르바의 작업장에서 연마되지 않은 사람은 앞으로는 공공장소나 사교모임에 더 이상 모습을 나타내서는 안 될 것이다. 나는 오늘날의 산적, 망나니, 용병, 마부들이 내 시대의 박사들이나 설교자들보다 더 유식한 것을 보게 된다. (『팡타그뤼엘』 제8장)

가르강튀아는 이 편지에서 우선 새로운 시대가 중세 암흑기로부터 벗어난 광명의 시대라는 점을 강조한다. 모든 문예와 학문이 복원되고 분야별로 재정비되었으며, 인쇄술의 실용화로 지식의 대량 보급이 가능해졌다는 것이다. 실제로 프랑스 르네상스를 가능하게 한 중요한 요인 중의 하나로 인쇄술의 발달을 들 수 있다. 책의 대량 생산으로 인하여 책을 사서 읽는 새로운 독자층이 형성될 수 있었기 때문이다. 중세의 필사본은 귀한 만큼 값도 비싸서 일반 대중들에게는 책을 소유한다는 것은 결코 쉬운 일이 아니었다. 그리고 문맹률도 매우 높았던 관계로 글을 읽을 줄 아는 사람이 책을 읽어주면 마을 사람들이 주위에 둘러앉아 듣는 식으로 진행되는 것이 중세의 일반적인 독서 행태였을 것으로 짐작된다. 또한 체계적인 고전어 교육이 가능해진 것도 이 시대의 큰 성과였다. 1530년에 프랑수아 1세는 프랑스 최고의 교육기관으로 발전한 콜레주 드 프랑스Collège de France의 전신인 왕립 교수단Collège des lecteurs royaux을 창설하여 본격적인 고전 연구의 기틀을 마련했던 것이다.

가르강튀아가 이 시대에 들어 학문의 비약적 발전을 찬양하면서 당대의 가장 뛰어난 학자였던 자신이 이제는 학동들의 초급반에도 들어가지 못할 처지가 되었으며, 학문과는 아무 상관도 없는 지금의 산적이나 망나니, 용병, 마부들이 시대적 상황에 따라 자기 시대의 박사나 설교자들보다 더 유식한 것을 보게 된다고 말하는 것은 물론 과장된 것이 틀림 없지만, 우리는 이러한 주장 속에서 중세와의 단절과 학문적 풍토의 급격한 변화를 강조하려는 작가의 의도를 읽어낼 수 있다. 뒤이어 그는 팡타그뤼엘이 공부해야 할 다양한 학문 분야에 관하여 자세히 언급한다. 우선 학자로서 반드시 알아야 할 그리스어를 비롯해서 라틴어, 히브리어, 칼데아어, 아랍어 등 학문 연구에 필요한 여러 언어들을 익혀야 한다는 점을 강조하고, 기하학, 산술, 음악 등 교양학문을 위시해서 역사, 지리, 천문, 법률, 박물학, 의학 등 당시의 주요한 학문을 원전을 통해서 철저하게 공부할 것을 요구한다. 그리고 마지막으로 그리스어로『신약』과「사도행전」을, 히브리어로『구약』을 읽을 것을 권하고 있다. 모르는 것이 없도록 모든 지식을 완벽하게 갖추어야 한다는 식의 학습 프로그램은 물론 현실적으로 가능한 교육 방식이라기보다는 르네상스 시대가 염원하던 이상적 목표를 보여주는 것이라 할 수 있다. 가르강튀아는 자기 아들이 '학문의 심연'을 이룰 수 있기를 기대하고 있는 것이다.

순서가 뒤바뀌기는 했지만 인문주의적 이상을 실현한 본격적 교육 프로그램은 다음 작품인『가르강튀아』에서 보다 구체적으로 제시된다. 라블레는 아들의 이야기 다음에 시대를 거슬러올라가 아버지의 교육 문제를 다루면서 포노크라트라는 인문주의자로부터 교육을 받는 가르강튀아의 빈틈없이 짜여진 하루 일과를 통해서 신교육의 가치와 장점을 자세히 소개한다. 이 같은 내용은 자신이 공부하던 시절이 중세 암흑기여서 지금 시대와 비교해보면 별로 배운 것이 없었던 셈이라는 가르강튀아의 엄살 섞인 앞서의 편지와는 모순되는 것이 사실이다. 실제로 팡타그뤼엘 연작에는 내용이나 사건 순서에서 서로 모순되는 곳이 여러 군데 나타난다.『팡타그뤼엘』의 에필로그에서 예고했던 속편에서 전개될 사건들, 파뉘르주가 결혼한 첫달부터 오쟁이를 지게 된 사연, 현자의 돌을 찾은 팡타그뤼엘이 원정에 나서서 여러 지역을 정복하고 인도의 공주와 결혼하는 이야기, 지옥에 쳐들어가 루치페르를 무찌르는 무용담, 달나라 여행기 중에서 파뉘르주의 결혼 문제와 팡타그뤼엘의 원정은 각각 『제3서』와 『제4서』의 중심 줄거리로 발전하지만, 지옥 방문이나 팡타그뤼엘의 결혼, 달나라 여행은 아예 사라져버린 것만 보아도, 첫 작품인 『팡타그뤼엘』의 집필 단계에서 라블레가 아직 연작 전체에 대한 구체적인 구상을 갖고 있지 않았다는 사실을 알 수 있다. 이 때문에 라블레 작품은 다분히 즉흥적이라는 인상을 주기도 하지만, 팡타그뤼엘의 환상적 모험 위주로 작품을 쓰려던 원래의 계획은 시간이 지남에 따라 특히 『제3서』 이후에 작가의 관심이 시사적 성격이 강한 현실 문제에 관한 논의를 작품 속에 재현하는 데 집중되면서 변경될 수밖에 없었던 것이다.

라블레 작품은 작가가 『가르강튀아』의 서문에서 역설하듯이, 이중의 독법이 가능하다. 제목과 같이 전설적인 거인왕의 환상적인 모험담에 지나지 않는 것으로 생각하고 줄거리 위주로 간단히 읽어치울 수도 있고, 허튼 객설로 여겨지는 대목이라도 꼼꼼히 읽고 음미하며 작가의 주장대로 숨은 의미를 찾을 수 있는지를 따져볼 수도 있다. 어쨌든 그의 작품이 단순히 재미있는 옛날이야기 이상의 의미를 가질 수 있는 것은 그 바탕에 자신이 살던 시대의 현실에 대한 작가의 개인적 울분과 비판 정신이 깔려 있기 때문이다. 물론 라블레의 작품 세계에서 현실은 허구화의 과정을 거치면서 과장되고 희화된 모습으로 재현되고 그는 부정적 현실마저도 커다란 웃음의 세계 속에서 그 대립과 갈등을 용해시키고 있지만, 우리는 팡타그뤼엘 연작을 통하여 직설적 비판 대신 웃음을 무기로 삼아 시대 상황과 맞서야 했던 작가의 현실 인식과 문제의식을 읽을 수 있다. 그러면서도 작가는 르네상스 시대의 위마니스트답게 새로운 시대의 가능성에 대한 믿음을 잃지 않는다. 거인왕이 통치하는 유토피아는 먼 과거의 이야기 같지만 한편으로는 인류의 진보가 가져올 낙관적 미래에 대한 전망이기도 하다.

1483년	변호사인 앙투안 라블레의 차남으로 쉬농 Chinon, 또는 인근의 소작지인 라 드비니에르 La Devinière에서 프랑수아 라블레 출생. 1493년이라는 설도 있다.

1483년   변호사인 앙투안 라블레의 차남으로 쉬농 Chinon, 또는 인근
         의 소작지인 라 드비니에르 La Devinière에서 프랑수아 라블레
         출생. 1493년이라는 설도 있다.

1498년   루이 12세 즉위.

1509년   에라스무스의 『광우예찬(狂愚禮讚)』 출간.

1511년   앙제 근처의 프란체스코 수도회 소속의 라 보메트 수도원에 수
         련 수도사로 들어감.

1515년   프랑수아 1세 즉위.

1516년   토마스 모어의 『유토피아』 출간.

1517년   루터의 종교 개혁 운동 시작.

1519년   프랑수아 1세와 경쟁관계에 있던 스페인 왕 카를로스 1세가 신
         성로마제국 황제 카를 5세로 선출됨.

1520년   퐁트네 르 콩트의 퓌 생 마르탱 수도원으로 옮김.

1521년   소르본 신학부가 성직자들에게 그리스어 연구를 금지시킴.

1523년   위마니스트였던 르페브르 데타플이 『신약』을 프랑스어로 번역
         출판.

1524년 1월 당시 프랑스의 대표적 위마니스트였던 기욤 뷔데가 라블레에
         게 보낸 편지에서 압수당했던 그리스어 책들을 돌려받은 것을
         축하하고 격려함. 이 사건 이후 라블레는 교황청의 허가를 받

아 푸아투 근처 마이유제의 베네딕트파 수도원으로 소속 교단
을 바꾸게 된다.

1524년~1526년   마이유제의 주교였던 조프루아 데스티삭Geoffroy d'Estissac
의 비서로 근무함.

1525년 2년   프랑수아 1세가 파비아 전투에서 카를 5세에게 치욕적인 패배
를 당해 포로가 됨.

1525년   소르본 신학부가 성경의 프랑스어 번역을 금지함.

1528년~1530년   재속(在俗) 사제로서 파리에서 의학을 공부한 것으로 추정
됨. 과부와의 사이에서 자식 둘이 태어난다.

1530년 9월   몽펠리에 의과대학에 등록. 12월에 의학 일반교육 이수자
bachelier 자격을 취득함.

1531년 4월   히포크라테스와 갈레노스의 원서로 수련 과정의 공개강의를 실
시함. 같은 시기에 마나르디의 『의학 서한』, 쿠스피디우스의
『유언집』, 히포크라테스의 『격언집』 등을 편찬한다.

1532년 11월   에라스무스에게 그를 자신의 정신적 아버지로 생각한다는 존경
의 편지를 보냄.

1532년 11월~1535년 2월   리옹의 퐁 뒤 론느 자선병원 의사로 근무함.

1532년 11월   『팡타그뤼엘Pantagruel』 출간

1533년   『팡타그뤼엘의 예보 Pantagrueline Prognostication』 출간.

1533년 10월   소르본 신학부가 외설을 이유로 『팡타그뤼엘』에 금서 처분을
내림.

1533년~1534년   장 뒤 벨레 추기경의 수행 비서로 로마에 체류함.

1534년 10월   격문 사건Affaire des Placards으로 인해 신교도들에 대한 탄압
이 시작됨.

1534년 5월   『가르강튀아 Gargantua』 출간. 1535년이라는 설도 있다.

1535년 1월　　『1535년 역서』 출간.

1535년 8월~1536년 5월　　로마 체류. 이 기회에 교황으로부터 환속의 죄를
　　　　　　　　사면받고, 원하는 수도원에 복귀해서 의업에 종사해도 좋다는
　　　　　　　　허락을 받는다.

1536년 2월　　베네딕트 수도회의 생 모르 데 포세 수도원에 다시 들어감.

1537년 5월　　몽펠리에 대학에서 의학박사 학위를 받음. 히포크라테스에 대
　　　　　　　　한 강의를 실시하고, 여름에는 리옹에서 공개 해부를 한다.

1538년　　리옹에서 세번째 자식 테오뒬이 태어난 지 얼마 지나지 않아 사
　　　　　　　　망함.

1540년~1543년　　뒤 벨레 추기경의 형인 랑제의 영주 기욤 뒤 벨레의 주치의
　　　　　　　　로 사부아와 피에몬테 지방에 체류함.

1540년 1월　　교황에게 청원해 사생아들(아들 프랑수아와 딸 쥐니)을 적자로
　　　　　　　　인정받음.

1542년　　『팡타그뤼엘』과 『가르강튀아』의 개정판 출간.

1543년 3월　　『팡타그뤼엘』과 『가르강튀아』가 칼뱅, 에라스무스의 저서들,
　　　　　　　　프랑스어판 성경과 함께 소르본 신학부의 금서 목록에 오름.

1545년　　생 크리스토프 뒤 장베의 주임사제직을 얻음.

1546년　　왕의 윤허를 받고 출간한 『제3서 Le Tiers Livre』가 곧 소르본 신
　　　　　　　　학부로부터 금서 처분을 받음. 같은 해에 라블레의 친구이며
　　　　　　　　위마니스트였던 리옹의 출판업자 에티엔 돌레가 이단으로 몰
　　　　　　　　려 화형에 처해진다.

1546년~1547년　　신성로마제국의 영토였던 메츠로 피신해 의사로 근무하며
　　　　　　　　신교도 제후들의 보호를 받음.

1547년　　앙리 2세 즉위.

1547년 9월~1549년 9월　　뒤 벨레 추기경과 함께 마지막 로마 체류.

1548년	앙리 2세가 이단자들을 처벌하기 위해 화형재판소 설치. 라블레 부재중에 리옹에서 11장으로 된 『제4서 *Le Quart Livre*』의 부분판이 출간된다.
1550년	칼뱅이 라블레를 위선적 무신론자라고 비판함. 샤티용 추기경의 도움으로 십 년간 출판의 특권을 보장하는 왕의 윤허를 받는다.
1551년	뫼동의 주임사제직을 얻음.
1552년	『제4서』의 완결판 출간.
1553년 1월	생 크리스토프 뒤 장베와 뫼동의 주임사제직을 사직함.
1553년	파리에서 사망한 것으로 추정됨. 파리의 생 폴 교회에 있던 그의 묘비명의 사본에 4월 7일 70세를 일기로 파리의 데 자르댕 가에서 사망한 것으로 기록되어 있다.
1559년	샤를 9세 즉위.
1562년	16장으로 된 『소리나는 섬 *L'Isle sonante*』이 라블레의 이름으로 출간됨.
1564년	『소리나는 섬』을 보완한 47장으로 된 『제5서 *Le Cinquiesme Livre*』가 역시 라블레의 이름으로 출간됨.

'대산세계문학총서'를 펴내며

　　근대 문학 100년을 넘어 새로운 세기가 펼쳐지고 있지만, 이 땅의 '세계 문학'은 아직 너무도 초라하다. 몇몇 의미 있었던 시도에도 불구하고, 전체적으로는 나태하고 편협한 지적 풍토와 빈곤한 번역 소개 여건 및 출간 역량으로 인해, 늘 읽어온 '간판' 작품들이 쓸데없이 중간되거나 천박한 '상업주의적' 작품들만이 신간되는 등, 세계 문학의 수용이 답보 상태에 머물러 있었음을 부인하기 힘들다. 분명한 자각과 사명감이 절실한 단계에 이른 것이다.

　　세계 문학의 수용 문제는, 그 올바른 이해와 향유 없이, 다시 말해 세계 문학과의 참다운 교류 없이 한국 문학의 세계 시민화가 불가능하다는 의미에서, 보다 근본적으로, 우리의 문화적 시야 및 터전의 확대와 그 질적 성숙에 관련되어 있다. 요컨대 이것은, 후미에 갇힌 우리의 좁은 인식론적 전망의 틀을 깨고 세계 전체를 통찰하는 눈으로 진정한 '문화적 이종 교배'의 토양을 가꾸는 작업이며, 그럼으로써 인간 그 자체를 더 깊게 탐색하기 위해 '미로의 실타래'를 풀며 존재의 심연으로 침잠하는 작업이라 할 수 있다.

　　우리의 현실을 둘러볼 때, 그 실천을 위한 인문학적 토대는 어느 정도 갖추어진 듯이 보인다. 다양한 언어권의 다양한 영역에서 문학 전공자들이 고루 등장하여 굳은 전통이나 헛된 유행에 기대지 않고 나름의 가치 있는 작가와 작품을 파고들고 있으며, 독자들 또한 진부한 도식을 벗어나 풍요로운 문학적 체험을 원하고 있다. 새롭게 변화한 한국어의 질감 속에서 그 체험이 이루어지기를 바라는 요청 역시 크다. 그러므로 필요한 것은 어쩌면 물적 토대뿐일지도 모른다는 판단이 우리를 안타깝게 해왔다.

이러한 시점에서, 대산문화재단의 과감한 지원 사업과 문학과지성사의 신뢰성 높은 출간을 통해 그 현실화의 첫발을 내딛게 된 것은 우리 문화계의 큰 즐거움이 아닐 수 없다. 오늘의 문학적 지성에 주어진 이 과제가 충실한 결실을 맺을 수 있도록, 우리는 모든 성실을 기울일 것이다.

'대산세계문학총서' 기획위원회